Dave Eggers

1970 doğumlu Amerikalı yazar Dave Eggers, bağımsız McSweeney's yayınevinin kurucusu olduğu gibi, çağdaş edebiyat arenasının en dikkat çeken, üretken isimlerinden biridir. Dergicilik ve yayıncılıkla da uğraşan Eggers, aynı zamanda Amerika'da her yıl yayımlanan *Okumanız Gerekmeyenlerin En İyileri* antolojilerinin arkasındaki isimdir. Kendi hayat hikâyesinden yola çıkarak yazdığı *Müthiş Dâhiden Hazin Bir Eser* (Siren, 2009) ile tüm dünyada büyük ilgi gören ve Pulitzer'e aday olan Eggers, *Ne Nedir* (Siren, 2011) ile Fransa'da Médicis ödülünü almıştır. Süratli anlatımı, çağın temel meselelerinin insani boyutlarına getirdiği mizahi, samimi ve eleştirel yaklaşımıyla öne çıkan *Hızımızı Tadacaksınız*'ın ardından yayımlanan *Kral için Hologram,* Eggers'ın, küresel dünyada yaşamı minimalist bir üslupla ele alarak Amerikan rüyasının çöküşünü belgelediği olgunluk romanıdır. Zamanın ruhuna eğilen, gündeş meseleleri özgün bir biçimde ele alan romanlarıyla göz dolduran Eggers, yaşadığımız teknoloji ve bilgi çağında devleşen Facebook, Google, Amazon vb. gibi örneklerden esinlenerek *Çember*'de ütopik fakat tüyler ürpertecek denli olası bir manzara çizmiş ve bu romanıyla tüm dünyada büyük ilgi toplamıştır. Eggers, *Çember*'de, kendimize hazırladığımız geleceğin deliliğini, teknolojiyle köşeye sıkışan insanoğlunun öyküsünü şimdiye değin kimselerin aktaramadığı bir gerçeklik duygusuyla aktarmış ve durduğumuz eşiği çarpıcı bir anlatımla betimlemiştir. *Çember*, eleştirmenlerden tam not aldığı gibi, çoksatar listelerinin de ön sıralarına kadar yükselmiştir.

Utne Reader'ın 'Dünyayı Değiştiren 50 İleri Görüşlü Kişi' listesinde yer alan, *Time* dergisince 'Dünyanın En Etkin 100 Kişisi'nden biri olarak nitelenen Eggers, *The Believer, McSweeney's Quarterly Concern, The Wholpin* dergilerini çıkartmakta ve *The New Yorker, Esquire* ve *Ocean Navigator* gibi mecralarda yazmaktadır. Sam Mendes filmi *Away We Go* ve Spike Jonze projesi *Where The Wild Things Are*'ın senaryo yazarı da olan Eggers, 2008 yılında kurduğu 826 National adlı vakfın yenilikçi projelerinden ötürü TED ödülüne layık görülmüştür.

Türkçede yayımlanmış kitapları: *Müthiş Dâhiden Hazin Bir Eser, Ne Nedir, Vahşi Şeyler, Hızımızı Tadacaksınız, Kral için Hologram.*

Handan Balkara

1967'de İstanbul'da dünyaya geldi. Üsküdar Amerikan Lisesi'nden mezun olmasının ardından eğitimini Boğaziçi Üniversitesi Mütercim Tercümanlık Bölümü'nde tamamladı. Çeşitli yayın kuruluşlarının editoryal kadrolarında yer aldıktan sonra Koç Üniversitesi'nde idari görevler üstlendi. Başlıcaları Daniel Goleman, Bill Bryson, Martin Kemp, Toksöz B. Karasu, R. L. Stevenson, Russell Banks, Don DeLillo, Kurt Vonnegut, John Updike ve Ali Smith olmak üzere birçok Amerikalı ve İngiliz yazarın yapıtlarını Türkçeye kazandırdı.

SİREN YAYINLARI

The Circle

Siren Yayınları - Roman
Sertifika No: 16232
ISBN: 978-605-5903-62-6
Birinci Baskı: Temmuz 2016

Yayın Yönetmeni: Sanem Sirer
Yayın Danışmanı: Erol Aydın
Çeviren: Handan Balkara
Düzelti: Mustafa Çevikdoğan
Kapak Tasarım: Jessica Hische
Kapak Uygulama: Nazlım Dumlu
İç Tasarım: Adem Şenel

Baskı: Yaylacık Matbaası
Fatih Sanayi Sitesi, No: 12/197-203
Topkapı, İstanbul. Tel: 212 567 80 03
Sertifika No:11931

Asmalı Mescit Mah. Ensiz Sokak No. 9/312
Beyoğlu-İSTANBUL
t *(212) 243 45 65* **f** *(212) 251 05 32*
www.sirenyayinlari.com
info@sirenyayinlari.com
sireninsesi.blogspot.com

ÇEMBER

DAVE EGGERS

Çeviren: Handan Balkara

SİREN
YAYINLARI

Geleceğe sınır, dur durak yoktu. Öyle bir duruma gelinecekti ki, mutluluğu sığdıracak yer bulunamayacaktı.

JOHN STEINBECK
Cennetin Doğusu

"TANRIM," diye düşündü Mae. "Burası cennet olmalı."

Pasifik'in vahşi renkleriyle bezeli yerleşke geniş ve dağınık bir alana yayılmıştı ama en ince ayrıntısına kadar özenle tasarlanmış, en mahir ellerin dokunuşlarıyla biçimlendirilmişti. Geçmişte ilkin tersane, sonra açık hava sineması, ardından bitpazarı olarak kullanılan ve sonunda kentsel bir çöküntü alanına dönüşen arazide şimdi yemyeşil çimenlerle kaplı tepecikler ve Calatrava imzalı bir fıskiye vardı. Ve eşmerkezli çemberler oluşturacak şekilde dizilmiş masalarıyla bir piknik alanı. Toprak ve çim zeminli tenis kortları. Şirketin kreşine bırakılmış küçücük çocukların çığlık çığlığa koşturduğu, fıkır fıkır kaynadığı bir voleybol sahası. Bütün bunların ortasında da, yüz altmış hektarlık bir alanda, cam ve paslanmaz çelikle kaplı şirket binası yükseliyordu, dünyanın en etkili şirketinin genel merkezi. Yukarıda gökyüzü pırıl pırıl, masmaviydi.

Mae bütün bu şeylerin arasından ağır ağır geçiyor, buraya aitmiş gibi görünmeye çalışarak otoparktan ana salona doğru yürüyordu. Limon ve portakal ağaçlarının etrafından dolanan patikanın dilsiz kırmızı taşlarından bazıları sökülmüş, yerlerine, telkin mesajları içeren seramik karolar yapıştırılmıştı. "Hayal Kur," diyordu bir tanesi, sözcükler kırmızı taşa lazerle kazınmıştı. "Katılım Göster," diyordu bir diğeri. Onlarca mesaj vardı bunun gibi: "Ait Olduğun Topluluğu Bul." "Yenilikçi Ol." "Düşün."

Gri tulumlu bir genç adamın eline basacaktı az kalsın; adam, patikaya, "Nefes al," diyen yeni bir taş döşüyordu.

Mae, haziran ayının güneşli bir pazartesi gününde, girişin önünde, ana kapının tepesindeki cama işlenmiş logonun altında durdu. Henüz altı yıldır faaliyette olmasına rağmen şirketin adı ve logosu -ortasındaki küçük "ç" harfiyle çember içine alınmış ızgara örgü deseni- şimdiden dünyaca tanınıyordu. Genel merkez mahiyetindeki bu yerleşkede on binden fazla çalışan mevcuttu ama Çember'in dünyanın her köşesinde ofisleri vardı ve her hafta, burada çalışmak üzere, yüzlerce yetenekli genç beyin işe alınmaktaydı. Burası dört yıl boyunca üst üste dünyanın en beğenilen şirketi seçilmişti.

Annie olmasaydı, Mae, böyle bir yerde çalışma fırsatı bulacağını hayal bile edemezdi. Annie ondan iki yaş büyüktü; can yoldaşlarının, kız kardeşlerin ya da birbirini kardeş gibi gören, içtikleri su ayrı gitmeyen kuzenlerin arasındaki yakınlığı andıran ve sakil bir binada yaşamayı dayanılır kılan fevkalade bir bağ sayesinde Annie ile Mae, üniversitede üç sömestr boyunca aynı odayı paylaşmıştı. Aynı odada yaşamaya başladıkları ilk ay, final haftasında soğuk algınlığı ve yetersiz beslenme yüzünden güçten düşen Mae bir gün sabaha karşı bayılıp çenesini kırmıştı. Annie ona yataktan çıkmamasını tembihlemiş olduğu halde kafeinli bir içecek almaya 7-Eleven'a gitmiş ve ayıldığında kendini kaldırımda, bir ağacın altında bulmuştu. Annie onu hastaneye götürmüş, çenesinin telle tutturulmasını beklemiş ve yanı başındaki tahta iskemlede gecelemekle kalmayıp sonrasında onu günlerce pipetle beslemişti. Mae'in kendi akranlarında daha önce hiç rastlamadığı muazzam bir fedakârlık ve olgunluk sergilemişti, dolayısıyla Mae, bu olaydan sonra, hissedebileceğini hiç tahmin etmediği bir sadakatle Annie'ye bağlanmıştı.

Mae henüz Carleton'da okurken, yani gayesizce branş değiştirerek sanat tarihinden işletmeye, işletmeden psikolojiye geçerken -ve o alanda ilerlemek gibi bir niyeti olmadığı halde psikolojiden mezun olurken- Annie okulu çoktan bitirmiş, Stanford'da MBA yapmış, her yerden olduğu gibi Çember'den de iş teklifleri almış ve mezuniyetinden birkaç gün sonra burada çalışmaya başlamıştı. 'Gelecek Teminatı Direktörü' diye dalga geçtiği havalı bir unvanı vardı şimdi ve Mae'i de Çember'e başvurması konusunda o teşvik etmişti. Mae bunun üzerine başvurmuştu buraya. Annie kati suretle inkâr etse de Mae onun torpil yaptırdığına emindi, bu yüzden kendini ona karşı tarifsiz biçimde borçlu hissediyordu. Mae'in yerinde olmayı dileyecek, dünyanın parmakla gösterilen yegâne şirketinde çalışmaya başlayacağı bu günde, burada bulunmayı, Kaliforniya ışığıyla dolup taşan dokuz metre yüksekliğindeki bu atriyuma adım atmayı isteyecek belki bir milyon, belki de bir milyar kişi vardı.

Ağır kapıyı iterek açtı. Giriş holü bir geçit kadar uzun, tavan bir katedralinki kadar yüksekti. Holün her iki tarafında yükselen dört kat, camdan duvarlarla çevrili sıra sıra ofislerle doluydu. Başı döner gibi olunca bakışlarını yere indirdi ve tertemiz, parlak yüzeyde kendi yüzünün yansımasıyla karşılaştı - endişeli görünüyordu. Arkasında birinin durduğunu hissederek dudaklarına zoraki bir tebessüm yerleştirdi.

"Sen Mae olmalısın."

Mae döndüğünde karşısında kırmızı bir eşarpla beyaz ipekli bir bluzun üzerinde süzülen genç, güzel bir çehre buldu.

"Ben Renata," dedi kadın.

"Selam Renata. Ben de tam..."

"Annie'yi arıyordun. Biliyorum. Gelmek üzeredir." Renata'nın kulaklığından dijital bir uyarı tonu yükseldi. "Kendisi şu anda..." Renata Mae'e bakıyor ama başka bir şey görüyordu. Retinal arayüz, diye tahmin yürüttü Mae. Bu şirkette doğmuş bir diğer yenilik.

"Vahşi Batı'da," dedi Renata, yeniden Mae'e odaklanarak, "ama birazdan burada olur."

Mae gülümsedi. "Umarım yanına peksimet ve güçlü bir at almıştır."

Renata kibarca tebessüm etti ama gülmedi. Mae yerleşkenin her kısmına bir dönem adının verildiğini biliyordu; muazzam büyüklükteki bu alanın kişiliksiz, kurumsal havasını yumuşatmaya yarayan bir uygulamaydı bu. Mae'in son işyerinden, 3B-Doğu Binası'ndan bin kat iyiydi kesinlikle. Büyüdüğü kasabada kamu hizmetinde çalışarak geçirdiği son günün üzerinden henüz sadece üç hafta geçmişti -istifasını verdiğinde herkes şaşkına dönmüştü- ama şimdiden, hayatının o denli büyük bir bölümünü orada harcamış olduğuna inanası gelmiyordu. Çok şükür, diye geçirdi aklından, o çalışma kampından, temsil ettiği her şeyden kurtulmuştu.

Renata yeni sinyaller alıyordu kulaklığından. "Hay aksi," dedi, "Annie biraz gecikeceğini söylüyor." Aydınlık bir gülümsemeyle Mae'e baktı. "İstersen seni masana ben götüreyim, ne dersin? Annie bir saat içinde yanına gelecekmiş."

"Masa" lafı Mae'in içini ürpertti ve aklına hemen babası geldi. Babası onunla iftihar ediyordu. "Göğsüm kabardı," demişti kızına bıraktığı sesli mesajda; herhalde sabahın dördünde bırakmıştı mesajı. Mae uyandığında dinlemişti. "Çok gururlandım," diyordu babası, heyecandan nefesi tıkanarak. Üniversiteyi bitireli daha iki yıl olmuştu ama bak, daha şimdiden nerelere gelmişti: Dolgun bir maaşla Çember'de çalışmaya başlamıştı, özel sağlık sigortası, şehirde kendine ait bir dairesi vardı ve dertleri kendilerine yeten anne babasına artık yük olmayacaktı.

Mae, Renata'nın peşi sıra atriyumdan çıktı. Çimenlikte, alacalı ışığın altında iki genç yığma bir tepede oturmuş, ellerinde şeffaf, tablet benzeri şeylerle hararetli hararetli sohbet ediyordu. Renata çimenliğin öbür tarafındaki cam ve oksitlenmiş bakırdan mamul binayı işaret ederek, "Ofisin Rönesans'ta, yani şurada," dedi. "Müşteri Deneyimi ekibinin tamamı orada. Daha önce gelmiş miydin buraya?"

Mae başını salladı. "Gelmiştim. Birkaç defa. Ama bu binaya değil."

"O halde havuzu ve spor tesislerini görmüşsündür." Renata elini ilerideki mavi dörtgenin arkasında yükselen köşeli binaya doğru uzatarak spor salonunu gösterdi. "Yoga, *crossfit*, pilates, masaj, *spinning* dersleri var. *Spinning* ile ilgilendiğini duymuştum, doğru mu? Bocce kortları ve yeni teterbol sahası arkada. Kafeterya çimenliğin hemen karşısında..." Renata profesyonel giyimli birkaç gencin güneş banyosu yapan tatilciler gibi sere serpe yayıldığı yemyeşil çimenliği işaret etti. "İşte geldik."

Rönesans'ın önünde durdular. Bu binada da on iki metre yüksekliğinde bir atriyum ve tepede ağır ağır dönen hareketli bir Calder heykeli vardı.

"Ah, Calder'a bayılırım," dedi Mae.

Renata gülümsedi. "Biliyorum." Başlarını kaldırıp heykele baktılar. "Bu heykel bir zamanlar Fransız parlamentosunda asılıymış. Yanılmıyorsam yani."

Peşleri sıra içeri dolan rüzgârın etkisiyle dönerek pozisyon değiştiren mobil heykel, şimdi hoş geldin der gibi bir kolunu Mae'e uzatıyordu. Renata Mae'i dirseğinden tuttu. "Gidelim mi? Şu taraftan."

Turuncumsu camlarla kaplı bir asansöre bindiler. Işıklar titreşerek yanarken Mae duvarlarda lise yıllık fotoğrafıyla birlikte adının belirdiğini gördü: HOŞ GELDİN MAE HOLLAND. Nefesi kesilirmiş gibi bir ses çıktı boğazından. O fotoğrafı görmeyeli yıllar olmuştu ve buna gayet memnundu. Annie'nin marifetiydi muhakkak, o fotoğrafla damarına basıyordu yine. Resimdeki kişi Mae olmasına Mae'di; geniş ağzı, ince dudakları, buğday teni, siyah saçları aynıydı ama çıkık elmacıkkemikleri ona burada gerçekte olduğundan daha sert bir ifade veriyor, kahverengi gözlerinde tebessümden eser görünmüyordu; kısık ve soğuktu bakışları, savaşmaya her an hazırmış gibi. Fotoğraftan bu yana -on sekizindeydi o zamanlar, öfkeliydi, güvensizdi- fena halde ihtiyacı olan kiloları alınca yüz ifadesi yumuşayıp vücudunun kıvrımları ortaya çıkmış ve farklı güdülerle hareket eden çeşit çeşit erkeğin ilgisini çekmeye başlamıştı. Mae liseden beri daha açık, daha yumuşak başlı olmaya çalışıyordu, dolayısıyla şimdi çok gerilerde bıraktığı bir dönemi, her şeye kötü tarafından baktığı günleri hatırlatan bu belgeyi karşısında görmek asabını bozmuştu. Tam daha fazla dayanamayacağını hissetmişti ki resim silindi.

"Evet, her şey sensörlerle çalışıyor," dedi Renata. "Asansör kimlik bilgilerini okuyor, sonra da sana merhaba diyor. Fotoğrafı Annie verdi bize. Elinde lise fotoğrafların bulunduğuna göre epey sıkı fıkı olmalısınız. Neyse, umarım bozulmamışsındır. Bunu daha çok misafirlere yaparız. Genelde hoşlarına gider."

Yukarı çıkarlarken bir panelden diğerine resimler, yazılar aktı durdu, günün başlıca etkinlikleri asansörün duvarlarına yansıdı. Duyurulara videolar, fotoğraflar, animasyon, müzik eşlik ediyordu. Öğlen saat on ikide *Koyaanisqatsi* adlı filmin gösterimi, saat birde kendi kendine masaj eğitimi, üçte de karın kası güçlendirme egzersizleri vardı. Mae'in adını daha önce hiç duymadığı, kır saçlı olmasına rağmen genç bir kongre üyesi altı otuzda herkesin katılımına açık bir toplantı düzenliyordu. Asansör kapılarında kongre üyesinin başka bir yerde kürsüye çıkmış konuşurkenki görüntüsü belirdi; adam, arkasında bayraklar dalgalanırken ellerini sıkıp yumruk yapıyordu.

Kapılar kongre üyesini ortadan ikiye bölerek açıldı.

"Geldik işte," dedi Renata. Asansörden indiler ve çelik ızgaralı daracık bir asma köprüye çıktılar. Mae aşağıya bakınca yüreği ağzına geldi. Alttaki dört katı zemine değin görebiliyordu.

Şakaya vurmayı denedi: "Vertigo'luları buraya yerleştirmiyorsunuz herhalde."

Renata bir an duraksayıp Mae'e döndü, derinden endişelenmiş gibi bir hali vardı. "Elbette hayır. Ama profilinde diyordu ki..."

"Hayır, hayır," dedi Mae. "Benim için sakıncası yok."

"Ciddiyim bak. Sana alt katlarda yer ayarlayabiliriz eğer..."

"Hayır, hayır. Gerçekten. Burası mükemmel. Özür dilerim. Şaka yapıyordum."

Renata'nın telaşlandığı belliydi. "Tamam. Ama en ufak bir sıkıntın olursa derhal bildir."

"Bildiririm."

"Bildirirsin, değil mi? Çünkü Annie icabına bakmamı bekler."

"Bildiririm. Söz," dedi Mae, toparlanıp yürümeye koyulan Renata'ya gülümserken.

Asma köprü, uzun bir koridorla bölünen geniş ve pencereli bir ana kata bağlanıyordu. Katın her iki tarafına yerden tavana kadar cam cepheli, içleri dışarıdan görülebilen ofisler sıralanmıştı. Ofis sakinleri kendi alanlarını özenle, zevkle dekore etmişti; ofislerden biri, tavandaki açık kirişlere asılı olduğu için havada uçuyormuş gibi görünen, yelkenciliğe mahsus alet edevatla doluydu; bir diğerini dizi dizi bonzai ağaçları süslüyordu. Küçük bir mutfağın önünden geçtiler; dolaplar, raflar hep camdandı ve kesici aletler, buzdolabına takılmış mıknatıslı bir çubuk üzerine düzenli bir şekilde sıralanmıştı. Işıl ışıl yanan rengârenk ampulleriyle etrafa adeta turuncu, yavruağzı, pembe kollar uzatan el yapımı, kocaman bir avize her yanı aydınlatıyordu.

"Evet, işte geldik."

Duvarları sentetik keten benzeri bir malzemeyle kaplı küçük, gri bir ofis bölmesinin önünde durdular. Mae'in yüreğine inecekti az kalsın. Son on sekiz aydır içinde çalıştığı ofis bölmesinin neredeyse tıpatıp aynısıydı karşısındaki. Çember'de gördüğü onca şey arasında yeni bir tasarımın ürünü olmayan, geçmişle benzerlik taşıyan bir bu vardı. Bölme duvarlarını kaplayan malzeme -Mae gözlerine inanamasa da, hiç ihtimal vermese de- çuval beziydi.

Renata'nın kendisini izlediğini biliyordu, yüzünden dehşete benzer bir duygu okunduğunun da farkındaydı. *Gülümse*, dedi kendi kendine. *Gülümse*.

"Sorun yok ya?" dedi Renata, Mae'in yüzüne dik dik bakarken.

Mae biraz olsun memnuniyet göstermek için dudaklarını zorladı. "Harika. Güzel görünüyor."

Beklediği bu değildi.

"Peki o zaman. Şimdi çalışma alanına alışman için seni yalnız bırakayım. Denise ile Josiah oryantasyon eğitimin için birazdan yanında olur."

Mae yine zoraki gülümsedi ve Renata dönüp gitti. Oturunca koltuğun sırtlığının kırık olduğunu fark etti, yerinden de oynamıyordu, tekerlekleri sıkışmıştı sanki, dördü birden. Masasına bir bilgisayar yerleştirilmişti ama binanın başka hiçbir yerinde görmediği, çok eski bir modeldi. Mae neye uğradığını şaşırmıştı; son birkaç yılını geçirdiğiyle benzer bir boşluğa gömülürmüş gibi hissediyordu.

Kamu hizmetinde çalışan kalmış mıydı bu devirde? Mae ne demeye orada işe başlamıştı ki zaten? Nasıl katlanabilmişti? Nerede çalıştığı sorulduğunda yalan söyleyip işsizim diyesi gelirdi. İşyeri doğup büyüdüğü kasabada değil de başka bir yerde bulunsaydı daha dayanılır olur muydu?

Son altı-yedi yılı yaşadığı yere nefret besleyerek, Longfield'e yerleşip onu her şeyin -eğlencenin, restoranların, aydın beyinlerin- kıt ve kısıtlı olduğu bir ortama maruz bıraktıkları için ebeveynlerine lanet okuyarak geçirdikten sonra orayı yeni yeni şefkate benzer bir duyguyla anıyordu. Fresno ile Tranquillity arasında küçük bir kasabaydı burası; hayal gücünden yoksun bir çiftçi, 1866'da ona bu adı vermişti. O günden bugüne geçen yüz elli yıl içinde, çoğunu otuz kilometre ötedeki Fresno'da çalışan insanların oluşturduğu nüfus zirve yaparak iki binleri bulmuştu. Longfield ucuza yaşanabilen bir yerdi; Mae'in arkadaşlarının anne ve babaları avcılığa meraklı güvenlikçiler, öğretmenler, kamyonculardı. Mae, liseden onunla aynı sene mezun olan seksen bir öğrencinin arasında dört senelik bir fakülteye devam eden on iki kişiden biri, Colorado'nun doğusuna geçen tek kişiydi. O kadar uzağa gidip onca borca girdikten sonra kasabaya geri dönerek kamu hizmetinde çalışmak sadece onu değil, anne babasını da yıkmıştı ama ebeveynleri ele güne karşı bozuntuya vermemiş, karşısına çıkan fırsatı tepmeyip borçlarını ödemeye başlamakla en doğrusunu yaptığını söylemişlerdi.

Çalıştığı bina olan 3B-Doğu, duvara dikine açılmış daracık aralıkları pencere vazifesi gören trajik bir beton bloğuydu. Ofis duvarlarının çoğu cüruf briketleriyle örülüydü, her şey iç bayıltıcı bir yeşile boyalıydı. Orada çalışmak, bir spor salonunun soyunma odasında çalışmaktan farksızdı. Mae son on küsur yıldır bu kurumdaki en genç çalışandı, kaldı ki burada otuzlarındakiler bile başka bir yüzyıla ait gibiydi. Mae'in bilgisayar becerileri karşısında parmak ısırırlardı, halbuki -Mae'in çevresinde- herkesin bildiği temel şeylerdi bunlar. Gelgelelim, kurumdaki mesai arkadaşlarına göre olağanüstüydüler. Saçının renginden ötürü, çarpık bir benzetmeyle Kara Şimşek adını takmışlardı ona. Kartlarını doğru oynadığı takdirde orada *epey parlak bir geleceği* olacağını söylerlerdi. "Dört-beş yıl içinde," derlerdi, "Bilgi Teknolojileri departmanının başına geçebilirsin!" Mae'in duyduğu öfkenin haddi hesabı yoktu. 234.000 dolara patlayan seçkin sosyal bilimler derecesini, üniversite eğitimini böyle bir yerde çalışmak için almamıştı. Yine de işti nihayetinde, paraya da ihtiyacı vardı. Öğrenim kredisi borcu kapanmak bilmiyor, her ay para yiyordu. Mae çareyi buradaki işi ve maaş çekini kabul etmekte bulmuş, daha iyi fırsatlar için gözünü açık tutmuştu.

Üstü olan amir, kurumda sözde teknoloji sorumlusu olarak görev yapan, gel gör ki teknolojinin t'sinden anlamayan Kevin adlı bir adamdı. Kevin kablolardan, dağıtıcılardan falan anlardı ancak ve işi evinin bodrumunda oturup amatör telsizcilikle uğraşmak olmalıydı, Mae'e patronluk taslamak değil. Her gün, her mevsim aynı kısa kollu gömleği giyer, aynı pas rengi kravatları takardı. İnsanın tüm duyularını fena halde zorlayan biriydi; nefesi pastırma kokar, keçeleşip kabaran bıyığı her daim şişik duran burun deliklerinden güneybatıya ve güneydoğuya uzanan iki küçük patiyi andırırdı.

Mae'in bu işi önemsediğine ciddi ciddi inanıyor olmasaydı, bütün bunlar, bütün bu falsolar mazur görülebilirdi. Ama Kevin, gözünü yükseklere dikmiş Carleton mezunu Mae'in doğalgaz ve elektrik kurumundaki bu işi önemsediğini düşünüyordu. Olur da performansı vasatın altında kalırsa endişeye falan kapılacağını zannediyordu. Bu da Mae'i deli ediyordu.

Kevin'ın onu odasına çağırması ve kapıyı kapatıp masasının köşesine ilişmesi tam bir işkenceydi. "Neden burada olduğunu biliyor musun," diye sorardı, arabasını kenara çekmesini söyleyen bir trafik polisi gibi. Başka zamanlar, Mae'in o günkü performansından memnun kaldıysa şayet, daha kötü bir şey yapar, onu *överdi. Çırak* diye hitap ederdi ona. Bu kelimeye bayılırdı. Onu gelene gidene bu unvanla, "Bu benim çırak, adı Mae. Zehir gibidir çoğu zaman," diye tanıtır ve lafının burasında, sanki kendisi kaptan, Mae onun ikinci kaptanıymış, birlikte zorlu maceralara atılmış iki yaşlı kurtmuşlar da birbirlerine sonsuza dek bağlı kalacaklarmış gibi göz kırpardı. "Bizimle çalışmaya devam ettiği takdirde burada parlak bir gelecek bekliyor onu."

Mae bu duruma katlanamıyordu. Orada çalıştığı on sekiz ay boyunca her gün, Annie'den bir iyilik isteyip isteyemeyeceğini düşünüp durmuştu. Birilerinden iyilik isteyecek, kurtarılmayı, koltuk çıkılmayı dileyecek türden biri olmamıştı asla. Düşkünlüktü, yüzsüzlüktü bu - *arsızlıktı* babasının tabiriyle, mayasında olan bir şey değildi. Anne ve babası etliye sütlüye karışmayan, kendi halinde insanlardı; kimseden bir şey istemeyen sessiz, gururlu insanlar.

Mae de aynı onlar gibiydi ama bu iş onu eğip bükmüş, başka bir şeye çevirmişti, oradan çekip gidebilmek için göze alamayacağı hiçbir şey olmayan birine. İşyeri her bakımdan rezaletti. O yeşil cüruf briketleri. Bildiğin su sebili. Bildiğin delikli kartlar. Biri sözümona kayda değer bir iş yaptığında verilen, bildiğin *takdir belgeleri*. Ve ah, o mesai saatleri! Bildiğin dokuzdan beşe! Her şey başka bir döneme, gayet yerinde bir tercihle unutulmuş bir zamana ait gibiydi ve Mae hayatını boşa harcadığı duygusuna kapılmakla kalmayıp bu şirketin tamamının hayatı ve insan potansiyelini boşa harcadığını, dünyayı dönmekten alıkoyduğunu hissediyordu. Oradaki o ofis bölmesi, yani *onun* bölmesi, bütün bunların imbikten geçmiş haliydi. Etrafını saran alçak duvarlar tüm dikkatini önündeki işe vermesini kolaylaştırsın diye çuval beziyle kaplanmıştı, sanki başka bir malzeme dikkatini dağıtabilir, günlerini geçirmenin daha egzotik yollarını düşündürebilirmiş gibi. Mae böyle bir ofiste, insanın ve doğanın sunduğu onca malzeme varken personelin her gün, her dakika görmesi gereken şeyin çuval bezi olduğuna inanılan bir yerde on sekiz ay geçirmişti işte. Çuval bezinin kaba bir türü, ham haliydi... Toptan satılan cinsten fakir kumaşı, en ucuzundan çuval bezi. "Ah, tanrım," diye düşündü. Oradan ayrılırken bu malzemeyi bir daha hiç görmeyeceğine, ona dokunmayacağına, varlığını dahi unutacağına yemin etmişti.

Bir daha görmeyi beklemiyordu da. On dokuzuncu yüzyıldan başka bir çağda, on dokuzuncu yüzyıldan kalma malların satıldığı dükkânlar dışında çuval beziyle karşılaşma olasılığı neydi ki? Bu kumaşa hiç rastlamayacağını sanmıştı Mae, ama işte orada, karşısındaydı, Çember'deki yeni çalışma alanında dört bir yanını kuşatmıştı. Kumaşın o küflü kokusunu burnuna çekerken gözleri yaşlarla doldu. "Lanet çuval bezi!" diye sessizce homurdandı.

Arkasında önce bir nefes, sonra bir kadın sesi duydu: "Bakıyorum da o kadar iyi bir fikir değilmiş galiba."

Mae başını çevirip karşısında Annie'yi bulduğunda yumruk yaptığı ellerini yanlarına sarkıtmış, somurtkan bir çocuk gibi dikilmekteydi. "Lanet çuval bezi!" dedi Annie, Mae'in somurtuşunu taklit ederek ve kahkahalara boğuldu. Gülmeyi nihayet kestiğinde sözüne devam etti: "Aman ne eğlendim. Hay gözünü sevdiğim. Nefret edeceğini biliyordum da kendi gözlerimle görmek istedim. Seni neredeyse ağlattığım için özür dilerim. Çok iyiydi ama!"

Mae bu sefer teslim olurcasına ellerini havaya kaldıran Renata'ya baktı. "Fikir bana ait değildi!" dedi Renata. "Annie'ye uydum! Sakın benden nefret etme!"

Annie hoşnutlukla iç çekti. "Bu ofis bölmesini Walmart'tan resmen *satın almam* gerekti. Ya şu bilgisayara ne demeli! İnternetten bulana kadar anam ağladı. Bu tür eşyaları bodrumdan bulup çıkarıveririz sanmıştım, meğer koskoca yerleşkede yeterince çirkin ve eski şeylerimiz yokmuş. Tanrım, yüzünün aldığı hali görmeliydin."

Mae'in kalbi küt küt atıyordu. "Hastasın sen."

Annie şaşırmış gibi yaptı. "Ben mi? Hasta filan değilim. Harikayım."

"Sırf beni kızdırmak için bunca zahmete girdiğine inanamıyorum."

"N'olmuş, girdim işte. Bulunduğum noktaya böyle geldim ben. İşin sırrı planlama ve takip becerisinde." Pazarlamacı edasıyla göz kırpınca Mae gülmekten kendini alamadı.

Annie çatlağın tekiydi.

"Kalk hadi, gidelim. Sana her yeri gezdireceğim."

Mae, Annie'yi takip ederken onun hep böyle Çember gibi bir şirkette, hep böyle üst düzey yönetici konumunda çalışmadığını kendine hatırlatmak zorunda kaldı. Annie'nin hem okula, hem akşam yemeklerine hem de gündelik buluşmalara flanel erkek pijamalarıyla giden bir üniversite öğrencisi olduğu günlerin üzerinden çok değil, yalnızca dört sene geçmişti. Erkek arkadaşlarından birinin tabiriyle -ki çok sayıda erkek arkadaşı olmuştu ama hep sadık, hep düzgün tiplerdi- Annie *şapşalın* tekiydi. Gel gör ki şapşallık ona çok yakışırdı. Nesiller boyunca para içinde yüzmüş bir aileden geliyordu, üstelik son derece hoştu, yalnızca gerçek sarışınların sahip olabileceği denli sarı saçları, gamzeleri, uzun kirpikleri vardı. Herkes onu şen şakrak biri olarak tanırdı, bir şeyin canını sıkmasına bir-iki dakikadan uzun süreliğine izin vermek adeta elinden gelmezdi. Ama şapşaldı aynı zamanda. Sallapatiydi, hantaldı; elini kolunu çılgınca sallayarak daldan dala atlaya atlaya konuşur; mağaralar, amatör parfümcülük, *doo-wop* müziği gibi illa ki takıntılı olduğu tuhaf mevzulara kayıverirdi. Bütün eski sevgilileriyle, hasbelkader tanıştığı herkesle, okuldaki her profesörle dosttu (hepsini şahsen tanır, hepsine hediyeler gönderirdi). Üniversitedeki kulüp ve etkinliklerin çoğuna, belki hepsine katılmışlığı, bazılarını yönetmişliği olduğu halde derslerine -ve diğer her şeye- vakit ayırmayı ihmal etmez, üstüne üstlük, milleti havaya sokayım derken kendini utanç verici durumlara düşürmesi pek muhtemel kişi sıfatıyla partileri en son terk edenler arasında yer alırdı. Eğer hiç uyumasa bütün bunlar anlaşılabilirdi ama bu da doğru değildi. Kendini şımartırcasına günde sekiz ila on saat uyur, her yerde uykuya dalabilirdi - üç dakikalık bir araba yolculuğunda, yerleşke dışındaki bir lokantanın kirli koltuğunda, herhangi birinin kanepesinde, canı ne zaman isterse.

Mae ilk elden biliyordu bunu, çünkü sayısız ve büyük ölçüde anlamsız kros koşu müsabakaları için Minnesota, Wisconsin ve Iowa'nın muhtelif yerlerine yaptıkları uzun yolculuklarda ona bir nevi şoförlük yapmıştı. Mae, Carleton'da öğrenciyken atletizm bursu kazanmıştı; zorlanmadan hızlı koşan, ondan iki yaş büyük olan ama kendisinin ya da takımın başarı veya başarısızlığını pek umursamayan Annie'yle de böylelikle tanışmıştı. Annie bazı yarışlarda kendini iyice kaptırıp rakiplere sataşır, giydikleri formaları veya SAT puanlarını aşağılardı, bazı yarışlardaysa sonuç umurunda bile olmaz, yalnızca işin yolculuk kısmına katılmaktan hoşnut gözükürdü. İşte bu uzun yolculuklarda -araba onun olsa da Mae'in kullanmasını tercih eden- Annie çıplak ayaklarını ya cama dayar ya da pencereden dışarı sarkıtır, geçtikleri yerlere dair atıp tutar, saçlarını birörnek kestirerek neredeyse asker tıraşı yaptırmış evli bir çift olan koçlarının yatak odası faaliyetleri hakkında saatlerce tahmin yürütürdü. Mae, Annie'nin her dediğine gülerdi; onun aksine, aldığı bursu hak edebilmek için ya kazanmak ya da en azından iyi bir dereceyle dönmek zorunda olduğu yarışları kafasına takmazdı bu sayede. Her defasında yarışa dakikalar kala yarış yerine varırlardı ve Annie nereye koşmaya geldiğini ya da bu yarışta gerçekten koşmak isteyip istemediğini çoktan unutmuş olurdu.

Peki nasıl, nasıl olmuştu da cebinde hâlâ çocukluk battaniyesinin bir parçasını taşıyan bu lakayt ve gülünç insan Çember'de bu kadar hızlı yükselerek şimdiki konumuna gelmişti? Annie şimdi Çember'deki en önemli kırk aklın, şirketin en gizli plan ve verilerine vâkıf 40'lar Takımı'nın parçasıydı. Parmağını bile oynatmasına gerek kalmadan nasıl işe aldırmıştı Mae'i? Nasıl olmuştu da, Mae'in, nihayet bütün gururunu ayaklar altına alarak ondan bir iyilik istemesinden yalnızca birkaç hafta sonra bu pozisyonu ayarlayabilmişti? Annie'nin hayatına yön veren bir yazgının, gizemli bir alın yazısının kanıtıydı bu. Dışarıya karşı güçlü bir ihtiras belirtisi göstermiyordu, ama Mae, Annie'ye, ne olursa olsun mutlaka buraya, bu pozisyona ulaşma mecburiyetini dayatan bir şey olduğundan emindi. Sibirya tundralarında büyüseydi ya da gözleri kör doğup çobanlar tarafından yetiştirilseydi bile bugün yine burada olurdu Annie.

Ona, "Teşekkür ederim Annie," dediğini işitti.

Birkaç konferans salonunun ve bekleme odasının önünden geçmiş, şirketin yeni sanat galerisinde geziniyorlardı şimdi. Galeride Basquiat'ın batmak üzere olan bir Miami müzesinden daha yeni satın alınmış yarım düzine tablosu asılıydı.

"Her neyse," dedi Annie. "Şansına Müşteri Deneyimi düştüğü için üzgünüm. Kulağa boktan geldiğini biliyorum ama şunu bilesin ki şirketin üst düzey yöneticilerinin yarısı başlangıçta orada çalışmıştır. İnanır mısın?"

"İnanırım."

"İnan, çünkü doğru."

Galeriden çıktılar ve ikinci kattaki kafeteryaya girdiler - "Sırça Lokanta... ne feci bir isim olduğunun farkındayım," dedi Annie.

Kafeterya, insanların dokuz farklı seviyede oturup yemek yiyebilecekleri şekilde tasarlanmıştı, tüm katlar ve duvarlar camdandı. İlk bakışta yüz kişi havada yemek yiyormuş gibi görünüyordu.

Bisikletlerden teleskoplara, hatta yelken kanatlara kadar her şeyin personele ücretsiz olarak verildiği Ödünç Odası'ndan geçip şirket kurucularından birinin projesi olan akvaryuma vardılar. Suda ağır ağır hareket eden hortlağımsı denizanalarının görünürde hiçbir düzen ya da mantık izlemeksizin yükselip alçaldıkları, kendi boylarında bir camekânın önünde durdular.

"Seni yakından izliyor olacağım," dedi Annie, "ve başardığın her işin herkesçe bilinmesini sağlayacağım ki bu pozisyonda uzun süreliğine kalman gerekmesin. Burada çoğu kişi oldukça hızlı bir şekilde yükselir ve biliyorsun, neredeyse yalnızca kendi içimizden insanlar istihdam edilir. Yani işini iyi yap, başını önünden kaldırma, yeter, Müşteri Deneyimi'nden ne kadar çabuk kurtulup daha kıyak bir yere geçtiğine kendin de inanamayacaksın."

Mae, Annie'nin akvaryum ışığında parıldayan gözlerinin içine baktı. "Merak etme. Burada her pozisyonda seve seve çalışırım."

"Tırmanmak istediğin bir merdivenin en alt basamağında olmak, tırmanmak istemediğin bir merdivenin ortalarında olmaktan yeğdir, öyle değil mi? Kıçımın kenarı bir yerde, boktan bir merdivende olmaktansa?"

Mae güldü. Böyle tatlı bir surattan böyle pis laflar duymanın şaşkınlığıyla gülmekteydi. "Hep bu kadar küfürlü mü konuşurdun sen? Hiç öyle hatırlamıyorum."

"Yorgunken böyle konuşurum, yani hemen her zaman."

"Eskiden dünya tatlısı bir kızdın."

"Tüh. Çok özür dilerim! Git allasen Mae! Tamam. Gel bir şeyler daha görelim. Hadi köpek evine!"

"Bugün hiç çalışmayacak mıyız?" diye sordu Mae.

"Çalışmak mı? Çalışıyoruz ya işte. İlk gün mesul olduğun şey budur: İşyerini, insanları tanımak, ortama alışmak. Evinin parkelerini yenileteceğin zaman ne yapman gerektiğini bilirsin..."

"Bilmem, ne yapman gerekir?"

"Onları önce ortalıkta on gün bekletirsin, ortama alışsınlar diye. Döşeme işlemine daha sonra geçersin."

"Bu analojide tahta ben mi oluyorum?"

"Evet, sen oluyorsun."

"Sonra da döşeneceğim, öyle mi?"

"Evet, sonra seni döşeyeceğiz. On bin minik çivi çakılacak üzerine. Hoşuna gidecek."

Annie'nin önerisi üzerine kurulan köpek evini ziyaret ettiler. Annie'nin köpeği Dr. Kinsmann geçenlerde ölmüştü ama ölmeden önce birkaç yıl burada, sahibinden hiç ayrı kalmadan mutlu mesut yaşamıştı. Şirket çalışanlarının köpekleri, insanlarla ve diğer köpeklerle bir arada olmaları, bakılmaları, yalnız kalmamaları için buraya getirilebilecekken evde bırakılmalarına ne lüzum vardı? Annie'nin bu makul önerisi çabucak kabul görmüştü, şimdi de son derece isabetli olduğu düşünülüyordu. Sonra gece kulübünü gördüler, burası esrik dans denen bir şey için kullanılıyordu, müthiş bir egzersizdi Annie'nin dediğine göre. Ardından dışarıdaki büyük amfiteatrı ve içerideki küçük tiyatroyu gezdiler - "Burada on kadar doğaçlama komedi grubu var." Her yeri gezmeyi bitirdiklerinde birinci kattaki büyük kafeteryada öğle yemeği yeniyordu. Kafeteryanın köşesinde de, küçük bir sahnede gitar çalan bir adam vardı ve Mae'in annesiyle babasının dinlediği yaşlı başlı bir ozan-şarkıcıya çok benziyordu.

"Bu... şey değil mi?"

"Ta kendisi," dedi Annie, adımlarını yavaşlatmadan. "Her gün biri gelir buraya. Müzisyenler, komedyenler, yazarlar. Bu proje Bailey'nin hayaliydi: sanatçıları sahne almak üzere buraya getirmek istedi, özellikle de dışarıda hayat onlar için bu kadar zorken."

"Zaman zaman geldiklerini biliyordum, ama sen diyorsun ki her gün geliyorlar, öyle mi?"

"Ancak bir yıl sonrasına gün verebiliyoruz. Talepleri geri çevirmek zorunda kalıyoruz."

Ozan-şarkıcı tutkuyla şarkı söylemekteydi. Yana eğik başı, gözlerinin önüne düşen saçlarıyla telleri coşku içinde tıngırdatıyordu ama kafeteryadakilerin büyük çoğunluğu onunla hemen hiç ilgilenmiyordu.

"Bunun için gereken bütçeyi tasavvur edemiyorum," dedi Mae.

"Ne? Yok canım, onlara para *ödemiyoruz* ki. Hey, dur bir dakika, bu adamla tanışman lazım."

Annie, Vipul adında bir adamı durdurdu. Bu adam, Annie'nin dediklerine bakılırsa, yirminci yüzyılı aşamamış tüm mecraların en geride kalmışı olan televizyonu yakında baştan yaratacaktı.

"Ne yirmincisi, on dokuzuncu," dedi adam, hafif bir Hint aksanıyla. İngilizcesi düzgün ve çalımlıydı. "Müşterilerin istediklerini asla alamadığı son mecra. Yapanla seyreden arasındaki feodal düzenlemelerin son kalıntısı. Ama artık köle olmak yok!" dedi ve izin isteyip uzaklaştı.

"Bu herif aşmış," dedi Annie kafeteryanın içinde ilerledikleri sırada. Beş-altı masada daha durup büyüleyici insanlarla tanıştılar, her biri Annie'nin *dünyayı yerinden oynatacağına*, hayatı *değiştireceğine* veya herkesin *elli yıl ilerisinde* olduğuna hükmettiği bir şeyin üzerinde çalışmaktaydı. Yürütülmekte olan çalışmaların kapsamı ürkütücüydü. Mariana Çukuru'nun gizemine son verecek bir denizaltı keşif aracı üzerinde çalışmakta olan iki kadınla tanıştılar. "Manhattan gibi haritasını çıkaracaklar," dedi Annie ve iki kadın bu abartılı yaklaşıma itiraz etmedi. Önlerindeki masaya monte edilmiş ekrana bakmakta olan üç gencin yanında durdular; ekranda, gelişmekte olan dünyanın her yerinde kolayca benimsenebilecek yeni bir tür düşük maliyetli konutun üçboyutlu çizimleri vardı.

Annie, Mae'in elini kapıp onu çıkışa doğru çekeledi. "Şimdi de Okra Kütüphane'yi göreceğiz. Duymuş muydun adını?"

Mae duymamıştı ama duymadım demek istemedi.

Annie hınzır bir bakış attı. "Aslında orayı sana göstermemem lazım ama boş ver, gidelim hadi."

Pleksiglas ve neondan yapılmış bir asansöre binip atriyumun içinde yükseldiler. Beş katı birer birer çıkarlarken katlardaki ofislerin içini rahatlıkla görebiliyorlardı. "Böyle şeyler bütçeye nasıl yansır, merak ediyorum," dedi Mae.

"Evet, ben de merak ediyorum. Fakat sanırım senin de bildiğin gibi, burada konu yalnızca para değil. Şirketin buradaki insanların tutkularını körüklemeye yetecek kadar geliri var. Sürdürülebilir konut projesi üstünde çalışan şu adamlar mesela, programcıydılar ama birkaçı mimarlık okumuş. Kalkıp bir teklif sundular ve bu teklif Akıllı Adamlar'ı canevinden vurdu. Özellikle de Bailey'yi. Yetenekli genç beyinlerin uğraşları için fırsatlar yaratmaya bayılır. Kütüphanesi de akla ziyandır. İşte geldik."

Asansörden inip uzun bir koridorda yürümeye koyuldular; bu seferkine koyu kiraz ve ceviz renkleri hâkimdi, tavandan kehribar rengi, yumuşak bir ışık saçan küçük avizeler sarkıyordu.

"Eski ekol," dedi Mae.

"Bailey hakkında bir şeyler duymuşsundur herhalde. Antika şeylere bayılır. Maun, pirinç, vitray. Estetik anlayışı böyle. Diğer binalarda borusu ötmez ama burada kendi tarzını konuşturur. Gel, görmen lazım şunu."

Annie büyük bir tablonun önünde durdu, Üç Akıllı Adam'ın bir portresiydi bu. "Berbat, değil mi?" dedi.

Tablo, liseli bir ressamın çizebileceği türden, çirkin bir şeydi. Şirketin kurucuları olan üç adam bir piramit oluşturacak şekilde resme yerleştirilmişti; üçü de en bildik giysilerini giymiş, kişiliklerini ortaya koyan karikatürize ifadeler takınmıştı. Çember'in harika çocuk vizyoneri Ty Gospodinov, gözünde kişiliksiz bir gözlük, üzerinde kapüşonlu koca bir svetşört, sol yanına bakarak gülümsüyordu; uzak bir frekansa bağlanmış, belli bir ânın tadını çıkarır gibiydi. Asperger Sendromu'ndan hafifçe mustarip olduğu söylenirdi, resimde de sanki inatla bu özelliği vurgulanmıştı. Ty, siyah ve dağınık saçları, kırışıksız yüzüyle yirmi beşinden büyük göstermiyordu.

"Her şeyden elini eteğini çekmiş gibi bir hali var, değil mi?" dedi Annie. "Ama ne gezer! Ty aynı zamanda keskin zekâlı, usta bir yönetici olmasaydı şimdi hiçbirimiz burada olmazdık. Dinamiği açıklamam lazım. Nasılsa şirkette hızla yükseleceksin, anlatayım gitsin."

Tyler Alexander Gospodinov adıyla dünyaya gelen Ty, Akıllı Adamlar'ın ilkiydi ve Annie'nin dediğine göre herkes ona yalnızca Ty diye hitap ederdi.

“Onu biliyorum,” dedi Mae.

“Lafımı kesme de dinle. Devlet başkanlarına yaptığım konuşmanın aynısını yapıyorum sana.”

“Tamam.”

Annie devam etti.

“Ty en iyi ihtimalle sosyal anlamda uyumsuz, en kötü ihtimalleyse fecaat olduğunun farkındaydı. Şirketin halka arzından yalnızca altı ay önce çok akıllıca, çok faydalı bir karar verdi: Diğer iki Akıllı Adam’ı, yani Eamon Bailey ile Tom Stenton’ı işe aldı. Bu hamle yatırımcıların korkularını dindirdi ve nihayetinde şirketin değerini üçe katladı. Halka arzdan üç milyar dolar geldi, eşi benzeri görülmemiş ama beklenen bir gelişmeydi bu, böylece bütün maddi kaygıları arkasında bırakan Ty, hazır Stenton ile Bailey de kadrodayken, karabatak gibi bir görünüp bir kaybolduktan sonra dilediğince kayıplara karışma özgürlüğüne sahip oldu. Gerek şirkette, gerek medyada her geçen ay daha az görünmeye başladı. Zamanla iyice kabuğuna çekildi ve etrafını saran aura’yı, bilerek ya da bilmeyerek daha da büyüttü. Çember’i takip edenler, ‘Ty nerelerde, acaba şimdi neyin peşinde,’ diye meraka düştü. Planlar kamuya ifşa edilene dek gizli tutulduğundan, Çember tarafından birbiri ardına sunulan yeniliklerden hangilerinin Ty’ın kendi fikri, hangilerinin sayıları hızla artan yatırımcıların -artık şirket bünyesine girmiş olan, dünyanın en iyi yatırımcılarının- marifeti olduğu giderek belirsizleşti.”

“Çoğu gözlemci onun hâlâ işin içinde olduğunu varsayıyordu, bazılarıysa onun parmak izlerinin, yani küresel, şık, her türlü koşula göre ayarlanabilecek çözümler bulma becerisinin Çember’in belli başlı yeniliklerinin her birine damga vurduğu konusunda ısrarcıydı. Ty, Çember’i üniversitede bir yıl okuduktan sonra kurmuştu, ahım şahım bir ticari zekâsı ya da somut hedefleri yokken. Hakkında yazılan ilk makalelerden birinde, ‘Ona Niagara derdik,’ diyordu oda arkadaşı. ‘Çünkü fikirler adeta sökün ederdi aklına, binlercesi şelale gibi dökülürdü, her ân, sürekli, ezici bir kuvvetle.'"

Başlangıç sistemini, Tümleşik İşletim Sistemi'ni yani, Ty tasarlamıştı. Bu sistem önceden internette ayrı ve dağınık halde duran her şeyi -kullanıcıların sosyal medya profillerini, ödeme sistemlerini, muhtelif şifreleri, e-posta hesaplarını, kullanıcı adlarını, tercih ve ilgi alanlarını ortaya koyan her çeşit aracı- bir araya getiriyordu. Eskiden, her web sitesi için, her çevrimiçi alışverişte yeni bir işlem, yeni bir sistem gerekirdi, bu da insanın her iş için farklı bir arabaya binmesine benzerdi. "Seksen yedi farklı arabaya sahip olmanız gerekmemeli," demişti Ty, tasarladığı sistemin web'i ve dünyayı ele geçirmesinden sonra.

Ty, her şeyi, kullanıcıların tüm gereksinim ve araçlarını tek bir potaya koyarak GerçekSen'i geliştirmişti: kişi başına tek bir hesap, tek bir kimlik, tek bir şifre, tek bir ödeme sistemi. Birden fazla şifre, birden fazla kimlik yoktu artık. Aygıtlarınız sizin kim olduğunuzu anlıyordu; sahip olduğunuz tek kimlik *-GerçekSen*, sabit ve maskelenemez kimliğiniz- ödeme yapan, üye olan, karşılık veren, görüntüleyen ve gözden geçiren, gören ve görülen kişiydi. Gerçek adınızı kullanmak zorundaydınız, o da kredi kartlarınıza, bankanıza bağlıydı, dolayısıyla ödeme yapmak artık çok basitti. Çevrimiçi yaşantınız boyunca tek bir butonunuz olacaktı.

Çember'in araçlarından herhangi birini -ki dünyadaki en iyi araçlardı bunlar, en yaygın, her an her yerde mevcut olan, bedava araçlar- kullanmak için, kendiniz olarak, hakiki kendiniz olarak, GerçekSen'inizle giriş yapmanız gerekiyordu. Sahte hesapların, kimlik hırsızlığının, birden fazla kullanıcı adının, komplike şifrelerle ödeme sistemlerinin devri kapanmıştı. Bir şey görmek, bir şey kullanmak, bir şey hakkında yorum yapmak ya da bir şey satın almak istediğinizde tek buton, tek hesap yeterliydi; hepsi birbirine bağlıydı, her şeyin izi sürülebiliyordu ve basitti; cep telefonu, dizüstü bilgisayar, tablet ya da retinal ekran olsun, fark etmiyordu. Tek bir hesabınız olduğunda o hesap sizi web'in her köşesine, her portala, her paralı siteye, yapmak istediğiniz her şeye götürüyordu.

GerçekSen interneti değiştirdi, hem de baştan sona, bir yıllık bir zaman zarfı içinde. Bazı web siteleri başlangıçta dirense de, özgürlük savunucuları internette anonim olma hakkının engellendiğine dair feryatlar koparsa da, GerçekSen dalgası giderek yayıldı ve itiraz namına ne varsa ezdi geçti. Yayılma ticari sitelerle başladı. Bir internet sitesi, porno içerikli olmadığı sürece, kapıdan kimin girdiğini bilme olanağı varken neden anonim kullanıcı isteyecekti ki? Bir gece içinde tüm forumlar uslandı, tüm gönderi sahipleri yazdıklarından sorumlu hale geldi. O zamana kadar interneti enikonu ele geçirmiş olan troller geri çekilip karanlığa gömüldü.

Tüketici eğilimlerinin izini sürmek isteyen ya da buna ihtiyacı olanlar aradığı cenneti bulmuş gibiydi: Gerçek insanların gerçek satın alma alışkanlıkları şimdi en iyi şekilde saptanıp ölçülebilir durumdaydı ve bu kişiler artık şaşmaz bir doğrulukla pazarlama hedefi haline getirilebilirdi. Sonuçlar çoğu GerçekSen kullanıcısını, tek istediği kolaylık, etkinlik, temiz ve sorunsuz bir deneyim olan çoğu internet kullanıcısını fena halde heyecanlandırmıştı. Onlarca kimliği ve şifreyi ezberlemek zorunda kalmayacaklardı artık, anonim kalabalıkların çılgınlığını, hiddetini sineye çekmek zorunda kalmayacaklardı, beklentilerini nadiren doğru tahmin eden "ya tutarsa" pazarlamacılığıyla yetinmek zorunda kalmayacaklardı. Onlara ulaşan mesajlar odaklı, doğru mesajlardı şimdi ve çoğu zaman hoşlarına bile gidiyordu.

Ty'ın bütün bunları kazara keşfettiği söylenebilirdi. Kimliklerini hatırlamaktan, şifrelerini, kredi kartı bilgilerini girmekten bıkıp usanınca işi basitleştirecek bir kod tasarlamıştı. GerçekSen* adını oluştururken kendi isminin baş harflerini bilerek mi kullanmıştı? Bağlantıyı sonradan fark ettiğini söylüyordu.

* Orijinal metinde: TruYou. (Ç.N.)

GerçekSen'in ticari açılımları konusunda herhangi bir fikri var mıydı? Olmadığını iddia ediyordu; çoğu kişi onun doğru söylediğini varsayarak bu fikri paraya çevirme işinin gereken deneyim ve ticari zekâya sahip diğer iki Akıllı Adam'ın başının altından çıktığına inandı. GerçekSen'i paraya çevirenler, Ty'ın tüm yenilikçi fikirlerinden para kazanmanın yollarını bulanlar bu iki adamdı; şirketi büyüterek Facebook'u, Twitter'ı, Google'ı ve nihayet Alacrity'yi, Zoopa'yı, Jefe'yi, Quan'ı bünyesine katacak bir güce dönüştürenler de onlar olmuştu.

"Tom burada kötü görünüyor," dedi Annie. "Aslında o kadar da çakal kılıklı değildir. Ama duyduğuma göre bu resme bayılırmış."

Ty'ın sol altında Tom Stenton duruyordu, dünya gezgini CEO, süzme kapitalist, kendi tabiriyle Baş Kapitalist, yani *Capitalist Prime* – Transformers'ı çok severdi. İtalyan kesimli bir takım elbise giymiş, Kırmızı Başlıklı Kız'ın büyükannesini yiyen kurt gibi sırıtıyordu. Saçları siyahtı ve şakaklarına aklar düşmüştü; ifadesiz, kendini ele vermeyen gözleri vardı. Daha ziyade seksenlerin Wall Street bankacıları gibi biriydi; zenginlikten gocunmaz, bekârlığından, saldırganlığından ve saçabileceği tehlikelerden utanmazdı. Ellilerinin başlarında, gönlünce para harcayan bir dünya deviydi o; görünüşe bakılırsa seneler geçtikçe gücüne güç katıyor, birikimini ve nüfuzunu korkusuzca kullanıyordu. Devlet başkanlarından zerre kadar çekinmezdi. Ne Avrupa Birliği'nin açtığı davalar ne de Çin devletince güdümlü bilgisayar korsanlarının tehditleri gözünü korkuturdu. Onun için hiçbir şey kaygı verici, hiçbir şey elde edilemez değildi, altından kalkamayacağı hiçbir şey yoktu. Bir NASCAR takımının sahibiydi, bir ya da iki yarış yatı vardı, kendi uçağını kendisi kullanırdı. Stenton afili bir CEO'ydu, Çember'deki anakronizm. Çember'in ütopyacı, genç mensuplarının birçoğunda çelişik duygular uyandırırdı.

Onun böyle pervasızca sergilediği tüketim hırsı, diğer iki Akıllı Adam'ın hayatlarında bariz biçimde eksikti. Ty yerleşkeye birkaç kilometre ötede, iki odalı, kırık dökük bir daire tutmuştu kendine, gerçi onu şirkete girip çıkarken gören yoktu, yerleşkede yaşadığı tahmin ediliyordu sadece. Eamon Bailey'nin oturduğu yeri ise herkes bilirdi: Yerleşkeye on dakika mesafede, işlek bir cadde üzerindeki gayet göz önünde, son derece mütevazı, üç odalı bir ev. Oysa Stenton'ın her yerde evleri vardı - New York'ta, Dubai'de, Jackson Hole'da. San Francisco'da Milenyum Kulesi'nin tepesinde bir kat, Martinik yakınlarında da bir ada.

Tabloda onun yanında dikilmekte olan Eamon Bailey'nin, değerleri kendininkilerle en azından görünürde taban tabana zıt olan bu adamların varlığıyla son derece barışık, hatta onlarla bir arada olduğuna sevinir gibi bir hali vardı. Ty'ın sağ altında yer alan portresi onu gerçekte olduğu gibi gösteriyordu - kır saçlı, elma yanaklı, gözlerinin içi gülen, mutlu ve samimi haliyle. O, şirketin halka dönük yüzüydü, herkesin Çember'le bağdaştırdığı kişilik. Gülümsediği zaman, ki hemen her zaman gülümserdi, dudakları, gözleri, hatta omuzları bile gülümsermiş gibi görünürdü. Alaycıydı. Komikti. Hem coşkulu hem de ölçülü bir konuşma tarzı vardı; an gelir dinleyicilerine harikulade özgün bir üslupla hitap eder, an gelir hiç lafını sakınmadan konuşurdu. Omaha'lıydı; fazlasıyla sıradan, altı kişilik bir aileden geliyordu ve geçmişinde kayda değer hiçbir şey olmamış gibiydi. Notre Dame'dan mezun olmuş, sonra da Saint Mary's mezunu kız arkadaşıyla evlenmişti; şimdi dört çocukları vardı, üç kızdan sonra bir de oğulları olmuştu, gerçi oğlan doğuştan beyin felçliydi. "Oğlumuz zihinsel engelli," demişti Bailey, onun doğumunu şirkete ve dünyaya duyururken. "Bu nedenle onu daha çok seveceğiz."

Üç Akıllı Adam arasında, yerleşkede dolaşırken ya da Çember'i temsilen talk şovlarda konuşurken rastlanması en muhtemel olanı Bailey'ydi. Yetenek gösterilerine çıkıp Dixieland usulü trombon çalar, talk şovlarda Federal İletişim Komisyonu'nun kim bilir hangi soruşturması hakkında -lakaytça- atıp tutarken ya da çok faydalı bir yeniliği veya oyunun kurallarını değiştirecek bir teknolojiyi tanıtırken kıkır kıkır gülerdi. Kendisine Eamon Amca denmesini tercih eder, yerleşkede uzun adımlarla yürürken sevilen bir amca gibi cana yakın, samimi tavırlar takınırdı. Stenton bir keresinde onu "Pebble Beach'te yürüyüş yapan Bill Murray adeta" diye tarif etmişti. "Herkesçe seviliyor, karşılığında sanırım o da herkesi çok seviyor." Üçü, hem hayatta hem de bu portrede uyumsuz çiçeklerden derlenmiş tuhaf bir buket oluşturuyordu ama ortaklıklarının başarılı olduğuna şüphe yoktu. Bu üç başlı yönetim modelinin işe yaradığını herkes kabul ediyordu; *Fortune*'un en iyi 500 şirket sıralamasına girenler arasında bu dinamiği taklit ederek farklı farklı sonuçlar alanlar olmuştu.

"İyi ama," diye sordu Mae, "yaptığı işi bilen birinin elinden çıkacak gerçek bir portrenin bedelini ödeyemezler miydi?"

Tablo Mae'in gözüne giderek daha da tuhaf görünmeye başlamıştı. Ressam her Akıllı Adam'ı bir diğerinin omzuna elini koyabilecek şekilde konumlandırmıştı. Bunun hiçbir manası olmadığı gibi, kolların kıvrılma ve uzanma şekilleri de orantısızdı.

"Bailey tablonun gülünç olduğunu düşünüyor," dedi Annie. "Aslında ana salonun girişine asılmasını istedi ama Stenton veto etti. Bailey'nin koleksiyoncu olduğunu duymuşsundur, değil mi? İnanılmaz zevklidir. Diyeceğim o ki, üçü arasında en matrağı bu Omaha'lı sade vatandaşmış gibi görünse de, aynı zamanda sanattan anlayan biridir ve geçmişi -geçmişin kötü sanatını dahi- muhafaza etmeye kafayı takmıştır. Sen hele bir de kütüphaneyi gör."

Ortaçağdan kalma gibi görünen, büyük olasılıkla da öyle olan, geçmişte barbarların gözünü korkutmaya yaramış olması muhtemel, devasa bir kapının önüne geldiler. Göğüs hizasında çörten şeklinde, kocaman bir çift tokmak vardı. Mae ilk akla gelecek yorumu seçti.

"Tokmak da tokmakmış ha."

Annie'nin pöfleyerek elini duvardaki mavi tablanın üzerinden geçirmesiyle birlikte kapı açıldı.

Annie ona döndü. "Vay canına, değil mi?"

Üç katlı bir kütüphaneydi burası, açık bir avlunun etrafına farklı düzeylerde üç kat inşa edilmişti. Her şey tahta, bakır ve gümüştendi: yumuşak renk tonlarından oluşan bir senfoni. On bin kitap rahatlıkla vardı: pırıl pırıl cilalı raflara muntazaman yerleştirilmiş, çoğu deri ciltli kitaplar. Aralarında tanınmış simaların, Yunan ve Romalıların, Jefferson'ın, Jeanne d'Arc'ın, Martin Luther King'in keskin bakışlı büstleri duruyordu. Tavandan bir Spruce Goose -yoksa Enola Gay miydi?- maketi sarkmaktaydı. Bir düzine kadar antika küre vardı sonra, içlerinde kayıp milletlerin bazılarını ısıtan sakin ve yumuşak ışıklar yanıyordu.

"Bunların büyük bölümünü açık artırmaya çıkmak ya da kaybolup gitmek üzereyken satın almış Bailey. Bu işe baş koymuş senin anlayacağın. Sıfırı tüketmiş aileleri, ellerindeki hazineleri yok pahasına satmak zorunda kalanları bulup bütün bu gördüklerini piyasa değerinden satın alır ve onların asıl sahipleri olan bu insanlara diledikleri zaman kütüphaneye gelip mallarını görme hakkı tanır. Burada en çok onlara rastlarsın, kitaplarını okumaya, eşyalarına dokunmaya gelen saçlarına aklar düşmüş tiplere. Ah, asıl *şunu* görmen lazım. Aklın başından gidecek."

Annie, tüm basamakları girift mozaiklerle -Mae'in Bizans dönemine ait bir şeyin reprodüksiyonları olduğuna hükmettiği mozaiklerle- kaplı üç kat merdiveni Mae'in önü sıra çıktı. Yukarıya uzanan pirinç tırabzanda ne bir parmak izi ne de leke bulunması Mae'in gözünden kaçmadı. Yeşil masa lambalarını, bakır ve altın rengi ışıltılar saçan, pahlı camdan pencerelere doğrultulmuş teleskopları gördü. "Yukarıya bak," dedi Annie ona, dediğini yapınca Mae tavanın vitraydan olduğunu fark etti, halkalar halinde dizilmiş sayısız meleğin ateşli bir yorumu vardı vitrayda. "Roma'daki bir kiliseden."

Kütüphanenin en üst katına vardıklarında Annie, Mae'i yuvarlak sırtlı kitaplarla dolu dar koridorlardan geçirdi. Kitaplardan bazıları onunla aynı boydaydı - Kutsal Kitaplar, atlaslar, savaş ve ayaklanmaların, uzun zaman önce yeryüzünden silinmiş ulusların, halkların resimli tarihçeleri.

"Pekâlâ. Bir de bunu gör," dedi Annie. "Dur. Göstermeden önce bana gizlilik sözü vermen gerekiyor, olur mu?"

"Olur."

"Ciddiyim."

"Ben de ciddiyim. Bunu ciddiye alıyorum."

"İyi. Bak şimdi, bu kitabı yerinden oynattığım zaman..." dedi Annie, *Hayatımızın En Güzel Yılları* başlığını taşıyan büyük bir cildi yerinden çıkarırken. "İzle," deyip geri çekildi sonra. Üzerinde yüz kadar kitap taşıyan duvar geriye doğru ağır ağır hareket etmeye başlayarak arkadaki saklı bölmeyi ortaya çıkardı. "Kitap kurtları için biçilmiş kaftan!" dedi Annie ve beraberce içeri girdiler. İçeride kitaplarla çevrelenmiş yuvarlak bir oda vardı ama en çok dikkat çeken yanı, zeminin orta yerindeki delikti. Deliğin etrafı bakırdan bir bariyerle çevrilmişti ve aşağıya uzatılmış bir itfaiyeci direği, zemini delip geçerek alttaki bilinmeyen yerlere iniyordu.

"İtfaiyecilikle mi uğraşıyor?" diye sordu Mae.

"Biliyorsam ne olayım," dedi Annie.

"Direk nereye iniyor peki?"

"Anladığım kadarıyla Bailey'nin arabasını park ettiği yere."

Mae ne diyeceğini bilemedi. "Sen hiç indin mi aşağı?"

"Yok, bana göstermesi bile tehlikeliymiş aslında. Yapmaması gerekirmiş. Öyle demişti. Al işte, ben de sana gösteriyorum aptal gibi. Ama adamın hangi kafada olduğunu anlamışsındır artık. Elde edemeyeceği şey yokken tutmuş yedi kat aşağıdaki garaja inen bir itfaiyeci direği istemiş."

Annie'nin kulaklığından dijital bir uyarı tonu geldi ve kız, öbür tarafta her kim varsa ona, "Tamam," dedi. Gitme vakti gelmişti.

"Evet," dedi Annie, hızla ana personel katlarına inen asansörde, "benim gidip çalışmam gerekiyor. Plankton gözlemleme zamanı."

"Ne zamanı, ne zamanı?" diye sordu Mae.

"Plankton derken büyük balina tarafından -balina biz oluyoruz- yeterince lezzetli bulunacağını uman küçük girişimleri kastediyorum. Haftada bir defa o çocuklarla, yani Ty özentileriyle bir dizi toplantı düzenleriz. Onları satın almamız için bizi ikna etmeye çalışırlar. Artık bir gelirleri, hatta gelir potansiyelleri varmış gibi bile yapmadıkları göz önünde bulundurulduğunda durumları biraz acıklı. Dinle, şimdi seni iki şirket elçisine paslayacağım. İkisi de işini büyük ciddiyetle yapar. O kadar ciddiler ki ciddiyetlerinden *sakınman* gerek. Geri kalan yerleri sana onlar gezdirir. Sonrasında gündönümü partisi için gelir seni alırım, tamam mı? Yedide başlıyor."

Kapılar ikinci katta, Sırça Lokanta'ya yakın bir yerde açıldı ve Annie onu Denise ve Josiah ile tanıştırdı. İkisi de otuzlarının sonlarındaydı, ikisinde de aynı sabit bakışlı samimiyet vardı, ikisi de hoş renklerde, yakaları düğmeli, basit gömlekler giymişti. İkisi de Mae'in elini kendi elleri arasına alıp sıktıktan sonra neredeyse reverans yaparcasına yere eğildi.

Annie'nin tekrar asansöre binip gözden kaybolmasından önceki son sözleri, "Bugün çalışmasına izin vermeyin," oldu.

Zayıf, her yanı çilli bir adam olan Josiah, hiç kırpışmayan mavi gözlerini Mae'e çevirdi. "Seni tanıdığımıza çok memnun olduk."

Uzun boylu, ince, Asya asıllı Amerikalı bir kadın olan Denise ise Mae'e gülümseyerek ânın tadını çıkarırmış gibi gözlerini yumdu. "Annie bize ikinize dair her şeyi, arkadaşlığınızın ne kadar eskilere dayandığını anlattı. O, buranın gözbebeğidir, dolayısıyla aramıza katıldığın için çok şanslıyız."

"Annie'yi herkes sever," diye ekledi Josiah.

Mae'e gösterdikleri hürmet tuhaf kaçıyordu. Yaşça büyük olduklları besbelliydi ama ona, ziyaretlerine gelmiş meşhur bir şahsiyet gibi davranıyorlardı.

"Biraz fazla gelebilir, biliyorum," dedi Josiah, "ama sakıncası yoksa işe yeni başlayanlara yaptırdığımız turun tamamını yaptırmak istiyoruz sana. Ne dersin? Sıkıcı olmayacak, söz."

Mae güldü ve hadi deyip peşlerine takıldı.

Günün geri kalanı cam odalarda, kısacık, akıl almaz denli sıcak tanışma merasimleriyle, rüya gibi geçti. Mae'in tanıştığı herkes meşguldü, çok çalışmaktan bitap düşmelerine ramak kalmıştı ama yine de onunla tanıştıklarına çok seviniyor, aralarına katıldığı için çok mutlu oluyorlardı, Annie'nin bütün arkadaşlarının başlarının üstünde yeri vardı çünkü. Sağlık merkezinde gezi ve merkezin yöneticisi olan rastalı Dr. Hampton'la tanışma... Acil kliniğinde tur ve hastaları kliniğe kabul eden İskoç hemşireyle tanışma... Sekiz buçuk dönümlük organik bahçelerde gezi... Kalabalık bir grup Çember mensubu son mahsul havuçların, domateslerin, lahanaların tadına bakarken bahçelerde tam zamanlı çalışan iki çiftçi onları bilgilendirdi. Mini golf alanı, sinema salonu, bowling salonu, market gezildi. Son olarak Mae'in yerleşkenin bir ucu olduğunu tahmin ettiği yerde -ötede, uzanan parmaklıkları ve Çember'e gelen ziyaretçilerin kaldığı San Vincenzo otellerinin çatılarını görebiliyordu- şirket yatakhanesini gezdiler. Mae bu yerin bahsini duymuştu; Annie bazen yerleşkede sabahladığını, artık yatakhane odalarını kendi evine tercih ettiğini söylemişti ona. Koridorlarda dolaşırlarken pırıl pırıl, küçük birer mutfağı, birer masası, rahat birer kanepesi ve yatağı olan tertipli odaları görünce yatakhanenin karşı konulmaz bir cazibesi bulunduğunu Mae de kabul etti.

"Şimdilik 180 odamız var ama süratle büyüyoruz," dedi Josiah. "Yerleşkede on bin küsur kişi çalışıyor, mesaiye kalan ya da gün içinde biraz kestirmeye ihtiyaç duyan birileri her zaman olur. Bu odalar her daim ücretsiz, her daim temizdir, tek yapman gereken sistemden hangilerinin boş olduğuna bakmak. Şimdilik çok hızlı doluyorlar ama her şey planlandığı gibi giderse önümüzdeki birkaç sene içinde en az birkaç bin odamız olacak."

"Hele bu akşamki gibi partilerden sonra odalar her zaman dolu olur," dedi Denise, hınzırca görüneceğini umduğu bir edayla göz kırparak.

Gezi bütün öğleden sonrayı aldı. Aşçılık kursunda pişen yemeklerin tadına bakmak için durdular yalnızca; o günkü ders, yemeklerinde hayvanları bütün olarak kullanmasıyla tanınan genç ve ünlü bir şef tarafından veriliyordu. Şef, Mae'e fırınlanmış domuz yanağı adlı bir yemek ikram etti; Mae yedi ve yağlıca bir domuz pastırmasına benzediğini düşündü, tadı çok hoşuna gitti. Yerleşkeyi dolaşırken başka ziyaretçilerin yanından geçtiler; üniversite öğrencilerinden oluşan gruplar, bir sürü seyyar satıcı, bir de senatör olduğu anlaşılan bir adamla ekibini gördüler. Antika makinelerle dolu bir revaktan ve Annie'nin dediğine göre eski bir dünya şampiyonunun danışman olarak çalıştığı kapalı badminton sahasından geçtiler. Josiah ile Denise onu yerleşke merkezine geri getirdiğinde hava kararmaya yüz tutmuştu ve hizmetliler çimlerin üzerine bambu meşaleler dikip yakmakla meşguldü. Birkaç bin Çember mensubu alacakaranlıkta toplanmaya başlamıştı, aralarında dikilirken Mae, asla başka bir yerde çalışmak istemediğini -başka bir yerde olmak dahi istemediğini- düşündü. Kendi memleketi ve Kaliforniya'nın geri kalan her yeri, hatta Amerika'nın geri kalan her yeri, gelişmekte olan dünyada kaotik bir mezbele gibi görünüyordu gözüne. Çember'in duvarları dışında gürültü ve mücadele, başarısızlık ve pislik kol geziyordu. Oysa burada her şey mükemmelleştirilmişti. En iyi insanlar en iyi sistemleri kurmuş, en iyi sistemler para, üstelik sınırsız para getirmiş, para da burayı, çalışılabilecek en iyi yeri mümkün kılmıştı. Böyle olması çok doğal, diye düşündü. Ütopyayı ütopyacılardan başka kim yaratabilirdi?

* * *

On iki metrelik büfenin önünde ağır ağır ilerledikleri sırada Annie, "Bunu partiden sayma. Bu daha hiçbir şey!" dedi Mae'e. Artık hava kararmıştı, gece serinliği çökmekte olduğu halde yerleşke nedense çok sıcaktı, ortalık kehribar sarısı ışıklar saçan yüzlerce meşaleyle donatılmıştı. "Bailey'nin fikriydi. Doğa delisi olduğu söylenemez ama yıldızlara, mevsimlere ilgi duyar, gündönümü de onun başının altından çıktı haliyle. Bir ara görünüp herkese hoş geldiniz diyecektir, genellikle öyle yapar. Geçen sene atlet gibi bir şey giymişti. Kollarını sergilemeye bayılır."

Mae ile Annie çimenlikte yürüyüp tabaklarını doldurduktan sonra otlarla kaplı yüksek bir banketin içine inşa edilmiş taş amfide yer bulmaya gitti. Annie bir Riesling şişesinden Mae'in bardağına beyaz şarap doldurup duruyordu, dediğine göre bu şarap burada yapılmıştı, kalorisi nispeten düşük, alkol oranı yüksek tutulmuş yeni bir formülle. Mae gözlerini ortalıkta gezdirerek sıra sıra dizilmiş, tıslayarak yanan meşalelere baktı; meşale dizilerinin her biri katılımcıları limbo, *kickball*, *Electric Slide* dansı gibi etkinliklere yönlendiriyordu, gelgelelim bu etkinliklerin hiçbirinin gündönümüyle uzaktan yakından alakası yoktu. Ortama hâkim keyfilik, uyulması gereken bir programın olmaması, partiye dair beklentilerin düşük tutulmasını ve bunların kolayca aşılmasını sağlıyordu. Herkes çabucak sarhoş oldu ve Mae çok geçmeden Annie'yi kaybetti, sonra da hepten kaybolup nihayet kendini *bocce* sahalarında buldu; sahalar nispeten yaşlı -hepsi de en az otuzundaydı- Çember mensuplarından oluşan küçük bir grup tarafından bowling lobutlarına kavun yuvarlamak için kullanılmaktaydı. Mae sonunda çimenliğe dönmeyi başardı ve Çember ekibinin "Ha" adını verdiği, görünüşe bakılırsa kolları veya bacakları ya da hem kolları hem bacakları kavuşturarak yere yatmaktan başka hiçbir çaba gerektirmeyen bir oyuna katıldı. Yanında yatan kişinin her "Ha" deyişinde senin de "Ha" demen gerekiyordu. Berbat bir oyundu ama o an için Mae'in buna ihtiyacı vardı, çünkü başı fırıl fırıl dönüyordu ve yatay konumda kendini daha iyi hissediyordu.

"Şuna da bak hele. Nasıl da huzurlu görünüyor." Ses yakından gelmişti. Mae bir erkeğe ait olan sesin kendisinden bahsettiğini fark edince gözlerini açtı. Tepesinde kimseyi göremedi. Yalnızca gökyüzü vardı, neredeyse bulutsuz bir gökyüzü; küçücük, gri bulut öbekleri yerleşkenin üzerinden hızla geçip denize doğru gidiyordu. Mae'in gözkapakları ağırlaşmıştı; saatin geç olmadığını biliyordu, onu geçmemişti en azından; çoğunlukla yaptığı şeyi yapmak, yani iki-üç içkiden sonra uyuyakalmak istemiyordu. Ayağa kalkıp Annie'yi aramaya ya da biraz daha Riesling bulmaya, hatta belki ikisini birden yapmaya gitti. Büfeye ulaştı ama ortalık savaş alanına dönmüştü, hayvanlar ya da Vikingler tarafından yağmalanmış bir ziyafet sofrasına benziyordu. En yakın bara attı kendini, barda beyaz şarap bitmişti ve artık yalnızca bir tür votka-enerji içeceği karışımı veriyorlardı. Gelene geçene nereden şarap bulabileceğini sorarak ilerlerken önünden bir gölgenin geçtiğini hissetti.

"Burada daha var," dedi gölge.

Mae döndüğünde aynalı, mavi bir gözlük takmış belli belirsiz bir siluet buldu karşısında. Adam sırtını dönüp yürümeye başladı.

"Peşinden mi geliyorum?" diye sordu Mae.

"Henüz değil. Olduğun yerde dikiliyorsun şu an. Ama şarap içmek istiyorsan gelsen iyi olur."

Gölgenin peşi sıra çimenliği geçti ve adamı yüksek ağaçların dallarıyla oluşan doğal tentenin altına kadar takip etti. Yaprakların arasından süzülen ay ışığı yere onlarca gümüş mızrak saplıyordu. Şimdi Mae daha iyi görebiliyordu silueti: Kum rengi bir tişört, üstüne de bir çeşit yelek, deri veya süet bir şey giymişti - Mae'in uzun zamandır görmediği türde bir kombinasyon. Gölge durdu ve Sanayi Devrimi'nin yanından akmakta olan yapay şelalenin döküldüğü yere yakın bir noktada çömeldi.

Şelale sularının döküldüğü havuzun içine ellerini daldırırken, "Buraya birkaç şişe saklamıştım," dedi. Bir şey bulamayınca diz çöküp kollarını omuzlarına kadar suya soktu, sonunda iki parlak, yeşil şişe bulup çıkardı, ayağa kalkıp Mae'e döndü. Mae nihayet onu doğru dürüst görebildi. Yüzü üçgenimsiydi, çenesinde öyle belli belirsiz bir gamzesi vardı ki ancak şimdi fark ediyordu. Adam bir çocuğun cildine, çok daha yaşlı bir adamın gözlerine, kemerli ve kıvrık olmakla birlikte her nasılsa yüzünün geri kalanını bir teknenin omurgası gibi dengeleyen gaga bir buruna sahipti. Kaşları, kulaklarına doğru telaşla seğirten gür kıllardan oluşuyordu; kulaklarıysa yuvarlak, büyük, şeker pembesiydi. "Oyuna geri dönmek mi istersin, yoksa..." Bu "yoksa"nın ardından gelecek seçeneğin çok daha iyi olabileceğini ima eder gibiydi.

"Tabii," dedi Mae, bu şahsı tanımadığını, hakkında hiçbir şey bilmediğini fark ederek. Ama adamın elindeki o şişeler yüzünden, Annie'yi kaybetti diye ve Çember'in sınırları içinde karşısına çıkan herkese güvendiği için -her şeyin yeni olduğu, hiçbir şeyin yasak olmadığı o topraklar dahilindeki herkese karşı sevgiyle dolup taşıyordu yüreği o an- onun peşi sıra partiye, daha doğrusu parti yakınlarına döndü. Çimenliğe tepeden bakan yüksek bir basamağa oturarak aşağıda koşuşan, çığlıklar atan, düşüp kalkan karaltıları izlediler.

Adam iki şişeyi de açıp birini Mae'e uzatırken kendi şişesinden bir yudum aldı ve adının Francis olduğunu söyledi.

"Frank değil mi yani?" diye sordu Mae. Şişeyi alıp ağzını şeker gibi tatlı şarapla doldurdu.

"İnsanlar bana öyle hitap edecek olur, o zaman ben de... öyle yapmamalarını söylerim."

Mae güldü, adam da güldü.

Dediğine göre Francis geliştiriciydi ve yaklaşık iki senedir şirkette çalışıyordu. Daha önce bir nevi anarşist, bir provokatör olarak yaşamıştı. Buradaki işini, Çember'in sistemini diğer herkesten daha derinlemesine hack'leyerek bulmuştu. Şimdi güvenlik ekibindeydi.

"Bu benim ilk günüm," dedi Mae.

"Hadi ordan!"

İşte o zaman, Mae tam, "Senle şakalaşmıyorum," diyecekken bunu başka kelimelerle ifade etmeye karar verdi ama bu yeni söz arayışı sırasında hatlar karışınca, "Senle şaapmıyorum," cümlesi ağzından kaçıverdi. Bunu der demez, bu cümleyi on yıllarca hatırlayacağını, bu cümle yüzünden kendinden nefret edeceğini anladı.

"Benle şaapmıyorsun öyle mi?" dedi adam, ruhsuzca. "Çok kesin konuştun. Bu kararı vermek için yeterli bilgiye sahip değilsin. Benle şaapmıyorsun ha? Bak sen şu işe."

Mae ne demek istediğini açıklamaya çalıştı, nasıl düşündüğünü, beyninin bir kısmının nasıl düşündüğünü, yalnızca başka bir ifade bulmaya çalışıyor olduğunu... Ama gerek yoktu. Francis gülüyordu; Mae'in mizahtan anladığının farkındaydı belli ki, Mae de onun mizahtan anladığının farkındaydı. Bir şekilde Mae'i güvende hissettirmiş, bu konuyu bir daha hiç açmayacağına, ağzından kaçan bu rezil lafın aralarında kalacağına inandırmıştı. Herkesin hata yapabileceğini ve yapması gerektiğini ikisi de gayet iyi bildiğine göre, hepimizin insan olduğu, hepimizin zaafları olduğu, her gün defalarca gülünç şeyler söylemeye ya da yapmaya eğilimli olduğumuz herkesçe kabul edildiğine göre bu hataların unutulmasına izin vermek gerekirdi.

"İlk gününmüş," dedi. "Tebrikler öyleyse. Şerefine."

Şişelerini tokuşturup birer yudum aldılar. Mae, ne kadar kaldığını görmek için şişesini ay ışığına tuttu ve içindeki sıvı uhrevi bir maviye dönünce şimdiden yarısını içmiş olduğunu anladı. Şişeyi aşağı indirdi.

"Sesin hoşuma gitti," dedi adam. "Hep böyle miydi?"

"Kısık ve çatlak mı?"

"Bana sorsalar *olgun* derdim. *Hisli.* Tatum O'Neal'i tanır mısın?"

"Annemle babam *Ay Beyazdır* filmini bana yüzlerce defa izletmiştir herhalde. Kendimi daha iyi hissedeyim diye."

"O filme bayılırım," dedi adam.

"Büyüdükçe Addie Pray gibi olurum sandılar, haşarı ama tatlı. Erkeksi bir kız olacağımı umut ediyorlardı. Saçımı onunki gibi kestirirlerdi."

"Pek hoş."

"Mantar kafa saç kesimini seviyorsun demek."

"Hayır. Sesinden bahsediyordum. Şimdilik en beğendiğim yanın bu."

Mae hiçbir şey demedi. Tokat yemiş gibi olmuştu.

"Eyvah," dedi adam. "Tuhaf mı kaçtı? İltifat etmek istemiştim."

Rahatsız edici bir sessizlik oldu. Mae'in ağzı iyi laf yapan, bir sürü basamağı hop diye atlayıp yakışıksız iltifatlar yumurtlayıveren erkeklerle daha önce kötü birkaç deneyimi olmuştu. Francis'in sandığı gibi -cömert, zararsız- değil de aslında sapkın, sıkıntılı, dengesiz olduğu kanısını doğrulamak üzere ona döndü. Ama ona baktığında aynı düzgün yüz, mavi gözlük ve ihtiyar gözlerle karşılaştı. Yüzünde acıklı bir ifade vardı.

Francis suçu şaraba atmak istercesine şişesine baktı. "Yalnızca sesin konusunda hoş bir şeyler söylemek istemiştim. Ama sanırım geri kalanına hakaret etmiş oldum."

Mae bir saniyeliğine düşündü ama şarapla sersemlemiş olan beyni yavaşlamış, hantallaşmıştı. Onun sözlerini veya niyetlerini çözümlemeye çalışmaktan vazgeçti. "Bence biraz tuhafsın," dedi.

"Yetimim," dedi adam. "Bağışlanmamı sağlar mı bilemem." Sonra kendini çok fazla, çok çaresizce ifşa ettiğini fark ederek, "İçmiyorsun," dedi.

Mae onun bu çocukluk mevzusunu kapatmasına izin verdi. "Ben bittim," dedi. "Dut gibi oldum."

"Çok özür dilerim. Bazen kelimelerimi yanlış sıralıyorum. Böyle durumlarda hiç konuşmasam daha iyi."

"Gerçekten tuhafsın," dedi Mae yine, öyle düşünüyordu. Yirmi dört yaşındaydı ve karşısındaki bu adam, o güne değin tanımış olduğu kimselere benzemiyordu. Bu da Tanrı'nın varlığının kanıtı, diye düşündü sarhoş kafayla, öyle değil mi? O zamana kadarki hayatı boyunca pek çoğu birbirine benzeyen, pek çoğu hatırlamaya değmeyecek belki binlerce kişiyle karşılaşmıştı, derken ansızın, bu yeni, tuhaf görünüşlü, tuhaf konuşan adam çıkmıştı karşısına. Bilim insanları her gün yeni bir kurbağa ya da nilüfer türü keşfediyordu; işte bu da aynı şekilde ilahi bir şovmenin, semavi bir mucidin önümüze beceriksizce saklanmış, şans eseri bulabileceğimiz yerlere gizlenmiş yeni oyuncaklar koyduğunu doğrular gibiydi. Bu Francis denen şahsiyet tamamen farklı bir şeydi, yeni bir kurbağa. Mae belki onu öpebileceğini düşünerek yüzüne bakmak üzere döndü.

Ama Francis meşguldü. Bir eliyle ayakkabısını boşaltıyor, içindeki kumları silkeliyordu. Öbür eliyse ağzındaydı, görünüşe bakılırsa tırnağını ısırıp koparmaya çalışıyordu.

Mae hayallerinden uyandı ve evini, yatağını düşündü.

"Herkes nasıl dönecek geri?" diye sordu.

Francis aşağıda bir piramit oluşturmaya çalıştığı anlaşılan insan yığınına baktı. "Yatakhanelere gidilebilir tabii. Ama bahse girerim çoktan dolmuştur odalar. Hazırda birkaç servis aracı her zaman bulunur. Herhalde söylemişlerdir sana." Mae Francis'in şişesini ana girişe doğru uzatarak gösterdiği yere baktığında o sabah gelirken gördüğü minibüslerin tepelerini seçebildi. "Şirket her konuda maliyet analizi yapar. Aşırı yorgun ya da bugün olabileceği gibi zilzurna sarhoş bir eleman eve arabasıyla dönmeye kalkarsa... eh, neresinden baksan servis aracı bulundurmak uzun vadede çok daha ucuza gelir. Ben servislere tav olmadım deme şimdi. İçleri müthiştir, lüks yatlara benzer. Bir sürü ahşap kompartıman, takım taklavat..."

"Takım taklavat? Takım taklavat ha?" Mae, onunla flört etmekte olduğunu bile bile, oradaki ilk gecesinde bir Çemberliyle flört etmenin, bu kadar çok içki içmenin aptalca olduğunu bile bile Francis'in kolunu yumrukladı. Bile bile yapıyordu bunları, yaptığına da çok memnundu.

Bir figür süzülerek onlara yaklaşıyordu şimdi. Mae donuk bir merakla izledi ve gelenin önce kadın olduğunu fark etti... Sonra da Annie olduğunu.

"Seni taciz mi ediyor yoksa?" diye sordu Annie.

Francis hemen Mae'den uzaklaştı, sonra şişesini arkasına sakladı. Annie gülüyordu.

"Ne oldu Francis, neden tedirgin oldun?"

"Affedersin. Başka bir şey söyledin sandım."

"Vay. Suçluluk psikolojisi! Baktım Mae senin kolunu yumrukluyor, gelip takılayım dedim. Ama bir şey mi itiraf etmeye çalışıyorsun? Kafandan neler geçiyor Francis Garbanzo?"

"Garaventa."

"Evet. Adını biliyorum."

"Francis," dedi Annie, kendini pat diye aralarına bırakırken, "muteber bir meslektaşın ama aynı zamanda arkadaşın olarak senden bir şey rica etmem gerek. Mümkün mü?"

"Tabii ki."

"Güzel. Mae'le biraz yalnız kalabilir miyim? Onu dudaklarından öpmek istiyorum da."

Francis güldü ama Mae ile Annie'nin gülmediğini fark edince sustu. Az sonra korkmuş, şaşırmış ve Annie tarafından bariz biçimde sindirilmiş halde basamaklardan inip çimenliğin ortasından geçerek particilere yakalanmadan uzaklaşmaya çalışıyordu. Çimenliğin ortasına geldiğinde durup döndü ve Annie'nin o gece Mae'in refakatçiliğini kendisinden devralmaya kararlı olduğunu teyit etmek istercesine yukarıya baktı. Korkuları doğrulanınca yürümeye devam edip Karanlık Çağlar'ın kapı tentesinin altına girdi. Kapıyı açmaya çalıştı, beceremedi. İte çeke zorladıysa da kapı bana mısın demiyordu. Mae ile Annie'nin seyretmekte olduklarının farkında, köşeyi dönüp gözden kayboldu.

"Güvenlikçiymiş, dediğine göre," dedi Mae.

"Öyle mi dedi? Francis Garaventa mı?"

"Dememeliymiş, anladığım kadarıyla."

"Eh, *bildiğin* güvenlikçilerden olduğu söylenemez. Mossad ajanı değil yani. Ama seni buradaki ilk gecende katiyen yapmaman gereken bir şeyden alıkoymadım, değil mi, seni ahmak?"

"Hiçbir şeyden alıkoymadın."

"Bence *öyle* oldu."

"Hayır. Sayılmaz."

"Öyle oldu. Biliyorum."

Annie, Mae'in ayakları üzerinde duran şişeyi fark etti. "İçkimiz saatler önce bitti sanıyordum."

"Şelalenin içinde biraz şarap vardı - Sanayi Devrimi'nin orada."

"Ha doğru. İnsanlar oraya bir şeyler saklar."

"'Sanayi Devrimi'nin oradaki şelalenin içinde biraz şarap vardı' mı dedim ben az önce?"

Annie gözlerini yerleşkede gezdirdi. "Dedin kör olasıca. Dedin."

Servis otobüsüne bindikten, yolculardan birinin verdiği votkalı jöleyi yiyip şoförün ailesi, ikizleri, gut hastası olan karısı hakkında dalgın dalgın anlattıklarını dinledikten sonra eve vardığında

Mae'i uyku tutmadı. Uçuş hostesi oldukları için pek ortalıkta görünmeyen, yabancı sayılabilecek iki kişiyle paylaştığı vagon benzeri dairedeki küçücük odasında, yere serili ucuz Japon şiltesine uzandı. Daire eskiden motel olan bir binanın ikinci katındaydı; mütevazı, ne yapsan temizlenmeyen, önceki sakinlerinin çaresizlik ve kötü yemek kokusunu hâlâ üzerinde taşıyan bir yerdi. Hüzün veriyordu insana, özellikle de her şeyin özenle, sevgiyle, zevkle yapıldığı Çember'de geçen bir günün ardından. Mae perişan vaziyetteki alçak yatağında birkaç saat uyuyup uyandı; günün ve gecenin olaylarını anımsadı; Annie'yi, Francis'i, Denise ile Josiah'yı, itfaiyeci direğini, Enola Gay'i, şelaleyi, meşaleleri, ancak tatillerde ve rüyalarda görülen, elde edilmesi imkânsız olan her şeyi bir bir geçirdi aklından; ama sonra oraya, bütün bunların olduğu yere tekrar gideceğini hatırladı ve onu uyanık tutan, başını yeni yürümeye başlamış bir çocuğun neşesine benzer bir duyguyla sallamasına sebep olan şeyin bu olduğunu anladı. Oraya bekleniyordu Mae, bir çalışanıydı artık oranın.

İşe erken gitti. Ama saat sekizde vardığında kendisine bir masa, en azından gerçek bir masa verilmemiş olduğunu, dolayısıyla gidecek bir yerinin olmadığını gördü. GELİN BUNU YAPALIM, GELİN HEPSİNİ YAPALIM diyen bir tabelanın altında bir saat bekledikten sonra Renata gelip onu Rönesans'ın ikinci katına, basketbol sahası genişliğinde bir odaya çıkardı. Odada hepsi birbirinden farklı, sarı tahta tablalarına organik şekiller verilmiş yirmi kadar masa vardı. Masalar camdan bölmelerle birbirinden ayrılmış ve bir çiçeğin taçyaprakları gibi, beşli gruplar halinde düzenlenmişti. Hepsi boştu.

"Sen burada ilksin," dedi Renata, "ama yalnızlığın uzun sürmez. Yeni Müşteri Deneyimi ofisleri genellikle çabucak dolar. Kıdemliler de çok uzağında değil nasılsa." Koluyla geniş bir yay çizerek açık alanı çevreleyen on kadar ofisi işaret etti. İçeridekiler cam duvarlardan görülebiliyordu. Yaşları yirmi altı ile otuz iki arasında değişen bu kıdemliler, yeni güne rahat, becerikli ve bilgili olduklarını duyumsayarak başlıyordu sanki.

"Tasarımcılar camı çok seviyor anlaşılan," dedi Mae, gülümseyerek.

Renata durdu, kaşlarını çattı, biraz düşündü. Önüne düşen bir parça saçı kulağının arkasına atarken: "Sanırım öyle. Sormam lazım. Ama önce sana düzenin nasıl işlediğini ve ilk gerçek iş gününde nelerle karşılaşacağını açıklamamız gerekiyor."

Renata masanın, koltuğun, ekranın özelliklerini anlattı; üçü de ergonomik açıdan kusursuzlaştırılmıştı ve ayakta çalışmak isteyenlere göre de ayarları bulunuyordu.

"Eşyalarını yerleştirip koltuğunu ayarlayabilirsin... İşte, görünüşe bakılırsa karşılama komitesi de yolda. Hiç ayağa kalkma," deyip kenara çekildi.

Mae, Renata'nın baktığı tarafa bakınca karşıdan ona doğru gelmekte olan üç genç yüz gördü. Yirmili yaşlarının sonlarında, kafası kelleşmeye yüz tutmuş bir adam ona elini uzattı. Mae uzanan eli tutup sıktıktan sonra adam büyük boy bir tableti masaya, önüne koydu.

"Selam Mae, ben muhasebeden Rob. Önce *beni* gördüğüne memnun olmuşsundur eminim." Gülümsedi, sonra da konuşmasındaki nükteyi az önce bir kez daha fark etmiş gibi gevrek gevrek güldü. "Pekâlâ," dedi, "biz burada her şeyi hallettik. Şu üç yere imzanı atman yeterli." İmzasını talep eden sarı dikdörtgenlerin yanıp söndüğü ekranı işaret etti.

Mae işini bitirince Rob tableti alıp sıcacık gülümsedi. "Teşekkürler, aramıza hoş geldin."

Rob dönüp gidince ondan boşalan yere bronz, kusursuz bir tene sahip, balıketinde bir kadın geldi.

"Selam Mae, ben Tasha, noterim." Genişçe bir defter uzattı ona. "Sürücü ehliyetin var mı?" Mae ona ehliyetini verdi. "Harika. Senden üç imza isteyeceğim. Neden diye sorma. Bunun neden kâğıt üstünde olması gerektiğini de sorma. Bürokrasi." Tasha peş peşe sıralanmış üç kutucuğu gösterdi ve Mae her birine imzasını attı.

"Teşekkür ederim," dedi Tasha; bu sefer mavi bir ıstampa uzatıyordu ona. "İmzalarının yanına birer de parmak izi lütfen. Merak etme, göreceksin, bu mürekkep parmağını boyamaz."

Mae başparmağını önce ıstampaya, sonra kutucuklardaki imzalarının yanına bastı. Mürekkep sayfaya geçmişti ama başparmağı tertemizdi.

Tasha, Mae'in hoşnutluğunu fark ederek kaşlarını kaldırdı. "Gördün mü? Mürekkepten eser yok. Yalnızca bu defterde iz bırakıyor."

Mae işte bu gibi şeyler için gelmişti buraya. Burada her şey daha etkin bir biçimde yapılıyordu. *Parmak izi mürekkebi* bile gelişmişindendi, görünmez mürekkepti.

Tasha da gidince ondan boşalan yere kırmızı fermuarlı bir gömlek giymiş zayıf bir adam geldi. Adam Mae'in elini sıktı.

"Selam, ben Jon. Nüfus cüzdanını yanında getirmen için dün sana bir e-posta göndermiştim, getirdin mi?" Ellerini dua edercesine birleştirdi.

Mae çantasından nüfus cüzdanını çıkarınca Jon'ın gözleri ışıldadı.

"Getirmişsin!" Çabuk çabuk, sessizce el çırparak ağzındaki minik dişleri gösterdi. "İlk gün *kimse* hatırlamaz. Yeni favorim sensin." Kopyasını çıkardıktan sonra iade edeceği vaadiyle nüfus cüzdanını alıp gitti.

Arkasında dördüncü bir eleman daha vardı, bu seferki otuz beş yaşlarında, güleç yüzlü biriydi ve Mae'in günün bu saatine kadar tanıştığı çalışanlar arasında açık ara en yaşlı olanıydı.

"Selam Mae. Adım Brandon, sana yeni tabletini verme şerefi bana ait." Elinde pırıl pırıl bir nesne tutuyordu; yarı saydam, kenarları siyah, volkanik cam kadar pürüzsüz bir nesne.

Mae şaşkına dönmüştü. "Ama bunlar piyasaya *çıkmadı* daha."

Brandon gülümsedi. "Bir önceki nesilden dört misli hızlı. Ben de bir haftadır kendiminkini kurcalayıp duruyorum. Çok iyi."

"Ve bu benim mi olacak?"

"Senin oldu bile," dedi Brandon. "Bak, üzerinde adın yazılı."

Mae'in tam adının yazılmış olduğu yeri göstermek için tableti yana çevirdi: MAEBELLINE RENNER HOLLAND.

Sonra da ona uzattı. Tablet kâğıttan bir tabak ağırlığındaydı.

"Evet, öyle sanıyorum ki kendi tabletin vardır?"

"Var. Yani, dizüstüm var daha doğrusu."

"Dizüstü ha? Görebilir miyim?"

Mae bilgisayarını işaret etti. "Şimdi onu çöpe atmam gerektiği hissine kapıldım."

Brandon'ın beti benzi soldu. "Aman, sakın ha! En azından geri dönüşüme vermen şart."

"Yok canım. Şaka yapıyordum," dedi Mae. "Saklarım herhalde. Her şeyim içinde."

"Lafı ağzımdan aldın! Ben de o iş için buradayım. Her şeyini yeni tablete aktarmamız lazım."

"Ha, onu kendim halledebilirim."

"Bu şerefi bana bahşeder misin? Hayatım boyunca bu ânı bekledim."

Mae güldü ve koltuğuyla beraber kenara çekildi. Brandon, Mae'in masasının önüne diz çökerek yeni tableti dizüstü bilgisayarın yanına koydu. Birkaç dakika içinde Mae'in tüm bilgi ve hesapları aktarılmıştı.

"Tamamdır. Şimdi de aynı şeyi telefonun için yapalım. İş-te." Çantasından yeni bir telefon çıkardı. Mae'in kendi telefonundan birkaç adım ileride bir cihazdı bu. Tablet gibi onun da arkasında adı yazılıydı. Brandon iki telefonu, yenisini ve eskisini masanın üzerinde yan yana koydu ve bir çırpıda, kablo kullanmadan, içeriğin tümünü birinden diğerine aktardı.

"Tamamdır. Eski telefonun ve sabit diskindeki her şeye tabletinden ve yeni telefonundan erişebilirsin artık, ayrıca hepsi bulutta, sunucularımızda da yedekleniyor. Müziklerin, fotoğrafların, mesajların, bilgilerin. Asla kaybolamazlar. Bu tableti ya da telefonu kaybettin diyelim, her şeyini geri kazanıp yeni cihazlara indirmen topu topu altı dakikanı alır. Hepsi gelecek sene de, gelecek yüzyıl da burada olacak."

Birlikte yeni cihazlara baktılar.

"Keşke sistemimiz on sene önce de mevcut olsaydı," dedi Brandon. "O yıllarda iki sabit disk yakmışlığım var benim, evi barkı yanıp kül olmuş gibi geliyor insana."

Brandon ayağa kalktı.

"Teşekkür ederim," dedi Mae.

"Lafı bile olmaz," dedi Brandon. "Böylece sana yazılımlar için, uygulamalar için, her şey için güncellemeler gönderebilecek, hep güncel kaldığına emin olacağız. Senin de tahmin edebileceğin gibi, Müşteri Deneyimi'ndeki herkes, bütün yazılımların aynı sürümünü kullanmalı. Sanırım bu kadardı..." dedi, masadan çekilirken. Sonra birden durdu. "Ha, bir de tüm şirket cihazlarının şifre korumalı olması elzemdir, onun için sana da bir şifre verdim. Burada yazılı." Üzerinde birtakım rakamlar ve anlaşılmaz tipografik semboller olan bir kâğıt parçası uzattı. "Hemen bugün ezberine alıp kâğıdı yok edersen sevinirim. Anlaştık mı?"

"Evet. Anlaştık."

"İstersen sonradan şifreni değiştirebiliriz. Bana söylemen yeterli, sana yeni bir şifre veririm. Şifrelerin hepsini bilgisayar belirler."

Mae eski dizüstü bilgisayarını masadan alıp çantasına koymaya yeltendi.

Brandon istilacı bir yaratıkmış gibi bakıyordu ona. "Seni kurtarmamı ister misin? Son derece çevre dostu bir yöntemle yapıyoruz bunu."

"Belki yarın," dedi Mae, "onunla vedalaşmak istiyorum."

Brandon hoşgörüyle gülümsedi. "Tamam. Anlıyorum. Peki o zaman."

Brandon başıyla selam vererek yanından ayrılırken Mae arkadan Annie'nin geldiğini gördü. Annie yumruk yaptığı elini çenesine dayamış, başını hafifçe yana yatırmıştı.

"Benim küçük kızım sonunda büyümüş demek!"

Mae ayağa kalkıp kollarını Annie'ye doladı.

"Teşekkür ederim," dedi Annie'nin boynuna doğru.

"Amaan." Annie geri çekilmeyi denedi.

Mae daha da sıkı sarıldı ona. "Gerçekten."

"Tamam, tamam." Annie nihayet kendini kurtarmıştı. "Sakin ol. Ya da belki... devam et bari. Tahrik olmaya başlamıştım."

"Gerçekten. Çok teşekkür ederim," dedi Mae, sesi titreyerek.

"Yok yok, sakın ha," dedi Annie. "Daha ikinci günden ağlamaya başlama."

"Özür dilerim. Öylesine minnettarım ki."

"Kes şunu." Annie yaklaşıp yeniden sarıldı ona. "Sus. Kes ağlamayı. Ne manyak şeysin sen!"

Mae yeniden sakinleşene kadar derin derin nefes aldı. "Neyse, geçti galiba. Ah, babam da seni çok sevdiğini söylüyor. Herkes o kadar mutlu ki."

"Tamam. Onunla hiç tanışmadığımızı düşünürsek biraz garip, ama neyse. Benim de onu çok sevdiğimi söyle. Tutkuyla hem de. Hoş bir tip mi baban? Kır saçlı bir yakışıklı? Çapkın mıdır peki? Belki bir şeyler ayarlarız, kim bilir. Ama şimdi işimizin başına mı dönsek?"

"Evet evet," dedi Mae, tekrar yerine otururken. "Pardon."

Annie haylazca kaşlarını kaldırdı. "Okul başlamak üzereymiş de aynı sınıfa düştüğümüzü yeni öğrenmişiz sanki. Yeni tablet verdiler mi sana?"

"Az önce verdiler."

"Bakayım." Annie tableti alıp inceledi. "Oooo, ad yazdırmak güzel fikir. Böyle zahmetlere gireceğiz artık birbirimiz için, öyle değil mi?"

"Umarım."

"Pekâlâ, ekip liderin de geldi. Selam Dan."

Mae çabucak gözlerindeki yaşları sildi. Annie'nin arkasına doğru bakınca kılığı kıyafeti düzgün, yakışıklı bir adamın yaklaşmakta olduğunu gördü. Adamın üzerinde kahverengi kapüşonlu bir svetşört, yüzünde koca bir memnuniyet tebessümü vardı.

"Selam Annie, nasılsın?" dedi, Annie'nin elini sıkarken.

"İyidir Dan."

"Çok sevindim."

"Sıkı bir elemana kavuştun, farkındasındır umarım," dedi Annie, Mae'in bileğini tutup sıkarken.

"*Bilmez miyim,*" dedi Dan.

"Gözün üstünde olsun."

"Olacak," dedi ona Dan ve yüzünü Mae'e döndü. Memnuniyet tebessümü mutlak teminata benzer bir şeye dönüşmüştü.

"Sen *onu* izlerken ben de *seni* izliyor olacağım," dedi Annie.

"Bunu duyduğuma sevindim," dedi Dan.

Annie, Mae'e, "Yemekte görüşürüz," deyip gitti.

Mae ile Dan hariç herkes çekilip gitmiş ama Dan'in tebessümü değişmemişti. Göstermelik bir tebessüm değildi bu. Tam da olmak istediği yerde olan bir adamın tebessümüydü. Kendine bir sandalye çekti.

"Seni burada görmek güzel," dedi. "Teklifimizi kabul etmene çok sevindim."

Mae adamın gözlerinde samimiyetsizlik işaretleri aradı, zira aklı başında olan biri burada çalışma teklifini geri çevirmezdi. Ama bakışlarında samimiyetsizlikten eser yoktu. Dan bu iş için onu üç defa mülakata almış ve her defasında, şüpheye yer bırakmayacak ölçüde samimi davranmıştı.

"Evet, herhalde imzalar, parmak izleri filan hallolmuştur artık, değil mi?"

"Sanırım."

"Biraz yürümek ister misin?"

Mae'in masasından ayrıldılar ve yüz metre uzunluğundaki cam koridordan geçip yüksek çift kanatlı kapılar arasından açık havaya çıktılar. Sonra geniş bir merdiveni tırmandılar.

"Çatı terasını daha yeni bitirdik," dedi Dan. "Bence hoşuna gidecek."

Merdivenin bitiminde olağanüstü bir manzarayla karşılaştılar. Teras, yerleşkenin büyük bölümüne, yerleşkeyi çevreleyen San Vincenzo bölgesine ve ötede uzanan körfeze nazırdı. Mae ile Dan durup uzun uzun seyretti, sonra Dan, Mae'e döndü.

"Artık aramıza katılmış olduğuna göre Mae, şirketimizde benimsenen temel inançlardan bazılarını sana aktarmak isterim. Bunların en başta geleni, herkesin burada da insan gibi yaşayabilmesini sağlama isteğimizdir. Biz buna yaptığımız iş kadar önem veririz ki yaptığımız iş son derece önemlidir. Buranın bir işyeri olmasını isteriz elbette, ama aynı zamanda bir *insan*yeri olmalıdır. Topluluğun gelişmesi elzemdir bunun için. Bir topluluğun varlığı *şarttır* hatta. Sloganlarımızdan biridir bu, herhalde sen de biliyorsundur: "Topluluk Her Şeyden Önce Gelir." "Burada İnsanlar Çalışıyor" diyen tabelaları görmüşsündür - ben bu telkinler konusunda ısrarcıyım. Bu konuda özel bir hassasiyetim var. Bizler otomat değiliz. Sömürülme yeri değil burası. Kendi kuşağımızın en iyi beyinlerinden oluşan bir grubuz. Kuşaklarımızın, daha doğrusu. Buranın insanlığımıza saygı gösterilen, görüşlerimize değer verilen, seslerimizin işitildiği bir yer olmasını sağlamak da... gelirler kadar, hisse bedelleri kadar, burada sarf edilen çabalar kadar önemli. Basmakalıp mı geldi bu sözlerim sana?"

"Hayır, hayır," diye atıldı Mae. "Katiyen. Burada olma sebebim bu benim. 'Topluluk Her Şeyden Önce Gelir,' fikrini seviyorum. Annie Çember'de çalışmaya başlayalı beri bunu anlatıyor bana. Son çalıştığım yerde kimsenin birbiriyle doğru dürüst iletişimi yoktu. Aslında her bakımdan buranın tersi bir yerdi."

Dan döndü ve doğuda kalan, moher ve yeşil alanlarla kaplı tepelere baktı. "Böyle şeyler duyduğumda tepem atıyor. Günümüz teknolojisiyle iletişim katiyen zayıf olmamalı. Karşılıklı anlaşmak asla imkânsız ya da herhangi bir biçimde sorunlu olmamalı. Bizim burada yaptığımız budur. Bunun şirket misyonu olduğu söylenebilir, bende saplantı halindedir zaten. İletişim. Anlayış. Netlik."

Dan söylediklerini vurgularcasına başını salladı; sanki ağzı az önce ondan bağımsız olarak kulaklarına oldukça vurucu gelen şeyler söylemişti.

"Rönesans'ta, senin de bildiğin gibi müşteri deneyiminden, kısaca MD'den sorumluyuz. Bütün bu girişimin en sıkıcı kısmının bu olduğunu düşünenler var. Ama bana ve Akıllı Adamlar'a göre müşteri deneyimi, burada olup biten her şeyin temelini oluşturuyor. Tatmin edici, insani ve *insancıl* bir deneyim sunmazsak hiç müşterimiz olmaz. Bu kadar basit. Biz bu şirketin insancıl olduğunun kanıtıyız."

Mae ne diyeceğini bilemedi. Sonuna kadar katılıyordu Dan'e. Son patronu Kevin böyle konuşmalar yapamazdı. Kevin'ın herhangi bir felsefesi yoktu. Kevin'ın herhangi bir konuda fikri yoktu, ter kokusu ve bıyığından başka hiçbir şeyi yoktu. Mae pişmiş kelle gibi sırıttı.

"Burada çok başarılı olacağına eminim," dedi Dan. Elini Mae'in omzuna koymak ister gibi kolunu ona doğru uzattı ama yarı yolda vazgeçti. Eli yanına düştü. "Hadi aşağı inelim de işine koyul artık."

Çatı terasını arkalarında bırakıp geniş merdivenlerden aşağı indiler. Geri döndüklerinde Mae'in masasında kıvırcık saçlı bir adam gördüler.

"İşte gelmiş," dedi Dan. "Her zamanki gibi erkenci. Selam Jared."

Jared'ın yüzü dingin, kırışıksızdı. Elleri geniş kucağında sabırla, kıpırtısız bekliyordu. Haki bir pantolon ve küçük beden, yakası ilikli bir gömlek giymişti.

"Jared senin MD'deki eğitiminle ilgilenecek, burada en çok onunla görüşeceksin. Ben ekibi yönetiyorum, Jared da birimi. Yani tanıman gereken başlıca iki kişi bizleriz. Jared, Mae'e işi göstermeye hazır mısın?"

"Hazırım," dedi Jared. "Selam Mae." Ayağa kalkıp elini uzattı, Mae de tutup sıktı. Eli, çocuk suretinde bir meleğinki gibi toparlak, yumuşaktı.

Dan ikisine de hoşça kalın diyerek yanlarından ayrıldı.

Jared sırıtarak parmaklarını kıvırcık saçlarının arasından geçirdi. "Pekâlâ, eğitim zamanı. Hazır hissediyor musun kendini?"

"Kesinlikle."

"Çaya, kahveye ihtiyacın var mı?"

Mae başını iki yana salladı. "Hazırım."

"Güzel. Oturalım."

Mae oturdu, Jared da sandalyesini onun yanına çekti.

"Tamam. Bildiğin gibi, şimdilik sadece küçük çaplı reklam verenlere müşteri destek hizmeti sunacaksın. Reklam verenler Müşteri Deneyimi'ne bir mesaj yolladıklarında o mesaj aramızdan birine yönlendirilir. Bu iş başlangıçta gelişigüzeldir ama bir müşteriyle çalışmaya başladığın an o kişi süreklilik adına hep sana yönlendirilir. Talebi aldıktan sonra cevabı bulup müşteriye geri dönersin. İşin özü budur. Teoride gayet basit. Buraya kadar tamam mı?"

Mae başını sallayınca Jared en sık karşılaşılan yirmi talep ve sorunun üstünden geçti, sonra da ona bir standart yanıt menüsü gösterdi.

"Bununla birlikte, cevabı mesaja yapıştırıp müşteriye yollamakla yetineceksin demek değil bu. Vereceğin her karşılığı kişiselleştirmen, özgünleştirmen gerekir. Sen de insansın, onlar da, dolayısıyla ne sen bir robotu taklit et ne de onlara robot muamelesi yap. Ne demeye çalıştığımı anladın, değil mi? Burada çalışanlar robot değil. Müşterinin yüzü olmayan bir varlıkla muhatap olduğunu düşünmesini asla istemeyiz, sürece insani bir dokunuş kattığına daima emin olmalısın bu nedenle. Anlaşıldı mı?"

Mae başını salladı. Bunu sevmişti: *Burada çalışanlar robot değil.*

Bir düzine kadar olası senaryonun üstünden geçtiler, Mae cevaplarını her defasında biraz daha cilaladı. Jared sabırlı bir eğitmendi, müşterilerle yaşayabileceği her türlü şeyi tüm yönleriyle açıklıyordu. Mae bir meselenin altından kalkamadığı zaman kendisine yöneltilen talebi Jared'a paslayabilir, o da çaresine bakardı. Dediğine göre günün büyük bölümünü bunu yaparak geçiriyordu zaten - acemi Müşteri Deneyimi temsilcilerinden seken zorlu talepleri cevaplandırarak.

"Gerçi öylelerine çok rastlamazsın. Soruların ne kadar büyük bir bölümünü şipşak yanıtlayabildiğine şaşıracaksın. Şimdi diyelim ki bir müşterinin sorusunu yanıtladın, müşteri de tatmin olmuşa benziyor. Ona anket göndermenin vakti gelmiş demektir. Gönderirsin, doldurur. Ankette senin hizmetine, müşterinin genel deneyimlerine dair çabucak yanıtlanabilecek türden sorular vardır, sonunda da bir değerlendirme yapmaları istenir. Soruları cevaplayıp gönderdikleri zaman nasıl bir iş çıkarmış olduğunu derhal anlarsın. Puanın işte şurada belirir."

Mae'e ekranının köşesini işaret etti, orada büyük bir sayı vardı: 99. Altında da başka birtakım sayılar.

"Şu büyük 99 son müşteriden almış olduğun puanı gösteriyor. Müşteri sana, bil bakalım kaç ile kaç, 1 ile 100 arasında bir puan verir. Aldığın son puan burada belirir, sonra da şu yandaki kutunun içinde günün diğer puanlarıyla ortalamaya vurulur. Bu sayede son soruda ve genelde nasıl bir iş çıkardığını her zaman bilirsin. Evet, ne düşündüğünü biliyorum; 'İyi ama Jared,' diyorsun, 'nasıl bir ortalama vasattır?' Cevabı şu: 95'in altına inersen durup biraz düşünmen ve neyi düzeltebileceğini anlamaya çalışman gerekebilir. Belki bir sonraki soruda ortalamayı yükseltirsin, belki nasıl yükseltebileceğini görürsün. Ortalaman düşmeye devam ediyorsa olası etmenlerden bazılarının üzerinden geçmek için Dan'le ya da başka bir ekip lideriyle bir araya gelmeyi düşünebilirsin. Nasıl, iyi mi?"

"İyi," dedi Mae. "Bu uygulamayı sevdim. Önceki işimde üç aylık değerlendirme sonuçları gelene kadar performansım hakkında en ufak bir fikrim olmazdı. Sinir bozucuydu biraz."

"Eh, o zaman buna bayılacaksın. Müşteriler anketi doldurup puanlamayı yaparsa ki hemen hepsi yapar, onlara sıradaki mesajı gönderebilirsin. Bu seferki, anketi doldurdukları için teşekkür eden ve az önce Çember'in sosyal medya araçlarını kullanarak seninle paylaştıkları deneyimden bir arkadaşlarına bahsetmelerini öneren bir mesajdır. İdeali, hiç değilse onu zing'lemeleri ya da sana bir gülen veya somurtan surat yollamalarıdır. En iyi ihtimalle, deneyimlerine ilişkin bir zing göndermelerini ya da başka bir müşteri hizmetleri sitesinde bir şeyler yazmalarını sağlayabilirsin. İnsanların zing'lerinde bizlerle yaşadıkları müthiş müşteri deneyimlerinden bahsetmelerini sağladığımızda bu işten herkes kazançlı çıkar. Anladın mı?"

"Anladım."

"Pekâlâ, hadi bir de uygulama yapalım. Hazır mısın?"

Mae hazır değildi ama hayır diyemedi. "Hazırım."

Jared ekranda bir müşteri talebi açtı ve okuduktan sonra kolaylarından geldiğini gösteren kısa bir homurtu çıkardı. Standart cevaplardan birini seçip biraz değiştirdi ve müşteriye iyi günler diledi. Yazışma yaklaşık doksan saniyesini almıştı; iki dakika sonra ekran, müşterinin anket sorularını yanıtladığını bildirdi, köşede de bir puan belirdi: 99. Jared arkasına yaslandı ve Mae'e baktı.

"Bu çok iyi, değil mi? 99 gayet iyi. Ama neden 100 olmadığını merak etmeden duramıyorum. Bakalım nedenmiş." Müşterinin ankete verdiği yanıtları açıp şöyle bir göz gezdirdi. "Deneyimin herhangi bir bölümünü tatminkâr bulmadığının net bir göstergesi yok burada. Aslında çoğu şirket, 'Vay be, 100 üzerinden 99, neredeyse mükemmel,' diye düşünür. Bense tam olarak şöyle derim: 'Neredeyse mükemmel, orası kesin. Ama burada, Çember'de, eksik olan bu bir puan bizim canımızı sıkıyor. O yüzden bakalım ve işin içyüzünü öğrenebilecek miyiz görelim.' İşte böyle durumlarda gönderdiğimiz takip mesajı."

Ona başka bir anket gösterdi, bu seferki daha kısaydı, müşteriye etkileşimlerinin hangi bölümünün iyileştirilmeye ihtiyacı olduğunu ve bunun nasıl yapılabileceğini soruyordu. Anketi yolladılar.

Saniyeler sonra cevap geldi. "Her şey çok iyiydi. Özür dilerim. 100 vermeliydim. Teşekkürler!!"

Jared ekrana eliyle hafifçe dokunduktan sonra başparmağını kaldırarak Mae'e "Tamamdır!" işareti yaptı.

"Evet. Bazen ölçümlerde fazla duyarlı olmayan biriyle karşılaşabilirsin. Böyle durumlarda net bir sonuca ulaştığına emin olmak için tekrar dönüp sormanda fayda var. İşte şimdi mükemmel bir puana ulaştık. Kendin yapmaya hazır mısın?"

"Hazırım."

Bir diğer müşteri sorusu indirdiler, Mae standart cevapları tarayıp uygun yanıtı buldu, onu kişiselleştirdi ve müşteriye yolladı. Anket cevapları geldiğinde Mae'in puanı 100 görünüyordu.

Jared kısa bir şaşkınlık yaşar gibi oldu. "İlk denemede 100 ha, vay canına!" dedi. "Kıvıracağını biliyordum." Bir an için şaşırmış ama toparlanmıştı. "Evet, sanırım biraz daha denemeye hazırsın. Ama bilmen gereken bir-iki şey daha var. Şimdi ikinci ekranını açalım." Mae'in sağ tarafındaki küçük ekranı açtı. "Bu ekran şirket mesajlaşmaları için. Çemberliler mesajlarını senin kendi hesabına gönderir ama mesajlar ikinci ekranda görünür. Mesajların önemini vurgulamaya ve hangisinin hangisi olduğunu ayırt etmene yardımcı olmaya yarar bu. Ara sıra burada benden gelen kontrol amaçlı, uyarı veya haber içerikli mesajlar da göreceksin. Anladın mı?"

"Anladım."

"Zor soruları bana paslamayı unutma, ara verip konuşmak istersen mesaj yazabilir ya da yanıma uğrayabilirsin. Koridorun hemen sonundayım. İlk birkaç hafta benimle hayli yoğun bir dirsek teması içinde olmanı bekliyorum, şu veya bu şekilde. İşi öğrenmekte olduğunu ancak böylelikle anlayabilirim. Sakın çekinme."

"Çekinmem."

"Harika. Artık *ciddi ciddi* çalışmaya hazır mısın?"

"Hazırım."

"Peki. O halde oluğu açıyorum. Bu soru tufanını üstüne saldığım an önünde bir kuyruk oluşacak ve önümüzdeki iki saat boyunca, yani öğle yemeğine kadar işten başını kaldıramayacaksın. Hazır mısın?"

Mae hazırdı. "Hazırım."

"Emin misin? Hadi o zaman."

Jared, Mae'in hesabını aktifleştirdikten sonra ona yapmacık bir selam verip çıktı. Oluk açıldı ve ilk on iki dakika içinde Mae dört talebe cevap vererek ortalamasını 96'ya çıkardı. Ter içinde kalmıştı ama soru tufanı nefes kesiciydi.

Jared'dan gelen bir mesaj ikinci ekranında belirdi. *Şimdiye kadar çok iyi gittin! Bakalım o puanı çabucak 97'ye çıkarabilecek miyiz?*

Çıkaracağım! yazdı Mae.

100'ün altındakilere takip mesajı yollamayı unutma.

Tamam, yazdı Mae.

Yedi takip mesajı gönderdi ve üç müşteri, puanını 100'e çekti. Mae 11.45'e kadar on soru daha yanıtladı. Şimdi ortalaması 98 olmuştu.

İkinci ekranında yeni bir mesaj belirdi, bu seferki Dan'den geliyordu. *Bravo Mae! Nasıl hissediyorsun?*

Mae'in aklı almıyordu. İşteki ilk gününde hatırını soran bir ekip lideri... hem de böyle nazik bir dille!

İyiyim. Teşekkürler! yazıp yolladı ve sıradaki müşteri talebini açtı.

Jared'dan gelen diğer mesaj, ilkinin altında belirdi.

Yapabileceğim bir şey var mı? Yanıtlayabileceğim sorular?

Hayır, teşekkürler! yazdı Mae. *Şimdilik idare ediyorum. Teşekkürler Jared!* Birinci ekrana geri döndü. İkincisinde Jared'dan bir mesaj daha belirdi.

Unutma ki sana yardım edebilmem için ne yapmam gerektiğini senin söylemen lazım.

Tekrar teşekkürler! yazdı Mae.

Yemek saati geldiğinde otuz altı talebe yanıt vermişti, ortalaması ise 97'ydi.

Jared'dan bir mesaj geldi. *Eline sağlık! 100'ün altındakilerden kalan varsa onlara da takip mesajı gönderelim.*

Gönderiyorum, diye cevap verdi Mae ve henüz göndermediklerine takip mesajları gönderdi. Böylece 98'lerden birkaçını

100'e çıkardı, sonra Dan'den gelen mesajı gördü: *Çok iyiydin Mae!*

Saniyeler sonra, bu defa Annie'den gelen bir mesaj ikinci ekranda, Dan'inkinin altında belirdi: *Dan'in dediğine göre destan yazıyormuşsun. Aferin benim kızıma!*

Derken başka bir mesaj, Zing'de kendisinden bahsedildiğini haber verdi. Okumak için tıkladı. Annie yollamıştı: *Çaylak Mae destan yazıyor!* Annie bunu Çember'deki herkese göndermişti - 10.041 kişiye.

Söz konusu zing 322 kez rezing'lenmiş ve 187 yorum almıştı. Yorumlar Mae'in ikinci ekranında uzadıkça uzayan bir zincir halinde belirdi. Hepsini okumaya vakti yoktu, hızlıca göz gezdirdi - takdir edilmek güzeldi. Günün sonunda ortalaması 98'i bulmuştu. Jared'dan, Dan'den, Annie'den tebrik mesajları geldi. Ardından Annie'nin *bir MD çaylağı tarafından tutturulan gelmiş geçmiş en yüksek ortalama* diye duyurduğu olayı tebrik eden zing'ler birbirini izledi.

Şirketteki ilk cuma gününe gelindiğinde Mae 436 müşteriyle ilgilenmiş ve standart cevapları ezberlemişti. Müşteri ve işletmelerdeki çeşitlilik baş döndürücü olduğu halde artık hiçbir şey onu şaşırtmıyordu. Çember her yerdeydi, Mae de çoktandır bunun farkındaydı ama bu insanlarla bizzat iletişime geçmek, ürün haberlerini yayması, dijital ortamdaki etkinliklerini takip etmesi, mallarını kimlerin, ne zaman satın aldığını öğrenmesi için Çember'e bel bağlayan işletmeleri görmek - farkındalığı bambaşka bir düzeyde karşılık bulmuştu şimdi. Louisiana'nın Clinton şehrinde, Vermont'un Putney şehrinde, Türkiye'nin Marmaris ilçesinde, Melbourne'de, Glasgow'da, Kyoto'da müşteri bağlantıları vardı artık Mae'in. İstisnasız hepsi de -GerçekSen geleneğine uygun olarak- sorularını kibarca soruyor, puan verirken insaflı davranıyordu.

O cuma, sabah saatlerinde, bir hafta boyunca topladığı puanların ortalaması 97'ydi. Çember'deki herkesten olumlu mesajlar yağıyordu. İş yorucuydu, talep akışı durmak bilmiyordu ama arada bir yavaşlayıp nefes aldırdığından, takdir mesajları da yeterince sık geldiğinden Mae rahat bir ritim tutturmuştu.

Tam yeni bir talep alacağı sırada telefonuna bir mesaj geldi. Annie'dendi: *Gel benimle yemek ye şapşalım.*

Alçak bir tepeciğe oturarak aralarına iki salata koydular; güneş ağır ağır hareket eden bulutların ardında bir görünüp bir kayboluyordu. Soluk benizli, mühendise benzeyen üç genç adamın top fırlatma denemelerini izliyorlardı.

"Yıldızın şimdiden parladı. Gururlu bir anne gibi hissediyorum kendimi."

Mae başını iki yana salladı. "Hiç de bile. Daha öğreneceğim çok şey var."

"Elbette. Ama şimdiden 97 tutturmana ne demeli? Akıl almaz bir şey bu. Ben ilk haftamda 95'in üstüne çıkamamıştım. Doğuştan yeteneklisin."

Öğle yemeklerinin üzerine bir çift gölge düştü.

"Çaylakla tanışabilir miyiz?"

Mae elini gözlerine siper ederek başını kaldırdı.

"Tabii," dedi Annie.

Gölgeler yanlarına oturdu. Annie çatalıyla onları işaret etti. "Bunlar Sabine ve Josef."

Mae ikisiyle de tokalaştı. Sabine sarışın, kısık gözlü, iri yarı bir kızdı. Josef ise ince uzun, açık tenliydi ve gülünç derecede kötü dişleri vardı.

"Dişlerime bakmaya başladı bile!" diye hayıflandı, Mae'i göstererek. "Siz Amerikalılar, hepiniz *takıntılısınız*! Pazara çıkarılmış bir at gibi hissediyorum."

"Ama dişlerin *gerçekten* kötü," dedi Annie. "Burada diş tedavisini de kapsayan mükemmel bir sigorta planımız var üstelik."

Josef elindeki paketten bir Meksika dürümü çıkardı. "Bence dişlerim buradaki herkesin o tüyler ürpertici mükemmeliyetinden kaçmam için bir fırsat."

Annie başını yana eğmiş, onu inceliyordu. "Onları yaptırman *gerektiğine* eminim, kendin için olmasa da şirkettekilerin morali için. Baksana, insanların kâbuslarına giriyorsun."

Josef, bonfile dolu ağzıyla yapmacık bir şekilde somurttu. Annie hafifçe onun koluna vurdu.

Sabine, Mae'e döndü. "Demek Müşteri Deneyimi'ndesin öyle mi?"

Mae, Sabine'in kolundaki sonsuzluk sembolü dövmesini o zaman fark etti.

"Öyle. İlk haftam."

"Gördüğüm kadarıyla şimdilik gayet iyi gidiyorsun. Ben de orada başlamıştım. Hemen herkes orada başlar."

"Sabine biyokimyacıdır," diye ekledi Annie.

Mae şaşırmıştı. "Biyokimyacı mısın?"

"Öyleyim."

Mae, Çember'de biyokimyacıların çalıştığından habersizdi. "Ne üzerinde çalıştığını sorabilir miyim?"

"*Sormak* mı dedin?" diye gülümsedi Sabine. "*Sorabilirsin* tabii. Ama ben sana cevap vermek zorunda değilim."

Herkes bir anlığına iç geçirdi ama Sabine durdu.

"Çok ciddiyim, söyleyemem. Şu an için söyleyemem en azından. Genelde işin biyometrik tarafıyla ilgili şeyler üzerinde çalışıyorum. Bilirsin işte, iris tarama, yüz tanıma. Ama şu sıra yeni bir projeyle meşgulüm. İstesem de..."

Annie onu sessizliğe davet eden bir bakış attı. Sabine ağzına marul doldurdu.

"Her neyse," dedi Annie, "arkadaşımız Josef Eğitsel Erişim'de görevli. Bütçesi elvermeyen okullara tablet temin etmeye çalışıyor. Bir hayırsever yani. Senin yeni arkadaşının arkadaşı üstelik. Garbonzo'nun."

"Garaventa," diye düzeltti Mae.

"Aaa. Hatırlıyorsun. Tekrar görüştünüz mü yoksa?"

"Daha değil. Bu hafta çok yoğundum."

Şimdi Josef'in ağzı açık kalmıştı. Bir şey kafasına yeni dank etmiş gibiydi. "Sen Mae misin?"

Annie irkildi. "E söyledik ya. Mae tabii ki."

"Pardon. Duymamışım. Şimdi anladım kim olduğunu."

Annie homurdandı. "Ne yani, iki küçük kız gibi oturup Francis'in muhteşem gecesini mi konuştunuz? Francis defterine Mae'in ismini yazıp etrafına kalpler falan mı çiziyor yoksa?"

Josef hoşgörüyle içini çekti. "Hayır, çok hoş biriyle tanıştığını ve adının Mae olduğunu söyledi yalnızca."

"Ne tatlı," dedi Sabine.

"Mae'e güvenlikte çalıştığını söylemiş," dedi Annie. "Neden dersin Josef?"

"Öyle demedi," dedi Mae. "Sana söylemiştim."

Annie'nin ona aldırış eder bir hali yoktu. "Eh, yaptığı işe güvenlik de denebilir sanırım. Çocuk güvenliğiyle uğraşıyor. Çocuk kaçırma olaylarının önlenmesi için başlatılmış programın beyni kendisi. Bana sorarsan başaracak da bunu."

Ağzını tekrar doldurmuş olan Sabine hararetle baş sallayarak onaylamaktaydı onu. "Elbette başaracak," dedi, ağzından salata parçaları ve sirkeli sos püskürtürken. "Sen o işi olmuş bil."

"Hangi işi?" diye sordu Mae. "Çocuk kaçırma olaylarının önlenmesini mi?"

"Yapabilir," dedi Josef. "Motivasyonu çok yüksek."

Annie'nin gözleri fal taşı gibi açılmıştı. "Sana kız kardeşlerinden bahsetmiş miydi?"

Mae başını iki yana salladı. "Hayır, kardeşleri olduğunu söylemedi. N'olmuş kardeşlerine?"

Üç Çemberlinin üçü de söz konusu hikâyeyi Mae'e böyle ayaküstü anlatmanın doğru olup olmayacağını sorgular gibi birbirlerine baktı.

"Feci bir hikâye," dedi Annie. "Francis'in annesiyle babası çok rezil insanlarmış. Sanırım dört ya da beş kardeşlermiş, Francis bunların ya en küçüğü ya da en küçükten bir büyüğüymüş. Her neyse işte, baba hapiste, anne de uyuşturucu bağımlısı olunca çocuklar oraya buraya dağıtılmış. Biri galiba halasıyla eniştesinin yanına gönderilmiş, iki kız kardeş ise koruyucu aileye verilmiş, sonra da kaçırılmışlar. O katillere verilmişler mi, satılmışlar mı, orası pek belli değil sanırım."

"Kimlere dedin?" Mae'in eli ayağı buz kesmişti.

"Sorma, çocuklara tecavüz edip dolaplara kapatmışlar, cesetleri de terk edilmiş bir füze silosunun içine atmışlar. Duyup duyabileceğin en feci hikâye. Francis şu çocuk güvenliği programını şirkete satmaya çalıştığı sıralar bazılarımıza anlatmıştı. Eyvah, yüzünün haline bak. Keşke bahsetmeseydim."

Mae konuşamıyordu.

"Bilmen önemli bence," dedi Josef. "Francis'in hırsının sebebi budur. Sonuçta onun projesi buna benzer vakaların tekrarlanma ihtimalini büyük ölçüde ortadan kaldıracak. Durun bir dakika. Saat kaç?"

Annie telefonuna baktı. "Haklısın. Kalkmalıyız. Bailey yeni bir projeyi tanıtacaktı. Büyük Salon'a gitmemiz lazım."

Büyük Salon, Aydınlanma'daydı. Eskitilmiş çelik ve doğal ahşapla döşeli, 3.500 koltuklu bir mağarayı andıran salona girdiklerinde seyirci iyice sabırsızlanmaya başlamıştı. Mae ile Annie ikinci balkonda boş kalmış son iki koltuğu bulup oturdu.

"Yeni bitti burası, birkaç ay önce," dedi Annie. "Kırk beş milyon dolara patladı. Bailey Siena'daki katedralin çizgilerini model almış. Güzel, değil mi?"

Mae'in dikkati sahneye kaymıştı, adamın biri alkışlar arasında lusit bir kürsüye doğru ilerlemekteydi. Kırk beş yaşlarında, uzun boylu biriydi; hafif göbekliydi ama sağlıksız görünmüyordu; kot pantolon, mavi V yaka bir kazak giymişti. Görünürde mikrofon olmadığı halde konuşmaya başladığında sesi gayet yüksek ve net çıktı.

"Herkese merhaba. Benim adım Eamon Bailey." Yeniden başlayan alkışları çabucak susturdu. "Teşekkür ederim. Sizleri burada gördüğüme çok sevindim. Bir ay önceki son sunumdan sonra şirkete katılanlar var aranızda. Çaylaklar ayağa kalkabilir mi lütfen?" Annie, Mae'i dürtükledi. Mae ayağa kalkıp etrafına baktığında salonda aşağı yukarı altmış kişinin daha kendisi gibi ayakta olduğunu gördü; çoğu akranıydı, hepsi çekingen, hepsi sade bir şıklık içindeydi. Aralarında her ırktan, her etnik gruptan insan vardı; şirketin yabancı elemanlar için gereken çalışma izinlerini kolayca temin çabaları sayesinde baş döndürücü bir ulusal köken yelpazesi temsil ediliyordu. Öbür Çemberliler gürültüyle el çırptı, arada sevinç çığlıkları kopardı. Mae yerine oturdu.

"Yanakların kızardığı zaman çok şirin oluyorsun," dedi Annie.

Mae koltuğuna iyice gömüldü.

"Çaylaklar," dedi Bailey, "az sonra çok özel bir şeye tanıklık edeceksiniz. Üzerinde çalışmakta olduğumuz projelerin sunumlarını yaptığımız bugüne kendi aramızda Hayal Cuması deriz biz. Çoğunlukla mühendislerimizden, tasarımcılarımızdan ya da vizyonerlerimizden biri yapar sunumu, bazen de bendeniz. Bugün eliniz mecbur, beni dinleyeceksiniz. Peşinen özür dilerim."

"Seni seviyoruz, Eamon!" diye bir ses yükseldi seyircilerin arasından. Sonra kahkahalar duyuldu.

"Ne diyeyim, teşekkürler," dedi Bailey, "ben de sizi seviyorum. Otların çiyi, kuşların ağaç dallarını sevdiği gibi seviyorum sizi." Biraz duraklayınca Mae de soluklanma fırsatı yakaladı. Mae'in bu konuşmaları internetten izlemişliği vardı ama bizzat orada olup Bailey'yi işbaşında görmek, doğaçlama belagatini işitmek... Sandığından çok daha iyiydi. Onun gibi biri olmak, binlerce insanın önünde böyle rahat, böyle güzel, ilham verici konuşmalar yapmak nasıl bir şey acaba, diye düşündü.

"Evet," diye devam etti Bailey, "bu sahneye son çıkışımın üzerinden koskoca bir ay geçmiş. Ben yokken dinlediklerinizden hiç hoşnut kalmamışsınızdır, biliyorum. Sizi kendimden mahrum bıraktığım için özür dilerim. Kimsenin yerimi dolduramadığının farkındayım." Espri salonun her köşesinde gülüşmelere sebep oldu. "Ve pek çoğunuzun bir aydır hangi cehennemde olduğumu merak ettiğini de biliyorum."

Ön taraftan bir ses, "Sörf yapıyordun!" diye bağırınca bütün salon kahkahalara boğuldu.

"Evet, doğru. Sörf yapıyordum, bugün size anlatacaklarım da kısmen bununla alakalı. Sörf yapmayı çok severim ve sörf yapmak istediğimde dalgaların durumunu merak ederim. Eskiden şöyle yapardık: Sabah uyanınca en yakın sörf gereçleri mağazasını arayıp durumu onlara sorardık. Onlar da bir süre sonra telefonlara cevap vermemeye başladı."

Salondakilerin yaşça büyük olanlarının bu sözlere hak vererek gülüştükleri duyuldu.

"Cep telefonları yaygınlaşınca kumsala bizden önce varmış olabilecek ahbaplarımızı aramaya başladık. Ama mağazalar gibi onlar da telefonlarına cevap vermez oldu zamanla."

Büyük bir kahkaha patlaması daha oldu.

"Çok ciddiyim. Her sabah bir sürü yere telefon açmak hiç pratik değil, hem sörf koşulları konusunda başka birinin yorumuna ne kadar güvenebilir ki insan? Sörfçüler buralarda zaten nadiren bulabildiğimiz dalgaları başkalarıyla paylaşmak istemez. Sonra internet çıkınca birtakım üstün zekâlılar kumsallarda öteye beriye kameralar dikti. Böylece Stinson Beach'teki dalgaların epey kalitesiz görüntülerine internetten ulaşabilmeye başladık. Sörf mağazasını aramaktan bile kötüydü neredeyse! Teknoloji çok ilkeldi. İnternet üzerinden yayın teknolojisi hâlâ öyle. Daha doğrusu öyleydi. Bugüne kadar."

Arkasından sahneye bir ekran indi.

"Evet. Eskiden işte böyle görünürdü."

Ekrana standart bir internet tarayıcısı geldi. Görünmeyen bir el, adres çubuğuna SörfGözlem adlı bir web sitesinin adresini yazdı. Kötü tasarlanmış bir site belirdi ekranda; tam ortada, okyanus kıyısından yapılan bir internet yayınının ufacık görüntüsü vardı. Kare kare piksellenmiş görüntü, gülünç derecede yavaştı. Seyirciler gülüştü.

"Beş para etmez, değil mi? Evet, bildiğiniz gibi internet üzerinden görüntü aktarımı konusunda son yıllarda epey ilerleme kaydedildi. Ama yayın hâlâ gerçek hayata göre yavaş, görüntü kalitesi de oldukça düşük. Biz de n'aptık, son bir yıldır kalite sorunlarını öyle sanıyorum ki hallettik. Şimdi isterseniz bu sayfayı yenileyip siteyi bir de yeni görüntü aktarım tekniğimizle görelim."

Sayfa yenilenmiş, sahil görüntüsü tam ekran olmuştu şimdi. Çözünürlük mükemmeldi. Salonda hayranlık nidaları işitildi.

"Evet. Bu, Stinson Beach'in canlı görüntüsü. Kumsalın hemen şu anki hali yani. Çok güzel görünüyor, değil mi? Keşke burada karşınızda duracağıma ben de şimdi orada olsaydım!"

Annie, Mae'e doğru eğildi. "Bundan sonrası inanılmaz. Sıkı dur."

"Pek çoğunuz hâlâ fazla oralı değil. Hepimizin bildiği gibi, birçok makine yüksek çözünürlükte görüntü aktarabiliyor, tablet ve telefonlarımızın çoğu da şimdiden onları destekleyebilecek durumda. Ama bütün bunlara birkaç yeni husus daha eklendi. Birincisi, bu görüntüyü nasıl elde ettiğimiz. Bunun büyük bir kameradan değil de, aslında yalnızca şu elimdekine benzer bir şeyden gelmekte olduğunu söyleseydim şaşırmaz mıydınız?"

Elinde lolipopa benzeyen küçük bir cihaz tutuyordu.

"Bu bir video kamera, ekrandaki inanılmaz görüntü kalitesini sağlayan modelin aynısı. Bu kadar büyütüldüğünde dahi bozulmayan bir görüntü kalitesi... Evet, ilk etkileyici husus bu. Artık başparmak kadar bir kamerayla HD kalitesinde çözünürlük elde edebiliyoruz. Eh, irice bir başparmak desek daha doğru. İkinci etkileyici husus ise, sizin de gördüğünüz gibi kablosuz olması. Görüntüyü uydu aracılığıyla iletiyor."

Alkışlar salonu inletti.

"Bir dakika. İki yıl dayanan lityum bir pille çalıştığını söylemiş miydim? Söylemedim mi? Peki o zaman, söylemiş olayım. Tamamen güneş enerjisiyle çalışan bir modelini üretmemize ise bir yıl kaldı. Ayrıca su geçirmez, kum geçirmez, rüzgâr geçirmez, hayvan geçirmez, böcek geçirmez, hiçbir şey geçirmez."

Salonda büyük bir alkış koptu.

"Evet, kamerayı bu sabah kurdum. Bir sırığa bantladım, sırığı da kuma, kum tepeciklerine sapladım, kimseden izin mizin almadan hem de. Aslına bakarsanız onun orada olduğunu bilen yok. Bu sabah kurup çalıştırdıktan sonra arabamla ofise dönüp Stinson Beach'teki Kamera Bir'e bağlandığımda işte bu görüntüye ulaştım. Hiç fena değil. Ama daha bitmedi. Aslında bu sabah bayağı çalıştım. Arabamla öbür yakaya gidip Rodeo Beach'e de bir kamera kurdum."

Şimdi Stinson Beach'ten gelen ilk görüntü küçülerek ekranın köşesine çekilmişti. Başka bir kutu açılmış, Pasifik kıyısının birkaç kilometre güneyindeki Rodeo Beach'te kıyıya vuran dalgaları gösteriyordu. "Bu da Montara. Bu da Ocean Beach. Bu da Fort Point." Bailey'nin adını andığı her kumsalla birlikte canlı görüntü kutularına bir yenisi daha ekleniyordu. Her biri kusursuz bir netlik ve göz alıcı renklerle canlı olarak görüntülenen altı kumsal belirdi ekranda.

"Unutmayın: Kimse bu kameraları görmüyor. Çok iyi sakladım onları. Gelip geçenlere ot gibi görünürler yahut bir tür sopa gibi. Olağan yani. Göze çarpmazlar. Anlayacağınız, bu sabah birkaç saat içinde altı noktaya mükemmel netlikte görüntü erişimi sağladım ve böylece günümü nasıl planlayacağımı bileceğim. Zaten bu şirkette yaptığımız her şeyi, önceden bilemediğimiz şeyleri bilelim diye yapmıyor muyuz?"

Baş sallayıp onaylayanlar oldu. Tek tük alkış sesleri duyuluyordu.

"Evet, pek çoğunuz şöyle düşünüyor: Eh, görüntü aktarım teknolojisiyle, uydularla filan pekiştirilmiş kapalı devre televizyon gibi bir şey bu aynı. Doğru. Ama bildiğiniz üzere, bunu mevcut teknolojiyle yapmak ortalama vatandaş için caydırıcı ölçüde pahalıydı. Peki ya bu yeniliğin makul bedeller karşılığında herkesçe erişilebilir olacağını söylesem? Arkadaşlar, biz bunları -yalnızca birkaç ay içinde, benden söylemesi- tanesi 59 dolardan perakende satışa sunmayı düşünüyoruz."

Bailey elindeki lolipop kamerayı ön sırada oturanlardan birine attı. Cihazı kapan kadın onu havaya kaldırarak seyircilere döndü ve sevinçle gülümsedi.

"Noel için bunlardan on tane satın alabilirsiniz, böylece bir anda, ulaşmak istediğiniz her yere -eve, işe, trafiğe- sürekli erişim sağlarsınız. Üstelik kurulumu çok kolay. En fazla beş dakikanızı alıyor. Gerisini siz düşünün!"

Arkasındaki ekran temizlendi, kumsallar yerlerini yeni görüntülere bıraktı.

"Bu benim arka bahçem," dedi Bailey, düzenli ve mütevazı bir arka bahçeden yapılan canlı yayını gösterirken. "Burası da ön bahçem. Garajım. Şu görüntüler de, iş çıkışı saatlerinde trafiğin fena sıkıştığı 101. Karayolu'na yukarıdan bakan bir tepeden geliyor. Şu da yerime kimsenin park etmediğine emin olabileyim diye park yerimin civarından."

Az sonra ekran, hepsi de farklı yerlerden canlı olarak yayınlanan on altı farklı görüntüyle doldu.

"Bunlar yalnızca *benim* kameralarım. Onlara gayet basit bir şekilde, "Kamera 1, 2, 3, 12" vesaire yazarak erişiyorum. Peki ya paylaşım? Mesela bir arkadaşım bir yerlere kameralar diktiyse ve bana erişim hakkı tanımak istiyorsa ne olacak?"

Ekrandaki kutu sayısı çoğalarak on altıdan otuz ikiye çıktı. "İşte Lionel Fitzpatrick'in kameraları. Kayak yapmaya meraklıdır kendisi, kayak için güncel hava koşullarını öğrenebilmek üzere Tahoe civarında on iki noktaya kamera yerleştirmiş."

Karlı dağların, buz mavisi vadilerin, koyu yeşil çam ağaçlarıyla kaplı yamaçların on iki canlı görüntüsü geldi ekrana.

"Lionel dilediğinde kameralarından herhangi birine erişimimi sağlayabiliyor. Birini arkadaş olarak eklemeye çok benziyor bu, tek fark, şimdi arkadaşınızın tüm canlı yayınlarına da erişebiliyor olmanız. Kabloyu unutun. Beş yüz tane kanalı unutun. Bin arkadaşınız varsa, her birinin de on kamerası olsa, on bin canlı görüntü seçeneğiniz var demektir. Beş bin arkadaşınız olsa, elli bin seçeneğiniz var demektir. Çok geçmeden dünyanın dört bir yanındaki milyonlarca kameraya bağlanabilir hale gelirsiniz. Gerisini siz düşünün!"

Ekran bin mini ekrana bölündü: kumsallar, dağlar, göller, şehirler, ofisler, oturma odaları; kalabalık çılgınlar gibi alkışlıyordu. Sonra karardı ve siyahın içinden beyaz bir barış işareti çıktı.

"Meseleyi bir de insan hakları açısından ele alalım. Mısır sokaklarındaki protestocular kameralarını havaya kaldırarak insan hakları ihlallerini, cinayetleri görüntülemeye çalışmak, sonra da bu görüntüleri sokaklardan çıkarıp internete aktarmanın yollarını aramak zorunda değil artık. Şimdi bu iş duvara bir kamera yapıştırmak kadar kolay. Aslına bakarsanız biz de tam olarak bunu yaptık."

Seyirciler suspus olmuştu.

"Kamera 8'den Kahire'ye bakalım."

Canlı bir sokak görüntüsü geldi ekrana. Yerlerde pankartlar vardı ve uzakta bir çift özel harekat polisi dikiliyordu.

"Bizim onları gördüğümüzü bilmiyorlar ama biz onları görüyoruz. Dünya onları izliyor, onlara kulak veriyor. Sesi açalım."

Ansızın, kameranın yanından tesadüfen geçmekte olan yayaların Arapça konuşmaları net bir şekilde duyulmaya başladı.

"Ayrıca tabii ki kameraların çoğu elle ya da ses tanıma özelliğiyle hareket ettirilebiliyor. İzleyin. Kamera 8, sola dön." Kahire'deki sokağın kameradan ekrana yansıyan görüntüsü sola doğru kaydı. "Şimdi de sağa." Kamera sağa çevrildi. Bailey onu yukarıya, aşağıya, çapraza, her yöne doğru olağanüstü bir akıcılıkla hareket ettirerek gösteriyi tamamladı.

Seyirciler bir kez daha alkışladı.

"Bu kameraların ucuz, kolayca gizlenebilir ve kablosuz olduğunu da unutmamak lazım. Her tarafı onlarla donatmak bu yüzden hiç zor olmadı. Tahrir'i görelim."

Seyirciler nefeslerini tutup bekledi. Şimdi ekrana Mısır Devrimi'nin beşiği olan Tahrir Meydanı'nın canlı bir görüntüsü gelmişti.

"Elemanlarımız geçtiğimiz hafta boyunca Kahire'yi kameralarla donattı. Kameralar o kadar küçük ki askerler onları bulamaz. Nereye bakmaları gerektiğini dahi bilemezler! Öteki görüntüleri de alalım. Kamera 2. Kamera 3. 4. 5. 6."

Meydanın altı farklı görüntüsü belirdi ekranda; her biri o kadar netti ki insanların yüzlerindeki ter damlaları seçilebiliyor, askerlerin isim etiketleri kolaylıkla okunabiliyordu.

"Şimdi de 7'den 50'ye, hepsi gelsin."

Bu kamusal alanın tamamını kapsadığı anlaşılan elli görüntü, ekrana kutu kutu dizildi. Salon, seyircilerin hayret nidalarıyla inlemekteydi. Bailey, "Acele etmeyin. Daha bitmedi," der gibi ellerini kaldırdı.

"Meydan şu anda sakin ama birazdan bir şey patlak verirse neler olur düşünebiliyor musunuz? Herkesin foyası çıkar ortaya. Şiddet uygulayan her asker anında, sonsuza dek silinmeyecek biçimde kayıtlara geçer. Bir savaş suçundan ya da başka bir şeyden yargılanmaları gündeme gelebilir. Meydanı gazetecilerden temizleseler bile kameralar hâlâ orada. Onları bulup ortadan kaldırmayı istedikleri kadar denesinler, çok küçük oldukları için nerede olduklarını, kimler tarafından ne zaman, nereye yerleştirilmiş olduklarını asla tam olarak bilemeyecekler. Güçlerini kötüye kullanmalarını engelleyecek bu. Düşünsenize, sıradan bir asker, bir kadını yerlerde sürüklerken onlarca kamera tarafından görüntülenip sonsuza dek damgalanacağından korkmaz mı artık? Eh, korksa iyi eder. Bu kameralardan korksa iyi eder. DeğişimiGör'den korksa iyi eder. Kameralara verdiğimiz ad, bu."

Seyircilerin imayı kavramaya başlamasıyla büyüyen ani bir alkış dalgası koptu.

"Nasıl ama?" dedi Bailey. "Öte yandan, yalnızca çalkantılı bölgeler söz konusu olmak zorunda değil. Her şehrin kameralarla bu denli kapsamlı biçimde donatıldığını düşünsenize... Her an, her yerde izlenebileceğini bile bile kim suç işler? FBI'daki dostlarım kameraların tam anlamıyla hâkim olduğu yerlerde suç oranlarının yüzde 70 ila 80 düşeceği kanaatinde."

Alkış büyüdü.

"Ama şimdilik, dünyada şeffaflığı en çok gereksinen fakat buna nadiren erişebilen yerlere geri dönelim. Buyurun size kameralarla donattığımız çeşitli bölgelerden bir derleme. Bu kameralara geçmişte sahip olsaydık neler yapabilirdik, gelecekte benzeri olaylar vuku bulduğunda neler yapabileceğiz, varın siz düşünün. İşte Tiananmen Meydanı'ndaki elli kameramız."

Meydanın dört bir yanından canlı görüntüler ekranı kaplarken kalabalık yeniden coştu. Bailey sözlerine devam ederek Hartum'dan Pyongyang'a onlarca otoriter rejimden yapılan yayınları izletti; böyle bir teknolojinin *mümkün olduğundan* ya da olabileceğinden bihaber idareciler, Kaliforniya'daki üç bin Çemberli tarafından izlendiklerini de elbette bilmiyordu.

Bailey ekranı yeniden temizledikten sonra seyircilere birkaç adım yaklaştı. "Neden bahsettiğimin farkındasınız, değil mi? Bu gibi durumlarda Lahey'e, tüm dünyadaki insan hakları aktivistlerine hak veriyorum. Kimin ne foyası varsa çıksın meydana. Zorbalar saklanamasın. Belgeyle ispat ve hesap sorulabilirlik ilkeleri gelmeli ve gelecek, bizim de buna tanıklık etmemiz gerek. İşte, bu ülkü uğruna olup biten her şeyin bilinmesi gerektiği konusunda ısrarcıyım."

Sözcükler ekrana düştü:

OLUP BİTEN HER ŞEY BİLİNMELİ.

"Arkadaşlar, İkinci Aydınlanma'nın eşiğindeyiz. Bunu söylerken yerleşkedeki yeni bir binayı kastetmiyorum. İnsanlığa ait düşünce ve eylemlerin, zaferlerin ve bilgi birikiminin kovadaki çatlaktan sızarak kaybolup gitmesine izin vermeyeceğimiz bir çağdan bahsediyorum. Bunu bir kere başardık geçmişte. O devrin adı Ortaçağ'dı, Karanlık Çağlar. Keşişler olmasaydı dünyanın o zamana kadarki bütün birikimi yok olup gidecekti. Şimdi de benzer bir dönemden geçiyoruz. Yaptığımız, gördüğümüz, öğrendiğimiz şeylerin büyük bölümünü kaybetmekteyiz. Ama buna mahkum değiliz. Bu kameralar ve Çember'in misyonu sayesinde bunu değiştireceğiz."

Yeniden ekrana döndü ve yazılı cümleyi okuyarak herkesi ezbere davet etti.

OLUP BİTEN HER ŞEY BİLİNMELİ.

Seyircilere bakıp gülümsedi.

"Pekâlâ, şimdi gelin eve dönelim. Benim annem seksen bir yaşında. Artık eskisi kadar rahat hareket edemiyor. Bir yıl önce düşüp kalçasını kırdı, o gün bugündür onun için endişeleniyorum. Evine birkaç güvenlik kamerası taktırmak istedim, böylece kapalı bir devre üzerinden görüntülere erişebilecektim ama reddetti. Neyse ki artık içim rahat. Geçen hafta sonu, annem uyurken..."

Salona bir kahkaha dalgası yayıldı.

"Bağışlayın beni! Bağışlayın!" dedi Bailey. "Çaresiz kalmıştım. Başka türlü izin vermeyecekti. Ben de gizlice içeri girip bütün odalara birer kamera yerleştirdim. O kadar küçükler ki asla farkına varmayacak. Kısacık gösterebilirim size. Annemin evindeki beş kamerayı görebilir miyiz?"

Ekranda bir dizi görüntü belirdi, bunlardan birinde annesi üzerinde bornozla aydınlık bir koridorda yürürken görülüyordu. Büyük bir kahkaha patlaması oldu.

"Eyvah. En iyisi bunu geçelim." Görüntü kayboldu. "Her neyse. Anlayacağınız, annemin güvende olduğunu biliyorum artık, bu da içimi rahatlatıyor. Çember'de hepimizin bildiği gibi, şeffaflık iç rahatlatıcıdır. 'Annem iyi midir acaba?' diye meraklanmam gerekmiyor şimdi. 'Myanmar'da neler oluyor acaba?' diye meraklanmam da gerekmiyor."

"Bugün bu modelden bir milyon adet üretiyoruz, öyle tahmin ediyorum ki bir yıl içinde bir milyon canlı yayına erişim sağlayacağız. Beş yıl içinde elli milyonu bulacak bu sayı. On yıl içinde iki milyara ulaşılacak. Elimizdeki ekranlardan erişemeyeceğimiz yerler yalnızca seyrek nüfuslu bölgeler olacak."

Seyirciler bir kez daha coştu. Aralarından biri bağırdı: "Hemen istiyoruz, hemen!"

Bailey devam etti. "İnternette arama yaparak bulabileceğiniz feci kalitesiz, kesilip biçilmiş görüntülerle yetineceğinize DeğişimiGör'e girip Myanmar yazacaksınız. Ya da lisedeki erkek arkadaşınızın adını. Yanına yöresine yerleştirilmiş bir kamera mutlaka vardır, öyle değil mi? Dünyaya yönelik merakınız neden doyurulmasın? Fiji'yi görmek istiyor ama oraya gidemiyor musunuz? DeğişimiGör. Çocuğunuzun okulda ne yaptığına arada bir göz atmak mı istiyorsunuz? DeğişimiGör. Sınırsız şeffaflık. Filtre yok. Her şeyi göreceksiniz. Her daim."

Mae, Annie'ye doğru eğildi. "İnanılmaz bir şey bu."

"Demiştim, değil mi?" dedi Annie.

"Peki bu kameralar sabit olmak zorunda mı?" dedi Bailey, işaretparmağını birini azarlar gibi kaldırarak. "Tabii ki hayır. Şu anda dünyanın her yanında kameralarını kolye gibi boynunda taşıyan on kadar yardımcım var. Onları ziyaret etmeye ne dersiniz? Danny'nin kamerasını ekrana getirebilir miyiz?"

Ekranda Machu Picchu'nun görüntüsü belirdi. Antik şehir kalıntılarının epey yukarısından çekilmiş bir kartpostala benziyordu. Derken resim kıpırdamaya, aşağıdaki kalıntılara doğru ilerlemeye başladı. Kalabalık önce soluğunu tuttu, sonra bağrıştı.

"Bu canlı bir görüntü, gerçi sanırım anlaşılıyor öyle olduğu. Selam Danny. Şimdi de Kenya Dağı'nda Sarah'yı görelim." Büyük ekranda, dağın yükseklerindeki kayalık alanlardan birini gösteren bir diğer görüntü belirdi. "Bize dağın zirvesini gösterebilir misin Sarah?" Kamera yukarıya doğru dönerek dağın bulutlarla sarmalanmış zirvesini gözler önüne serdi. "Bir şeyi bir başkasının gözünden görme imkânı sunuyor, farkında mısınız? Diyelim ki yatalağım ya da dağa çıkamayacak kadar zayıf, güçsüzüm. İstesem birini boynunda kamerayla oraya gönderebilirim, onun deneyimleyeceği her şeyi eşzamanlı olarak ben de deneyimleyebilirim. Gelin bunu birkaç yerde daha yapalım." Paris'in, Kuala Lumpur'un, bir Londra pub'ının canlı görüntüleri ekrana geldi. "Şimdi de bunların hepsini bir arada kullanmayı deneyelim. Evde oturuyorum. İnternete giriyor ve dünyada neler olup bittiğini anlamak istiyorum. Bana 101. Karayolu'ndaki trafiği göster.

Cakarta sokaklarını. Bolinas'ta sörf yapanları. Annemin evini. Lisede birlikte okuduğum herkesin web kameralarını göster bana."

Her komutla birlikte yeni görüntüler belirdi, ta ki ekranda aynı anda en az yüz canlı internet yayını kutu kutu sıralanana kadar.

"Her-şeyi-görüyor, her-şeyi-biliyor olacağız."

Herkes ayaktaydı şimdi. Salon alkışlarla inliyordu. Mae başını Annie'nin omzuna dayadı.

"Olup biten her şey bilinecek," diye fısıldadı Annie.

"Işıldıyorsun."

"Işıldıyorsun, doğru."

"Işıldadığım falan yok."

"Gebeymişsin gibi."

"Anladım ne demeye çalıştığınızı. Kesin artık."

Babası masanın karşısından uzanıp Mae'in elini tuttu. Günlerden cumartesiydi, annesiyle babası Çember'deki ilk haftasının şerefine o akşam Mae'e yemek ısmarlıyordu. Sergiledikleri o aşırı duygusal tepkilerden biriydi bu - en azından son zamanlarda. Oysa Mae küçükken, hiç çocuk yapmama olasılığı üzerinde uzun müddet durmuş bir çiftin tek çocuğuyken evde durum daha karışıktı. Hafta boyu babasının yüzünü zor görürlerdi. Babası Fresno'daki bir ofis kompleksinde bina yöneticiliği yapardı, günde on dört saat çalıştığından evle ilgili bütün işleri Mae'in bir otel restoranında haftada üç vardiya çalışmakta olan annesine yıkmıştı. Annesi, üzerindeki bunca yükün baskısına, öncelikle Mae'e yönelttiği, patlayacak yer arayan öfkesiyle yanıt verirdi. Mae on yaşına geldiğinde annesiyle babası Fresno'nun merkezinde iki katlı bir otopark satın alıp birkaç yıl nöbetleşe başında durdu. Arkadaşlarının anne ve babalarının, "Hey, otoparkta anneni gördüm," ya da "Geçen gün beni idare ettiği için babana tekrar teşekkür ettiğimi iletir misin lütfen," demeleri Mae'i utandırırdı ama mali durumları çok geçmeden düzelince birkaç adam tutup vardiya usulü çalıştırmaya başladılar. Kendilerine haftada bir gün izin verebilmeye, birkaç aydan daha ilerisi için planlar yapabilmeye başlayınca dindiler duruldular ve sakin mi sakin, rahatsız edici ölçüde tatlı, yaşlı bir çift olup çıktılar. Sanki bir sene içinde işi başından aşkın genç ebeveynler olmayı bırakıp ağır hareket eden, cana yakın, kızlarının beklentilerinden bihaber bir büyükanne ile büyükbabaya dönüşmüşlerdi. Mae ortaokuldan mezun olduğunda onu arabayla Disneyland'e götürdüler; bunu yaparken Mae'in Disneyland için fazla büyümüş olduğunu ya da oraya yalnız gitmesinin -iki yetişkinle gitmek neresinden baksan yalnız gitmekle birdi- her türlü eğlence kavramıyla çeliştiğini kavradıkları söylenemezdi. Ama o kadar iyi niyetliydiler ki Mae hayır diyememiş, sonuçta ebeveynleriyle mümkün olabileceğini tahmin etmeyeceği kadar şuursuzca eğlenmişti. Çocukluğunun duygusal belirsizlikleri yüzünden annesiyle babasına yöneltebileceği, içinde kalmış her türlü küskünlüğün ateşi, onların orta yaşlarının serinliğini hiç kaybetmeyen sularında sönüp gitmişti.

Şimdi de, bulabilecekleri en ucuz pansiyonda -Çember'e yirmi beş kilometre uzaklıktaki, periliymiş gibi gözüken bir yerde- hafta sonunu geçirmek üzere arabayla körfeze gelmişlerdi. İki ihtiyarın methini çok duyduğu lüks özentisi bir restorandaydılar. Işıldayan birileri vardıysa onlardı aslında. Gözlerinin içleri gülüyordu.

"Eee, nasıl? Çok mu harika?" diye sordu annesi.

"Öyle."

"Biliyordum." Annesi arkasına yaslanıp kollarını kavuşturdu.

"Bundan sonra asla başka bir yerde çalışmak istemem," dedi Mae.

"Bunu duyduğuma sevindim," dedi babası. "Senin başka bir yerde çalışmanı biz de istemeyiz."

Annesi atılıp kolunu tuttu. "Karolina'nın annesine bahsettim. Tanırsın sen de onu." Burnunu kırıştırdı - hakarete en çok bu kadar yaklaşabiliyordu. "Sırtına bir hançer saplasam aynı tepkiyi verirdi. Kıskançlıktan çatladı."

"Anne!"

"Ne kadar maaş aldığını ağzımdan kaçırdım."

"*Anne.*"

"Sadece şöyle dedim ama: 'Umarım altmış bin dolarla geçinebilir.'"

"İnanamıyorum!"

"Ama doğru, öyle değil mi?"

"Altmış iki aslında."

"Tüh. Şimdi tekrar aramam gerekecek."

"Hayır, aramayacaksın."

"Peki, aramam. Ama çok eğlenceliydi," dedi annesi. "Laf arasına sıkıştırıverdim. Kızım gezegenin en kıyak şirketinde çalışıyor, sigortasında limitsiz diş teminatı bile var, dedim."

"Yapma lütfen. Yalnızca şansım yaver gitti. Bir de Annie..."

Babası öne doğru eğildi. "Sahi, Annie *nasıl*?"

"İyi."

"Annie'ye onu çok sevdiğimizi söyle."

"Söylerim."

"Bu akşam gelemez miydi?"

"Hayır. İşi vardı."

"Ama sordun, değil mi?"

"Sordum. Size selam söyledi. Çok meşgulmüş."

"Tam olarak ne iş yapıyor?" diye sordu annesi.

"Her şey aslında," dedi Mae. "40'lar Takımı'na dahil. Önemli kararların çoğunda pay sahibi. Sanırım asıl uzmanlık alanı diğer ülkelerdeki mevzuat meseleleri."

"Eminim büyük sorumluluğu vardır."

"Hisse senetlerini düşünsene!" dedi babası. "Değerini hayal bile edemiyorum."

"Baba. Yapma lütfen."

"Neden onca hisse senedi varken durup dinlenmeden çalışıyor ki? Ben olsam deniz kıyısında yaşardım. Kendime bir harem kurardım."

Mae'in annesi elini kocasının elinin üzerine koydu. "Vinnie, yeter." Sonra Mae'e dönüp, "Umarım elindeki imkânların tadını çıkarmaya vakit buluyordur," dedi.

"Buluyor," dedi Mae. "Biz burada konuşurken o şimdi muhtemelen yerleşkedeki bir partidedir."

Babası gülümsedi. "Oraya yerleşke demeniz çok hoşuma gidiyor. Pek havalı. Biz ofis derdik öyle yerlere."

Mae'in annesi kaygılı görünüyordu. "Parti mi vardı Mae? Sen gitmek istemedin mi?"

"İstedim ama sizi görmeyi de istedim. Zaten zırt pırt parti oluyor."

"Ama bu daha ilk haftan!" dedi annesi, sıkıntıyla. "Belki gitsen daha iyi olurdu. Bak şimdi üzüldüm işte. Seni partiden alıkoyduk."

"Güven bana. İki günde bir parti yapıyorlar. Orada herkes çok sosyal. Bir şey olmaz."

"Öğle yemeğine çıkmadın daha, değil mi?" diye sordu annesi. Mae eski işine başladığı zaman da aynı şeyi tembihlemişti: *İlk hafta sakın yemeğe çıkma. Yanlış bir intiba uyandırır.*

"Merak etme," dedi Mae. "Tuvalete bile gitmedim."

Annesi gözlerini devirdi. "Neyse, seninle ne kadar gurur duyduğumuzu bilemezsin. Seni çok seviyoruz."

"Ve Annie'yi," dedi babası.

"Doğru. Seni ve Annie'yi çok seviyoruz."

Babasının birazdan yorulacağını bildiklerinden yemeklerini hızlı hızlı yediler. Babası o akşam yemek için dışarı çıkmalarında ısrar etmişti, halbuki artık nadiren böyle şeyler yapıyordu. Yorgunluğu daimiydi; ansızın bastırabiliyor, neredeyse yığılıp kalmasına sebep olabiliyordu. O akşamki gibi dışarıdayken hızlıca kalkıp gitmeye hazır olmaları gerekiyordu, nitekim tatlıyı beklemeden kalktılar. Onlar önde, Mae arkada odalarına döndüler; ancak orada, pansiyon sahiplerinin dört bir yana yerleştirdiği oyuncak bebeklerin bakışları arasında, olabileceklerden korkmadan rahat rahat oturabildiler. Mae babasının multipl skleroz hastası olmasına bir türlü alışamamıştı. Teşhis yalnızca iki sene önce konmuş olsa da belirtiler yıllar önce baş göstermişti. Babası kelimeleri ağzında yuvarlamaya, uzanmaya çalıştığı şeyleri ıskalamaya başlamış, derken iki defa düşmüş, iki düşüşü de evlerinin antresinde, sokak kapısına uzanırken gerçekleşmişti. Bunun üzerine çift, kârlı bir satışla otoparkı elden çıkarmıştı. Şimdi zamanlarını babanın bakımıyla uğraşarak geçiriyorlardı, bu da günde en az birkaç saat ilaç faturalarıyla ve sigorta şirketiyle boğuşmak anlamına geliyordu.

Annesinin, "Ha, geçen gün Mercer'ı gördük," demesiyle babası gülümsedi. Mercer, Mae'in eski erkek arkadaşıydı, lise ve üniversite yıllarındaki dört ciddi flörtünden biri. Ama annesiyle babasına soracak olursanız dördü arasında bir tek Mercer önemliydi ya da bir tek onu kabullendiklerinden onu hatırlıyorlardı. Mercer'ın hâlâ kasabada yaşamasının da etkisi vardı bunda tabii.

"İyi," dedi Mae, konuyu kapatma isteğiyle. "Geyik boynuzlarından avize mi yapıyor hâlâ?"

Sesindeki alaycı tonu işitince, "Dalga geçme," dedi babası. "Kendi işini kurdu. Böbürlendiği yok ama besbelli iyi para kazanıyor."

Mae'in konuyu değiştirmesi şarttı. "Şimdiye kadarki ortalamam 97," dedi. "Bunun bir çaylak için rekor olduğunu söylüyorlar."

Annesiyle babası şaşkın şaşkın baktı. Babası yavaşça göz kırptı. Neden bahsettiği konusunda ikisinin de hiçbir fikri yoktu. "Neymiş o tatlım?" dedi babası.

Mae geçiştirdi soruyu. Daha kelimeler ağzından çıkarken bu cümlenin uzun uzadıya bir açıklama gerektireceğini anlamıştı. "Sigorta şirketiyle işler nasıl?" diye sordu ve anında pişman oldu. Neden böyle sorular soruyordu ki? Cevabı sabaha kadar bitmeyecekti.

"İyi değil," dedi annesi. "Bilmiyorum. Yanlış plan almışız galiba. Babanı sigortalamak istemiyorlar işte, bu kadar basit. Usanıp gidelim diye ellerinden geleni yapar gibiler. Ama nasıl gidebiliriz ki? Gidecek yerimiz mi var?"

Babası oturduğu yerde doğruldu. "Ona reçete meselesini anlatsana."

"Ha, doğru. Baban iki yıldır Copaxone kullanıyor, ağrıları için. İhtiyacı var ona. Almadığı zaman..."

"Ağrı biraz... can sıkıcı olmaya başlıyor," dedi babası.

"Sigorta şirketi de şimdi kalkmış diyor ki babanın o ilaca ihtiyacı yokmuş. Onaylı ilaçlar listelerinde yer almıyormuş. Baban onu iki yıldır kullanıyor halbuki!"

"Bu kadar gaddar olmalarına hiç gerek yok," dedi Mae'in babası.

"Başka seçenek de sunmuyorlar. Ağrı için hiçbir şey vermiyorlar!"

Mae ne diyeceğini bilemedi. "Çok üzüldüm. İnternette başka şeyler arayayım mı? Doktorlara sigortanın ödeyeceği başka bir ilaç önerip öneremeyeceklerini sordunuz mu? Belki jenerik bir ilaç..."

Bu konuşma bir saat sürdü, sonuna geldiklerinde Mae bitmiş, mahvolmuştu. MS hastalığı, onu yavaşlatmak için hiçbir şey yapamayışı, babasının önceki hayatını geri getiremeyişi - bunlar ona azap veriyordu ama sigorta meselesi bambaşkaydı, fazlasıyla lüzumsuz bir çile. Her şeyin üzerine tuz biber ekiyordu. Sigorta şirketleri işi yokuşa sürmenin, gerçekleri inkâr etmenin, onları bu kadar üzmenin babasının sağlığını kötüleştirmekten, annesininkini de tehdit etmekten başka hiçbir işe yaramadığını fark etmiyor muydu? Bu tavırlarının hiçbir amaca hizmet etmediği söylenebilirdi en azından. Teminat kapsamını inkârla, tartışmayla, reddiyeyle, yollarına taş koymakla harcadıkları onca zaman... bunun annesiyle babasının doğru tedaviye erişimini sağlamaktan çok daha zahmetli olduğu kesindi.

"Kapatalım artık bu konuyu," dedi annesi. "Sana bir sürprizimiz var. Neredeydi? Sende miydi Vinnie?"

Kırkyama tekniğiyle dikilmiş lime lime bir yorganla örtülü yüksek yatağın başında toplandılar ve babası Mae'e küçük bir hediye paketi uzattı. Kutunun boyutu ve şekli hediyenin bir kolye olduğunu düşündürüyordu ama Mae öyle olamayacağını anladı. Ambalajından çıkardığı kadife kaplı kutuyu açınca gülmeye başladı. Bir dolmakalemdi bu, sınırlı sayıda üretilen ve nedense çok ağır olan gümüş kalemlerden. Bakım ve dolum gerektiren, çoğunlukla gösteriş için taşınan türden.

"Merak etme, parası bizden çıkmadı," dedi Mae'in babası.

"Vinnie!" diye viyakladı annesi.

"Ciddiyim," dedi babası, "biz almadık. Bir arkadaşım onu bana geçen sene hediye etti. Çalışamayacak hale gelmem onu üzmüş. Klavyenin tuşlarına bile zar zor basabiliyorken dolmakalem kullanacağımı nasıl düşünmüş, bilmiyorum artık. Hiçbir zaman çok zeki biri olmamıştır zaten."

"Masanda güzel durur diye düşündük," diye ekledi annesi.

"Çok mu iyiyiz neyiz?" dedi babası.

Mae'in annesi güldü, en çok da babası da güldü. Kocaman, şen şakrak bir kahkaha patlattı. Ebeveynlik hayatlarının ikinci, yani daha sakin geçen evresinde Mae'in babası tam bir kahkaha makinesine dönüşmüş ve durmaksızın, her şeye gülen bir adam olup çıkmıştı. Kahkahaları Mae'in ergenlik yıllarına damgasını vurmuştu. Hem sahiden komik hem de dudaklarda ancak bir tebessüm uyandırabilecek şeylere güler, üzülmesi gereken durumlarda bile kahkaha atardı. Mae bir yaramazlık yaptığında bunu çok gülünç bulurdu. Bir gece onu Mercer'la buluşmak üzere odasından sıvışırken yakaladığında mesela, gülmekten yerlere yatmıştı. Her şey komikti, Mae'in ergenlik çağına dair her şey onu kahkahalara boğuyordu. "Beni karşında gördüğünde yüzün ne hal aldı bir bilsen! Yok böyle bir şey!"

Derken MS teşhisi konmuş ve kahkahalar büyük ölçüde azalmıştı. Ağrılar hiç dinmiyordu. Yerinden kalkmasına olanak tanımayan, bacaklarında gövdesini taşıyacak derman bırakmayan nöbetler çok sık ve çok tehlikeli şekilde bastırıyordu. Her hafta acile kaldırılıyordu. Nihayet Mae'in annesinin kahramanca çabaları sayesinde insanlıktan nasibini almış birkaç doktora göründüler, böylece doğru ilaç tedavisine başlandı ve hastalık en azından bir süreliğine durduruldu. Sonra sigorta savaşlarında yenik düşmeye başladılar ve sağlık işleri tam bir çileye dönüştü.

Yine de bu gece babasının neşesi yerindeydi, annesi de pansiyonun ufak mutfağında bulduğu şeriyi Mae'yle paylaşınca iyi hissetmeye başlamıştı. Ana kız hâlâ yüksek sesle konuşmaya devam ettiği, bütün ışıklar da açık olduğu halde, baba az sonra üzerindeki kıyafetleri çıkarmadan, yorganın üzerinde uyuyakaldı. Derin derin uyuduğunu gördükten sonra Mae onların yatağının ayakucunda kendi yatağını yaptı.

Sabah geç uyandılar ve öğle yemeği için küçük bir lokantaya gittiler. Baba yemeğini gayet güzel yedi; çift, dik kafalı bir akrabalarının çeltik tarlasında ıstakoz yetiştirmekle alakalı son tuhaf girişiminden bahsederken Mae de annesinin umursamaz rolü yapmasını izledi. Babasını üst üste iki defa dışarı çıkardıkları için annesinin diken üstünde olduğunun ve onu yakın takibe aldığının farkındaydı. Babası neşeli görünüyordu ama gücü giderek tükenmekteydi.

"Siz hesabı ödeyin," dedi. "Ben arabaya gidip azıcık uzanacağım."

Mae, "Yardım edelim," diyecek oldu ama annesi onu susturdu. Babası çoktan kalkıp kapıya yönelmişti.

"Yoruluyor. Normal," dedi annesi. "Ne de olsa farklı bir rutini var artık. Dinleniyor. Sonra kalkıp bir şeyler yapıyor, yürüyor, yemek yiyor, biraz canlanır gibi oluyor, sonra tekrar dinleniyor. Çok düzenli, çok sakin bir hayatı var şimdi, doğrusunu söylemek gerekirse."

Hesabı ödeyip dışarıya, otoparka çıktılar. Mae arabanın camından babasının beyaz saçlarını seçti. Başının yalnızca tepesi görünüyordu, arka koltukta iyice kaykıldığı için aşağıya kaymıştı çünkü. Arabaya vardıklarında uyanık olduğunu gördüler, alelade bir ağacın birbirine dolanmış dallarını seyrediyordu. Pencerenin camını indirdi.

"Gerçekten harika oldu bu," dedi.

Mae öğleden sonranın kendisine kalmasından memnun, onlarla vedalaşıp yanlarından ayrıldı. Arabasını batıya doğru sürdü; hava güneşli ve sakin, yolun iki kenarından akan manzara basit ve netti: maviler, sarılar, yeşiller. Kıyıya yaklaşınca körfez tarafına saptı. Acele ederse birkaç saat kanoyla dolaşabilirdi.

Kano sporuyla onu Mercer tanıştırmıştı, o zamana kadar kaba ve sıkıcı bulduğu bir etkinlikti bu. Su seviyesinde oturup dondurma kaşığı kılıklı acayip bir kürekle cebelleşmek gerekiyordu bir kere. Sürekli iki yana bükülme hareketi çok yorucu olsa gerekti, fazla yavaştı da sanki. Ama sonra Mercer'la, profesyonel kanolarla olmasa da bacaklar ve ayaklar açıkta kalacak şekilde binilen daha basit modellerle denemişti bu sporu. Kürek çekerek körfezde dolaşıp Mae'in beklediğinden çok daha hızlı yol almış, yolda liman fokları, pelikanlar görmüşlerdi. Sonunda Mae bunun değeri bilinmeyen bir spor olduğuna, körfezin de ne yazık ki iyi değerlendirilmeyen bir su kütlesi olduğuna inanmıştı.

Ufacık bir kumsaldan açılmışlardı denize; malzemeci onlara ne eğitim sormuş ne ekipman istemiş, hiç uğraştırmamıştı. Saatte on beş dolarını ödeyen herkes dakikalar içinde kendini körfezin serin, temiz sularında bulabiliyordu.

Bugün de Mae ana yoldan sapıp kumsala vardığında suyun çarşaf gibi olduğunu gördü.

"Hey sen," dedi bir ses.

Karşısında çarpık bacaklı, kıvırcık saçlı, yaşça kendisinden büyük bir kadın duruyordu. Toy Kızın Seyahatleri adlı bu yerin sahibi Marion'dı bu. 'Toy Kız' kendi oluyordu ve on beş yıldır, yani kırtasiye işinde parayı bulup da bu işi kuralı beri öyle kalmıştı. Mae'in ilk defa kano kiraladığı gün bahsetmişti bundan; eğlenceli olduğunu varsaydığı bu hikâyeyi herkese anlatırdı, kırtasiye malzemesi satarak zengin olduktan sonra bir kano kiralama dükkânı açtığını yani. Marion'ın bunu neden komik bulduğunu Mae pek anlayamamıştı. Marion, Mae'in bugün yaptığı gibi, kapanışa birkaç saat kala kano kiralamak istediği zamanlarda bile sıcak, yardımsever davranırdı.

"Su muhteşem," dedi Marion. "Fazla açılma ama."

Mae'in kanoyu kumların, taşların arasından sürükleyerek suya sokmasına yardımcı oldu. Can yeleğinin tokasını bağladı. "Yüzen evlerdeki insanları rahatsız etmemeye çalış. Oturma odaları göz seviyene gelir, sen sakın içeri bakma. Deniz ayakkabısı ya da rüzgârlık ister miydin?" diye sordu. "Dalgalı olabilir."

Mae istemedi, kanonun içine yemeğe giderken giydiği hırkası ve kot pantolonuyla yalınayak girdi. Saniyeler sonra balıkçı teknelerini, dalgakıranları ve kürek sörfü tahtalarını geçmiş, körfez açıklarına ulaşmıştı.

Kimse yoktu görünürde. Bu su kütlesinin neden bu kadar az kullanıldığı aylardır kafasını kurcalıyordu. Burada hiç jet ski yoktu. Her zamanki birkaç balıkçı ile kırk yılda bir geçen birkaç sürat teknesi. Su kayağı yapan yoktu. Yelkenliler vardı ama onların sayısı da hayret verecek kadar azdı. Suyun soğukluğu sebeplerden yalnızca biriydi. Belki de tek sebep, Kuzey Kaliforniya'da açık havada yapılabilecek sporlara yönelik başka pek çok seçeneğin olmasıydı. Tam bir muammaydı bu ama Mae şikâyetçi değildi. Körfez ona kalıyordu sonuçta.

Kürek çekerek körfezin tam ortasına geldi. Denizde hakikaten de dalga çıkmıştı, soğuk sular Mae'in ayaklarına vuruyordu. Ama iyi gelmişti, o kadar iyi gelmişti ki Mae elini uzatıp avucuna doldurduğu suyla yüzünü ve ensesini ıslattı. Gözlerini açtığında altı metre ilerisinde bir liman foku gördü; uysal bir köpeğin bahçesine giren birine bakacağı gibi ona bakıyordu. Yuvarlak, gri kafası cilalı mermerin satenimsi ışıltısına sahipti.

Mae küreğini kucağına koyup foku seyre daldı, fok da onu. Fokun gözleri mat siyah düğmeleri andırıyordu. Mae mum gibi duruyordu, fok da kıpırdamıyordu. Bakışları karşılıklı bir saygıyla birbirine kenetlenmişti; yaşadıkları an, ağdalanıp kendi tadına vardıkça daha da uzun sürmeyi talep eder gibiydi. Kıpırdamaya ne hacet!

Kuvvetli bir rüzgâr esti Mae'e doğru, beraberinde fokun buruk kokusunu getirdi. Son kano gezintisi sırasında da fark etmişti bu hayvanların kesif kokusunu; tonbalığı ile yıkanmamış köpek arası bir şeydi. Fok ansızın, utanmış gibi suya daldı.

Mae açılmaya devam etti. Gözüne kestirdiği kırmızı şamandıraya kadar gitmeyi aklına koymuştu; şamandıra körfezin epey açıklarında, bir burnun kıvrımı civarındaydı. Oraya varmak otuz dakikasını alırdı, yol üstüne demir atmış birkaç duba, yat ve yelkenlinin yanından geçmesi gerekecekti. Her biri şu veya bu şekilde eve çevrilmişti bu teknelerin; Mae pencerelerden içeriye bakmaması gerektiğini bilse de kendini alamıyordu; teknelerin üstü gizemlerle doluydu. Şu yüzen evde mesela, neden bir motosiklet vardı? Şu yata neden bir ABD bayrağı asılmıştı? Çok uzaklarda bir deniz uçağının havada daireler çizdiğini gördü.

Rüzgâr onu arkasından kavramış, kırmızı şamandıranın yanından hızla geçirip karşı kıyıya doğru itmekteydi. Mae oraya çıkmayı planlamadığı gibi, körfezin karşı tarafına daha önce hiç gitmemişti; ama az sonra kıyı göründü. Mae'e doğru hızla yaklaşıyor, su sığlaştıkça dipteki denizçayırları ortaya çıkıyordu.

Kanodan dışarı atlayınca hepsi de yuvarlak ve pürüzsüz olan taşlara değdi ayakları. Kanoyu sudan çektiği sırada körfez bir anda kabarıp bacaklarını yuttu. Dalga değildi bu, su seviyesinin ansızın, tek hamlede yükselmesiydi daha ziyade. Az önce kupkuru bir kumsalda dikiliyorken şimdi baldırlarına kadar yükselen su pantolonunu sırılsıklam etmişti.

Su yeniden çekildiğinde çok acayip denizyosunlarıyla kaplı, kumsal boyunca şerit halinde uzanan geniş bir alan bıraktı geriye; adeta değerli taşlarla süslüymüş gibi parlıyordu yosunlar - mavi, yeşil ve ışığa bağlı olarak yanardöner. Mae eline bir parça yosun alıp baktı; yumuşak, esnek, kenarları abartılı biçimde fırfırlıydı. Mae'in ayakları ıslak, su ise buz gibiydi ama aldırış etmedi. Taşlık sahile oturup eline bir sopa aldı ve yuvarlak taşları tıkırdatarak yere bir şeyler çizdi. Taşların altından çıkan minik yengeçler sinirli sinirli koşturarak kendilerine yeni sığınaklar bulmaya gitti. Bir pelikan gelip kuru bir ağaç gövdesine kondu. Beyaza boyanmış ve yana yatık gövde, çelik grisi suyun içinden tembelce göğe uzanıyordu.

Derken Mae hıçkırıklara boğuldu. Babasının hali haraptı. Hayır, harap değildi. Büyük bir vakarla karşılıyordu olan biteni. Ama bu sabah onda bir bezginlik görmüştü, bir yenilmişlik, kabullenmişlik. Hem bedeninde olup bitenlerle hem de tedavisini yürüten şirketlerle savaşamayacağını biliyor gibiydi. Ve Mae'in onun için yapabileceği hiçbir şey yoktu. Hayır, onun için yapabileceği pek çok şey vardı. İşini bırakabilirdi. İşini bırakıp görüşmelerde onlara yardımcı olabilir, onu ayakta tutmak için verilmesi gereken savaşları verebilirdi. İyi bir kız evladın yapacağı bu olurdu. İyi bir çocuğun, iyi bir tek çocuğun yapacağı bu olurdu. İyi bir tek çocuk, önlerindeki üç ila beş yılı, yani babasının hareket kabiliyetinin, gücünün dermanının yerinde olacağı belki de son yılları onun yanında, ona yardım ederek, annesine yardım ederek, aile çarkının bir dişlisi olarak geçirirdi. Ama annesiyle babasının buna izin vermeyeceğini biliyordu. Müsaade etmezlerdi. Bu yüzden o da, çok ihtiyacı olan ve çok sevdiği işi ile yardımlarına koşamadığı ebeveynleri arasında kalacaktı.

Yine de kendini bırakıp omuzlarını sarsa sarsa ağlamak, yanaklarından süzülen sıcak gözyaşlarını hissedip onların o bebeksi tuzunu tatmak ve tişörtünün her yanına sümüklerini silmek iyi gelmişti. Ağlaması bitince kanoyu yeniden suya itti ve canlı bir tempoyla kürek çekmeye koyuldu. Koyun ortasına gelince durdu. Gözyaşları kurumuştu artık, soluk alıp verişi düzene girmişti. Sakinleşmişti, güçlü de hissediyordu kendini ama kırmızı şamandıraya gitmek hiç ilgisini çekmiyordu artık, küreğini kucağına bırakıp oturdu ve dalgaların onu hafif hafif sallamasına izin verdi, sıcak güneşin ellerini ayaklarını kuruttuğunu hissetti. Hangi kıyıdan olursa olsun denize her açıldığında yapardı bunu - okyanusun engin büyüklüğünü altında hissederek sessiz sedasız otururdu. Körfezin bu bölgesinde leopar köpekbalıkları, yarasa balıkları, denizanaları, bazen de liman yunusları olurdu ama Mae hiçbirini göremiyordu. Karanlık sulara, karanlık paralel dünyalarına saklanmışlardı; oralarda bir yerde olduklarını biliyor ama nerede olduklarını çıkaramıyor, hatta haklarında hiçbir şey bilmemesi o an ne tuhaftır ki doğru geliyordu. Çok ötede, körfezin okyanusa açıldığı yeri seçebiliyordu; orada muazzam büyüklükte bir konteyner gemisi hafif bir sis bulutundan sıyrılarak açık sulara doğru ilerlemekteydi. Gitmeyi geçirdi aklından ama ne gerek vardı? Bir yere gitmesi için hiçbir sebep yok gibiydi. Burada, körfezin ortasında yapacak veya görecek bir şeyi olmadan durmak yeterince iyiydi. Dalgalarla yavaş yavaş sürüklenerek yarım saatten fazla kaldı o noktada. Arada bir şu köpek ile tonbalığı arasındaki kokuyu tekrar aldığı oluyor, dönüp baktığında bir başka meraklı fokla karşılaşıyordu. Durup birbirlerini seyrediyorlardı ve Mae bunun ne kadar güzel olduğunu, bu ânı kimseyle paylaşmaları gerekmediği için ne kadar şanslı olduklarını fokun da bilip bilmediğini merak ediyordu.

Akşamüstü Pasifik'ten gelen rüzgârlar kesildi, dolayısıyla kıyıya dönmek zahmetli oldu. Eve vardığında kolları bacakları ağırlaşmış, ufak ufak uykusu gelmeye başlamıştı. Kendisine bir salata yapıp pencereden dışarıyı seyrederek yarım paket cips eşliğinde yedi. Saat sekizde uyuyakaldı ve on bir saat uyudu.

Sabah, Dan'in de daha önce uyarmış olduğu gibi iş çok yoğundu. Dan, Mae'i ve diğer yüz küsur MD temsilcisini sabahın sekizinde toplayarak pazartesi sabahları oluğu açmanın her zaman tehlikeli olduğunu hatırlatmıştı. Bütün hafta sonu soruları birikmiş olan müşteriler pazartesi sabahı ivedi yanıt beklerdi.

Haklı çıktı. Oluk açıldı, tufan başladı ve biraz soluk aldırır gibi olduğu on bir sularına kadar Mae soru seline karşı canla başla savaş verdi. Kırk dokuz soru yanıtlamıştı, puanı 91'di, o zamana kadarki en düşük ortalaması.

Üzülme, diye mesaj gönderdi Jared. *Pazartesi günleri hep böyle olur. Mümkün olduğu kadar çok kişiye takip mesajı yolla yeter.*

Mae pek olumlu sonuç alamasa da sabahtan beri öyle yapıyordu zaten. Müşterilerin terslikleri üzerindeydi. O sabahın yegâne iyi haberi şirket-içi mesajlaşma ekranından geldi: Francis'ten onu öğle yemeğine davet eden bir mesaj. Prensipte Mae'in ve diğer MD personelinin bir saat yemek molası hakkı vardı ama Mae kimsenin yirmi dakikadan fazla masasından ayrı kaldığına şahit olmamıştı. Annesinin öğle yemeğini muazzam bir görev ihmaliyle bir tutan sözleri hâlâ kulaklarında çınladığı halde Mae, bu süreyi kendisine de tanıyordu.

Sırça Lokanta'daki buluşmaya geç gitti. Biraz bakındıktan sonra nihayet, Francis'in birkaç kat yukarıda, ayaklarını yüksek bir lusit tabureden sarkıtmış oturmakta olduğunu gördü. Ona el salladıysa da dikkatini çekemedi. Mümkün mertebe insanları rahatsız etmemeye çalışarak seslendi, yine olmadı. Sonunda kendini aptal gibi hissederek telefonundan mesaj yolladı; Francis'in mesajı almasını, sonra dönüp etrafına bakmasını ve onu görüp el sallamasını izledi.

Kuyruğa girip sebzeli bir Meksika dürümü, bir de yeni bir tür organik gazoz aldıktan sonra Francis'in yanına gidip oturdu. Francis'in üzerinde buruşuk ama temiz bir gömlek ve bol cepli rahat bir pantolon vardı. Tünediği tabure dışarıdaki açık havuza bakıyordu ve havuzda bir grup Çemberli voleybol benzeri bir oyun oynamaktaydı.

"Pek de atletik oldukları söylenemez," dedi Francis.

"Değiller, doğru," diye katıldı Mae ona. Francis aşağıda süregiden kaotik su savaşını izlerken Mae karşısındaki bu yüzü Çember'deki ilk gecesinden hatırladığı yüzle örtüştürmeye çalıştı. Aynı kalın kaşlar, aynı gaga burun. Ama şimdi Francis küçülmüştü sanki. Çatal bıçağını kullanarak dürümünü ortadan ikiye kesen elleri fevkalade narin görünüyordu.

"Çelişkili biraz," dedi, "spora yatkınlığın hiç mi hiç olmadığı bir yerde bu kadar fazla spor ekipmanının bulunması tuhaf. Hıristiyan Bilimi mezhebine mensup bir ailenin eczanenin bitişiğinde yaşamasına benziyor." Mae'e dönmüştü şimdi. "Geldiğin için teşekkürler. Seni bir daha göremeyeceğimden korkmaya başlamıştım."

"Sorma, işler çok yoğundu."

Francis yemeğini işaret etti. "Sensiz başlamak zorunda kaldım. Kusura bakma. Doğrusunu istersen gelmeni beklemiyordum."

"Geciktiğim için özür dilerim," dedi Mae.

"Yoo, anlıyorum, merak etme. Pazartesi akışıyla başa çıkmaya çalışıyordun. Müşteri yanıt bekler. Önce iş, sonra yemek."

"Söylemeden edemeyeceğim, o geceki konuşmamızın sona eriş şekli beni çok rahatsız etti. Annie'nin tavrı için özür dilerim."

"Siz ikiniz gerçekten öpüştünüz mü? Uzaktan izleyebileceğim bir yer bulmaya çalıştım ama..."

"Hayır."

"Belki bir ağaca tırmanırsam diye düşündüm..."

"Hayır. Hayır. Annie'ye bakma sen. Salağın tekidir."

"Evet ama burada çalışan insanlar arasında ilk yüzde birlik dilime giren bir salak. Keşke ben de öyle bir salak olsaydım."

"Çocukluğundan bahsediyordun."

"Tanrım. Şaraptandır desem?"

"Hiçbir şey anlatmak zorunda değilsin."

Mae kendini çok fena hissetti, ne yaptığının farkındaydı çünkü: Francis'in ona açılacağını umuyordu, böylece ikinci ağızdan duyduğu hikayeyi doğrudan ondan dinleyecekleriyle birleştirebilecekti.

"Hayır, önemli değil," dedi Francis. "Devletten aldıkları para karşılığında bakımımı üstlenen bir sürü ilginç yetişkinle tanıştım işte. Müthişti. Ne kadar vaktin var, on dakika falan mı?"

"Bire kadar serbestim."

"Güzel. Sekiz dakikamız daha var o zaman. Sen yemeğini ye. Ben konuşurum. Ama çocukluğum hakkında değil. Onun yeteri kadarını biliyorsundur zaten. Öyle sanıyorum ki Annie korkunç detayları çoktan yetiştirmiştir. O hikâyeyi anlatmaktan çok hoşlanır."

Bunun üzerine Mae yemeğini mümkün olduğunca hızlı bir şekilde yemeye çalışırken Francis önceki gece yerleşke sinemasında seyrettiği filmden bahsetti. Anlaşılan, yönetmen de filmi takdim etmek üzere sinemaya gelmiş ve sonrasında seyircilerin sorularını cevaplandırmıştı.

"Film kocasını ve çocuklarını öldüren bir kadına dairdi. Gösterimden sonraki soru-cevap faslında yönetmenin de eski kocasıyla sürüncemeli bir velayet kavgası yaşamakta olduğunu öğrendik. Bunun üzerine hepimiz etrafımıza bakıp, 'Bu kadın kendi meselelerini beyazperdede mi ele almış acaba?' diye geçirdik aklımızdan."

Mae güldü ama Francis'in korkunç çocukluğunu hatırlayınca frenledi kendini.

"Sorun değil," dedi Francis, onun neden durakladığını hemen anlayarak. "Etrafımda parmak uçlarında dolaşman gerektiğini düşünmeni istemem. Çok zaman geçti üzerinden, ayrıca burada rahat hissetmeseydim şu anda ÇocukTakip'te çalışıyor olmazdım."

"Yine de... Üzgünüm. Dilimin ayarı yoktur. Peki proje nasıl, iyi gidiyor mu? Ne kadar yakınsınız şu..."

"Hâlâ çok şapşalsın! Seviyorum bu halini," dedi Francis.

"Şapşal kadınları seviyorsun demek."

"Özellikle de benim yanımda şapşallaşanları. Tetikte olmanı, bocalamanı, sinmeni, kendini tutmanı ve emrettiğimde ayaklarıma kapanmaya hazır olmanı istiyorum."

Mae gülmek istedi ama gülemediğini fark etti.

Francis tabağına bakıyordu. "Eyvah. Yine kaş yaparken göz çıkardım galiba. Özür dilerim. Yemin ederim kurtulmaya çalışıyorum bu huyumdan."

"Dert değil. Bana şeyi anlatsana..."

"ÇocukTakip'i." Başını kaldırdı. "Dinlemek ister misin sahi?"

"İsterim."

"Çünkü bir başlarsam pazartesi tufanı bunun yanında hiç kalır."

"Beş buçuk dakikamız var."

"Peki o zaman. Danimarka'da çocuklara çip takmayı denemişlerdi bir ara, hatırlar mısın?"

Mae hayır dercesine başını salladı. Feci bir çocuk kaçırma ve öldürme vakasını belli belirsiz hatırlar gibiydi gerçi.

Francis, Danimarka'daki olayı açıklamanın vaktinden bir dakika çalacağını bilir gibi saatine baktı. Sonra göğüs geçirip anlatmaya başladı: "Birkaç sene önce Danimarka hükümeti çocukların bileklerine çiplerin takıldığı bir programı denedi. Çok kolay bir işlemdi bu, iki saniyede olup bitiyordu, sağlık açısından hiçbir sakıncası yoktu ve hemen çalışmaya başlıyordu. Anne babalar, çocuklarının ne zaman, nerede olduğunu hep bilecekti böylece. Uygulamayı on dört yaş altıyla sınırlı tuttular, başlangıçta herkes memnundu. Aleyhte açılan davalar düştü çünkü çok destek vardı. Anketlerde onaylar tavan yaptı. Ebeveynler bu işe *bayılmıştı*. Tam anlamıyla bayılmışlardı. Düşünsene, çocuk bunlar sonuçta, onların güvenliği için yapmayacağımız şey yoktur, öyle değil mi?"

Mae başını salladı ama sonra birden, bu hikâyenin sonunun korkunç olduğunu hatırlayıverdi.

"Derken bir gün yedi çocuk için kayıp ihbarı yapıldı. Polisler de, ebeveynler de, *Olsun, dert değil*, diye düşündü. *Çocukların nerede olduklarını biliyoruz nasılsa*. Çiplerin izini sürdüler ama onlara ulaştıklarında -yedi çipin yedisi de aynı otoparka götürmüştü onları- hepsini bir kesekâğıdının içinde, kana bulanmış halde buldular. Kesekâğıdında yalnızca çipler vardı."

"Şimdi hatırladım," dedi Mae.

"Cesetler bir hafta sonrasında bulundu, o zamana kadar halk çoktan paniğe kapılmıştı. Kimse mantıklı düşünemiyordu. Çocukların kaçırılmalarına da öldürülmelerine de çiplerin sebep olduğunu, bunu yapan her kimse çiplerin onu *tahrik* ettiğini, bu işi onun gözünde cazipleştirdiğini düşündüler."

"Dehşet vericiydi. Çip uygulamasının da sonu oldu."

"Evet ama çıkarım yanlıştı. Özellikle de burası için. Bu ülkede yılda kaç çocuk kaçırılıyordur, on iki bin mi? Peki kaç cinayet işleniyordur? Danimarka'da sorun çiplerin ne kadar derine yerleştirildiğiyle alakalıydı. İsteyen herkes birinin bileğinden çipini kolaylıkla kesip alabilirdi. Çok kolaydı. Halbuki bizim burada yapmakta olduğumuz testler... Sabine'le tanışmış mıydın?"

"Evet."

"Ekipte o da var. Kimseye bir şey anlatmaz çünkü hakkında konuşamayacağı işler yapıyor bununla alakalı olarak. Ama şu kadarını söyleyeyim, çipi kemiğe yerleştirmenin bir yolunu buldu. Bu da büyük fark yaratıyor tabii."

"Gerçekten mi? Hangi kemiğe?"

"Fark etmiyordur sanırım. Suratını ekşittin ama?"

Mae yüz ifadesini düzelterek nötr görünmeye çalıştı.

"Doğru, insanın aklı almıyor. Kafalarımızda, vücutlarımızda çipler taşıma düşüncesi kimilerinin ödünü koparıyor ama teknolojik bakımdan bir el telsizi ne kadar gelişkinse bu cihaz da o kadar gelişkin. Bir şeyin nerede olduğunu söylemekten başka hiçbir işlevi yok. Her yerde mevcut zaten. Satın aldığın her üründe bu çiplerden var. Müzik seti mi satın aldın, bir çipi var. Araba mı satın aldın, bir sürü çipi var. Bazı şirketler ürünlerinin tazeliğini yitirmeden markete ulaştığından emin olmak için gıda ambalajlarına çipler koyuyor. Basit birer takip cihazı bunlar yalnızca. Ve birini kemiğe gömdün mü ilelebet orada kalıyor, üstelik bileğe yerleştirilenlerin aksine, çıplak gözle fark edilemiyor."

Mae dürümünü tabağına geri bıraktı. "Kemiğin tam içine mi?"

"Mae, hiçbir çocuğun bir daha asla suça kurban gitmeyeceği bir dünya düşün. İhtimal dahilinde bile olmayacak. Bir çocuk bulunması gereken yerde bulunmadığı an geniş çaplı bir alarma geçilecek ve yeri derhal tespit edilebilecek. İzi herkes tarafından sürülebilecek. Tüm yetkili makamlar çocuğun kayıp olduğunu ânında öğrenecekleri gibi onun tam olarak nerede olduğunu da bilecek. Annesini arayıp, 'Demin alışveriş merkezine girdi,' diyebilecek ya da tacizcinin birini saniyeler içinde enseleyebilecekler. Çocuk kaçıran birinin tek umudu, çocuğu alıp ormana dalmak, ne yapacaksa yaptıktan sonra da dünya başına yıkılmadan kaçıp gitmek olacak. Ama bunu bir buçuk dakika içinde halletmesi gerekecek."

"Peki ya çipin sinyalini bozmayı başarırlarsa?"

"Olabilir tabii ama o beceri kimde var? Aynı zamanda elektronik dâhisi de olan kaç pedofil vardır? Az sayıda olsa gerek. Anlayacağın, tüm çocuk kaçırma, tecavüz ve cinayet vakaları ânında yüzde 99 oranında azaltılmış olacak. Ve bunun bedeli, çocukların ayak bileklerinde bir çip taşımalarından ibaret. Ayak bileğinde bir çiple yaşamına devam eden bir çocuk, güvenle büyüyeceğini bildiğin bir çocuk, parkta koşup oynayabilecek, bisikletiyle okula gidebilecek bir çocuk mu isterdin..."

"*Yoksa* demek üzeresin."

"Doğru, yoksa ölü bir çocuk mu? Yoksa yıllar boyu, çocuğun otobüs durağına kadar yürüdüğü her seferde endişeye kapılmak mı? Dünyanın dört bir yanında anketler yaparak ailelerin nabzını yokladık; yaşadıkları o ilk mide bulantısını atlatmalarının ardından yüzde 88'inden onay aldık. Bunun mümkün olduğuna akılları yattığı an bize yüksek sesle şöyle dediklerini duyduk: 'Daha önce neden yoktu bu? Ne zaman geliyor?' Demem o ki bu uygulama genç insanlar için yeni bir altın çağ başlatacak. Endişeye mahal bırakmayan bir çağ. Eyvah. Geciktin. Bak."

Saati işaret etti. 01.02.

Mae hemen kalkıp koştu.

* * *

Öğleden sonra işten başını kaldıramadı ve ortalaması ancak 93'e yükselebildi. Günün sonunda yorgunluktan bitmişti; ikinci ekranına döndüğünde Dan'den gelen bir mesaj buldu. *Biraz vaktin var mı? ÇemberSosyal'den Gina bir-iki dakikanı rica ediyordu da.*

Mae cevap yazdı: *On beş dakika sonra olsa? Göndermem gereken takip mesajları var. Bir de öğleden beri çişe gitmedim.* Yalan değildi. Üç saattir yerinden kalkmamıştı, ayrıca ortalamasını 93'ün üzerine çıkarıp çıkaramayacağını merak ediyordu. Dan'in onu Gina'yla buluşturmak istemesine bu düşük ortalamanın sebep olduğundan emindi.

Dan yalnızca *Teşekkürler Mae* yazdı. Mae tuvalete giderken zihninde bu sözcükleri evirip çevirdi. Dan on beş dakika sonra müsait olacağı için ona teşekkür mü etmişti, yoksa bu nahoş teklifsizlik düzeyinden ötürü serzenişte mi bulunmuştu?

Koridordaki yüksek, dar pencerenin altında telefonuna bakarak dikilmekte olan ve daracık, yeşil kot pantolon ve bedenini saran uzun kollu bir gömlek giymiş adamı gördüğünde Mae tuvalet kapısına neredeyse varmıştı. Adamın yüzü telefonun mavi-beyaz ışığıyla yıkanırken ekranından talimat bekler gibi bir hali vardı.

Mae tuvalete girdi.

İşini bitirip kapıyı açtığında adamı hâlâ aynı yerde ama şimdi pencereden dışarıya bakar vaziyette buldu.

"Kaybolmuşa benziyorsun," dedi Mae.

"Yok. Ben yalnızca, şey... yukarıya çıkmadan önce bir konuyu halletmeye çalışıyordum. Sen burada mı çalışıyorsun?"

"Evet. Yeniyim. MD'deyim."

"MD?"

"Müşteri Deneyimi."

"Ha, anladım. Eskiden ona Müşteri Hizmetleri derdik."

"Bundan senin burada yeni olmadığını çıkarıyorum, doğru mu?"

"Ben mi? Yok, yeni değilim. Bir süredir buradayım. Ama bu binaya yolum düşmez pek." Gülümseyerek pencereden dışarıya baktı; yüzünü başka tarafa çevirmesinden istifade, Mae onu dikkatle inceledi. Gözleri koyu renk, yüzü ovaldi; saçları kırlaşmış, neredeyse bembeyazdı ama yaşı otuzun üstünde olamazdı. Zayıf ve zindeydi, daracık pantolonu ve bedenini saran uzun kollu gömleği siluetini inceli kalınlı kaligrafik fırça darbeleriyle donatıyordu adeta.

Tekrar Mae'e dönerek, kendisini ve görgüsüzlüğünü ayıplarcasına gözlerini kırpıştırdı. "Özür dilerim. Adım Kalden."

"Kalden?"

"Tibetçedir," dedi adam. "Altın manasına geliyor. Annemle babam hep Tibet'e gitmek istemiş ama Hong Kong'dan ötesine geçememiş. Senin adın ne?"

"Mae," dedi Mae ve el sıkıştılar. Adamın el sıkışı kuvvetli ama baştan savmaydı. "Nasıl el sıkışılacağı öğretilmiş kendisine," diye tahmin etti Mae, "ama o bunda pek mana görememiş."

"Demek kaybolmadın," dedi Mae. Masasına dönmesinin beklendiğini hatırlamıştı; bugün zaten gecikmişti.

Kalden durumu sezdi. "Anladım, gitmen lazım. Gideceğin yere kadar sana eşlik edebilir miyim? Sırf nerede çalıştığını görmek için?"

"Hım," dedi Mae. Epey tedirgin olmuştu şimdi. "Tabii." Boynunda bir kimlik kartı taşıdığını görmeseydi Kalden'ı o sivri ama odaksız merakıyla ya geçerken öylesine uğramış biri ya da şirket casusu filan zannederdi. Ama burayı henüz hiç tanımıyordu. Çember'e geleli yalnızca bir hafta olmuştu. Bir çeşit test de olabilirdi bu. Belki de karşısındaki yalnızca eksantrik bir Çemberliydi.

Mae onu peşine takıp masasına geri döndü.

"Çok temiz," dedi adam.

"Biliyorum. Yeni başladım, unuttun mu?"

"Bildiğim kadarıyla Akıllı Adamlar arasında Çemberlilerin masalarını derli toplu tutmasını isteyenler varmış. Burada onları gördüğün oldu mu hiç?"

"Kimi? Akıllı Adamları mı?" dedi Mae, alayla. "Yok, buralarda görünmüyorlar. En azından şimdilik."

"Evet, bence de görünmüyorlardır," deyip çömeldi Kalden. Başı Mae'in omzu hizasına geliyordu şimdi. "Ne yaptığına bakabilir miyim?"

"İş olarak mı?"

"Evet. Seyredebilir miyim? Rahatsız etmezsem tabii."

Mae duraksadı. Çember'de deneyimlemiş olduğu her şey ve herkes mantıklı bir modele, bir ritme uyuyordu, oysa Kalden'da bir anormallik vardı. Onun ritmi farklıydı, atonal ve değişikti ama nahoş denemezdi. Yüzü son derece içten, gözleri parlak, nazik, iddiasızdı ve o kadar yumuşak konuşuyordu ki bir tehdit oluşturma ihtimali uzak görünüyordu.

"Tabii. Olur herhalde," dedi. "Çok heyecanlı değil gerçi."

"Olabilir de, olmayabilir de."

Böylece Mae'in gelen talepleri yanıtlamasını izlemeye koyuldu. Mae işinin kendisine alelade görünen etaplarını tamamladıktan sonra dönüp ona baktığında ekran adamın gözlerinde parıltıyla dans ediyor, yüzünde -sanki hayatında bundan daha ilginç bir şey görmemiş gibi- büyülenmiş bir ifade oluyordu. Ama bazen de, Mae'in göremediği bir şey görür gibi uzaklara dalıp gidiyordu. Böyle anlarda ekrana baksa da gözleri çok daha derinlerde bir şey görüyordu adeta.

Mae işine, o da arada bir soru sormaya devam etti. "Kimdi şimdi o?" "Hangi sıklıkla oluyor bu?" "Neden öyle karşılık verdin?"

Mae'in fazla yakınında duruyordu Kalden; kişisel alan kavramını herkes gibi algılayan, normal biri olsaydı bunun aşırı olduğu söylenebilirdi ama öyle normal biri olmadığı gün gibi ortadaydı.

Ekranı, bazen de Mae'in klavye üzerinde gezinen parmaklarını izlerken, çenesi Mae'in omzuna iyice sokulmuştu; nefesi hafif ama belirgindi; sabun ve muzlu şampuan karışımı sade kokusu, minik soluklarının rüzgârıyla Mae'in burnuna doluyordu. Bu deneyim her şeyiyle öyle garipti ki Mae ne yapabileceğini bilmediğinden ikide bir sinirli sinirli gülüyordu. Derken ansızın sona erdi. Kalden boğazını temizleyip ayağa kalktı.

"Eh, artık gitsem iyi olacak," dedi. "Ben kaçtım, rahatsız olma. Hızını kesmek istemem. Eminim buralarda tekrar karşılaşırız."

Ve çekip gitti.

Mae bu olayı düşünmeye fırsat bulamadan yanı başında yeni bir yüz belirdi.

"Selam. Ben Gina. Dan uğrayacağımı söylemedi mi?"

Mae hiç öyle bir şey hatırlamadığı halde başını salladı. Kendisinden birkaç yaş büyük bir kadın olan Gina'yı, ona veya bu görüşmeye ilişkin bir şeyler hatırlama umuduyla süzdü. Gina'nın göz kalemi ve mavi maskarayla kat kat boyanmış koyu renk gözleri ona gülümsüyordu ama Mae ne bu bakışlarda ne de Gina'da kendisine akan herhangi bir sıcaklık hissedebildi.

"Dan, sosyal medya hesaplarını oluşturmamız için uygun olduğunu söylemişti. Zamanın var mı?"

"Tabii," dedi Mae, aslında hiç öyle olmadığı halde.

"Geçen hafta iş yoğunluğundan ötürü şirket-içi sosyal hesabını oluşturmaya fırsat bulamamışsın anladığım kadarıyla. Galiba eski profilini de aktarmamışsın henüz."

Mae kendine küfretti. "Özür dilerim. Başımı kaşıyacak vakit bulamadım şimdiye değin."

Gina suratını asmıştı.

Mae, kırdığı potu bir kahkahayla maskeleyerek sözünü geri aldı. "Yok yok, şikâyet etmiyorum! Ama iş dışı şeyler yapmaya vakit bulamadım daha."

Gina başını yana eğip yapmacık bir tavırla boğazını temizledi. Hiç mutlu görünmediği halde gülümseyerek, "Bunu böyle ifade etmen çok ilginç," dedi. "Halbuki biz senin profilini ve profilindeki hareketliliği katılımının ayrılmaz bir parçası olarak görüyoruz. Çalışma arkadaşların da, yerleşkenin diğer tarafındakiler de seni bu sayede tanıyor. *İletişim* hobi değildir kesinlikle, haksız mıyım?"

Mae şimdi utanmıştı. "Doğru," dedi. "Tabii ki."

"Bir çalışma arkadaşının sayfasını ziyaret ederek duvarına bir şeyler yazmak *olumlu* bir şeydir. Topluluğumuza dair bir eylemdir. İletişime dair bir eylemdir. Ayrıca bu şirketin, senin '*iş dışı*' saydığın sosyal medya sayesinde var olduğunu söylememe gerek yoktur eminim. Sosyal medya araçlarımızı burada çalışmaya başlamadan önce de kullandığını sanıyordum."

Mae, Gina'yı sakinleştirmek için ne demesi gerektiğini bilemez haldeydi. İşi başından aşkın olduğu, aklı başka yerdeymiş gibi görünmek de istemediği için sosyal medya profilini yeniden aktive etmekte gecikmişti.

"Üzgünüm," demeyi başardı. "Sosyal medyanın iş dışı olduğunu ima etmek istemedim. Hatta birincil derecede önemli olduğu kanısındayım. Ben yalnızca işime alışmaya çalışıyordum. Yeni sorumluluklarıma odaklanmak istemiştim."

Gel gör ki Gina iyice havaya girmişti, lafı bitene kadar susmayacaktı. "Topluluk anlamındaki komünite ve iletişim anlamındaki komünikasyon sözcüklerinin aynı kökten, Latincede 'ortak, kamusal, herkesçe veya birçoklarınca paylaşılan' anlamına gelen *communis* kökünden türediğini biliyor muydun?"

Mae'in kalbi küt küt atıyordu. "Çok üzgünüm Gina. Çember'de kendime bir iş bulmak için çok uğraştım. Dediklerinin hepsini biliyorum. Buradaysam söylediğin her şeye inanıyor olduğumdan buradayım. Geçen hafta iş yoğunluğu beni biraz delirtti, hesap oluşturmaya da elim gitmedi bir türlü, hepsi bu."

"Tamam. Ama şu andan itibaren bil ki sosyal olmak, profilinde ve ona bağlı tüm hesaplarda varlık göstermek burada bulunma sebeplerinden biridir. Biz senin internet ortamındaki varlığını işinin ayrılmaz bir parçası olarak görürüz. Her şey birbiriyle bağlantılıdır."

"Biliyorum. Duygularımı doğru ifade edemediğim için tekrar özür dilerim."

"Güzel. Peki o halde, önce ekranını bağlayalım." Gina, bölmenin arka tarafına uzanıp bir ekran daha çıkardı. Bu seferki Mae'in ikinci ekranından büyüktü, Gina onu çabucak kurup Mae'in bilgisayarına bağladı.

"Tamam. İkinci ekranın, ekibinle iletişimini sağlamana devam edecek. Yalnızca MD işleri için kullanacaksın onu. Üçüncü ekran sosyal katılımın içindir, hem şirket Çember'inde hem de kendi dış Çember'inde. Anladın mı?"

"Anladım."

Mae, Gina'nın ekranı aktive etmesini izlerken içini büyük bir heyecan kapladı. Daha önce hiç bu kadar alengirli bir düzenek görmemişti. Bu kadar alt kademedeki biri için üç ayrı ekran! Ancak Çember'de mümkün olabilirdi bu.

"Pekâlâ, önce ikinci ekranına geri dönmek istiyorum," dedi Gina. "Sanırım ÇemberArama'yı da aktive etmemişsin daha. Hadi yapalım." Ekranda yerleşkenin son derece ayrıntılı, üçboyutlu bir haritası belirdi. "Bunun işlevi gayet basit. Yüz yüze bir görüşmenin gerekli olduğu hallerde, aradığın kişiyi yerleşkede saptamaya yarıyor."

Yanıp sönen kırmızı bir noktayı işaret etti.

"Bu sensin. Çok ateşlisin! Şaka şaka." Bu dediğinin uygunsuz kaçabileceğinin yeni farkına varmış gibi, lafı çabucak değiştirdi. "Annie'yi tanıdığını söylemiştin, değil mi? Hadi onun adını girelim." Vahşi Batı'da mavi bir nokta belirdi. "Annie şu an ofisinde. Ne şaşırtıcı! O bir makineymiş meğer."

Mae gülümsedi. "Öyledir."

"Onu bu kadar iyi tanıdığın için seni çok kıskanıyorum," dedi Gina gülümseyerek; inandırıcı olmayan, kısacık bir gülümsemeydi bu. "Şurada da, bize her gün binanın bir nevi tarihçesini tutan çok iyi, yeni bir uygulama var. Her elemanın her gün saat kaçta giriş yaptığını, kaçta binadan ayrıldığını görebilirsin. Bu, şirket hayatını gayet iyi anlayıp özümsememize yardımcıdır. Hareketlerini kendin güncellemen gerekmiyor tabii. Kalkıp havuza gittiğinde mesela, kimlik kartın hareket güncellemeni otomatik olarak yapar. Onun dışında ekstradan yorum ekleyip eklememek sana kalmış ama eklemen tabii ki istenir."

"Yorum mu?" diye sordu Mae.

"Öğle yemeği ya da spor salonundaki yenilikler hakkında ne düşündüğün gibi. Her şey olabilir. Yalnızca basit puanlamalar, beğenmeler, yorumlar. Alışılmışın dışında hiçbir şey yok burada. Tabii ki bütün bu girdiler Çember topluluğuna daha iyi hizmet vermemize yardımcı oluyor... Yorumlar işte tam şuradan giriliyor," dedikten sonra, her bina ve odaya tıklanabildiğini ve içlerine, her konu ya da kişiye ilişkin yorumlar eklenebildiğini gösterdi.

"Bu senin ikinci ekranın. Onun görevi, çalışma arkadaşlarınla, ekibinle iletişim kurmanı ve fiziki ortamda insanları bulmanı sağlamak. Geldik işin eğlenceli kısmına. Üçüncü ekran. Ana sosyal akışını ve zing akışını göreceğin yer burası. Zing kullanıcısı olmadığını duydum, doğru mu?"

Mae kullanıcı olmadığını ama hesap açmak istediğini söyledi.

"Harika," dedi Gina. "Artık bir Zing hesabın var. Senin için bir isim uydurdum: MaeDay. Şu Mayıs bayramı gibi. Nasıl ama?"

Mae bu ismi sevip sevmediğinden pek emin olamadı, ayrıca öyle bir bayram da hatırlamıyordu.

"Zing hesabını bütün Çember topluluğuna bağladım, yani az önce 10.041 yeni takipçin oldu! Hiç fena değil. Kendi zing'lerine gelince, senden günde on zing, daha doğrusu en az on zing bekliyoruz. Söylemek isteyeceklerinin bundan fazla olacağına eminim. Ha, işte şurada da şarkı listen var. Eğer çalışırken müzik dinleyecek olursan şarkı listen otomatikman herkese gönderilir ve kolektif şarkı listesine eklenir. Kolektif liste belli bir gün, hafta veya ay içinde en çok çalınan şarkıların sıralamasını yapar. Yerleşke genelinde en çok çalınan ilk yüz şarkıyı belirler ama istersen şarkıları başka kriterlere göre de sıralatabilirsin - en çok çalınan hip-hop şarkılar, indie, country, vesaire. Müzik tercihlerine ve benzer zevkleri paylaşan diğerlerinin tercihlerine bağlı olarak çeşitlenen tavsiyeler alabilirsin. Anlaşıldı mı?"

Mae başını salladı.

"Şurada, zing akışının hemen yanında, ana sosyal akışına ayrılmış bir pencere göreceksin. Onu iki bölüme ayırdığımızı da: İçÇember sosyal akışı ve kendi şirket-dışı sosyal akışın, yani DışÇember'in. Güzel, değil mi? Dilersen ikisini birleştirebilirsin ama biz bu iki akışı ayrı ayrı görmeyi daha uygun buluyoruz. Gerçi DışÇember de sonuçta yine Çember'in içinde yer alıyor tabii, öyle değil mi? Her şey gibi. Anladın mı?"

Mae anladığını söyledi.

"Burada bir haftadır bulunup da ana sosyal akışı takip etmemiş olduğuna inanamıyorum. Hazır ol, birazdan dünyan değişecek."

Gina, ekrana parmağıyla hafifçe dokununca Mae'in İçÇember'inde birikmiş olan mesajlar yağmur gibi monitöre boşalmaya başladı.

"Gördün mü, geçen haftanınkiler de geliyor. Onun için bu kadar çok. Vay canına, epey birikmiş."

Mae ekranın altındaki sayacın Çember'in bütün üyelerinden kendisine gönderilmiş olan mesajları hızla sayışını takip etti gözleriyle. Sayaç 1.200'de duraladı. Sonra 4.400'de. Sayılar periyodik duralamalarla yükselerek nihayet 8.276'da tamamen durdu.

"Bunlar geçen haftanın mesajları mı? Sekiz bin küsur?"

"Çok birikmiş ama üstesinden gelebilirsin," dedi Gina neşeyle. "Hatta belki bu gece bile biter. Gel şimdi de normal sosyal hesabını açalım. Biz ona DışÇember diyoruz ama profil de akış da yıllardır kullanmakta olduğunla aynı. Açabilir miyim?"

Mae için sakıncası yoktu. Yıllar önce oluşturduğu sosyal medya profilinin üçüncü ekranında, İçÇember akışının hemen yanında belirmesini izledi. Birkaç yüz kadar fotoğraf ve mesaj peş peşe sıralanarak monitörü doldurdu.

"Evet, görünüşe bakılırsa burada da hayli iş birikmiş," dedi Gina. "Aman ne güzel! Tadını çıkar."

"Sağ ol," dedi Mae. Elinden geldiğince hevesli görünmeye çalışıyor, Gina'nın onu sevmesini istiyordu.

"Dur. Bir şey daha. Mesaj hiyerarşisini açıklamam lazım. Eyvah eyvah. Mesaj hiyerarşisini unutuyordum az kalsın. Dan öldürürdü beni. Pekâlâ, birinci ekrandaki MD sorumluluklarının öncelikli olduğunu biliyorsun. Bütün dikkatimizi müşterilerimize vermeli, bütün kalbimizle onlara hizmet etmeliyiz. Orası anlaşıldı."

"Anlaşıldı."

"İkinci ekranında Dan'den, Jared'dan, Annie'den ya da çalışmanı doğrudan denetleyen kim varsa onlardan mesaj alabilirsin. Bu mesajlar dakika dakika hizmet kaliteni gösterir. Demek ki bu da ikinci önceliğin olacak. Anlaşıldı mı?

"Anlaşıldı."

"Üçüncü ekranda ise sosyal çemberlerin, yani İç ve DışÇember'in var. Ama bu mesajlar da, nasıl desem, fuzuli değildir. Tüm diğer mesajlar kadar önemlidir, yalnızca öncelik açısından üçüncü sırada yer alırlar. Bazen acil de olabilirler. Gözün özellikle İçÇember akışında olsun hep, çünkü personel toplantılarından, mecburi buluşmalardan, son dakika gelişmelerinden haberdar olmanı bu ekran sağlayacak. Hemen ilgilenmeni gerektiren bir Çember bildirimi varsa şayet, turuncu renkte yazılır. Çok acil bir meseleyse telefonuna da mesaj gelir. Telefonun gözünün önünde mi?" Mae başıyla onaylayarak masasındaki ekranların hemen altında duran telefonunu işaret etti. "Güzel," dedi Gina. "Evet, öncelikler böyle, dördüncü önceliğin de kendi DışÇember'ine katılımın. O da diğerleri kadar önemli, çünkü biz senin iş-yaşam dengene, şirket içinde ve dışında sürdürdüğün çevrimiçi yaşamlar arasındaki uyuma değer veririz. Umarım anlaşılmıştır. Anlaşıldı mı?"

"Anlaşıldı."

"Güzel. O halde sanırım artık hazırsın. Sorun var mı?"

Mae, sorusu olmadığını söyledi.

Gina, Mae'in aslında bir sürü sorusu olduğunu ama cahil görünmekten korktuğu için soramadığını gayet iyi anladığını gösteren şüpheci bir tavırla başını yana eğdi. Sonra ayağa kalktı, gülümseyerek biraz geriledi ama durdu. "Ah. Bir şeyi daha unuttum." Mae'in yanına çömelerek klavyede bir şeyler tuşladı; üçüncü ekranda, MD ortalamasına çok benzeyen bir sayı belirdi. Şöyle yazıyordu: MAE HOLLAND: 10.328.

"Bu senin Katılım Seviyen, kısaca KatSev'in. Burada bazıları ona Popülarite Seviyesi der ama bunu ölçmez aslında. İçÇember'deki bütün aktivitelerin dikkate alınarak bir algoritma tarafından hesaplanmış bir sayıdan ibarettir. Anladın mı?"

"Sanırım."

"Zing'lerini, şirket-içi zing'lerinin dışarıdaki takipçilerini, zing'lerine yapılan yorumları, senin başkalarının zing'lerine yaptığın yorumları, diğer Çemberlilerin profillerine yaptığın yorumları, paylaştığın fotoğrafları, Çember etkinliklerine katılımını, bu etkinliklerle ilgili olarak eklediğin yorum ve fotoğrafları hesaba katar - burada yaptığın her şeyi derleyip gözler önüne serer anlayacağın. En aktif Çemberliler en yüksek sıralara yerleşir haliyle. Gördüğün gibi senin sıran gerilerde fakat bunun sebebi şirkette yeni olman ve sosyal akışını henüz aktive etmemiz. Bundan böyle her gönderinin, her yorumunun, her etkinliğinin KatSev'ine katkısı olacak, sen de seviyenin katılımına bağlı olarak değiştiğini göreceksin. Eğlence işte o zaman başlayacak. Bir şeyler paylaştıkça sıralamada yükseleceksin. Paylaşımların çok beğenilirse hızlı bir tırmanışa geçeceksin. Gün boyu sürecek bu. Çok keyifli, değil mi?"

"Çok," dedi Mae.

"Biz ilk etapta seviyeni azıcık daha yüksek gösterdik - göstermeseydik 10.411'inci sırada olacaktın. Tekrar söylüyorum, sırf eğlence olsun diye yaptığımız bir şey bu. Sırana, seviyene göre değerlendirilecek değilsin. Gerçi bazı Çemberliler bu işi çok ciddiye alır, katılımda bulunmaya istekli olmaları bizi de sevindirir tabii ki. KatSev, kişisel katılımının tüm Çember topluluğuyla karşılaştırmalı olarak nasıl gözüktüğünü anlamanın eğlenceli bir yolu aslında sadece. Tamam?"

"Tamam."

Gina, "İyi o zaman. Bana nasıl ulaşacağını biliyorsun," dedi ve dönüp gitti.

Mae şirket-içi mesajlarını açıp işe koyuldu. O gece İç ve Dış-Çember akışlarında bekleyen tüm mesajları okumaya kararlıydı. Günün menüsü, o günkü hava durumu, günün özlü sözü başlıkları altında haftanın her günü şirket geneline gönderilmiş bildirimler vardı - geçen haftanın özlü sözleri Martin Luther King'den, Gandi'den, Salk'tan, Rahibe Teresa'dan ve Steve Jobs'dan gelmişti. Yerleşkeye yapılan ziyaretlere ilişkin günlük bildirimler vardı; geçen hafta buraya evcil hayvan sahiplendiren bir kuruluş, bir eyalet senatörü, Tennessee'li bir kongre üyesi ve Sınır Tanımayan Doktorlar örgütünün başkanı uğramıştı. Mae daha o sabah Nobel ödüllü Muhammed Yunus'un ziyaretini kaçırmış olduğunu öğrenince çok üzüldü. Mesajları tek tek gözden geçirerek, kişisel olarak yanıtlaması beklenebilecek şeyler aradı. Çemberlilerin muhtelif şirket politikalarına, belirlenmesi gereken toplantı tarihlerine, özel ilgi alanlarına, kutlamalara, bayram tatillerine ilişkin görüşlerini ölçen anketler vardı, en az elli tane. Üye toplamaya çalışan, toplantı bilgilendirmeleri yollayan düzinelerce kulüp vardı: en az on kediseverler grubu, birkaç tavşan grubu ve dördü yılanları inatla sürüngenden saymayan, altı sürüngenler grubu. En çok da köpek sahipleri için oluşturulmuş gruplar vardı. Mae yirmi iki tane saydı ama bu kadarla sınırlı kaldığından emin değildi. Çok küçük köpekler besleyenlere mahsus gruplardan biri olan Şanslı Kucak Köpekleri, yürüyüş, gezi ve dayanışma etkinlikleri gerçekleştirmek üzere kurulacak bir hafta sonu kulübüne kaç kişinin katılmak isteyeceğini anlamaya çalışıyordu; Mae önce bunu görmezden geldi. Sonra görmezden gelmenin ikinci ve daha ısrarcı bir mesajı teşvik etmekten başka hiçbir işe yaramayacağını fark edince gruba mesaj yazarak bir köpeği olmadığını açıkladı. Öğle yemeklerinde vejetaryenlere daha fazla seçenek sunulmasını talep eden bir dilekçeye imzası isteniyordu; imzayı verdi. Şirket dahilindeki çeşitli çalışma gruplarından gelen dokuz mesaj vardı, daha spesifik güncellemeler ve bilgi paylaşımları alabilmesi için altÇember'lerine katılmaya davet ediyorlardı onu. Mae şimdilik tığ işi, futbol ve Hitchcock gruplarına katıldı.

Görünüşe bakılırsa yüz kadar ebeveyn grubu vardı - ilk kez çocuk sahibi olanlar, boşanmış ebeveynler, otistik çocukların ebeveynleri ve Guatemalalı, Etiyopyalı, Rus çocuk evlat edinmiş ebeveynler. Yedi doğaçlama komedi grubu, dokuz yüzme takımı vardı. Önceki çarşamba personel arasında yüzlerce kişinin katıldığı bir yüzme yarışması düzenlenmişti; yüz kadar mesajda bu yarışmadan, kimin kazandığından bahsediliyor, sonuçların hatalı olduğu, halen yanıtlanamamış soru ve şikâyetleri çözüme kavuşturmak üzere şirkete bir hakemin geleceği anlatılıyordu. Çember'e yeni inovatif ürünlerini sunmak isteyen şirketlerin ziyaretleri vardı, günde en az on ziyaret. Az benzin yakan arabalar. Adil ticaret ilkelerine uygun yeni spor ayakkabılar. Yerli üretim tenis raketlerinin en son modelleri. Akla gelebilecek her departmanın -Ar-Ge, arama, sosyal, yardımlaşma, profesyonel ağ oluşturma, hayır işleri, reklam satış- toplantı bildirimleri vardı. Derken Mae, tüm çaylakların katılması "neredeyse mecburi" olan bir toplantıyı kaçırmış olduğunu midesine kramplar girerek fark etti. Geçen perşembeydi toplantı. Neden kimse söylememişti ona? *Aptalsın aptal*, diye yanıtladı kendini. *Söylemişlerdi. Hem de tam buradan.*

"Allah kahretsin," diye söylendi.

O akşam saat on olduğunda tüm şirket-içi mesajlarına tek tek bakmayı başarmış ve kendi DışÇember hesabına geçmişti. Altı gündür oraya da hiç uğramamıştı; sırf o gün bile 118 bildirim geldiğini gördü. Yeniden eskiye doğru gözden geçirmeye karar verdi. En yenisi, bir üniversite arkadaşının mide gribine yakalandığını bildirdiği mesajıydı; altında arkadaşlarının tedaviye ilişkin önerilerde bulunduğu, bazılarının geçmiş olsun dileklerini ilettiği, bazılarının da neşesi yerine gelsin diye birtakım fotoğraflar paylaştığı upuzun bir yorum zinciri oluşmuştu. Mae fotoğraflardan ikisini, yorumlardan üçünü beğendi, kendi geçmiş olsun dileğini ekledi ve bulduğu bir şarkının, "Kusan Sally" şarkısının bağlantısını gönderdi. Bunun üzerine, şarkı ve şarkıyı yapan grup hakkında 54 bildirimlik yeni bir zincir oluştu. Zincirde yorum yapanlardan biri, grubun basçısını tanıdığını söyledikten sonra basçıyı da sohbete kattı. Adı Damien Ghilotti olan basçı şimdi Yeni Zelanda'da yaşıyor, ses mühendisliği yapıyordu; ama "Kusan Sally" şarkısının mide gribine yakalananların duygularına hâlâ tercüman olduğunu öğrendiğine sevinmişti. Basçının paylaşımı, konuya dahil olan herkesi çok heyecanlandırdı ve zincire 129 bildirim daha eklendi; grupta bas çalan adamın ta kendisiyle iletişime geçmek herkesin çok hoşuna gitmişti, zincirin sonuna gelindiğinde kendisine bir düğünde çalması teklif edilmiş, yolu düşerse Boulder'a, Bath'a, Gainesville'e, Illinois'nin St. Charles kentine uğraması ve buralarda her zaman kalacak bir yeri, evde pişmiş bir kap yemeği olacağını bilmesi istenmişti. St. Charles'ın bahsi geçince biri, "Afganistan'da savaşmakta olan Tim Jenkins'tan haberi olan var mı," diye sordu, zira Illinois'li bir çocuğun polis memuru kılığına girmiş bir Afgan direnişçisi tarafından vurulup öldürüldüğünü duyanlar olmuştu. Altmış mesaj sonra, öldürülen kişinin başka bir Tim Jenkins olduğu ve St. Charles'tan değil, Illinois'nin Rantoul kasabasından geldiği, yorumlar sayesinde ortaya çıktı. Böylece herkes rahat bir nefes aldı ama hemen arkasından, bu savaşın bir işe yarayıp yaramayacağına, ABD'nin genel dış politikasına, Vietnam'dan, Grenada'dan, hatta Birinci Dünya Savaşı'ndan galip çıkılıp çıkılmadığına, Afganların kendi kendilerini yönetip yönetemeyeceklerine, direnişçilerin afyon ticaretinden beslenmesine, Amerika ve Avrupa'daki yasadışı uyuşturucu ticaretinin kısmen ya da tamamen yasallaştırılma olasılığına yönelik bol katılımlı bir tartışma zinciri ele geçirdi. Biri esrarın göz tansiyonuna iyi geldiğine değindi, bir başkası MS'liler için de yararlı olduğundan söz etti, derken MS'li hastaları olan üç aile ferdi arasında çılgınca bir fikir alışverişi başladı ve Mae, içinde bir karanlığın kanatlarını açmaya başladığını hissederek sohbetten ayrıldı.

Mae gözlerini açık tutmakta zorlanıyordu artık. Sosyal medya hesaplarında birikmiş olan işlerin ancak üç günlük bir bölümünü halledebilmiş olduğu halde bilgisayarını kapatıp otoparkın yolunu tuttu.

Salı gününün akışı pazartesininkinden hafifti ama üçüncü ekranındaki hareketlilik Mae'i günün ilk üç saati boyunca koltuğuna mıhladı. Üçüncü ekran yokken, bir soruya cevap vermesi ile verdiği cevabın müşteriyi tatmin edip etmediğini anlaması arasında on-on iki saniyelik bir ara mutlaka olurdu; Mae de bu zamanı standart cevapları ezberlemek, birkaç takip mesajı yollamak ve sık sık telefonuna göz atmak için kullanırdı. Fakat şimdi bu zorlaşmıştı. Üçüncü ekran akışına her birkaç dakikada bir kırk yeni İçÇember mesajı, on beş kadar DışÇember bildirimi ve zing'ler ekleniyordu; dolayısıyla Mae fırsat buldukça üçüncü ekranına çabucak göz gezdirerek derhal ilgilenmesini gerektiren bir durum olup olmadığına bakıyor, sonra tekrar ana ekranına dönüyordu.

Öğleye doğru soru akışı baş edilebilir bir hal almış, hatta keyif vermeye başlamıştı. Şirket o kadar çok şeye sahne oluyor, her alanda öncü olan bu yerde öyle bir insani duruş, öyle çok iyilik sergileniyordu ki Mae, sırf Çemberlilerle aynı havayı solumanın bile onu geliştirdiğini fark ediyordu. İyi düzenlenmiş bir organik gıda pazarı gibiydi Çember. Oradan alışveriş edersen daha sağlıklı olacağını biliyordun, kötü seçimler yapmana imkân yoktu, her şey önceden denetleniyordu zira. Aynı şekilde, Çember'deki tüm çalışanlar seçilmiş insanlardı, dolayısıyla gen havuzu olağanüstü, beyin gücü harikuladeydi. İnsanların kendilerini ve birbirlerini geliştirmek, bilgilerini paylaşarak dünyaya yaymak için durmaksızın, tutkuyla çabaladığı bir yerdi burası.

Gelgelelim öğle olduğunda Mae'in pili bitmişti. Ara vermesi için ısrar eden Annie'yle birlikte çimenlikte bir saat oturup serebral korteksini dinlendirmeye can atıyordu.

Saat 11.50'de ikinci ekranında Dan'den gelen bir mesaj yaptığı planları altüst etti: *Birkaç dakikan var mı?*

Mae, Annie'ye gecikebileceğini haber verdi. Dan'in odasına gittiğinde onu kapı pervazına yaslanmış bekler vaziyette buldu. Sıcak bir tavırla ama sanki Mae'de kafasını karıştıran, adını koyamadığı bir şey varmış gibi tek kaşını kaldırarak gülümsüyordu. Kolunu içeriye doğru uzatması üzerine Mae çabucak önünden geçip odaya girdi. Dan kapıyı kapattı.

"Otur Mae. Alistair'i tanıyorsundur herhalde?"

Mae köşede birinin oturduğunu görmemişti. Adamla karşılaşınca onu tanımadığını anladı. Yirmili yaşlarının sonlarında, uzun boylu bir adamdı; kum rengi saçları dikkatle taranmıştı. Yuvarlak bir koltuğa çaprazlama oturduğundan zayıf vücudu kalas gibi dimdik duruyordu. Onun kendisiyle tanışmak için ayağa kalkmadığını gören Mae yaklaşıp elini uzattı.

"Tanıştığımıza memnun oldum," dedi.

Alistair büyük bir teslimiyetle göğüs geçirdikten sonra kıyıya vurmuş bir leşe dokunuyormuş gibi elini uzattı.

Mae'in dili damağı kurumuştu. Fena halde ters giden bir şeyler vardı burada.

Dan oturdu. "Evet, umarım olabildiğince çabuk hallederiz bu meseleyi," dedi. "Sen başlamak ister miydin Mae?"

İki adam ona baktı. Dan'in gözleri sabitti, oysa Alistair'inkilerde kırgın ama beklenti dolu bir ifade seçiliyordu. Ne demesi gerektiğine, ne olup bittiğine dair en ufak bir fikri yoktu Mae'in. Sessizlik giderek koyulaşarak büyürken Alistair ağlamamak için kendini zor tutarak gözlerini çılgınlar gibi kırpıştırmaya başladı.

"Buna inanamıyorum," demeyi başardı sonunda.

Dan ona döndü. "Alistair, yapma. Kırıldığını biliyoruz ama meseleye daha mantıklı yaklaşmalıyız." Sonra Mae'e döndü. "Malumun ilamı olacak ama Mae, Alistair'in Portekiz brançından söz ediyoruz."

Mae'in lafı ağzından alacağı beklentisiyle ağır ağır, tane tane konuşmuştu ama Mae onun ne demeye çalıştığını hiç anlamamıştı: Alistair'in Portekiz brançı? Bunun ne anlama geldiği konusunda hiçbir fikri olmadığını söyleyebilir miydi? Söyleyemeyeceğini biliyordu. Mesajları takip etmekte geç kalmıştı. Meselenin bununla bir ilgisi olduğu kesindi.

"Üzgünüm," dedi. İşin içyüzünü anlayana kadar ihtiyatlı konuşması gerektiğini biliyordu.

"Bu iyi bir başlangıç," dedi Dan. "Öyle değil mi Alistair?"

Alistair omuz silkti.

Mae parçaları birleştirme çabasını sürdürdü. Ne biliyordu? Bir branç düzenlenmişti, orası kesindi. Kendisinin bu brança katılmadığı da meydandaydı. Branç, Alistair tarafından planlanmıştı ve Alistair şimdi kırgındı. Bunların hepsi mantıklı varsayımlardı.

Gözünü karartıp, "Keşke ben de orada olabilseydim," dedi ve der demez adamların yüzlerinde hafif onama belirtileri gördü. Doğru yoldaydı. "Ama emin olamadım..." Şimdi şansını deneyecekti. "Henüz çok yeni olduğum için gelmem hoş karşılanır mı bilemedim."

Adamların yüz ifadeleri yumuşadı. Mae gülümsedi, doğru damarı yakaladığını anlamıştı. Dan -Mae'in aslen kötü biri olmadığı yönündeki- tahmininde haklı çıktığına memnun, başını iki yana salladı. Koltuğundan kalktı, masasının önüne geçip kenarına dayandı.

"Burada hoş karşılandığını hissettiremedik mi biz sana, Mae?" diye sordu.

"Olur mu, hissettirdiniz tabii! Kesinlikle hissettirdiniz. Ama ben Alistair'in ekibinden değilim, kendi ekibimin üyelerinin diğer ekiplerin daha deneyimli üyelerinin branlarına katılmasına kurallar ne der, çok emin olamadım."

Dan başını salladı. "Gördün mü Alistair? Basit bir açıklaması vardır demiştim sana." Alistair sohbete yeniden katılmaya hazırmış gibi doğrulmuştu şimdi koltuğunda.

"Tabii ki hoş karşılanıyorsun," dedi, neşeyle dizini döverek. "Dünyadan haberin olmasa da."

"Alistair..."

"Özür dilerim," dedi adam ve derin bir nefes aldı. "Tamam, iyiyim şimdi. Çok mutluyum."

Birkaç özür cümlesi daha kuruldu; anlanan, yanlış anlaşılan şeylere, iletişime, akışa, hatalara, evrenin düzenine dair şakalar yapıldı ve nihayet konuyu tatlıya bağlama vakti geldi. Ayağa kalktılar.

"Kucaklaşalım bitsin," dedi Dan. Öyle de yaptılar, aralarında yeni ve sağlam bir gönül bağı oluşturarak kucaklaştılar.

Mae masasına geri döndüğünde onu bir mesaj bekliyordu:

Bugün Alistair ve benimle görüşmeye geldiğin için tekrar teşekkürler. Bence son derece verimli ve yararlı bir toplantı oldu. İK durumdan haberdar, onlar böyle durumlarda mutlaka zabıt tutulmasını ister. Onun için oturup aşağıdaki metni yazdım. Uygun bulursan ekran üzerinde imzalayıp geri gönder.

Vaka No. 5616ARN/MRH/RK2

Tarih: Pazartesi, 11 Haziran

Müdahil: Mae Holland, Alistair Knight

Özet: Rönesans'ta görevli Dokuzuncu Ekip'ten Alistair, Portekiz'e ilgi duyduğunu paylaşımlarıyla ortaya koymuş tüm elemanlar için bir branç düzenlemiştir. Alistair etkinlikle ilgili üç bildirim yolladığı halde Rönesans'ta görevli Altıncı Ekip'ten Mae bu bildirimlerden hiçbirine yanıt vermemiştir. Mae'in LCV dönüşü yapmadığı gibi hiçbir şekilde kendisiyle iletişime de geçmemesi üzerine Alistair, kaygılanmaya başladığını belirtmiştir. Brançın gerçekleştiği gün de Mae'den ses çıkmayınca Alistair haklı olarak Mae'in üç defa yinelediği davete yanıt vermemesi, sonra da etkinliğe katılmaması karşısında büyük üzüntüye kapılmıştır. Klasik anlamda bir katılımsızlık vakası yaşanmıştır.

Bugün Dan, Alistair ve Mae arasında bir toplantı gerçekleştirilmiştir; bu toplantıda Mae, brançın başka bir ekip üyesinin ev sahipliğiyle gerçekleşmesi ve kendisinin şirkette henüz ikinci haftasını dahi doldurmamış olması sebebiyle, böyle bir etkinliğe katılımının hoş karşılanıp karşılanmayacağından emin olamadığını izah etmiştir. Rönesans'ın narin ekolojisini tehdit etmesi bir yana, Alistair'i endişeye sevk ederek manevi zarara uğrattığı için Mae mahçup olduğunu belirtmiştir. Aralarındaki sorun şimdi tamamen hallolmuştur, Alistair ile Mae artık dost olduklarını, yenilenmiş hissettiklerini beyan etmiştir. Temiz bir sayfa açmanın mutlaka iyi sonuç vereceği ve herkesi mutlu edeceği konusunda hemfikiriz.

Raporun altında, Mae'in imzalaması gereken yerde bir çizgi vardı, Mae tırnağını kullanarak ekranın üzerine imzasını attı. Raporu göndermesiyle Dan'den bir teşekkür mesajı alması bir oldu.

Harika, diyordu Dan. *Alistair'in fazlaca hassasiyet gösterdiği ortada ama bunun tek sebebi son derece sadık bir Çemberli olması. Tıpkı senin gibi, öyle değil mi? İşbirliğin için teşekkür ederim. Harikaydın. Aynen devam!*

Mae geç kalmıştı, Annie'nin hâlâ onu bekliyor olmasını umuyordu. Hava açık ve ılıktı; onu çimenliğe uzanmış, ağzında müslili bir gofretle tabletine bir şeyler yazar vaziyette buldu. Annie başını kaldırıp gözlerini kısarak Mae'e baktı.

"Hey. Geciktin."

"Özür dilerim."

"Nasılsın?"

Mae suratını buruşturdu.

"Biliyorum, biliyorum. Hepsini dinledim," dedi Annie, lokmasını çatır çutur çiğnerken.

"Kes şöyle çiğnemeyi. Ağzını kapat. Gerçekten mi?"

"Çalışırken bir yandan da sizi dinledim. Onlar istediler dinlememi. Ama daha kötülerini duymuştum. Başlangıçta herkesin böyle vakaları olur. Yemeğini çabuk ye. Sana göstermek istediğim bir şey var."

Birbiri ardına iki farklı duyguya kapıldı Mae. İlkin, Annie'nin konuşmaları ondan habersiz dinlemiş olmasının verdiği derin bir huzursuzluk duydu; hemen arkasından, arkadaşının görüşme süresince uzaktan da olsa onunla beraber olduğu ve bu badireyi atlatacağını doğrulayabileceği düşüncesiyle içi ferahladı.

"*Sana* da oldu mu?" diye sordu.

"Ne oldu mu?"

"Senin de böyle fırça yediğin oldu mu? Hâlâ titriyorum."

"Tabii ki. Ayda bir filan başıma gelir. Hâlâ geliyor. Hızlı çiğne."

Mae çimenlikteki kroket oyununu izleyerek elinden geldiğince hızlı yemeye çalıştı. Oyuncular kendi kurallarını uyduruyor gibiydi. Mae yemeğini bitirdi.

"Güzel, hadi kalk," dedi Annie ve YarınKasabası binasının yolunu tuttular. "Ne oldu? Bir şey sormak istiyormuş gibi bir ifaden var."

"O Portekiz brançına sen gittin mi?"

Annie dudak büktü. "Ben mi? Hayır. Neden gideyim? Davetli değildim ki."

"Peki ben niye davetliydim? Kulübe filan yazılmadım. Portekiz delisi olduğum da söylenemez."

"Profilinde vardı ama değil mi? Bir ara gitmemiş miydin sen oraya?"

"Gittim tabii fakat profilimde bundan hiç bahsetmedim. Lizbon'a gitmiştim sadece. Beş yıl önceydi."

YarınKasabası binasına yaklaşmışlardı, binanın ön cephesi Türk işiymiş gibi görünen ferforje parmaklıklarla kaplıydı. Annie'nin duvara monte edilmiş bir tablanın üzerinden elini geçirmesiyle kapı açıldı.

"Fotoğraf çekmiş miydin?" diye sordu Annie.

"Lizbon'da mı? Tabii ki."

"Ve o resimler dizüstü bilgisayarında mıydı?"

Mae'in bir an düşünmesi gerekti. "Sanırım."

"Öyleyse oradan bulmuşlardır kesin. Resimler bilgisayarındaysa şimdi bulutta olmaları gerekir, bulut da böyle bilgiler için taranabildiğine göre... Ortalıkta koşturup Portekiz'i sevenler kulüplerine üye olman filan gerekmiyor. Alistair muhtemelen branç düzenlemeye niyetlenince bulutta arama yapmıştır ve yerleşkede Portekiz'i ziyaret etmiş, fotoğraflarını çekmiş, bir iletide oradan bahsetmiş kim var kim yoksa çıkmıştır. Otomatikman bir liste oluşmuştur, o da listedekilere davet yollamıştır. İnsanı yüzlerce saat saçma sapan işlerle uğraşmaktan kurtaran bir yöntem bu. İşte geldik."

Uzun bir koridorun girişinde durdular. Annie'nin gözleri muzip muzip ışıldıyordu. "Pekâlâ. Gerçeküstü bir şey görmek ister misin?"

"Afallamış haldeyim, henüz geçmedi."

"Boş ver gitsin. Gir içeri."

Annie güzel bir odanın kapısını açtı; büfe-müze-fuar karışımı bir yerdi burası.

"Buna ne dersin?"

Odayı bir yerden gözü ısırıyordu Mae'in. Televizyonda buna benzer bir şey görmüştü.

"Eğlence programlarında ünlülere verilen hediye paketlerinin sergilendiği yerlere benziyor, değil mi?"

Mae etrafına bakındı. Düzinelerce masa ve platformun üstüne çeşitli ürünler yerleştirilmişti. Ama burada mücevherler ve abiye ayakkabılar yerine spor ayakkabılar, diş fırçaları, türlü türlü cipsler, meşrubatlar, enerji gofretleri vardı.

Mae güldü. "Bunların bedava olduğunu söylemeyeceksin herhalde?"

"Senin için, senin ve benim gibi çok önemli insanlar için, evet, bedava."

"Vay canına. Hepsi mi?"

"Evet, burası ücretsiz numune odası. Her zaman dolu olur ve bu şeylerin bir şekilde tüketilmesi gerekir. Grupları sırayla davet ederiz buraya - bazen programcıları, bazen de senin gibi MD çalışanlarını. Her gün farklı bir grup gelir."

"Ve her gelen istediğini alıp gider, öyle mi?"

"Tabii alacağın şeyleri kimlik kartına okutman gerekiyor önce, kim ne almış bilinsin diye. Yoksa dangalağın teki odadaki her şeyi kaldırıp götürebilir."

"Ben bu ürünlerden hiçbirini daha önce görmedim."

"Mağazalarda mı? Göremezsin, henüz piyasaya çıkmadılar çünkü. Bunlar prototip, test uygulamaları için."

"Şu pantolon bildiğimiz Levi's mı?"

Mae elinde şahane bir kot pantolon tutuyordu ve bu modelin dünyada henüz var olmadığından emindi.

"Birkaç aya, belki bir yıla kadar piyasaya çıkacak bir model olabilir. İstiyor musun? Farklı bir beden gerekiyorsa getirtebilirsin."

"Ve giyebilir miyim?"

"Giymeyip de ne yapacaksın, kıçını mı sileceksin? Tabii ki, onlar da giymeni istiyor. Sen Çember'de çalışan hatırı sayılır bir elemansın! Bir stil önderi, yenilikleri erkenden benimseyen bir öncüsün."

"Aslında bu beden tam bana göre."

"İyi. Al iki tane. Çantan var mı?"

Annie üzerine Çember logosu basılmış bez bir çanta bulup yeni telefon kılıflarına ve aksesuvarlara bakmakta olan Mae'e verdi. Mae çok güzel bir telefon kabı seçti; kabın taş gibi sert, güderi kadar pürüzsüz bir yüzeyi vardı.

"Tüh," dedi Mae. "Telefonum yanımda değil."

"Nasıl yani? Nerede peki?" diye sordu Annie, hayretler içinde.

"Masamdadır herhalde."

“Mae, sana inanamıyorum. Bir yandan aşırı dikkatli ve aklı başında bir insansın, öte yandan böyle tuhaf, şaşkınca hatalar yapabiliyorsun. Telefonunu yanına almadan mı çıktın öğle yemeğine?”

“Özür dilerim.”

“Neyse. Ben de zaten senin bu yanını seviyorum. Yarı insan, yarı gökkuşağı gibisin. N'oldu şimdi? Sıkma canını lütfen.”

“Bugün çok fazla geri bildirim alıyorum dışarıdan, hepsi bu.”

“Yoksa hâlâ endişeleniyor musun?”

“Dan ve Alistair'le yaptığımız şu toplantı sorun olmaz mı sence?”

“Kesinlikle olmaz.”

“Alistair o kadar hassas mıdır gerçekten?”

Annie gözlerini devirdi. “Alistair mi? Aklın almaz. Ama müthiş bir kod yazarıdır. Makine gibidir resmen. Onun yaptığı işi yapacak birini bulup eğitmek bir yıl alır. O yüzden deliliğini mazur görmek zorundayız. Burada harbiden çatlak tipler var. Yardıma ihtiyacı olan çatlaklar. Bir de o çatlaklardan nasıl verim alacağını bilen Dan gibileri var. Ama korkma. Onlarla çok sık karşılaşacağını sanmam - en azından Alistair'le fazla karşılaşmazsın.” Annie saate baktı. Gitmesi gerekiyordu.

“O çanta dolana kadar buradan çıkmak yok,” dedi. “Sonra görüşürüz.”

Mae orada kalıp çantasını kot pantolonlar, ayakkabılar, birkaç yeni telefon kılıfı, bir de spor sutyeniyle doldurdu. Kendini arakçı gibi hissederek çıktı odadan ama çıkışta kimseyle karşılaşmadı. Masasına geri döndüğünde Annie'den on bir tane mesaj geldiğini gördü.

İlkini okudu: *Mae, bak ne diyeceğim, fark ettim de Dan ve Alistair hakkında öyle atıp tutmamalıydım. Hoş olmadı. Çember geleneğine sığmaz. Duymamış ol.*

İkincisi: *Son mesajımı aldın mı?*

Üçüncüsü: *Kafam atmaya başlıyor artık. Neden cevap vermiyorsun?*

Dördüncüsü: *Az önce sana mesaj attım, sonra da aradım. Öldün mü? Tüh. Telefonunu unuttuğunu unutmuşum. Rezilsin.*

Beşincisi: *Dan hakkında söylediklerim yüzünden kırıldıysan tepkisiz kalarak gösterme tepkini. Özür diledim ya. Cevap yaz.*

Altıncısı: *Mesajlarımı görmedin mi daha? Çok önemli. Ara beni!*

Yedincisi: *Söylediklerimi Dan'e yetiştirmekle meşgulsen kaltağın tekisin. Ne zamandan beri birbirimizi ispiyonluyoruz?*

Sekizincisi: *Düşündüm de belki yalnızca toplantıdasındır. Öyle misin?*

Dokuzuncusu: *25 dakika geçti. Neler oluyor?*

Onuncusu: *Demin baktım ve masanda olduğunu gördüm. Ya beni derhal ararsın ya da bu iş burada biter. Arkadaşız sanıyordum.*

On bir: *Alo?*

Mae onu aradı.

"Derdin ne senin geri zekâlı?"

"Nerdeydin?"

"Yirmi dakika önce beraberdik. Numune odasında işimi bitirdikten sonra tuvalete gittim ve şimdi yerimdeyim."

"Beni ihbar ettin mi?"

"Seni ne yaptım mı?"

"Beni ihbar ettin mi?"

"Annie, neler saçmalıyorsun sen?"

"Yaptıysan söyle."

"Hayır, seni ihbar etmedim. Kime edecekmişim?"

"Ona ne söyledin?"

"Kime?"

"Dan'e."

"Onu görmedim bile."

"Mesaj da mı atmadın?"

"Atmadım. Annie, saçmalama."

"Gerçekten mi?"

"Gerçekten."

Annie iç geçirdi. "Peki. Lanet olsun. Özür dilerim. Dan'e bir mesaj gönderdim, cevap gelmeyince aradım ama geri dönmedi. Sonra sen de dönmeyince her şeyi tuhaf bir şekilde birbirine bağladım kafamda."

"Annie, saçmalama lütfen."

"Üzgünüm."

"Sanırım aşırı stres altındasın."

"Hayır. İyiyim."

"Gel bu gece sana bir içki ısmarlayayım."

"Sağ ol, istemem."

"Lütfen?"

"Yapamam. Bu hafta burada işler çok karışık. Washington'daki şu karışıklığı çözmeye uğraşıyorum."

"Washington mı? Ne var orda?"

"Uzun hikâye. Zaten söyleyemem de sana."

"Ama orayı idare etmesi gereken kişi sen misin? Washington'ın tamamını?"

"Zorlu bürokrasi işlerinin bir kısmını bana yıkıyorlar çünkü... kim bilir, gamzelerimin işe yaradığını düşünüyor olabilirler. Belki yarıyordur. Bilemiyorum. Ama keşke benden dört tane daha olsaydı."

"Halin harap anlaşılan Annie. Bir gecelik izin ver kendine."

"Hayır, hayır, yok bir şeyim. Altkomitenin birinden gelen soruları hemen yanıtlamam gerek. Merak etme sen beni. Artık kapatsam iyi olacak. Seni seviyorum."

Ve kapattı.

Mae, Francis'i aradı. "Annie benimle dışarı çıkmıyor. Sen çıkar mısın? Bu gece?"

"Yerleşkeden dışarı mı? Bu gece burada bir grup çalacak. Creamers'ı bilir misin? Koloni binasında konser verecekler. Bir yardım konseri."

Mae tamam dedi, aklına yatmıştı ama konser saati geldiğinde Koloni'de Creamers adlı bir grubu dinlemek istemedi canı. Francis'i kandırıp arabasına bindirdi ve San Francisco'ya doğru yola koyuldular.

"Nereye gittiğimizi biliyor musun?" diye sordu Francis.

"Bilmiyorum. Ne yapıyorsun sen?"

Francis telefonuna harıl harıl bir şeyler yazıyordu. "Gelmeyeceğimi herkese haber veriyorum sadece."

"Bitti mi?"

"Evet." Telefonunu bıraktı.

"İyi. Hadi önce içelim."

Böylece şehre inip arabayı park ettiler, sonra da bir restoran buldular. Restoran, pencerelere gelişigüzel bantlanmış soluk renkli, iştah kapatıcı yemek resimleriyle öyle berbat görünüyordu ki ucuz olabileceğini tahmin ettiler. Haklı da çıktılar; körili bir yemek yiyip Singha birası içtiler, gıcırdayıp dingildeyen bambu sandalyelerde oturdular. İlk birasının sonuna doğru Mae, bir tane daha içmeye ve yemekten hemen sonra sokakta Francis'i öpmeye karar verdi.

Yemekleri bitince Mae planladığı şeyi yaptı.

"Teşekkür ederim," dedi Francis.

"Sen az önce bana teşekkür mü ettin?"

"Beni büyük bir karmaşadan kurtardın. Hayatım boyunca hiçbir zaman ilk adımı atan ben olmadım. Karşımdaki kadının inisiyatifi ele alması gerektiğini anlaması genellikle haftalar alır."

Mae bir kez daha Francis'e karşı beslediği duyguları karmaşıklaştıran bilgilerle baş edemediği duygusuna kapılmıştı. Francis an geliyor dünya tatlısı bir adam oluyor, an geliyor son derece garip, patavatsızca davranıyordu.

Yine de Mae, Singha sarhoşluğunun zirvesinde olduğu için onu elinden tutup arabasına götürdü. Trafiğin çok yoğun olduğu bir kavşağa park edilmiş olan arabanın içinde biraz daha öpüştüler. Evsiz bir adam bir antropolog edasıyla kaldırımdan onları izliyor, not alır gibi yapıyordu.

"Hadi gidelim," dedi Mae. Arabadan çıkıp şehirde dolaşmaya koyuldular. Açık bir Japon hediyelik eşya dükkânı buldular, bitişiğinde devasa insan kalçalarının fotorealistik tablolarıyla dolu bir galeri vardı, orası da açıktı.

Yukarıda yanan sokak lambalarının mavi ay ışığıyla aydınlanmış gibi gösterdiği, meydan gibi kullanılan bir caddede oturabilecekleri bir banka rastladıklarında, "Koca kıçların koca resimleri," dedi Francis. "Gerçek sanat eserleriydi. Henüz hiçbir şey satamamış olduklarına inanamıyorum."

Mae onu tekrar öptü. Tam öpüşme havasındaydı; Francis'in saldırgan hamleler yapmayacağını ve bu gece öpüşmekle yetineceklerini bildiğinden kendini rahat hissediyor, durmaksızın onunla öpüşüyordu. Kendini öpüşmeye vermişti; öpüşmeyi arzuyla, dostlukla, aşk ihtimaliyle anlamlandırıyor, bir yandan öpüşürken bir yandan da Francis'in yüzünü düşünüyor ve gözlerinin açık olup olmadığını, homurdanarak ya da yuh çekerek yanlarından geçen insanları umursayıp umursamadığını merak ediyordu.

Sonraki günlerde Mae, hislerinin doğru olabileceğine inandı; evet, güneş onun halesi olabilirdi; yapraklar onun her adımına hayran kalmak, ona cesaret vermek, Francis'ten ve birlikte yapmış oldukları şeyden dolayı onu kutlamak için yaratılmış olabilirlerdi. Pırıl pırıl gençliklerinin, özgürlüklerinin, ıslak ağızlarının hakkını vermiş, üstelik bunu uluorta yapmışlardı, hangi zorluklarla karşılaşmış ya da karşılaşacak olurlarsa olsunlar dünyanın merkezinde çalıştıklarını ve daha iyi bir dünya için var güçleriyle uğraştıklarını bilmenin verdiği güç ile. İyi hissetmek için sebepleri vardı. Mae âşık olup olmadığını merak ediyordu. Hayır, âşık olmadığını biliyordu ama sanki yarı yoldaymış, âşık olmasına ramak kalmış gibi hissediyordu. O hafta Mae ile Francis, dar vakitlerde de olsa sık sık buluşup birlikte yemek yedi, sonrasında da öpüşüp koklaşabilecekleri yerler buldu. Bir defasında bu yer, Paleozoik'in arkasındaki bir yangın çıkışının altıydı. Bir defasında da Roma İmparatorluğu'ndaki tenis kortlarının arkası. Mae, Francis'in zevkine, onun her daim temiz, her daim limonlu su kadar sade olmasına, gözlüğünü çıkardığında bir an için kaybolmuş gibi etrafa bakıp gözlerini yumunca az çok yakışıklı görünmesine, bir çocuğunki kadar pürüzsüz ve duru görünen yüzüne bayılıyordu. Onunla olmak günlerine yeni bir soluk getirmişti. Parlak güneşin altında onunla yemek yemek şahaneydi; gömleğinden yayılan sıcaklığı, ayak bileğini kavrayan ellerini hissetmek şahaneydi. Yürümek şahaneydi. Şimdi yapmakta oldukları gibi Aydınlanma'da oturup Büyük Salon'da Hayal Cuması'nın başlamasını beklemek şahaneydi.

"Dikkatini ver, tamam mı," dedi Francis. "Bence hoşuna gidecek."

O cumanın inovasyon konuşmasının neye dair olacağını inatla söylemiyordu Mae'e. Adı Gus Khazeni olan konuşmacı, görünüşe bakılırsa dört ay önce yeni bir birimin başına getirilene kadar Francis'in çocuk güvenliği projesinde çalışmıştı. Gus bulgularını ve yeni projesini bugün ilk kez açıklayacaktı.

Mae ile Francis, Gus'ın ricası üzerine önlerde bir yere oturmuştu. Francis'in dediğine göre Gus Büyük Salon'daki ilk konuşmasını yaparken karşısında dost yüzler görmek istiyordu. Mae başını çevirip kalabalığa göz gezdirdiğinde birkaç sıra arkada Dan'i ve aralarına koydukları bir tablete dikkat kesilmiş olan Renata ile Sabine'i gördü.

Eamon Bailey sahneye çıktığında hararetli tezahüratlarla karşılandı.

"Evet, bugün sizlere çok güzel bir sürprizimiz var," dedi. "Şirketimizin medarıiftiharı, on parmağında on marifet Gus Khazeni'yi çoğunuz tanıyorsunuz. Gus'ın bir süre önce geliştirmesini teşvik ettiğimiz çok parlak bir fikre imza attığını da çoğunuz biliyorsunuz. Kendisi bugün size işte bu konuda küçük bir sunum yapacak ve öyle sanıyorum ki çok beğeneceksiniz." Hemen ardından sahneyi Gus'a bıraktı. Doğaüstü güzellikte bir fizik, Gus'ın şahsında ürkek fareleri andıran hal ve tavırlarla buluşmuştu. Parmak uçlarında pıtır pıtır yürüyerek sahneye çıkarken öyle bir izlenim bırakıyordu en azından.

"Evet, eğer siz de benim gibiyseniz bekâr yaşayan bir zavallısınız ve hâlâ çoluk çocuğa karışmamış bir zavallı olduğunuzdan İranlı ana babanız, dedeniz ve babaanneniz her daim hayal kırıklığı içinde demektir."

Seyircilerden kahkahalar yükseldi.

"Zavallı lafını iki kere mi kullandım?" Yine kahkahalar. "Ailem burada olsaydı emin olun daha sık kullanırdım."

"Pekâlâ," diye devam etti Gus, "ama diyelim ki bir eş bularak ailenizi ve hatta kendinizi memnun etmek niyetindesiniz. Salonda eş bulmak isteyen var mı?"

Birkaç el havaya kalktı.

"Hadi ama... Sizi yalancılar sizi! Bu şirketin yüzde 67'sinin evli olmadığını biliyoruz herhalde. Ben aslında onlara hitap ediyorum bugün. Geri kalan yüzde 33, sizler defolup gidebilirsiniz."

Mae yüksek sesle güldü. Gus'ın hitabeti mükemmeldi. Francis'e eğildi: "Bu çocuğu sevdim."

Gus devam etti: "Belki çöpçatanlık sitelerinde şansınızı denemişsinizdir. Şimdi, diyelim ki size uygun birilerini buldular, her şey yolunda gidiyor, bir randevuya hazırlanmaktasınız. Her şey şahane ve ailede herkes mutlu, ortak DNA'nızın neyse ki sizinle ziyan olup gitmediği fikrine şimdilik itibar ediliyor..."

"Birine çıkma teklif ettiğiniz an hapı yuttunuz demektir, öyle değil mi? Artık değil. Bekârsınız ama bu duruma bir son vermek istiyorsunuz. Haftanın geri kalanını, adayları nereye götüreceğiniz konusunda tasalanarak geçiriyorsunuz - yemeğe mi, konsere mi, balmumu müzesine mi? Hele bir yanlış seçim yapmayagörün, gözünüzün yaşına bakan çıkmaz. Farklı farklı zevkleriniz, beğenileriniz olduğunu biliyorsunuz, aynı şey muhtemelen karşınızdaki için de geçerli ama o ilk seçim aşırı derecede önemli. Doğru mesajı, yani hassas, sezgileri güçlü, kararlı, zevkli, mükemmel biri olduğunuz yönündeki mesajı gönderebilmek için yardıma ihtiyacınız var."

Kalabalık gülüyordu; kahkahalar hiç kesilmemişti. Gus'ın arkasındaki ekran şimdi bir sürü simgeyle dolmuştu ve her birinin altında açık bir şekilde listelenmiş bilgiler vardı. Mae simgeler arasında restoranları, sinemayı, müziği, alışverişi, açık hava aktivitelerini, plajları temsil ettiği anlaşılanları seçebildi.

"Peki," diye devam etti Gus, "şimdi şuna bir bakın, ama yalnızca beta sürüme bakmakta olduğunuzu aklınızdan çıkarmayın. Bunun adı AşkMaşk. Haklısınız, berbat bir isim belki. Hatta kesinlikle öyle, biliyorum, üstünde çalışıyoruz. Ama önce nasıl işlediğine bir bakalım. Diyelim ki birini buldunuz, adını öğrendiniz, temas kurdunuz ve bir randevu ayarladınız - AşkMaşk işte bu noktada devreye giriyor. Adayların çöpçatanlık sitesindeki sayfalarını, kişisel sayfalarını, akışlarında yer alan her şeyi çoktan ezberlemiş olabilirsiniz. Ama AşkMaşk size çok başka bilgiler verecek. Önce çıkacağınız kişinin adını giriyorsunuz. Arama başlıyor. AşkMaşk interneti tarıyor; siz kendinizi rezil rüsva etmeyesiniz ve bir ihtimal aşkı bulup kısır olabileceğinizi düşünen babanıza torunlar verebilesiniz diye son derece güçlü ve hassas arama motorları kullanıyor."

"Harikasın Gus!" diye bağırdı seyirciler arasından bir kadın.

"Teşekkür ederim! Benimle çıkar mısın?" dedi Gus ve yanıt bekledi. Kadından ses gelmeyince devam etti: "Gördünüz mü, işte bu yüzden yardıma ihtiyacım var. Şimdi, bu yazılımı deneyebilmemiz için gerçek biriyle duygusal bir ilişkiye girme ihtimali olan ve bu ilişkinin potansiyelini merak eden gerçek bir insana ihtiyacımız olacak. Bir gönüllü alabilir miyim?"

Gus yapmacık bir tavırla elini gözlerine siper ederek bütün salonu taradı.

"Kimse yok mu? Durun bir dakika. Kalkmış bir el görüyorum."

Mae'in büyük bir şaşkınlık ve dehşetle fark ettiği gibi Gus onlara bakmaktaydı. Daha doğrusu, elini kaldırmış olan Francis'e bakıyordu. Mae ağzını açıp bir şey diyemeden Francis koltuğundan kalktı, sahnenin yolunu tuttu.

"Bu cesur yüreğe kuvvetli bir alkış lütfen!" dedi Gus. Francis basamakları koşar adım çıkarak Gus'ın yanına gitti ve sıcak spot ışıklarıyla kuşatıldı. Yanındaki koltuktan ayrılalı beri dönüp Mae'e hiç bakmamıştı.

"Evet, adını lütfeder misin?"

"Francis Garaventa."

Mae kusacağını sandı. Neler oluyordu? Bu gerçek olamaz, dedi kendi kendine. Francis sahnede ciddi ciddi ondan mı bahsedecekti? *Hayır*, diye tekrarladı içinden. *Arkadaşına yardım ediyor yalnızca, gösterilerini sahte isimler kullanarak yapacaklardır.*

"Pekâlâ Francis," diye devam etti Gus, "çıkmak istediğin biri olduğunu mu varsaymalıyım?"

"Evet Gus, aynen öyle."

Mae'in başı dönüyordu, dehşet içinde kalmıştı ama Francis'in sahnede tıpkı Gus gibi dönüşüme uğradığını gözlemlemekten kendini alamadı. Francis gösteriye ortak oluyor, gülümsüyor, çekingen davranıyor ama bunu bile büyük bir güvenle yapıyordu.

"O biri, gerçekte var olan biri mi?" diye sordu Gus.

"Tabii ki," dedi Francis. "Hayali insanlarla çıkmayı bıraktım artık." Seyirciler katıla katıla gülmeye başlayınca Mae'in midesi ağzına gelir gibi oldu. *Eyvahlar olsun*, diye düşündü. *Eyvahlar olsun.*

"Adı ne peki?"

"Mae Holland," dedi Francis ve ilk kez aşağıya, koltuğunda oturmakta olan Mae'e baktı. Mae yüzünü ellerinin arasına almış, titrek parmaklarının arasından sahneyi dikizlemekteydi. Francis, belli belirsiz bir baş hareketiyle Mae'in şimdiye kadarki gidişattan pek memnun olmadığını anladığını gösterdi ama ona bu işareti verdikten hemen sonra tekrar Gus'a döndü ve bir yarışma programı sunucusu gibi sırıttı.

"Peki," dedi Gus, bu adı tabletine yazarken, "Mae Holland." Ekrandaki arama kutusunda bir metre boyunda harflerle Mae'in adı belirdi.

"Demek Francis, Mae'yle çıkmak istiyor ama ilk buluşmayı yüzüne gözüne bulaştırmaktan korkuyor. Bilmesi gereken ilk şeylerden biri ne sizce? Fikri olan?"

"Alerjiler!" diye bağırdı biri.

"Tamam, alerjiler. Bunu aratabilirim."

Aksıran bir kedi ikonuna tıklamasıyla birlikte ikonun altında bir dörtlük belirdi:

Muhtemel glüten alerjisi

Kesin at alerjisi

Annede fındık alerjisi

Başka alerji ihtimali yok

"Evet. Burada listelenenlerden herhangi birini tıkladığım takdirde daha fazla bilgiye ulaşabilirim. Glüteni deneyelim." Gus ilk satıra tıklayarak bağlantılar ve metin blokları içeren daha komplike ve kalabalık bir listeyi gözler önüne serdi. "Sizin de görebileceğiniz gibi AşkMaşk Mae'in tüm gönderilerini taradı. Bu bilgileri derleyip düzenleyerek glüten alerjisi bağlamında analiz etti. Mae belki bir yerlerde glütenden bahsetmiştir. Belki glütensiz ürünler satın almış ya da incelemiştir. Bu onun glütene alerjisi olabileceğine işaret eder."

Mae konferans salonunu terk etmek istiyordu ama gitmesinin kalmasından daha sansasyonel olacağını biliyordu.

"Gelin şimdi de at alerjisine bakalım," dedi Gus ve listenin ikinci satırına tıkladı. "Burada daha kesin konuşabiliyoruz, çünkü AşkMaşk doğrudan *Atlara alerjim var* diyen üç mesaj bulmuş.

"Nasıl? İşine yarar mı bu?" diye sordu Gus.

"Yarar," dedi Francis. "Ben de onu bir çiftliğe, mayalı ekmek tadımına götürecektim." Seyircilere dönüp komik mimikler yaptı. "Ama artık biliyorum!"

Seyirciler güldü ve Gus, "Nasıl bir ikiliyiz ama!" dercesine başını salladı. "Peki," diye devam etti sonra, "dikkat ettiyseniz Mae'in at alerjisine değindiği gönderiler 2010 gibi eski tarihlerden kalma, hem de ta nereden, Facebook'tan. Facebook'un arşivleri için o kadar para ödemekle aptallık ettiğimizi düşünen herkes, dikkatinizi çekerim! Tamam, alerjilerden bahsettiğimiz yeter. Ama şuna bakın, hemen yanında ne görüyoruz? Benim de aklımda bundan sonra o vardı - yemek. Onu yemeğe çıkarmayı düşündün mü hiç Francis?"

Francis hevesle yanıt verdi. "Evet, düşündüm Gus." Mae sahnedeki bu adamı tanımıyordu. Francis nereye gitmişti? Onun bu versiyonunu öldürmek geliyordu Mae'in içinden.

"Evet, işler genellikle bu noktada saçma sapan bir hal alır. Şu muhabbetten beteri yoktur: 'Nerede yemek istersin?' 'Bana her yer uyar.' 'Hayır ama gerçekten. Ne yemeyi tercih edersin?' 'Benim için hiç fark etmez. Sen?' Böyle boktan muhabbetlere son. AşkMaşk sizi bu dertten kurtarıyor. Mae ne zaman buna ilişkin bir şey paylaştıysa, ne zaman bir restoranı beğendiyse ya da beğenmekten vazgeçtiyse, ne zaman yemekten bahsettiyse hepsi sıralanıp sınıflandırılıyor ve sonunda ortaya şöyle bir liste çıkıyor."

Gus yemek ikonuna tıklayınca bir sürü altküme listesi belirdi ekranda: yemek türlerine göre yapılmış sıralamalar, lokanta adları, şehre ya da semte göre sınıflandırılmış restoranlar. Listelerin doğruluğu tüyler ürperticiydi; Mae'in önceki hafta Francis'le yemek yediği yer bile vardı burada.

"Şimdi benim de sevdiğim bir yer olan şu restorana tıklıyorum; eğer Mae, GerçekSen üzerinden ödeme yaptıysa oraya son gidişinde ne sipariş ettiğini öğreneceğim. Tıklayalım ve bu restoranın cuma günkü spesiyallerini görelim, yemeğe o gün çıkacağız çünkü. İşte cuma için ortalama masa bekleme süresi. Belirsizlikler bir bir ortadan kalkıyor."

Gus sunum boyunca Mae'in beğendiği filmleri, hangi dış mekânlarda yürümeyi ya da koşmayı sevdiğini, en çok hangi sporlardan hoşlandığını, en çok hoşuna giden manzaraları bulup bulup çıkartmaya devam etti. Hepsi doğruydu, çoğu en azından. Ama Gus ile Francis sahnede işi iyice abartır, seyirciler de yazılımdan giderek daha çok etkilenirken Mae önce yüzünü ellerinin ardına sakladı, sonra koltuğuna gömülüp olabildiğince aşağılara kaydı ve nihayet, bu yeni aracın muhteşem gücünü doğrulaması için her an sahneye çağrılabileceği hissine kapılınca, sessizce koltuğundan kalkıp koridoru geçerek konferans salonunun yan kapısından dışarıya, bulutlu bir ikindi vaktinin fersiz beyaz ışığına çıktı.

"Özür dilerim."

Mae ona bakamıyordu.

"Mae. Özür dilerim. Neden bu kadar kızdığını anlamıyorum."

Mae onu görmek istemiyordu. Masasına geri dönmüştü ve Francis peşinden gelmişti, akbaba gibi tepesinde dikiliyordu şimdi. Mae ona hiç bakmadı çünkü ondan nefret etmesi, yüzünü kof, gözlerini kaypak bulması ve o sefil suratını bir daha görmek istemeyeceğinden emin olması bir yana, yapacak yığınla işi vardı. Öğleden sonra mesajları akın etmeye başlamıştı ve soru akışı çok şiddetliydi. "Sonra konuşuruz," dedi ama onunla bir daha konuşmaya hiç niyeti yoktu, o gün ya da başka bir gün. Bu katiyet iç rahatlatıcıydı.

Francis sonunda çekip gitti, fiziki anlamda gitti en azından; ama bir-iki dakika sonra Mae'in üçüncü ekranında af dileyen mesajı belirdi. Emrivaki yapmasının yanlış olduğunu bildiğini ama Gus'ın sürpriz olsun diye tutturduğunu söylüyordu. O gün akşama kadar, Mae'in şirkette ne büyük sükse yaptığını, sahneye çıkmış olsaydı ne kadar iyi olacağını, insanların onun için alkış tuttuklarını anlatan kırk-elli özür mesajı gönderdi. Ekrana yansıyan her şeyin zaten her an herkesçe ulaşılabilir olduğuna, hiçbirinden dolayı utanç duymasının gerekmediğine, hepsinin kendi eliyle paylaştığı şeyler arasından seçildiğine onu ikna etmeye çalıştı.

Mae bütün bunların doğru olduğunu biliyordu. Alerjilerinin ya da en sevdiği yemeklerin ortaya dökülmesi değildi onu öfkelendiren. Yıllardır bu bilgileri hiç sakınmadan paylaşan kendisiydi, tercihlerini sunmanın ve başkalarının tercihlerini öğrenmenin çevrimiçi hayatın en çok hoşuna giden yanlarından biri olduğu kanısındaydı.

O halde Gus'ın sunumu esnasında yerin dibine geçmesinin sebebi neydi? Adını koyamıyordu bir türlü. Sürprizin şoku muydu yalnızca? Algoritmaların su götürmez doğruluğu muydu? Belki. Gerçi sonuçlar yüzde 100 doğru da sayılmazdı, yoksa onu rahatsız eden bu muydu? Bir tercih matrisinin onun öz varlığı, tüm benliği olarak sunulması mı? Evet, buydu belki. Bir nevi aynaydı ama eksikti, çarpıtılmıştı. Eğer Francis bu bilgilerin herhangi birini ya da hepsini istediyse neden ona sormayı denememişti? Öte yandan üçüncü ekranı akşama kadar tebrik mesajlarıyla doldu taştı.

Müthişsin Mae.

İyi iş çıkardın çaylak.

Demek ata binemeyeceksin. Lamaya ne dersin?

Böyle böyle akşamı etti; telefonunun göz kırpmakta olduğunun da ancak saat beşten sonra farkına vardı. Annesinin üç mesajını kaçırmıştı. Mesajları dinlediği zaman, hepsinin aynı şeyi söylediğini gördü: "Eve gel."

Arabasıyla tepeleri aşıp tüneli geçtikten sonra doğuya doğru yol alırken annesini arayıp ayrıntıları öğrendi. Babası felç geçirmiş, hastaneye kaldırılmıştı; gece hastanede gözetim altında tutulması gerekiyordu. Mae'e doğrudan hastaneye gitmesi söylenmişti ama vardığında babası orada değildi. Annesini aradı.

"Babam nerede?"

"Evde. Kusura bakma. Biz de yeni geldik. Senin bu kadar erken gelebileceğini sanmıyordum. Baban iyi."

Bunun üzerine Mae eve doğru sürdü arabasını. Soluk soluğa, kızgın ve korkulu bir halde oraya vardığında Mercer'ın Toyota pikabını park yerinde görünce tepesi attı. Onu burada istemiyordu. Zaten yeterince korkutucu olan bir sahneyi daha da zorlaştırıyordu.

Kapıyı açınca annesiyle babasını değil, Mercer'ın o izbandut gibi, şekilsiz cüssesini gördü. Antrede dikiliyordu. Mae uzun aralardan sonra onu her görüşünde ne kadar iri, ne kadar yamru yumru olduğunu fark edip irkilirdi. Saçları uzadığı için eskisinden de irikıyım görünüyordu şimdi. Kafası ışığı tamamen kesiyordu.

"Arabanın sesini duydum da," dedi. Elinde bir armut vardı.

"Neden buradasın?" diye sordu Mae.

"Yardıma çağırdılar," dedi Mercer.

"Baba?" Telaşla Mercer'ın yanından geçip oturma odasına daldı. Babası oradaydı; kanepeye boylu boyunca uzanmış, televizyonda beyzbol seyrederek istirahat ediyordu.

Başını çevirmeden gözlerini ona yöneltti. "Tatlım. Geldiğini duydum."

Mae sehpaya oturup babasının elini tuttu. "İyi misin?"

"İyiyim. Biraz korktuk, o kadar. Başta çok kuvvetliydi ama sonra giderek hafifledi." Mae'in arkasında kalan televizyonu görmek için başını belli belirsiz öne doğru uzatıyordu.

"Maçı mı seyretmeye çalışıyorsun?"

"Dokuzuncu vuruş," dedi.

Mae babasının önünden çekildi. Odaya annesi girdi. "Babanın arabaya binmesine yardımcı olması için Mercer'ı aradık."

"Ambülans istemedim," dedi babası, gözleri hâlâ oyunda.

"Peki felç miymiş gerçekten?" diye sordu Mae.

"Emin değiller," dedi Mercer mutfaktan.

"Cevabı annemle babamdan duyabilir miyim lütfen?" diye seslendi Mae.

"Mercer anında geldi, sağ olsun," dedi babası.

"Neden beni arayıp ciddi bir şey olmadığını söylemediniz?" diye sordu Mae.

"Ciddiydi," dedi annesi. "Aradığımda ciddiydi."

"Ama şimdi beyzbol seyrediyor."

"Artık o kadar ciddi değil," dedi annesi, "ama ona ne olduğunu bir müddet hiç anlayamadık. Onun için Mercer'ı aradık."

"Hayatımı kurtardı."

"Mercer'ın hayatını kurtardığını sanmıyorum baba."

"Tamam, ölmek üzere değildim belki. Ama ilkyardım görevlilerinin, sirenlerin filan konu komşuyu ayağa kaldırmasından nasıl nefret ettiğimi bilirsin. Onun için Mercer'ı arayıverdik. Beş dakikada geldi, arabaya binip hastaneye gitmeme yardım etti, işimiz görüldü işte. Daha ne olsun?"

Mae küplere binmişti. Bunun için, babasını kanepede beyzbol maçı seyrederek istirahat eder halde bulmak için panik içinde iki saat araba kullanmıştı. Evinde eski erkek arkadaşıyla karşılaşmak ve ailenin kahramanı ilan edildiğini görmek için. Mercer kahramansa Mae ne oluyordu? İhmalkâr oluyordu. Fuzuli oluyordu. Mercer'ın hoşlanmadığı yönlerinin pek çoğunu bu vesileyle hatırlamıştı. Mercer iyi kalpli olduğunun düşünülmesini ister ve bunu herkes bilsin diye elinden geleni yapardı. Bu da Mae'i çılgına çevirirdi çünkü Mae sürekli onun iyi kalpliliğinden, dürüstlüğünden, güvenilirliğinden, sınırsız empatisinden bahsedildiğini duymak zorunda kalırdı. Halbuki birlikte oldukları dönemde Mercer pısırığın, nemrutun tekiydi ve pek çok defa, Mae'in ona ihtiyaç duyduğu zamanlarda yanında olmamıştı.

"Tavuk ister misin? Mercer getirdi," dedi annesi. Mae odasına gidip beş-on dakikalığına banyoyu kullanmak için bunu fırsat bildi.

"Gidip elimi yüzümü yıkayayım," deyip yukarı çıktı.

Sonradan, herkes yemeğini yedikten, günün olayları özetlendikten, babasının görüşünün giderek azalıp endişe verici bir düzeye inişi, ellerindeki uyuşukluğun nasıl kötüleştiği -doktorlara göre normal ve tedavi edilebilir, en azından müdahale edilebilir semptomlardı bunlar- açıklandıktan ve Mae'in annesiyle babası yatmaya gittikten sonra Mae ile Mercer arka bahçede oturdu. Otlardan, ağaçlardan, bahçeyi kuşatan yağmurla yıkanmış gri çitlerden hâlâ ısı fışkırıyordu.

"Yardımın için teşekkürler," dedi Mae.

"Kolay oldu. Vinnie eskisinden daha hafif."

Mae bu sözün anıştırdığı şeylerden hoşlanmadı. Babasının daha hafif, kolayca taşınabilir olmasını istemiyordu. Konuyu değiştirdi.

"İşler nasıl?"

"Çok iyi. Çok çok iyi. Hatta geçen hafta bir yardımcı almak zorunda bile kaldım. Daha ne olsun. Bir yardımcım var artık. Ya sen işinden memnun musun? Çok mu harika?"

Mae afallamıştı. Mercer nadiren bu kadar keyifli olurdu.

"Çok harika," dedi.

"İyi. Bunu duyduğuma sevindim. Ben de öyle umuyordum. Peki ne iş yapıyorsun orada, programlama gibi bir şey mi?"

"MD'deyim. Müşteri Deneyimi. Reklamverenlerle ilgileniyorum. Unutmadan... Geçenlerde seninle alakalı bir şey gördüm. Adını aratmıştım, siparişi nakliye esnasında hasar görmüş birinin yorumu çıktı karşıma. Fena sinirlenmişler. Herhalde görmüşsündür sen de o yorumu."

Mercer gürültüyle nefesini saldı. "Görmemiştim." Suratı asılmıştı.

"Aldırma," dedi Mae. "Kaçığın tekidir kesin."

"Ama aklıma girdi artık."

"Hiç beni suçlama. Ben sadece..."

"Sen sadece oralarda bir yerde bana nefret duyan ve işimi baltalamaya çalışan bir manyağın olduğunu fark etmemi sağladın."

"Başka yorumlar da vardı, çoğu olumluydu. Hatta bir tanesi çok komikti." Telefonunun ekranını parmağıyla kaydırmaya başladı.

"Mae. Lütfen. Rica ederim okuma."

"İşte burada: 'Onca zavallı geyik bu bok için mi öldü?'"

"Mae, okumamanı istemiştim."

"*Ne?* Komik ama!"

"Benim isteklerime saygılı olman için ne demem, bunu yapmamanı nasıl rica etmem gerek?"

Mae'in hatırladığı ve hiç tahammül edemediği -çabuk sinirlenen, nemrut, zorba- Mercer buydu işte.

"Neden bahsediyorsun?"

Mercer derin bir nefes alınca Mae onun söylev çekmeye hazırlandığını anladı. Önünde bir kürsü olsaydı şayet, Mercer hemen kalkıp kürsüye çıkar ve spor ceketinin cebinden kâğıtlarını çıkarırdı. İki yıllık yüksekokul eğitiminden sonra profesör olduğunu filan zannediyordu. Geçmişte Mae'e organik et, King Crimson'ın ilk yapıtları falan hakkında söylevler çektiği olmuştu; söylevine her defasında aynı derin nefesle, 'Geç otur hadi. Bu biraz uzun sürecek ve aklını başından alacak,' manasına gelecek şekilde derin derin soluklanarak başlardı.

"Mae senden rica..."

"Biliyorum, sana müşteri yorumları okumaktan vazgeçmemi istiyorsun. Tamam."

"Hayır, onu değil..."

"Okuyayım mı yani?"

"Mae, izin versen de cümlemi bitirsem? O zaman ne dediğimi anlarsın. Cümlelerimin sonunu tahmin etmeye çalışman işe yaramıyor çünkü tutturamıyorsun."

"Ama sen de aşırı *yavaş* konuşuyorsun."

"Normal konuşmam böyle. Sen sabırsızlaşmışsın."

"Peki. Konuş hadi."

"Bak şimdi de hızlı hızlı solumaya başladın."

"Bundan çok çabuk sıkılıyorum galiba."

"Konuşmaktan mı?"

"Ağır çekimde konuşmaktan."

"Başlayabilir miyim artık? Üç dakika sürecek. Üç dakika izin verir misin bana Mae?"

"Tamam."

"Ne diyeceğimi tahmin etmeye kalkmadan üç dakika dinleyeceksin, tamam mı? Sürpriz olacak."

"Tamam."

"Pekâlâ. Bak Mae, iletişim tarzımızı değiştirmek zorundayız. Seninle ne zaman görüşsem ya da konuşsam aramızda hep bir filtre oluyor. Bana bağlantılar gönderiyor, benden bahsetmiş birinden alıntılar yapıyor, birinin duvarında resmimi gördüğünü falan söylüyorsun... Üçüncü şahıslar üzerinden gelişen bu saldırılar bir türlü bitmek bilmiyor. Yüz yüze konuştuğumuzda bile bir yabancının hakkımda düşündüklerini anlatıyorsun. Asla yalnız kalamıyor gibiyiz. Seni her gördüğümde etrafımızda yüz kişi daha var. Bana hep diğer yüz kişinin gözlerinden bakıyorsun."

"Abartma."

"Tek istediğim seninle doğrudan konuşmak. Ama dünyada bana dair görüş bildirebilecek ne kadar yabancı varsa hepsini aramıza sokuyorsun."

"Öyle yapmıyorum."

"Yapıyorsun Mae. Birkaç ay önce de hakkımda bir şey okumuştun, hatırlasana. Son derece soğuk ve mesafeli davranmıştın bana."

"Çünkü senin nesli tükenmekte olan canlıları avizelerin için kullandığını söylüyorlardı!"

"Ama ben öyle bir şey yapmamıştım."

"İyi de ben nereden bileceğim?"

"*Sorabilirsin*! Gelip *bana* sorarsın. Senin, bir arkadaşım ve eski kız arkadaşım olarak, benimle ilgili bilgileri beni hiç tanımayan birilerinden alman ne kadar acayip, farkında mısın? Şurada karşılıklı oturduğumuz halde birbirimize tuhaf bir sisin içinden bakar gibiyiz bu yüzden."

"Tamam. Özür dilerim."

"Bundan vazgeçeceğine söz verir misin?"

"İnternette bir şeyler okumaktan mı?"

"Ne okuduğun beni ilgilendirmiyor. Ama sen ve ben iletişime geçtiğimizde bunu dolaysızca yapalım istiyorum. Sen bana yaz, ben sana yazayım. Bana sorular sor, cevaplayayım. Bana dair havadisleri üçüncü şahıslardan edinmeyi bırak."

"Ama Mercer, senin sürdürmen gereken bir işin var. İnternette varlık göstermen gerek. Onlar senin müşterilerin, kendilerini böyle ifade edecekler, sen de başarmakta olup olmadığını böyle anlayacaksın." Mercer'ın işlerinde faydalı olacağını bildiği yarım düzine kadar Çember aracı vardı aklında ama Mercer potansiyelinin altında başarılarla yetinen bir tipti. Bu durumdan şikâyetçi olmamayı da bir şekilde beceriyordu.

"Al işte, bu doğru değil Mae. Doğru değil. Avizelerim satılıyorsa başarılıyım demektir zaten. İşime insanlardan talep geliyorsa oturur yaparım, onlar da karşılığında bana para öder. Sonrasında söyleyecek bir şeyleri varsa beni arayabilir, bana yazabilirler. Yani senin bulaştığın şu nane var ya, hepsi dedikodudan ibaret. Herkes birbiri hakkında, birbirinin arkasından konuşuyor. Sosyal medya denen şeyin büyük çoğunluğu böyle, bütün o eleştiriler, yorumlar... Sizin araçlarınız dedikoduyu, şayiayı, varsayımı alıp iletişimin ana kanallarından biri haline getirdi. Zevzekçe olması cabası."

Mae burnundan solumaya başladı.

"Bu halin çok hoşuma gidiyor," dedi Mercer. "Verecek cevabının olmadığı anlamına mı geliyor? Bak şimdi, bundan yirmi yıl önce hesap makineli saat takmak çok havalı bir şey sayılmazdı, öyle değil mi? Bütün gün evde oturup hesap makineli saatinle oynuyorsan bu senin pek sosyalleşemediğinin açık işareti olarak algılanırdı. 'Beğen'ler, 'beğenmekten vazgeç'ler, 'gülen yüz'ler, 'somurtan yüz'ler de ortaokul öğrencilerine mahsus şeylerdi. Biri bir not yazar, notta, diyelim, 'Tek boynuzlu atları ve çıkartmaları sever misin?' diye sorardı, sen de, 'Evet, tek boynuzlu atlara ve çıkartmalara bayılırım! Gülen yüz!' ile yanıtlardın. Ama şimdi bunu yalnızca ortaokul öğrencileri değil, herkes yapıyor. Dünyanın en zevzek muhabbetlerinin tam anlamıyla egemen olduğu bir ters evrene, bir ayna dünyasına girmiş gibi hissediyorum bazen. Dünya kendini zevzekleştirdi."

"Mercer, havalı olmak senin için önemli mi?"

"Öyle gibi mi görünüyorum?" Elini giderek genişlemekte olan karnının ve yırtık pırtık iş giysilerinin üzerinden geçirdi. "Havalı olmanın kitabını yazmış olmadığım çok açık. Ama insanların John Wayne'i veya Steve McQueen'i gördükleri zaman, 'Vay be, adamlardaki fiyakaya bak, atlara, motosikletlere biniyor, yanlışları doğruya çevirerek dünyayı dolaşıyorlar,' dedikleri zamanları hatırlıyorum."

Mae kendini tutamayıp güldü. Gözü telefonuna ilişince saati fark etti. "Üç dakikayı geçmişsin."

Mercer aynı ağır tempoyla devam etti: "Günümüzde film yıldızları zing'leri takip edilsin diye insanlara yalvar yakar oluyor. Herkesten gülen yüz dilenen mesajlar gönderiyorlar. Ya şu lanet e-posta listelerine ne demeli! Millet spam delisi oldu çıktı. Her gün bir saatimi neye harcıyorum dersin? Liste aboneliklerinden ayrılmanın kimseyi incitmeyecek yollarını bulmaya. Yeni bir muhtaçlık durumu peyda oldu ve her şeye sirayet ediyor." Çok önemli konulara parmak basmış gibi göğüs geçirdi. "Bambaşka bir gezegendeyiz artık."

"Evet ama iyi anlamda," dedi Mae. "Gezegen eskiye göre pek çok bakımdan daha iyi, örnekler verebilirim istersen. Ama sosyalleşmem diyorsan yapacak bir şey yok. Yani sosyal ihtiyaçların o kadar asgari..."

"Sosyal olmadığım söylenemez. Yeterince sosyalim. Gel gör ki sizin ürettiğiniz araçlar, anormal derecede ekstrem sosyal ihtiyaçlar yaratıyor. Sağladığınız temas düzeyine kimsenin ihtiyacı yok halbuki. Hiçbir şeyi daha iyiye götürmüyor. Besleyici değil. Abur cubur gibi. O yiyecekleri nasıl tasarlıyorlar, biliyor musun? Yedikçe yiyesin gelsin diye içine tam olarak ne kadar tuz ve yağ eklemeleri gerektiğini bilimsel olarak tespit ediyorlar. Böylece karnın aç olmasa da, yemeye ihtiyacın olmasa da, sana hiçbir faydası olmasa da o boş kalorileri yalayıp yutuyorsun. Sizin fitillemekte olduğunuz şey de bu. Aynısı. Bitmez tükenmez boş kaloriler, ama sizinki bunun dijital-sosyal eşdeğeri. Siz de aynı derecede bağımlılık yaratacak şekilde ayarlıyorsunuz içeriği."

"Yok artık."

"Bir paket cipsi yiyip bitirdikten sonra kendinden nasıl da nefret eder insan. Hiç de iyi bir şey yapmadığını bilirsin. Dijital âleme bir müddet takıldıktan sonra da aynı duygu oluşuyor, sen de fark etmişsindir. Kendini tükenmiş, için boşalmış, körelmiş gibi hissediyorsun."

"Ben asla körelmiş hissetmiyorum." Mae o gün imzalamış olduğu dilekçeyi geçirdi aklından, dilekçede Paris banliyölerinde yaşayan göçmenlere daha fazla iş olanağı talep ediliyordu. Düşünmesi bile ona güç veriyordu, çok da etkili olacaktı. Ama Mercer ne bundan ne de Mae'in ya da Çember'in yaptıklarından haberdardı ve Mae bunları uzun uzadıya açıklayamayacak kadar sıkılmıştı artık.

"Ayrıca benim seninle havadan sudan konuşma ihtimalimi ortadan kaldırdı bu durum." Hâlâ konuşuyordu. "Sana e-postalar gönderemem çünkü onları hemen başka birine iletirsin. Sana fotoğraf da gönderemem çünkü onu kendi profiline eklersin. Bu arada, çalıştığın şirket paraya çevrilebilecek bilgiler yakalamak için mesajlarımızın hepsini tarıyor. Sence de akıl almaz bir şey değil mi bu?"

Mae onun o şişko suratına baktı. Mercer'ın vücudu her yandan kalınlaşmaktaydı. Çenesinin altında iki boğumlu bir gerdan oluşmaya başlamıştı. Yirmi beş yaşında bir adamın şimdiden çifte gerdanı olabilir miydi? Aklının abur cuburda olmasına şaşmamak gerekirdi.

"Babama yardım ettiğin için teşekkürler," dedi Mae, sonra da eve girip onun gitmesini beklemeye başladı. Mercer'ın gitmesi birkaç dakika aldı -biramı bitireyim diye tutturmuştu çünkü- ama çok geç olmadan gitti, Mae de alt katın ışıklarını kapatıp eski odasına çıkarak kendini yatağa bıraktı. Kontrol ettiğinde hemen ilgilenmesi gereken onlarca mesaj buldu, sonra da saat daha dokuz olduğu, annesiyle babası da çoktan uyuduğu için Çember hesabına girip bir sürü soru cevapladı. Karşıladığı her müşteri talebiyle birlikte Mercer'dan arındığını hissediyordu. Saat on ikiye geldiğinde yeniden doğmuş gibi olmuştu.

Cumartesi günü Mae eski yatağında uyandı, kahvaltıdan sonra da babasıyla oturup televizyonda profesyonel kadın basketbolu izledi - babasının büyük bir hevesle alışkanlık haline getirdiği bir şeydi bu. Günün geri kalanını iskambil oynayarak ve evde ufak tefek işler yaparak geçirdiler, ardından annesiyle babasının YMCA'daki aşçılık kursunda öğrenmiş oldukları tavuk sote yemeğini hep birlikte pişirdiler.

Pazar sabahı rutini yine aynıydı: Mae geç uyandı. Uyandığında pek hoşuna giden bir ağırlık vardı üstünde. Babasının yine kadınlar liginde bir basketbol maçı seyretmekte olduğu televizyon odasına geçti. Babasının üzerinde bu defa, bir arkadaşının Los Angeles'taki bir otelden aşırdığı kalın, beyaz bornoz vardı.

Annesi dışarıdaydı, rakunların devirmeye çalışırken zarar verdiği plastik çöp kutusunu koli bandıyla tamir ediyordu. Mae'in uyuşukluğu üstündeydi, içinden uzanmak dışında hiçbir şey gelmiyordu. Tam bir haftadır her daim tetikte olduğunu fark etti, haftanın bir gecesi bile beş saatten fazla uyumamıştı. Baba evinin loş oturma odasında boş boş durarak ona hiçbir şey ifade etmeyen bu basketbol oyununu, hoplayıp zıplayan tüm o atkuyruklarını, saç örgülerini, tüm o spor ayakkabı gıcırtılarını izlemek sağaltıcı, arındırıcıydı.

"Bana yardım edebilir misin tatlı kızım?" diye sordu babası. Yumruklarını kanepeye iyice daldırdığı halde doğrulamıyordu. Minderler çok kalın ve yumuşaktı.

Mae ayağa kalkıp babasının eline doğru uzandı ama tam bu sırada cılız bir su sesi işitti.

"Hay senin..." dedi babası ve kendini gerisingeriye kanepeye bıraktı. Sonra duruşunu ayarlayıp üzerine oturamayacağı kırılgan şeyler varmış da bunu yeni hatırlamış gibi yana kaykıldı.

"Anneni çağırabilir misin?" diye sordu, dişlerini kenetleyip gözlerini kapatarak.

"Ne var, ne oldu?" diye sordu Mae.

Babası gözlerini açtı, alışılmadık bir hiddet vardı bakışlarında. "Git anneni getir lütfen."

"Ben varım ya işte. Bırak yardım edeyim," dedi Mae. Tekrar ona doğru uzandı. Babası eline vurarak uzaklaştırdı onu. "Git. Anneni. Getir."

İşte o zaman Mae kokuyu aldı. Babası altına yapmıştı.

Sesli sesli soluyor, kendini toparlamaya çalışıyordu. Şimdi daha yumuşak bir sesle, "Lütfen. Lütfen hayatım. Anneni getir," dedi.

Mae koşa koşa sokak kapısına gitti. Annesini garajın önünde bulup olanları anlattı. Ama annesi içeriye gitmek için acele etmedi. Onun yerine Mae'in elini tuttu.

"Sen artık gitsen iyi olacak sanırım," dedi. "Onu bu halde görmeni istemez."

"Yardım ederdim," dedi Mae.

"Lütfen tatlım. Gururuna dokunmasın."

"Bonnie!" Evin içinde babasının sesi gürledi. Annesi Mae'in elini kavradı. "Mae, tatlım, hemen eşyalarını toparlayıp git, birkaç hafta sonra tekrar görüşürüz, tamam mı?"

Mae arabasına atlayıp sahile doğru yola koyulduğunda öfkeden zangır zangır titriyordu. Bunu yapmaya, onu apar topar eve çağırıp böyle başlarından defetmeye hakları yoktu. Babasının bokunu koklamaya *meraklı* değildi! Yardımlarına koşardı koşmasına, evet, hem de her istediklerinde ama ona böyle davranamazlardı. Ya Mercer'a ne demeli! Kendi evinde ona fırça çekmişti. *Yok böyle şey. Üçü bir olmuş...* Mae oraya gitmek için iki saat araba kullanmıştı, şimdi dönmek için iki saat daha yol gidecekti, peki bunca zahmetten sonra ne geçmişti eline? Yalnızca hüsran. Geceleyin şişman heriflerden söylevler, gündüz kendi anan baban tarafından kapıya konmaca.

Sahile vardığında saat 4.14'tü. Daha zamanım var, diye düşündü. Kumsaldaki şu yer beşte mi kapanıyordu, altıda mı? Hatırlayamadı. Anayoldan sapıp marinaya yöneldi. Kumsalda kano depolama alanlarının kapısı açıktı ama görünürde kimsecikler yoktu. Sıra sıra dizilmiş kanoların, küreklerin, can yeleklerinin arasında dikilip etrafına bakındı. "Kimse yok mu?" diye seslendi.

"Merhaba!" dedi bir ses. "Buradayım. Karavanda."

Kano malzemelerinin arkasında briketler üzerine yerleştirilmiş bir karavan vardı ve Mae, karavanın açık kapısından masaya uzatılmış erkek ayakları seçti. Masanın üzerinde duran bir telefonun ahize kablosu görünmeyen bir yüze doğru gerilerek uzamaktaydı. Mae basamakları çıkınca karavanın karanlığı içinde bir adam gördü: otuzlu yaşlarında, saçları dökülmeye yüz tutmuş, işaretparmağını ona doğru kaldıran bir adam. Mae ikide bir telefonuna bakarak saati kontrol ediyor, dakikaların geçip gittiğini görüyordu: 4.20, 4.21, 4.23. Adam telefonu kapattıktan sonra dönüp gülümsedi.

"Beklediğin için teşekkürler. Nasıl yardımcı olabilirim?"

"Marion buralarda mı?"

"Hayır. Ben oğluyum. Adım Walt." Ayağa kalkıp Mae'in elini sıktı. Uzun boylu, zayıf, bronz tenliydi.

"Tanıştığımıza memnun oldum. Çok mu geç kaldım?"

"Ne için? Akşam yemeği için mi?" dedi, espri yaptığını zannederek.

"Kano kiralamak için."

"Ha, saat kaç ki? Bir süredir bakmadım da."

Mae'in bakmasına gerek yoktu. "4.26," dedi.

Walt boğazını temizleyip gülümsedi. "4.26 ha? Şey, genellikle beşte kapatırız ama senin saatle aranın iyi olduğunu görüyorum, kanoyu 5.22'de geri getireceğine güvenebilirim sanırım. Sence de uygun mu? O saatte gidip kızımı almam gerekiyor da."

"Teşekkür ederim," dedi Mae.

"Hadi hazırlayalım seni o zaman," dedi Walt. "Sistemimizi daha yeni dijitalleştirdik. Bir hesabım var demiştin, değil mi?"

Mae ona adını verdi, o da gıcır gıcır bir tablete bu adı yazdı ama hiçbir kayıt çıkmadı. Üç denemeden sonra, kablosuz bağlantının çalışmadığını fark etti. "Girişini telefonumdan yapabilirim belki," dedi, cebinden telefonunu çıkarırken.

"Döndüğümde yapsak olmaz mı?" diye sordu Mae. Walt bunun bağlantı sorununu gidermesine fırsat tanıyacağını düşünerek teklifi kabul etti. Bir can yeleği ve kano getirip Mae'i hazırladı. Mae kanoya binip açıldığında telefonuna tekrar baktı. 4.32. Aşağı yukarı bir saati vardı. Körfezde bir saat epey uzun bir süre demekti. Bir saat, bir gün demekti.

Suda ağır ağır ilerledi; bugün marinada hiç liman foku görünmüyordu, ortaya çıksınlar diye mahsus ağırdan almıştı oysa. Fokların bazen güneşlendiği yarı batık mendireğe kadar gitti ama onları orada da bulamadı. Hiç liman foku ya da denizaslanı yoktu, mendirek bomboştu, bir iskele babasının üstüne tünemiş pasaklı bir pelikan vardı yalnızca.

Mae bakımlı yatları, gizemli tekneleri arkasında bırakıp körfez açıklarına doğru kürek çekti. Oraya varınca biraz durup altındaki suyun kim bilir kaç kulaç derinliğinde bir kap jöle gibi titreştiğini hissederek dinlendi. Mae kıpırtısız halde öylece otururken, yirmi metre ileride iki kafa belirdi. Liman foklarıydı bunlar, birbirlerine bakıyorlardı. Beraberce dönüp Mae'i yoklamak gerekip gerekmediğine karar vermeye çalışır gibiydiler. İşte, tam da öyle yapmışlardı şimdi.

İki fok ve Mae, gözlerini bile kırpmadan bakışmaya koyuldu ama sonunda foklardan biri Mae'in çok sıkıcı olduğunu, hareketsiz bir figürden başka hiçbir şey olmadığını anlamış gibi kendini bir dalgaya bırakıp gözden kayboldu, ikinci fok da çabucak onu takip etti.

Mae ileride, körfezin tam ortasında yeni bir şey seçti, daha önce fark etmediği insan yapımı bir şekil. O günkü hedefini o olarak belirledi, şeklin yanına kadar gidip ne olduğuna bakacaktı. Kanosuyla şekle yaklaşınca bunun aslında iki deniz taşıtı olduğunu gördü: küçük bir filikaya bağlı külüstür bir balıkçı teknesi. Filikanın üstünde derme çatma olmakla birlikte her ayrıntısı düşünülmüş bir sığınak vardı. Bu şey karada bir yerde olsaydı, hele ki bu civarlarda, derhal sökülüp kaldırılırdı. Mae'in resimlerini görmüş olduğu Hooverville'lere* ya da geçici mülteci kamplarına benziyordu.

Mae kanosunda oturmuş gözlerini kısarak sığınağın kargaşasına bakarken mavi bir muşambanın altından bir kadın sıyrılıverdi.

"Hey," dedi kadın. "Nerden çıktın sen?" Altmış yaşlarındaydı, dökülmese de yıpranmış uzun beyaz saçları ensesinde atkuyruğu olarak toplanmıştı. Birkaç adım öne gelince Mae onun tahmin ettiğinden genç olduğunu anladı, belki ellilerinin başlarındaydı ancak, saçlarında yer yer sarı tutamlar vardı.

"Selam," dedi Mae. "Fazla yaklaştıysam özür dilerim. Marinadakiler sizleri rahatsız etmememiz konusunda bizi hep uyarırlar."

"Genelde öyle tabii," dedi kadın. "Ama bakıyorum da tam akşam içkimizi almak üzere dışarı çıktığımız saatte gelmişsin," dedi, beyaz plastik bir sandalyeye yerleşirken, "zamanlamana di-

---

* Büyük Buhran sırasında evsizlerin boş buldukları alanlara kurdukları, adını dönemin Amerikan başkanı Herbert Hoover'dan alan baraka mahalleleri. (Ç.N.)

yecek yok." Başını arkaya uzatıp mavi muşambaya doğru seslendi. "Saklanmayı mı düşünüyorsun orada?"

"İçkileri hazırlıyorum muhabbetkuşum," dedi bir adam, suretini göstermeden, sesini kibarlaştırmaya çalışarak.

Kadın tekrar Mae'e döndü. Loş ışıkta gözleri parlıyor, biraz da kötücül bakıyordu. "Zararsız birine benziyorsun. Bize katılmak ister misin?" Başını yana eğerek Mae'i süzmeye koyuldu.

Mae kanosuyla biraz daha yaklaştı, tam o sırada demin konuşan erkek muşambanın altından çıkıp insan suretine büründü. Derisi meşin gibiydi ve eşinden biraz daha yaşlıydı, ağır hareketlerle tekneden filikaya geçti. Termosa benzeyen iki cisim tutuyordu elinde.

Kadınınkinin yanında duran aynı model plastik sandalyeye kendini bırakırken, "Bize katılacak mı?" diye sordu.

"Teklif ettim," dedi kadın.

Mae yüzlerini seçebilecek kadar yaklaştığında ikisinin de gayet temiz ve derli toplu olduğunu gördü, kılıklarının deniz taşıtının düşündürdüğü şeyi doğrulayacağından korkmuştu oysa... Denizde yaşayan iki berduşla, üstelik tehlikeli tiplerle karşılaşacağını sanmıştı.

Filikadaki çift bir süre Mae'in onlara doğru manevra yapışını izledi, meraklı ama pasif bir tavırla süzüyorlardı onu. Burası onların oturma odası, Mae de gecenin eğlencesiydi sanki.

Kadının, "Ne duruyorsun, *yardım etsene*!" diye şarlaması üzerine adam ayağa kalktı. Mae'in kanosunun pruvası filikanın çelik kenarına çarpınca adam pruvanın etrafına çabucak doladığı iple kanoyu çekerek filikayla paralel konuma getirdi. Sonra Mae'in kanodan çıkmasına ve filikanın birbirinden farklı tahtalarla yamalı bohça gibi döşenmiş tabanına ayak basmasına yardım etti.

Adamın Mae'e yardım için boşaltmış olduğu sandalyeyi göstererek, "Gel buraya otur tatlım," dedi kadın.

Mae oturdu ve adamı kadına vahşi bir bakış atarken yakaladı.

"Sen de git kendine başka bir tane *bul*," dedi kadın ona. Bunun üzerine adam tekrardan mavi muşambanın altına girip gözden kayboldu.

"Genelde bu kadar buyurgan değilimdir," dedi Mae'e, adamın yere koyduğu termoslardan birine uzanırken. "Ama misafir ağırlamaktan hiç anlamıyor. Kırmızı mı istersin, beyaz mı?"

Mae'in kanoyla kıyıya geri dönmesi, sonra da eve kadar araba kullanması gerekiyorken akşam akşam bu ikramı kabul etmesi aslında hiç akıl kârı değildi ama susamıştı, üstelik şarap, hele de beyaz olursa akşam güneşi altında çok iyi giderdi. Çabucak biraz içmek istediğine karar verdi. "Beyaz lütfen," dedi.

Muşambanın katları arasından önce küçük kırmızı bir tabure göründü, arkasından adam bozuk atarak dışarı çıktı.

"Otur iç hadi," dedi kadın ona ve karton kahve bardaklarını Mae için beyaz, kendisiyle arkadaşı için kırmızı şarapla doldurdu. Adam oturdu, üçü de bardaklarını kaldırdı ve Mae'in hiç de kaliteli olmadığını gayet iyi bildiği şarap o anda olağanüstü lezzetli geldi.

Adam, Mae'i süzüp duruyordu. "Maceracı bir tipsin anladığım kadarıyla. Tehlikeli sporlarla filan ilgilendiğine göre." Bardağını dikip tekrar termosa uzandı. Mae kadının onu bakışlarıyla kınamasını bekledi, tıpkı burada olsaydı annesinin yapacağı gibi; ama kadın yüzünü batmakta olan güneşe çevirmiş, gözlerini yummuştu.

Mae başını iki yana salladı. "Hayır. Aslında hiç maceracı sayılmam."

Adam bardağını yeniden doldururken, "Buralarda çok fazla kanocu görmüyoruz," dedi. "Kıyıdan pek uzaklaşmazlar genellikle."

"Bence bu iyi bir kız," dedi gözleri hâlâ kapalı duran kadın. "Giysilerine baksana. Neredeyse kolejli gibi giyinmiş. İHA* olmadığı kesin. Arada bir merakına yenik düşse de iyi bir kız bu."

Mae'in savunuculuğunu şimdi adam üstlenmişti. "İki yudum şarap içince falcı kesilir başımıza böyle."

Kadının bu teşhisiyle ilgili ne hissettiğine karar veremediği halde, "Önemli değil," dedi Mae. Önce adama, sonra da kadına baktığı sırada kadının gözleri koskocaman açıldı.

"Yarın bir gri balina sürüsü geliyor buraya," dedikten sonra bakışlarını Golden Gate'e çevirdi. Balinalara iyi davranılacağına dair okyanusa verdiği söz gereğince kısıyordu sanki gözlerini. Sonra tekrar yumdu onları. Mae'i ağırlama işi şimdilik adama kalmış gibi görünüyordu.

"Eee, körfez nasıldı bakalım bugün?"

"İyiydi," dedi Mae. "Çok sakindi."

"Bu hafta hep sakin geçti," diyerek katıldı adam ona. Sonra bir süre kimse konuşmadı, üçü de suyun dinginliğini bir saygı duruşuyla selamlıyordu adeta. Mae bu sessizlik sırasında, Annie ya da annesi ile babası burada, akşama doğru bir filikada şarap içtiğini görecek olsa nasıl tepki verirdi diye düşündü. Bir filikada yaşayan yabancılarla hem de. Mercer görse takdir ederdi, o kadarını tahmin ediyordu.

"Hiç liman foku gördün mü?" diye sordu adam nihayet.

Mae bu insanlar hakkında hiçbir şey bilmiyordu. Kendi isimlerini lütfetmemiş, ona da ismini sormamışlardı.

Çok uzaklarda bir sis düdüğü öttü.

"Bugün yalnızca iki fok gördüm, kıyıya daha yakın bir noktada," dedi Mae.

"Neye benziyorlardı?" diye sordu adam. Mae fokların görünüşünü, gri satenimsi kafalarını tarif edince adam kadına bir bakış attı. "Stevie ile Kevin."

---

* İHA: İnsansız hava aracı, "drone" (Ç.N.)

Kadın başını sallayarak onayladı. "Ötekiler sanırım bugün daha ilerlerde avlanıyor. Stevie ile Kevin körfezin bu bölgesinden pek ayrılmaz. Merhaba demek için hep yanımıza uğrarlar."

Mae bu insanlara burada mı yaşadıklarını ya da eğer yaşamıyorlarsa, burada, bir balıkçı teknesine bağlı duran bu filikanın üstünde -tekne de filika da çalışıyormuş gibi görünmüyordu- tam olarak ne yaptıklarını sormak istedi. Filikaya temelli mi yerleşmişlerdi? İlk gelişleri nasıl olmuştu? Ama onlar Mae'e adını bile sormamışken Mae'in onlara bu sorulardan herhangi birini yöneltme şansı yok gibiydi.

Adam körfezin ortasındaki kocaman ıssız adayı işaret ederek, "Orası yandığında burada mıydın?" diye sordu. Arkalarında suskun ve kapkara yükseliyordu ada. Mae hayır anlamında başını iki yana salladı.

"İki gün sürdü yangın. Biz o zaman daha yeni gelmiştik. Geceler öyle sıcak olurdu ki - ta buradan hissedilebilirdi. İnlerle cinlerin top oynadığı bu sularda her gece yüzerdik, sırf biraz serinleyebilmek için. Dünyanın sonu geliyor sanmıştık."

Şimdi kadının gözleri açılmış, Mae'e odaklanmıştı. "Bu körfezde yüzdün mü hiç?"

"Birkaç defa," dedi Mae. "Çivi gibi soğuktur bu su. Çocukken Tahoe Gölü'nde yüzerdim. Orası da en az burası kadar soğuk."

Mae şarabını bitirdi, biraz midesi yanar gibi olmuştu. Gözlerini kısarak güneşe baktı, sonra başını öbür tarafa çevirdi ve uzaklarda bir adam gördü. Adam üç renkli bir bayrak çekmiş gümüşi bir yelkenlide duruyordu.

"Kaç yaşındasın?" diye sordu kadın. "On bir gösteriyorsun."

"Yirmi dört," dedi Mae.

"Hay canına yandığımın! Yüzünde tek bir çizgi bile yok. Biz hiç yirmi dört yaşında olduk mu aşkım?" Elindeki tükenmezkalemle ayağının kemerini kaşımakta olan adama döndü. Adam omuz silkince kadın bu bahsi kapattı.

"Burası çok güzel," dedi Mae.

"Aynı fikirdeyiz," dedi kadın. "Güzellik yoğun, sabit. Bu sabahki gündoğumu mesela, öyle güzeldi ki. Gece de dolunay var. Doğarken tupturuncu oluyor, sonra yükseldikçe gümüşiye dönüyor. Su önce altına, sonra platine boyanacak. Kalman lazım."

"Şunu iade etmek zorundayım," dedi Mae, kanoyu göstererek. Telefonuna baktı. "Aşağı yukarı sekiz dakika içinde."

Mae ayağa kalkınca adam da ayağa kalktı, bardağını elinden alıp kendi bardağını onunkinin içine geçirdi. "Sekiz dakika içinde koyu aşıp kıyıya varabilecek misin sence?"

"Deneyeceğim," dedi Mae.

Kadın yüksek sesle hayıflandı. "Bu kadar erken gittiğine inanamıyorum. Sevmiştim onu."

"Ölmedi ya tatlım. Hâlâ aramızda," dedi adam. Mae'in kanoya binmesine yardım ettikten sonra pruvanın ipini çözdü. "Kibar davran biraz."

Mae elini suya daldırıp ensesini ıslattı.

"Çek git bakalım, seni hain," dedi kadın.

Adam gözlerini devirdi. "Kusuruna bakma."

"Sorun değil. Şarap için teşekkürler," dedi Mae. "Yine geleceğim."

"Ne güzel olur," dedi kadın; daha demin Mae'le işi bitmiş gibi konuşmuştu oysa. Sanki Mae'in karakteri hakkında bir yargıda bulunmuştu da şimdi, düşündüğü gibi olmadığını anlayınca ayrılmasında bir sakınca olmadığına kanaat getirmişti. Artık onu dünyaya geri verebilirdi.

Mae kıyıya doğru kürek çekerken çakırkeyif olduğunu hissediyordu, şarap yüzüne çarpık bir tebessüm kondurmuştu. Annesiyle babasına, Mercer'a, işyerindeki baskılara dair düşüncelerden kaç dakikadır azade olduğunu ancak o zaman fark etti. Artık batıya esmeye başlayan rüzgâr onu önüne katmıştı; Mae etrafına sular sıçratarak, bacaklarını, yüzünü, omuzlarını ıslatarak umursamazca kürek çekti. Kendini güçlü hissediyor, buz gibi sular yarıldıkça kasları daha fazlasını göze alıyordu. Bayılmıştı bu işe, suda serbestçe salınan teknelerin giderek yakınlaştığını, demir atmış yatların teker teker belirip isimlerinin okunur hale gelmesini ve nihayet kumsalın kıyıda beklemekte olan Walt'la birlikte şekillendiğini görmek hoşuna gitmişti.

Pazartesi günü işe gidip sisteme girdiğinde ikinci ekranında yüz küsur mesaj buldu.

Annie'den: *Cuma akşamı seni aramızda görmek isterdik!*

Jared: *Büyük eğlenceyi kaçırdın.*

Dan: *Pazar kutlamasında olmamana üzüldüm!*

Mae takvimine baktı ve cuma akşamı Rönesans'ta herkese açık bir parti düzenlendiğini fark etti. Pazar günü de çaylaklar için -Mae'in Çember'de olduğu iki hafta içinde aralarına katılmış olan çaylaklar için- bir barbekü partisi verilmişti.

Yoğun bir gün olacak, yazmıştı Dan. *Acilen beni gör.*

Ofisinin köşesinde duvara bakarak dikiliyordu. Mae kapıyı hafifçe tıklatınca yüzünü dönmeden işaretparmağını kaldırıp biraz beklemesini istedi. Mae onun bir telefon görüşmesinin ortasında olduğunu varsayarak durup izlemeye ve sessizce, sabırla beklemeye koyuldu; Dan'in retinallerini kullanmakta olduğunu ve boş bir arka plana ihtiyaç duyduğunu neden sonra fark etti. Mae aynı şeyi başka Çemberlilerin de yaptığına zaman zaman tanık oluyordu - retinal ekranlarında beliren imgeleri daha net görebilmek için yüzlerini duvara çeviriyorlardı. İşi bitmiş olacaktı ki Dan hızla Mae'e dönerek sıcak ama çabucak eriyip kaybolan bir tebessüm çaktı.

"Dün gelememişsin?"

"Üzgünüm. Annemlerle beraberdim. Babam..."

"Parti müthişti. Orada olmayan tek çaylak sendin sanırım. Ama bunu daha sonra konuşuruz. Şimdi senden bir iyilik isteyeceğim. Son zamanlarda işlerin ne kadar hızlı geliştiğini biliyorsun, dolayısıyla çok sayıda yeni eleman almak zorunda kaldık, düşündüm de, bana yardımcı olmak için yeni gelenlerin bir kısmıyla belki sen ilgilenebilirsin."

"Elbette."

"Bence senin için çok kolay olacak. Gel göstereyim. Masana geri dönüyoruz. Renata?"

Renata dizüstü boyutundaki küçük bir monitörü elinde taşıyarak arkalarından geldi. Onu Mae'in masasına kurup geri gitti.

"Evet. Teoride, ilk geldiğinde Jared'ın senin için yaptığı şeyi yapıyor olacaksın, hatırladın mı? Zor bir soru çıktığında ve daha tecrübeli birine aktarılması gerektiğinde imdada yetişeceksin. Kıdemli sayılırsın artık ne de olsa. Anlaşıldı mı?"

"Anlaşıldı."

"Bir diğer husus da şu: Çaylaklar çalışırken sana soru sorabilsinler istiyorum. Bunun da en kolay yolu bu ekran." Mae'in ana monitörünün altında duran küçük ekranı işaret etti. "Burada bir şey belirdiğini görürsen anla ki bir çaylaktan geliyor, tamam mı?" Yeni ekranı açtıktan sonra kendi tabletine bir soru yazdı: "Mae, yardım et!" Kelimeler derhal bu yeni, dördüncü ekranda belirdi. "Nasıl, yeterince kolay mı?"

"Kolay."

"İyi. O halde çaylaklar Jared'ın eğitiminden sonra buraya gelsin. Şu an biz konuşurken Jared onları topluca eğitime aldı. Saat on bir sularında yirmi yeni eleman burada olacak, tamam mı?"

Dan ona teşekkür edip gitti.

Mae'in işleri on bire kadar yoğundu, yine de puan ortalaması 98'e çıktı. 100'ün altında birkaç, iki tane de 90 küsurlarda puan aldı ama takip mesajlarını gönderince müşterilerin çoğu puanlarını 100'e tamamladı.

On birde başını kaldırdığında hepsi de çok genç görünen ve adımlarını dikkatle, adeta görünmez bir bebeği uyandırmaktan korkar gibi atan bir grup elemanın Jared'ın peşi sıra odaya girdiklerine şahit oldu. Jared onları masalara birer birer yerleştirdikçe haftalardır bomboş duran oda dakikalar içinde neredeyse tamamen doluyordu.

Jared bir sandalyenin üstüne çıktı. "Pekâlâ arkadaşlar!" dedi. "Bu bizim şimdiye kadarki en kestirme oryantasyon sürecimiz. En kestirme eğitim toplantımız. Ve de en manyakça hızlı ilk günümüz. Ama altından kalkabileceğinizi biliyorum. Bunu gayet iyi biliyorum çünkü bütün gün size yardım etmek üzere burada olacağım. Mae de öyle. Mae, ayağa kalkabilir misin?"

Mae ayağa kalktı. Ama odadaki çaylaklardan pek azının onu görebildiği aşikârdı. "Sandalyenin üstüne çıkmaya ne dersin?" diye sordu Jared, Mae de eteğini düzelttikten sonra kendini budala gibi, teşhir mankeni gibi hissederek ve düşmemeyi umarak sandalyesinin üstüne çıktı.

"Soruları cevaplandırmak ve zor olanlarını sizden devralmak üzere bütün gün burada olacağız. Zor bir soruyla karşılaşırsanız bize iletin, hangimizin yükü daha hafifse soru ona yönlendirilecektir. Kendi sorularınız için de aynısı geçerli. Oryantasyonda size gösterdiğim kanaldan gönderin sorunuzu, ikimizden birine gitsin. Ya ben alırım ya da Mae. Herkes rahatladı mı?" Kimse ne kıpırdadı ne de tek bir kelime söyledi. "Güzel. Şimdi akışı tekrar başlatacağım ve bugün saat on iki otuza kadar devam edeceğiz. Eğitimler vaktimizden çok çaldığı için öğle yemeği molası bugün biraz kısa sürecek, kayıp zamanı cuma günü telafi ederiz."

"Herkes hazır mı?" Kimse hazırmış gibi görünmüyordu. "Hadi bakalım!"

Jared aşağı atladı, Mae de tırmandığı yerden inip kendine yeniden çekidüzen verdi ve ânında otuz soru geriye düştüğünü gördü. İlk sorusunu açıp başladı ama bir dakika bile geçmeden, çaylaklara ayrılmış olan dördüncü ekranında bir soru belirdi.

Müşteri geçen seneden başlayarak tüm ödeme kayıtlarının gönderilmesini istiyor. Mümkün mü? Mümkünse nereden bulabilirim?

Mae çaylağı doğru dosyaya yönlendirip önündeki müşteri sorusuna geri döndü. Çaylaklardan gelen sorular yüzünden iki-üç dakikada bir kendi işine ara vermek zorunda kalarak çalışmaya devam etti ve nihayet saat on iki otuz olduğunda Jared'ı tekrar gördü. Jared yine bir sandalyenin üzerine çıkmıştı.

"Vay ki ne vay," dedi. "Öğlen olmuş. Başımızı kaldıramadık. Çok yoğundu, değil mi? Ama başardık. Genel ortalamamız 93 ki normalde çok iyi olmasa da yeni sistemlerin eklendiği, akışın arttığı düşünülürse fena sayılmaz. Tebrikler. Git bir şeyler ye hadi, güç topla, saat birde görüşürüz Mae, fırsat bulduğunda bana uğra."

Sonra tekrar sandalyeden aşağı atladı ama Mae'in ona uğramasına fırsat kalmadan o Mae'in masasına gelmişti bile. Yüzünü arkadaşça bir kaygı ifadesi kaplamıştı.

"Kliniğe gitmemişsin."

"Ben mi?"

"Doğru mu bu?"

"Sanırım öyle."

"İlk haftanda gitmiş olman gerekiyordu."

"Ah."

"Bekliyorlar. Bugün gidebilir misin?"

"Tabii. Hemen mi?"

"Yok yok. Gördüğün gibi şu an işimiz başımızdan aşkın. Saat dörde ne dersin? Son vardiyayı ben idare ederim. Zaten akşamüstüne kadar bizim çaylaklar da işi daha iyi kıvırmaya başlar. Günün nasıl geçti şimdilik, eğlendin mi?"

"Çok."

"Gerildin mi biraz?"

"Eh, yeni bir katman eklendi tabii."

"Doğru, doğru. Başka katmanlar da eklenecek, hiç şüphen olmasın. Senin gibi birinin yalnızca sıradan Müşteri Deneyimi işleriyle uğraşmaktan sıkılacağını biliyorum, önümüzdeki hafta işin farklı bir yönüyle tanıştıracaklar seni. Bence bayılacaksın." Bilekliğine göz atınca saati fark etti. "Eyvah. Senin gidip yemek yemen lazım. Ağzından lokmanı çalmış gibi oldum. Koş. Yirmi iki dakikan var."

Mae en yakın mutfakta hazır bir sandviç buldu ve onu ofise getirip masasında yedi. Üçüncü ekranında sosyal akışına göz gezdirerek acilen okuması ya da yanıtlaması gereken şeyler aradı. Bu türden otuz bir mesaj bulup karşılık yazınca ilgisini gerektiren her şeyle titizlikle ilgilendiği için kendini takdir etti.

Günün öğleden sonraki kısmı kontrolden çıkmış bir trenden farksızdı; Jared'ın iddia ettiğinin tersine, çaylaklardan gelen soruların ardı arkası kesilmedi. Jared akşama kadar bir göründü bir kayboldu; elinde telefon, hararetli hararetli konuşarak odayı defalarca terk edip gitti. Yoğunluğu ikiye katlanan akışla Mae uğraştı; saat 3.48 olduğunda kişisel ortalaması 96, grup ortalaması 94 olmuştu. Fena değil, diye düşündü; gruba on iki yeni elemanın eklendiği ve üç saatin çoğunda onlara tek başına yardım etmek zorunda kaldığı düşünülürse hiç fena değildi. Saat dörde yaklaştığında Mae kliniğe beklendiğini biliyor, Jared'ın da hatırlayacağını umuyordu. Ayağa kalktığında Jared'ın kendisine bakmakta olduğunu gördü. Jared başparmağını kaldırarak Mae'e gidebileceğini işaret edince odadan çıktı.

Kliniğin bekleme odası aslında hiç bekleme odasına benzemiyordu. Çemberlilerin çifter çifter oturup sohbet ettiği bir kafeyi andırıyordu burası daha ziyade; duvarlardan birinin önü sağlıklı yiyecek ve içeceklerle bir güzel donatılmış, yerleşke arazisinde yetişen sebzeler kullanılarak bir salata büfesi oluşturulmuştu.

Duvara monte edilmiş ekranda taş devri diyetine uygun bir çorba tarifi gösterilmekteydi.

Mae kime gitmesi gerektiğini bilemedi. Odada beş kişi vardı; dördü tabletlerle çalışıyor, biri köşede dikilmiş, retinallerini kullanıyordu. Klinik sorumlusunun penceresinden başını uzatıp gelenleri karşıladığı standart bölmelerden yoktu.

"Mae?"

Sesi takip edince kısa siyah saçlı, iki yanağı da gamzeli bir kadının gülümseyen yüzüyle karşılaştı.

"Hazır mısın?"

Mavi bir koridordan geçirilip muayenehaneden çok özel tasarımlı bir mutfağı andıran bir odaya alındı. Gamzeli kadın onu rahat bir koltuğa buyur ettikten sonra odada yalnız bırakıp gitti.

Gösterilen koltuğa oturduysa da duvarları kaplayan çekmeceli dolaplara gözü takılınca tekrar dikildi. Bir çekmecenin nerede bitip diğerinin nerede başladığını gösteren, iplik inceliğindeki yatay çizgileri seçebiliyordu ama hiçbir çekmecede kulp veya tutamaç yoktu. Elini çekmecelerin üzerinden geçirdi, aralardaki incecik boşluklar zar zor hissedilebiliyordu. Dolapların üstündeki çelik şeride şu sözcükler yazılmıştı: ŞİFA VERMEK İÇİN BİLMEMİZ LAZIM. BİLMEMİZ İÇİN PAYLAŞMAMIZ LAZIM.

Kapı açılınca Mae irkildi.

Ona doğru adeta havada süzülerek gelen çok güzel ve gülümser bir yüz, "Selam Mae," dedi. "Ben Dr. Villalobos."

Mae şaşkınlıktan ağzı bir karış açık halde doktorun elini sıktı. Kadın bunun için, bu oda için, Mae için fazla göz kamaştırıcıydı. Yaşı kırktan fazla değildi; atkuyruğu yaptığı saçları siyah, cildi ışıl ışıldı. Krem rengi ceketinin yaka çizgisine doğru, geniş göğsüne yaslı zarif bir okuma gözlüğü takmıştı boynuna. Ayağında beş santim topuklu ayakkabılar vardı.

"Seni gördüğüme çok sevindim."

Mae ne diyeceğini bilemedi. "Çağırdığınız için teşekkür ederim," diyebildi ancak ve bunu der demez kendini salak gibi hissetti.

"Hayır, geldiğin için biz sana teşekkür ederiz," dedi doktor. "İşe yeni başlayan herkesi buraya çağırırız, genellikle de ilk haftalarında. Bu yüzden senin için endişelenmeye başlamıştık. Bu kadar ertelemenin belli bir sebebi var mı?"

"Hayır, yok. Yoğundum yalnızca."

Mae doktoru uzun uzun süzerek vücudunda fiziksel kusurlar aradı ve nihayet boynunda bir ben buldu. Benin içinden minicik bir tüy çıkıyordu.

"Sağlığınla ilgilenemeyecek kadar mı? Sakın öyle deme." Doktor, Mae'e arkasını dönmüş, bir tür içecek hazırlıyordu. Dönüp gülümsedi. "Evet, bu yalnızca bir kontrol muayenesi olacak, Çember'de tüm yeni elemanlara uyguladığımız basit bir *checkup* yani, anlaşıldı mı? Öncelikle, önleyici yaklaşımı benimsemiş bir klinik olduğumuzu belirtmeliyim. Çember'de çalışanlarımızı bedenen ve ruhen sağlıklı tutmak istediğimizden geniş kapsamlı sağlık hizmetleri sunarız biz. Sana verilmiş olan bilgilerle örtüşüyor mu bu?"

"Örtüşüyor. Birkaç yıldır burada çalışan bir arkadaşım var. Sağlık hizmetlerinin inanılmaz olduğunu söyler hep."

"Öyle mi? Bunu duyduğuma sevindim. Arkadaşın kim?"

"Annie Alerton?"

"Ah, doğru. Giriş formunda yazıyordu. Annie'yi kim sevmez! Selamlarımı ilet. Gerçi bunu kendim de yapabilirim. Annie de benim takibimde, iki haftada bir görüyorum onu. Kontrollerin iki haftada bir yapıldığını söylemiş miydi sana?"

"Yani o zaman..."

Doktor gülümsedi. "İki haftada bir. Sağlığı korumanın şartı. Buraya yalnızca bir sorunun olduğunda gelirsen hiçbir şeyi önleyemeyiz. İki haftada bir yapılan kontroller beslenme danışmanlığını da kapsar, ayrıca genel sağlık durumundaki her türlü değişimi takip edebilmemizi sağlar. Erken teşhisin, devamlı kullandığın ilaçlar varsa dozlarını ayarlamanın, herhangi bir problemi seni ezip geçtikten sonra değil, birkaç kilometre uzağındayken görmenin formülü budur. Güzel gelmiyor mu kulağa?"

Mae babasını düşündü, sergilediği semptomların MS olduğunu ne kadar geç fark ettiklerini hatırladı. "Geliyor," dedi.

"Burada elde edilen verilerin tümüne internet üzerinden ulaşabilirsin. Yaptığımız ya da konuştuğumuz her şeye ve tabii ki geçmiş sağlık kayıtlarına da. İşe başladığında diğer doktorlarındaki tüm bilgilerinin buraya nakline izin veren bir form imzalamıştın, böylece nihayet her şeyi tek elde toplamış oldun. Bilgilerin sana da açık, bize de; dolayısıyla resmin tamamını görebileceğimiz için sağlığına ilişkin kararlar verebilecek, paternleri saptayabilecek, potansiyel sorunları fark edebileceğiz. Görmek ister misin?" diye sordu doktor, sonra da duvardaki ekranı aktive etti. Mae'in bütün medikal geçmişi, listeler, görüntüler, ikonlar halinde duvarda belirmişti. Dr. Villalobos ekrana dokunarak dosyaları açtı, görüntüleri oynattı ve Mae'in yaptığı -anaokuluna başlamadan önceki ilk muayenesine kadar- her bir doktor ziyaretinin sonuçlarını gösterdi.

"O diz nasıl şimdi?" diye sordu. Mae'in birkaç sene önce çektirdiği diz MR'ını bulmuştu. Mae ön çapraz bağ ameliyatı olmamayı seçmişti; önceki sigortası bu ameliyatı karşılamıyordu çünkü.

"İdare ediyor," dedi Mae.

"Tamam, icabına baktırmak istersen bana söyle. O ameliyatı burada, klinikte yapıyoruz. Bir gününün öğleden sonrasını ayırsan yeter, ayrıca tabii ki ücretsiz. Çember, çalışanlarının dizleri de çalışır vaziyette olsun ister." Doktor yüzünü ekrandan Mae'e dönerek çok prova edilmiş ama inandırıcı bir tavırla gülümsedi.

"Çocukluğuna ait kayıtları derlemekte biraz zorlandık ama şu andan itibaren elimizdeki bilgilerin neredeyse eksiksiz olacak. İki haftada bir kan tahlilleri, bilişsel testler, refleks testleri, hızlı bir göz muayenesi, dönüşümlü olarak da MR filan gibi daha ileri tetkikler yapacağız."

Mae'in aklı almıyordu. "Ama bu kadar masrafı nasıl karşılayabiliyorsunuz? Yani sırf bir MR'ın maliyeti bile..."

"Önlemek tedavi etmekten ucuzdur. Hele ki vücuttaki bir kitleyi birinci evrede bulabilecekken dördüncü evrede bulmaya kıyasla çok daha ucuzdur. Aradaki maliyet farkı çok büyüktür. Çemberliler genellikle genç ve sağlıklı insanlar olduklarından bizim sağlık hizmetlerine harcadığımız para, bizim kadar basiretli davranmayan benzer büyüklükteki şirketlerin harcamaları yanında devede kulak kalıyor."

Mae gerekliliği ve aciliyeti tartışma götürmeyen reformları bir tek onların düşünebildiği -bir tek onların hayata geçirebildiği- hissine kapılmıştı, Çember'e geleli beri kanıksadığı bir histi bu.

"Peki, son kontrolünü ne zaman yaptırmıştın?"

"Üniversitedeyken olabilir."

"Çok olmuş. Yaşamsal bulgularla başlayalım o zaman, en temel belirtilerle. Böyle bir şey görmüş müydün hiç?" Doktor yedi buçuk santim genişliğinde gümüş bir bileklik uzattı. Jared'ın ve Dan'in bileklerinde sağlık monitörleri görmüştü Mae ama onlarınki lastikten yapılmıştı ve gevşek duruyordu. Bu ise daha ince, daha hafifti.

"Galiba. Kalp hızını mı ölçüyor?"

"Doğru. Kıdemli Çemberlilerin çoğunda bunun başka bir çeşidi var ama kolda bilezik gibi durduğundan, fazla gevşek olduğundan yakınıyorlar. Biz de sabit duracak şekilde modifiye ettik onu. Denemek ister misin?"

Mae bilekliği taktı. Doktor cihazı sol bileğine oturacak şekilde ayarlayıp klipsini kapattı. Çok rahattı. "Sıcak," dedi Mae.

"Sıcaklık hissi birkaç gün daha devam edecek, sonra sen ve bilekliğin birbirinize alışacaksınız. Ama ölçmesini istediğimiz şeyleri -yani her şeyi- ölçebilmesi için cilde temas etmesi şart elbette. Programın tamamını istemiştin, değil mi?"

"Sanırım."

"İşe alınırken, tavsiye edilen ölçümlerin tamamını istediğini söylemişsin. Bu hâlâ geçerli mi?"

"Geçerli."

"İyi o zaman. Şunu içebilir misin?" Doktor Mae'e epeydir hazırlamakta olduğu yeşil renkli yoğun sıvıyı uzattı. "Sütlü meyve püresi."

Mae sıvıyı içti. Kıvamlı ve soğuktu.

"Evet, bileğindeki monitöre bağlanacak olan sensörü az önce yutmuş oldun böylece. Bardağın içindeydi." Doktor, Mae'in omzuna şakacıktan vurdu. "Bunu yapmaya bayılıyorum."

"Yuttum mu yani?" dedi Mae.

"En iyi yolu bu. Eline verseydim mırın kırın ederdin. Ama sensör o kadar küçük ki -ve de organik tabii- içiyorsun ve farkına bile varmıyorsun, bitiyor gidiyor."

"Yani sensör içimde mi artık?"

"İçinde. Ve şimdi..." dedi doktor, Mae'in bilek monitörüne parmağıyla hafifçe vurarak, "artık iş başında. Kalp hızın, tansiyonun, kolesterolün, ısı akışın, kalori alımın, uyku süren, uyku kaliten, sindirim etkinliğin ve daha pek çok hususta veri toplayacak. Çemberliler için, özellikle de senin gibi bazen stresli olabilen işlerle uğraşanlar için kullanışlı bir yanı da galvanik deri tepkisini ölçmesi; böylelikle ne zaman gergin, ne zaman kaygılı olduğunu anlaman mümkün. Bir Çemberlide ya da Çember departmanında anormal stres oranlarına rastladığımız zaman iş yükü üzerinde ayarlamalar yapabiliyoruz örneğin. Sensör, terinin pH düzeyini ölçüyor, böylece hücrelerini ne zaman alkali suyla hidratlaman gerektiğini biliyorsun. Postürünü algılıyor, böylece ne zaman pozisyon değiştirmen gerektiğini biliyorsun. Kan ve doku oksijenini, eritrositlerini, adımlarını sayıyor. Bildiğin gibi doktorlar günde yaklaşık on bin adım atmamızı tavsiye ederler, sensör senin bu sayıya ne kadar yaklaştığını da gösterecek. Hadi gel, odada biraz dolaştıralım seni."

Mae bileğinde 10.000 sayısını gördü, attığı her adımla birlikte sayı azalıyordu – 9999, 9998, 9997.

"Çaylaklardan bu ikinci nesil modelleri takmalarını istiyoruz, böylece birkaç ay içinde tüm Çemberlileri eşgüdümlü hale getirmiş olacağız. Daha fazla bilgiyle daha iyi hizmet sunabileceğimize inanıyoruz. Eksik veri, bilgimizde açıklar yaratır, bilgimizdeki açıklar da medikal hatalara ve ihmallere yol açar."

"Biliyorum," dedi Mae. "Ben üniversitedeyken bu ciddi bir problemdi. Sağlık bilgilerini herkes kendisi bildirdiği için kayıtlar karman çormandı. Salgının nasıl yayıldığı anlaşılamadan aramızdan üç çocuk menenjitten gitti."

Dr. Villalobos'un yüzü karardı. "Biliyorsun, günümüzde artık böyle şeylere hiç lüzum yok. Her şeyden önce, üniversiteli çocukların kendi bilgilerini kendilerinin sağlaması beklenemez. Derslerine yoğunlaşabilmeleri için bunun onlar adına yapılması şarttır. Cinsel yolla bulaşan hastalıklar var, Hepatit C var... Tüm verilere derhal ulaşılabildiğini düşünsene. Gerektiği gibi önlem alınabilirdi. İş tahminlere kalmazdı. İzlanda'da yapılmış bir deney vardır, duydun mu hiç?"

"Galiba," dedi Mae ama pek emin değildi.

"İzlanda'nın inanılmaz derecede homojen bir nüfusu olduğundan çoğu İzlandalının adadaki mazisi yüzyıllar öncesine dayanır. Orada herkes soy ağacını bin yıl öncesine kadar kolaylıkla takip edebilir. İşte bu sebeple İzlandalıların genom haritalarını birer birer çıkarmaya başladılar ve böylece muhtelif hastalıkların izlerini sürerek sonunda kaynaklarına ulaştılar. Bu insan havuzundan çok değerli bilgiler elde ettiler. Aynı etkenlere maruz kalan sabit, nispeten homojen ve zaman içinde incelenebilecek bir grubun yerini hiçbir şey tutamaz. Sabit grup ve eksiksiz bilgi; bu ikisi, işe yarar verilerin mümkün olduğunca çoğaltılmasında anahtar rol oynar. İşte biz de burada böyle bir şey yapmayı umut ediyoruz. Çaylakların ve nihayetinde on bin küsur Çemberlinin hepsini izlemeye alabilirsek hem sorunları ciddileşmeden evvel görebilir hem de nüfusun bütününe ilişkin veri toplayabiliriz. Siz çaylaklar çoğunlukla aynı yaşlarda ve genellikle çok sağlıklısınız, mühendisler bile öyle," dedi, sık sık yaptığı bir espri olduğu anlaşılan bu tespite gülümseyerek. "Dolayısıyla sağlığınızda bozulmalar ortaya çıktığında onları saptamak, onlardan bir şeyler öğrenip öğrenemeyeceğimizi anlamak istiyoruz. Anlatabildim mi?"

Mae'in dikkati bilekliğe kaymıştı.

"Mae?"

"Evet. Bu harika bir fikir."

Bileklik çok güzeldi, grafik ve sayıların yanıp sönerek geçtiği ışıklı bir kayan yazı sistemiyle çalışıyordu. Mae'in nabzı, bir açılıp bir kapanan zarif bir gül resmiyle temsil edilmişti. Sağa doğru mavi bir şimşek gibi çaktıktan sonra dönüp baştan başlayan bir EKG'si vardı. Vücut ısısı büyük puntoyla yeşil yeşil yazılmıştı: 37. Bu sayı günün ortalamasını hatırlattı Mae'e, yükseltmesi gereken 97'yi. "Peki bunlar ne işe yarıyor?" diye sordu. Verilerin altına yatay olarak sıralanmış bir dizi buton yer alıyordu.

"Onlar mı? Bilekliğe halihazırdakilerin dışında yüz kadar ölçüm daha yaptırabiliyorsun istersen. Koşu yaptın diyelim, kaç kilometre koştuğunu ölçüyor. Kalp hızını pasif dinlenme esnasında da, aktivite esnasında da takip ediyor. Beden kitle endeksini, kalori alımını hesaplıyor... Gördün mü, kapıyorsun işte yavaş yavaş."

Mae bilekliği incelemekle meşguldü. Hayatı boyunca gördüğü en dâhiyane şeylerden biriydi. Bilginin onlarca katmanı vardı, her bir veri göstergesi ona daha fazla soru sorma, daha derinlere inme olanağı veriyordu. Mevcut vücut ısısını gösteren rakamların üstüne parmağıyla dokunduğunda önceki yirmi dört saat için geçerli olan ortalama vücut ısısını, kaydedilen en yüksek, en alçak ve orta değeri görebiliyordu.

"Peki bu ücretsiz mi?"

"Elbette ücretsiz. Sağlık planına dahil."

"Öyle güzel ki," dedi Mae.

"Evet, herkes çok beğeniyor. Şimdi geri kalan standart soruları da sormam gerek sana. En son ne zaman âdet gördün?"

Mae hatırlamaya çalıştı. "On gün kadar önce."

"Cinsel açıdan aktif misin?"

"Şu anda değil."

"Genelde?"

"Genelde evet, tabii."

"Doğum kontrol hapı kullanıyor musun?"

"Evet."

"Pekâlâ. Şuradan reçete yazdırabilirsin. Çıkarken Tanya'yla konuş, hapların önleyemeyeceği durumlar için sana prezervatif versin. Kullandığın başka ilaç var mı?"

"Hayır."

"Antidepresan?"

"Hayır."

"Genelde mutlu olduğunu söyleyebilir misin?"

"Evet."

"Bir şeye alerjin var mı?"

"Evet."

"Ha, doğru. Onlar burada yazılı. Atlar, çok kötü. Aile geçmişinde herhangi bir hastalık var mı?"

"Benim yaşlarımda mı?"

"Her yaşta. Annenle baban nasıl? Sağlıkları iyi mi?"

Doktorun bu soruyu soruş tarzıyla alakalı bir şey, cevabın evet olmasını açıkça bekleyişi, tabletinin üzerinde duralayan tablet kalemi Mae'in boğazına bir yumru oturttu.

"Ah canım," dedi doktor, kolunu Mae'in omzuna dolayıp onu kendine doğru çekerken. Hafif bir çiçek kokusu sıkmıştı. "Ağla, rahatlarsın," dedi ona. Mae de omuzları sarsılarak, sümükleri akarak, gözlerinden yaşlar boşanarak ağlamaya başladı. Doktorun pamuklu ceketini ıslatmakta olduğunun farkındaydı ama bu onu adeta özgürleştiriyor, temize çıkarıyordu. Sonra kendini Dr. Villalobos'a babasının semptomlarını, halsizliğini, geçen hafta sonu kazayla yaptığı şeyi bir bir anlatırken buldu.

"Ah Mae," dedi doktor, saçını okşayarak. "Mae... Mae..."

Mae kendine mani olamadı. Dr. Villalobos'a babasının ruh karartıcı sigorta çıkmazından, annesinin kalan ömrünü babasına bakarak, her tedavi için savaş vererek, o insanlarla saatlerce telefonda tartışarak geçirmeyi bekleyişinden bahsetti.

"Mae," dedi doktor nihayet, "İK'ya annenle babanı şirket planına ekleyip ekleyemeyeceklerini sordun mu?"

Mae başını kaldırıp ona baktı. "Ne?"

"Sayıları az da olsa benzer sorunlar sebebiyle yakınları sigorta planlarına dahil edilmiş Çemberliler var. Senin durumunda da mümkündür sanıyorum."

Mae hayatında hiç böyle bir şey duymamıştı.

"İK'ya sormalısın," dedi doktor. "Hatta yalnızca Annie'ye sorsan yeter belki."

"Neden daha önce söylemedin ?" dedi Annie o gece. Annie'nin ofisindeydiler; yerden başlayıp tavana kadar yükselen pencerelerin ve bir çift alçak kanepenin bulunduğu büyük beyaz bir odaydı burası. "Annenlerin böyle bir sigorta kâbusu yaşadıklarından haberim yoktu."

Mae çerçevelenmiş fotoğraflarla dolu bir duvara bakıyordu; fotoğrafların her birinde, büyüdükçe pornografik şekiller almış ağaçlar veya dallar vardı. "Buraya son geldiğimde bunlar yalnızca altı ya da yedi taneydi, öyle değil mi?"

"Biliyorum. Tutkulu bir koleksiyoncu olduğum duyulunca her gün birileri bana bunlardan vermeye başladı. Üstelik resimler giderek müstehcenleşiyor. En üsttekini gördün mü?" Annie erkeklik organı şeklindeki devasa bir kaktüsün fotoğrafını işaret etti.

Kapıda, vücudunu duvarın arkasına saklayan bakır tenli bir yüz belirdi.

"Bana ihtiyacın var mı?"

"Sana elbette ihtiyacım var Vickie," dedi Annie. "Gitme n'olur."

"Şu Sahra şeyine doğru yola koyulmayı düşünüyordum da."

"Vickie. Beni bırakma," dedi Annie, ruhsuz bir sesle. "Seni seviyorum ve ayrılalım istemiyorum."

Vickie gülümsedi ama Annie'nin bu şakaya ne zaman son verip onu serbest bırakacağını merak eder gibiydi.

"Tamam," dedi Annie. "Benim de gitmem lazım. Ama gidemem. Sen git."

Vickie'nin yüzü kapının ardında kayboldu.

"Onu tanıyor muyum?" diye sordu Mae.

"Benim ekibimde," dedi Annie. "Şu anda on kişiyiz ama Vickie benim sağ kolumdur. Şu Sahra şeyinden haberin var mı?"

"Galiba." Mae bununla ilgili bir İçÇember bildirisi okumuştu. Sahra'daki kum tanelerinin sayımıyla alakalı bir plandan söz ediliyordu.

"Affedersin ya, babandan bahsediyorduk," dedi Annie. "Bana söylemeyi neden akıl etmediğini hiç anlayamadım."

Mae ona doğruyu söyledi, yani babasının sağlığının Çember'i ilgilendireceğine hiç ihtimal vermediğini. Bir çalışanın ebeveynlerini ya da kardeşlerini sigorta kapsamına alan hiçbir şirket yoktu ülkede.

"Doğru ama biz burada ne deriz biliyorsun," dedi Annie. "Çemberlilerimizin hayatlarını kolaylaştıracak her ne varsa..." Mae'in cümleyi tamamlamasını bekler gibiydi. Mae'inse hiçbir fikri yoktu. "... ânında mümkün kılınır. Bunu bilmen gerekir!"

"Üzgünüm."

"Giriş oryantasyonunda söylenmişti bu. Mae! Neyse tamam, top bende." Annie telefonuna bir şeyler yazıyordu. "Muhtemelen bu akşam ilerleyen saatlerde hallolur. Ama şimdi bir toplantıya yetişmem lazım."

"Saat altı." Mae bilekliğine bakıp kontrol etti. "Hayır. Altı otuz."

"Daha erken! Ben on ikiye kadar buradayım. Hatta belki bütün gece. Bu aralar çok eğlenceli şeyler oluyor." Yüzü olabileceklerin heyecanıyla alev alev yanıyordu. "Ruslarla ilgili bir vergi meselesiyle uğraşıyorum. Şakası yok adamların."

"Yatakhanede mi uyuyacaksın?"

"Yok. Muhtemelen şu iki kanepeyi birleştirip yatarım. Eyvah. Gitsem iyi olacak. Seni seviyorum."

Annie, Mae'i kucakladıktan sonra odadan çıktı.

Mae afallamış halde Annie'nin ofisinde bir başına kaldı. Bu mümkün müydü, babasının yakında gerçek bir sigortası olabilir miydi? Annesiyle babasının -sigorta şirketleriyle sürdürdükleri bitmek bilmeyen savaşların babasının sağlığına zarar verdiği, annesini çalışıp para kazanmaktan alıkoyarak bakım masraflarını karşılama gücünü ortadan kaldırdığı- o çekilmez yaşam açmazı son bulabilir miydi?

Mae'in telefonu titreşti. Arayan Annie'ydi.

"Hiç merak etme. Bu gibi konularda ninja kesilirim, bilirsin. O işi oldu say sen," dedi ve kapattı.

Mae, Annie'nin penceresinden, büyük bölümü son birkaç sene içinde inşa edilmiş ya da yenilenmiş olan San Vincenzo'ya baktı - Çemberlilere hizmet eden restoranlar, Çember'in ziyaretçilerine hizmet eden oteller, Çemberlileri ve onların ziyaretçilerini baştan çıkarmayı uman mağazalar, Çember'in çocuklarına hizmet eden okullar. Çember o civardan elli bina satın almış, harabeye dönmüş depoları tırmanma duvarlarına, okullara, sunucu çiftliklerine çevirmişti; hepsi de cesur, benzersiz, en yüksek çevre dostu kriterlerin çok ötesinde yapılardı.

Mae'in telefonu tekrar çaldı, arayan yine Annie'ydi.

"Evet, iyi haber beklediğimizden çabuk geldi. Sordum, atla deve değilmiş. On kadar ana babayı plana dahil etmişiz zaten, birkaç kardeş bile varmış. Biraz dil dökmem gerekti ama babanı da alabileceklerini söylediler."

Mae telefonuna baktı. Annie'ye bu meseleyi açalı dört dakika olmuştu.

"Yok artık. Ciddi misin sen?"

"Plana anneni de dahil etmek ister misin? Elbette istersin. O daha sağlıklı olduğu için kolay. İkisini de yapalım."

"Ne zaman?"

"Sanırım hemen."

"Buna inanamıyorum."

"Hadi ama, güven bana biraz," dedi Annie, nefes nefese. Hızlı hızlı yürüyordu bir yerlerde. "Çok kolay."

"Yani annemlere söyleyeyim mi?"

"Ne yani, *ben* mi söyleyeyim?"

"Hayır, hayır. Kesinleştiğinden emin olmaya çalışıyorum yalnızca."

“Kesinleşti. O kadar büyütülecek bir şey de yok ayrıca. On bir bin kişiyi sigortalamışız. Yeni koşullar dikte etmeye de yüzümüz olsun o kadar, değil mi?”

“Teşekkür ederim Annie.”

“İK’dan biri yarın seni arayacak. Detayları onunla halledersiniz. Benim gitmem lazım yine. Bu sefer gerçekten geç kaldım.”

Ve tekrar kapattı.

Mae evi aradı ve bu gelişmeden önce annesine, sonra babasına bahsetti. Sevinç çığlıkları atıp biraz ağlaştılar, ailenin kurtarıcısı ilan ettikleri Annie’ye övgüler yağdırdılar ve sonra Mae’i çok utandıran bir muhabbet tutturup onun zamanla nasıl gerçek bir yetişkine dönüştüğünden, sırtlarını ona dayadıkları, küçük kızlarının omuzlarına bu kadar ağır bir yük bindirdikleri için nasıl mahcup olduklarından bahsettiler; bu durumdan, herkesi ağına düşüren bu piç edilmiş sistemin sorumlu olduğunu söylediler. “Ama iyi ki sen varsın,” dediler, “seninle o kadar gurur duyuyoruz ki.” Telefonda annesiyle yalnız kaldıklarında annesi ona şöyle dedi: “Yalnızca babanın hayatını değil, benimkini de kurtardın Mae. Yemin ederim öyle yaptın benim tatlı Maebelline’im.”

Saat yediye geldiğinde Mae daha fazla dayanamayacağını anladı. İçi içine sığmıyordu. Dışarı çıkmalı, bir tür kutlama yapmalıydı. Yerleşkede o gece düzenlenecek etkinliklere göz attı. Sahra toplantısını kaçırdığına zaten bin pişmandı. Kostümlü bir şiir yarışması yapılacaktı, Mae bunu birinci sıraya koydu, hatta LCV dönüşü yaptı. Ama sonra bir keçinin bütün halinde fırınlanıp yeneceği aşçılık dersini gördü. Onu ikinci sıraya aldı. Dokuzda, Malavi’deki kadın sünnetlerine karşı kampanya başlatmış bir aktivist Çemberlilerle buluşup destek isteyecekti. Mae denk getirebilirse bu etkinliklerin en az birkaçına katılabilirdi ama tam kendine böyle bir yol çizmeye çalışırken tüm diğer seçenekleri gölgede bırakan bir şeye rastladı: Funky Arse Whole Sirki yerleşkede olacaktı, Demir Çağı'nın bitişiğindeki çimenlikte, saat yedide. Onlardan bahsedildiğini çok duymuştu; müthiş yorumlar almış, büyük beğeni toplamışlardı. Ayrıca o gece bir sirke gitme ihtimali, hissettiği büyük coşkuya en çok yaraşan şeydi.

Annie'yi düşündü, ama hayır, imkânı yok yetişemezdi o, toplantıdan en erken on birde çıkabilirdi. Gerçi ÇemberArama'ya göre Renata, Alistair ve Jared dahil pek çok tanıdığı orada olacaktı - Alistair ve Jared çoktan gitmişti hatta. Mae de çabucak toparlanıp çıktı.

Üç Krallık'ı geçerek köşeyi dönüp altı-yedi metre boyunda bir adamın ateş yuttuğunu gördüğünde hava kararmaya yüz tutmuş, gökyüzü altın sarısı çizgilerle bezenmişti. Adamın arkasında, saçlarına ışıltılı süsler takmış bir kadın, elindeki neon çubuğu havaya atıp tutmaktaydı. Mae sirki bulmuştu.

Aşağı yukarı iki yüz kişilik bir topluluk, göstericilerin etrafında gevşek bir daire oluşturmuştu. Vasat bir sahne donanımı ve kısıtlı olduğu anlaşılan bir bütçeyle açık havada çalışan insanlardı bunlar. Göstericilerin etrafını saran Çemberlilerin kimisi bilek monitörleri, kimisi telefonlarıyla ışıklar saça saça olan biten her şeyi kaydetmekle meşguldü. Mae bir yandan Alistair'i de gözden kaçırmamaya dikkat ederek kalabalıkta Jared ile Rebecca'yı ararken, bir yandan da önünde hızla devam eden sirk gösterisini takip etti. Gösterinin belli bir başlangıcı yok gibiydi -Mae geldiğinde çoktan başlamıştı her şey- ve hiçbir bölümünün ayırt edilebilir bir yapısı bulunmuyordu. Hepsi de her zaman sahnede olan, hepsi de antika bir tevazuyla şen şakrak, yırtık pırtık kostümler giymiş on kadar üyesi vardı bu sirkin. Ufacık tefecik bir adam, yüzüne korkunç bir fil maskesi takmış, çılgınlar gibi akrobasi yapmaktaydı. Yarı çıplak bir kadın, yüzünü bir flamingo başlığının altına saklamış, bale figürleri ile ayyaş sendelemesi arasında değişen hareketlerle daireler çizerek dans ediyordu.

Mae az ötede Alistair'i fark etti, Alistair ona el salladıktan sonra telefonuna bir mesaj yazmaya koyuldu. Birkaç saniye sonra Mae telefonuna baktığında Alistair'in tüm Portekiz sevdalıları için gelecek hafta bir etkinlik daha düzenleyeceğini öğrendi, bu seferki daha büyük, daha iyi olacaktı. *Şahane olacak*, diye yazmıştı Alistair. *Filmler, müzik, şiir, öykü, eğlence!* Mae mutlaka geleceğini, o günü iple çektiğini yazdı. Çimenliğin öbür tarafında, flamingonun az ilerisinde Alistair'in mesajını okuduğunu, sonra da ona bakarak el salladığını gördü.

Sirki izlemeye koyuldu tekrar. Göstericiler yoksulluk havasını yaratmakla kalmayıp bilfiil yaşar gibiydi - her bakımdan yıllanmış gibi görünüyor, leş kokuyorlardı. Etraftaki Çemberliler performansı ekranlarına kaydediyor, evsizleri andıran bu âlemci takımının acayipliğini hatırlamak ve burada, Çember'de, dikkatle yapılandırılmış yolların ve bahçelerin arasında, buranın elemanı olan, düzenli olarak banyo yapan, karınca kararınca da olsa modaya uymaya çalışan, giysilerini yıkayan insanlar arasında ne denli aykırı gözüktüklerini belgelemek istiyordu.

Mae kalabalığın arasından geçerek Josiah ile Denise'i buldu, onlar da Mae'i gördüklerine çok sevindi; ama anlaşılan sirk ikisini de büyük hüsrana uğratmıştı, içeriği ve üslubuyla fazla ileri gittiği kanısındaydılar, hatta Josiah bu konuda olumsuz bir yorum yazmıştı bile. Mae, onu görüp katılımını tescillemelerinden memnun, yanlarından ayrılıp içecek bir şey bulmaya gitti. İleride yan yana sıralanmış stantlar gördü, tam onlara yönelmişti ki belden yukarısı çıplak, palabıyıklı bir adam olan göstericinin biri elinde üç kılıçla Mae'e doğru süratle koşmaya başladı. Sarsak bir hali vardı; her şey kontrolü altındaymış, bu da rolünün bir parçasıymış gibi görünmek istese de Mae onun eli kolu kılıç dolu halde kendisine çarpacağını, yanına varmasından önceki saniyeler içinde idrak etti. Olduğu yerde donakaldı; omuzlarından kavranıp yana fırlatıldığını hissettiğinde adamla arasında beş-on santim mesafe kalmıştı. Adamı arkasında bırakarak dizlerinin üstüne kapaklandı.

"Bir şeyin yok ya?" dedi başka biri. Başını kaldırdığında, konuşan adamın az önce kendisinin durduğu yerde dikildiğini gördü.

"Yok galiba," dedi.

Adam arkadaki bıçkın kılıçlıya döndü. "Derdin ne senin soytarı?"

Kalden mıydı yoksa?

Kılıç hokkabazı Mae'e bakıp duruyor, bir yerini incitmediğinden emin olmaya çalışıyordu. İyi olduğunu görünce dikkatini karşısında duran adama çevirdi.

Evet, Kalden'dı. Şimdi emin olmuştu Mae. Kalden'ın kaligrafik suretine sahipti. Sade, beyaz bir V yaka atlet ve onu ilk gördüğü günkü gibi dar, gri bir pantolon giymişti. Mae'e hiç öyle kavgacı biri gibi gelmemişti ama işte oradaydı; gösterici sirkteki karakterine sadık kalıp şovuna devam ederek bu devasa, zengin, nüfuzlu şirketten ödeme almayı, hem de çok iyi bir ödeme almayı mı, yoksa iki yüz kişinin önünde bu herifle kavgaya tutuşmayı mı seçeceğine karar vermeye çalışır gibi sabit gözlerle onu tartıp biçerken Kalden göğsünü kabartmış, elleri tetikte beklemekteydi.

Gösterici nihayet bıyığını yapmacık bir tavırla her iki ucundan burarak gülümsemeyi seçti ve dönüp gitti.

"Geçmiş olsun," dedi Kalden, Mae'in kalkmasına yardım ederken. "İyi olduğundan emin misin?"

Mae iyi olduğunu söyledi. Bıyıklı adam ona dokunmamıştı, yalnızca korkutmuştu ki o bile sadece bir an sürmüştü.

Mae, onun ansızın mavileşen ışıkta bir Brancusi heykelini andıran yüzüne gözlerini dikti - pürüzsüz, kusursuzca ovaldi. Kaşları Roma kemerlerini andırıyordu, burnuysa küçük bir deniz yaratığının narin çene uzantısını.

"Bu hıyarların buraya gelmeleri baştan yanlış bir kere," dedi Kalden. "Saray soytarıları gelmiş de kraliyet ailesini eğlendiriyor sanki. Ne lüzum vardı buna bilmiyorum," diye devam etti, etrafına bakınıp parmak uçlarında yükselirken. "Gidebilir miyiz artık?"

Yolda bir yemek standına rastladılar, İspanyol mezeleri ve sosis. Birer bardak da kırmızı şarap alıp Viking Devri'nin arkasındaki limon ağaçlarına yöneldiler.

"Adımı hatırlamıyorsun," dedi Mae.

"Hayır. Ama seni tanıyorum, görmek de istiyordum. Bıyıklı senin üzerine yürüdüğünde yakınlarda olmamın sebebi buydu."

"Mae."

"Doğru. Ben de Kalden."

"Biliyorum. Adları hatırlarım."

"Ben de hatırlamaya çalışırım. Denerim yani. Demek Josiah ve Denise'le arkadaşsınız öyle mi?"

"Bilmem. Yani tabii ki öyle. Oryantasyonumu onlar yaptı ve... o zamandan beri konuşuyoruz işte. Neden sordun?"

"Bir sebebi yok."

"Burada ne iş yapıyordun sen sahi?"

"Ya Dan? Dan'le takılır mısın?"

"Dan benim patronum olur. Ne iş yaptığını söylemeye niyetin yok, değil mi?"

"Limon ister misin?" diye sorarak ayağa kalktı Kalden. Gözlerini Mae'den ayırmadan elini ağaca uzatıp büyükçe bir limon kopardı. Ağaca doğru kıvrak bir hareketle, usulcacık uzanmasında Mae'e bir dalgıcı çağrıştıran, erkeksi bir zarafet vardı. Limonu hiç bakmadan Mae'e uzattı.

"Yeşilmiş," dedi Mae.

Kalden gözlerini kısarak limona baktı. "Olgundur sanıyordum. Uzanabildiğim en irisini koparmıştım. Sarı olması gerekirdi. Hadi, kalk ayağa."

Elini uzatıp kalkmasına yardım ettikten sonra ağacın büyük dallarından az öteye götürüp bıraktı onu. Sonra da kollarını ağacın gövdesine dolayarak limonlar patır patır dökülene kadar sarsaladı. Beş-altı tanesi Mae'e isabet etti.

"Ah, özür dilerim," dedi. "Çok salağım."

"Yo, iyiydi, iyiydi," dedi Mae. "Ağırmış bunlar. İki tanesi kafama düştü. Bayıldım bu işe."

Kalden ona dokundu o zaman, eliyle başını yokladı. "Çok acıdı mı?"

Mae bir şeyi olmadığını söyledi.

"İnsan sevdiklerini hep incitir zaten," dedi Kalden. Mae'e yukarıdan bakan yüzü karanlıkta kalmıştı. Ne dediğini yeni fark etmiş gibi boğazını temizledi sonra. "Her neyse. Annemle babamın lafıydı bu. Beni pek severlerdi."

Mae, sabahleyin Annie'yi aradı. Annie o sırada yoldaydı; havaalanına gidiyordu, mevzuatla ilgili bir sorunu çözmek üzere Meksika'ya uçacaktı.

"Çok ilginç biriyle tanıştım," dedi Mae.

"İyi. Ötekine pek bayılmıyordum doğrusu. Şu Gallipoli'ye."

"Garaventa demek istedin."

"Francis. Küçük bir fareden hallice bir tip. Yenisi nasıl peki? Hakkında ne biliyoruz?" Annie'nin konuşmayı aceleye getirdiğini hissedebiliyordu Mae.

Onu tarif etmeye kalkınca hakkında neredeyse hiçbir şey bilmediğini fark etti. "Zayıf. Kahverengi gözlü, uzunca..."

"Bu kadar mı? Kahverengi gözlü ve uzunca?"

"Ha bir de," dedi Mae, kendi kendine gülerek, "kır saçları vardı. Yani... kır saçları var."

"Dur bir dakika. Nasıl yani?"

"Yani genç ama kır saçlı."

"Peki Mae. Eğer bir büyükbaba avcısıysan mesele yok ama..."

"Hayır. Hayır. Genç olduğundan eminim."

"Otuzun altında ama saçlarına kır düşmüş mü diyorsun yani?"

"Yemin ederim öyle."

"Burada öyle birini tanımıyorum ben."

"On bin kişinin on binini de tanıyor musun?"

"Belki geçici çalışma sözleşmesi vardır. Soyadını öğrenmedin mi?"

"Denedim ama çok nazlanıyor."

"Hiç Çember'e özgü bir davranış değil. Bir de kır saçlıymış üstelik ha?"

"Neredeyse beyaz."

"Yüzücüler gibi mi? Hani şu şampuanı kullandıkları zaman olur ya?"

"Hayır. Gümüşi değildi. Bildiğin kır saç. Yaşlı bir adamın saçları gibi."

"Yaşlı bir adam olmadığından emin misin peki? Sokakta bulduğun yaşlı bir adam?"

"Hayır."

"Sokaklarda mı sürtüyordun yoksa Mae? Yaşlı bir adamın, senden yaşlı bir adamın o kendine has kokusu mu çekti seni? Küf kokarlar ya hani... Islak karton kutular gibi. Sever misin o kokuyu?"

"Lütfen!"

Annie kendi kendine eğlenmeye devam etti: "Emeklilik ikramiyesinden yararlanabileceğini bilmek rahatlatıcıdır herhalde. Üstelik kendisine az da olsa sevgi gösteren birine acayip minnettar kalıyordur kesin... Aaa... Havaalanına gelmişim. Sonra ararım seni."

Annie onu aramadı ama uçaktan telefon mesajları yolladı, sonra da Mexico City'de sokakta rastladığı yaşlı adamların fotoğraflarını attı. *Bu mu yoksa? Ya bu? Ya şu? Ése? Ése?**

Mae'e meraklanıp durmak kalmıştı şimdi. Kalden'ın soyadını nasıl olur da öğrenmezdi? Şirket rehberinde genel bir arama yaptırdı ama hiç Kalden bulamadı. Kaldan, Kaldin, Khalden olarak denedi. Yok. Acaba yanlış yazmış ya da yanlış işitmiş olabilir miydi? Onun hangi departmanda olduğunu, yerleşkenin hangi bölgesinde çalıştığını bilseydi daha ayrıntılı bir arama yaptırabilirdi ama hiçbir şey bilmiyordu.

Yine de başka bir şey düşünemez haldeydi. Onun beyaz V yaka atleti, hüzünlü görünmemeye çalışan hüzünlü gözleri, şık mı yoksa feci mi olduğu konusunda karanlıkta karar veremediği daracık gri pantolonu, gecenin sonunda ona sarılışı... Bir helikopter görmeyi umarak helikopterlerin iniş pistine yürümüşler, sonra helikopter göremeyince limonluğa geri dönmüşlerdi. Kalden orada artık gitmesi gerektiğini söylemiş, servise kadar yürüyüp yürüyemeyeceğini sormuştu. En fazla iki yüz metre ilerideki minibüsleri işaret edince Mae gülümseyerek yürüyebileceğini belirtmişti. Sonra Kalden, onu kendine çekivermişti, çok ani yapmıştı bunu, Mae'i öpmeyi mi, kucaklamayı mı, yoksa başka bir şey mi planladığını anlamasına olanak bırakmayacak kadar ani. Mae'in vücudunu kendisininkine sımsıkı yapıştırmıştı, buydu yaptığı; sol kolunu kızın boynuna dolayıp elini omzuna koymuş, sol eliniyse cüretkârca daha aşağılara indirip parmaklarını yelpaze gibi açarak Mae'in kuyruksokumuna bastırmıştı.

Sonra ondan uzaklaşmış ve gülümsemişti.

"İyi olduğuna emin misin?"

"Eminim."

"Korkmadın ya?"

Mae gülmüştü. "Hayır. Korkmadım."

---

* (İsp.) Ya şu? (Ç.N.)

"Peki o zaman. İyi geceler."

Ardından arkasını dönüp bambaşka bir istikamete, servislere, helikopterlere ya da sirke değil, daracık, gölgeli bir patikaya doğru yalnız başına yürümeye koyulmuştu.

Hafta boyunca Mae onun uzaklaşan suretini ve ağaca uzanan güçlü ellerini düşündü durdu, dalından kopardığı o büyük yeşil limona baktı. Limonun zamanla masasında olgunlaşacağını sanmıştı ama öyle olmadı. Limon hâlâ yeşildi.

Kalden'a bir türlü ulaşamıyordu. Fazla umursuyormuş gibi görünmemeye dikkat ederek şirket geneline yolladığı birkaç zing'de Kalden diye birini aradığından bahsetti. Ama cevap veren çıkmadı.

Bu işi Annie'nin çözebileceğini biliyordu ama o da şimdi Peru'daydı. Şirketin Amazon'daki planları biraz sarpa sarmıştı - kalan ağaçların insansız hava araçları tarafından tek tek sayılıp fotoğraflanmasıyla alakalı bir işin peşindeydiler. Çevre ve mevzuat yetkilileriyle yaptığı toplantılardan nihayet fırsat bulduğunda Annie onu aradı. "En iyisi yüz tanıma yaptırayım. Bana bir fotoğraf gönder."

Ama Mae'de Kalden'ın fotoğrafı yoktu.

"Şaka yapıyorsun. Hiç mi?"

"Karanlıktı. Sirkteydik."

"Onu söylemiştin. Demek sana bir limon verdi ama hiç fotoğraf vermedi. Herhangi bir ziyaretçi olmadığından emin misin?"

"Ama daha önce de karşılaşmıştım onunla, hatırlasana. Tuvaletin orada hani? Sonra benimle masama gelip çalışmamı izlemişti."

"Vay be Mae! Bu çocuk işini biliyor gibi. Yeşil limonlar, sen müşteri taleplerini yanıtlarken omzunun gerisinden solumalar. Azıcık paranoyak olsaydım derdim ki adam casus gibi bir şey herhalde ya da ikinci sınıf bir tacizci." Annie kapatmak zorundaydı ama bir saat sonra cepten mesaj attı: *Beni bu tip hakkında bilgilendirmeye devam et. Giderek daha tedirgin edici bir hal alıyor durum. Geçtiğimiz yıllarda bazı sapıkların aramıza karıştığı olmuştu. Geçen sene mesela, herifin teki, blog yazarı mıymış neymiş, bir partiye katıldıktan sonra iki hafta yerleşkede kalarak hırsız gibi ortalıkta dolanmış, sandık odalarında yatıp kalkmış. Nispeten zararsız biri olduğu anlaşıldı sonradan ama Tanımlanamayan Kaçık Herifler'in endişe konusu olabileceğini tahmin edersin.*"

Ama Mae hiç endişeli değildi. Kalden'a güveniyor, onun kötü emelleri olabileceğine ihtimal vermiyordu. Kalden'ın yüzünde bir içtenlik, yanlış yorumlanması mümkün olmayan bir samimiyet ifadesi vardı; Mae bunu Annie'ye tam olarak anlatamamıştı ama Kalden'dan yana hiçbir şüphesi yoktu. İletişiminin pek de kuvvetli olmadığını biliyordu gerçi; ama kendisiyle tekrar temasa geçeceğini de biliyordu, hatta bundan emindi. Hayatındaki insanlardan birine ulaşamamak ona azap vereceği, içini kemireceği halde, Kalden'ın yakınlarda bir yerde, ulaşılamaz da olsa tahminen yerleşke sınırları içinde olduğunu bilmek Mae'in günlerine hoş bir heyecan katıyordu. İş yükü açısından ağır bir hafta geçirmekteydi ama Kalden'ı düşünürken yanıtladığı her talep ona muhteşem bir arya gibi geliyordu. Müşteriler ona, o da onlara şakıyordu adeta. Hepsini çok seviyordu. Idaho'nun Twin Falls kentinden Risa Thomason'ı çok seviyordu. Indiana'nın Gary kentinden Mack Moore'u çok seviyordu. Etrafındaki çaylakları çok seviyordu. Jared'ın arada bir kapısında biterek ortalamalarını 98'in üstünde tutmak için elinden geleni yapmasını rica eden kaygılı çehresini çok seviyordu. Francis'i ve onun o ardı arkası kesilmeyen iletişim çabalarını görmezden gelebildiğine de memnundu. O mini videolarını. Sesli tebrik kartlarını. Tüm şarkıları özür ve kedere dair olan şarkı listelerini. Francis bir hatıradan ibaretti artık, Kalden'ın ve o zarif siluetinin, belini yoklayan güçlü ellerinin gölgesinde kalmıştı. Mae banyoda yalnızken o elleri taklit edip edemeyeceğini, Kalden'ın onlarla bedenine uyguladığı basıncın benzerini kendi elleriyle oluşturup oluşturamayacağını denemeye bayılıyordu. İyi ama neredeydi o? Pazartesi ve salı günleri baştan çıkarıcı bulduğu bu soru, çarşamba günü asabını bozmaya başlamış, perşembe günü çıldırtıcı bir hal almıştı. Kalden'ın yokluğu kasıtlı, hatta saldırganca geliyordu artık. Arayacağına söz vermişti, vermemiş miydi? Belki de vermemişti, diye düşündü Mae. Peki ne demişti? Hafızasını yoklayınca paniğe benzer bir duyguyla fark etti ki Kalden'ın vedalaşırken söylediği tek şey, "İyi geceler," olmuştu. Neyse ki Annie cuma günü dönüyordu ve birlikte, bir saatliğine de olsa bir araya gelebilirlerse şayet, onu bulabilir, adını öğrenebilir, köşeye kıstırabilirlerdi.

Nihayet cuma sabahı Annie döndü ve Hayal Cuması'ndan hemen önce buluşmayı planladılar. O gün ÇemberPara'nın geleceğine dair bir sunum yapılması bekleniyordu -tüm çevrimiçi alışverişlerde ödemelerin Çember üzerinden yapılmasını sağlayacak ve sonunda kâğıt para kullanımını hepten gereksiz hale getirecek bir uygulamaydı bu- ama sonra sunum iptal edildi. Tüm personelin, Washington'daki bir basın toplantısını izlemesi istendi.

Mae Rönesans'ın lobisinde telaşla ilerlerken birkaç yüz Çemberli de duvar ekranını izliyordu. Ekranda, çivit mavisi takım elbise giymiş bir kadın, yardımcılarıyla ve bir çift Amerikan bayrağıyla çevrelenmiş üstü mikrofon dolu bir kürsünün ardında dikilmekteydi. Kürsünün altındaki kayan yazı bandından şu cümle geçiyordu: SENATÖR WILLIAMSON ÇEMBER'İ LAĞVETMENİN YOLLARINI ARIYOR. Başlangıçta hiçbir şeyin duyulmasına olanak vermeyen bir gürültü vardı ama bir dizi 'Şışşt!' ikazı ve ses ayarı sonrasında kadının sesi işitilebilir hale geldi. Senatör okumakta olduğu yazılı basın açıklamasının tam ortasındaydı.

"Bugün burada, Senato'nun Antitröst Görev Gücü'nü Çember'in bir tekel olarak hareket edip etmediği konusunda soruşturma açmaya çağırmak üzere toplandık. İnanıyoruz ki Adalet Bakanlığı, Çember'in gerçek yüzünü, yani kelimenin tam anlamıyla bir tekel olduğunu görecek ve onu lağvetmek üzere harekete geçecektir, tıpkı geçmişte Standard Oil, AT&T ve tekel olduğu ispatlanan tüm diğer şirketler için yaptığı gibi. Çember'in egemenliği rekabeti öldürmekte ve serbest piyasa kapitalizmini uygulama tarzımızı tehlikeye sokmaktadır."

Senatörün konuşması bitince ekran her zamanki işlevine geri dönerek Çember personelinin düşüncelerine yer verdi; o gün yoğun bir gündem olduğundan dile getirilen pek çok düşünce vardı. Genel kanı, söz konusu senatörün zaman zaman anaakım harici tutumlar sergilemesiyle tanındığı -Irak ve Afganistan'daki savaşlara karşı çıkmıştı örneğin- dolayısıyla tekelciliğe karşı açtığı bu savaşa fazla taraftar toplayamayacağı yönündeydi. Çember hem Cumhuriyetçiler hem de Demokratlar tarafından beğenilen bir şirketti, hemen her politik meselede pragmatik davranması, cömert bağışlar yapmasıyla biliniyordu, dolayısıyla ortanın solunda yer alan bu senatör, liberal meslektaşlarından fazla destek alamazdı - Cumhuriyetçiler arasında işi daha da zordu.

Mae antitröst yasalarını bu konuda genel bir kanı sahibi olacak kadar iyi bilmiyordu. Dışarıda hiç rekabet kalmadığı doğru muydu sahiden? Çember, arama motoru pazarının yüzde 90'ına sahipti. Ücretsiz e-posta piyasasının yüzde 88'ine, mesaj servislerinin ise yüzde 92'sine. Mae'e göre, en iyi ürünü yapıp sunduklarının basit bir göstergesiydi bu. Verimli olduğu için, ayrıntılara dikkat ettiği için şirketi cezalandırmak delilikti. Başarılı olduğu için de tabii.

"Sonunda geldin demek," dedi Mae, Annie'nin kendisine yaklaştığını görünce. "Meksika nasıldı? Peru nasıldı?"

"Geri zekâlı ne olacak," diyerek dudak büktü Annie, az önce senatörü göstermiş olan ekrana doğru gözlerini kısarak.

"Bu seni endişelendirmiyor ya?"

"Bu yaptığıyla bir şey elde edip edemeyeceğini mi soruyorsun? Hayır, hiçbir yere varamaz. Ama fena halde boka batmış vaziyette."

"Ne demek istiyorsun? Nereden biliyorsun?"

Annie, Mae'e baktı, sonra yüzünü salonun arka tarafına döndü. Tom Stenton orada birkaç Çemberliyle gevezelik ediyor, kollarını kavuşturmuş dikiliyordu. Başka birinde kaygı, hatta öfke diye okunabilecek türden bir duruştu bu. Ama onun daha ziyade eğleniyormuş gibi bir hali vardı.

"Gidelim," dedi Annie. Öğle yemeklerini o gün Çemberliler için kiralanmış olan tako kamyonundan alma umuduyla yerleşkeyi arşınladılar. "Şu kibar sapıktan ne haber? Sevişirken öldü deme sakın."

"Geçen haftadan beri görmedim."

"Hiç görüşmediniz mi yani?" diye sordu Annie. "Ne boktan iştir bu yahu?"

"Sanırım başka bir devrin adamı o."

"Başka devir mi? Ve de kır saçlı öyle mi? Mae, *Cinnet* filminde Nicholson'ın banyodaki kadınla yakınlaştığı sahneyi bilir misin? Sonra kadının ölmemiş bir ceset olduğu anlaşılır ya hani?"

Annie'nin neden bahsetmekte olduğu konusunda hiçbir fikri yoktu Mae'in.

"Aslına bakarsan..." dedi Annie, gözleri uzaklara dalarken.

"Ne?"

"Biliyor musun, Williamson'ın başımıza açtığı şu soruşturma belasını da düşününce ortalıkta sinsi sinsi dolanan şüpheli bir adamın varlığı beni endişelendirmeye başladı. Onu bir daha görürsen bana haber verir misin?"

Mae, Annie'ye baktı ve yüzünde, hatırlayabildiği kadarıyla ilk kez olarak ciddi bir endişe ifadesiyle karşılaştı.

Dört buçukta Dan'den bir mesaj geldi: *Şimdilik harika bir gün! Beşte buluşalım mı?*

Mae, Dan'in odasına gitti. Dan ayağa kalkıp ona bir sandalye gösterdikten sonra kapıyı kapattı. Masasının arkasına geçip parmağıyla tabletine hafifçe vurdu.

"97. 98. 98. 98. Bu hafta ortalamaların şahane."

"Teşekkür ederim," dedi Mae.

"Gerçekten olağanüstü. Çaylaklar yüzünden iş yükün artmışken üstelik. Zor oldu mu?"

"İlk birkaç gün için belki, fakat şimdi eğitimlerini tamamladılar ve bana eskisi kadar ihtiyaç duymuyorlar. Hepsi de mükemmel çalışıyor, yani tam tersine, eleman sayısı artınca işim biraz daha kolaylaştı sayılır."

"Güzel. Bunu duyduğuma sevindim." Dan şimdi başını kaldırmış, Mae'in gözlerini inceliyordu. "Mae, Çember'de şimdiye kadarki hayatından memnun musun?"

"Kesinlikle," dedi Mae.

Dan'in yüzü aydınlandı. "İyi. İyi. Bu çok iyi haber. Seni çağırmamın sebebi yalnızca... nasıl desem, bu memnuniyetinin buradaki sosyal davranışlarınla ve bu davranışların verdiği mesajla uyuştuğuna emin olmak istemem. Ayrıca yaptığımız işi tüm yönleriyle sana doğru dürüst aktarmayı başaramamış olabileceğimi de düşünüyorum. Eğer bunu hakkıyla yapamadıysam bütün kabahat bende demektir."

"Hayır, hayır. Sen işini gayet iyi yaptın. Bundan hiç şüphem yok."

"Teşekkür ederim Mae. Böyle düşünmene sevindim. Ama asıl konuşmamız gereken... şey, en iyisi başka türlü ifade edeyim. Bildiğin gibi, rutin mesai saatleri arasında faaliyet gösteren bir şirket değil burası. Anlatabildim mi?"

"Biliyorum. Yani... Yoksa şeyi ima ettiğimi mi..."

"Hayır, hayır. Sen hiçbir şey ima etmedin. Mesele şu ki saat beşten sonra seni ortalıkta göremiyoruz pek, onun için merak ettik, yani... ayrılmak mı istiyor acaba diye."

"Hayır, hayır. Daha uzun kalmam mı gerekiyor?"

Dan irkildi. "Hayır, mesele o değil. İş yükünü mükemmelen göğüslüyorsun. Ama geçen perşembe akşamı mesela, Vahşi Batı partisinde gözlerimiz seni aradı. Hepimizin çok gurur duyduğu bir ürün için gerçekleştirdiğimiz hayli önemli bir ekip-kurma etkinliğiydi bu. Çaylaklar için düzenlenen en az iki etkinliği kaçırdın, sirkte de bir an evvel kaçmak ister gibi bir halin vardı. Sanırım yirmi dakika kadar görünüp kayboldun. Katılım Seviyen o kadar düşük olmasaydı bütün bunlar mazur görülebilirdi. Kaç olduğunu biliyor musun?"

Mae 8.000 civarında olduğunu tahmin etti. "Sanırım," dedi.

"Sanırsın," dedi Dan ve ekranına baktı. "9.101'miş. Sana doğru göründü mü?" Son baktığından beri, yani son bir saat içinde Mae'in seviyesi düşmüştü.

Dan, gömleğindeki bir lekenin nasıl oluştuğuna anlam verememezmiş gibi dilini şaklatarak başını salladı. "Her şey böyle üst üste gelince de, yani... seni bir şekilde kendimizden uzaklaştırıyor muyuz acaba diye kaygılanmaya başladık."

"Hayır, hayır! Hiç alakası yok."

"Peki o zaman, perşembe saat beş on beşe odaklanalım istersen. Bizler Vahşi Batı'da, yani arkadaşın Annie'nin çalıştığı yerde toplanmıştık. Bir grup potansiyel ortak için düzenlediğimiz yarı zorunlu bir hoş geldin partisiydi bu. Sense o sırada yerleşke dışındaydın... Bu gerçekten kafamı karıştırıyor. Kaçıyorsun adeta."

Mae'in aklı vızır vızır işliyordu. Neden gitmemişti? Neredeydi? Bu etkinlikten haberi olmamıştı. Yerleşkenin öbür tarafında, Vahşi Batı'da düzenlenmişti - yarı zorunlu bir etkinliği nasıl kaçırırdı? Bildiri üçüncü ekranının derinliklerine gömülmüş olsa gerekti.

"Hay aksi, özür dilerim," dedi, şimdi hatırlayarak. "Beşte yerleşkeden çıkıp San Vincenzo'daki şu sağlık mağazasından biraz sarısabır otu almaya gitmiştim. Babam onu şey için..."

"Mae," diye sözünü kesti Dan, sesi aşağılayıcı bir tını takınmıştı şimdi, "sarısabır otu şirketin mağazasında mevcut. Bizim mağazamızın stokları sokaktaki küçük bir dükkânınkinden daha zengindir, ürün kalitesi de çok daha yüksektir. Çünkü bizimkiler büyük bir dikkatle denetlenir."

"Üzgünüm. Şirket mağazasında sarısabır otu gibi bir şeyin bulunabileceğini bilmiyordum."

"Mağazamıza gittin de bulamadın mı?"

"Hayır, hayır. Mağazaya gitmedim. Ben dosdoğru öbür dükkâna gittim. Ama öğrendiğime çok sevindim..."

"İzninle sözünü keseceğim çünkü ilginç bir şey duydum. Önce bizim mağazamıza gitmediğini mi söyledin?"

"Gitmedim. Üzgünüm. Böyle bir şeyin orada satılmayacağını varsaydım, onun için de..."

"Şimdi beni dinle. Mae, itiraf etmeliyim ki senin mağazaya gitmediğini biliyorum. Seninle konuşmak istediğim şeylerden biri de bu. Mağazaya hiç gitmemişsin, bir kez bile. Üniversitede sporcu olan sen, spor salonuna hiç uğramamışsın, yerleşkeyi keşfetmeye de neredeyse hiç kalkışmamışsın. Öyle sanıyorum ki sunduğumuz imkânların ancak yüzde 1'i kadarını kullanmışsın."

"Özür dilerim. Günler fırtına gibi geçtiği içindir sanırım."

"Ya cuma gecesi? O gece de önemli bir etkinlik vardı."

"Özür dilerim. Partiye katılmayı istedim aslında ama apar topar eve gitmem gerekti. Babam ufak bir felç geçirmiş, önemli bir şeyi olmadığı anlaşıldı sonradan ama eve varana kadar bunu bilmiyordum."

Dan cam masasına baktı ve gördüğü bir lekeyi kâğıt peçeteyle silmeye çalıştı. Sonuçtan memnun kalınca başını kaldırdı.

“Bu gayet anlaşılabilir bir şey. Annen ve babanla vakit geçirmen güzel, inan bana, bunu çok ama çok hoş buluyorum. Ben yalnızca bu işin topluluk yönünü vurgulamak istemiştim. Biz bu işyerinde kendimizi bir cemaat olarak görürüz. Burada çalışan herkes bunun parçasıdır. Düzenin tıkır tıkır işleyebilmesi için belli bir katılım düzeyi şart. Şöyle düşün, biz bir anaokulu sınıfı olsaydık ve kızlardan birinin doğum günü partisine sınıfın yalnızca yarısı gelseydi parti sahibi kız kendini nasıl hissederdi?”

“İyi hissetmezdi. Biliyorum. Ama sirk etkinliğinde oradaydım, çok da güzel vakit geçirdim. Çok güzeldi.”

“Güzeldi, değil mi? Seni orada görmek de güzeldi. Ama orada olduğuna dair hiçbir kayıt yok elimizde. Ne bir fotoğraf ne bir zing ne bir yorum ne de bir bildirim. Neden?”

“Bilmiyorum. Sanırım gösteriye kendimi kaptırmışım...”

Dan yüksek sesle iç çekti. “İnsanlardan haber almayı sevdiğimizi biliyorsun, değil mi? Çemberlilerin görüşlerine değer verdiğimizi?”

“Elbette.”

“Ve Çember’in, büyük ölçüde senin gibi insanların girdileri ve katılımları üzerine kurulu olduğunu?”

“Biliyorum.”

“Dinle. Annen ve babanla vakit geçirmek istemen son derece anlaşılır. Onlar senin annenle baban sonuçta! Çok onurlu bir şey bu yaptığın. Dediğim gibi: çok ama çok güzel. Seni bizim de çok sevdiğimizi ve daha iyi tanımak istediğimizi anlatmaya çalışıyorum ben sadece. Acaba birkaç dakika daha kalıp Josiah ve Denise ile de konuşmak ister miydin? Onları oryantasyonundan hatırlıyorsundur sanırım. Seninle sürdürmekte olduğumuz bu konuşmayı biraz daha açıp derinleştirmek hoşlarına gidecektir. Nasıl, iyi fikir mi?”

“Tabii ki.”

“Eve yetişmen filan gerekmiyor ya?”

"Hayır. Bütün vaktim sizin."

"Güzel. Güzel. Bunu duyduğuma sevindim. İşte onlar da geldi."

Mae başını çevirdiğinde Denise ile Josiah'yı gördü, ikisi de Dan'in cam kapısının öbür tarafından el sallıyordu.

"Mae, nasılsın?" dedi Denise, birlikte toplantı odasına yürürlerken. "Sana ilk turunu yaptırmamızın üstünden üç hafta geçmiş olduğuna inanamıyorum! İşte geldik."

Josiah, Mae'in defalarca önünden geçmiş olduğu bir toplantı odasının kapısını açtı. Oval bir odaydı bu, duvarları camdı.

Yüksek arkalıklı deri bir koltuğu işaret ederek, "Seni buraya alalım," dedi Denise. İkisi Mae'in karşısına geçip oturdu ve tabletlerini önlerine koyup sandalyelerini ayarladı. Saatler alabilecek ve tatsız geçeceğine kesin gözüyle bakılabilecek bir göreve hazırlanır gibiydiler. Mae gülümsemeye çalıştı.

"Bildiğin gibi," dedi Denise, önüne düşen kahverengi bir tutam saçı kulağının arkasına atarken, "biz İK'da çalışıyoruz, bu da topluluğumuzun yeni üyeleriyle düzenli olarak yaptığımız olağan takip toplantılarından biri sadece. Her gün şirketin her yerinde böyle toplantılar yaparız; ama seni tekrar göreceğimize ayrı bir sevindik. Çünkü bizim için bir muammasın."

"Öyle miyim?"

"Öylesin. Yıllar var ki senin kadar, nasıl desem, esrarengiz birinin aramıza katıldığını hatırlamıyorum."

Mae nasıl karşılık vereceğini bilemedi. Kendini esrarengiz biri gibi hissetmiyordu.

"Onun için düşündüm de, biraz senden bahsederek başlayabiliriz belki; biz seni daha iyi tanıdıktan sonra da topluluk hayatına katılımını bir parça artırmaktan çekinmemen için neler yapabileceğimizi konuşuruz. Sence de uygun mu?"

Mae başını salladı. "Elbette." Henüz tek kelime etmemiş olan Josiah'ya baktı ama o tabletine harıl harıl bir şeyler yazmakla meşguldü.

"Güzel. Söze seni çok sevdiğimizi söylemekle başlarız diye düşünmüştüm," dedi Denise.

Josiah parlak mavi gözlerini ekrandan kaldırarak nihayet konuştu. "Tabii ki," dedi. "*Çok seviyoruz.* Sen ekibin harika bir üyesisin. Herkes böyle düşünüyor."

"Teşekkür ederim," dedi Mae. Kovulmakta olduğundan emindi. Annesiyle babasının sigorta planına eklenmesini istemekle çok ileri gitmişti. İşe alındıktan bu kadar kısa süre sonra nasıl yapabilmişti bunu?

"Örnek gösterilecek bir çalışma ortaya koyduğunu da söylemeliyiz," diye devam etti Denise. "Puanlarının ortalaması 97'den aşağıya düşmedi ki bu mükemmel bir sonuç, özellikle de buradaki ilk ayın için. Performansın seni memnun ediyor mu peki?"

Mae doğru cevabın evet olacağını tahmin etti. "Memnunum."

Denise başını salladı. "Güzel. Ama bildiğin gibi, burada iş, her şey demek değildir. Daha doğrusu, her şey puanlardan, onaylardan ibaret değildir. Makinede bir dişli değilsin yalnızca."

Josiah hayır dercesine kafa sallıyordu. "Biz seni sınırsız potansiyele sahip, yakından tanımaya değer bir insan olarak görüyoruz. Topluluğun hayati bir parçası olarak."

"Teşekkür ederim," dedi Mae. Gözden çıkarılmakta olduğundan şimdi o kadar da emin değildi.

Denise acı çekermişçesine gülümsedi. "Fakat senin de bildiğin gibi, iş buradaki toplulukla kaynaşmaya geldiğinde bir-iki falson oldu. Alistair ve Portekiz brançıyla ilgili hadisenin raporunu tabii ki okuduk. Senin açıklamanı gayet anlaşılır bulduk, olayda etkili olan hassasiyetlerin farkına varman da yüreğimize su serpti. Ama sonra hafta sonu ve akşam etkinliklerinin çoğunda bulunmadığını fark ettik, bunların hepsi de tamamen isteğe bağlı etkinliklerdi tabii. Buna eklemek istediğin başka bir şey var mı? Alistair konusunda en azından?"

"İstemeden Alistair'i üzmüş olabileceğim için kendimi çok kötü hissettiğimi ekleyebilirim yalnızca."

Denise ile Josiah gülümsedi.

"Güzel, güzel," dedi Denise. "Bunu anlamış olduğunu görmek biraz kafa karıştırıcı, o hadiseden sonraki davranışlarından bazılarıyla hiç bağdaşmıyor çünkü. Geçen hafta sonundan başlayalım. Cuma günü öğleden sonra saat 5.42'de yerleşkeden ayrıldığını ve pazartesi sabahı saat 8.46'da geri geldiğini biliyoruz."

"Hafta sonu ofiste iş mi vardı?" Mae hafızasını yokladı. "Bir şey mi kaçırdım?"

"Hayır, hayır, hayır. Hafta sonu yapılması gereken hiçbir zorunlu iş yoktu. Ama cumartesi ve pazar günleri burada bulunan binlerce insan türlü türlü aktivitelere katılarak yerleşkenin tadını çıkarmıyor demek değil bu."

"Biliyorum, biliyorum. Ama ben evdeydim. Babam hastaydı ve aileme yardım etmek üzere eve gitmiştim."

"Bunu duyduğuma üzüldüm," dedi Josiah. "MS'iyle alakalı bir şey miydi?"

"Öyleydi."

Josiah'ın yüzünde anlayışlı bir ifade belirdi, Denise de öne doğru eğildi. "Evet ama hal böyle olunca bizim kafalarımız daha da karışıyor. Bahsettiğin olay hakkında hiçbir şey bilmiyoruz çünkü. Bu kriz esnasında herhangi bir Çemberliden yardım istedin mi? Şirkette MS'le başa çıkmaya çalışan elemanlar için dört ayrı grup olduğundan haberin vardır herhalde. Bunlardan ikisi MS hastalarının çocukları içindir. Bu gruplardan birine ulaşmaya çalıştın mı?"

"Hayır, henüz değil. Niyetim vardı ama."

"Pekâlâ," dedi Denise. "Gel bu düşünceyi bir an için masaya yatıralım çünkü bize yol gösterebilir: Grupların varlığından haberdar olduğun halde onlara ulaşmaya çalışmadın demek. Bu hastalıkla ilgili bilgi paylaşmanın faydalarını biliyorsundur tabii."

"Biliyorum."

"Peki ya ebeveynlerinden biri aynı hastalıktan mustarip olan genç insanlarla bilgi paylaşımında bulunmak? Yarar sağlar mı sence?"

"Muhakkak."

"Örneğin babanın felç geçirdiğini öğrendiğinde, arabanla ne kadar... yüz altmış kilometre filan yol yaptın herhalde, bu yolculuk sırasında bir kez olsun İçÇember üyelerinden ya da kendi çevrenden, DışÇember'den bilgi toplamayı denedin mi hiç? Denememiş olmanı harcanmış bir fırsat olarak görüyor musun?"

"Şimdi görüyorum, kesinlikle öyle. Ama o gün allak bullaktım, kaygılıydım, manyak gibi araba kullanıyordum. Aklım pek yerinde değildi, varlık gösteremedim."

Denise parmağını kaldırdı. "Varlık, ah evet. Harikulade bir sözcük bu. Kullanmana çok sevindim. Peki sen, diğer zamanlarda, varlık gösterebildiğini düşünüyor musun?"

"Göstermeye çalışıyorum."

Josiah gülümsedi ve tabletine parmağıyla üst üste birkaç defa vurdu.

"Varlığın zıddı nedir peki?" diye sordu Denise.

"Yokluk?"

"Evet. Yokluk. Şimdi bu düşünceyi de yazalım bir kenara. Ve babana geri dönelim, geçtiğimiz hafta sonuna. Düzeldi mi?"

"Düzeldi. Yanlış alarmmış meğer."

"Güzel. Öyle olduğuna çok sevindim. Ama bunu kimseyle paylaşmamış olman tuhaf. Herhangi bir yerde bu olayla ilgili herhangi bir şey paylaştın mı? Bir zing, bir yorum belki?"

"Hayır, paylaşmadım," dedi Mae.

"Hımm. Peki," dedi Denise, derin bir nefes alarak. "Paylaşmış olsaydın başka birileri bu deneyiminden faydalanabilir miydi sence? Yani senin bu olaydan öğrendiğini, babanın yalnızca küçük bir yalancı felç geçirdiğini bilmek, iki-üç saat araba kullanarak eve gitmeyi düşünen başka birinin işine yarayabilirdi belki, ne dersin?"

"Kesinlikle. Bunun ne kadar işe yarayacağını tahmin edebiliyorum."

"Güzel. O halde hareket planın nasıl olmalı sence?"

"Sanırım MS Kulübü'ne katılacağım," dedi Mae, "ayrıca yaşadığım olay hakkında bir yerlerde bir şeyler paylaşmam lazım. Çok faydası olacağını biliyorum."

Denise gülümsedi. "Harika. Hadi şimdi hafta sonunun geri kalanını konuşalım. Cuma günü babanın bir şeyi olmadığını öğrendin. Ama sonra hafta başına kadar senden haber alamadık. Adeta kayıplara karıştın!" Gözlerini belertmişti. "Senin gibi Katılım Seviyesi düşük biri, isteseydi bu sürede seviyesini yükseltebilirdi. Oysa seninki yükseleceğine iyicene düştü - iki bin puan kadar. Sayılara kafayı takmış gibi görünmek istemeyiz ama cuma günü 8.625'inci sıradayken pazar gününün sonuna doğru 10.288'inci sıraya geriledin."

"O kadar geride kaldığımı bilmiyordum," dedi Mae, kendinden, yolundan bir türlü çekilmeyen kendinden nefret ederek. "Babamın başına gelenin stresini üstümden atmaya çalışıyordum herhalde."

"Cumartesi günü neler yaptığından söz edebilir misin biraz?"

"Utanç verici ama," dedi Mae, "hiçbir şey yapmadım."

"Hiçbir şey derken?"

"Şey, günün büyük bölümünü annemlerde oturup televizyon seyrederek geçirdim."

Josiah'nın neşesi yerine gelmişti.

"İyi bir şey var mıydı bari?"

"Yalnızca kadın basketbolu."

"Kadın basketbolu seyretmekte ne kötülük var!" diye atıldı Josiah. "Kadın basketboluna *bayılırım* ben. Kadın basket ligi hakkındaki zing'lerimi takip etmiyor musun?"

"Hayır, lig hakkında zing'ler mi yolluyorsun?"

Josiah başını salladı; kalbi kırılmış, hatta afallamış gibiydi.

Denise söze karıştı. "İşte yine aynı şey, bunu kimseyle paylaşmamayı seçmiş olman çok tuhaf. Bu sporla ilgili tartışmalardan herhangi birine katıldın mı hiç? Josiah söylesene, global kadın basket ligi tartışma grubumuzda kaç katılımcı var?"

Basket hakkındaki zing'lerini Mae'in hiç okumamış olduğunu öğrenince yaşadığı sarsıntı hâlâ yüzünden okunan Josiah, istenen sayıyı tabletinde bulmayı başararak homurdandı: "143.891."

"Peki buna odaklanan kaç zing kullanıcısı var?"

Josiah çabucak buldu sayıyı. "12.992."

"Ve sen ikisinde de yoksun Mae. Bunun sebebi nedir?"

"Baskete olan ilgimin bir tartışma grubuna katılmamı ya da ne bileyim, herhangi bir şeyin takipçisi olmamı gerektirecek düzeyde olduğunu düşünmüyorum sanırım. O kadar tutkulu değilim bu konuda."

Denise gözlerini kısarak Mae'e baktı. "İlginç bir sözcük seçtin: Tutku. TKŞ'yi duydun mu hiç? Tutku, Katılım, Şeffaflık?"

Mae TKŞ harflerini yerleşkenin pek çok yerinde görmüş ama şu ana kadar onları bu üç sözcükle hiç ilişkilendirmemişti. Aptal gibi hissetti kendini.

Denise her an ayağa kalkabilirmiş gibi avuçlarını masaya yapıştırdı. "Mae, buranın bir teknoloji şirketi olduğunun farkındasın, değil mi?"

"Elbette."

"Ve kendimizi sosyal medyanın en ön saflarında gördüğümüzün?"

"Evet."

"Şeffaflık terimini de biliyorsundur, doğru mu?"

"Tabii. Kesinlikle."

Josiah onu sakinleştirmek istercesine Denise'e baktı. Denise ellerini kucağına indirdi. Sözü Josiah devraldı. Mae'e gülümsedikten sonra parmağıyla tabletine vurarak yeni bir sayfa açtı.

"Pekâlâ. Pazar gününe geçelim. Bize pazar gününü anlat."

"Arabamla geri döndüm."

"O kadar mı?"

"Biraz da kanoyla dolaşmıştım, ama?"

Josiah ile Denise şaşkınlık içinde birbirlerini süzdü.

"Kano mu?" dedi Josiah. "Nerede?"

"Körfezde."

"Kiminle?"

"Kimseyle. Yalnız başıma."

Denise ile Josiah'nın yüzlerinde kırgın bir ifade belirdi.

"Ben de kanocuyum," dedi Josiah, sonra tuşlara sertçe basarak tabletine bir şeyler yazdı.

"Hangi sıklıkla kano yaparsın?" diye sordu Denise.

"Bir-iki haftada bir gibi."

Josiah dikkatle tabletine bakıyordu. "Mae, şu anda senin profilini inceliyorum ve kano sporuyla ilgilendiğini gösteren hiçbir şey bulamıyorum. Ne bir gülen yüz ne bir puanlama ne bir gönderi, hiçbir şey. Ve şimdi kalkmış, *bir-iki haftada bir* kanoyla dolaştığını mı söylüyorsun?"

"Şey, daha seyrek olabilir."

Mae güldü ama Denise ile Josiah gülmüyordu. Josiah ekranına bakmaya devam ederken Denise Mae'i inceledi.

"Kano gezintilerin sırasında nelere rastlıyorsun?"

"Bilmem. Bir sürü şeye işte."

"Foklara?"

"Tabii ki."

"Denizaslanlarına?"

"Genellikle."

"Su kuşlarına? Pelikanlara?"

"Tabii."

Denise parmağıyla tabletine dokundu. "Şimdi yaptığın bu gezintilerin görsel belgeleri için adını aratıyorum. Ve hiçbir şey bulamıyorum."

"Yanımda hiç fotoğraf makinesi götürmedim çünkü."

"İyi de bütün o kuşları nasıl tanıyorsun?"

"Küçük bir rehberim var. Eski erkek arkadaşımın verdiği bir şey. Bölgedeki vahşi yaşama dair küçük, katlanabilir bir rehber."

"Broşür gibi bir şey mi?"

"Evet, su geçirmez olduğu için..."

Josiah gürültülü bir biçimde iç geçirdi.

"Üzgünüm," dedi Mae.

Josiah gözlerini devirdi. "Hayır yani, konumuz bu değil belki ama benim kâğıda olan itirazım bütün iletişimin onunla birlikte ölmesinden kaynaklanıyor. Kâğıdın süreklilik arz etmesine olanak yok. Kâğıt broşürüne bakarsın ve o iş orada biter. *Seninle* birlikte biter. Sanki bir tek senin önemin varmış gibi. Öte yandan deneyimlerini *belgelediğini* düşün bir de. Gördüğün her kuşun kimliğini doğrulamana yardımcı olacak bir araç kullanıyor olsaydın şayet, bu deneyiminden herkes faydalanabilirdi - doğabilimciler, öğrenciler, tarihçiler, Sahil Güvenlik. O gün körfezde hangi kuşların olduğunu herkes öğrenebilirdi. Bu sığ görüşlülük yüzünden her gün bu kadar bilginin kaybolup gittiğini düşününce kahroluyorum. Bu yaptığına bencillik demek istemiyorum ama..."

"Hayır. Bencillikti. Öyle olduğunu biliyorum," dedi Mae.

Josiah yumuşamıştı. "Ama deneyimlerini belgelememen bir yana, kanoculuk hakkında hiçbir yerde neden tek kelam etmediğini de acayip merak ediyorum. O senin bir *parçan* sonuçta. *Ayrılmaz* bir parçan."

Mae farkında olmadan burun kıvırdı. "Öyle ayrılmaz bir parçam olduğunu düşünmüyorum. İlginç bile bulmuyorum aslında."

Josiah başını kaldırıp alev alev yanan gözlerle ona baktı. "Ama öyle!"

"Kanoculuğun çok meraklısı var," dedi Mae.

"Aynen öyle!" dedi Josiah, yüzü hızla kızarırken. "Kano sporu yapan diğer insanlarla tanışmak istemez misin?" Josiah ekranına parmağıyla birkaç kere vurdu. "Çevrende senin gibi kanoyla dolaşmayı seven 2.331 kişi var. Ben dahil."

Mae gülümsedi. "Çokmuş."

"Beklediğinden çok mu, az mı?" diye sordu Denise.

"Çok sanırım," dedi Mae.

Josiah ile Denise gülümsedi.

"O halde kanoculuğa ilgi duyan diğer insanlarla haberleşmen için seni bir yerlere üye yapalım mı? O kadar çok sayıda araç..." Josiah, görünüşe bakılırsa Mae'i abone edebileceği bir sayfa açmakla meşguldü.

"Şey, bilmiyorum," dedi Mae.

Josiah ile Denise'in yüzü asıldı.

Josiah yine sinirlenmişe benziyordu. "Neden bilmiyorsun? Tutkularını önemsiz mi buluyorsun?"

"Pek sayılmaz. Ben yalnızca..."

Josiah öne doğru eğildi. "Fiziksel olarak onların bu kadar yakınındayken, görünüşte topluluğun bir parçasıyken, hobi ve meraklarını bilmelerini istemediğini öğrendiklerinde diğer Çemberliler ne düşünürler sence? Ne hissederler?"

"Bilmiyorum. Bir şey hissedeceklerini sanmam."

"Ama hissediyorlar!" dedi Josiah. "Sorun, etrafındakilerle ilgilenmiyor olman!"

"Alt tarafı kano işte!" dedi Mae, tekrar gülerek tartışmayı ciddiyetten uzaklaştırmayı denerken.

Josiah tabletiyle meşguldü. "*Alt tarafı* kano ha? Kano sporunun üç milyar dolarlık bir endüstri olduğunun farkında mısın? Bir de kalkmış, 'Alt tarafı kano işte,' diyorsun! Her şeyin birbiriyle bağlantılı olduğunu görmüyor musun Mae? Üzerine düşeni yapmalısın. *Katılım* göstermek zorundasın."

Denise büyük bir dikkatle Mae'e bakmaktaydı. "Mae, sana nazik bir soru sormam gerekiyor."

"Tamam," dedi Mae.

"Peki... Şey, bu bir özsaygı meselesi olabilir mi sence?"

"Efendim?"

"Görüşlerinin geçersiz bulunacağından korktuğun için kendini ifade etmekten çekiniyor olabilir misin?"

Mae hiç öyle düşünmemişti aslında ama çok da mantıksız gelmiyordu. Kendini ifade etmekte fazla mı çekingen davranıyordu? "Bilmiyorum doğrusu," dedi.

Denise gözlerini kıstı. "Mae, ben psikolog değilim ama olsaydım senin özdeğer algını sorgulayabilirdim şu an. Bu tür davranışlara yönelik bazı modelleri inceledik çünkü. Böyle bir tavrın antisosyal olduğu söylenemese de, sosyal açıdan yeterli olmadığı kesin, şeffaflıktan uzak olduğu da. Bu gibi davranışların bazen düşük bir özdeğer algısından -'Boş ver, benim söyleyeceklerim o kadar önemli değil nasılsa,' anlayışından- kaynaklandığını görüyoruz. Senin tavrını da bu mu tanımlıyor acaba?"

Mae kendini net bir şekilde göremeyecek ölçüde dengesini yitirmişti. "Olabilir," dedi, zaman kazanmaya çalışarak; fazla uysal davranmaması gerektiğini biliyordu. "Ama bazen söylediklerimin önem taşıdığına emin oluyorum. Ve söyleyecek kayda değer bir şeyim olduğunda, kendimi kesinlikle bunu yapabilecek güçte hissediyorum."

"Ama farkındaysan, 'Bazen emin oluyorum,' dedin," dedi Josiah, parmağını sallayarak. "O 'bazen'i ilginç buluyorum ben. Ya da kaygı verici demeliyim. Çünkü o 'bazen' anlarını yeterince sık yakalamadığını düşünüyorum." Mae'i çözmek gibi zor bir işi bitirdikten sonra dinlenmeye geçmiş gibi arkasına yaslandı.

"Mae," dedi Denise, "özel bir programa katılmanı çok isteriz. İlgini çeker mi?"

Mae neden bahsettiğini hiç anlamamıştı ama başı dertte olduğu ve onları zaten yeterince uğraştırdığı için evet demesi gerektiğini biliyordu. Gülümseyerek, "Kesinlikle," dedi.

"Güzel. Mümkün olan en kısa zamanda ayarlarız her şeyi. Pete Ramirez'le buluşursunuz, o sana her şeyi anlatır. Öyle sanıyorum ki yalnızca *bazen* değil, *her zaman* kendinden emin olmanı sağlayabilir bu. Nasıl, hoşuna gitti mi?"

Görüşmeden sonra masasına döndüğünde Mae kendi kendine kızdı. Nasıl bir insandı böyle? Her şeyden önce utanmıştı. Elinden gelenin resmen en azını yapıyordu. Kendinden tiksiniyor, Annie'ye acıyordu. Bu büyük nimeti elde ettikten, Çember'de -annesiyle babasını sigortalamış(!) onları bir aile faciasından kurtarmış(!) olan şirkette- bu herkesçe gıpta edilen işi kaptıktan sonra en ufak bir çaba sarf etmeden ilerleyen avantacı arkadaşı Mae'e dair haberler Annie'ye de ulaşıyordu kesin. *Allah belanı versin Mae, yetti artık*, diye geçirdi içinden. *Dünyaya bir hayrın dokunsun.*

Annie'ye mesaj yazıp özürler diledi; düzeleceğini, çok utandığını, bu ayrıcalığı, bu büyük nimeti istismar etmek istemediğini söyledi ve cevap yazmasına gerek olmadığını, derhal, o andan başlayarak daha iyisini, bin kat daha iyisini yapmaya çalışacağını anlattı. Annie de ona endişelenmemesini, bunun yalnızca küçük bir zılgıt, bir ayar, çaylaklar için olağan bir şey olduğunu söyleyerek cevap verdi.

Mae saate baktı. Altı olmuştu. Katılım seviyesini sıcağı sıcağına düzeltmek için bol bol vakti vardı; hummalı bir çalışmaya girişerek dört zing, otuz iki yorum, seksen sekiz gülen yüz gönderdi. Bir saat içinde KatSev'i 7.288'e yükselmişti. 7.000 sınırını aşması daha zor oldu ama saat sekize geldiğinde, on bir tartışma grubuna katılıp bir şeyler ekledikten, bir tanesi o saat için tüm dünyada ilk 5.000 arasına giren on iki zing daha gönderdikten, altmış yedi akışa daha abone olduktan sonra sınırı nihayet aşmış, 6.872'nci sıraya yükselmişti. Sonra İçÇember'e geçti. Birkaç yüz gönderi geride kalmıştı; yetmiş kadar mesaj yanıtlayarak, yerleşkede düzenlenen on bir etkinliğe LCV dönüşü yaparak, dokuz dilekçeye imza vererek, henüz beta aşamasında olan dört ürüne yorum ve yapıcı eleştirilerle katkıda bulunarak ilerlemeye koyuldu. Saat 10.16 olduğunda katılım seviyesi 5.342'ye gelmişti ve yine, -bu sefer 5.000 olan- platoyu aşmakta zorlandı. Başkalarının mesajlarında adlarından bahsedilirse hesap sahiplerinin bilgilendirilmelerini sağlayan yeni bir Çember hizmeti hakkında bir dizi zing yazdı; bu zing'lerden biri, konuya dair yedinci mesajı yani, 2.904 kere rezing'lenince KatSev'i 3.887'ye çıktı.

Derin bir başarı duygusuna kapılıp umutlandı ama hemen ardından, ağır mı ağır bir bitkinlik çöktü üstüne. Neredeyse gece yarısı olmuştu, uykuya ihtiyacı vardı. Onca yol gidip eve dönmek için çok geçti, yatakhanenin doluluk durumuna baktı, kendine bir oda ayırttı, erişim kodunu aldı ve yerleşkenin öbür tarafına kadar yürüyüp Yurt'a vardı.

Odasının kapısını kapattığında yatakhanelerden daha önce yararlanmamakla ne büyük aptallık ettiğini düşündü. Oda tertemizdi; gümüşi armatürlerle, sarı ahşap mobilyalarla donatılmıştı. Yerler radyan sistemle güzelce ısıtılıyordu. Çarşaflar ve yastık kılıfları öyle beyaz, öyle temizdi ki dokunulduğunda hışırdıyordu. Şilte, yatağın başucundaki kartta açıklandığı üzere organikti, yaylarla veya köpükle değil, Mae'in hem daha sıkı hem de daha esnek bulduğu yeni bir lifle yapılmıştı - hayatı boyunca yattığı en iyi yataktı. Kuştüyü dolgulu karbeyazı yorganı üstüne çekip sarındı.

Ama uyuyamadı. Aklı KatSev'ini daha ne kadar yükseltebileceğine takılınca bu sefer tabletini kullanarak yeniden oturum açtı ve sabahın ikisine kadar çalışmaya ahdetti. 3.000 sınırını aşmaya kararlıydı. Aştı da; ama aşana kadar saat 3.19'u bulmuştu. Nihayet, yorgun düşmüş olmasa da dinlenmeye ihtiyacı olduğunu bildiğinden yatağına girip ışıkları söndürdü.

Sabahleyin kalkınca odadaki dolap ve konsollara göz attı. Yatakhanelerde her zaman yeni giysiler bulundurulduğunu, bunları ödünç alabileceğini ya da el koyabileceğini biliyordu. Pamuklu bir tişört ve kapri bir pantolon seçti, ikisi de hiç giyilmemişti. Lavaboda yeni nemlendirici ve gargara şişeleri vardı, hem organik hem de yöresel ürünler, hepsini tek tek denedi. Duş alıp giyindi ve saat 8.20'de masasına oturdu.

Emeğinin meyvelerini derhal toplamaya başladı. Üçüncü ekranı Dan'den, Jared'dan, Josiah'dan, Denise'den gelen tebrik mesajlarıyla dolup taşıyordu. Her birinden beşer-altışar mesaj, kabına sığamayacak kadar gururlu ve heyecanlı olduğu anlaşılan Annie'dense en az on ileti gelmişti. Haber İçÇember'de hızla yayılınca Mae'e öğlene kadar 7.716 gülen yüz gönderildi. Herkes onun bunu yapabileceğini bildiğini söylüyordu. Herkes onun Çember'deki geleceğini çok parlak görüyordu; bir an evvel, en geç eylülde MD'den çıkış yapacağına herkes emindi; çünkü KatSev'ini bu kadar süratli bir şekilde yükselten ve bunu lazer keskinliğinde bir odaklanmayla yapan birine daha önce rastlanmamıştı.

Mae'in yeni kazandığı bu yeterlik ve güven hissi onu hafta boyu idare etti. Hazır ilk 2000'e bu kadar yaklaşmışken o sınırını da geçmeye azmederek hafta sonu ve ertesi haftanın ilk günleri boyunca geç saatlere kadar masasında kaldı ve her gece yatakhanedeki aynı odada uyudu. T2K diye anılan bu ilk 2000 kişinin, sosyal açıdan neredeyse çılgınca etkinlik gösteren ve seçkin kişilerce takip edilen bir grup Çemberli olduğunu biliyordu. T2K grubunun üyeleri aşağı yukarı on sekiz aydır hemen hiç değişmemişti, sıralamalarında tek tük oynamalar oluyordu sadece.

Mae yine de denemesi gerektiğinden emindi. Perşembe gününün sonunda 2.219'uncu sıraya yerleşmişti ve artık, kendi gibi hummalı bir gayretle yükselmeye çalışan bir grup rakibin arasına girmiş olduğunun farkındaydı. Bir saatlik çalışmanın ardından yalnızca iki puan yukarıya tırmanarak 2.217'nciliğe yükseldiğini gördü. Bu iş zor olacaktı, anlamıştı, fakat ödül çok cazipti. Yeni bir binler hanesine her yükseldiğinde o kadar fazla övgü alıyor, özellikle Annie'ye olan borcunu ödemekte olduğu hissi o kadar kuvvetleniyordu ki yükselme hırsı daha da kamçılanıyordu.

Saat ona geldiğinde, tam da yorulmaya başladığı ve 2.188'inciliğe kadar yükseldiği sırada birden, genç olduğunu, güçlü olduğunu, sabaha kadar çalışıp bir gececik uykusuz kaldığı takdirde kimsenin ruhu bile duymadan T2K sınırını aşabileceğini fark etti. Bir enerji içeceği ve sakızlı şekerlerle bünyesini takviye ettikten sonra kafein ve şeker etkisini göstermeye başlayınca sırtı asla yere gelmezmiş gibi hissetti. Üçüncü ekranındaki İçÇember akışı yeterli olmayacaktı. Kendi DışÇember akışını açtı ve hiç zorlanmadan ilerlemeye koyuldu. Birkaç yüz zing akışına daha abone olup hepsine birer yorum ekleyerek seviyesini zorladı. Çok geçmeden 2.012'nci sıraya ulaşmıştı ama artık ciddi bir dirençle karşı karşıyaydı. Bir ürün deneme sitesine 33 yorum ekleyince 2.009'uncu sıraya yükseldi. Vücudunun buna nasıl tepki verdiğini öğrenmek için sol bileğine baktığında nabzının iyice hızlandığını görmek onu heyecana boğdu. Her şey parmağının ucundaydı ve daha fazlasına ihtiyacı vardı. İzlemekte olduğu toplam istatistik sayısı yalnızca 41'di. Ortalama müşteri hizmetleri puanı vardı: 97. Son ortalaması vardı: 99. Grup ortalaması vardı: 96. O gün o ana kadar yanıtlanmış olan soru sayısı vardı: 221; ve dün aynı saate kadar yanıtlanmış olan soru sayısı: 219; tarafından yanıtlanmış soruların ortalaması: 220; ve grubun diğer üyeleri tarafından yanıtlanmış soruların ortalaması: 198. İkinci ekranında, o gün diğer elemanlar tarafından gönderilmiş mesajların sayısı görünüyordu: 1.192; ve Mae'in bu mesajlar arasından okumuş olduklarının sayısı: 239; okuduklarından kaçına karşılık verdiği: 88. Son şirket-içi etkinlik davetlerinin sayısı vardı: 41; ve Mae'in karşılık verdiği davetlerin sayısı: 28. Çember'in sitelerini o gün toplam kaç kişinin ziyaret ettiği: 3,2 milyar; ve sayfa görüntüleme sayısı: 88,7 milyar. Mae'in DışÇember'indeki arkadaş sayısı vardı: 762; ve bekleyen arkadaşlık istekleri: 27. Takip etmekte olduğu zing kullanıcılarının sayısı vardı: 10.343; ve onu takip edenlerin sayısı: 18.198. Okunmamış zing'lerin sayısı vardı: 887. Takip etmesi önerilen zing kullanıcılarının sayısı vardı: 12.862. Dijital kütüphanesindeki şarkı sayısı vardı: 6.887; temsil edilen sanatçıların sayısı: 921; tercihleri doğrultusunda kendisine tavsiye edilen sanatçıların sayısı: 3.408. Kütüphanesindeki görsel sayısı vardı: 33.002; ve kendisine tavsiye edilen görsellerin sayısı: 100.038. Bina içindeki sıcaklık derecesi vardı: 21; ve dışarıdaki sıcaklık: 22. O gün yerleşkede bulunan eleman sayısı vardı: 10.981; ve o gün yerleşkeye gelen ziyaretçi sayısı: 248. Mae'in 45 isim ve konu için ayarlanmış haber bildirimleri vardı; bu isim ve konulardan herhangi birinin, Mae'in tercih ettiği haber kaynaklarında her bahsi geçtiğinde kendisine bir bildirim geliyordu. O gün bu bildirimlerin sayısı 187 idi. O gün profilini kaç kişinin görüntülediğini (210) ve buna ortalama kaç dakika harcadıklarını (1,3) görebiliyordu. İstediği takdirde elbette, ayrıntılara inerek her bir kişinin tam olarak neye bakmış olduğunu görebilirdi. Sağlık istatistiklerine, her biri ona büyük bir huzur ve kontrol duygusu veren birkaç düzine sayı daha eklenmişti. Mae kalp hızını biliyor, normal olduğunu görüyordu. O gün yaklaşık 8.200 adım attığını, bu sayıyı kolaylıkla 10.000'e çıkarabileceğini biliyordu. Yeterince su içtiğini, o günkü kalori alımının beden-kitle endeksine göre normal kabul edilen sınırlar içinde olduğunu biliyordu. Onu her zaman kaygıya, tedirginliğe boğmuş şeyin tek bir güç olmadığını, hiçbir şekilde bağımsız ve dışsal olmadığını -kendine yönelik bir tehlike ya da başka insanların feci akıbetlere uğramaları olmadığını- beklenmedik bir aydınlanmayla idrak etti. Bu şey içseldi, özneldi: bilmemekti. Mesele bir arkadaşıyla münakaşa etmesi ya da Josiah ile Denise'den zılgıt yemesi değildi: Bunun ne anlama geldiğini bilmemekti; onların planlarını bilmemekti; akıbeti, gelecekte olacakları bilmemekti. Bunları biliyor olsaydı huzura erecekti. Annesiyle babasının nerede olduklarından az çok emindi: Evlerindeydiler, her zamanki gibi. Annie'nin nerede olduğunu da ÇemberArama sayesinde görebiliyordu: Ofisindeydi, muhtemelen o da hâlâ çalışıyordu. İyi ama Kalden neredeydi? Onu görmeyeli, ondan haber almayalı iki hafta olmuştu. Telefonundan Annie'ye mesaj attı.

Uyanık mısın?

Her zaman.

Kalden'dan hâlâ haber yok.

Şu yaşlı adamdan mı? Ölmüştür belki. Uzun ve güzel bir hayatı oldu.

Yerleşkeye kaçak girmiş biri olduğuna gerçekten inanıyor musun?

Bence ucuz atlattın. Geri gelmediğine sevindim. Casus olması ihtimalinden çekinmeye başlamıştım.

Casus değildi.

Peki o zaman, yalnızca yaşlıydı. Çemberlilerden birinin ziyarete gelip burada kaybolan büyükbabasıydı belki? Boş ver, iyi oldu. Dul kalmak için çok gençsin.

Mae, Kalden'ın ellerini geçirdi aklından. O eller onu mahvetmişti. O an tek istediği Kalden'ın ellerini tekrar bedeninde hissetmekti. Kalden'ın onu belinden kavrayarak kendine doğru çeken eli. Arzuları bu kadar basit olabilir miydi? Hangi cehenneme kaybolmuştu ki? Böyle kayıplara karışmaya hiç hakkı yoktu. ÇemberArama'dan tekrar baktı; onu bu yolla belki yüz defa aramış, bulamamıştı. Oysa nerede olduğunu bilmeye hakkı vardı.

Nerede olduğunu, kim olduğunu bilmeye hakkı vardı en azından. Belirsizliğin o lüzumsuz, çağdışı eziyetiydi bu. Cakarta'da hava sıcaklığının kaç derece olduğunu anında öğrenebiliyorken böyle bir yerde tek bir adamı bulamıyor muydu? Ona öyle dokunan o adam neredeydi şimdi? Mae bu türden bir belirsizliği -kendisine bir daha kimin öyle dokunacağını bilmeme durumunu- ortadan kaldırabiliyor olsaydı şayet, dünyadaki stres kaynaklarının çoğunu ve evet, belki göğsüne çöken umutsuzluğu da yok etmesi mümkün olurdu. Mae içindeki bu kara deliği, bu gürültülü yırtığı her hafta birkaç defa hissediyordu. Çok uzun sürmüyordu genellikle ama gözlerini yumduğunda kapkara bir kumaşa benzeyen o şeyin üzerinde ufacık bir yırtık görüyor, o ufacık yırtığın içinden milyonlarca görünmez ruhun çığlıklarını işitiyordu. Bunun çok tuhaf bir şey olduğunu fark etti, kimseye bahsetmemişti henüz. Annie'ye anlatabilirdi belki ama Çember'deki yaşantısının bu kadar erken bir döneminde ona dert olmak istemiyordu. İyi de neydi bu his? Kumaştaki yırtıktan çığlıkları duyulanlar kimlerdi? Bunu unutmanın en iyi yolunun iyice odaklanmak, zihnini her daim meşgul tutmak, hep daha fazlasını vermek olduğunu fark etmişti. Kalden'ı AşkMaşk'ta bulabileceği gibi saçma sapan bir düşünceye kapıldı bir an. Girip baktı ve kuşkuları doğrulanınca kendini aptal gibi hissetti. Yırtık içinde giderek büyümekte, o karanlık onu içine çekmekteydi. Gözlerini yumup sualtından yükselen çığlıkları işitti. Mae bilmemeye lanet okudu; onun bilinebilecek birine ihtiyacı vardı, biliyordu. Arandığında bulunabilecek birine.

Kapının tıklanışı olabildiğince hafif, çekinceliydi.

"Açık," dedi Mae.

Francis içeriye girmeden sadece başını uzattı.

"Emin misin?" diye sordu.

"Ben davet ettim ya seni," dedi Mae.

Francis peşine takılmış birinin görüş menzilinden kıl payı kurtulur gibi sessizce içeri girip kapıyı kapattı. Etrafına bakındı. "Odayı ne hale getirmişsin!"

Mae güldü.

"Benimkine gidelim istersen," dedi Francis.

Mae hayır demeyi düşündü ama onun odasının neye benzediğini merak etmiyor değildi. Tüm yatakhane odalarında ilk bakışta göze çarpmayan farklılıklar olurdu; yatakhane çok popüler ve pratik bir çözüm haline geleli beri birçok Çemberli neredeyse temelli orada yaşadığından odalar sakinleri tarafından da serbestçe değiştirilebiliyordu. Francis'in odasına vardıklarında Mae oranın da birkaç Francis rötuşu dışında kendi odasının tıpatıp aynısı olduğunu gördü. Göze çarpan ilk değişiklik, Francis'in çocukken kâğıt hamurundan yapmış olduğu bir maskeydi. Gözlerine kocaman bir gözlük takılmış olan sarı maske, yatağın yukarısından odayı izliyordu. Francis, Mae'in dik dik maskeye baktığını gördü.

"Ne var?" diye sordu.

"Tuhaf bence, sence de öyle değil mi? Yatağın tepesinde bir maske?"

"Uyurken görmüyorum ki," dedi Francis. "Bir şey içmek ister misin?" Buzdolabına baktı, meyve suları ve pembe camdan yuvarlak bir kap içinde yeni bir çeşit sake buldu.

"Güzele benziyor," dedi Mae. "Benim odamda bundan yok. Şişesi daha standart bendekinin. Belki markası farklıdır."

Francis sake'yi meyve sularıyla karıştırıp bardakları biraz fazlaca doldurarak birer içki hazırladı.

"Her gece birkaç tek atarım," dedi. "Uykuya geçmek için beynimi yavaşlatmanın tek yolu bu. Sende de var mı aynı dert?"

"Uykuya dalmam bir saat alıyor," dedi Mae.

"Al işte," dedi Francis, "o gevşeme süresini bir saatten on beş dakikaya indiriyor bu."

Mae'e içkisini uzattı. Mae bardağın içine baktı, uyumak için her gece sake içmenin acıklı bir durum olduğunu düşündü önce ama sonra karar verdi, ertesi gün bunu kendisi de deneyecekti.

Francis, Mae'in karnıyla dirseği arasında bir yere bakıyordu.

"Ne var?"

"Beline takılmadan edemiyorum," dedi Francis.

"Efendim?" dedi Mae, böyle şeyler söyleyen bir adamla beraber olmaya değmeyeceğini, değemeyeceğini düşündü.

"Yok yok!" dedi Francis, "Yani bel kıvrımın olağanüstü demek istedim. Baksana, yay gibi..."

Sonra eliyle Mae'in bel konturlarını izleyerek havada uzun bir C çizdi. "Kalçalarının ve omuzlarının belirginliğine bayılıyorum. O bel de cabası." Az önce sarf ettiği sözlerdeki dobralığın biraz tuhaf kaçtığını hiç fark etmemiş ya da hiç umursamıyormuş gibi gülümseyerek Mae'i fütursuzca süzdü.

"Teşekkür etmem gerekiyor galiba," dedi Mae.

"Doğru, iltifattı bu," dedi Francis. "O kıvrımlar biri ellerini oraya koysun diye yaratılmış sanki." Ellerini uzatıp avuçlarıyla Mae'in belini kavrar gibi yaptı.

Mae dikildiği yerde içkisinden bir yudum alırken kaçması gerekip gerekmediğini düşündü. Ama dediği doğruydu; Francis ona, asla unutmayacağını bildiği, kalbini şimdiden yeni ve düzensiz bir çarpıntıya uğratan, uygunsuz, biçimsiz ama son derece dobra bir iltifat etmişti.

"Bir şey seyretmek ister misin?" diye sordu Francis.

Mae şaşkınlığını üzerinden atamamış halde omuz silkti.

Francis ekrandaki görüntüyü parmağıyla kaydırarak seçenekleri gösterdi. Hemen her sinema filmine, her televizyon programına erişimleri vardı, alternatiflere göz atarak beş dakika oyalandıktan sonra benzer ama daha iyi bir fikir geldi akıllarına.

"Hans Willis'in yeni kaydından haberin var mı?" diye sordu Francis.

Mae kalmaya karar vermişti, Francis'in yanında kendini iyi hissettiğine karar vermişti ayrıca. Onun üzerinde bir gücü vardı ve bu güç hoşuna gidiyordu. "Hayır. Kimmiş o?"

"Misafir müzisyenlerden biri. Geçen hafta büyük bir konser kaydı yaptı."

"Piyasaya çıktı mı?"

"Hayır ama Çemberlilerden iyi puanlar alırsa piyasaya çıkarmayı deneyebilirler. Bakalım bulabilecek miyim..."

Bulup çaldı, yeni başlamış yağmur sesini andıran zarif bir piyano parçasıydı. Mae kalkıp ışıkları söndürdü, ekranın Francis'i ruhani bir ışığa boğan gri ışıması kaldı yalnızca.

Mae deri kaplı, kalınca bir kitap görüp eline aldı. "Nedir bu? Benim odamda yok bundan."

"Bana ait bir şey. Bir albüm. İçinde fotoğraflar var."

"Aile fotoğraflarını sever misin?" diye sordu Mae, Francis'in karmaşık geçmişini bir anlığına unutarak. "Özür dilerim. Doğru ifade edemedim galiba, biliyorum."

"Önemli değil," dedi Francis. "Aile fotoğrafları sayılır onlar da. Bazılarında kardeşlerim var. Ama çoğunda yalnızca koruyucu ailelerle ben varım. Bakmak ister misin?"

"Onu burada, Çember'de mi tutuyorsun?"

Francis albümü Mae'den alıp yatağa oturdu. "Hayır. Genellikle evde durur ama geçenlerde buraya getirdim. Bakmak ister misin? Çoğu iç karartıcıdır ama."

Francis albümü çoktan açmıştı. Mae de yanına oturup sayfaları çevirmesini izledi. Resimlerdeki sarı ışıklı mütevazı oturma odalarında, mutfaklarda, bazen de lunapark ortamlarında Francis'in simasını yakalar gibi oluyordu. Koruyucu anne ve babalar fotoğraflarda ya bulanık çıkmış ya da karelerden kırpılıp çıkarılmıştı. Francis'i gözünde kocaman bir gözlükle kaykayının üstünde otururken gösteren bir fotoğrafa geldi sıra.

"Bu gözlük anneye ait olsa gerek," dedi Francis. "Çerçeveye baksana." Parmağını gözlüğün yuvarlak camlarında dolaştırdı. "Kadınsı bir tarz, öyle değil mi?"

Francis'in fotoğraftaki çocuk yüzüne dikkatle bakarken, "Öyle sanırım," dedi Mae. Aynı dürüst ifade, aynı gaga burun, aynı dolgun alt dudak. Mae gözlerinin yaşla dolduğunu hissediyordu.

"O çerçeveyi hiç hatırlamıyorum," dedi Francis, "nereden çıkmış bilmem. Kendi gözlüğüm kırılmış herhalde, anne de onunkini takmama izin vermiş."

"Şirin olmuşsun," dedi Mae ama hüngür hüngür ağlayacak gibiydi.

Francis gözlerini kısarak fotoğrafa bakıyor, sanki yeterince uzun süreyle bakarsa ondan bazı cevaplar devşirebileceğini umuyordu.

"Burası neresi?" diye sordu Mae.

"Hiçbir fikrim yok," dedi Francis.

"Yaşadığın yerin neresi olduğunu bilmiyor musun?"

"Bilmiyorum. Elimde resimlerin olması bile nadir rastlanan bir durum. Koruyucu aileler öyle kolay kolay resim vermezler çocuğa, verseler de çocuğun ileride kendilerini bulmasına yardımcı olabilecek bir şeyin gözükmediğine emin olurlar. Evlerin dışı, adresler, sokak tabelaları, kent simgeleri resimlerde görünmez."

"Ciddi misin sen?"

Francis ona baktı. "Koruyucu aileliğin raconudur bu."

"Neden? Çocuk geri gelemesin diye mi?"

"Kural böyleydi, evet, geri gelemesin diye. Eğer seni bir seneliğine aldılarsa o senenin sonunda anlaşma bitmiş demekti, seni tekrar kapılarında bulmak istemezlerdi - hele ki büyüdüğün zaman. Çocuklardan bazılarının bu yönde çok ciddi eğilimleri olmuştu, onun için aileler onların büyüdüklerinde kendilerini arayıp bulabileceklerinden çekinirdi."

"Hiç bilmiyordum bunu."

"Evet. Tuhaf bir sistem ama mantıklı." Sake'sinin geri kalanını içtikten sonra müziği ayarlamak üzere ayağa kalktı.

"Bakabilir miyim?" diye sordu Mae.

Francis omuzlarını silkti. Mae albümün yapraklarını çevirerek konumu belli edebilecek imgeler aradı ama on kadar fotoğrafta hiçbir adres, hiçbir ev görüntüsü bulamadı. Tüm fotoğraflar iç mekânlarda ya da sahibi meçhul arka bahçelerde çekilmişti.

"Bahse girerim, o ailelerden bazıları senden haber almak istiyordur," dedi Mae.

Francis müzik setiyle işini bitirmişti; şimdi yeni bir şarkı çalıyordu, Mae'in ismini çıkaramadığı eski bir soul parçası. Mae'in yanına oturdu.

"Belki. Ama anlaşma öyle değil."

"Peki onlara ulaşmayı denemedin mi hiç? Yani belki yüz tanımayla..."

"Bilmiyorum. Karar vermedim henüz. Aslına bakarsan albümü buraya o amaçla getirmiştim. Sırf ne olacağını görmek için yarın taratacağım resimleri. Belki birkaç eşleşme yakalarız. Ama bundan daha fazlasını yapmayı planlamıyorum. Birkaç boşluğu doldurayım yeter."

"En azından bazı temel bilgilere ulaşmaya hakkın var."

Mae sayfaları çevirmeye devam ediyordu. Francis'in beş yaşından büyük değilken, iki yanında dokuz-on yaşlarında iki kızla çekilmiş bir resmine gelince durdu. Mae bu kızların öldürülen kız kardeşleri olduğunu anlamıştı; onlara bakmak istiyor, ama neden bakmak istediğini bilmiyordu. Francis'i onlar hakkında konuşmaya zorlamaktan imtina ediyor, hiçbir şey söylememesi, onlarla ilgili herhangi bir şey konuşulacaksa konuyu onun açmasını beklemesi, eğer hemen açmıyorsa da sayfayı çevirmesi gerektiğini biliyordu.

Francis bir şey demeyince ona karşı merhametle dolarak sayfayı çevirdi. Daha önce çok kötü davranmıştı ona. Ama işte karşısındaydı, kendisinden hoşlanıyordu, onu yanında istiyordu ve hayatı boyunca tanımış olduğu en kederli insandı. Mae bunu değiştirebilirdi.

"Nabzın delirmiş gibi," dedi Francis.

Mae bilekliğine bakınca kalp hızının 134'e çıkmış olduğunu gördü.

"Bakayım seninki kaç," dedi.

Francis yenini sıyırdı. Mae onun bileğini tutup çevirdi. Onunki 128'di.

"Sen de çok sakin sayılmazsın," diyerek elini Francis'in kucağına bıraktı.

"Elini orada bırak da gör bak nasıl hızlanıyor," dedi Francis ve birlikte bekleyip gördüler. İnanılır gibi değildi. Francis'in nabzı çabucak 134'e yükseldi. Mae kendi gücü karşısında, bu gücün gözlerinin önünde, rakamlarla kanıtlanışı karşısında mest olmuştu. Francis'in nabzı 136'yı buldu.

"Bir şey denememi ister misin?" diye sordu Mae.

"İsterim," diye fısıldadı Francis, soluğu kesilmiş bir halde.

Mae onun pantolonunun fermuarına doğru uzanıp eliyle yoklayınca penisinin kemer tokasının altında kabarmaya başladığını hissetti. Ucunu işaretparmağıyla ovalamaya başlayınca bileklikteki sayının 152'ye fırladığını gördüler.

"Seni heyecanlandırmak da amma kolaymış," dedi Mae. "Ciddi bir şey yapsak ne olacak kim bilir."

Francis'in gözleri kapalıydı. "Doğru," dedi nihayet, nefes nefese.

"Hoşuna gidiyor mu?" diye sordu Mae.

"Hı hı," dedi Francis, güç bela.

Francis'in üzerindeki gücü Mae'i heyecanlandırmıştı. Elleri yatakta, penisi pantolonunu zorlayan Francis'i izlerken söyleyebileceği bir şey geldi aklına. Birinin duyacağını düşünse asla söylemeyeceği türden, ucuz bir şeydi, fakat onu gülümsetiyordu şimdi ve Francis'i, bu çekingen oğlanı kontrolden çıkaracağına emindi.

"Bileklik başka neyi ölçüyor?" diye sorup üzerine atladı.

Francis'in gözleri yuvalarından fırlamıştı, pantolonunu çıkarmak için kemeriyle savaştı. Ama tam onu baldırlarına indirdiği sırada ağzından "ah" gibi, "hay" gibi bir ses çıktı ve hemen arkasından iki büklüm olup başını istemsizce sağa sola çevirdikten sonra nihayet yatağa devrildi. Mae, gözlerini ondan ayırmaksızın geriledi, Francis'in gömleği yukarıya sıyrılmış, apış arası açıkta kalmıştı. Mae'in tek görebildiği, her tarafına süt dökülmüş küçük bir kütük, bir kamp ateşiydi.

"Üzgünüm," dedi Francis.

"Hayır. Hoşuma gitti," dedi Mae.

"Bu kadar hızlısı neredeyse ilk kez başıma geliyor." Hâlâ soluk soluğaydı. Derken Mae'in beynindeki oyunbaz bir sinaps, bu sahneyi babasıyla, babasının o gün kanepede gördüğü, vücuduna hükmetmekten âciz haliyle ilişkilendirdi. Mae şiddetle başka bir yerde olmayı istiyordu şimdi.

"Gitmem lazım," dedi.

"Gerçekten mi? Niye?" diye sordu Francis.

"Saat biri geçti, uyumam gerek."

Mae'in itici bulduğu bir tavırla, "Peki," dedi Francis. Gitmesini o da en az Mae kadar istiyor gibiydi.

Ayağa kalkıp karşılarındaki dolabın üzerinde duvara dayalı duran telefonunu aldı.

"Nasıl yani, bizi kameraya mı çekiyordun yoksa?" diye takıldı Mae.

"Belki," dedi Francis. Sesinin tonu öyle yapmakta olduğuna şüphe bırakmıyordu.

"Dur bir dakika. Ciddi misin sen?"

Mae telefona uzandı.

"Olmaz," dedi Francis. "O benim." Telefonu cebine sokuşturdu.

"Senin ha? Az önce yaptığımız şey senin mi yani?"

"Senin olduğu kadar benim de. Ayrıca biliyorsun, boşalan bendim sonuçta. Sen neden dert ediyorsun ki? Çıplak bile değildin."

"Francis. Buna inanamıyorum. Sil onu. Hemen."

"'Silmek' mi dedin?" diye sordu, dalga geçer gibi; fakat ne demeye çalıştığı belliydi: *Biz Çember'de hiçbir şeyi silmeyiz.* "Silersem kendim nasıl göreceğim?"

"Sen görebilirsen herkes görebilir."

"Reklam verecek halim yok."

"Francis. Lütfen."

"Hadi ama Mae. Bunun benim için ne kadar önemli olduğunu anlamalısın. Seks hayatım çok aktif sayılmaz. Böyle bir şey nadir bir deneyim benim için. Bir hatıra saklayamaz mıyım?"

"Endişeye mahal yok," dedi Annie.

Aydınlanma'daki Büyük Salon'daydılar. O haftaki Fikirler konuşmasını Stenton yapacaktı ve bu nadir sunuma bir de özel konuğun katılacağı vaat edilmişti.

"Ama ben endişeliyim," dedi Mae. Francis'le aralarında geçen olaydan sonra hafta boyunca işine yoğunlaşamamıştı. Video başka kimse tarafından görüntülenmemişti ama Francis'in telefonundaysa Çember'in bulutundaydı, isteyen herkesin erişebileceği bir yerde. Her şey bir yana, Mae kendi kendini hayal kırıklığına uğratmıştı. Aynı adamın ona aynı şeyi yapmasına izin vermişti, hem de ikinci defa.

"Kaydı silmemi sakın tekrar isteme," dedi Annie, kalabalıkta gördüğü 40'lar Takımı üyesi yaşça büyük birkaç Çemberliye el sallarken.

"Lütfen sil onu."

"Yapamayacağımı biliyorsun. Biz burada hiçbir şeyi silmeyiz. Bailey duysa deliye döner. Oturur ağlar. Birinin bir bilgiyi silmeyi aklından geçirmesi bile onu şahsen incitir. Bir bebeği öldürmeye benzer bu, der. Biliyorsun."

"Evet ama bu bebek birini eliyle uyarıyor. O bebeği kimse istemez. O bebeği silmemiz gerek."

"Hiç kimse görmeyecek. Biliyorsun. Buluttaki şeylerin yüzde 99'u asla görülmez. Tek bir görüntüleme dahi olursa tekrar konuşalım. Tamam?" Annie Mae'in elini tuttu. "Şimdi sus ve izle. Konuşmayı Stenton'ın yapması ne kadar ender rastlanan bir olaydır bilemezsin. Konu çok önemli olsa gerek, bir hükümet meselesiyle alakalı olmalı. O işler Stenton'ın alanına giriyor çünkü."

"Ne anlatacağını bilmiyor musun?"

"Bir fikrim var," dedi Annie.

Stenton takdim edilmeden sahneye çıktı. Seyirciler alkışladı ama Bailey'yi alkışladıkları gibi değil, çok daha farklı bir şekilde alkışladılar onu. Bailey her birinin hayatını bizzat kurtarmış yetenekli amcalarıydı, Stenton ise karşısında profesyonelce davranmak, profesyonelce alkış tutmak zorunda oldukları patronları. Stenton kravatsız giydiği kusursuz siyah takım elbisesi içinde sahnenin ortasına yürüyerek, kendini tanıtmadan, merhaba bile demeden konuşmaya başladı.

"Bildiğiniz gibi," dedi, "şeffaflık bizim burada, Çember'de savunduğumuz bir değerdir. Hayatını kolektif bilgimize sunmaya razı olan Stewart gibi insanları ilham kaynağımız olarak görürüz. Stewart hayatının her anını filme çekmeye, kaydetmeye başlayalı beş sene oldu ve bu yaptığıyla Çember'e sağladığı paha biçilmez fayda yakında eminim ki tüm insanlığa yansıyacak. Stewart?"

Gözlerini seyirciler arasında dolaştıran Stenton sonunda Şeffaf Adam Stewart'ı buldu; boynunda telefoto-merceğe benzeyen küçük bir cihazla ayağa kalkmıştı. Keldi, altmış yaşlarındaydı, göğsünde asılı duran cihazın ağırlığından olsa gerek, hafifçe öne eğilmişti. Oturmadan önce seyircilerden sıcak bir alkış aldı.

"Bu arada," dedi Stenton, "kamusal yaşamın şeffaflık istediğimiz ve beklediğimiz bir diğer alanı daha var, o da demokrasi. Bizler bir demokraside, üstelik durmaksızın iyileşme gösteren bir demokraside doğup büyüdüğümüz için şanslıyız. Ben çocukken mesela, perde arkasında siyasi anlaşmalar yapılmasına mâni olmak isteyen yurttaşlar Günışığı Yasaları'nın çıkarılmasını ısrarla talep etti. Bu yasalar onların toplantılara, tutanaklara erişimini sağladı. Kamuya açık duruşmalara katılabiliyor, belge talep edebiliyorlardı. Gelgelelim, demokrasimizin kuruluşundan bu yana bunca zaman olmuşken hâlâ gün geçmiyor ki seçilmiş liderlerimiz kendilerini çeşitli skandalların içinde bulmasın. Genellikle de yapmamaları gereken şeylere kalkıştıkları için bulaşıyorlar bunlara. Gizli kapaklı, usulsüz, kamu iradesine ve çıkarlarına aykırı işler yaptıkları için. Halkın kongreye güveninin yüzde 11'lerde seyretmesi boşuna değil."

Seyircilerden bir homurtu yükseldi. Stenton buna oynadı: "Yani kongre, halkın yalnızca yüzde 11'inden destek görüyor! Ve hatırlayacağınız gibi, daha geçenlerde, kim olduğunu herkesin bildiği bir senatörün son derece nahoş bir olaya karıştığı ortaya çıktı."

Kalabalık güldü, alkışladı, kıkırdadı.

Mae, Annie'ye doğru eğildi. "Kimmiş o? Hangi senatör?"

"Williamson. Duymadın mı? Çok acayip işler yüzünden tutuklandı. Hepsi de ahlaki ihlal kapsamına giren beş-altı suçlamadan ötürü hakkında soruşturma açıldı. Her şeyi bilgisayarında buldular, onlarca tuhaf arama, indirdikleri - bazıları tüyler ürpertici."

Mae ister istemez Francis'i düşündü. Dikkatini yeniden Stenton'a verdi sonra.

"İşiniz yaşlıların kafalarından aşağı insan dışkısı dökmek olsaydı bile," dedi Stenton, "halktan göreceğiniz destek yüzde 11'in üstünde olurdu. O halde ne yapılabilir? Vatandaşların seçilmiş liderlerine yeniden güvenmelerini sağlamak için ne yapılabilir? Neyse ki bütün bu soruları çok ciddiye alan ve meseleyi çözüme kavuşturacak işler yapan bir kadın var. İşte karşınızda 14. İlçe temsilcisi Olivia Santos."

Kırmızı bir takım elbise giymiş, boynuna sarı, çiçekli bir fular bağlamış elli yaşlarında tıknaz bir kadın, iki kolunu birden havaya kaldırıp el sallayarak geniş adımlarla kulisten çıkageldi. Alkışların dağınıklığı ve kibarlığı, Büyük Salon'da pek az kişinin onu tanıdığını açıkça gösteriyordu.

Stenton onu sıkıca kucakladı ve kadın ellerini önünde kenetleyerek yanında dikilirken sözlerine şöyle devam etti: "Aranızda yurttaşlık bilgisi konusunda hafıza tazelemeye ihtiyacı olanlar varsa söyleyeyim, kongre üyesi Santos bulunduğumuz ilçenin temsilcisidir. Onu tanımıyor olabilirsiniz, sorun değil. Şimdi tanımış oldunuz." Kadına döndü. "Nasılsınız bugün, sayın kongre üyesi?"

"İyiyim Tom, çok iyiyim. Burada olduğum için çok mutluyum."

Stenton kendine özgü sıcak tebessümüyle ona baktıktan sonra tekrar seyircilere döndü.

"Kongre üyesi Santos, devlet tarihi açısından çok önemli olduğunu belirtmem gereken bir gelişmeyi duyurmak için geldi buraya. Temsilî demokrasinin doğumundan bu yana seçilmiş liderlerimizden ısrarla talep ettiğimiz mutlak şeffaflık yolunda önemli bir adımı. Sayın kongre üyesi?"

Stenton biraz gerileyerek kadının arkasındaki yüksek tabureye oturdu. Şimdi ellerini arkasında kavuşturmuş olan temsilci Santos, sahnenin önüne ilerleyip bakışlarıyla salonu tarıyordu.

"Haklısın Tom. Yurttaşların seçilmiş liderlerinin neler yaptıklarını bilme ihtiyacını ben de senin kadar önemsiyorum. Yani, bu sizin hakkınız, öyle değil mi? Onların günlerini nasıl geçirdiklerini bilmek sizin hakkınız. Kimlerle buluştuklarını. Kimlerle konuştuklarını. Sizin vergilerinizle neler yaptıklarını. Şimdiye kadar, özel uygulamalara yönelik bir hesap sorma sistemi vardı. Senatörler, temsilciler, belediye başkanları ve meclis üyeleri zaman zaman programlarını yurttaşların bilgisine sunarak duruma göre değişen ölçülerde erişimlerini sağlarlardı. Ama biz yine de merak ederdik: Şu filanca eski-senatörden-dönme-lobiciyle neden buluştu bunlar? Şu falanca kongre üyesi, FBI'ın buzdolabında saklı bulduğu o 150.000 doları nasıl elde etti? Şu filanca senatör, karısının kanser tedavisi gördüğü dönemde bir sürü kadınla kaçamak yapmayı nasıl becerdi? Demem o ki, bu makam sahiplerinin maaşları siz vatandaşlar tarafından ödeniyorken işledikleri suçlar ayıp olmakla, kabul edilemez olmakla kalmaz, gereksizdir de."

Bölük pörçük alkış sesleri duyuldu. Santos gülümseyerek baş salladıktan sonra devam etti.

"Bunca zamandır hepimiz seçilmiş liderlerimizden şeffaflık talep ettik ve bekledik ama bunu tam manasıyla mümkün kılacak teknoloji elimizde yoktu. Artık var. Stewart'ın ispatlamış olduğu gibi, insanlığın hayatınıza tam erişimini, sizin gördüklerinizi onların da görmesini, sizin duyduklarınızı ve söylediklerinizi onların da duymasını sağlamak artık çok kolay. Cesaretin için teşekkürler Stewart."

Seyirciler Stewart'ı yeni bir coşkuyla alkışlarken aralarından bazıları Santos'un birazdan yapacağı duyuru hakkında tahminler yürütüyordu.

“Tuttuğu bu aydınlık yolda ben de Stewart’ın izinden gitmek istiyorum. Ve bunu yaparken, demokrasinin nasıl olabileceğini ve olması gerektiğini göstermek niyetindeyim: tamamen açık, tamamen şeffaf. Bugünden itibaren, Stewart’ın boynuna takmış olduğu cihazın aynısından ben de takacağım. Her toplantım, her hareketim, her kelimem tüm seçmenlerimin, tüm dünyanın erişimine açık olacak.”

Stenton taburesinden inip Santos’un yanına geldi. Salonu dolduran Çemberlilere baktı. “Sayın Kongre Üyesi Santos’a bir alkış lütfen.”

Ama seyirciler çoktan başlamıştı alkışlamaya. Çığlıkları, ıslıkları duyunca Santos’un yüzü sevinçle ışıldadı. Tezahüratlar yükselirken kulisten çıkagelen bir teknisyen Santos’un boynuna bir kolye geçirdi - Stewart’ın taktığı kameranın daha küçük bir versiyonuydu. Santos merceği dudaklarına götürüp öptü. Seyirciler coşkuyla bağrıştı. Bir dakika sonra, Stenton’ın ellerini havaya kaldırmasıyla birlikte herkes sustu. Stenton, Santos’a döndü.

“Her konuşmanın, her toplantının, gününün her dakikasının yayınlanacağını mı söylüyorsun yani?”

“Evet. Her şey Çember sayfamdan erişilebilir olacak. Uyuyana dek her ânım.” Seyirciler tekrar alkışlamaya başladı. Stenton onlara biraz izin verdikten sonra tekrar sessizleşmelerini istedi.

“Peki ya görüşeceğin kişiler belli bir toplantının yayınlanmasını istemezse ne olacak?”

“O zaman benimle görüşmeyecekler,” dedi kadın. “Ya şeffafsındır ya da değil. Yaptıklarının hesabını ya verebilirsin ya da veremezsin. Birinin bana alenen söyleyemeyeceği neyi olabilir ki? Temsilciliğimin, temsil etmekte olduğum insanlar tarafından bilinmemesi gereken bir yanı olabilir mi?”

Alkışların gürültüsü Santos’un sesini bastırıyordu şimdi.

“Doğru söze ne denir!” dedi Stenton.

“Teşekkür ederim! Teşekkür ederim!” dedi Santos, dua eder gibi avuçlarını birleştirip eğilerek selam verirken. Alkış dakikalarca sürdü. Nihayet Stenton seyircileri bir kez daha sessizliğe davet etti.

“Peki, bu yeni programa ne zaman başlıyorsun?” diye sordu.

“Şu andan tezi yok,” dedi Santos. Boynundaki cihazın bir düğmesine basmasıyla birlikte, kamerasından görünen manzara arkadaki dev ekrana yansıdı. Seyirciler ekranda müthiş bir netlikle kendilerini gördü ve beğeni nidalarıyla ortalığı inletti.

“Program benim için şimdi başladı Tom,” dedi kadın. “Umarım bu ülkedeki ve tüm dünya demokrasilerindeki diğer seçilmiş liderler için de çok yakında başlar.”

Eğilerek selam verdi, ellerini tekrar dua eder gibi birleştirdi, sonra da sahneyi terk etmek üzere kulise yöneldi. Sahnenin sol tarafındaki perdelere yaklaştığında birden durdu. “Oradan gitmeme hiç gerek yok - orası çok karanlık. Ben bu taraftan gideceğim,” dedi ve salonun ışıkları yanarken merdivenlerden aşağıya, aydınlığa doğru inince salonu dolduran binlerce yüz, ansızın görünür olup tezahürata başladı. Santos kendisine doğru uzanan ellerin, “Teşekkürler sana, teşekkürler sana, devam et ve gururlandır bizi,” diye bağıran sırıtkan yüzlerin arasından geçerek koridor boyunca yürüdü.

O gece Koloni’de, Kongre Üyesi Santos şerefine bir resepsiyon düzenlendi. Santos orada da yeni hayranlarının izdihamına uğradı. Mae onun yanına gidip elini sıkmayı bir an için aklından geçirdiyse de kadının etrafının hıncahınç dolu olduğunu görünce vazgeçti, büfeden aldığı yerleşke yapımı et yemeğiyle karnını doyurup Annie’yi bekledi. Annie gelmeye çalışacağını ama bir AB oturumuna yetiştirmesi gereken işleri olduğunu söylemişti. “Vergiler konusunda mızırdanmaya başladılar yine,” demişti.

Mae, duvarları boydan boya kaplayan dijital günbatımlarının önüne kaktüsler ve kumtaşları serpiştirilerek belli belirsiz bir çöl temasıyla dekore edilmiş olan salonda dolaşmaya koyuldu. Dan ile Jared'a ve eğitmekte olduğu çaylaklardan birkaçına rastlayıp, merhaba, dedi. Orada olmayacağını umarak Francis'e bakındı ama sonra onun -bir grup emniyet mensubuna ÇocukTakip'i tanıtmak üzere- Las Vegas'taki bir konferansa gittiğini hatırlayınca yüreğine su serpildi. Salonda dolaşırken, duvar ekranlarındaki günbatımlarından biri ağır ağır kaybolup yerini Ty'ın yüzüne bıraktı. Ty tıraşsızdı, gözlerinin altı şişmişti, fena halde yorgun olduğu açıkça görüldüğü halde yüzünde kocaman bir gülümseme vardı. Her zamanki bol, siyah, kapüşonlu svetşörtünü giymişti; gözlüğünü svetşörtünün yenine silmekle biraz oyalandıktan sonra bulunduğu yerden oradaki herkesi görebiliyormuş gibi salona baktı, önce sağa, sonra da sola. Belki de görebiliyordu. Salon çabucak sessizliğe gömüldü.

"Selam millet. Orada sizlerle birlikte olamadığım için çok üzgünüm. Bir süredir üzerinde çalışmakta olduğum son derece ilginç bazı yeni projeler sebebiyle sizlerin şu anda tadını çıkarmakta olduğunuza benzer inanılmaz sosyal etkinliklerden mahrum kalıyorum. Ama sizleri bu yeni ve olağanüstü gelişmeden dolayı kutlamadan edemezdim. Söz konusu gelişmenin Çember için son derece önemli ve anlamlı bir adım olduğuna inanıyorum." Bir an için, yeterince konuşmuş olduğunu teyit etmesini ister gibi kameramana baktı. Sonra gözlerini tekrar salona çevirdi. "Emekleriniz için hepinize çok teşekkürler, haydi bakalım, parti başlasın artık!"

Yüzü gözden kayboldu ve duvar ekranında yeniden dijital günbatımı belirdi. Mae kendi ekibindeki çaylaklardan bazılarıyla sohbet etti, aralarında Ty'ın canlı bağlantılarından birine daha önce hiç tanıklık etmemiş olanlar vardı ve şimdi neredeyse kendilerinden geçmişlerdi. Mae bir resim çekip zing'ledi ve açıklama niyetine bir-iki kelime ekledi: *Çok heyecanlı!*

Mae, bardak altlığını hiçbir işe yaramayacağı ve sonunda cebine tıkıştırmak zorunda kalacağı için masada bırakmanın bir yolunu bulmaya çalışarak kendine ikinci bir şarap daha alıyordu ki Kalden'ı gördü. Gölgelik bir merdiven boşluğunda, basamaklara oturmuştu. Yolunu değiştirip yanına gitti. Mae'i gören Kalden'ın yüzü güldü.

"Aaa selam," dedi.

"Aaa selam?"

"Özür dilerim," dedi Kalden. Sarılmak niyetiyle ona doğru eğildi.

Mae geri çekildi. "Nerelerdeydin?"

"Nerelerde miydim?"

"İki haftadır ortada yoktun," dedi Mae.

"O kadar olmamıştır, oldu mu? Ayrıca, buralardaydım. Bir gün gelip sana baktım ama çok meşgul görünüyordun."

"MD'ye mi geldin?"

"Geldim ama seni rahatsız etmek istemedim."

"Bir şekilde mesaj da bırakamaz mıydın?"

"Soyadını bilmiyordum," dedi Kalden, belli ettiğinden çok daha fazlasını bilirmiş gibi gülümseyerek. "Peki sen neden benimle irtibata geçmedin?"

"Ben de senin soyadını bilmiyordum. Hiçbir yerde Kalden diye bir isim yok."

"Gerçekten mi? Aratırken nasıl yazdın?"

Mae denediği yazım şekillerini sıralamaya başlamıştı ki Kalden onu durdurdu.

"Boş ver, önemi yok. İkimiz de hatalıyız. Neyse ki rastlaştık."

Mae karşısındakinin gerçek olup olmadığının -gerçek bir Çemberli, gerçek bir kişi olup olmadığının- ipuçlarını belki üstünde başında yakalayabileceğini düşünerek bir-iki adım geriden onu uzun uzun süzdü. Yine bedenini saran uzun kollu bir gömlek giymişti, bu defakinin yeşilli kırmızılı kahverengili, ince, yatay çizgileri vardı. Ve yine, bacaklarına ters bir V görünümü veren daracık, siyah bir pantolonun içine girmeyi başarmıştı.

"Burada çalışıyor musun gerçekten?" diye sordu Mae.

"Elbette. Başka nasıl girebilirim ki yerleşkeye? Güvenlik oldukça iyidir burada. Hele ki böyle bir günde, böyle parlak bir konuğumuz varken."

Başıyla kongre üyesi kadını işaret etti, kadın o sırada birinin tabletine imzasını atmaktaydı.

"Gitmeye hazırlanıyormuşsun gibi bir halin var," dedi Mae.

"Öyle mi?" dedi Kalden. "Yok yok. Burada daha rahat ediyorum, hepsi bu. Böyle şeyleri oturduğum yerden seyretmeyi seviyorum. Bir de galiba, dilersem kaçabileyim istiyorum." Başparmağıyla omzunun gerisinde kalan merdivenleri işaret etti.

"Neyse ki amirlerim benim burada olduğumu gördü," dedi Mae. "Birinci önceliğim buydu. Senin de amirlerinden biri tarafından burada görülmek gibi bir kaygın var mı?"

"Amir mi?" Ona bir an için, tanıdık ama yine de anlaşılmaz bir lisanda konuşmuş gibi baktı Kalden. "Ha tabii," dedi sonra, başını sallayarak. "Gördüler beni. Halloldu o iş."

"Burada ne yaptığını söylemiş miydin bana?"

"Bilmem. Söylemiş miydim? Şu adama baksana."

"Hangi adama?"

"Neyse, boş ver," dedi Kalden, kime bakmakta olduğunu çoktan unutmuş gibi. "Halkla İlişkiler'deydin, değil mi?"

"Hayır. Müşteri Deneyimi'ndeyim."

Kalden başını yana eğdi. Hiç ikna edici olmayan bir sesle, "Ah tabii. Biliyordum," dedi. "Başlayalı epey oldu herhalde?"

Mae kendini tutamayıp güldü. Kalden'ın aklı başka yerdeydi.

"Özür dilerim," dedi Kalden, yüzünü ona dönerek. Şimdi inanılmaz derecede samimi ve aklı başında gözüküyordu. "Ama seni tanımayı çok istediğime inan lütfen. Aslına bakarsan seni görme ümidiyle gelmiştim buraya."

"Tekrar soruyorum, ne zamandır burada çalışıyorsun?" dedi Mae.

"Ben mi? Şey..." Ensesini kaşıdı. "Bilmem. Epey oldu."

Onun gerçekten de sivri zekalı bir tip olduğunu düşünerek, "Bir ay? Bir yıl? Altı yıl?" diye sordu Mae.

"Altı," dedi Kalden, "altıdan mı açıyorsun? Altı yıllık çalışan olacak kadar yaşlı mı görünüyorum sence? O kadar yaşlı görünmek istemem. Kırlaşmış saçlarım yüzünden mi?"

Mae ne diyeceğini bilemedi. Elbette saçlarıydı sebep. "Bir şeyler içelim mi?" diye sordu.

"Ben istemem, sen iç," dedi Kalden.

"Kabuğundan çıkmaya korkuyor musun?"

"Hayır, sosyalleşme havasında değilim yalnızca."

Mae birkaç yüz şarap kadehinin doldurulmuş halde beklediği masanın yolunu tuttu.

"Mae'di, değil mi?"

Mae başını çevirdiğinde, Stenton için bir denizaltı inşa etmekte olan iki kadını, Dayna ile Hillary'yi buldu karşısında. İşteki ilk gününde onlarla tanıştığını hatırlıyordu, o günden beri ikinci ekranına günde en az üç kere onların güncellemeleri düşüyordu. Denizaltı aracını bitirmelerine haftalar kalmıştı. Stenton o araçla Mariana Çukuru'na inmeyi planlıyordu.

"Güncellemelerinizi takip ediyorum," dedi Mae. "İnanılır gibi değil. Onu burada mı inşa ediyorsunuz?"

Kalden'ın kaşla göz arasında kaçıp gitmediğinden emin olmak için omzunun gerisinden ona baktı.

"Proje 9 ekibiyle birlikte, evet," dedi Hillary, yerleşkenin başka bir bölgesine, bilinmeyen bir bölgesine doğru el sallarken. "Burada yapmak daha güvenli, patentli şeylerin emniyeti açısından yani."

"Sualtındaki canlıların yaşamını gerçek boyutlarıyla gün yüzüne çıkarmaya yetecek büyüklükteki ilk denizaltı olacak bu," dedi Dayna.

"Sizler de gidebilecek misiniz?"

Dayna ile Hillary güldüler. "Hayır," dedi Hillary. "Bu şey tek kişi için yapılıyor: Tom Stenton için."

Dayna yan gözle Hillary'ye baktıktan sonra tekrar Mae'e döndü. "Denizaltıyı daha fazla kişi alabilecek büyüklükte yapmanın maliyetleri göze alınamayacak kadar büyük."

"Doğru," dedi Hillary. "Ben de onu söylemeye çalışıyordum."

Mae iki kadeh şarapla merdiven boşluğuna döndüğünde Kalden'ı bıraktığı yerde buldu; ama nasıl yaptıysa o da bir yerlerden iki kadeh şarap bulmuştu.

"Tepsi dolaştıran biri yanıma uğradı da," dedi, ayağa kalkarken.

İkisinin de iki eli birden dolu vaziyette, bir müddet öylece durdular. Dört kadehin dördünü birden tokuşturmaktan başka bir şey gelmiyordu Mae'in aklına, öyle de yaptılar.

"Denizaltıyı inşa eden ekibe rastladım," dedi Mae. "Tanıyor musun onları?"

Kalden gözlerini devirdi. Ürkütücü bir hareketti bu. Mae, Çember'de başka kimsenin bunu yaptığını görmemişti.

"Ne?" dedi Mae.

"Hiç," dedi Kalden. "Konuşmayı beğendin mi?" diye sordu.

"Şu Santos olayını mı? Beğendim. Çok heyecanlı." Kelimelerini dikkatle seçiyordu. "Sanırım tarihin son derece... ehemmiyetli bir anı olacak bu..." Kalden'ın gülümsediğini görünce duraladı. "Ne var?" diye sordu.

"Hiç," dedi Kalden. "Bana nutuk atman gerekmiyor. Stenton'ın dediklerini ben de duydum. İyi bir fikir olduğuna inanıyor musun sahiden?"

"Sen inanmıyor musun?"

Kalden omuzlarını silkip kadehinin yarısını mideye indirdi. "Adam beni kaygılandırıyor bazen." Sonra Akıllı Adamlar'dan biri hakkında böyle konuşmaması gerektiğini hatırlayarak lafı değiştirdi. "O kadar akıllı ki. Korkutuyor insanı. Yaşlı göründüğümü mü düşünüyorsun sahi? Kaç yaşındayım sence? Otuz?"

"O kadar göstermiyorsun," dedi Mae.

"Sana inanmıyorum. Otuz gösteriyorum, değil mi?"

Mae elindeki kadehlerin birinden şarap yudumladı. Etrafa bakınarak Santos'un kamerasından gelen görüntüleri izlediler. Görüntüler karşı duvara yansıtılmaktaydı. Santos az ileride insanlar arasında dolanadururken bir grup Çemberli de duvarı izlemekteydi. Çemberlilerden biri, kongre üyesinin kamerasından gelen görüntülerde kendini fark edince eliyle ekrandaki ikinci yüzünü kapatmaya çalıştı.

Kalden kaşlarını çatmış, dikkatle seyrediyordu. "Hımm," dedi. Yerlilere özgü tuhaf bir geleneği çözmeye çalışan bir gezgin gibi başını yana eğmişti. Sonra Mae'e dönerek önce onun iki kadehine, sonra da kendininkilere baktı; ikisinin bir kapı girişinde elleri kolları dolu vaziyette dikiliyor olmalarının gülünçlüğünü yeni fark etmiş gibiydi. "Ben bir tanesinden kurtulacağım," deyip sol elindeki kadehi yere bıraktı. Mae de aynısını yaptı.

"Affedersin," dedi Mae, hiç sebep yokken. Birazdan sarhoş, belki saklayamayacağı kadar sarhoş olacağını biliyordu, sonraysa kötü kararlar birbirini izleyecekti. Henüz yapabiliyorken söyleyecek akıllıca bir şey bulmaya çalıştı.

"Bunların hepsi nereye gidiyor peki?" diye sordu.

"Kameranın çektikleri mi?"

"Evet, buralarda bir yerde mi saklanıyor? Bulutta mı?"

"Eh, bulutta olduğu kesin ama fiziksel bir yer de olmak zorunda. Stewart'ınkiler... Dur. Sana bir şey göstereyim mi?"

Aşağıya inen merdivenleri, ince ve uzun bacaklarının çevik hareketleriyle çoktan yarılamıştı.

"Bilmem," dedi Mae.

Kalden başını kaldırıp duyguları incinmiş gibi ona baktı. "Stewart'ın görüntülerinin saklandığı yeri gösterebilirdim sana. İstemez misin? Seni zindana götürecek halim yok."

Mae salona bakınarak gözleriyle Dan'i ve Jared'ı aradı ama bulamadı. Bir saattir oradaydı, onu görmüşlerdi nasıl olsa, artık gidebileceğini düşündü. Birkaç fotoğraf çekip gönderdi, partide yaşananları detaylandırıp yorumladığı bir dizi zing yolladı. Sonra Kalden'ın peşinden, bodrum olduğunu düşündüğü yere kadar üç kat merdiven indi. "Sana güveniyorum," dedi.

"Güvenmelisin," dedi Kalden, büyük, mavi bir kapıya yaklaşırken. Elini duvara monte edilmiş olan tablanın üzerinden geçirmesiyle kapı açıldı. "Gel."

Mae uzun bir koridor boyunca onu takip ederken oldukça derin bir yeraltı tünelinin içinde ilerleyerek bir binadan diğerine geçtikleri hissine kapıldı. Az sonra bir kapı daha çıktı karşılarına, Kalden parmak izleriyle kilidi açtı. Onun bu olağandışı erişim gücü karşısında iyice meraklanan Mae, bu labirentin içinde bu kaligrafik adamın peşinden gitmenin doğruluğunu sorgulayamayacak kadar sarhoş, neredeyse sersemlemiş bir halde, takipteydi. Tahminince dört kat kadar aşağıya indiler. Bir başka uzun koridora çıktılar, sonra da başka bir merdivenin başına gelip tekrar aşağıya yöneldiler. Mae çok geçmeden elindeki kadehin ağır gelmeye başladığını fark ederek şarabını bitirdi.

"Bunu koyabileceğim bir yer var mı?"

Kalden tek kelime etmeden kadehi ondan alıp daha demin inmiş oldukları merdivenin son basamağına bıraktı.

Kimdi bu adam? Karşısına çıkan her kapıya erişimi ama aynı zamanda anarşist bir tavrı vardı. Çember'de başka kimse bir bardağı bu şekilde ortada bırakmazdı -çünkü bu çevreyi kirletmeye girerdi- ve başka hiç kimse bir şirket partisinin ortasında böyle bir yolculuğa çıkmazdı. Mae'in içinden gelen boğuk bir ses,

Kalden'ın burada muhtemelen bir dalavere çevirdiğini, şu an yapmakta oldukları şeyin de büyük olasılıkla, kural ve düzenlemelere kısmen veya külliyen aykırı olduğunu söylüyordu.

"Burada ne iş yaptığını hâlâ bilmiyorum," dedi Mae.

Sonu görünmeyen loş bir koridorda yürüyerek hafif bir eğimle aşağıya inmekteydiler.

Kalden başını çevirdi. "Pek bir şey yaptığım yok. Toplantılara giriyorum. Dinliyor, geribildirimde bulunuyorum. Dişe dokunur şeyler değil yani," dedi, Mae'in önü sıra çevik adımlarla yürürken.

"Annie Allerton'ı tanıyor musun?"

"Tabii ki. Annie'yi çok severim." Şimdi yine başını arkaya çevirmişti. "Hey, sana verdiğim şu limon hâlâ sende mi?"

"Hayır. Bir türlü sararmadı."

"Ha," dedi. Gözleri bir an için ona odaklanmayı bıraktı, sanki onlara başka bir yerde, aklının derinliklerinde bir yerde kısa ama elzem bir hesaplama işi için ihtiyaç duyulmuştu.

"Neredeyiz?" diye sordu Mae. "Yerin üç yüz metre altına inmişiz gibime geliyor."

"O kadar değil," dedi Kalden, gözleri geri gelirken. "Ama yakın. Proje 9'dan bahsedildiğini duydun mu hiç?"

Proje 9, Mae'in bildiği kadarıyla, Çember'de yapılmakta olan gizli araştırmaların genel adıydı. Uzay teknolojisinden tutun -Stenton Çember'in tekrar kullanılmaya müsait çok daha iyi bir uzay aracı tasarlayıp yapabileceğine inanıyordu- insan DNA'sına muazzam miktarlarda veri aktarıp erişim sağlamayı amaçladığı söylenen bir projeye kadar her şeyi kapsıyordu.

"Oraya mı gidiyoruz?" diye sordu Mae.

"Hayır," dedi Kalden ve bir kapıyı daha açtı.

Basketbol sahası genişliğinde bir odaya girdiler. Otobüs büyüklüğünde, kocaman, kırmızı bir metal kutuya çevrili bir düzine spot ışığı dışında aydınlatma yoktu odada. Kutunun her yanı pürüzsüz ve parlaktı; etrafında girift bir ızgara oluşturan, pırıl pırıl gümüşi borulardan yapılmış bir kafesle kuşatılmıştı.

"Bir çeşit Donald Judd heykeline benziyor," dedi Mae.

Kalden yüzü ışıyarak ona döndü. "Bunu söylediğine öyle sevindim ki. Judd bana çok ilham vermiştir. Vaktiyle dediği bir şey vardır ki bayılırım: 'Var olan şeyler varlıklarını sürdürür ve her şey yanlarında yer alır.' Eserlerini çıplak gözle gördün mü?"

Donald Judd'ın eserlerine ancak göz aşinalığı vardı Mae'in -sanat tarihi derslerinden birinde birkaç günlüğüne onu işlemişlerdi- ama Kalden'ı düş kırıklığına uğratmak istemedi. "Hayır ama çok severim," dedi. "Ağırlığını severim."

Bu sözlerle birlikte Kalden'ın yüzünde yeni bir şey, Mae'e karşı yeni bir saygı ya da ilgi belirdi; o an Mae onun gözünde üçboyutlu, kalıcı bir şekle bürünmüştü sanki.

Derken Mae o şekli mahvetti. "Bunu şirket için o mu yaptı?" diye sordu, başıyla koca kırmızı kutuyu işaret ederek.

Kalden güldü, sonra ona baktı, ilgisi tamamen kaybolmamıştı ama azalmakta olduğu kesindi. "Hayır, hayır. Onyıllar önce öldü Judd. Bu yalnızca onun estetiğinden ilham alınarak yapıldı. Aslında bir makine. Daha doğrusu içi öyle. Bir depolama birimi."

Bu düşünceyi tamamlamasını bekleyerek Mae'e baktı.

Mae tamamlayamadı.

"Stewart burada işte," dedi Kalden nihayet.

Mae verilerin nasıl depolandığına dair hiçbir şey bilmiyordu ama çoğu kişi gibi o da böyle bilgileri saklama işinin çok daha küçük alanlarda yapılabildiğini sanıyordu.

"Bunun hepsi tek bir kişi için mi?" diye sordu.

"Şöyle söyleyeyim, burada ham verinin depolanması, sonra da muhtelif senaryoların bu veriler üzerinden sorgulanması sağlanıyor. Her bir video parçası onlarca farklı biçimde haritalanıyor. Stewart'ın gördüğü her şey elimizdeki diğer videolarla ilişkilendiriliyor, bunun da dünyanın ve içindeki her şeyin belgelenmesine yardımı oluyor. Stewart'ın kameralarından elde edilen veri herhangi bir tüketici cihazıyla elde edilenden katbekat ayrıntılı ve katmanlı tabii."

"Peki neden bulutta veya çölde bir yerde depolanmak yerine burada tutuluyor?"

"Eh, kimileri külleri havaya saçılsın ister, kimileriyse evine yakın bir yere gömülmeyi tercih eder, öyle değil mi?"

Mae bu sözlerin ne manaya geldiğinden emin değildi ama emin olmadığını itiraf edebilecekmiş gibi hissetmiyordu kendini. "Ya şu borular, elektrik için mi?" diye sordu.

Kalden ağzını açtı ama sonra duralayıp gülümsedi. "Hayır, su için. İşlemcileri soğuk tutmak için bir ton su gerekiyor. Su, borulardan geçerek tertibatı soğutuyor. Her ay milyonlarca galon su tüketiliyor. Santos'un odasını da görmek ister misin?"

Onu bir kapıdan geçirip başka bir odaya soktu, ilkinin tıpatıp aynısı olan bu odaya da kırmızı bir kutu yerleştirilmişti. "Burası aslında başka biri için hazırlanmıştı ama Santos erken davranınca ona tahsis edildi."

Mae o gece zaten yeterince saçmaladığı, başı da dönmeye başladığı için sormak istediği soruları sormadı: Bu şeyler nasıl oluyordu da bu kadar alan işgal edebiliyordu? Ve bu kadar su tüketebiliyordu? Her dakikasını saklamayı yalnızca yüz kişi daha istese bile -ki milyonlarca insanın şeffaflaşmayı seçeceğine, isteyeceğine şüphe yoktu- tek bir kişinin hayatı bu kadar çok alan işgal ederken bu nasıl mümkün olacaktı? Bütün bu koca kırmızı kutular nereye konacaktı?

"Dur, bir şey olmak üzere," dedi Kalden. Mae'i elinden tutup Stewart'ın odasına geri götürdü. Orada dikilip makinelerin uğultusunu dinlediler.

Kalden'ın elini, yumuşak avucunu, sıcak ve uzun parmaklarını teninde hissetmenin heyecanıyla, "Oldu mu?" diye sordu Mae.

Kalden kaşlarını kaldırıp beklemesini söyledi.

Yukarıdan şiddetli bir şırıltı geldi, suyun başka bir şeyle karıştırılamayacak devinim sesi. Mae gözlerini yukarıya dikerken kısa bir an için birazdan sırılsıklam olacaklarını geçirdi aklından ama sonra bunun yalnızca borulardan akan su olduğunu ve Stewart'ın yapmış ve görmüş olduğu her şeyi soğutmak üzere kutuya hücum ettiğini anladı.

"Ne güzel bir ses, sence de öyle değil mi?" dedi Kalden, ona bakarak. Gözleri Mae'in geçicilikten kalıcılığa geçtiği o deminki âna geri dönmek ister gibiydi.

"Çok güzel," dedi Mae. Şarabın etkisiyle artık sallanmaya başladığından, Kalden az önce elini tutmuş olduğundan ve suyun şırıltısıyla ilgili bir şey dizginlerini salıverdiğinden, birden, Kalden'ın yüzünü ellerinin arasına alıp onu dudaklarından öpmeye başladı.

Kalden iki yanında duran ellerini kaldırıp yalnızca parmak uçlarıyla, patlatmak istemediği bir balonu tutarcasına, çekinerek dokundu onun beline. Ama berbat bir an için ağzı cansız ve tepkisiz kaldı. Mae yanlış bir şey yaptığını düşündü. Derken, bir demet sinyal ve emir Kalden'ın serebral korteksine ulaşmayı nihayet başarmış gibi, dudakları uyandı ve o da Mae'in öpüşüne aynı kuvvetle karşılık vermeye koyuldu.

Biraz sonra, "Bekle," diyerek geri çekildi. Stewart'ı içeren kırmızı kutuyu başıyla işaret ettikten sonra Mae'i elinden tutup odadan çıkardı ve daha önce görmediği dar bir koridora götürdü. Koridorda ışık yoktu, ilerledikçe Stewart'ın ışığı da gerilerde kalıyordu.

"İşte şimdi korkmaya başladım," dedi Mae.

"Neredeyse geldik," dedi Kalden.

Tam o sırada çelik bir kapının gıcırtısı duyuldu. Kapı açılınca zayıf, mavi bir ışığın aydınlattığı muazzam bir kovuk gözler önüne serildi. Kalden onu kapıdan geçirip kocaman bir mağaranın içine soktu; mağaranın on metre yüksekliğinde beşiktonozlu bir tavanı vardı.

"Nedir bu?" diye sordu Mae.

"Plana göre metronun bir parçası olacaktı," dedi Kalden. "Ama vazgeçtiler. Bomboş duruyor şimdi, insan yapımı bir tünelle gerçek bir mağaranın tuhaf bir bileşimi. Sarkıtları görüyor musun?"

Büyük tünelin öte ucunu, sarkıt ve dikitlerin tünele uzunlu kısalı dişlerle dolu bir ağız görüntüsü verdiği yeri işaret etti.

"Nereye gidiyor?" diye sordu Mae.

"Körfezin altındaki tünele bağlanıyor," dedi Kalden. "Oraya doğru sekiz yüz metre kadar gitmişliğim var ama sonrası fazla ıslak."

Durdukları yerden tünel tabanındaki sığ gölün karanlık sularını seçebiliyorlardı.

"Öyle tahmin ediyorum ki geleceğin Stewart'larının gideceği yer burası olacak," dedi Kalden. "Binlerce kutu, belki daha küçük boyutlarda. Konteynerleri insan bedeni boyutuna indirmeleri yakındır, eminim."

Birlikte tünelin içine baktıkları sırada Mae, karanlığa doğru uzayıp giden uçsuz bucaksız bir kırmızı çelik kutu silsilesi canlandırdı gözünde.

Kalden bakışlarını tekrar ona çevirdi. "Seni buraya getirdiğimi kimseye söylememelisin."

"Söylemem," dedi Mae. Hemen ardından, bu sözü tutabilmesi için Annie'ye yalan atması gerekeceğini anladı. O an göze alınabilecek bir bedelmiş gibi geldi bu ona. Kalden'ı tekrar öpmek istiyordu; yüzünü yeniden elleri arasına alıp yüzüne yaklaştırdı, dudaklarını dudaklarına yapıştırdı. Gözlerini kapayıp uzun mağarayı hayal etti, tepedeki mavi ışığı, aşağıdaki karanlık suyu.

Derken, o gölgelikte, Stewart'tan uzakta, Kalden'da bir değişim oldu, elleri daha kendinden emindi artık. Mae'i kendine doğru çekerken giderek güçlendi. Ağzı Mae'in ağzından yanağına, oradan boynuna kaydı ve biraz duraladıktan sonra kulağına doğru tırmandı. Nefesi ateş gibiydi. Mae onun başını ellerinde tutarak, boynunu, sırtını yoklayarak ayak uydurmaya çalışıyordu ama kontrol Kalden'daydı artık, planları vardı. Sağ elini Mae'in beline yerleştirmişti, onu kendine doğru çektikçe Mae de onun sertliğini, basıncını karnında hissediyordu.

Sonra ayakları yerden kesildi. Mae havaya kalkmıştı, Kalden onu kucağında taşıyordu. Kalden hedefe kilitlenmiş, adım adım Mae'in arkasındaki bir noktaya doğru ilerlerken Mae bacaklarını onun beline sardı. Gözlerini bir anlığına açıp tekrar kapattı, Kalden'ın onu nereye götürdüğünü bilmek istemiyordu; yerin bu kadar altında, aradığında bulamadığı, tam adını bilmediği bir adama güvenmenin ne kadar yanlış olduğunu bile bile ona güveniyordu.

Sonra Kalden onu yere indirmeye koyuldu ve Mae mağaranın taş tabanını hissetmeye hazırlanırken şilte gibi bir şeye yumuşak bir iniş yaptığını fark etti. Gözlerini açtı. Bir duvar kovuğundaydılar, yerden elli-altmış santim yukarıda, duvara oyulmuş bir mağara-içinde-mağarada. İçerisi battaniye ve yastıklarla doluydu, Kalden onların üstüne yavaşça bıraktı Mae'i.

"Burada mı uyuyorsun?" diye sordu Mae; bunu neredeyse mantıklı bulacak kadar ateşli bir ruh hali içindeydi.

"Bazen," dedi Kalden ve kulağına ateş üfledi.

Mae'in aklına Dr. Villalobos'un ofisine gittiğinde verdikleri prezervatifler geldi. "Bende şey var," dedi.

"Çok iyi," dedi Kalden ve bir tanesini alıp paketini yırtarken Mae de onun pantolonunu kalçalarına indirdi.

Kalden iki hamlede Mae'in pantolonunu külotuyla birlikte çıkarıp bir kenara attı. Yüzünü karnına gömdü; elleri uyluklarını arkadan kavramıştı, parmakları yukarılara, içerilere doğru kayarak yavaş yavaş ilerliyordu.

"Buraya gel, yukarıya gel yine," dedi Mae.

O da öyle yaptı ve kulağına adını fısıldadı. "Mae."

Mae kelimeleri toparlayamıyordu.

"Mae," dedi Kalden yine ve Mae darmadağın bir halde kendini ona bıraktı.

Yatakhanede uyandı ve yaşadıklarının bir rüya olduğunu düşündü önce, yaşadığı anların -yeraltı odalarının, suyun, kırmızı kutuların, belindeki elin, sonra yatağın, o mağara-içinde-mağarayı dolduran yastıkların- hiçbiri makul görünmüyordu. Rüyalarda görülen türden, hiçbiri bu dünyada mümkün olmayan ayrıntıların gelişigüzel bir harmanı gibiydi.

Ama kalktığında, banyo yaparken, giyinirken her şeyin hatırladığı gibi olduğunun farkına vardı. Şu Kalden denen, hakkında pek az şey bildiği adamı öpmüştü, o da onu yüksek güvenlikli bazı odalara sokmakla kalmamış, karanlık bir mağaraya götürmüştü ve orada kendilerini kaybederek saatler geçirmişlerdi.

Annie'yi aradı. "Onunla beraber oldum."

"Kimden bahsediyorsun? Sen ve yaşlı adam mı?"

"Yaşlı değil."

"Küf kokmuyor muydu yani? Kalp pilinden, alt bezinden filan bahsetti mi hiç? Üstünde öldüğünü söyleme sakın."

"Yaşı otuz bile değil."

"Soyadını alabildin mi bu sefer ağzından?"

"Hayır ama onu arayabileceğim bir numara verdi bana."

"Vay, şık hareket. Aramayı denedin mi peki?"

"Henüz değil."

"Henüz değil?"

Mae'in içi daraldı. Annie gürültüyle nefesini saldı.

"Onun bir casus olmasından, sapığın teki filan olmasından korktuğumu biliyorsun. Meşru biri miymiş, emin oldun mu?"

"Oldum. Çember'de çalışıyor. Seni tanıdığını söyledi, ayrıca bir sürü yere erişebiliyor. Normal biri. Belki biraz ayrıksı."

"Bir sürü yere erişebiliyor mu? Ne demek bu?" Annie'nin sesi yeni ve gergin bir tını kazanmıştı.

O an Mae, Annie'ye yalan söyleyeceğini anladı. Kalden'la tekrar beraber olmak istiyordu; kendini onun kollarına atacağı anı şimdiden iple çekiyor, Annie'nin ona, onun o geniş omuzlarına, o zarif siluetine ulaşmasını tehlikeye sokacak bir şey yapmasını istemiyordu.

"Her yerin yolunu izini biliyor demek istemiştim," dedi Mae. Kalden'ın oradaki varlığının gerçekten de gayrimeşru sayılabileceğinden, yerleşkeye kaçak girebileceğinden o da içten içe şüphelenmiyor değildi; hatta o acayip yeraltı barınağında yaşıyor olabileceği düşüncesi bile şimdi ansızın aklına düşmüştü. Çember karşıtı bir gücün temsilcisi olabilirdi Kalden. Belki Senatör Williamson'ın ya da Çember'in müstakbel rakiplerinden birinin adamıydı. Belki de dünyanın merkezindeki makineye yaklaşabildiği kadar yaklaşmak isteyen önemsiz biri, basit bir blog yazarı yahut sapıktı.

"Peki nerede beraber oldunuz? Yatakhanedeki odanda mı?"

"Hı hı," dedi Mae. Böyle yapınca yalan söylemek o kadar zor olmuyordu.

"Geceyi orada mı geçirdi?"

"Hayır, eve gitmesi gerekiyordu." Annie'yle konuşması ne kadar uzarsa o kadar fazla yalan söyleyeceğini anlayınca konuyu kapatmak için bir bahane uydurdu. "Bugün ÇemberAnket'le görüştüreceklerdi beni," dedi. Yalan da değildi.

"Sonra ara beni. Adını mutlaka öğrenmen lazım."

"Tamam."

"Mae, ben senin patronun değilim. Amirlik taslamaya niyetim yok. Ama şirket bu adamın kim olduğunu bilmek zorunda. Şirket güvenliği ciddiye almamız gereken bir şey. Bugün onu enseleyelim tamam mı?" Annie'nin sesi değişmişti, memnuniyetsiz bir üst gibi konuşuyordu şimdi. Mae sinirlenmemeye çalışarak telefonu kapattı.

Sonra Kalden'ın ona verdiği numarayı aradı. Telefon hiç durmadan çaldı. Sesli mesaja yönlendirilmiyordu. Mae bir kez daha, Kalden'a ulaşmanın hiçbir yolu olmadığını fark etti. Ona soyadını sormayı, diğer bilgilerini almayı gece boyu sık sık aklından geçirmişti ama uygun zamanı hiç yakalayamamıştı, keza Kalden da Mae'e bir şey sormamış, Mae birbirlerinin iletişim bilgilerini ayrılırken alacaklarını düşünmüştü. Ama sonra unutmuşlardı. En azından Mae unutmuştu. Nasıl ayrılmışlardı sahi? Kalden onunla yatakhaneye kadar yürümüş ve orada, kapı girişinde onu yeniden öpmüştü. Ya da belki öyle olmamıştı. Mae tekrar düşününce onun daha önce yaptığı şeyin aynısını yaptığını hatırladı: Mae'i kenara, kapı girişindeki ışığın dışına çekip dört defa öpmüştü: alnından, çenesinden ve her iki yanağından, dini bir ritüel gibi. Sonra hızla geri çekilmiş, Francis'in şarabı bulduğu şelalenin civarında gölgelere karışarak gözden kaybolmuştu.

Öğle arasında Mae Kültür Devrimi'nin yolunu tuttu; orada, Jared'ın, Josiah'nın ve Denise'in ısrarları üzerine ÇemberAnket sorularını yanıtlayabilmek için gereken teçhizatı kuşanacaktı. Beğenilerine, tercihlerine, satın alma alışkanlıklarına, planlarına yönelik sorular yanıtlamış ve yanıtları Çember müşterilerinin kullanımına sunulmuş Çemberlilerden biri olmanın bir ödül, bir şeref, keyifli bir deneyim olduğu konusunda ona güvence vermişlerdi.

"Bu senin için bundan sonraki en doğru adım gerçekten," demişti Josiah.

Denise başıyla onaylamıştı. "Bence çok hoşuna gidecek."

Pete Ramirez, Mae'den birkaç yaş büyük ve yakışıklı sayılabilecek bir adamdı; görünüşe bakılırsa ofisinde hiç masa, sandalye, dik açı falan yoktu. Yuvarlak bir odada çalışıyordu. Mae içeri girdiğinde ayakta durmuş, bir yandan kulaklıklı telefonuyla konuşurken bir yandan da elindeki beyzbol sopasını savurarak pencereden dışarıya bakıyordu. Mae'e elini sallayarak içeri girmesini işaret ettikten sonra konuşmasını bitirdi. Sağ eliyle Mae'in elini sıkarken sol elinde hâlâ sopayı tutuyordu.

"Mae Holland. Geldiğine çok sevindim. Öğle arasında olduğunu biliyorum, onun için elimizi çabuk tutacağız. Nezaketsizliğimi bağışlarsan yedi dakika sonra çıkmış olursun, anlaştık mı?"

"Anlaştık."

"Harika. Neden burada olduğunu biliyor musun?"

"Sanırım."

"Görüşlerin değerli olduğu için buradasın. O kadar değerliler ki dünyanın bunları bilmeye ihtiyacı var - hemen her konudaki görüşlerini. Gönül okşayıcı değil mi bu sence?"

Mae gülümsedi. "Öyle."

"Pekâlâ, başıma taktığım şu kulaklığı görüyor musun?"

Başındaki cihazı işaret etti. Ucunda bir mikrofon olan saç teli inceliğinde bir kol, elmacık kemiğini takip ediyordu.

"Bu şahane cihazın aynısından sana da takacağım. Ne dersin?" Mae gülümsedi ama Pete sorularına yanıt beklemiyordu. Mae'in saçlarının üzerine kendisininkinin birebir aynısı bir kulaklık yerleştirip mikrofonunu ayarladı.

"Düzeyleri kontrol edebilmem için bir şeyler söyler misin?"

Adamın bir tableti ya da ekranı yoktu görünürde, dolayısıyla Mae onun her şeyi retinal ekranlar üzerinden yaptığına hükmetti - böyle biriyle ilk kez karşılaşıyordu.

"Kahvaltıda ne yediğini söyle mesela."

"Muz, müsli," dedi Mae.

"Harika. Gel önce bir sese karar verelim. Bildirimlerin için tercih edeceğin bir ses var mı? Cıvıltı ya da üçlü uyarı tonu filan?"

"Standart bir cıvıltı olsa?"

"Cıvıltı şöyle," dedi adam; hemen ardından Mae söz konusu sesi kulaklıklarında duydu.

"İyi."

"İyiden daha iyi olmalı. Bu sesi çok duyacaksın çünkü. Emin olman lazım. Birkaç tane daha dene."

On kadar seçeneğin daha üzerinden geçtikten sonra çok ötelerdeki bir kilisede çalınıyormuşçasına uzak, merak uyandırıcı bir şekilde yankılı, minik bir zil sesinde uzlaştılar sonunda.

"Harika," dedi Pete. "Şimdi sana nasıl çalıştığını izah edeyim. Burada maksat Çember üyeleri arasından seçilmiş bazı kişilerin nabzını tutmak. Bu iş önemlidir. Görüşlerinin bizler ve müşterilerimiz açısından hayati önemi olduğu için seçildin sen. Vereceğin yanıtlar, hizmetlerimizi onların gereksinimlerine uygun hale getirmemize yardımcı olacak. Anlaştık mı?"

Mae karşılık vermeye hazırlandı ama Pete yine konuşmaya başlamıştı.

"Evet, zil sesini her duyduğunda başınla onay vereceksin, cihaz onayını kaydedecek ve kulaklığında bir soru duyulacak. Soruyu standart İngilizceyle yanıtlayacaksın. Çoğu defa iki standart yanıtımızdan biriyle, *gülümse* ya da *somurt* ile karşılanabilecek türden sorular olacak bunlar. Ses kayıt özelliği kusursuz bir şekilde bu iki yanıta ayarlı, dolayısıyla mırıldanmaktan çekinmene gerek yok. Tabii tane tane konuştuğun sürece açıklamalı yanıtlarda da sorun yaşamazsın. Denemek ister misin?"

Mae başını salladı, sonra zil sesini duyunca tekrar başını salladı. Bunun üzerine kulaklığına bir soru geldiğini duydu: "Ayakkabı dediğimde ne hissediyorsun?"

Mae önce gülümsedi, sonra şöyle dedi: "Gülümse."

Pete ona göz kırptı. "Kolay soru."

Ses sordu: "Abiye ayakkabı?"

Mae cevapladı: "Gülümse."

Pete elini kaldırıp denemeyi durdurdu. "Elbette soruların büyük bölümü *gülümse*, *somurt* ya da *kayıtsız* şeklindeki üç standart yanıttan biriyle sınırlı kalmayacak. Her soruyu daha ayrıntılı olarak da yanıtlayabilirsin. Şimdi gelecek olan için mesela, biraz açıklama gerekecek. İşte geliyor."

"Hangi sıklıkla yeni ayakkabı alırsın kendine?"

Mae, "İki ayda bir," diye cevap verdi ve minik bir zil sesi duyuldu.

"Zil sesi duydum. Bu iyi bir şey mi?"

"Evet, atlamışım, pardon," dedi Pete. "Zili yeni aktive ettim, verdiğin yanıtın duyulduğu ve kaydedildiği, yeni sorunun da hazır olduğu anlamına geliyor. Zili duyunca başınla tekrar onay verebilirsin, böylece yeni sorun gelir veyahut uyarıyı bekleyebilirsin."

"İkisi arasında ne fark var?"

"Sonuçta belli bir... nasıl desem, *kota* demek istemiyorum ama sıradan bir iş günü içinde yanıtlaman beklenen ideal bir soru sayısı var. Beş yüz diyelim ama daha fazla da olabilir veya daha az. Soruları ya kendi temponu kendin ayarlayarak bir kerede yanıtlamaya çalışırsın ya da bütün güne yayarak. Çoğu kişi saatte beş yüz soru yanıtlayabiliyor, yani o kadar stresli bir iş sayılmaz. Veyahut programın biraz hızlanman gerektiğini düşündüğü zaman yapacağı uyarıları beklersin. Şu çevrimiçi trafik mahkemesi programlarından birini denemiş miydin hiç?"

Mae denemişti. İki yüz soru verilmiş, hepsini yanıtlamanın iki saat alması gerektiği hesaplanmıştı. Mae hepsini yirmi beş dakikada yapmıştı. "Evet," dedi.

"Aynen onun gibi bu da. Eminim gün içinde yanıtlaman gereken soruları bir çırpıda halledersin. Hızlı gidersen tempoyu artırabiliriz de tabii. Nasıl, iyi mi?"

"Harika," dedi Mae.

"Ola ki bir süre sonra başın kalabalıklaşır da ilgilenemezsen sorulara geri dönmeni hatırlatan ikinci bir sinyal duyarsın. Onun farklı olması lazım. İkinci sinyalini de seçelim mi?"

Bunun üzerine tekrar sinyallerin üzerinden geçtiler ve Mae yine uzaktan gelen bir sis düdüğü seçti.

"Ya da," dedi Pete, "kimileri şunu tercih eder. Dinle şimdi. Hatta... dur bir saniye." Dikkatini Mae'den ayırıp kulaklığıyla konuştu. "Demo Mae ses M-A-E." Sonra tekrar Mae'e döndü. "Tamam, işte geliyor."

Mae kendi sesinin kendi adını söylediğini işitti, fısıltıdan az daha yüksek bir sesle. Son derece mahrem bir fısıltıydı bu ve Mae'in içinde çok tuhaf, girdaplı bir rüzgâr estirmişti.

"Bu senin kendi sesin, değil mi?"

Mae kıpkırmızı olmuş, şaşkına dönmüştü -ses kendisininkiymiş gibi gelmiyordu hiç- ama başını sallamayı başardı.

"Program, telefonundan ses yakalama işlemi yapıyor, böylece sesine istediğimiz kelimeyi söyletebiliyoruz. Kendi adını bile! Nasıl? İkinci sinyalin bu olsun mu?"

"Olsun," dedi Mae. Kendi sesinin adını söyleyişini tekrar tekrar duymak isteyip istemediğinden emin değildi ama sesi bir an önce tekrar duymak istediğini biliyordu. Ses çok acayipti, normalinden bir gıdım farklıydı yalnızca.

"İyi," dedi Pete. "Bitti o zaman işimiz. Masana döndüğünde ilk zilini duyarsın. Sonra bugün akşama kadar elinden geldiğince fazla soru yanıtlamaya bak - ilk beş yüzün mutlaka bitsin. Nasıl, iyi mi?"

"İyi."

"Unutmadan, döndüğünde masanda yeni bir ekran bulacaksın. Arada sırada sorulara bir resmin eşlik etmesi gerekebilir. Gerçi bunları asgari düzeyde tutmaya çalışıyoruz, çünkü işine yoğunlaşman gerektiğini biliyoruz."

Mae masasına döndüğünde yeni bir ekranın, yani beşincisinin, çaylak sorularına ayrılmış olan ekranının hemen sağına yerleştirilmiş olduğunu gördü. Saatin bir olmasına birkaç dakika vardı, Mae bu zamanı sistemi denemek için kullandı. İlk zil sesi duyulunca başıyla onay verdi. Haber spikerleri gibi konuşan bir kadın sesi ona şu soruyu sordu: "Tatillerde, plajlar gibi, lüks oteller gibi dinlence mekânlarına mı rağbet edersin yoksa akarsu raftingi gibi macera yolculuklarına mı?"

Mae cevap verdi: "Macera."

Minik bir zil, zayıf ve hoş bir tınıyla çaldı.

"Teşekkürler. Ne tür maceralar?" diye sordu ses.

"Akarsu raftingi," diye yanıtladı Mae.

Minik bir zil sesi daha. Mae başıyla onay verdi.

"Teşekkürler. Akarsu raftingi için birkaç günlük bir seyahati mi tercih edersin yoksa günübirlik bir geziyi mi?"

Mae başını kaldırıp etrafına baktığında yemekten dönen diğer grup üyelerinin odayı doldurmakta olduklarını gördü. Saat 12.58 olmuştu.

"Birkaç günlük," dedi.

Bir zil sesi daha. Mae başıyla onay verdi.

"Teşekkürler. Büyük Kanyon gezisi nasıl geliyor kulağına?"

"Gülümse."

Zil zayıf bir sesle şakıdı. Mae başını salladı.

"Teşekkürler. Bir haftalık bir Büyük Kanyon seyahatine 1.200 dolar ödemeye ne dersin?" diye sordu ses.

"Kayıtsız," dedi Mae. Başını kaldırdığında Jared'ın sandalyesinin üzerine çıktığını gördü.

"Oluk açıldı!" diye bağırdı Jared.

Neredeyse aynı anda on iki müşteri sorusu düştü ekranına. Mae ilkini cevaplayıp 92 puan aldı, takip mesajından sonra bu puan 97'ye yükseldi. Sonraki iki soruyu da yanıtlayıp ortalamayı 96'ya getirdi.

"Mae."

Bir kadın sesiydi bu. Renata olabileceğini düşünerek etrafına bakındı. Ama yanında yöresinde kimsecikler yoktu.

"Mae."

Bunun kendi sesi olduğunu, seçip onayladığı uyarı sinyali olduğunu anlamıştı şimdi. Beklediğinden daha yüksekti ses, sorulardan da, zilden de daha yüksek, ama yine de baştan çıkarıcı, ürperticiydi. Kulaklıktaki ayar düğmesinden sesi kıstı ve kadın sesi tekrar konuştu: "Mae."

Şimdi, kısılınca yani, esrarengizliğinden eser kalmamıştı, Mae sesi önceki düzeyine geri getirdi.

"Mae."

Bu onun sesiydi, biliyordu; ama bir yandan da nedense kendi sesiymiş gibi algılamıyordu onu; Mae'in daha yaşlı, daha bilge bir versiyonuna aitti sanki. Eğer bir ablası, ondan daha görmüş geçirmiş bir ablası olsaydı, sesinin buna benzeyeceğini geçirdi aklından.

"Mae," dedi ses yine.

Ses Mae'i koltuğundan kaldırıp havada fırıl fırıl döndürüyordu adeta. Onu her duyduğunda kalbi küt küt çarpmaya başlıyordu.

"Mae."

"Evet," dedi Mae nihayet.

Ama hiçbir şey olmadı. Ses soru cevaplamaya programlanmamıştı, Mae'e de nasıl tepki vereceği söylenmemişti. Başıyla onaylamayı denedi. "Teşekkürler Mae," dedi kendi sesi ve zil çaldı.

"Bir haftalık bir Büyük Kanyon seyahatine 1.200 dolar ödemeye ne dersin?" diye sordu ilk ses, bir kez daha.

"Evet."

Zil çaldı.

* * *

Alışmak yeterince kolay oldu. İlk gün 652 anket sorusu yanıtladı ve Pete Ramirez'den, Dan'den, Jared'dan tebrik mesajları aldı. Kendini güçlü hissettiği ve onları daha da etkilemek istediği için ertesi gün 820, ondan sonraki gün 991 soru yanıtladı. Zor bir iş değildi, onamalar da onu iyi hissettiriyordu. Sağladığı girdiler için, açık yürekliliği ve sezgileri için müşterilerin onu çok takdir ettiğini söylemişti Pete. Programdaki başarısı, grubunun diğer üyelerinin bu işe angaje edilmesini kolaylaştırmıştı, öyle ki ikinci haftanın sonunda odada anket soruları yanıtlayan on-on iki kişi daha türemişti. Bu kadar çok sayıda insanın etrafında zırt pırt -üstelik farklı tarzlarda, kimileri kuşlar gibi ani ve sert, kimileri daha akışkan hareketlerle- baş salladığını görmeye alışmak Mae'in bir-iki gününü aldı ama çok geçmeden, bu insanların oturup klavye tuşlamaları ve yaptıkları işin önlerindeki ekranlarda belirişini izlemeleri dahil tüm diğer rutinleri kadar normal karşılamaya başladı. Hepsinin zihninde aynı müzik çalıyormuş gibi koro halinde baş salladıkları belli bazı anlarda, mutlu bir kafa sürüsünü andırıyorlardı.

Hayatına yeni eklenen ÇemberAnket katmanı, henüz onunla temasa geçmemiş, bir kez olsun telefonunu açmamış olan Kalden'a kafayı takmamasını sağladı. Mae iki gün denedikten sonra onu aramaktan vazgeçmiş, ondan Annie'ye veya başka birine hiç bahsetmemeyi seçmişti. Kalden hakkındaki düşünceleri, sirkteki ilk karşılaşmalarından sonrakine benzer bir seyir izlemekteydi. Mae önceleri onun ulaşılmazlığını ilginç, hatta çekici bulmuştu. Ama üçüncü günün sonunda bu ona kasıtlı ve çocukça görünmeye başladı. Dördüncü gün artık oyundan sıkılmıştı Mae. Böyle kayıplara karışan biri asla ciddi olamazdı. Kalden ne onu ne de hislerini ciddiye alıyordu. Bütün karşılaşmalarında fevkalade hassas biri izlenimi bırakmıştı ama sonra, ayrı kaldıkları zamanlarda, Kalden'ın yokluğu mutlak bir yokluk olduğu için -ve Çember gibi bir yerde mutlak iletişimsizlik çok zor olduğu için- Mae'de şiddet algısı yaratmıştı. Kalden o zamana kadar gerçek anlamda arzuladığı tek erkek olsa da Mae için artık bitmişti. Ulaşılır, tanıdık, yeri yurdu belli biri olması kaydıyla Kalden'dan daha silik biriyle yetinebilirdi Mae.

Bu arada ÇemberAnket performansını giderek iyileştirmekteydi. Grup üyelerinin anket performansları artık herkese açık olduğundan rekabet sağlıklı bir şekilde yürüyor, kimsenin rehavete kapılmamasını sağlıyordu. Mae'in ortalaması günde 1.345 soruydu, köşede oturan ve öğle yemeği için bile masasından ayrılmayan Sebastian adındaki çaylağınkinden sonra en yüksek ikinci ortalamaydı bu. Dördüncü ekranının hâlâ çaylaklardan gelen sorularla dolup taştığı ortadayken Mae bu tek kategoride ikinciliğe düşüyor olmaktan rahatsızlık duymuyordu. Özellikle de KatSev'i ayın başından beri 1.900'lerde seyrederken ve Sebastian henüz 4.000 sınırını dahi geçememişken.

Bir salı günü öğleden sonra, İçÇember'de yüzlerce fotoğraf ve gönderiye yorumlar ekleyerek seviyesini 1800'lere çekmeye çalıştığı sırada uzakta bir figür gördü; odanın öbür ucunda sırtını kapı pervazına yaslamış biri vardı. Bir adamdı bu, son gördüğünde Kalden'ın üstünde olan çizgili gömleğin aynından giymişti. Kollarını önünde kavuşturmuş, pek anlayamadığı ya da inanamadığı bir şey görmüş gibi başını yana eğmişti. Mae onun Kalden olduğundan emindi, nefes alıp vermeyi bile unutmuştu heyecandan. Daha isteksiz görünmeyi akıl edemeden adama el sallamış bulundu, adam da elini belinin hemen yukarısına kadar kaldırarak Mae'e el salladı.

"Mae," dedi kulaklığındaki ses.

Ve aynı anda, kapı girişindeki figür kaşla göz arasında yok oldu.

"Mae," dedi ses yine.

Mae kulaklığını çıkarıp demin figürü görmüş olduğu kapı girişine koştu ama adam çoktan gitmişti. İçgüdülerine kulak vererek onunla ilk karşılaştıkları tuvalete yöneldi ama Kalden orada da değildi.

Masasına geri döndüğünde koltuğunda biri vardı: Francis.

"Ben hâlâ çok üzgünüm," dedi ona.

Mae ona baktı. Kalın kaşları, gemi omurgasını andıran burnu, tereddütlü gülümsemesi. Göğüs geçirerek şöyle bir süzdü onu. Yüzündeki o gülümsemenin, yapılan esprileri anladığından hiç emin olamayan birinin gülümsemesi olduğunu fark etti. Yine de son günlerde Francis'i, Kalden'ın taban tabana zıddı bir şahsiyet olarak aklından geçirmediği söylenemezdi. Kalden, Mae tarafından kovalanmak isteyen bir hayaletken, Francis son derece erişilir, gizemden hiç nasibini almamış biriydi. Onu bir daha gördüğünde ne yapacağı sorusu bir-iki saniyeliğine de olsa kafasını kurcaladı Mae'in. Francis'in yanıbaşındaki hazır varlığına ve ona yakın olmak istemesine teslim mi olacaktı öylece? Bu soru günlerdir aklındaydı ama yanıtından ancak şimdi emin olabiliyordu. Hayır, ona teslim olmayacaktı. Francis hâlâ midesini bulandırıyordu. Şu ezikliği. Şu acizliği. Şu yalvaran sesi. Şu hırsızlığı.

"Videoyu sildin mi?" diye sordu.

"Hayır," dedi Francis. "Silemeyeceğimi biliyorsun." Sonra gülümseyerek Mae'in koltuğunda döndürdü kendini. Arkadaşlık ettiklerini zannediyordu. "İçÇember'e bir anket sorusu koymuşsun, yanıtladım. Çember'in Yemen'e yardım göndermesini onaylıyorsun sanırım?"

Bir an yumruğunu onun suratına gömdüğünü hayal etti Mae.

"Git lütfen," dedi.

"Mae. Videoyu kimse izlemedi. Arşivde öylece duruyor. Her gün sadece bu şirketten buluta giden on bin klipten sadece biri o. Her gün bütün dünyadan buluta gidenlerin bir milyarda biri."

"İyi de ben o bir milyarda bir olmak istemiyorum."

"Mae sen de biliyorsun ki videonun sahibi artık ne sensin ne de ben. İstesem de silemem. Haberler gibi aynı. Haberin sahibi olamazsın, olay senin başından geçmiş olsa bile. Tarihi sahiplenemezsin. Kolektif kayıtlara mal olmuştur artık."

Mae'in sinirden başı zonklamaya başlamıştı. "Çalışmam lazım," dedi, Francis'in suratına bir tokat patlatma isteğini zor bastırarak. "Gider misin lütfen?"

Francis, Mae'in ondan gerçekten nefret ettiğini ve onu yakınlarında istemediğini ilk kez o zaman kavrar gibi oldu. Yüzü düştü, dudağı sarktı. Ayakkabılarına baktı. "ÇocukTakip'in Vegas'ta kabul edildiğini biliyor muydun?"

Bunun üzerine Mae bir an için de olsa ona acıdı. Francis çocukluğunu hiç yaşayamamış, zavallı bir adamdı; hayatı boyunca etrafındaki insanları, onu sahiplenmeye hiç niyeti olmayan bir dizi koruyucu aileyi memnun etmek için kendini paralamış olduğuna şüphe yoktu.

"Harika bir haber bu, Francis," dedi.

Francis'in asık yüzünde bir tebessüm filizleniyordu. Bunun onu teskin edebileceğini, kendisine de işinin başına dönme şansı verebileceğini umarak konuyu sürdürdü. "Pek çok hayat kurtaracaksınız."

Şimdi Francis'in yüzü ışımaya başlamıştı. "Biliyor musun, altı aya kadar dört bir yana yayılabilir. Her yere ulaşabilir. Tüm çocuklara. Böylece her çocuk izlenebilir hale gelir, her çocuk sonsuza dek güvende olur. Stenton kendi ağzıyla söyledi. Laboratuvarımı görmeye geldiğini biliyor muydun? Kişisel olarak ilgilenmeye başladı projeyle. Adını da galiba GerçekGenç olarak değiştirecekler. Anladın, değil mi? GerçekSen, GerçekGenç?"

"Bu harika Francis," dedi Mae, içi ona karşı empati, merhamet, hatta hayranlık karışımı bir duyguyla dolarken. "Sonra konuşuruz, olur mu?"

Francis'inkine benzer gelişmeler son haftalarda inanılmaz bir sıklıkla birbirini kovalamıştı. Çember'in, özellikle de Stenton'ın,

San Vincenzo'nun idaresini ele geçireceğine dair söylentiler vardı. Şehirde çoğu hizmetin şirket tarafından finanse edilip geliştirildiği düşünülürse gayet mantıklıydı bu. Bir rivayete göre Proje 9 mühendisleri gece gördüğümüz rüyaların karmaşasını ortadan kaldırıp organize düşünce ve gerçek hayata özgü problem çözme süreçleriyle değiştirmenin bir yolunu bulmuştu. Bir diğer Çember ekibi, kasırgaların oluştukları an nasıl yok edilebileceklerini çözmeye çok yaklaşmıştı. Bir de herkesçe çok beğenilen şu proje vardı tabii, aylar önce başlatılmış olan: Sahra'daki kumların sayımı. Dünyanın böyle bir şeye ihtiyacı var mıydı? Projenin neye hizmet ettiği ilk anda anlaşılabilir cinsten değildi ama Akıllı Adamlar ona mizahi bir anlayışla yaklaşıyordu. Girişime önayak olan Stenton bunu, muziplik niyetine, öncelikle mümkün olup olmadığını anlamak için -söz konusu algoritmaların kolaylığı dikkate alındığında mümkün olduğuna şüphe yoktu gerçi- yaptıkları, bilimsel faydasını ikinci plana attıkları bir şey olarak tanımlıyordu. Mae de çoğu Çemberlinin anladığı gibi anlamıştı bunu: bir güç gösterisi, Çember'de mevcut azim, beceri ve ekonomik kaynaklar sayesinde hiçbir dünyevi sorunun çözümsüz kalmayacağının ispatı olarak. Derken, güz boyu süren abartılı bir bekleyişten sonra -sayım yalnızca üç haftalarını aldığı halde süreç gereksiz yere uzatılmıştı- nihayet Sahra'daki kum tanelerinin sayısını açıkladılar. Gülünç derecede yüksek bir sayıydı ve Çember'in vaat ettiğini yaptığının kanıtı olmanın ötesinde, ilk anda kimseye pek bir şey ifade etmedi. Çember yaparım dediğini yapıyordu, hem de harikulade bir hız ve verimlilikle.

Bailey'nin iki-üç saatte bir bizzat zing'lediği esas gelişme, ABD'de ve tüm dünyada şeffaflaşmaya karar veren diğer seçilmiş liderlerin süratle çoğalışıydı. Çoğu kişiye göre bunun önüne geçmek mümkün değildi. Santos şeffaflığını ilk duyurduğunda haber medyada geniş yer bulmuş ama Çember'dekilerin umduğu ölçekte bir sarsıntı yaratmamıştı. Ancak sonraları, insanlar girip seyretmeye ve senatörün son derece ciddi olduğunun -günlük hayatında olup biten her şeyi eksiksiz, filtresiz, sansürsüz bir şekilde izlemelerine izin verdiğinin- farkına varmaya başladıkça izleyenlerin sayısı katlanarak büyüdü. Santos programını her gün yayınlıyordu; ikinci haftaya, yani Alaska tundrasında sondaj yapmak isteyen bir grup lobiciyle buluştuğu günlere gelindiğinde milyonlarca izleyicisi olmuştu. Söz konusu toplantıda bu lobicilere gayet dürüst davranmış, onlara vaaz vermekten ya da yaltaklanmaktan kaçınmıştı. Sözünü hiç esirgememiş, kapalı kapılar ardında olsalardı sormuş olacağı soruları yine sormuştu ve bu da seyrin sürükleyiciliğini, hatta ilham verme potansiyelini artırmıştı.

Üçüncü haftaya gelindiğinde ABD'nin yirmi bir seçilmiş lideri şeffaflaşmalarına yardımcı olması için Çember'e başvurmuştu. Aralarında Sarasota'dan bir belediye başkanı vardı, Hawaii'den bir senatör ve bekleneceği üzere iki Kaliforniya senatörü, San Jose'deki belediye meclisi üyelerinin tamamı, Kansas'ın Independence şehrinin belediye başkanı. Ne zaman bir lider taahhütte bulunsa, haber Akıllı Adamlar tarafından hemen zing'leniyor, liderlerin şeffaflığa geçiş anları alelacele düzenlenen basın toplantılarında gösteriliyordu. İlk ayın sonunda dünyanın dört bir yanından binlerce talep gelmişti. Stenton ile Bailey gördükleri ilgi karşısında şaşkına döndüklerini ve koltuklarının kabardığını, buna bayıldıklarını ama hazırlıksız yakalandıklarını söylüyordu. Çember'in bütün talepleri karşılayabilmesi mümkün değildi. Yine de ellerinden geleni yapacaklardı.

Henüz tüketiciye sunulmamış olan kameraların üretimi olağanüstü bir ivme kazanmıştı. Çin'in Guangdong eyaletindeki imalatçı fabrika vardiyaları artırmış, kapasitesini dört katına çıkaracak ikinci bir fabrikanın inşaatına başlamıştı. Ne zaman birine bir kamera takılsa ve yeni bir lider şeffaflığa geçse, Stenton'dan bir duyuru, bir tebrik daha geliyor, izleyenlerin sayısı giderek büyüyordu. Beşinci haftanın sonunda, Lincoln'dan Lahor'a kadar her yerden 16.188 seçilmiş devlet memuru tamamen şeffaflaşmıştı, bekleyenler listesi de uzamaktaydı.

Şeffaflığa geçmemiş olanların üzerindeki baskı ise nezaket sınırlarını aşarak tacize dönüşmüştü. Uzmanlar ve ahkam kesme meraklıları, yüksek sesle şunu soruyordu: *Şeffaf değilseniz neyi saklıyorsunuz?* Bazı yurttaş ve yorumcular mahremiyet gerekçesiyle buna itiraz ederek, devletin emniyet ve verimlilik adına hemen her düzeyde bazı şeyleri gizli tutmasının gerekli olduğunu savunsa da, hareketin gücü bu yöndeki tüm argümanları ezip geçiyor, ilerleyiş devam ediyordu. Gün ışığında çalışmıyorsan eğer, gölgeler arasında ne karıştırıyordun acaba?

İlahi adalet benzeri acayip bir şey tecelli etmekteydi bir de: Ne zaman biri çıkıp Çember'in sözde tekeli ya da kullanıcılarının kişisel verilerinden haksız kazanç elde etmesi hakkında atıp tutmaya başlasa veyahut kolayca çürütülebilecek başka bir paranoyakça iddiada bulunsa o kişinin çok geçmeden sabıkası bulunduğu ya da en azılısından bir sapık olduğu ortaya çıkıyordu. Biri İran'daki bir terör örgütüyle bağlantılıydı. Bir diğeri çocuk pornosu ticaretindeydi. Her vakada bu kişiler, nihayetinde mutlaka haberlere malzeme oluyor, arama motorlarında ağza alınmayacak kelimelerin aratıldığı, yığınla illegal malzemenin saklandığı bilgisayarlarıyla evlerini terk ederken görüntüleniyorlardı. Ve gayet mantıklıydı bu. Dünyanın suçsuz günahsız ilerleyişini sekteye uğratmaya ancak uçlarda yaşayan biri yeltenirdi.

Haftalar içinde, şeffaflaşmamış devlet memurlarına parya muamelesi yapılır oldu. Şeffaflar, kamera önünde görüşmeye yanaşmadıkları takdirde onlarla buluşmuyor, dolayısıyla bu liderler giderek dışlanıyordu. Seçmenleri onların ne sakladıklarının merakına düşmüştü ve seçimlerde kaybedeceklerine kesin gözüyle bakılıyordu. Yaklaşan seçim dönemlerinde, şeffaflığını beyan etmeden aday olmaya aralarından çok azı cesaret edebiliyordu - bunun ayrıca, aday kalitesini ivedi ve kalıcı olarak iyileştireceği de varsayılıyordu. Bundan böyle doğrudan ve sonuna kadar hesap sorulamayacak politikacı kalmayacaktı, çünkü sözleri ve eylemleri tartışmaya meydan vermeyecek şekilde bilinecek, kaydedilecekti. Perde arkası görüşmeleri, şaibeli anlaşmalar yapılamayacaktı. Yalnızca şeffaflık, yalnızca ışık olacaktı.

Bu şeffaflığın Çember'e de sirayet etmesi kaçınılmazdı. Seçilmiş devlet memurları arasında şeffaflaşanlar çoğaldıkça Çember'in içinden ve dışından homurtular yükselmeye başladı: Ya Çember'in kendisi ne olacaktı? "Evet," dedi Bailey, kamuoyuna ve Çemberlilere, "biz de şeffaflaşmalıyız. Biz de açık olmalıyız." Çember'in kendi şeffaflaşma planı böylece başladı ve yerleşkeye bin adet DeğişimiGör kamerası kuruldu. Bunlar ilkin ortak kullanım alanlarına, kafeteryalara, dış mekânlara yerleştirilmişti. Sonradan, fikri mülkiyet haklarının korunması açısından yaratabilecekleri sorunlar Akıllı Adamlar tarafından ölçülüp biçildikçe koridorlara, çalışma alanlarına, hatta laboratuvarlara da kameralar yerleştirildi. Gelgelelim bu her yer demek değildi - hâlâ erişime kapalı olan daha hassas yüzlerce alan vardı, tuvaletlere ve diğer özel odalara kamera koymaksa yasaktı ama bu istisnalar dışında bütün yerleşke bir milyar küsur Çember kullanıcısının gözünde ansızın şeffaf ve açık bir yer haline gelmişti. Şirkete eskiden beri sadık olan ve gizemi karşısında büyülenen Çember fanatikleri şimdi ona daha yakın hissediyor, onu açık ve samimi bir dünyanın parçası gibi görüyordu.

Mae'in çalıştığı odada sekiz DeğişimiGör kamerası bulunuyordu; canlı yayına geçmelerini izleyen saatlerde ona ve odadaki herkese birer ekran daha verildi. Bu ekranlardan kendi kameralarını görebilecekleri gibi, yerleşkedeki diğer kameralardan herhangi birini izlemeleri de mümkün olacaktı. Sırça Lokanta'da en sevdikleri masanın boş olup olmadığına bakabileceklerdi. Spor salonunun kalabalık olup olmadığını görebileceklerdi. Oynanan kickball maçının ciddi mi yoksa acemi işi mi olduğunu anlayabileceklerdi. Çember'deki hayatın dışarıdaki insanlara ne kadar ilginç geldiğini görmek Mae'i şaşırtmıştı. Saatler geçmeden yerini tespit eden ve artık onu çalışırken izleyebilecek olan lise ve üniversite arkadaşlarından mesajlar almaya başladı. Zamanında Mae'in fiziki yeterlik sınavını yeterince ciddiye almadığını düşünen ortaokul beden eğitimi öğretmeni şimdi çok etkilenmişe benziyordu. "İşine bu kadar sıkı sarıldığını görmek beni sevindirdi Mae!" Üniversitede kısa süreliğine flört ettiği bir çocuk şöyle yazmıştı: "O masadan hiç kalkmayacak mısın?"

İşe gelirken ne giyeceğine biraz daha fazla kafa yormaya başladı. Neresini kaşıdığına, nerede nasıl sümkürdüğüne daha çok dikkat eder oldu. Ama yararlı bir düşünme tarzıydı bu, yararlı bir çekidüzen ihtiyacı. İzlenmekte olduğunu, bütün Çember'in izlenmekte olduğunu, bir gecede dünyanın en çok izlenen işyeri haline geldiklerini bilmek, yalnızca birkaç ay içinde hayatının ne köklü bir değişim geçirdiğini ona her zamankinden daha kuvvetli bir şekilde hatırlatıyordu. Bundan on iki hafta önce adı sanı duyulmamış bir kasabada kamu hizmetinde çalışıyorken şimdi gezegenin dört bir yanındaki müşterilerle haberleşerek altı ekranı komuta ediyor, yeni bir çaylak grubunu eğitiyor, sonuçta kendisine daha fazla ihtiyaç duyulduğunu, daha fazla değer verildiğini ve mümkün olabileceğini sandığından çok daha fazla zihinsel uyarıma maruz kaldığını hissediyordu.

Üstelik Çember'in sağladığı araçlar sayesinde dünyanın en azından bir bölümünde küresel olayları etkileyebileceği, hayat bile kurtarabileceği duygusunu yaşıyordu. Daha o sabah, Tania Schwartz adında bir üniversite arkadaşından, erkek kardeşinin öncülük ettiği bir girişim konusunda yardımını rica eden bir mesaj gelmişti. Seksenlerde Guatemala'da terör estirmiş olan kuvvetlerin hortlamasıyla ortaya çıkmış bir grup milis vardı; bir süredir köylere saldırıyor, kadınları esir alıyorlardı. Ana María Herrera adında bir kadın bu grubun elinden kaçmış ve orada kadınlara sürekli tecavüz edildiğini, ergenlik çağındaki kızların erkeklere cariye olarak verildiğini, işbirliğine yanaşmayanların öldürüldüğünü anlatmıştı. Mae'in okuldayken aktivizmle ilgilendiğine hiç şahit olmadığı arkadaşı Tania bu canilik karşısında bir şeyler yapmaya mecbur hissettiğini söylüyor, tanıdığı herkesi *Seni İşitiyoruz Ana María* adlı bir girişime katılmaya çağırıyordu. *Dünyanın her yerinde bu durumu kabul etmeyecek dostları olduğunu bilmesini sağlayalım,* diyordu Tania mesajında.

Mae mesajda Ana María'nın bir resmini gördü, beyaz bir odada kucağında adsız bir çocukla açılır-kapanır bir iskemleye oturmuş, ifadesizce yukarıya bakmaktaydı. Resmin yanında, "Seni İşitiyorum Ana María" diyen bir gülen yüz butonu vardı, tıkladığında Ana María'ya destek verenler listesine Mae'in adı da eklenecekti. Mae butona tıkladı. *Aynı derecede önemli olan bir diğer husus,* diye yazmıştı Tania, *paramiliterlere de eylemlerini kınadığımızı bildiren bir mesaj göndermek.* Ana María'nın resminin altında bir cangılda yürümekte olan, birbiriyle uyumsuz askeri giysiler içindeki bir grup adamın flu fotoğrafı bulunuyordu. Fotoğrafın yanına, "Orta Guatemala Güvenlik Kuvvetleri'ni kınıyoruz," diyen bir somurtan yüz butonu konmuştu. Mae bir an tereddüt etti, yapmak üzere olduğu şeyin -bu tecavüzcülere, katillere karşı tavır almanın- ciddiyetinin farkındaydı ama bu işe bir dur demeden de olmazdı. Butona bastı. Otomatik bir cevap ona teşekkür ederek Ana María'ya gülen yüz gönderen 24.726'ncı kişi ve paramiliterlere somurtan yüz gönderen 19.282'nci kişi olduğunu bildirdi. Tania'nın dediğine göre, gülen yüzler doğrudan Ana María'nın telefonuna giderken erkek kardeşi hâlâ somurtan yüzleri Orta Guatemala Güvenlik Kuvvetleri'ne ulaştırmanın bir yolunu bulmaya çalışıyordu.

Tania'nın dilekçesine imza verdikten sonra Mae diken üstündeymiş gibi oturdu; Guatemala'da muhtemelen bir grup güçlü düşman edindiğinin, bununla kalmayıp kim bilir kaç bin DeğişimiGör izleyicisi tarafından bu esnada izlendiğinin bilincindeydi. Bu onun özfarkındalığına yeni bir boyut eklemiş, konumu dolayısıyla kullanımına sunulmuş olan gücü net bir şekilde duyumsamasını sağlamıştı. Tuvalete gidip yüzüne soğuk su çarpmaya ve bacaklarını biraz çalıştırmaya karar verdi, telefonu titreştiğinde tuvaletteydi. Arayanın numarası engellenmişti.

"Alo?"

"Benim. Kalden."

"Nereye kayboldun?"

"İşler karıştı. Her tarafta kamera var."

"Casus değilsindir umarım."

"Casus olmadığımı biliyorsun."

"Annie öyle olduğunu düşünüyor."

"Seni görmek istiyorum."

"Tuvaletteyim."

"Biliyorum."

"Biliyor musun?"

"ÇemberArama... DeğişimiGör... Seni bulmak zor değil."

"Peki sen neredesin?"

"Geliyorum. Orada kal."

"Hayır. Olmaz."

"Seni görmem lazım. Orada kal."

"Hayır. Daha sonra görüşebiliriz. Yeni Krallık'ta bir etkinlik olacaktı. Amatörler için folk müzik gecesi. Herkese açık, güvenli bir yer."

"Hayır, hayır. Oraya gelemem."

"Buraya da gelemezsin."

"Gelebilirim ve geleceğim."

Dedi ve kapattı telefonu.

Mae çantasına baktı. Yanında bir prezervatif vardı. Orada kalmaya karar verdi. En arkadaki kabini seçip bekledi. Onu beklemenin hiç de akıl kârı olmadığının farkındaydı. Pek çok açıdan yanlıştı, Annie'ye de bahsedemezdi. Annie çoğu cinsel etkinliği hoş karşılardı ama burada, işyerinde, tuvalette olanı değil. Sağduyu yoksunluğunun göstergesiydi resmen, Annie'de kötü bir izlenim bırakırdı. Mae'in gözü saatteydi. İki dakika geçmişti ve o hâlâ tuvalet kabininin içinde, çok az tanıdığı, tahminince onu tekrar tekrar, her defasında daha acayip bir yerde düzmekten başka emeli olmayan bir adamı beklemekteydi. Madem öyle, neden oradaydı? Çünkü bunu istiyordu. Kalden'ın ona orada, o kabinde sahip olmasını istiyordu ve bunu, çalıştığı yerde, tuvalette böyle bir şey yaşamış olduklarını yalnızca ikisinin bilmesini istiyordu. Niçin gereksinim duyduğu bir heyecandı ki bu? Kapının açıldığını işitti, sonra da kapı kilidinin çıt ettiğini. Kilidin varlığından bile haberi yoktu. Sonra Kalden'ın uzun adımlarının sesini işitti. Kabinlere yaklaşınca kesilen ses yerini cıvatalanmış çelik levhaların sıkışmasıyla yükselen karanlık bir gıcırtıya bıraktı. Mae tepesinde bir gölge hissetti ve boynunu uzatıp baktığında gölgenin üzerinde bir figür gördü. Kalden yüksek kabin duvarına tırmanmış, onun bulunduğu bölmeye ulaşmak için ızgaranın üzerinde emeklemişti. Mae onun kayarak arkasına indiğini hissetti. Kalden'ın vücudundan yayılan sıcaklık Mae'in sırtını ısıttı, sıcak nefesi ensesine vurdu.

"Ne yapıyorsun?" diye sordu Mae.

Kalden ağzını Mae'in kulağına dayamış, diliyle içini yokluyordu. Mae nefesini tutarak bedenini ona yasladı. Kalden'ın elleri Mae'in karnına gitti ve bel hattını takip ederek çabucak kalçasına inip onu sıkıca kavradı. Mae onun ellerini içerilere, yukarılara doğru iterken aklı kendiyle savaş halindeydi, sonra nihayet bunu yapmaya hakkı olduğuna karar verdi. Yirmi dört yaşındaydı, böyle bir şeyi şimdi yapmazsa -tam da *bunu*, tam da *şimdi* yapmazsa- ne zaman yapacaktı? Gençliği böyle emrediyordu.

"Mae," diye fısıldadı Kalden, "düşünmeyi bırak."

"Tamam."

"Ve gözlerini kapa. Sana yaptıklarımı gözünde canlandır."

Dudakları Mae'in boynunu öpmekle, yalamakla meşgulken elleri eteği ve külotuyla uğraşıyordu. İkisini birden Mae'in kalçalarından sıyırıp yere düşürdükten sonra onu hızla kendine doğru çekti ve içine giriverdi. "Mae," dedi Kalden; Mae ona abanırken o da kızı kalçalarından kavramıştı. Kalden öyle derindeydi ki şimdi Mae onun şişkin uzvunu kalbine yakın bir yerde hissedebiliyordu. Elleriyle kabinin yan duvarlarını adeta dünyayı zapt etmeye çalışırcasına iterken, "Mae," dedi Kalden.

Mae nefes nefese boşaldı, Kalden da onu izledi, titreyerek ama sessizce. Hemen ardından ikisi de usul usul güldü; kariyerlerini tehdit edebilecek, düşüncesizce bir şey yaptıklarını ve artık gitmeleri gerektiğini biliyorlardı. Kalden onu kendine çekip dudaklarından öperken gözleri açıktı ve hayretle, haylaz haylaz bakıyordu. "Hoşça kal," dedi. Mae elini salladı yalnızca, Kalden'ın suretinin arkada tekrar yükselerek duvarlara tırmandığını ve geldiği yoldan gittiğini hissetti.

Mae onu bir daha hiç göremeyebileceğini düşündüğü için Kalden kilidi açmak üzere kapıda duraladığı sırada telefonunu çıkarıp kabin duvarının üzerine kaldırdı ve kareyi tutturup tutturamadığını bilmeden bir resim çekti. Fotoğrafa baktığında Kalden'ın yalnızca sağ kolunu, dirseğinden parmak uçlarına kadar olan kısmını yakalamış olduğunu gördü. Geri kalanı çoktan gitmişti.

"Annie'ye yalan söylemem için ne sebep var?" diye sordu Mae kendi kendine, bu sorunun cevabını bilmese de her halükârda ona yalan söyleyeceğini biliyordu. Tuvalette kendine çekidüzen verdikten sonra masasına dönmüş ve döner dönmez o sırada Avrupa'da bir yere ya da Avrupa üzerinden bir yere uçmakta olan Annie'ye mesaj atmaktan kendini alamamıştı: *Kır saçlıyla tekrar beraber olduk*, demişti mesajda. Bundan Annie'ye bir defa bahsetmesi dahi irili ufaklı bir dizi yalanı beraberinde getirecekti. Dolayısıyla ona mesaj göndermesi ile Annie'nin kaçınılmaz yanıtı arasında geçen dakikalar süresince, olanların tam olarak ne kadarını ondan saklayacağını ve bunu neden yapacağını düşündü durdu.

Annie'nin yanıtı nihayet geldi. *Her şeyi derhal öğrenmem lazım. Şu an Londra'da, birtakım parlamento yalakalarıyla birlikteyim. Yanılmıyorsam içlerinden biri demin gözünden bir monokl çıkardı. Anlat, kafa dağıtmaya ihtiyacım var.*

Mae, Annie'ye ne kadarını anlatacağına karar vereyim derken ayrıntıları ele veriyordu. *Tuvalette oldu.*

Annie hemen cevap yazdı.

Yaşlı adamla mı? Tuvalette ha? Bez değiştirme masasını mı kullandınız?

Hayır. Kabindeydik. ÇOK ATEŞLİYDİ.

Mae'in arkasından adını söyleyen bir ses duyuldu. Döndüğünde karşısında o kocaman, asabi gülümsemesiyle Gina duruyordu. "Biraz vaktin var mı?" Mae, Annie'yle diyalogunu gösteren ekranı başka tarafa çevirmeye yeltendi ama Gina çoktan görmüştü.

"Annie'yle mi konuşuyordun?" dedi. "Aranızdan su sızmıyor, değil mi?"

Mae başını sallayıp ekranını çevirince Gina'nın yüzündeki ışık söndü. "Yönlendirme Oranını ve Perakende Brütü izah etmem için uygun bir zaman mı sence hâlâ?"

Gina'nın yeni bir katmanı ona açıklamak üzere yanına geleceğini Mae tamamen unutmuştu.

"Tabii," dedi.

"Annie sana çoktan bahsetmemiş miydi bundan?" dedi Gina, yüzünde son derece kırılgan bir ifadeyle.

"Hayır," dedi Mae, "bahsetmedi."

"Yönlendirme Oranından bahsetmedi mi?"

"Hayır."

"Ya Perakende Brütten?"

"Hayır."

Gina'nın yüzü güldü. "Ah. Peki. Güzel. Başlayalım mı öyleyse?" Gina'nın gözleri ufak bir şüphe belirtisi arar gibi Mae'in yüzünü tarıyordu, bulsaydı bunu fırsat bilip büsbütün dağılacaktı.

Mae, "Harika olur," deyince Gina'nın yüzü yeniden güldü.

"Güzel. Yönlendirme Oranı ile başlayalım. Ne olduğu zaten adından belli ama şöyle söyleyeyim, gerçek satın-almalar yapılmasaydı, gerçek ticaret teşvik edilmeseydi Çember var olamaz, büyüyemez, Çember'i tamamlamaya yaklaşamazdı. Biz dünyanın tüm bilgilerine açılan kapı olmak üzere buradayız ama bizim aracılığımızla müşterilere ulaşmayı uman reklam verenler tarafından da destekleniyoruz, öyle değil mi?"

Gina gülümseyince iri beyaz dişleri kısa bir an için yüzünde ön plana çıktı. Mae konuya yoğunlaşmaya çalışıyordu ama aklı, o sırada parlamento toplantısında hiç şüphesiz Mae ile Kalden'ı düşünmekte olan Annie'deydi. Mae Kalden'ı düşündüğü zaman ellerini belinde gezdirişi geliyordu aklına, sonra onu nazikçe kendine çekişi, onun da gözlerini kapatıp hayalinde her şeyi daha da...

Gina hâlâ konuşuyordu. "Ama bu satın almalar nasıl teşvik edilir, nasıl başlatılır... Yönlendirme Oranı dediğimiz işte bu. Zing atabilir, istediğin her ürünü yorumlayabilir, değerlendirebilir, öne çıkarabilirsin ama bütün bunları harekete çevirebilir misin? Hareketi teşvik etmek için kredibiliteni artırman gerek - işte bu çok önemli, tamam mı?"

Gina şimdi Mae'in yanında oturuyordu ve parmakları onun klavyesindeydi. Karmaşık bir elektronik tablo getirdi ekrana. Tam o sırada Mae'in ikinci ekranına Annie'den yeni bir mesaj düştü. Mae ekranı hafifçe kendine çevirdi. *Artık ipleri ele almak zorundayım. Soyadını öğrendin mi bu sefer?*

Mae mesajı Gina'nın da okumakta olduğunu gördü, hem de gizleme gereği duymadan.

"Devam et," dedi Gina. "Önemliye benziyor."

Mae, Gina'nın üstünden klavyesine uzanarak, tuvaletten çıktıktan saniyeler sonra Annie'ye söylemekte karar kıldığı yalanı yazdı. *Evet. Her şeyi biliyorum.*

Ânında yanıt geldi Annie'den: *Adı neymiş?*

Gina gelen mesaja baktı. "Annie Allerton'la mesajlaşmak şahane olsa gerek."

"Öyle sanırım," dedi Mae. *Söyleyemem* yazdı sonra.

Gina, Mae'in mesajını okurken yazışmanın gözlerinin önünde cereyan etmesini içeriğinden daha ilginç bulmuş gibiydi. "Alelade bir şeymiş gibi böyle mesajlaşıp durur musunuz siz?" diye sordu.

Mae etkiyi yumuşattı. "Bütün gün değil."

"Bütün gün değil mi?" Gina'nın yüzü eğreti bir gülümsemeyle canlandı.

Annie'nin mesajı yıldırım gibi indi ekrana. *Söylemeyecek misin gerçekten? Hemen duymak istiyorum.*

"Kusura bakma," dedi Mae. "Neredeyse bitti." *Hayır. Onu rahatsız edersin.*

Bir resmini yolla, diye yazdı Annie.

Mae söylemek zorunda kalacağını bildiği ikinci yalanı atarak, *Bir resmi var ama yollamam,* diye yazdı. Kalden'ın bir resmi gerçekten de vardı elinde; bunu fark ettiği an, Annie'ye bunu söyleyebileceğini ve böylece her şeyi anlatmadan doğru söylemiş olacağını, bu fotoğraf diğer beyaz yalanla, yani onun gerçek adını bildiği yalanıyla birleştiği zaman Kalden denen ve Çember için pekâlâ tehlikeli olma ihtimali bulunan o adamla ilişkisini sürdürebileceğini anlamış, ikinci yalanı Annie'ye karşı kullanmaya karar vermişti. Bu sayede -bir yandan Kalden'ın kimin nesi olduğunu ve kendisinden ne istediğini öğrenmeye çalışırken, bir yandan da onunla beraber olmaya devam edebilmek için- zaman kazanmış olacaktı.

Hareketli çekim, diye yazdı Mae. *Yüz tanıma yaptırdım ve bütün taşlar yerine oturdu.*

Çok şükür, diye yazdı Annie. *Sen de az kaltak değilsin.*

Mesajı okuyan Gina gözle görülür biçimde tedirgin olmuştu. "Belki bunu daha sonra yapmalıyız, ne dersin?" dedi, alnı ansızın terlemeye başlarken.

"Yok, pardon," dedi Mae. "Devam et. Ekranı öbür tarafa çeviririm."

Annie'den bir mesaj daha geldi. Ekranı çevirmekte olduğu sırada Mae gözünün ucuyla okudu. *Kucağına otururken kemik çatırtısına benzer bir ses duydun mu? Yaşlı adamların kemikleri pek narin olur, bahsettiğin türden bir tazyik ölümcül sonuçlara yol açabilir.*

"Pekâlâ," dedi Gina, zorlukla yutkunarak, "çevrimiçi gönderiler, eleştiriler, yorumlar, puanlamalar ile fiilî satın alma arasındaki ilişki, daha küçük ölçekli şirketler tarafından yıllarca takip edilerek yönlendirilmeye çalışılmıştır. Çember'in geliştiricileri işte bu faktörleri, daha doğrusu kişinin katılımıyla gelişen etkiyi ölçmenin bir yolunu buldu ve buna Yönlendirme Oranı adını verdi."

Ekranda bir mesaj daha belirdi ama Mae onu görmezden geldi, bunun üzerine Gina, bir anlığına da olsa Annie'den üstün tutulmanın verdiği heyecanla sözlerine devam etti.

"Yani senin bir tavsiyen üzerine başlayan ya da teşvik bulan her satın alım, senin Yönlendirme Oranını yükseltir. Bir şeyi satın alman ya da tavsiye etmen elli kişinin daha aynı yolu izlemesine vesile olursa eğer, YO'n x50 olur. YO'su x1.200 olan Çemberliler var. Satın aldıkları şeyleri ortalama 1.200 kişi satın almış demek oluyor bu. Yeterince kredibilite kazanmış oldukları için takipçileri onların tavsiyelerine yüzde 100 güvenir ve alışverişlerine kefil oldukları için minnettar kalır. Annie, tabii ki Çember'deki en yüksek YO'lardan birine sahip."

Tam o sırada yeni bir uyarı tonu duyuldu. Gina tokat yemiş gibi gözlerini kırpıştırdıysa da konuşmayı sürdürdü.

"Evet, senin şimdiye kadarki Yönlendirme Oranın x119. Fena değil. Ama 1'den 1000'e kadar olan bir ölçekte bu oranı çok daha yukarılara çekmek mümkün. Yönlendirme Oranının altında Perakende Brütün var, tavsiye edilen ürünlerin toplam brüt satın alma bedeli yani. Diyelim ki bir anahtarlık tavsiye ettin ve 1.000 kişi senin tavsiyene uydu, o zaman her biri 4 dolardan satılan bu 1.000 anahtarlık senin Perakende Brütünü 4.000 dolara çıkarır. Sattırdığın malın brüt perakende fiyatından bahsediyoruz anlayacağın. Eğlenceliymiş, değil mi?"

Mae başını salladı. Tercih ve onayının alımlar üzerindeki etkisini takip etme fikri çok hoşuna gitmişti.

Bir uyarı tonu daha duyuldu. Gina'nın ağlamamak için kendini zor tutuyormuş gibi bir hali vardı. Ayağa kalktı.

"Pekâlâ. Öğle yemeğine ve arkadaş sohbetine mani oluyormuşum gibi geldi. Yönlendirme Oranı ve Perakende Brüt meselesi bundan ibaret. Anladığını biliyorum. Günün sonunda bu puanların ölçümü için yeni bir ekran gelecek sana."

Gina gülümsemeye çalışıyordu ama dudak kenarlarındaki kıvrım inandırıcılıktan uzaktı. "Ha, bir de yüksek kapasiteli Çemberlilerden beklenen minimum yönlendirme oranı x250, haftalık minimum Perakende Brüt toplamı da 45.000 dolardır ki ikisi de çoğu Çemberlinin fersah fersah aştığı mütevazı hedeflerdir. Sorun olursa şayet, şey..." Sustu, gözleri kırılganlaşmıştı. "Eminim Annie'ye sorabilirsin."

Arkasını döndü ve gitti.

Birkaç gece sonra, açık bir perşembe günü Mae arabasıyla eve gitti. Çember sigortası işlemeye başlayalı beri oraya ilk gidişiydi bu. Babasının son zamanlarda çok daha iyi hissettiğinden haberdardı; onu kendi gözleriyle görmeye can atıyor, yersiz bir umutla mucizevi bir değişim bekliyor ama ancak ufak düzelmeler fark edeceğini biliyordu. Yine de telefonda annesiyle babasının sesleri şen şakrak geliyordu bir süredir. Haftalardır, "Artık her şey değişti," diyor, onu kutlama yapmak için eve çağırıp duruyorlardı. Onu bekleyen takdir anını iple çekerek ilkin doğu, sonra güney istikametinde yol aldı. Eve vardığında babası onu kapıda karşıladı; çok daha güçlü, hatta daha güvenli, daha erkeksi -bir zamanlar olduğu gibi erkeksi- görünüyordu. Bilek monitörünü uzatıp Mae'inkinin yanına tuttu. "Bak sen şu işe. Birörnek olmuşuz. Biraz şarap ister misin?"

İçeride, üçü birlikte mutfak tezgâhının önünde her zamanki yerlerini alıp bir şeyler doğramaya, bir şeyler kızartmaya, bir yandan da babanın sağlığının hangi yönlerden düzeldiğini konuşmaya koyuldular. Babası artık doktorlarını kendisi seçebiliyordu. Kullanabileceği ilaçlara hiçbir kısıtlama getirilmiyordu; artık ikisi de sigortalıydı, sağlık hizmetleri için hiç fark ödemiyorlardı. Onlar babasının son dönemdeki sağlık durumlarını anlatadururlarken Mae annesinin de daha neşeli, daha rahat olduğunu fark etti. Kısa bir şort giymişti.

"En iyi yanı da," dedi babası, "artık annene bol bol vakit kalıyor olması. İşimiz çok kolaylaştı. Doktoru görüyorum ve olay bitiyor, kalan her şeyi Çember hallediyor. Aracı yok. Kavga dövüş yok."

"Düşündüğüm şey mi şu?" dedi Mae. Yemek masasının tepesine gümüş bir avize asılmıştı, yakından bakılınca Mercer'ınkilerden birini andırıyordu sanki. Gümüş kollar aslında boyanmış geyik boynuzlarıydı. Mae, Mercer'ın eserlerine pek bayılmazdı -flört ettikleri dönemde de onlar hakkında söyleyecek iyi bir şey bulana kadar akla karayı seçerdi- ama bu avizeyi hakikaten beğenmişti.

"Evet öyle," dedi annesi.

"Fena değilmiş," dedi Mae.

"Fena değil mi?" dedi babası. "En iyi işi bu, sen de bal gibi biliyorsun. Şu San Francisco butiklerinde beş bin papele gider. Bize bedavadan verdi ama."

Mae etkilenmişti. "Neden?"

"Nedeni mi var!" dedi annesi. "Çünkü o, bizim dostumuz. Çünkü o, nazik bir delikanlı. Lütfen gözlerini devirmeye ya da komik bir cevap yapıştırmaya kalkmadan az dur bekle."

Mae de öyle yaptı. Mercer hakkında söyleyebileceği tüm kötü şeyleri yutup sineye çekerek sessiz kalmayı seçtikten sonra ona karşı daha cömert hissettiğini anladı. Artık ona ihtiyacı kalmadığı için, küresel ticaretin kritik önem taşıyan, ölçüme tabi yönlendiricilerinin arasına girdiği için ve Çember'de seçebileceği -biri onu arkadan becermek uğruna duvarlara tırmanan volkanik, kaligrafik bir muamma olan- iki erkeği olduğu için duygularını zavallı Mercer'a, onun o koca kafasına, o grotesk, şişko poposuna cömertçe sunmayı göze alabilirdi.

"Çok güzel gerçekten," dedi.

"Böyle düşünmene sevindim," dedi annesi. "Birkaç dakika sonra bunu ona kendin söyleyebilirsin. Yemeğe geliyor."

"Hayır," dedi Mae. "Lütfen gelmesin."

"Mae," dedi babası kararlı bir sesle, "geliyor, tamam mı?"

Mae onunla tartışamayacağını biliyordu. Israr etmekten vazgeçip kendine bir kadeh kırmızı şarap doldurdu ve sofrayı kurarken yarısını götürdü. Mercer kapıyı tıklayıp içeri girdiğinde Mae'in yüzü şaraptan yarı uyuşmuş, düşünceleri çoktan bulanıklaşmıştı.

"Vay, Mae," dedi Mercer, sonra çekinerek onu kucakladı.

"Avize çok harika olmuş," dedi Mae. Der demez bu sözlerin etkisini Mercer'ın yüzünde gördü, görünce de devam etti. "Hakikaten çok güzel."

"Teşekkürler," dedi Mercer. Mae'in annesiyle babasının da işittiğine emin olmak ister gibi başını çevirip onlara baktı sonra. Mae bardağına biraz daha şarap doldurdu.

"Gerçekten öyle," diye devam etti. "Yani bu işte usta olduğunu biliyorum." Bunu söylerken Mae ona bakmamaya özen göstermişti, Mercer'ın gözlerinin onu şüpheye düşüreceğini biliyordu. "Ama bu şimdiye kadar yaptıklarının en iyisi. Çok mutlu oldum ona bu kadar... Yani, en beğendiğim eserinin annemle babamın yemek odasında olması beni çok mutlu etti."

Mae fotoğraf makinesini çıkarıp avizenin resmini çekti.

Mercer, Mae'in avizenin fotoğrafını çekmeye değer bulduğuna sevinmiş görünse de, "Ne yapıyorsun?" diye sordu.

"Yalnızca bir resmi olsun istedim. Bak," dedi Mae ve resmi ona gösterdi.

Şimdi de annesiyle babası, şüphesiz Mercer'la biraz yalnız kalmak isteyeceğini düşünerek ortadan kaybolmuştu. Komik ve kaçıktılar.

Mercer fotoğrafa Mae'in beklediğinden biraz daha uzun bakarak, "Güzel görünüyor," dedi. Kendi eserinden keyif alma, gurur duyma aşamasını henüz geçemediği aşikârdı.

"İnanılmaz görünüyor," dedi Mae. Şarap başını döndürmeye başlamıştı. "Çok naziksin. Bunun onlar için anlamının büyük olduğunu biliyorum, bilhassa şimdi. Çünkü buraya çok önemli bir şey katıyor." Mae'in içi içine sığmıyordu ve bunun tek sebebi şarap değildi: Kurtuluştu. Ailesi kurtarılmıştı. "Önceden çok karanlıktı burası," dedi.

Kısa bir süre için Mae ile Mercer eski etkileşimlerini yakalar gibi oldu. Mercer'ı yıllardır acıma duygusuna yakın bir düş kırıklığıyla ilişkilendirmiş olan Mae onun harika işler yapabildiğini hatırlamıştı şimdi. Ufkunun darlığı insanı çileden çıkarsa da Mae onun şefkatli ve çok iyi kalpli biri olduğunu biliyordu. Ama şimdi, bu şeyi -buna sanat eseri denebilir miydi? Sanat gibi bir şeydi sonuçta- ve evin havasını nasıl değiştirdiğini görünce ona olan inancı yerine gelmişti.

Bu Mae'e bir fikir verdi. Odasına gidip üstünü değiştirme bahanesiyle izin istedikten sonra koşa koşa merdivenleri çıktı. Sonra eski yatağına oturup üç dakika içinde avizenin fotoğrafını iki düzine tasarım ve dekorasyon sayfasına gönderdi; Mercer'ın -yalnızca bir telefon numarası ve birkaç resim içeren, yıllardır hiç güncellenmemiş- internet sitesine ve e-posta adresine bağlantı vermeyi de unutmadı. Madem Mercer aklını kullanıp kendine bu şekilde müşteri bulmayı denemiyordu, Mae bu işi onun adına seve seve yapardı.

Mae işini bitirdiğinde mutfak masası salata, kızarmış tavuk ve sebzelerle donatılmış, Mercer da Mae'in annesi ve babasıyla birlikte çoktan sofraya oturmuştu. Merdivenden inerken üçü de gözleriyle onu izledi. "Yukarıya seslendiydim demin," dedi babası.

"Soğutmadan yesek iyi olur," diye ekledi annesi.

Mae onları duymamıştı. "Özür dilerim. Ben yalnızca... Vay, çok güzel görünüyor. Baba, sence de Mercer'ın avizesi şahane, değil mi?"

"Öyle tabii. Sana da, ona da söyledim zaten kaç kere. Bir senedir Mercer'ın eserlerinden birini isteyip duruyorduk."

"Doğru boynuzları bekliyordum," dedi Mercer. "Şu çok iri olanlardan ne zamandır gelmiyordu." Boynuzları nereden temin ettiğini açıklayarak devam etti sözlerine; onları yalnızca güvenilir kaynaklardan, geyikleri avlamadığını, avlasa da bakanlık talimatıyla, geyik nüfusundaki aşırı artışın önlenmesi için avladığını bildiği insanlardan satın alıyordu.

"Çok enteresan," dedi annesi. "Unutmadan, hep birlikte kadeh kaldıralım istiyorum, çünkü... Neydi o?"

Mae'in telefonu biplemişti. "Hiç," dedi Mae. "Ama birazdan size iyi haberler vereceğim sanırım. Sen devam et anne."

"Sadece kadeh kaldırmak istediğimi söylüyordum, bize bu..."

Şimdi de Mercer'ın telefonu çalmaya başlamıştı.

"Pardon," dedi Mercer ve telefonunu pantolonunun cebinden çıkarıp kapama düğmesine bastı.

"Herkes tamam mı?" diye sordu annesi.

"Özür dilerim Bayan Holland," dedi Mercer. "Devam edin lütfen."

Fakat tam o sırada Mae'in telefonu tekrar gürültüyle titreşti ve Mae ekranına baktığında otuz yedi yeni zing ve mesajın geldiğini gördü.

"Katılman gereken bir şey mi vardı?" dedi babası.

Daha fazla bekleyemeyecek kadar heyecanlı olduğu halde, "Hayır, henüz değil," dedi Mae. Mercer'la gurur duyuyordu ve birazdan ona Longfield sınırları dışındaki potansiyel müşterileriyle alakalı bir şey gösterebilecekti. Birkaç dakikada otuz yedi mesaj geldiyse yirmi dakikada bu sayı yüze ulaşırdı.

Annesi devam etti. "Sana her şey için teşekkür edecektim Mae, babanın beden, benim de ruh sağlığım düzeldi sayende. Ailemizden biri gibi olan Mercer'ın şerefine de kadeh kaldırmak ve bu güzel eseri için ona teşekkür etmek istiyorum." Her an bir telefon titreşimi duymayı bekler gibi duraladı. "Evet, nihayet lafımı bitirebildim. Hadi artık yiyelim. Yemekler soğuyor."

Oturup yemeğe başladılar ama birkaç dakika sonra Mae artık o kadar çok çın sesi duymuş, telefon ekranının o kadar sık güncellendiğini görmüştü ki daha fazla bekleyemedi.

"Pekâlâ, artık dayanamayacağım. Avizenin demin çektiğim fotoğrafını bir yerlere gönderdim Mercer ve insanlar ona bayıldı!" Gözlerinin içi gülerek kadehini kaldırdı. "Asıl buna kadeh kaldırmamız gerek."

Mercer memnun olmuşa benzemiyordu. "Dur bakalım. Nereye gönderdin fotoğrafı?"

"Çok iyi olmuş Mercer," dedi babası, sonra kendi kadehini alıp kaldırdı.

Mercer'ın kadehi daha kalkmamıştı. "Onu nereye gönderdin Mae?"

"Tasarımla alakalı her yere," dedi Mae, "ve inanılmaz yorumlar geliyor." Ekranına göz gezdirdi. "İzninizle ilkini okuyayım. Aynen okuyorum: *Vay canına, muhteşem bir şey bu.* Stockholm'deki oldukça tanınmış bir endüstriyel tasarımcıdan gelmiş bu mesaj. İşte bir diğeri: *Çok güzel. Geçen sene Barcelona'da gördüğüm bir şeyi hatırlattı bana.* Bu da Santa Fe'de kendi mağazasını işleten bir tasarımcıdan. Avizene dört üzerinden üç yıldız vermiş ve onu geliştirmene yardımcı olacak birtakım önerilerde bulunmuş. Bahse girerim avizeleri orada satabilirsin istesen. Bu da bir başka..."

Mercer avuçlarını masaya yapıştırmıştı. "Dur. Lütfen."

"Niye? En iyi kısmını duymadın daha. DesignMind'da şimdiden 122 gülen yüz almışsın. Bu kadar kısa sürede inanılmaz bir sayı. Bir sıralama da yapılıyor orada, bugün için ilk elliye girmiş durumdasın. Aslına bakarsan sıranı nasıl yükseltebileceğini biliyorum..." O sırada böyle bir etkinliğin kendi KatSev'ini de mutlaka 1.800'lere çekeceği geldi Mae'in aklına. Bu insanların büyük kısmının avizeleri satın almasını sağlarsa mis gibi Yönlendirme ve Perakende Brüt puanları kazanırdı...

"Mae. Dur. Lütfen dur." Mercer küçük, yuvarlak gözleriyle dik dik bakıyordu. "Burada, annenle babanın evinde sesimi yükseltmek istemiyorum ama ya sen susacaksın ya da ben gideceğim."

"Bekle iki saniye," dedi Mae ve parmağıyla ekranını kaydırarak Mercer'ı etkileyeceğinden emin olduğu bir şey aramaya koyuldu. Dubai'den gelen bir mesaj görmüştü, onu bulursa Mercer'ın yelkenleri suya indireceğini biliyordu.

Annesinin "Mae," dediğini duydu. "Mae."

Mae mesajı bir türlü bulamıyordu. Nereye kaybolmuştu? Ekranını kaydırırken bir sandalyenin çekildiğini işitti. Mesajı bulmaya o kadar yaklaşmıştı ki başını kaldırıp bakmadı. Baktığında Mercer'ın gitmiş olduğunu, annesiyle babasının da gözlerini dikmiş ona baktığını gördü.

"Bence Mercer'ı desteklemek istemen çok güzel," dedi annesi, "ama bunu neden şimdi yaptığını anlayamıyorum. Güzelim yemeğin tadını çıkarmaya çalışıyorduk."

Mae gözlerini annesine dikti, ondan katlanabileceği kadar hayal kırıklığı ve şaşkınlık soğurduktan sonra dışarıya koşup Mercer'ı arabasıyla geri geri çıkarken yakaladı.

Arabaya atlayıp öndeki yolcu koltuğuna oturdu. "Dur."

Mercer'ın gözleri donuk ve cansızdı. Arabayı tekrar park edip ellerini kucağına bıraktıktan sonra zorlama bir tenezzülle nefesini saldı.

"Derdin ne senin Mercer?"

"Bunu yapmamanı söyledim ama sen dinlemedin."

"Duygularını mı incittim?"

"Hayır. Beynimi incittin. İyice sıyırdığını düşünmeye başlıyorum artık. Sana durmanı söyledim ve sen vazgeçmedin."

"Sana yardım etmeye çalışmaktan vazgeçmedim, evet."

"Yardımını istemedim ki ben. Ayrıca eserimin fotoğrafını sağa sola göndermene izin de vermedim."

"*Eserinin.*" Sesinde doğru ya da yapıcı olmadığını bildiği bir iğneleyicilik fark etti.

"Küstahsın Mae. Küstahsın, kabasın, duygusuzsun."

"Ne? Bana duygusuz *diyemezsin*. Yaptığın işe inandığım için sana yardım etmeye çalışıyorum."

"Hayır, öyle değil. Mae, sen hiçbir şeyin dört duvar arasında kalmasına izin veremiyorsun. Oysa benim eserim tek bir odanın içinde var oluyor. Başka hiçbir yerde yok. Ben de öyle olmasını istiyorum."

"Yani iş istemiyor musun?"

Mercer arabanın ön camından dışarıya baktı, sonra arkasına yaslandı. "Bir tarikatın dünyayı ele geçirmekte olduğunu daha önce hiç böyle derinden hissetmemiştim. Biri geçen gün bana ne satmaya çalıştı biliyor musun? Bahse girerim Çember'le bağlantılıdır. Evcimen diye bir şey duydun mu hiç? Telefonun evini tarayıp içerideki tüm ürünlerin barkodlarını saptıyor..."

"Doğru. Böylece evde bir şey azaldığında yenisini sipariş edebiliyor. Çok akıllıca."

"Sence hiç mi sakıncası yok yani?" dedi Mercer. "Bunu bana nasıl satmaya çalıştılar biliyor musun? Her zamanki ütopyacı bakışla. İsrafı azalttığını söylediler. Mağazalar müşterilerin ne istediğini bilirlerse aşırı üretim, aşırı nakliyat yapmazmış, böylece satın alınmayan ürünleri çöpe atmak zorunda kalmazmış. Sizin oradakilerin kabul ettirmeye çalıştığı her şey gibi bu da kulağa mükemmel geliyor ama yaptığımız her şeyi daha fazla kontrole, daha fazla gözleme tabi tutuyor."

"Mercer, Çember dediğin benim gibi insanlardan oluşan bir grup. Bizim hep birlikte bir odada oturup sizi gözetlediğimizi, dünyayı ele geçirme planları yaptığımızı filan mı iddia ediyorsun?"

"Hayır. Birincisi, oradakilerin hepsinin senin gibi insanlar olduğunu *biliyorum*. Korkutucu olan da bu zaten. *Kolektif* olarak yapmakta olduğunuz şeyden *bireysel* anlamda bihabersiniz. İkincisi, liderlerinizin iyiliksever görünmesine kanmayın sakın. Belli başlı internet kanallarını kontrol edenlerin gayet düzgün insanlar olduğu mutlu mesut dönemler yaşadık geçmişte. En azından yırtıcı, intikamcı değillerdi. Ama ben hep endişe ederdim, ya bir gün biri bu gücü kendisine meydan okuyanları cezalandırmak için kullanmak isterse diye."

"Neden bahsediyorsun?"

"Ne zaman bir kongre üyesi ya da blog yazarı tekelleşmeden bahsetmeye kalksa durup dururken berbat bir seks-porno-büyücülük tartışmasının ortasında buluyor kendini, basit bir tesadüf mü bu sence? İnternet herhangi birini dakikalar içinde mahvetme gücüne yirmi yıldır sahipti ama sizin şu Üç Akıllı Adam'ınız ya da Üç Akıllı Adam'dan biri peyda olana kadar kimse kimsenin hayatını mahvetmek istememişti. Bunu daha önce hiç fark etmedin mi?"

"Paranoyak olmuşsun sen. Aklının hep komplo teorilerine çalışması oldum olası içimi sıkmıştır. Kara cahil gibi konuşuyorsun. Evcimen'in korkutucu bir yenilik olduğunu söylemene ne demeli, düşünsene, yüz yıl boyunca evlerimize süt getiren sütçülerimiz oldu. Sütümüzün ne zaman biteceğini bilirlerdi. Et satan kasaplarımız, kapımıza ekmek bırakan fırıncılarımız vardı..."

"Ama sütçü evimi taramıyordu! Artık bir barkod taşıyan her şey taranabiliyor. Şimdiden milyonlarca insan telefonunun evini taramasına izin veriyor ve telefonlar onca bilgiyi bütün dünyaya yayıyor."

"N'olmuş yani? Charmin markası ürettiği tuvalet kâğıtlarının ne kadarını kullanıyor olduğunu bilmesin mi istiyorsun? Charmin başına tabanca mı dayıyor sanki senin?"

"Hayır Mae, durum farklı. Öyle olsaydı anlaması daha kolay olurdu. Oysa bu vakada kimse kimseye baskı yapmıyor. Bunu yapmaya kimse seni zorlamıyor. Sen kendi isteğinle kendine tasma taktırıyorsun. Kendi isteğinle sosyal açıdan tamamen otistik hale geliyorsun. Temel insani iletişim işaretlerine çabucak tepki veremiyorsun. Hepsi de sana bakmakta, seninle konuşmaya çalışmakta olan üç insanla aynı masada otururken gözlerini bir ekrana dikip Dubai'de yaşayan birtakım yabancıları arıyorsun."

"Sen de sütten çıkmış ak kaşık değilsin Mercer. Bir e-posta hesabın var. Bir internet siten var."

"Diyeceğim o ki, sana bunu söylemek bana acı veriyor ama hiç ilginç değilsin artık. Günde on iki saat bir masanın başında oturuyorsun ve bir hafta sonra yok olacak ya da hatırlanmayacak birtakım sayılar dışında ne yaptığını gösteren hiçbir şey yok elinde. Yaşadığına dair hiçbir kanıt bırakmıyorsun. Hiçbir iz kalmıyor senden geriye."

"Canın cehenneme Mercer."

"Daha da kötüsü, artık ilginç bir şey *yapmıyorsun*. Hiçbir şey görmüyor, hiçbir şey söylemiyorsun. Ne yaman bir çelişkidir ki her şeyin merkezinde olduğunu ve bunun görüşlerini daha değerli kıldığını düşünürken aslında giderek daha cansız, daha silik bir hal alıyorsun. Bahse girerim, aylardır ekranlardan başka bir yerde bir şey yaptığın olmamıştır. Oldu mu?"

"Hıyarın tekisin sen."

"Hiç dışarı çıkıyor musun?"

"Sen ilginçsin, öyle mi? Ölü hayvan parçalarından avizeler yapan ahmak? Büyüleyici olan her şeyin merkezindeki harika çocuk sensin, öyle mi?"

"Ne düşünüyorum, biliyor musun Mae? Masanda somurtan ve gülen yüzler dağıtarak oturmanın sende sahiden de büyüleyici bir yaşam sürdüğün algısı yarattığını düşünüyorum. Bir şeyler hakkında yaptığın yorumlar, o şeylerin yerini alıyor. Nepal resimlerine bakıp gülen yüzler gönderiyorsun ve bu oraya gitmekle birdir sanıyorsun. Acaba gerçekten oralara gitseydin ne olurdu? O saçma sapan puanların ya da her ne boksa onlar, kabul edilebilir seviyelerin altına düşerdi! İnanılmaz derecede sıkıcı biri haline geldiğinin farkında mısın?"

Mercer ne zamandır Mae'in nefret duyduğu insanların başında geliyordu. Yeni değildi bu. Başka hiç kimsede olmayan bir becerisi, Mae'i felce uğratma yeteneği her zaman olmuştu. O profesör edalı kendini beğenmişliği. O antika lafları. Ve en çok da,

Mae'i tanıdığı yönündeki o -çok yanlış- temel varsayımı. Mae'in, Mercer'ın sevdiği ve onayladığı huyları vardı ve bunlar onun gerçek benliğiymiş, özüymüş gibi davranırdı. Bir halt bildiği yoktu oysa.

Yine de Mae arabasıyla eve dönerken geride bıraktığı her kilometreyle birlikte kendini daha iyi hissetmeye başlamıştı. O şişko ördekle arasına giren her kilometre onu kendine getiriyordu. Geçmişte onunla yattığını düşününce ciddi ciddi midesi bulanıyordu şimdi. Nasıl olmuştu bu, içine cin filan mı kaçmıştı? Gözlerini Mercer'ın sefilliğine karşı kör eden korkunç bir güç, o üç sene boyunca bedenini ele geçirmiş olsa gerekti. Mercer o zamanlar bile şişmandı, değil mi? Nasıl bir adam henüz lise çağında şişman olurdu? Kendisinin yirmi kilo fazlası varken kalkmış bütün gün masada oturmaktan bahsediyordu. Adamda hiç kafa kalmamıştı.

Mae bir daha onunla konuşmayacaktı. Bunu aklından geçirdikçe içi rahatlıyordu. İç rahatlığı ılık su gibi kapladı her yanını. Onunla asla konuşmayacak, ona yazmayacaktı. Annesiyle babasına da onunla ilişkilerini kesmeleri için baskı yapacaktı. Avizeyi kullanılmaz hale getirmeyi planlıyordu bir de, kaza süsü verecekti. Belki eve hırsız girmiş gibi görünmesini sağlardı. O şişko gerzeği şeytan kovar gibi hayatından çıkarmayı düşündüğü için kendi kendine güldü. O çirkin, durmadan terleyen geyik-adam bir daha dünyasına burnunu sokamayacaktı.

Toy Kızın Seyahatleri tabelasını gördü ve hiçbir şey düşünmedi. Sapağı geçti ve hiçbir şey hissetmedi. Fakat birkaç saniye sonra anayoldan ayrılmış, geldiği yoldan plaja yönelmişti. Saat neredeyse on olmuştu, dükkânın saatler önce kapanmış olduğunu biliyordu. O halde ne işi vardı orada? Mercer'ın dışarıda ne yapıp ne yapmadığı konusundaki saçma sapan sorularına tepki değildi bu. Yalnızca dükkânın açık olup olmadığına bakacaktı, o kadar; açık değildi muhtemelen ama belki Marion oralarda olur ve Mae'e yarım saatliğine kano kiralamaya razı gelirdi, kim bilir? Dükkânın bitişiğindeki karavanda yaşıyordu nasıl olsa. Belki Mae onu civarda yakalayıp kendisine bir kano kiralamaya ikna edebilirdi.

Mae arabasını park edip tel örgünün ardından içeriye baktı ama kimseyi seçemedi; kepenkleri inik kiralama ofisini, sıra sıra dizilmiş kanoları, kürekleri görebiliyordu yalnızca. Karavanın içinde bir siluet seçmeyi umarak durdu ama kimsecikler yoktu. İçerideki ışık loş ve gül rengiydi, karavan boştu.

Küçük kumsala yürüyüp ay ışığının durgun körfez yüzeyinde yakamozlanmasını seyrederek dikildi. Oturdu sonra. Kalmasının hiçbir manası olmadığı halde eve gitmek istemiyordu. Kafası Mercer'la, onun o kocaman çocuk yüzüyle, o gece ve her gece söylediği deli saçması şeylerle doluydu. Bu ona herhangi bir şekilde yardım etmeyi son deneyişi olacaktı, bundan emindi. Mercer onun geçmişinde, geçmişte kalmıştı; tavan arasına kaldırabileceği antika bir eşyadan, donuk, cansız bir objeden ibaretti.

KatSev'i üzerinde çalışmaya geri dönmesi gerektiğini düşünerek ayağa kalkmıştı ki tuhaf bir şey gördü. Tel örgünün öte ucunda, çitli alanın dışında, tehlikeli biçimde eğik duran büyük bir cisim vardı; ya bir kano ya da bir kürekti bu. Çabucak cismin yanına gitti. Yakından bakınca bir kano olduğunu anladı, yanında duran küreğiyle birlikte çitin dış tarafına yaslanmıştı. Kanonun yerleştiriliş şekli pek mantıklı değildi, Mae bir kanonun böyle neredeyse dimdik durduğunu daha önce hiç görmemişti, Marion'ın da bunu hoş karşılamayacağından emindi. Tek tahmini, birinin kiraladığı kanoyu dükkân kapandıktan sonra geri getirip çitli bölgeye mümkün olduğunca yakın bir noktaya bırakmaya çalışmış olduğuydu.

Kanonun gece kayıp düşme ihtimaline karşı onu en azından yere indirmesi gerektiğini düşündü. Öyle yaptı ve ne kadar hafif olduğuna şaşırarak onu dikkatle kuma yatırdı.

Sonra bir şey geldi aklına. Su yalnızca otuz metre mesafedeydi, kanoyu kolaylıkla kıyıya sürükleyebileceğini biliyordu. Önceden ödünç alınmış bir kanoyu ödünç almak hırsızlığa girer miydi? Çitin öbür tarafından aşırmayacaktı ya sonuçta; başka birinin zaten uzatmış olduğu ödünç alma süresini biraz daha uzatacaktı sadece. Bir-iki saate kalmaz iade ederdi, kimse de farkına varmazdı.

Mae küreği kanonun içine koydu ve ne hissettiğini anlamaya çalışarak kanoyu kumun üzerinde bir metre kadar sürükledi. *Hırsızlık* mıydı bu? Bilse Marion'ın da anlayış göstereceğine şüphesi yoktu. Özgür tabiatlı biriydi o, kurallara körü körüne bağlı kalan bir cadaloz değildi, Mae'in yerinde olsaydı aynı şeyi yapacak türden birine benziyordu. Olabileceklerden sorumlu tutulmak istemezdi tabii ama soru aynıydı yine: Ortada böyle bir sorumluluk *var mıydı ki*? Kano kendisinden habersiz alındıysa Marion herhangi bir şeyden sorumlu tutulabilir miydi?

Mae kıyıya ulaşmış, kanonun pruvası çoktan ıslanmıştı. Alttaki suyu, kanoyu ondan alıp körfezin engin kütlesine çekmeye çalışan akıntıyı hissedince Mae bu işi yapacağını anladı. Tek sorun, can yeleğinin olmamasıydı. Kanoyu ödünç alan kişinin çitin öbür tarafına atmayı başardığı tek şey can yeleğiydi. Ama su o kadar sakindi ki Mae kıyıdan uzaklaşmadığı sürece ciddi bir tehlikeyle karşılaşacağına hiç ihtimal vermiyordu.

Gerçi kanoya binip açılır açılmaz, altındaki yoğun su kütlesini ve ne çabuk ilerlemekte olduğunu hissedince, sığ sularda kalmayabileceğini düşündü. Mavi Ada'ya kadar gideceği gece buydu belki de. Melek Adası kolaydı, oraya zırt pırt giderdi insanlar; ama Mavi Ada başkaydı, kimsenin gitmediği kayalık bir yerdi. Mae orada olduğunu hayal ederek gülümsedi; Mercer'ın o kendini beğenmiş suratının nasıl afallayacağını, nasıl bozulacağını düşününce gülümsemesi yüzüne iyice yayıldı. Onun bir kanonun içine giremeyecek kadar şişman, marinanın dışına çıkamayacak kadar da tembel olduğunu düşündü. Otuzuna merdiven dayamış, geyik boynuzundan avizeler yapan bir adam, kalkmış ona -Çember'de çalışmakta olan ona!- söylev çekiyordu. Bu bir şaka olmalıydı. T2K grubuna girmiş ve sıralamada süratle yükselmekte olan Mae, gece vakti bir kanoyla körfezin kapkara sularına açılacak kadar, Mercer'ın ancak o patates çuvalı kıçının üstünde oturup hayvan boynuzlarına gümüş yaldız sürerken teleskopla bakacağı bir adayı keşfe çıkacak kadar cesurdu aynı zamanda.

Düşüne taşına yapılmış bir seyahat planı değildi onunki. Körfezin derinlerindeki akıntılar hakkında da, yakınlardaki nakliye rotasını kullanmakta olan tankerlere, hele ki böyle karanlıkta, onlar tarafından görülemeyeceği bir saatte bu kadar yaklaşmanın akıllıca olup olmadığı konusunda da hiçbir fikri yoktu. Üstelik adaya ulaştığı ya da yaklaştığı vakte kadar koşullar kötüleşebilir, geri dönüşünü zora sokabilirdi. İçinde uyanan, uyku kadar güçlü ve kendiliğinden bir gücün etkisiyle Mavi Ada'ya ulaşana ya da bir şekilde bunu yapmaktan alıkonana dek durmayacağını anlamıştı. Rüzgâr böyle efil efil esmeyi sürdürür, su da sakinliğini korursa şayet, oraya ulaşacaktı.

Kürek çekerek yelkenlileri ve dalgakıranları arkasında bırakırken güneye doğru bakıyor, gözlerini kısarak kadınla adamın yaşadığı filikayı arıyordu ama o bölge bu mesafeden çok net görünmüyordu, hem zaten bu kadar geç saatte ışıklarının açık olma ihtimali düşüktü. Mae yoluna devam etti, demir atmış yatların yanından çabucak geçerek körfezin yuvarlak karnına girdi.

Arkasında alçak bir şıpırtı duyunca dönüp baktı ve bir liman fokunun siyah kafasıyla karşılaştı, aralarında dört-beş metre ya var ya yoktu. Mae onun suyun altında kaybolmasını bekledi ama fok durmuş ona bakıyordu. Mae tekrar önüne dönüp adaya doğru kürek çekmeye devam edince fok onun görmek istediği şeyi kendisi de görmek istiyormuş gibi bir müddet peşinden geldi. Mae bir an için fokun adaya kadar arkasından yüzüp yüzmeyeceğini merak etti, kim bilir belki o da ada yakınlarındaki kayalıklara gidiyordu, arabasıyla yukarıdaki köprüden geçerken pek çok defa orada güneşlenen foklar görmüştü. Ama tekrar başını çevirip baktığında hayvan gözden kayboldu.

Mae cüretkarca açılmaya koyulmuşken suyun yüzeyi sakinliğini korudu. Körfezin dalgalanmaya meyilli, okyanus rüzgârlarına açık bu bölgesi bu gece çarşaf gibiydi, Mae hız kesmeden ilerlemeyi sürdürdü. Yirmi dakikada ada yolunu yarılamıştı ya da bulunduğu yerden öyle görünüyordu. Suda mesafeyi kestirmek imkânsızdı, özellikle de geceleyin; ama ada Mae'in görüşünde giderek büyümekteydi ve daha önce hiç seçemediği kayalıklar artık görünmeye başlamıştı. Tepede bir yerde ışık yansıtan bir cisim fark etti, ay ışığı cisme gümüşi bir parıltı katıyordu. Kıyının siyah kumları üzerinde, pencere olduğundan kuşku duymadığı bir cismin kalıntılarını gördü sonra. Uzaklarda bir sis düdüğü öttü, ses Golden Gate Köprüsü'nün ağzından geliyordu. *Oralarda sis yoğun olsa gerek*, diye düşündü, halbuki onun bulunduğu yerde, yani köprüden yalnızca birkaç kilometre uzakta, gökyüzü bulutsuz, ay parlak ve neredeyse yusyuvarlaktı. Ayın suya vuran şavkı acayipti, öyle parlaktı ki Mae gözlerini kıstığını fark etti. Ada yakınlarındaki kayalıkları, üzerinde foklar ve denizaslanları gördüğü yeri merak etti. Acaba yine orada olacaklar mıydı yoksa Mae gelmeden kaçarlar mıydı? Batıdan bir esinti geldi, tepelerden ansızın inen bir Pasifik rüzgârı. Mae bir an kıpırdamadan oturup rüzgârı ölçtü. Rüzgâr hızlanırsa dönmesi gerekecekti. Artık kıyıdan çok adaya yakındı ama çırpıntı başlarsa yalnız ve can yeleksiz bir halde kanoda oturmanın tehlikesi göze alınamayacak kadar büyük olurdu. Lakin rüzgâr, başladığı kadar ani bir şekilde kesildi.

Yüksek perdeden bir homurtu Mae'in dikkatini kuzey yönüne çekti. Bir tekne, römorkör gibi bir şey ona doğru yaklaşmaktaydı. Kabinin çatısında kırmızı beyaz ışıklar görünce bunun bir tür devriye aracı, muhtemelen Sahil Güvenlik olduğunu anladı. Onu görebilecek kadar yakındaydılar. Dik duracak olursa silueti onu çabucak ele verirdi.

Gövdesini kanonun tabanına dümdüz yatırdı; oluşturmakta olduğu şekli tekneden fark ettikleri takdirde onu bir kaya, bir kütük, bir fok ya da yalnızca körfezin gümüşi ışıltısını kesintiye uğratan geniş, kara bir dalga zannedeceklerini ümit ediyordu. Teknenin motor gürültüsü giderek yaklaşınca Mae'in birazdan üzerine kuvvetli bir ışık tutulacağından şüphesi kalmadı ama tekne çabucak geçip gitti yanından. Onu görmemişlerdi.

Son bir gayretle adaya varması o kadar çabuk oldu ki Mae mesafe algısını sorguladı. Az önce yolu en iyi ihtimalle yarılamış olduğunu düşünürken şimdi güçlü pupa rüzgârları tarafından itilircesine adanın kıyısına doğru sürüklenmekteydi. Pruvadan atladığında su soğuk, dalgalar kuvvetliydi. Mae kanoyu bir an evvel kıyıya çekmek için hemen davrandı, onu sudan tamamen çıkarıp kumluğa kadar sürükledi. Geçen defa çabucak yükselen suların kanosunu neredeyse kapıp götürdüğünü hatırlayınca onu kıyıya paralel duracak şekilde çevirerek her iki tarafına büyük taşlar yerleştirdi.

Dikildiği yerde hızlı hızlı soluyor, kendini güçlü, adeta dev gibi hissediyordu. *Burada olmak ne tuhaf*, diye düşündü. Yakınlarda bir köprü vardı, arabasıyla o köprüden geçerken bu adaya yüz defa bakmış ama üzerinde tek bir canlı görmemişti, ne insan ne hayvan vardı. Kimse cesaret etmiyor ya da zahmete girmiyordu. Peki, burada bu kadar merakını uyandıran neydi? Buraya gelmenin yegâne ya da en azından ideal yolunun bu olduğunu düşündü. Marion onun bu kadar uzağa gitmesini istemezdi, bilseydi onu bulup geri getirmesi için arkasından bir sürat motoru yollardı büyük ihtimalle. Ya Sahil Güvenlik, onlar da insanları buraya gelmekten caydırmaya çalışmaz mıydı hep? Yoksa özel bir ada mıydı bu? Tüm bu soru ve kaygılar artık yersizdi çünkü ortalık karanlıktı, kimse Mae'i göremez, orada olduğunu bilemezdi. Ama kendisi bilecekti.

Kıyı boyunca yürüdü. Kumsal, adanın güneyini büyük ölçüde kuşattıktan sonra yerini sarp bir kayalığa bırakıyordu. Mae başını kaldırıp baktığında kayalıkta ayak basılabilecek sağlam yerler göremedi, bunun üzerine yamacı engebeli ve kayalık, kumsalı da fazlasıyla sıradan bularak geldiği yoldan geri döndü. Yengeç kabukları ve yüzen çöplerle dolu kalın bir yosun şeridi kumsal boyunca uzanıyordu; Mae parmaklarını bu yosunlardan geçirdi. Ay ışığı yosunlara Mae'in daha önce de görmüş olduğu fosforlu bir ışıltı veriyor, buna bir de içten aydınlatmalıymış gibi görünmesine yol açan bir gökkuşağı parıltısı ekleniyordu. Kısa bir an için Mae kendini ay üzerindeki bir su kütlesindeymiş, her şeyin tersine çevrilmiş tuhaf renklere boyandığı bir yerdeymiş gibi hissetti. Yeşil olması gereken şey griydi, mavi olması gerekense gümüşi. Tüm bu gördüklerini daha önce hiç görmemişti. Aklından tam da bu düşünce geçerken Pasifik üzerinden yere doğru düşen ve kayan bir yıldız olduğundan kuşku duymadığı bir şey ilişti gözüne, kara tepelerin ardında gözden kaybolan bir ışık yayı. Daha önce yalnızca bir defa kayan bir yıldız görmüştü ve bununla onun aynı olduğundan emin değildi. Ama başka ne olabilirdi ki? Bir süre sahilde oturup kayan yıldızı görmüş olduğu noktaya dikti gözlerini, bir yıldız daha kayabilirmiş ya da ardından bir meteor yağmuru gelebilirmiş gibi.

Yapmayı en çok istediği şeyi, kayalığın alçak zirvesine tırmanma işini geciktirdiğini biliyordu, işte şimdi yola koyulmuştu. Oraya giden bir patika bulunmaması -şu an bulunduğu yerde daha önce hiç kimsenin ya da hemen hiç kimsenin bulunmamış olması- Mae'e büyük keyif veriyordu; ot öbeklerini ve kökleri tutamaç gibi kullanarak, arada bir önüne çıkan taş çıkıntılarına ayaklarını basarak tırmandı. Yamaçta neredeyse yuvarlak, düzgün denebilecek, büyücek bir oyuk bulunca durdu biraz. Burası bir hayvanın yuvası olsa gerekti ama ne tür bir hayvanın yuvasıydı, emin olamadı. Tavşanların, tilkilerin, yılanların, köstebeklerin, sıçanların yuvalarını getirdi gözlerinin önüne, burada yaşama olasılığı yaşamama olasılığıyla bir olan canlıları; sonra tırmanmaya devam etti, yukarıya, daha yukarıya. Zor değildi. Dakikalar içinde zirveye ulaşmış, kendi gövdesinden çok da büyük olmayan yalnız bir çamla buluşmuştu. Dengesini sağlamak için çamın sağlam gövdesine tutunarak yanı başında dikildi ve arkasına döndü. Epey uzaktaki şehrin minik beyaz pencerelerini seçti. Üzerindeki kırmızı ışıkları bir takımyıldız gibi Pasifik'e doğru taşıyan alçak bir tankerin ilerleyişini izledi.

Aşağıdaki kumsal ansızın çok uzak göründü gözüne, midesi bir tuhaf oldu. Doğuya baktı, fokların kayalıklarını şimdi daha iyi ayırt edebiliyordu, üzerlerine bir düzine kadar fok serilmiş uyumaktaydı. Yukarıdaki köprüye baktı; Golden Gate değil, daha ufak olanıydı bu; beyaz, akıcı araç trafiği gece yarısında hâlâ seyrelmemişti. Gümüşi körfeze karşı dikilen siluetini köprüden geçen herhangi birinin seçip seçemeyeceğini merak etti. Çoğu sürücü ve yolcu aşağıya, onun bulunduğu yere bakmayacaktı, onun oradaki varlığına dair en ufak bir fikirleri olmayacaktı.

Sonra, hâlâ çamın kemiksi gövdesine tutunurken ağacın daha yukarısındaki dallarda bir yuva fark etti. Ona dokunmaya kalkmadı, dokunduğu takdirde yuvanın koku ve yapı dengesini bozacağını biliyordu ama içinde ne olduğunu görmeyi çok istiyordu. Bir taşın üstüne çıkarak yuvanın yukarısına yükselmeye, içine bakmaya çalıştı ama böyle bir bakış açısını mümkün kılacak yüksekliğe ulaştıramıyordu kendini. Yuvayı tutup aşağıya, kendine doğru indirse, sonra da içine bakıverse ne olurdu? Bir saniyeliğine? Yapabilirdi, neden yapamasın, sonra hemen yerine koyardı yine... Hayır. Bunu yapamayacağını biliyordu, o kadar cahil değildi. Yaparsa yuvanın içindeki her ne ise onu mahvetmiş olurdu.

Yüzünü güneye dönerek ışıkları, köprüleri, körfezi Pasifik'ten ayıran çıplak, siyah tepeleri görebileceği şekilde oturdu. Birkaç milyon yıl önce tüm bunların sualtında olduğunu söylemişti biri ona. Tüm bu dağlık burunlar ve adalar eskiden o kadar derindeydi ki okyanus tabanındaki sırtlar olarak tanımlanabilirlerdi ancak. Gümüşî körfezin öte tarafında bir çift kuş gördü, balıkçıl ya da akbalıkçıllar, alçaktan uçarak kuzeye doğru gidiyorlardı. Mae bir süre oturup aklını başıboş bıraktı. Hemen altındaki oyukta bir ihtimal yaşayan tilkileri geçirdi aklından, sahilde taşların altında bir ihtimal saklanan yengeçleri, yukarıdan bir ihtimal geçen arabalardaki insanları, limana yanaşan ya da görülebilecek her şeyi görmüş, iç çeken yolcularıyla limandan ayrılan şilep ve tankerlerdeki erkekleri ve kadınları. Etrafını saran derin sularda belli bir amaçla dolaşarak ya da amaçsızca sürüklenerek yaşama olasılığı bulunan her şeyi bir bir tahmin etti ama hiçbirini uzun uzadıya düşünmedi. Etrafında mümkün olan milyon tane çeşitlemenin bilincindeyken çok bir şey bilmediği, asla da bilemeyeceği düşüncesiyle avunmak yeterliydi.

Mae, Marion'ın plajına geri döndüğünde ilk bakışta her şeyin aynen bıraktığı gibi olduğunu düşündü. Görünürde kimsecikler yoktu ve Marion'ın karavanının içi önceden olduğu gibi loş, gül rengiydi.

Kıyıya atlayınca ayakları hışırtıyla ıslak kuma gömüldü, sonra kanoyu plaja doğru sürükledi. Bacakları ağrımıştı, durdu, kanoyu yere bırakıp gerindi. Kollarını başının üzerine uzattığı sırada otoparka bakıp arabasını gördü fakat arabanın yanında bir araba daha duruyordu şimdi. Bu ikinci arabaya dikkatle bakarak Marion'ın dönmüş olabileceğini düşünürken yüzüne vuran beyaz ışıkla gözleri kamaştı.

"Olduğun yerde kal," diye gürledi megafondan yükselen ses.

İçgüdüsel olarak başını öbür tarafa çevirdi.

Megafondan yükselen ses tekrar duyuldu. Şimdi düşmanca bir tını takınmış, "Kıpırdama!" diye bağırıyordu.

Mae dengesini sağlayamadan olduğu yerde donakaldı, bu vaziyette daha ne kadar durabileceği konusunda endişelenmeye başlamıştı ki durmasına gerek kalmadı. Üstüne çullanan iki gölge onu kollarından tutup kıskıvrak yakaladı ve ellerini arkadan kelepçeledi.

Mae ekip otosunun arka koltuğuna oturmuştu şimdi; artık sakinleşmiş olan memurlar Mae'in onlara anlattıklarının -plajdaki dükkândan her zaman kano kiraladığının, oraya üye olduğunun, bu gece yalnızca kiraladığı kanoyu iade etmekte geciktiğinin- doğru olup olamayacağını tartışıyorlardı. Telefonla Marion'a ulaşmışlardı ve Marion, Mae'in müşterisi olduğunu doğrulamıştı ama o gün bir kano kiralamış ve geri getirmekte gecikmiş olup olmadığını sorduklarında hemen oraya geleceğini söyleyip kapatmıştı.

Yirmi dakika sonra Marion çıkageldi. Eski model kırmızı bir pikabın yolcu koltuğundaydı, sürücü koltuğunda ise şaşkın ve sinirli görünen sakallı bir adam oturuyordu. Mae, Marion'ın polis arabasına sarsak adımlarla yürüyüşüne bakarak içkili olduğunu varsaydı, muhtemelen sakallı adam da öyleydi. Adam hâlâ arabadaydı, orada kalmaya kararlı gözüküyordu.

Marion arabaya doğru giderken Mae onunla göz göze geldi. Mae'i ekip otosunun arka koltuğunda kolları arkadan kelepçelenmiş halde görünce derhal ayılır gibi oldu.

"Aman Tanrım," dedi, ona doğru koşarken. Memurlara döndü sonra. "Mae Holland bu. Bizden her zaman kano kiralar. Serbestçe girip çıkar buraya. Nasıl oldu bu yahu? Neler oluyor?"

Memurlar olası bir hırsızlık hakkında iki ayrı ihbar almış olduklarını söylediler. "Bunlardan biri, kimliğinin gizli tutulmasını isteyen bir vatandaşa aitti." Sonra Marion'a döndüler. "Diğer uyarı ise sizin kendi kameranızdan geldi Bayan Lefebvre."

Mae'in gözüne neredeyse hiç uyku girmedi. Adrenalini onu bütün gece ayakta tuttu. Nasıl bu kadar aptal olabilirdi? Hırsız değildi o. Ya Marion gelip onu kurtarmasaydı? Her şeyini kaybedebilirdi. Kefaletle serbest bırakılması için annesiyle babasına haber verilir, Çember'deki işinden olurdu. Hız sınırını aşmaktan bile ceza yememiş, başını ömrü boyunca hiçbir belaya sokmamıştı ve şimdi bin dolar değerindeki bir kanoyu çalmakla suçlanıyordu.

Neyse ki geçmiş bitmişti ve ayrılırlarken Marion, plaja gelmekten vazgeçmemesi için ısrar etmişti. "Mahcup olduğunu biliyorum ama buraya tekrar gelmeni istiyorum. Gelmezsen benden çekeceğin var, ona göre." Mae'in çok üzüleceğini, utançtan yerin dibine geçeceğini, yüzüne bir daha bakamayacağını biliyordu.

Mae yine de, birkaç saatlik bölük pörçük uykudan sonra içinde tuhaf bir özgürleşme hissiyle uyandı; bir kâbustan sıyrılıp gördüklerinin gerçek olmadığını anlamış gibiydi. Olanların üzerine sünger çekip işe gitti.

Saat sekiz buçukta sisteme giriş yaptı. Seviyesi 3.892'ydi. Sabah saatlerini, ekseriyeti uykusuz geçen bir gecenin sonunda birkaç saatliğine mümkün olan olağanüstü bir odaklanma duygusuyla çalışarak geçirdi. Önceki gecenin anıları -suyun o sessiz gümüşi pırıltısı, adadaki yalnız çam, ekip otosunun gözlerini kör eden ışığı ve içinin plastik kokusu, Mercer'la aralarındaki o saçma konuşma- düzenli aralıklarla aklına geliyordu ama giderek silikleşmekteydi veya Mae onları silikleşmeye zorlamaktaydı. Derken ikinci ekranında Dan'den gelen mesajı gördü: *Lütfen derhal ofisime gel. Yerine Jared bakacak.*

Mae hemen koşup gitti; kapısına vardığında Dan onu ayakta, hazır vaziyette bekliyordu. Yüzünde Mae'in böyle çabucak gelmesini takdir ettiğini gösteren bir ifade vardı.

"Seninle ne hakkında konuşmak istediğimi biliyor musun?"

Yalan söyleyip söylemeyeceğini görmek için deniyor muydu yoksa onu?

"Üzgünüm ama bilmiyorum," demeyi denedi Mae.

Dan usulca göz kırptı. "Mae. Bu son şansın."

"Dün geceyle mi ilgili?" diye sordu Mae. Dan'in polis olayından haberi yoksa başka bir şey uydurabilirdi, saatler sonra olmuş başka bir şey.

"Öyle. Ve bu çok ciddi bir durum."

Biliyordu. Eyvah, biliyordu. Aklının bir köşesinde, Çember'in mutlaka bir uyarı iletisi aldığını idrak etti, personelden biri ne zaman polis tarafından suçlansa ya da sorgulansa bu ileti onları haberdar ediyor olmalıydı. Durumun tek mantıklı açıklaması buydu.

"Ama kimse şikâyetçi olmadı ki," diye itiraz etti. "Marion olaya açıklık getirdi."

"Marion dükkânın sahibi mi?"

"Evet."

"Ama Mae, ortada işlenmiş bir suç olduğunu ikimiz de biliyoruz, öyle değil mi?"

Mae ne diyeceğini bilemedi.

"Korkma, seni kollayacağım. Bir Çember çalışanı olan Gary Katz'ın o plaja bir DeğişimiGör kamerası yerleştirmiş olduğundan haberin var mıydı?"

Mae'in yüreği ağzına geldi. "Hayır, yoktu."

"Peki, dükkân sahibinin oğlu Walt'un da bir tane yerleştirmiş olduğundan?"

"Hayır."

"Evet, birincisi, bu zaten başlı başına sıkıntılı bir mevzu. Arada bir kano sporu yapıyordun, değil mi? Profiline baktığımda kanocu olduğunu görüyorum. Josiah ile Denise de bu konuda aranızda güzel bir konuşma geçtiğini söyledi."

"Arada bir yapıyorum, evet. Birkaç ay oldu."

"Körfezde durumu görmek için DeğişimiGör kameralarına bakmak hiç aklına gelmedi mi?"

"Hayır. Bakmalıydım tabii. Ama oraya her gidişim ani kararlarla, önceden planlamadan oluyor. O plaj annemlerden dönüş yolumun üzerinde, onun için ben de..."

"Yani dün annenlerde miydin?" dedi Dan, Mae evet diyecek olursa daha da öfkeleneceğini belli eden bir sesle.

"Evet. Yalnızca akşam yemeği için."

Dan şimdi ayağa kalkmış, Mae'e arkasını dönmüştü. Mae onun kızgın hırıltılarla soluduğunu işitebiliyordu.

Mae her an kovulabileceğini net bir şekilde ayrımsadı. Birden Annie'yi hatırladı. Annie onu kurtarabilir miydi? Hayır, bu sefer değil.

"Pekâlâ," dedi Dan. "Demek buradaki pek çok etkinliği kaçırmak pahasına annenlere gidiyor, sonra da arabanla geri dönerken kano kiralama dükkânına uğruyorsun, hem de mesai sonrasında. Kapalı olacaklarını bilmediğini söyleme sakın."

"Kapalı olacaklarını tahmin etmiştim ama yine de uğrayıp emin olmak istedim."

"Ve çitin dışında bir kano görünce de almaya karar verdin."

"Ödünç almaya. Ben oranın üyesiyim."

"Kamera kayıtlarını görmüş müydün?" diye sordu Dan.

Duvar ekranını açtı. Geniş açılı bir kameradan plajın ay ışığında çekilmiş net görüntüsüne baktı Mae. Ekranın alt köşesindeki yazı, görüntünün akşam saat 10.14'te alındığını gösteriyordu. "Böyle bir kamera işine yaramaz mıydı sence?" diye sordu Dan. "Hiç olmazsa suyun durumunu görmek açısından?" Herhangi bir karşılık beklemiyordu. "Şimdi de seni görelim." Birkaç saniye ileriye sardı ve Mae kendi şüpheli suretinin plajda belirdiğini gördü. Her şey çok netti - kanoyu bulduğunda yaşadığı şaşkınlık, düşünüp taşınma ve tereddüt anları, sonra onu çabucak suya indirip kürek çekerek gözden kaybolması.

"Evet," dedi Dan, "senin de görebildiğin gibi, yanlış bir şey yapmakta olduğunu bildiğin çok açık. Marge ya da her kimse onunla anlaşması olan biri böyle davranmaz. Gerçi ikinizin danışıklı dövüşle senin hikâyeni doğrulamanız ve bu sayede tutuklanmaman beni sevindirdi çünkü öyle bir şey olsaydı burada çalışman imkânsız hale gelirdi. Hüküm giymiş suçlular Çember'de çalışamaz. Yine de bütün bu olanlar, açık konuşmak gerekirse midemi bulandırıyor. Yalan dolan, çarpıtma. Bunlarla uğraşmak zorunda kalmak bile inanılır gibi değil."

O tuhaf hisse, adeta havadaki bir titreşimin kovulmakta olduğunu fısıldadığı duygusuna kapılmıştı Mae yine. Ama kovulmak üzere olsaydı Dan bu kadar vakti onunla harcamazdı, harcar mıydı? Ayrıca ondan çok daha yüksek bir mevkide olan Annie tarafından işe alınmış birini kovar mıydı? Mae işine son verildiğini birinden duyacaksa şayet, o kişi Annie'nin kendisi olurdu. Dolayısıyla Mae konuşmanın başka bir mecraya kaymakta olduğunu ümit ederek, oturup bekledi.

"Evet, burada eksik olan ne peki?" diye sordu Dan, Mae'in kanoya binmekte olduğu karede dondurulmuş olan kamera görüntüsünü işaret ederek.

"Bilmiyorum."

"Bilmiyor musun gerçekten?"

"Kanoyu kullanma izni mi?"

"O da var tabii," dedi Dan tersçe, "ama başka ne?"

Mae başını iki yana salladı. "Üzgünüm. Bilmiyorum."

"Genellikle can yeleği giymez misin?"

"Giyerim tabii. Ama can yelekleri çitin öbür tarafındaydı."

"Ya denize açıldığında, Tanrı korusun, başına bir şey gelseydi annenle baban ne hissederdi? Marge ne hissederdi?"

"Marion."

"O nasıl hissederdi kendini Mae? Bir gecede işinden olurdu. Biterdi. Yanında çalışan onca insan da öyle. Hepsi işsiz kalırdı. Plaj kapanırdı. Körfezde kano sporu ticareti toptan dibe vururdu. Hep senin vurdumduymazlığın yüzünden. Patavatsızlığımı bağışla ama... bencilliğin yüzünden."

"Biliyorum," dedi Mae. Gerçekler içini acıtıyordu. Bencillik etmişti. Kendi arzusundan başka hiçbir şeyi gözü görmemişti.

"Yazık oldu, büyük ilerleme kaydediyordun oysa. KatSev'in 1.668'e çıkmıştı. Yönlendirme Oranın ve Perakende Brütün de ilk çeyrekteydi. Derken bu oldu." Dan derin derin göğüs geçirdi. "Ama tüm bunlar, ne kadar üzücü de olsa, bize bir ders çıkarma fırsatı veriyor. Hayatı değiştirecek düzeyde bir ders çıkarma fırsatından söz ediyorum. Bu utanç verici hadise sana Eamon Bailey ile bizzat tanışma şansı sunacak."

Mae'in nefesi kesilir gibi oldu.

"Evet. Bu mesele onun çok ilgisini çekti, kendi kaygılarıyla ve Çember'in genel amaçlarıyla nasıl da örtüştüğünü gördü çünkü. Bu konuda Eamon'la konuşmak ister misin?"

"Evet," demeyi başardı Mae. "Elbette."

"Güzel. O da seninle tanışmaya can atıyor. Bu akşam saat altıda onun ofisine götürüleceksin. Lütfen o zamana kadar kafanı toplamaya çalış."

Mae'in zihninde kendine yönelttiği suçlamalar yankılanıp duruyordu. Kendinden, sergilediği karakterden nefret ediyordu. Bunu nasıl yapar, nasıl olur da işini tehlikeye atabilirdi? En iyi arkadaşını nasıl utandırabilirdi? Babasının sağlık sigortasını nasıl riske atardı? Tam bir ahmaktı o, evet ama aynı zamanda bir tür şizofreni hastası da olabilir miydi? Önceki gece içine ne girmişti öyle? Nasıl bir insan bunu yapardı? Aklı kendi kendisiyle tartışadursun, Mae şirkete bağlılığını kanıtlayacak gözle görülür bir şeyler yapma gayretiyle harıl harıl çalıştı. Bir yandan 140 müşteri sorusunun üstesinden gelerek şimdiye kadarki rekorunu kırarken bir yandan da 1.129 anket sorusu yanıtlamış, bu arada çaylakların da kendisine ayak uydurmalarını sağlamıştı. Grup ortalaması 98'di, bunda şansın ve Jared'ın katkısının da -Jared onun başına gelenlerden haberdardı ve yardım edeceğine söz vermişti- bir miktar payı olduğunu biliyordu ama yine de bu ortalama onu gururlandırmıştı. Saat beşte akış durunca Mae kırk beş dakika KatSev'i üzerinde çalışarak 344 yorum ve gönderiyle bine yakın gülen ve somurtan yüz yollanmasını gerektiren bir uğraşın ardından sırasını 1.827'den 1.430'a yükseltti. 38 büyük, 44 küçük başlıkta yönlendirme yaparak Perakende Brütünü 24.050 dolara çıkardı. Bunun Bailey tarafından fark edilip takdirle karşılanacağından emindi, Üç Akıllı Adam'ın KatSev'le en çok ilgileneni Bailey'ydi çünkü.

Saat beş kırk beşte bir ses adını çağırdı. Başını kaldırıp baktığında kapıda birini gördü, yeni biriydi bu, otuz yaşlarında bir adam. Kapıda tanıştılar.

"Mae Holland?"

"Evet."

"Ben Dontae Peterson, Eamon'la çalışıyorum. Eamon seni ofisine götürmemi istedi. Hazır mısın?"

Mae'in Annie'yle yürümüş olduğu yoldan gittiler; yolda Mae, Bailey'nin ofisine daha önce de gitmiş olduğunu Dontae'in bilmediğini düşündü. Annie ona gizlilik yemini filan ettirmemişti ama daha önce oraya gitmiş olduğunu Dontae'in bilmiyor olması Bailey'nin de bilmediğini, dolayısıyla Mae'in bunu açık etmemesi gerektiğini gösteriyordu.

Uzun kızıl koridora girdiklerinde Mae boncuk boncuk ter dökmeye başladı. Ter damlacıkları koltukaltlarından beline doğru süzülüyordu şimdi. Ayaklarını hissedemiyordu.

Kapıda durduklarında, "Burada Üç Akıllı Adam'ın komik bir portresi var," dedi Dontae. "Bailey'nin yeğeni yapmış."

Mae tabloya şaşıp kalmış, masumiyetinden ve yalın içgörüsünden çok etkilenmiş gibi görünmeye çalıştı.

Dontae çörten şeklindeki büyük tokmağı kullanarak kapıyı çaldı. Kapı açıldı ve Bailey'nin gülümseyen yüzü boşluğu doldurdu.

"Merhaba!" dedi. "Selam Dontae, selam Mae!" Kafiye hoşuna gitmiş gibi daha da yaydı gülümsemesini. "İçeri girin."

Haki bir pantolon, yakası düğmeli beyaz bir gömlek giymişti ve banyodan yeni çıkmışa benziyordu. Bailey yarattığı mekânın güzelliğinden utanırcasına ensesini kaşıya kaşıya odayı süzerken Mae arkasından içeriye girdi.

"Evet, bu benim en sevdiğim odam. Çok az insan görmüştür burayı. Onu ya da herhangi bir şeyi sır olarak sakladığımdan değil, insanlara burayı gezdirmek gibi şeylere ayıracak vaktim olmuyor sadece. Daha önce hiç böyle bir şey görmüş müydün?"

Mae daha önce bu odanın ta kendisini görmüş olduğunu söylemek istedi ama söyleyemezdi. "Nerede!.." dedi.

O an Bailey'nin yüzünde bir şey oldu, gözünün sol ucu ile ağzının sol tarafını buluşturur gibi duran bir seğirme.

"Teşekkürler Dontae," dedi sonra.

Dontae gülümseyerek ağır kapıyı arkasından kapatıp gitti.

"Eee Mae. Çay?" Bailey antika bir çay takımının, burnundan ince bir buhar sarmalı çıkaran gümüş bir çaydanlığın önünde dikiliyordu.

"Tabii," dedi Mae.

"Yeşil mi, siyah mı?" diye sordu Bailey, gülümseyerek. "Yoksa bergamotlu mu?"

"Yeşil, teşekkürler. Ama zahmet oluyor size."

Bailey çayları hazırlamaya girişmişti. "Sevgili Annie'mizi uzun zamandır mı tanıyorsun?" diye sordu, fincanı dikkatle doldururken.

"Evet. Üniversitedeki ikinci yılımdan beri. Beş yıl oldu."

"Beş yıl! Yani hayatının yüzde kaçı oluyor bu, 30'u!"

Mae, Bailey'nin sayıyı biraz yuvarladığının farkındaydı ama küçük bir kahkaha attı. "Galiba öyle. Az buz değil." Bailey ona altında tabağıyla bir çay fincanı uzatıp oturmasını işaret etti. Odada iki koltuk vardı, ikisi de deri kaplıydı ve çok rahattı.

Bailey gürültüyle içini çekerek koltuğuna bıraktı kendini, sonra da ayak bileğini dizinin üstüne yerleştirdi. "Evet, Annie bizim için çok önemlidir, dolayısıyla sen de öylesin. Bir gün bu topluluk için çok değerli olabilirmişsin gibi bahsediyor senden. Bunun doğruluğuna inanıyor musun?"

"Burası için değerli olabileceğime mi?"

Bailey başını salladıktan sonra çayını üfledi. Sabit gözlerle, çay fincanının üzerinden Mae'e baktı. Mae onun bu bakışını yakaladı ama dayanamayıp başını çevirdi ve karşısında bula bula yine onun yüzünü buldu. Bailey bu sefer az ilerideki rafın üstünden, çerçeveli bir fotoğraftan ona bakıyordu. Ailesinin siyah beyaz çekilmiş profesyonel bir portresiydi bu; Bailey'nin üç kızı, ikisi de oturmakta olan anne ve babalarının etrafına dizilmiş, ayakta duruyorlardı. Oğlu ise kucağındaydı, üzerinde bir eşofman, elinde bir Demir Adam oyuncağı vardı.

"Şey, umarım olurum," dedi Mae. "Elimden gelenin en iyisini yapmaya çalışıyorum. Çember'i çok seviyorum ve burada bana tanınmış olan fırsat için ne kadar teşekkür etsem az."

Bailey gülümsedi. "Güzel, güzel. O halde söylesene, dün gece olanlar hakkında ne düşünüyorsun?" Soruyu içtenlikle, merak eder gibi sormuştu, Mae'in buna verebileceği bir sürü farklı yanıt olabilirmiş gibi.

Mae artık daha rahat konuşabilirdi. Saklayacak bir şeyi yoktu. "Korkunç," dedi. "Neredeyse hiç uyku girmedi gözüme. O kadar utanıyorum ki kusasım geliyor." Stenton'la konuşuyor olsaydı bu sözcüğü kullanmazdı ama Bailey'nin böyle kaba saba bir ifadeden hoşlanabileceğini düşünmüştü.

Bailey belli belirsiz gülümseyip devam etti. "Mae, izninle sana bir soru soracağım. DeğişimiGör kameralarından haberin olsaydı farklı davranır mıydın?"

"Evet."

Bailey anlayışla başını salladı. "Pekâlâ. Nasıl davranırdın?"

"Böyle yapmazdım."

"Niye peki?"

"Çünkü yakalanırdım."

Bailey başını yana eğdi. "Tek sebep bu mu?"

"Bir de, yaptığım şeyi kimse görsün istemezdim. Doğru değildi çünkü. Utanç verici."

Bailey fincanını yanındaki sehpaya koyduktan sonra ellerini kucağına indirerek avuçlarını hafifçe dizlerine dayadı. "Yani genelde, izlendiğini bildiğin zaman farklı davrandığını mı söylüyorsun?"

"Evet. Tabii ki."

"Ve yaptıklarından sorumlu tutulabileceğin zaman."

"Evet."

"Güzel. Peki, benim yaz başında DeğişimiGör'ün nihai hedefi hakkında yaptığım konuşmayı hatırlıyor musun?"

"Biliyorum, kameralar her yere hâkim olursa suç oranları büyük ölçüde azalır demiştiniz."

Bailey bunu duyduğuna sevinmiş gözüküyordu. "Doğru. Çok doğru. Gary Katz ile Walt Lefebvre gibi etrafa kameralar yerleştirmeye zaman ayıran sade vatandaşlar sayesinde hepimizin güvenliği sağlanmış oluyor. Bu vakada suç önemsizdi ve şükürler olsun kimsenin canı yanmadı. Sen hayattasın. Marion'ın işi ve kanoculuk endüstrisi de sapasağlam ayakta. Ama bir gecelik bencilliğin bunların hepsini tehlikeye atabilirdi. Bireysel davranışların akisleri sonsuzdur neredeyse. Aynı kanaatte misin?"

"Aynı kanaatteyim. Biliyorum. Şuursuz davrandım." Mae, işte bir kez daha, Çember tarafından kendisine verilmiş olan her şeyi tekrar tekrar tehlikeye atan son derece basiretsiz biri olduğu hissine kapılmıştı.

"Bunu yaptığıma inanamıyorum Bay Bailey. Benim buraya uygunluğumdan şüphe ettiğinizi biliyorum. Buradaki pozisyonuma ve sizin bana olan inancınıza ne kadar değer verdiğimi bilmenizi isterim. Buna layık olmak istediğimi de. Hatamı telafi etmek için ne gerekiyorsa yaparım. Ciddiyim, fazladan ne iş verilirse üstlenirim, ne istenirse yaparım. Söyleyin yeter."

Bailey'nin yüzünde geniş bir gülümseme belirdi. "İşin tehlikede değil. Sen hep burada olacaksın. Annie hep burada olacak. Bir saniye için bile aksini düşündüysen üzülürüm. İkinizden birinin gitmesini asla istemeyiz."

Kalbi şimdi daha da hızlı çarptığı halde, "Bunu duymak çok güzel. Teşekkür ederim," dedi Mae.

Bailey meselenin hallolması onu rahatlatmış gibi başını sallayarak gülümsedi. "Fakat bu hadise çok önemli bir ders çıkarmamıza vesile oluyor, sence de öyle değil mi?" Cevap verilmesi beklenmeyen türden bir soruya benziyordu bu ama Mae yine de başını salladı. "Mae," dedi Bailey, "sırlar ne zaman gerekli ve iyidir?"

Mae buna cevap vermeden önce birkaç saniye düşündü. "Birinin hislerini korumaya yaradıkları zaman."

"Mesela?"

"Şey," diye bocaladı Mae. "Diyelim ki bir arkadaşımın erkek arkadaşının onu aldattığını biliyorum ama..."

"Ama ne? Arkadaşına söylemez misin?"

"Tamam. İyi bir örnek olmadı."

"Mae, bir arkadaşının senden sır sakladığına sevindin mi hiç?"

Mae son zamanlarda Annie'ye söylediği onca küçük yalanı düşündü. Söylemekle kalmayıp yazmış olduğu yalanlardı bunlar, kalıcılaşmış, inkâr edilemez hale gelmiş yalanlar.

"Hayır. Ama buna mecbur kalmış olmasını anlarım."

"Bak bu ilginç. Arkadaşlarından biri senden bir şey sakladı diye sevindiğin bir zamanı anımsayabiliyor musun?"

Anımsayamıyordu. "Şimdi aklıma gelmiyor." Midesi bulanmaya başlamıştı.

"Pekâlâ," dedi Bailey, "şimdilik, arkadaşlar arasında sır saklamanın iyi olabileceği durumlar düşünemiyoruz. Ailelere geçelim. Aile arasında sır saklanması iyi bir şey midir? Teorik olarak, hiç şöyle dediğin olur mu? *Acaba ailemden ne saklasam harika olur? Buldum, bir sır.*"

Mae annesiyle babasının muhtemelen ondan saklamakta olduklan pek çok şeyi -babasının hastalığından ötürü düştükleri bir sürü onur kırıcı durumu- geçirdi aklından. "Hayır," dedi.

"Aile içinde sır olmaz mı yani?"

"Aslında," dedi Mae. "Bilmiyorum. Annemle babamın bilmesini istemeyeceğim şeyler olduğu kesin."

"Annenle baban bunları bilmek *ister* mi peki?

"Belki."

"O halde annenle babanı istedikleri bir şeyden mahrum bırakıyorsun demektir. Doğru mu bu sence?"

"Hayır. Ama belki herkes için daha iyidir böylesi."

"Senin için daha iyi. Sırrın sahibi için daha iyi. Karanlık bir sırrı anne ve babalardan saklamakta yarar olabilir. Peki, bu sır yapmış olduğun harikulade bir şeyle alakalı olabilir mi? Kaldıramayacakları kadar sevinirler belki diye sır olarak sakladığın bir şeyle?"

Mae güldü. "Hayır. Belli ki utancımdan ya da her şeyin içine ettiğimi bilmesinler diye, onları korumak için sır saklarım."

"Ama bilmek isteyecekleri konusunda hemfikirdik seninle."

"Evet."

"Bilmeye hakları var mı peki?"

"Var sanırım."

"Peki. O halde şunda anlaşabiliriz: Ebeveynlerine söylemekten utanç duyacağın hiçbir şey yapmadığın ideal bir dünyadan bahsediyoruz burada, öyle mi?"

"Tabii ki. Ama onların anlamayabilecekleri şeyler de var."

"Kendileri hiç genç olmadıkları için mi?"

"Hayır. Ama..."

"Mae, senin hiç gey akraban ya da arkadaşın oldu mu?"

"Tabii ki."

"Cinsel tercihlerin uluorta açıklanabildiği günler gelmeden önce ve sonra dünyanın geyler için ne kadar farklı olduğunu biliyor musun?"

"Tahmin edebiliyorum."

Bailey ayağa kalkıp çaydanlıkla meşgul oldu. Kendine ve Mae'e biraz daha çay doldurduktan sonra tekrar yerine geçti.

"Tahminin nedir bilemem. Ama ben, eşcinsellerin cinsel tercihlerini açıklamaları konusunda büyük mücadele vermiş bir nesilden geliyorum. Erkek kardeşim geydir. Yirmi dört yaşına kadar bunu aileme itiraf edemedi. O zamana değin bu sır onu neredeyse öldürüyordu. İçine yerleşen bir tümör gibiydi, günden güne büyüyordu. Peki o, neden bu tümörü içinde tutmanın daha iyi olacağını düşündü? Annemizle babamıza söylediğinde kıllarını dahi kıpırdatmadılar. Bütün bu dramı -büyük sırrını çevreleyen bütün bu gizemi ve ağırlığı- kardeşim kendi kafasında yaratmıştı. Ve sorun kısmen, aynı tarihlerde başka insanların da benzer şeyleri herkesten saklıyor olmasından kaynaklanıyordu. Ortaya çıkıp eşcinselliğini açıklamak milyonlarca başka erkek ve kadın aynısını yapana kadar çok zor bir işti. Sonra çok daha kolaylaştı, sence de öyle değil mi? Milyonlarca erkek ve kadın cinsel tercihlerini açıklayınca eşcinsellik sözde sapkınlık sayılmaktan çıkıp gizemini yitirdi ve genelgeçer bir yaşam tercihine dönüştü. Dinliyor musun?"

"Evet. Ama..."

"Kalıbımı basarım dünyada geylerin zulüm gördüğü yerlerde, tüm gey ve lezbiyenler aynı anda ortaya çıkıp eşcinsel olduklarını açıklayacak olsa dakikasında büyük ilerleme kaydedilir. Akabinde onlara zulmedenler ve bu zulme gizliden gizliye destek veren herkes, onlara zulmetmenin -kendi oğulları, kızları, komşuları, arkadaşları, hatta anneleri ve babaları dahil- nüfusun en az yüzde 10'una zulmetmek olduğunu anlar. Bu tavır anında savunulamaz hale gelir. Yani geylere veya herhangi bir azınlık grubuna yöneltilen zulmü mümkün kılan yegâne unsur gizliliktir."

"Doğru. Bu açıdan bakmamıştım hiç."

Bailey, "Pekâlâ," dedi hoşnutlukla, sonra da çayından bir yudum alıp parmağıyla üstdudağını kuruladı. "Evet, sırların aile içinde ve arkadaşlar arasındaki tehlikelerini ve gizliliğin büyük insan gruplarına zulmedilmesindeki rolünü irdelemiş olduk. Şimdi gizlilik politikalarında olası bir fayda aramayı sürdürelim. Siyasete bakalım mı? Sence bir devlet başkanının yönettiği insanlardan sakladığı sırlar olmalı mı?"

"Hayır ama bizim bilemeyeceğimiz bazı şeyler olmalı. Sırf ulusal güvenlik adına da olsa."

Söylemesini beklediği şeyi söylemiş olduğu için sanki, mutlu mutlu gülümsedi Bailey. "Sahi mi Mae? Julian Assange adında bir adamın birkaç milyon sayfalık gizli ABD belgesini kamuoyuna sızdırdığı zamanı anımsar mısın?"

"Okumuştum."

"Önce ABD hükümeti allak bullak oldu, tıpkı medyanın büyük bölümü gibi. Birçok insan bunun ciddi bir güvenlik ihlali olduğunu, yurtiçinde ve yurtdışında üniformalı erkek ve kadınlarımızı açık bir tehlikeyle karşı karşıya bıraktığını düşünüyordu. Peki herhangi bir askerin bu belgeler yüzünden ciddi bir zarar gördüğünü hatırlıyor musun?"

"Bilmiyorum."

"Kimseye zararı dokunmadı. Tek bir askere bile. Aynı şey yetmişlerde, Pentagon Belgeleri'nde de yaşandı. Bu evraklar sızdı diye kimsenin burnu bile kanamamıştır. Halkla paylaşılan bu belgelerin hatırladığım kadarıyla yegâne etkisi, pek çok diplomatımızın diğer ülke liderlerini çekiştirip durduklarını keşfetmemiz. Milyonlarca belge açıklandı ve bundan çıkan tek işe yarar bilgi, ABD diplomatlarının Kaddafi'yi kadın korumalara ve acayip yeme alışkanlıklarına sahip bir kaçık olarak gördükleri oldu. Bu evrakların yayınlanması hiç değilse söz konusu diplomatları hizaya getirdi. Ağızlarından çıkana dikkat etmeye başladılar."

"Ama ulusal güvenlik..."

"N'olmuş ulusal güvenliğe? Yegâne tehlike, sözüm ona anlaşmazlık içinde olduğumuz ülkelerin plan ve emellerini bilmediğimiz zaman doğar. Veya onlar bizim planlarımızı bilmediği ve bu konuda endişelendiği zaman. Öyle değil mi?"

"Doğru."

"Ama ya bizim planlarımız *bilinseydi?* Ya biz de onların planlarını *biliyor* olsaydık? Dehşet dengesi dedikleri şeyden bir anda kurtuluverir, onun yerine karşılıklı bir güven dengesi kurardık. ABD'nin hiç öyle menfur emelleri yoktur, değil mi? Herhangi bir ülkeyi haritadan silmeyi filan planlamayız. Gerçi bazen istediğimizi elde etmek için gizli saklı işler çevirdiğimiz olur. Peki ya herkes açık, herkes dürüst olsaydı, öyle olmaya da mecbur olsaydı?"

"Daha iyi olurdu herhalde..."

Bailey kocaman gülümsedi. "Güzel. Bence de." Fincanını sehpaya koyup ellerini tekrar kucağına bıraktı.

Mae üstelememesi gerektiğini biliyordu ama ağzı ondan erken davrandı. "Fakat herkesin her şeyi bilmesi gerektiğini söylüyor olamazsınız."

Bailey, Mae onu çok hoşuna giden bir mevzuya yönlendirmişçesine gözlerini kocaman açtı. "Elbette hayır. Ama herkesin her şeyi bilme hakkına, herhangi bir bilgiye ulaşma araçlarına sahip olması gerektiğini söylüyorum. Her şeyi bilmeye zamanımız yetmez, gerçi yetmesini kesinlikle çok isterdim."

Duraladı, bir an için düşüncelere daldı, sonra tekrar dikkatini Mae'e yöneltti. "Gus'ın AşkMaşk gösterisinin öznesi olmaktan hoşlanmamanı anlayışla karşılıyorum."

"Hazırlıksız yakalandım. Gus bana önceden haber vermemişti."

"Tek sebep bu mu?"

"Şey, bir de hakkımda yalan yanlış bir izlenim uyandırdı."

"Sunduğu bilgiler doğru değil miydi? Maddi hatalar mı vardı?"

"Ondan değil. Yalnızca... bölük pörçüktü. Belki de bu yüzden hatalı gibi göründü. Birkaç küçük parçamı alıp bütünümmüş gibi sundu..."

"Tamamlanmamıştı."

"Doğru."

"Bunu bu şekilde ifade etmene sevindim Mae. Bildiğin gibi Çember de tamamlanmaya çalışıyor. Çember'de çemberi kapatmaya uğraşıyoruz biz." Yaptığı kelime oyununa gülümsedi. "Ama tamamlanmanın nihai amaçlarını biliyorsundur herhalde."

Mae neden bahsettiğini bilmiyordu. "Sanırım," dedi.

"Logomuza bak," diyerek parmağıyla duvardaki ekranını gösterdi Bailey. İşareti üzerine ekranda logo belirdi. "Ortadaki 'ç'nin nasıl açık kaldığını görüyor musun? Bu durum benim yıllardır canımı sıkmış ve burada yapılması gereken son şeyin simgesi haline gelmiştir: çemberi kapatmanın." Ekranda 'ç' harfi kapanarak çengelli bir çembere dönüştü. "Gördün mü?" dedi Bailey. "Çember evrendeki en güçlü şekildir. Hiçbir şey ondan üstün değildir, hiçbir şey daha iyisine ulaşamaz, hiçbir şey daha mükemmel olamaz. Bizim hedefimiz de budur: mükemmeliyet. Dolayısıyla gözümüzden kaçan her bilgi, erişilemeyen her şey bizi mükemmeliyetten uzaklaştırır. Anladın mı?"

"Anladım," dedi Mae, anladığına emin olmasa da.

"Buradaki amaçlarımızla bağdaşıyor bu. Çember bireysel olarak kendimizi tamamlanmış hissetmemize, başkalarının bize dair izlenimlerinin de tamamlanmış -eksiksiz bilgilere dayalı- olduğunu hissetmemize yardım etsin istiyoruz. Senin başına geldiği gibi, hakkımızda dünyaya yalan yanlış bir izlenim sunulduğu duygusuna kapılmamızı engellesin istiyoruz. Kırık bir ayna misali. Kırık bir aynaya, çatlak ya da eksik parçaları olan bir aynaya baktığımızda ne görürüz?"

İşte şimdi anlamıştı Mae. Eksik bilgilere dayanarak yapılan her değerlendirme, verilen her hüküm veya çizilen her resim, mutlaka yanlış olurdu. "Çarpıtılmış, bozuk bir yansıma görürüz," dedi.

"Doğru," dedi Bailey. "Peki ayna tek parça halindeyse ne olur?"

"Her şeyi görürüz."

"Aynalar doğruyu söyler, değil mi?"

"Elbette. Ayna aynadır. Gerçekliktir."

"Ama bir ayna ancak tam olduğunda doğruyu söyleyebilir. Öyle sanıyorum ki Gus'ın AşkMaşk sunumundaki sorun, tam olmamasıydı."

"Peki."

"Peki?"

"Yani, şey... bu doğru," dedi Mae. Neden böyle dediğinden emin değildi ama sözcükler Mae onları dizginleyemeden dökülüveriyordu ağzından. "Fakat hâlâ, tek tük de olsa kendimize saklamak isteyeceğimiz şeyler olduğunu düşünüyorum ben. Demek istediğim, herkes yalnız başınayken ya da yatak odasında utanılacak şeyler yapar."

"Utanmak niye?"

"Belki utanmak değildir illa. Paylaşmak istememektir. Belki yanlış anlaşılmaktan korkmaktır. Ya da farklı algılanmaktan."

"Pekâlâ, böyle bir durumun doğurabileceği iki sonuç var. Birincisi, söz konusu davranışın gizli tutulmasına lüzum kalmayacak kadar yaygın ve zararsız olduğunu fark etmemizdir. Eğer gizliyi saklıyı bırakır, bunun hepimizin yaptığı bir şey olduğunu itiraf edersek, o zaman söz konusu davranış şaşırtıcılığını da kaybeder. Biz de böylece dürüstlüğe yaklaşır, utançtan uzaklaşırız. İkincisi ve daha iyisi ise şu, bunun kaçınmayı tercih edeceğimiz bir davranış olduğunda karar kılmışsak, genel kanı bu yöndeyse, herkes söz konusu davranışı kimin gösterdiğini bilecek ya da bilme gücüne sahip olacak ise, o zaman buna kalkışılması da gündeme gelemez. Yani senin söylediğin gibi olur - izlenmekte olduğunu bilseydin kanoyu çalmazdın."

"Doğru."

"Koridorun sonundaki adam izlenmekte olduğunu bilseydi şayet, çalışırken porno seyreder miydi?"

"Hayır. Seyretmezdi herhalde."

"O halde sorun çözülmüştür, öyle mi?"

"Öyle. Sanırım."

"Mae, içinde bir ur gibi büyüyen bir sırrın oldu mu senin hiç? Ve bu sırrı içinden attığın anda kendini daha iyi hissettiğin?"

"Tabii."

"Benim de oldu. Sırların doğasında vardır bu. İçimizde saklı kaldıkları zaman kanserleşirler, oysa ifşa olduklarında zararsızdırlar."

"Yani diyorsunuz ki dünyada hiç sır olmamalı."

"Buna yıllarca kafa yordum ve bir sırrın zarardan çok yarar sağladığı bir senaryoyu henüz tasavvur edemedim. Sırlar antisosyal, ahlaksız, yıkıcı davranışlara imkân tanır. Anlıyor musun?"

"Sanırım. Ama..."

"Yıllar önce evlendiğimizde eşim bana ne demişti, biliyor musun? Birbirimizden ayrı kaldığımız zamanlarda, mesela ben bir iş seyahatindeyken, üzerimde bir kamera taşıdığımı farz etmeliymişim. O beni seyrediyormuş gibi. Eşim o tarihte bunu tamamen kavramsal olarak, yarı şaka yarı ciddi söylemişti ama üzerimde bir kamera olduğunu hayal etmek işime yaradı. Kendimi bir kadın meslektaşımla bir odada yalnız bulsam mesela, *Karen şimdi kapalı devre bir kameradan beni izliyor olsaydı ne derdi*, diye düşünürdüm. Bu düşünce, tutumumu nazikçe yönlendirerek karımın hoşuna gitmeyecek, beni de gururlandırmayacak davranışlardan alıkoyardı, onların yakınından bile geçmezdim. Dürüstlüğümü korurdum böylece. Ne demek istediğimi anladın mı?"

"Anladım," dedi Mae.

"Demem o ki kendi kendine giden arabaların izlerinin sürülebilmesi, sorunu büyük ölçüde ortadan kaldırıyor elbette. Arabalar gittikleri yerleri kaydettiğinden her gün daha çok kişi eşinin nerelerde gezindiğini öğrenebiliyor artık. Ama benim asıl üstünde durduğum, hepimiz izleniyormuşuz gibi davransak neler olacağı. Herkes izleniyor olsaydı kim çıkıp etiğe, ahlaka, yasalara aykırı şeyler yapardı? Yasadışı para transferlerinin izi sürülebiliyor olsaydı? Şantaj telefonları kaydediliyor olsaydı? Benzin istasyonu soygunları onlarca kamera tarafından kaydediliyor ve soyguncuların kimlikleri retinalarına kadar tespit ediliyor olsaydı? Zamparalıklar türlü türlü yollarla belgelenseydi?"

"Bilmiyorum. Hepsinin büyük ölçüde azalacağını tahmin edebiliyorum."

"Nihayet en iyi hallerimizi sergilemeye mecbur hissederdik o zaman, Mae. Bence herkesin yüreği ferahlardı. Bütün dünya devasa bir oh çekerdi. O zaman nihayet, en nihayet, iyi insanlar olabilirdik. Kötü seçimlerin söz konusu olmaktan çıktığı bir dünyada iyilikten başka şansımız da kalmazdı. Hayal edebiliyor musun?"

Mae başını salladı.

"Evet, yürek ferahlığından söz açılmışken, konuyu toparlamadan önce bana söylemek istediğin bir şey var mı?"

"Bilmiyorum. Çok şey var sanırım," dedi Mae. "Ama bana bu kadar vakit ayırdığınız için size öyle..."

"Mae, seninle burada, bu kütüphanede konuştuğumuz süre boyunca benden sakladığın bir şey oldu mu?"

Mae yalan söylemek gibi bir seçeneğinin bulunmadığını derhal anladı.

"Buraya daha önce gelmiş olmam gibi mi?"

"Geldin mi?"

"Evet."

"Ama içeri girdiğinde tam tersini ima ettin."

"Annie getirdi beni. Bunun sır gibi bir şey olduğunu söylemişti. Bilmiyorum. Ne yapacağımı bilemedim. İki yoldan birini seçemedim. Hangisinden gidersem gideyim başım derde girecekti."

Bailey pişmiş kelle gibi sırıttı. "Bak, işte bu doğru değil. Yalnızca yalanlar başımızı derde sokar. Sakladığımız şeyler. Buraya daha önce de geldiğini *tabii ki* biliyordum. Beni yabana atma! Ama bunu benden saklaman tuhafıma gitti. Sana uzak hissetmeme sebep oldu. İki arkadaş arasında bir sır varsa Mae, bir okyanus var demektir. Bu okyanus engin ve derindir, içinde kayboluruz. Artık sırrını bildiğime göre daha iyi mi hissediyorsun yoksa daha kötü mü?"

"Daha iyi."

"Rahatladın mı?"

"Evet, rahatladım."

Mae gerçekten de rahatlamıştı, sevgiye benzer bir ferahlık dolmuştu içine. İşi hâlâ elinde olduğu için, Longfield'e geri dönmek zorunda kalmayacağı için, babası güçlü, annesiyse tasasız yaşamaya devam edeceği için Bailey'nin yanında kalmak, onun bilgeliğinde ve cömertliğinde kaybolmak istiyordu.

"Mae," dedi Bailey, "doğru yoldan, en iyi yoldan başka yolumuz yoksa eğer, bu bize çok büyük, uçsuz bucaksız bir gönül rahatlığı sağlar. Karanlığın bizi baştan çıkarmasına olanak kalmamıştır. İşi maneviyata döktüğüm için beni bağışla. İçimdeki Orta-Batılı kilise müdavimi konuşuyor. Ama ben insanoğlunun mükemmelleştirilebileceğine inanan biriyim. Bence daha iyi olabiliriz. Bence mükemmel ya da mükemmele yakın olabiliriz. Ve en iyi hallerimizi ortaya koyduğumuzda olasılıklar sonsuzdur. Her sorunu çözebiliriz. Her hastalığı iyi edebilir, açlığa son verebilir, her şeyi yapabiliriz. Çünkü onca zaafımız, aşağılık sırlarımız, enformasyon ve bilgi istifçiliğimiz artık bizi dibe sürükleyemeyecektir. Nihayet potansiyelimizi gerçekleştirebiliriz."

Mae, Bailey ile konuşmalarının başdöndürücü etkisinden günlerce kurtulamamıştı ve şimdi cuma günü gelip çatmıştı; öğle arasında sahneye çıkacağını düşününce işine yoğunlaşması neredeyse imkânsız hale geliyordu. Ama çalışması gerektiğini, hiç değilse grubuna örnek olması gerektiğini biliyordu, zira bunun MD'deki son tam iş günü olması kuvvetle muhtemeldi.

Akış aralıksız devam etse de bunaltıcı değildi. Mae o sabah 77 müşteri sorusu yanıtlamıştı. Puanı 98'di, grup ortalaması ise 97. Takdire şayan sayılar. KatSev'de 1.921'inci sıradaydı, yine gayet iyi, Aydınlanma'ya taşımaktan utanmayacağı bir rakam.

11.38'de masasından ayrılıp konferans salonunun yan kapısına kadar yürüdü. Öğleye on dakika kala oradaydı. Tıklattığı kapı açıldı. Jules adında, yaşça Mae'den büyük, hortlak gibi bir adam olan sahne amiriyle tanıştı. Jules onu duvarları beyaza boyalı, zemini bambu döşeli basit bir soyunma odasına götürdü. İri gözlerine mavi kalem çekmiş Teresa adlı enerjik bir kadın, Mae'i bir sandalyeye oturtup saçlarına göz gezdirdikten sonra yüzünü yumuşak bir fırçayla pembeleştirdi ve bluzuna bir yaka mikrofonu taktı. "Hiçbir şeye dokunman gerekmiyor," dedi. "Sahneye çıktığında mikrofonun çalışacak."

Her şey çabucak gelişiyordu ama Mae böylesinin en iyisi olduğu kanısındaydı. Daha fazla vakti olsaydı daha çok heyecanlanırdı çünkü. Jules ile Teresa'nın sözlerine kulak verdi. Dakikalar sonra kuliste yerini almış, yüzlerce Çemberlinin konferans salonuna girişlerini, konuşup gülüşmelerini, mutluluk nidaları kopararak kendilerini koltuklara bırakışlarını dinliyordu. Kısa bir an için Kalden'ın da orada olup olmadığını merak etti.

"Mae."

Arkasını döndüğünde Eamon Bailey'yi karşısında buldu. Üzerine gök mavisi bir gömlek giymiş, sıcacık gülümsüyordu. "Hazır mısın?"

"Galiba."

"Harika geçecek," dedi Bailey. "Merak etme. Doğal ol yeter. Geçen hafta yaptığımız konuşmayı yeniden yapacağız sadece. Tamam mı?

"Tamam."

Ve sonra kalabalığa el sallayarak sahneye çıktı. Herkes coşkuyla alkışlıyordu. Sahnede karşılıklı duran şarap rengi iki koltuk vardı, Bailey onlardan birine oturup karanlığa doğru konuşmaya başladı.

"Merhaba Çemberliler," dedi.

"Merhaba Eamon!" diye gürleyerek cevap verdi seyirciler.

"Bugün burada, çok özel bir Hayal Cuması'nda bizimle olduğunuz için size teşekkür ederim. Formatı biraz değiştirdik ve size bir konuşma değil, bir söyleşi sunalım dedik bugün. Bazılarınızın bildiği gibi Çember mensuplarına, onların fikirlerine, umutlarına ışık tutmak amacıyla zaman zaman böyle söyleşiler düzenliyoruz, bugünkü vakamız ise içimizden birinin evrimi."

Oturduğu koltuktan kulise doğru gülümsedi. "Geçen gün genç bir Çemberliyle aramızda, sizlerle de paylaşmak istediğim bir konuşma geçti. Bazılarınızın Müşteri Deneyimi'ndeki çaylaklarımızdan biri olarak belki de tanıdığı Mae Holland'a bugün sahnede bana katılmasını rica ettim. Mae?"

Mae kulisten çıkıp ışıkların altında durdu. İlkin uzak ama parlak iki güneşin gözlerini kamaştırdığı kapkara bir boşlukta uçarcasına süzüldüğü hissine kapıldı. Seyircilerin arasından kimseyi seçemiyordu, sahnede olmaya bile hâlâ pek uyum sağlayamamıştı. Ama tüy gibi hafif bacaklar, kurşun gibi ağır ayaklarla Bailey'ye doğru dönmeyi başardı. Koltuğunu buldu, iki eliyle kolçaklarını tutarak kendini kör ve uyuşuk bir halde oraya bıraktı.

"Merhaba Mae. Nasılsın?"

"Dehşet içindeyim."

Seyirciler güldü.

"Heyecanlanmana gerek yok," dedi Bailey, seyircilere gülümseyip ona hafifçe kaygılı bir bakış atarak.

"Sana göre hava hoş tabii," dedi Mae. Salondakiler kahkahalara boğuldu. Kahkahalar iyi gelmiş, onu sakinleştirmişti. Bir nefes alıp en öndeki sıraya bakınca belli belirsiz beş-altı yüz gördü, hepsi de gülümsüyordu. Dostlar arasında olduğunun farkına vardı, bunu iliklerinde hissediyordu şimdi. Güvendeydi. Bir yudum su içti, suyun içini serinlettiğini duyumsadı, ellerini kucağına koydu. Hazırdı.

"Mae, bu hafta yaşadığın uyanışı tek kelimeyle nasıl tarif ederdin?"

Bu kısmı prova etmişlerdi. Bailey'nin bu uyanış fikriyle başlamak istediğini biliyordu Mae. "Aynen dediğin gibiydi Eamon..." -ona Eamon diye hitap etmesi tembihlenmişti- "... bir uyanıştı."

"Tüh. Galiba senden rol çaldım," dedi Bailey. Seyirciler güldü. "'Bu hafta ne yaşadın?' demem gerekiyordu. Öncelikle söyler misin bize, neden bu kelimeyi seçtin?"

"Şey, 'uyanış' bana doğru geliyor..." dedi Mae ve sonra ekledi "... artık."

"Artık" sözcüğü, gelmesi gerekenden bir salise geç gelmişti, Bailey'nin gözü seğirdi. "Hadi şu uyanıştan bahsedelim biraz," dedi. "Her şey pazar gecesi başladı. Şu an salonda bulunanların birçoğu, DeğişimiGör kameraları sayesinde o gece olanlardan genel hatlarıyla haberdar. Ama sen yine de bir özet geç bize."

Mae ellerine baktı, bakar bakmaz teatral bir tavır takındığının farkına vardı. Utandığını belli etmek için hiç ellerine bakmamıştı daha önce.

"Bir suç işledim, özetle," dedi. "Sahibine haber vermeden bir kano ödünç aldım ve onunla körfezin ortasındaki bir adaya gittim."

"Mavi Ada'ya anladığım kadarıyla, öyle mi?"

"Evet."

"Peki bu yaptığını kimseye söyledin mi?"

"Hayır, söylemedim."

"Peki Mae, sonrasında bu yolculuktan herhangi birine bahsetmeye niyetin var mıydı?"

"Yoktu."

"Olanları belgeledin mi? Resimler, videolar?"

"Hayır, hiç belgem yok."

Salonda ufak tefek homurdanmalar duyuldu. Mae ile Eamon bu itirafa tepki geleceğini öngörmüştü, kitlenin bu bilgiyi sindirmesine izin vermek için ikisi de duraladı.

"Bu kanoyu sahibine haber vermeden ödünç almakla yanlış bir iş yaptığını biliyor muydun?"

"Biliyordum."

"Ama yine de yaptın. Neden?"

"Çünkü kimsenin öğrenmeyeceğini düşündüm."

Alçak perdeden bir homurtu daha yükseldi.

"İşte bu ilginç. Yaptığın şeyin gizli kalacağını düşünmüş olman suçu mümkün kıldı, doğru mu?"

"Doğru."

"Birilerinin seni izlediğini bilseydin yine de aynını yapar mıydın?"

"Katiyen yapmazdım."

“Yani bir bakıma, bu işi karanlıkta, gözlerden uzakta, hiçbir şeyden sorumlu tutulamayacağını bilerek yapıyor olman, kapıldığına şimdi pişman olduğun dürtülere zemin hazırladı öyle mi?”

“Kesinlikle. Yalnız olduğumu, kimsenin beni görmediğini sanmam suç işlememe yol açtı. Üstelik hayatımı da tehlikeye attım. Can yeleği giymemiştim.”

Seyircilerden yine homurtular yükseldi.

“Yani kano kiralama yerinin sahibine karşı suç işlemekle kalmadın, kendi hayatını da tehlikeye attın. Bunların hepsini de... bir görünmezlik pelerininin koruması altında olduğuna güvenerek yaptın?”

Seyirciler kahkaha attı. Bailey’nin gözleri Mae’in üstündeydi, *Gayet iyi gidiyor* diyordu bakışlarıyla.

“Doğru,” dedi Mae.

“Sana bir sorum var Mae. İzleniyorken daha iyi davranışlar mı sergilersin yoksa daha kötü davranışlar mı?”

“Daha iyi. Hiç şüphesiz.”

“Peki yalnızsan, kimse tarafından gözlenmiyorsan, hiçbir şeyden sorumlu tutulamayacaksan ne olur?”

“Şey, evvela kano çalarım.”

Ani ve gösterişli bir kahkaha patlaması oldu.

“Cidden. Yapmak istemediğim şeyler yaparım. Yalan söylerim.”

“Geçen gün seninle konuşurken, benim çok ilginç ve özlü bulduğum bir ifade kullanmıştın. Ne dediğini bize söyler misin?”

“Sır yanıltır, demiştim.”

“Sır yanıltır. Çok akılda kalıcı. Bu ifadenin gerisindeki mantığı bize biraz anlatır mısın Mae?”

“Saklanan bir sır iki sonuç doğurur. Birincisi, suça zemin hazırlar. Yaptıklarımızdan sorumlu tutulamayacağımızda daha kötü şeyler yaparız. Malumun ilamı. İkincisi, spekülasyonu körükler. Bizden neyin saklanmakta olduğunu bilmediğimiz zaman kendimizce tahminler yürütür, cevaplar uydururuz."

"Bu çok ilginç, öyle değil mi?" Bailey seyircilere dönmüştü. "Bir sevdiğimize ulaşamadığımızda kuruntuya kapılırız. Panikleriz. Nerede olabileceğine, başına ne gelmiş olabileceğine dair hikâyeler uydururuz. Ve içimizde kötülük veya kıskançlık varsa yalanlar uydururuz. Bazen büyük zararlara yol açan yalanlar. Onların kötülük peşinde olduğunu varsayarız. Tüm bunlar işin aslını bilmediğimiz içindir."

"İki kişinin fısıldaştığını gördüğümüzde olduğu gibi," dedi Mae. "Endişelenir, kendimizi tehlikede hisseder, o iki kişinin korkunç şeyler söylediğini hayal ederiz. Konunun bizimle alakalı ve çok feci olduğu vehmine kapılırız."

"Oysa muhtemelen tuvaletin yerini konuşuyorlardır." Bailey seyircilerden büyük bir kahkaha aldı ve bundan pek hoşlandı.

"Doğru," dedi Mae. Hatasız söylemesi gereken repliklerin yaklaştığının farkındaydı. Bailey'nin kütüphanesinde söylemişti bunları, şimdi tek yapması gereken, ilkin söylediği gibi tekrarlamaktı. "Örneğin ortada kilitli bir kapı varsa, o kapının ardında neler olabileceğine dair bin bir türlü hikâye uydurmaya başlarım. Orada bir sır saklı diye düşünürüm, bu da yalanlar uydurmama yol açar. Halbuki bütün kapılar fiziksel ve mecazi anlamda açık ise, ortada tek ve değişmez bir gerçek vardır."

Bailey gülümsedi. Mae bu işi iyi kıvırmıştı.

"Bunu sevdim Mae. Kapılar açık ise tek bir gerçek vardır. Öyleyse Mae'in şu ilk sözünü yeniden görelim. Ekrana getirebilir miyiz lütfen?"

SIR YANILTIR cümlesi Mae'in arkasındaki ekranda belirdi. Bu sözlerin ekrana bir metre boyunda harflerle yazıldığını görünce karışık bir duyguya kapıldı Mae - heyecan ile dehşet arası bir şey. Bailey'nin yüzünde güller açmıştı, başını iki yana sallayarak takdirini ifade ediyordu.

"Evet, hesap vermek zorunda kalacağını bilseydin bu suçu işlememiş olacağına açıklık getirdik. Gölgelere, bu vakada aldatıcı gölgelere erişimin, kötü davranışı beraberinde getirmiş. Oysa izlenmekte olduğunu bildiğin zamanlar daha makul davranışlar ortaya koyuyorsun. Doğru mu?"

"Doğru."

"Şimdi de ikinci itirafını konuşalım. Şu Mavi Ada yolculuğunu hiç belgelemediğinden bahsetmiştin. Neden belgelemedin?"

"Şey, her şeyden önce, meşru olmayan bir şey yaptığımın farkındaydım."

"Orası kesin. Ama körfezde sık sık kanoyla dolaştığını söylediğin halde bu gezintileri de hiç belgelememişsin. Kanoculukla alakalı Çember kulüplerinden hiçbirine katılmamış, hiçbir gönderi, fotoğraf, video, yorum paylaşmamışsın. Kano gezintilerini CIA'in himayesinde mi yapıyordun yoksa?"

Mae de, seyirciler de güldü. "Hayır."

"O halde bu gizlilik neden? Yolculuklarını hiç kimseye anlatmamışsın, ne önce ne de sonra, onlardan kimseye bahsetmemişsin. Bu gezintiler hiçbir şekilde nakledilmemiş, haksız mıyım?"

"Haklısın."

Mae seyirciler arasında homurdanmaların giderek arttığını işitti.

"Bu son yolculuğunda neler gördün Mae? Oldukça güzel geçmiş anladığım kadarıyla."

"Öyleydi Eamon. Neredeyse tostoparlak bir ay vardı, su çok sakindi ve akıp giden gümüş bir sıvıda kürek çekiyor gibiydim."

"Kulağa inanılmaz geliyor."

"Öyleydi."

"Ya hayvanlar? Vahşi yaşam?"

"Yalnız dolaşan bir liman foku suya dalıp çıkarak bir müddet peşimden geldi, nereye gittiğimi merak ediyor, devam etmem için beni kışkırtıyordu sanki. Bu adaya daha önce hiç gitmemiştim. Şehrin altın rengi ışıklarını, Pasifik'e doğru uzanan karanlık dağ eteklerini gördüm, hatta kayan bir yıldız bile gördüm."

"Kayan bir yıldız ha! Çok şanslısın."

"Çok şanslıydım, doğru."

"Ama hiç resim çekmedin."

"Çekmedim."

"Video da çekmedin."

"Video da çekmedim."

"Hiçbir kayıt yok elinde."

"Yok. Kendi belleğimdeki hariç."

Seyircilerin yüksek sesle oflayıp pufladıkları işitildi. Bailey salona dönüp başını sallayarak onlara hak verdi.

"Pekâlâ," dedi, yeni bir şey söylemeye hazırlanır gibi, "şimdi işi biraz kişiselleştireceğiz anlaşılan. Hepinizin bildiği gibi, benim beyin felciyle doğmuş, Gunner adında bir oğlum var. Gunner dolu dolu bir hayat yaşıyor olsa da biz ona daha iyi fırsatlar yaratmaya çalışıyoruz, çünkü neticede kendisi tekerlekli sandalyeye mahkûm. Yürüyemiyor. Koşamıyor. Kanoyla dolaşamıyor. Peki, böyle bir deneyim yaşamak istediğinde ne yapıyor? Evet, video seyrediyor. Resimlere bakıyor. Dünyayı çoğunlukla başkalarının tecrübeleri aracılığıyla deneyimliyor. Ve tabii ki siz Çemberlilerin pek çoğu ondan cömertliğinizi esirgemeyerek seyahatlerinizin video ve fotoğraflarını temin ediyorsunuz. Gunner, Kenya Dağı'na tırmanan bir Çemberlinin kamera görüntülerini izlediğinde Kenya Dağı'na tırmanmış kadar oluyor. Amerika Kupası'nda yarışan bir yelkencinin videosunu ilk elden seyrettiğinde bir bakıma onunla birlikte orada yarışmış gibi hissediyor kendini. Bu deneyimler yeryüzünde gördükleri her şeyi başkalarıyla paylaşan cömert insanlar sayesinde mümkün oluyor. Dünyada Gunner gibi daha kaç kişi vardır kim bilir. Belki engellidir bu kişiler. Belki evden hiç çıkamayan yaşlı insanlardır... Başka bir sürü sebep olabilir. Sözün kısası senin gördüklerini göremeyen milyonlarca insan var Mae. Gördüklerinden onları mahrum bırakmayı doğru buluyor musun?"

Mae'in boğazı kurumuştu, hislerini belli etmemeye çalışıyordu. "Hayır. Bence son derece yanlış bu." Önce Bailey'nin oğlu Gunner'ı, sonra kendi babasını geçirdi aklından.

"Senin gördüklerine benzer şeyler görmeye onların da hakkı yok mu?"

"Var tabii."

"Bu kısacık hayatta," dedi Bailey, "insan neden görmek istediklerini göremesin? Herkesin dünya manzaralarına erişimi neden eşit olmasın? Ve de dünyaya dair bilgiye? Bu dünyada yaşanması mümkün olan tüm deneyimlere?"

Mae'in sesi fısıltıdan biraz daha yüksek çıktı. "Herkes eşit olmalı."

"Ama sen bu deneyimini kendine sakladın. Bu çok tuhaf çünkü çevrimiçi paylaşımlarda bulunuyorsun aslında. Çember'de çalışıyorsun. KatSev'in itibariyle ilk iki bindesin, yani T2K'ye dahilsin. Öyleyse bu müstesna hobini, bu olağandışı keşif gezilerini dünyadan saklamanın sebebi ne?"

"Ne düşünerek yaptığımı pek bilemiyorum doğrusu," dedi Mae.

İzleyenler homurdandı. Bailey başını sallayarak onayladı onları.

"Pekâlâ. Bizim, yani insanların, utanılacak şeyleri sakladığından bahsetmiştik az önce. Yasalara ya da ahlaka aykırı bir şey yaptığımızda bunu gizleriz çünkü yanlış olduğunu biliriz. Ama muhteşem bir şeyi, şahane bir deniz yolculuğunu, yakamozları, bir yıldızın kayışını saklamak..."

"Tam anlamıyla bencillikti, Eamon. Bencillik, ötesi yok. Tıpkı bir çocuğun en sevdiği oyuncağını paylaşmak istememesi gibi. Gizliliğin sapkın bir davranış silsilesinin parçası olduğunu biliyorum. Işık ya da cömertlik değil, kötülük içeriyor. Arkadaşlarınızı ya da senin oğlun Gunner gibi birini benim yaşadığıma benzer deneyimlerden mahrum bıraktığınızda bu deneyimleri onlardan çalmış oluyorsunuz aslında. Bilme hakları olan bir şeyden yoksun bırakıyorsunuz. Bilgi temel bir insan hakkıdır. Mümkün olan tüm insani deneyimlere eşit erişim, temel bir insan hakkıdır."

Mae kendi belagatine şaştı. Seyirciler alkışlarıyla salonu inleterek ona karşılık verdi. Bailey gururlu bir baba gibi bakıyordu şimdi ona. Alkışlar dindiğinde Bailey, Mae'in önüne geçmekten kaçınırcasına, yumuşacık bir sesle konuştu.

"Bu konuda, tekrarlamanı çok istediğim bir ifade kullanmıştın."

"Şey, utanç verici ama... Seven insan paylaşır, demiştim."

Seyirciler güldü. Bailey de sıcacık gülümsedi.

"Bence utanç verici değil. Bu ifadenin bir süredir ağızlara pelesenk olduğu doğru ama bağlamımıza uyuyor, öyle değil mi Mae? Hatta denebilir ki cuk diye oturuyor."

"Bence çok basit. Kardeşlerini seviyorsan bildiklerini onlarla paylaşırsın. Gördüklerini paylaşırsın. Onlara verebileceğin ne varsa verirsin. Dramlarını, çilelerini, meraklarını, dünyada var olan herhangi bir şeyi öğrenme ve bilme haklarını önemsiyorsan onlarla paylaşırsın. Sahip olduklarını, gördüklerini, bildiklerini paylaşırsın. Bana göre bu mantığın doğruluğu yadsınamaz."

Seyirciler tezahürata başladı; onlar bunu yaparken ekrandaki iki kelimenin altında üç yeni kelime daha belirdi: SEVEN İNSAN PAYLAŞIR. Bailey hayranlıkla baş sallıyordu.

"Buna bayıldım Mae, kelimelerle aran çok iyi. Senin bir ifaden daha var ki sohbetimizi onunla noktalamanın uygun olacağı kanısındayım. Sanırım buradaki herkes, bu konuştuklarımızın harikulade aydınlatıcı ve esin verici olduğu konusunda bana katılacaktır bu arada."

Seyirciler heyecanla alkışladı.

"Kendine saklama dürtüsü olarak gördüğün şeyden söz ediyorduk."

"Evet, bununla gurur duymuyorum, bildiğiniz bencillikten fazlası olduğunu da düşünmüyorum. Şimdi daha iyi anlıyorum. Gördüklerimizi, bildiklerimizi paylaşmaya mecbur olduğumuzu anlıyorum. Tüm bilgilerin demokratik biçimde erişilebilir olması gerektiğini de."

"Serbestlik bilginin doğasında var."

"Doğru."

"Bilebileceğimiz her şeyi bilmeye hakkımız var. Hepimiz topluca dünyadaki bilgi birikiminin sahibiyiz."

"Doğru," dedi Mae. "O halde birini ya da herkesi bildiğim bir şeyden mahrum bırakırsam ne olur? İnsan kardeşlerimden bir şey çalıyor olmaz mıyım?"

"Hem de nasıl," dedi Bailey, ciddiyetle baş sallayarak. Mae seyircilere bakınca en ön sırada oturanların, yani salonda yüzlerini seçebildiği yegâne insanların tamamının aynı şekilde başlarını salladığını gördü.

"Kelimelerle aran iyi olduğuna göre Mae, bu üçüncü ve sonuncu itirafını da bize aktarır mısın acaba? Ne demiştin?"

"Evet, şöyle demiştim: Mahremiyet hırsızlıktır."

Bailey seyircilere döndü. "Ne kadar ilginç bir ifade, değil mi arkadaşlar? 'Mahremiyet hırsızlıktır.'" Arkasındaki ekranda kocaman beyaz harflerle bu kelimeler belirmişti şimdi:

MAHREMİYET HIRSIZLIKTIR

Mae üç sloganı bir arada görmek için ekrana döndü. Onları karşısında görünce gözyaşlarını zor tuttu. Gerçekten o mu söylemişti bunları?

SIR YANILTIR
SEVEN İNSAN PAYLAŞIR
MAHREMİYET HIRSIZLIKTIR

Mae'in boğazı kurumuş, kaskatı kesilmişti. Konuşamayacağını biliyor, Bailey'nin kendisinden bunu istemeyeceğini ümit ediyordu. Bailey de hissiyatını sezinlemiş gibi ona göz kırptıktan sonra seyircilere döndü.

"Açık kalpliliği, zekâsı ve müthiş insancıllığı için gelin Mae'e teşekkür edelim, evet, lütfen."

Seyirciler ayağa kalktı. Mae'in yüzü alev alev yanıyordu. Oturmalı mıydı, kalkmalı mıydı bilemedi. Kısa bir süre ayakta durduktan sonra kendini aptal gibi hissederek tekrar yerine geçti ve elini kucağından kaldırıp seyircilere doğru salladı.

Dinmek bilmeyen alkış tufanının ortasında bir yerde Bailey, asıl bitirici vuruşu yapmayı başardı - gördüğü her şeyi, dünyaya sunabileceği her şeyi paylaşmak namına Mae'in tez elden şeffaflaşacağını duyurdu.

İKİNCİ BÖLÜM

ACAYİP BİR YARATIKTI, hayaletleri anımsatıyordu insana, hafif kötücül bir hali vardı ve kıpır kıpırdı. Gelgelelim karşısına geçip de bakanlar gözlerini ondan ayıramıyordu. İncecik formu, bıçak gibi yüzgeçleri, süt beyaz derisi, gri gözleri Mae'i adeta hipnotize etmişti. Bir köpekbalığı olduğu kesindi, o karakteristik şekle, o hain bakışlara sahipti, ama bu yeni bir türdü, hepçil ve kör bir tür. Stenton onu Çember'in denizaltısıyla Mariana Çukuru'na yaptığı yolculuktan dönüşte getirmişti. Tek keşfi değildi bu köpekbalığı - Stenton o zamana kadar bilinmeyen denizanaları, denizatları, manta vatozları toplamıştı; hepsi de bir nebze saydam, bu dünyanın dışındanmışçasına hareket eden yaratıklardı ve Stenton'ın neredeyse bir gecede yaptırdığı bir dizi devasa akvaryumun içinde sergileniyorlardı.

Mae'in görevi izleyicilerine bu vahşi hayvanları göstermek, gerektiğinde açıklamalar yapmak ve boynuna astığı kamera vasıtasıyla bu yeni dünyaya, genel anlamda Çember'in dünyasına bir pencere açmaktı. Mae her sabah, Stewart'ınkine çok benzeyen ama daha hafif, daha küçük, merceği kalbinin üstüne denk gelen bir kolye takıyordu. Mercek en sabit ve en geniş görüntüyü bu noktadan temin ediyordu. Mae'in gördüğü her şeyi, hatta çoğu zaman daha da fazlasını görüyordu. Ham videonun kalitesi o kadar yüksekti ki izleyiciler görüntüyü yakınlaştırıp uzaklaştırabiliyor, sağa sola çevirebiliyor, dondurabiliyor, zenginleştirebiliyordu. Tüm çevresel gürültüleri veya fondaki diğer konuşmaları kaydetmekle birlikte ikinci plana atarak Mae'in halihazırda devam eden sohbetlerine odaklanacak biçimde dikkatle tasarlanmış ses özellikleri vardı. Sonuç olarak Mae'in girdiği her odanın, izleyen herkes tarafından taranabileceği manasına geliyordu bu; izleyiciler istedikleri her köşeye odaklanabilir, biraz uğraşırlarsa ortamda süregiden diğer konuşmaları yalıtıp dinleyebilirdi.

Stenton'ın keşiflerinin beslenme saati gelip çatmıştı ama Mae ve izleyicilerin özel olarak ilgilendiği hayvan köpekbalığıydı. Mae onu yemlenirken görmemişti henüz, söylenene göre doymak bilmeyen bir iştahla, çabucak yiyordu. Kör olmasına rağmen, büyük küçük, ölü diri ayırt etmeden tüm yemlerini anında bulup korkutucu bir hızla sindiriyordu. Bir ringa veya mürekkepbalığının akvaryum tankına atılmasından yalnızca saniyeler sonra, köpekbalığı bu hayvandan geri kalanları -küle benzer minik taneli bir madde halinde- akvaryum tabanına bırakıveriyordu. Hayvanın derisinin sindirim sürecinin engelsizce izlenebilmesine olanak tanıyacak ölçüde yarısaydam olması, bu eylemi daha da büyüleyici hale getiriyordu.

Mae kulaklığında bir uyarı tonu işitti. "Besleme saati 1.02'ye alındı," dedi ses. O sırada saat 12.51'di.

Mae karanlık koridorun sonuna, her biri bir öncekinden az daha küçük olan üç diğer akvaryuma baktı. Elektrik mavisi akvaryumların ve içlerindeki sis beyazı yaratıkların kuvvetle vurgulanabilmesi için mekân hiç aydınlatılmamıştı.

"Şimdilik ahtapota geçelim," dedi ses.

Yardımcı Rehber'in sesi Mae'e minik bir kulaklık vasıtasıyla iletiliyor, Yardımcı Rehberlik ekibi böylelikle onu ara sıra yönlendirebiliyordu - mesela güneş enerjisiyle çalışan ve yeterince güneşe maruz kaldığı takdirde kıtaları, denizleri aşarak sınırsız mesafeler kat edebilen yeni insansız hava aracını izleyicilerine göstermek üzere Makine Çağı'na uğramasını önerebiliyordu; bu ziyareti o gün daha erken saatlerde yapmıştı Mae. Günün büyük kısmı böyle geçiyordu, şirket departmanlarını dolaşıp Çember'de yapılmış ya da Çember tarafından onaylanmış yeni ürünleri tanıtarak. Her gününün diğerlerinden farklı olmasını sağlıyordu bu; şeffaflaşmasını izleyen altı hafta tam da böyle geçmiş, Mae yerleşkenin hemen her köşesini dolaşmıştı: Yelken Çağı'ndan tutun, halen hayatta olan tüm kutup ayılarına birer kamera takılmasını öngören bir proje üzerinde nispeten eğlencelik çalışmaların yürütüldüğü Eski Krallık'a kadar.

"Gelin ahtapotu görelim," dedi Mae, izleyicilerine.

Beş metre yüksekliğinde, üç buçuk metre çapında, yuvarlak cam tanka yöneldi. İçinde bulut rengi, mavi yeşil damarlı, solgun, omurgasız bir canlı, el yordamıyla gözlüğünü arayan bir yarı kör gibi etrafını yokluyor ve tereddüt içinde debelenip duruyordu.

"Teleskop Ahtapotu'nun akrabası bu," dedi Mae, "ama daha önce hiç canlısı yakalanmamıştı."

Ahtapot durmaksızın şekil değiştiriyordu; an geliyor balonumsu, soğanımsı bir şekil alıyor ve kendini adeta şişirircesine, güvenle büyüyor, an geliyor küçülmeye, fırıl fırıl dönmeye, asıl formunun hangisi olduğundan emin değilmiş gibi gerinip yayılmaya başlıyordu.

"Gördüğünüz gibi gerçek büyüklüğünü kestirmek çok zor. Bazen avucunuzun içine sığacak kadar küçülüyor, bazen neredeyse bütün tankı kaplıyor."

Yaratığın dokunaçları her şeyi öğrenmeye çalışır gibiydi: camın şeklini, yerdeki mercanların topografyasını, dört bir yandaki suyun dokusunu.

Mae ahtapotun kendini bir ağ gibi yayarak duvardan duvara uzanışını izlerken, "Sevimli sayılır aslında," dedi. Hayvanın meraklı halleri, onun şüphe ve hasret dolu, duygulu bir varlık olduğuna dair bir izlenim uyandırıyordu.

"Stenton ilk bunu bulmuş," dedi Mae, şimdi azametle, ağır ağır yerden yükselmekte olan ahtapotu anlatırken. "Denizaltının arkasından gelip önüne vurmuş bu ahtapot, Stenton'a kendisini takip etmesini söyler gibiymiş. Ne kadar hızlı hareket ettiğini tahmin edebilirsiniz." Ahtapot şimdi akvaryumun içinde yalpalayarak dolaşıyor ve bir şemsiyenin açılıp kapanışını andıran hareketler yapıyordu.

Mae saate baktı. 12.54 olmuştu. Geçirmesi gereken birkaç dakika daha vardı. Merceğini ahtapottan ayırmadı.

Her günün her saniyesinin izleyicilerine aynı derecede çarpıcı göründüğünü elbette ki düşünmüyordu. Şeffaflaşmasını izleyen üç hafta boyunca Mae çalışmaya bir süre ara vermişti ama zaten artık öncelikli görevi Çember'deki olağanüstü ve rutin hayata açılan bir pencere olmaktı. "İşte spor salonundayız," diyebiliyordu örneğin, izleyicilerine orayı ilk kez gösterirken. "İnsanlar burada koşuyor, ter atıyor, çaktırmadan birbirlerini süzmenin yollarını arıyor." Derken bir saat sonra, kimse tarafından izlenmiyormuş gibi davranan ya da davranmaya çalışan diğer Çemberlilerle karşılıklı oturup hiç istifini bozmadan, hiçbir açıklama yapmadan yemek yiyebiliyordu. Çember'deki mesai arkadaşlarının çoğu kameraya yakalandıklarına memnundu, zaten birkaç gün içinde tüm Çemberliler, bunun işlerinin bir parçası, Çember'in temel unsurlarından biri olduğunu kati surette anlamıştı. Eğer şeffaflaşmayı ve açık erişimin bitmez tükenmez küresel avantajlarını destekleyen bir şirket olacaklarsa bu ideali her zaman, her yerde, özellikle de yerleşke sınırları içinde yaşatmaları şarttı.

Neyse ki Çember'in sınırları içinde izleyicilere gösterilecek, üzerinde durulacak pek çok şey vardı. Sonbahar ve kış, kaçınılmaz olanı yıldırım hızıyla getirmişti. Yerleşkenin dört bir yanına yaklaşmakta olan Tamamlanma'yı ima eden tabelalar asılmıştı. Mesajlar gizemliydi; merak uyandırmaları, tartışma yaratmaları amaçlanmıştı. *Tamamlanma ne anlama gelecek?* Çalışanların buna kafa yormaları, yanıtlar göndermeleri, fikir panolarına notlar yazmaları isteniyordu. *Yeryüzündeki herkesin bir Çember hesabı olacak!* diyordu en popüler mesajlardan biri. *Çember dünyada açlığı ortadan kaldıracak*, diyordu bir diğeri. *Çember atalarımı bulmama yardımcı olacak*, diyordu bir başkası. *İnsani, sayısal, duygusal ya da tarihsel hiçbir veri bir daha asla kaybolmayacak*. Bu mesaj bizzat Bailey tarafından yazılıp imzalanmıştı. En beğenileni ise *Çember kendimi bulmama yardımcı olacak* idi.

Bu gelişmelerin pek çoğu Çember'de uzun zamandır planlanmaktaydı ama zamanlama hiç bu kadar doğru olmamıştı. Devinim hızı karşı konulamayacak kadar güçlüydü. Şimdi, Washington'ın yüzde 90'ı şeffaflaşmışken, geri kalan yüzde 10, meslektaşlarının ve seçmenlerin şüpheleri altında ezim ezim eziliyor, o malum soru kızgın güneş gibi üzerlerine vuruyordu: *Neyi saklıyorsunuz?* Çemberlilerin çoğunun o yıl içinde şeffaflaşması planlanıyordu ama şimdilik, yazılım hatalarının giderilmesi ve herkesin bu fikre alışması için Mae ve Stewart'la yetinilmişti, gerçi Mae'in deneyi Stewart'ınkini büyük ölçüde gölgede bırakmıştı. Mae ne de olsa gençti ve Stewart'tan çok daha hızlı hareket ediyordu, ayrıca sesi vardı. İzleyicileri Mae'in sesine bayılıyor, onu müzikle kıyaslayarak, *nefesli çalgıların tahtamsı tınısına, nefis bir akustik gitarın tıngırtısına* benzetiyordu. Mae de bu durumdan, günbegün milyonların sevgisine gark olmaktan pek memnundu.

Alışmak biraz zaman almıştı gerçi, kuşanması gereken teçhizattan başlayarak. Kamera hafifti, birkaç gün içinde merceğin ağırlığını neredeyse hissetmez olmuştu, göğsünde taşıdığı bir madalyondan daha ağır gelmiyordu ona artık. Merceği göğsüne sabitleyebilmek için giysilerine cırt cırtlı bantlar takmak dahil bir sürü yol denemişler ama hiçbiri kolye misali boynuna geçirmek kadar etkili ve basit olmamıştı. Mae'in genellikle büyüleyici, nadiren rahatsız edici bulduğu ikinci yenilik -sağ bileğine takılan küçük bir bileklik sayesinde- kameranın gösterdiği şeyi kendisinin de görebilmesiydi. Sol bileğindeki sağlık monitörünü neredeyse unutmuştu ama kamera sağ kolunda taşıdığı bu ikinci bilekliğin kullanımını zorunlu hale getiriyordu. O da sol bileğindekiyle aynı boyuttaydı ve aynı malzemeden yapılmıştı ama Mae'in normal ekranlarındaki verilerin tümünü içerdiği gibi video da oynatabilmesi için daha büyük bir ekranı vardı. İki bileğinde ikisi de gayet konforlu, parlak metalden iki bileklikle kendini *Wonder Woman* gibi hissediyor, onun gücünü bir parça anlayabiliyordu - gerçi kimseye söyleyemeyeceği kadar gülünçtü bu.

Sol bilekliğinde kalp atışını, sağdakindeyse izleyicilerinin gördüğünü -merceğinden gerçek zamanlı olarak yayınlanan görüntüyü- izliyordu, bu da görüntüde birtakım ayarlar yapabilmesini sağlıyordu. Bileklik an itibariyle kaç kişi tarafından izlenmekte olduğunu, sıralama ve puanlamalardaki durumunu da bildiriyor, izleyicilerden gelen en yeni, en popüler yorumlara dikkatini çekiyordu. Ahtapotun karşısında durduğu sırada örneğin, 441.762 kişi tarafından izlenmekteydi ki ortalamasının biraz üstünde bir sayıydı ama yine de Stenton'ın derin deniz keşiflerini tanıtırken toplamayı ümit ettiğinden düşüktü. Bileklikte gösterilen diğer sayılar şaşırtıcı değildi. Kamerasından yaptığı canlı yayının günde ortalama 845.029 ziyaretçisi oluyordu, zing akışının da 2,1 milyon takipçisi vardı. T2K grubu içinde kalmayı kendine dert etmesine hiç gerek yoktu artık; görülebilirliği ve izleyici kitlesinin muazzam gücü, astronomik Yönlendirme Oranlarının ve Perakende Brüt toplamlarının teminatıydı ve her daim ilk onda kalmasını garantiliyordu.

"Gelin denizatlarına bakalım," dedi, sıradaki akvaryuma ilerlerken. Orada, uçuk tonlarda bir mercan buketinin ve suda salınan mavi yosun dallarının arasında yüzlerce, belki binlerce minik canlı vardı; bir çocuğun parmaklarından daha büyük değildiler; kuytulara saklanıyor, bitkilere tutunuyorlardı. "Bu balık arkadaşlar pek sıcakkanlı sayılmaz. Durun hele, balık bile değildirler belki?" diye sorduktan sonra bilekliğine baktı ve bir izleyicisinin cevabı çoktan göndermiş olduğunu gördü. *Balık oldukları kesin! Actinopterygii sınıfından. Morina ve orkinosla aynı sınıf.*

"Teşekkür ederim, Greensboro'dan Susanna Win!" dedi Mae, sonra da bilgiyi rezing'leyerek takipçilerine iletti. "Bakalım bütün bu bebek denizatlarının babacığını bulabilecek miyiz! Belki biliyorsunuzdur, denizatlarında yumurtaları baba taşır. Gördüğünüz yüzlerce bebek, babacığın buraya varmasından hemen sonra doğdu. Evet, neredeymiş bakalım?" Mae akvaryumun etrafında dolanarak sonunda onu buldu; hayvan Mae'in eli büyüklüğündeydi ve tankın dibine uzanmış, otlara yaslanmıştı. "Galiba saklanıyor," dedi Mae, "bizim burada, camın diğer tarafında olduğumuzdan ve her şeyi görebildiğimizden haberi yok anlaşılan."

Bilekliğine baktı ve bu narin canlıyı en iyi şekilde görüntüleyebilmek için merceğinin açısıyla azıcık oynadı. Hayvan sırtını Mae'e dönerek kıvrılmıştı, bitkin ve ürkek bir hali vardı. Mae yüzünü ve merceğini cama dayayınca ona o kadar yaklaştı ki zarif burnunda acayip çiller gibi duran o zeki gözlerindeki minicik bulutları bile seçebildi. Akıl almaz bir yaratıktı bu, çok kötü bir yüzücüydü, kağıt fenerler kadar kırılgan ve tamamen savunmasız. Mae'in bilekliği olağanüstü yüksek puanlar alan bir zing mesajına dikkatini çekti. *Hayvanlar âleminin kruvasanı,* diyordu mesaj, Mae bunu yüksek sesle tekrarladı. Ahtapot ile köpekbalığı tanklarının içinde fink atıp yemlerini yerken denizatı onca narinliğine rağmen ne yapıp edip çoktan üremiş, kendine benzer yüz yavruya can vermişti. Ama onları pek umursar görünmüyordu. Nereden gelmiş oldukları konusunda hiçbir fikri yokmuş gibi, başlarına ne geldiği onu hiç ilgilendirmiyormuş gibi zürriyetinden uzak duruyordu.

Mae saate baktı. 1.02. Yardımcı Rehber kulaklıktan konuştu: "Köpekbalığı beslenmeye hazır."

"Tamam," dedi Mae, bilekliğine göz atarak. "Köpekbalığına geri dönmemiz için çok istek geldiğini görüyorum, saat de biri geçmiş zaten, gitsek iyi olur." Gittiğini görmek istemezmiş gibi bir an için ona dönen denizatının yanından ayrıldı.

Stenton'ın köpekbalığının bulunduğu birinci ve en büyük akvaryuma geri döndü. Akvaryumun tepesinde, paçaları kıvrılmış, beyaz kot pantolonlu, kıvırcık siyah saçlı bir kadın parlak kırmızı bir merdivenin üzerinde dikiliyordu.

"Merhaba," dedi Mae ona. "Ben Mae."

Kadın önce, "Biliyorum," dedi ama sonra kamerayı yeni hatırlamış gibi, çalışılmış bir tonlamayla, ezberden konuştu. "Merhaba Mae, ben de Georgia. Şimdi Bay Stenton'ın köpekbalığını besleyeceğim."

Tam o sırada köpekbalığı, körlüğüne ve henüz tankına yiyecek atılmış olmamasına rağmen ziyafetin yaklaştığını sezinler gibi oldu. Kasırga gibi dönerek yerden yükselmeye, su yüzeyine yaklaşmaya başladı. Mae'in izleyicilerinin sayısı şimdiden 43.000 artmıştı.

"*Birisi* acıkmış," dedi Mae.

Daha önce pek tehditkâr görünmemiş olan köpekbalığı fark edilir biçimde hırçınlaşmış, iyice keskinleşen algılarıyla yırtıcılık içgüdüsü ortaya çıkmıştı. Georgia her ne kadar kendinden emin ve işinin ehli görünmeye çalışsa da Mae onun korku ve endişesini gözlerinden okuyordu. Ona yönelmiş olan köpekbalığından gözlerini ayırmadan, "Siz, aşağıdakiler, hazır mısınız?" diye sordu.

"Biz hazırız," dedi Mae.

"Pekâlâ, bugün köpekbalığına yeni bir yem vereceğim. Bildiğiniz gibi somondan ringa balığına, denizanasına kadar her türlü yemle beslendi şimdiye kadar. Ne verdiysek hepsini aynı iştahla silip süpürdü. Dün bir manta vatozu denedik, beğenmesini beklemiyorduk ama onu da hiç tereddütsüz, afiyetle mideye indirdi. Onun için bugün bir kez daha yeni bir yem deneyeceğiz. Sizin de görebildiğiniz gibi..." dedi. Mae onun elindeki kovanın lusitten yapılmış olduğunu fark etti, içinde mavili kahverengili, çok bacaklı bir şey görüyordu. Hayvanın kova duvarlarına tıkır tıkır vurduğunu işitti: Bir ıstakozdu. Köpekbalıklarının ıstakoz yiyebilecekleri hiç aklına gelmezdi ama yememeleri için de herhangi bir sebep bulamıyordu.

“Bildiğimiz Maine ıstakozlarından biri var burada ama bu köpekbalığının onu yiyip yemeyeceğinden emin değiliz.”

Georgia bunu sıkı bir şova çevirmeye çalışıyordu belki ama ıstakozu bu kadar zamandır suyun üstünde tutuyor olması Mae'i bile tedirgin etmişti. *At hadi*, diye geçirdi aklından. *Lütfen at şunu artık.*

“Şimdi bu küçük arkadaşı tankın içine...”

Ama daha cümlesini bitiremeden suda yükselen köpekbalığı ıstakozu bakıcının elinden kapıverdi. Georgia korku içinde cıyaklayana ve saymak istercesine öbür eliyle parmaklarını tutana kadar köpekbalığı bir lokmada yuttuğu ıstakozla birlikte çoktan tankın ortalarına inmiş, kabuklu hayvanın beyaz etini geniş ağzından püskürtmekteydi.

“Isırdı mı?” diye sordu Mae.

Georgia gözyaşlarını zor tutarak başını iki yana salladı. “Neredeyse ısıracaktı.” Elini ateş yakmış gibi silkeledi.

Istakoz tüketilmişti, şimdi Mae aynı zamanda hem dehşet verici hem harikulade bir şeye tanık oluyordu: ıstakozun köpekbalığının içinde, Mae'in gözleri önünde, yıldırım hızıyla ve inanılmaz bir netlikle sindirilişine. Mae, ıstakozun köpekbalığının ağzında önce düzinelerce, sonra yüzlerce parçaya bölündüğünü, sonra bu parçaların yemek borusundan, mideden, bağırsaklardan geçtiğini gördü. Dakikalar içinde ıstakozdan geriye kumlu, taneli bir maddeden başka bir şey kalmamıştı. Dışkı köpekbalığının gövdesinden akvaryumun zeminine kar taneleri gibi yağdı.

“Doymamış gibi bir hali var,” dedi Georgia. Tekrar merdivenin tepesine çıkmıştı ama bu sefer farklı bir lusit konteyner vardı yanında. Mae ıstakozun sindirilişini izlerken Georgia bir kap yem daha getirmişti.

“Düşündüğüm şey mi o?” diye sordu Mae.

“Pasifik'te yaşayan bir denizkaplumbağası,” dedi Georgia, sürüngenin bulunduğu konteyneri yukarıya kaldırırken. Kaplumbağa neredeyse Georgia'nın gövdesi kadardı; yeşil, mavi ve kahverengi yamalı bir kabuğu vardı, o daracık yerde hiç kıpırdayamayan güzel bir hayvan. Georgia kaplumbağayı dışarıya davet eder gibi, konteynerin ucundaki kapıyı açtı. Hayvan olduğu yerde kalmayı tercih etti.

"Habitatlarındaki farklılık göz önüne alındığında köpekbalığımızın bunlardan biriyle karşılaşmış olma ihtimali çok düşük," dedi Georgia. "Bu kaplumbağanın onun yaşadığı yerlerde vakit geçirmesi için hiçbir sebep olmadığı gibi, onun da kaplumbağaların yaşadığı aydınlık bölgeleri hiç görmemiş olduğu kesin."

Georgia'ya kaplumbağayı köpekbalığının ağzına atma niyetinde ciddi olup olmadığını sormak istiyordu Mae. Hayvan gözlerini aşağıdaki yırtıcıya dikmişti ve şimdi, zor bela toplayabildiği azıcık enerjiyle kendini konteynerin arka duvarına çekmeye uğraşıyordu. Köpekbalığının bu sevimli hayvanla yemlenmesi, bilim yararına ya da gerekli olsun olmasın izleyicilerin çoğunun hoşuna gitmeyecekti. Bilekliğine şimdiden zing'ler düşmeye başlamıştı. *Lütfen kaplumbağayı öldürmeyin. Dedeme benziyor!* Buna karşılık, kaplumbağadan çok da büyük olmayan köpekbalığının bu sürüngeni o diş geçirmez kabuğuyla yutmayı veya sindirmeyi başaramayacağında ısrarcı olan zing'ler de ikinci bir zincir oluşturmuştu. Fakat Mae tam Georgia'nın niyetini sorgulamak üzereyken kulaklığında YR'nin sesi duyuldu. "Sıkı dur. Stenton neler olacağını görmek istiyor."

Köpekbalığı tankın içinde yeniden daireler çizmeye başlamış ve göründüğü kadarıyla az önceki açlığından ve yırtıcılığından hiçbir şey kaybetmemişti. Istakoz dişinin kovuğunu bile doldurmamış, anlamsız bir atıştırmalık yerine geçmişti. Şimdi ana yemeğin gelmek üzere olduğunu anlamış, su yüzeyine, Georgia'ya doğru yaklaşmaktaydı.

"Hadi bakalım," dedi Georgia ve konteyneri suya doğru eğmeye başladı. Kaplumbağa, altında fırıl fırıl dönen -köpekbalığının akvaryumdaki dönenişi yüzünden girdaplanmış olan- neon ışıklı suya doğru yavaş yavaş kayıyordu şimdi. Konteyner dikey konuma geldiğinde kaplumbağanın başı kenardan dışarı taşmış, köpekbalığının da daha fazla beklemeye sabrı kalmamıştı. Suyun içinden yükselerek kaplumbağanın başını dişlerinin arasına aldı ve aşağıya çekti. Istakoz gibi kaplumbağa da saniyeler içinde tüketildi, ancak bu defa, kabuklu hayvanın hiç ihtiyacı olmayan bir şekil değiştirme sürecinden geçmesi gerekmişti. Köpekbalığı dişlerini gevşeterek ağzının boyutunu iki katına çıkarmış, böylece kaplumbağanın tamamını kolaylıkla tek lokmada yutabilmişti. Georgia konuşmaya devam ediyor, pek çok köpekbalığının kaplumbağa yerken midesinin içini dışına çıkardığına, sürüngenin etli kısımlarını sindirdikten sonra kabuklarını kustuğuna dair bir şeyler anlatıyordu. Gelgelelim Stenton'ın köpekbalığının başka bir yöntemi vardı. Kabuk köpekbalığının ağzında ve midesinde tükürükle ıslanan bir kraker gibi dağılıverdi, bir dakikaya kalmadan kaplumbağanın tamamı küle döndü. Köpekbalığının bünyesini ıstakozun yaptığı gibi terk etti o da, akvaryum tabanına pullar halinde aheste aheste yağdı ve kendinden önce gelenlerin arasına, onlardan ayırt edilemeyecek bir halde katıldı.

Camın öbür tarafında, akvaryumun karşı duvarının ardında bir figür, siluete benzer bir şey gördüğünde Mae bu manzarayı seyrediyordu. Figürün vücudu bir gölgeden ibaretti, yüzüyse hiç seçilmiyordu ama sonra bir an için, yukarıdan gelen ışık suda daireler çizmekte olan köpekbalığının derisine yansıdı ve çehresini aydınlattı: Kalden'dı.

Mae bir aydır görmemişti onu, şeffaflaşalı beri hiç haber de almamıştı. Annie de önce Amsterdam'a, sonra Çin'e, sonra Japonya'ya gidip tekrar Cenevre'ye dönmüş, dolayısıyla Kalden meselesiyle uğraşmaya fırsat bulamamıştı ama bazen onunla ilgili yazışırlardı. Bu ismi cismi belirsiz adam onları ne kadar kaygılandırmalıydı?

Derken Kalden ortadan kaybolmuştu.

Şimdiyse karşısında dikilmiş ona bakıyordu, hiç kıpırdamadan.

Mae seslenmek istedi ama endişeye kapıldı. Kimdi bu? Ona seslense, kameraya yakalanmasına sebep olsa ne olurdu, ortalık karışır mıydı? Kaçar mıydı Kalden? Mae köpekbalığının kaplumbağayı sindirişinin, o donuk gözlerinden taşan gazabın şokunu hâlâ üzerinden atamamıştı; Kalden'ın adını söylemeye ne sesinin ne de gücünün yeteceğini biliyordu. Durdular ve karşılıklı bakışmaya koyuldular. Mae kamerasıyla onun görüntüsünü yakalayabilirse belki Annie'ye gösterebileceğini, böylece bir açıklamaya, bir kimlik tespitine ulaşabileceklerini geçirdi aklından. Ama bilekliğine baktığı zaman kapkaranlık, yüzü belirsiz bir vücut görebildi ancak. Belki de mercek Kalden'ı göremiyor, farklı bir açıdan bakıyordu ona. Mae bilekliğinde Kalden'ın eşkâlini ararken o birden geriye çekildi, sonra gölgelerin arasına karışıp gözden kayboldu.

Bu arada Georgia, köpekbalığı ve az önce tanık oldukları şey hakkında çan çan edip durmuş, Mae dediklerinin tek kelimesini dahi yakalayamamıştı. Fakat şimdi merdivenin tepesinden el sallarken Mae'in oradaki işinin bitmiş olduğunu ümit ediyordu, elinde hayvana verebileceği başka yem kalmamıştı çünkü. Gösteri sona ermişti.

"Peki o zaman," dedi Mae. Ona oradan ayrılıp Kalden'ın peşinden gitme fırsatı tanıdığı için Georgia'ya minnettar kaldı. Teşekkür edip hoşça kal dedikten sonra çevik adımlarla koridorun karanlığına yöneldi.

Kalden'ın siluetini ta uzaktaki bir kapıdan geçtiği sırada gördü; merceğini sallamamaya, onun adını seslenmemeye dikkat ederek adımlarını hızlandırdı. Kalden'ın geçtiği kapı haber odasına gidiyordu ki orası Mae'in de akvaryumlardan sonra uğraması beklenebilecek bir yerdi. "Haber odası ne âlemde acaba, gelin bir bakalım," dedi. Oda yirmi adımlık mesafedeydi; odadaki herkesin gelişinin farkında olacağını biliyordu. Kalden'ın koridordaki ve kapı girişindeki DeğişimiGör kameralarına yakalanması gerektiğini, gerçek kimliğinin bu olup olmadığını er geç öğreneceğini de biliyordu. Çember sınırları içindeki her hareket kameraların birine olmazsa öbürüne, genellikle üç tanesine birden yakalanırdı ve herhangi birinin hareketlerini sonradan yeniden canlandırmak bir-iki dakikalık işti.

Haber odasının kapısına yaklaşırken Mae, Kalden'ın ellerini bedeninde hayal etti. Aşağılara doğru kayarak Mae'e doğru abanırken ellerini... Sesinin kısık homurtusunu işitiyordu. Islak, taze meyveleri andıran tadını anımsıyordu. Onu buldu diyelim, ne yapacaktı? Tuvalete götüremezdi. Yoksa götürebilir miydi? Elbet bulurdu bir çaresini.

Haber odasının kapısını açtı. Bailey'nin eski zamanların gazete yazıhanelerine öykünerek düzenlediği, yüz kadar alçak bölmesi olan geniş bir alandı burası. Her tarafta haber bantları ve saatler, her masada "retro" bir analog telefon, aritmik olarak yanıp sönen sayıların altına dizilmiş beyaz düğmeler vardı. Eski yazıcılar, faks makineleri, teleks cihazları, tipo baskı makineleri. Dekor tabii ki göstermelikti. Bu eski cihazların hiçbiri çalışmıyordu. Şu anda yüzlerini Mae'e dönüp ona ve izleyicilerine gülümseyerek merhaba demekte olan muhabirler, haberciliklerinin önemli bir bölümünü DeğişimiGör kameraları üzerinden yapıyordu. Dünyanın dört bir yanı, yüz milyonu aşkın işlevsel ve erişilebilir kamerayla donatılmıştı artık, bu da muhabirlerin olay yerlerine giderek bizzat haber kovalamasını -karbon emisyonlarını yok yere çoğaltması bir yana- gereksiz biçimde pahalı ve tehlikeli hale getirmişti.

Mae haber odasında dolaşırken elemanlar bunun resmî bir ziyaret olup olmadığını bilemeden el salladı ona. Mae de onlara el sallıyor, bir yandan da dalgın görüneceğini bile bile gözleriyle odayı tarıyordu. Kalden neredeydi? Odanın bir çıkışı daha vardı, Mae çalışanlara başıyla selam verip hal hatır sorarak odayı çabucak arşınladıktan sonra öbür taraftaki kapının önüne geldi.

Parlak gün ışığından gözlerini sakınarak kapıyı açınca ileride Kalden'ı gördü. Geniş yeşil çimenliğin ortasından, şu Çinli muhalifin imzasını taşıyan yeni heykelin önünden geçiyordu - Mae izleyicilerine o heykeli de ilk fırsatta göstermesi gerektiğini hatırladı, hatta belki o gün. Tam o sırada Kalden, Mae'in hâlâ peşinden gelip gelmediğini anlamak ister gibi bir an dönüp arkasına baktı. Mae'in gözleri kendisininkilerle buluşunca yüzünde minik bir tebessüm uyandı ama hemen sonra tekrar arkasını dönüp Beş Hanedan Dönemi'nin çevresinde hızlı hızlı yürüyerek uzaklaştı.

"Nereye böyle?" diye sordu kulağındaki ses.

"Pardon. Hiçbir yere. Ben sadece... Neyse boş ver."

Mae elbette istediği yere gitmekte serbestti -izleyicilerinin pek çoğu onun en çok bu başıboş dolanmalarını seviyordu- ama Yardımcı Rehberlik ofisi onu arada bir yoklamak isterdi. Etrafı Çemberlilerle çevrili halde güneşin altında dikilirken telefonunun çaldığını duydu; arayan numara görünmüyordu. Bunun ancak Kalden olabileceğini düşündü.

"Alo?" dedi.

"Buluşmamız lazım," dedi Kalden.

"Efendim?"

"İzleyicilerin beni duyamaz. Yalnızca seni duyabilirler. Şu anda mühendisler arayanın sesinin neden duyulmadığını anlamaya çalışıyorlardır. Birkaç dakika içinde çözerler." Sesi gergin ve titrekti. "O yüzden dinle beni. Bu olanların durdurulması lazım. Ciddiyim. Çember tamamlanmak üzere ve bu senin için de, benim için de, insanlık için de kötü olacak, bana inanmak zorundasın. Buluşabilir miyiz? Bir tek tuvalette buluşabiliyorsak benim için sakıncası yok..."

Mae kapattı.

"Kusura bakma," dedi YR kulaklıktan. "Nedense arayanın sesi duyulmuyor. Üstünde çalışıyoruz. Kimdi?"

Mae yalan söyleyemeyeceğini biliyordu. Az önceki konuşmayı kimsenin dinlemediğinden emin değildi. "Kaçığın tekiydi," diye doğaçladı, kendiyle gurur duyarak. "Dünyanın sonu geldi zırvaları."

Mae bilekliğine baktı. İnsanlar demin ne olduğunu, nasıl olduğunu merak etmeye çoktan başlamıştı. En popüler zing şuydu: *Çember merkezde teknik problemler mi yaşanıyor? Sırada ne var: Noel Baba, Noel'i mi unutacak?*

"Her zamanki gibi doğruyu söyle onlara," dedi YR.

"Evet, demin ne olduğunu ben de hiç anlamadım," dedi Mae yüksek sesle. "Anladığım zaman hepinizi bilgilendireceğim."

Ama sarsılmıştı. Hâlâ güneşin altında ayakta duruyor, onu fark eden Çemberlilere arada bir el sallıyordu. Sırada ne olduğunu, buradan sonra nereye gideceğini izleyicilerinin merak edebileceklerini biliyordu. Yorumların şaşkınlık, hatta kaygı dolu olacağını bildiğinden, bilekliğine bakmak içinden gelmiyordu. Çok uzakta krokete benzer bir oyunun oynandığını görünce çabucak oraya doğru ilerlemeye koyuldu.

İki Çemberli ve Rusya'dan gelmiş bir çift misafir olduklarını fark ettiği dört oyuncuyu görebileceği, onlara el sallayabileceği mesafeye erişince, "Evet, hepinizin bildiği gibi," dedi, "biz Çemberliler burada her zaman oyun oynamayız. Bu grubun gözler önüne serdiği gibi bazen çalışmamız da gerekir. Onları rahatsız etmek istemem ama yapmakta oldukları şeyin sizlere daha iyi ürün ve hizmetler sunmamızı sağlayacak türden problem çözme süreçleri ve karmaşık algoritmalar içerdiğinden adım gibi eminim. Gelin anlayalım şu işi."

Bu ona beş dakika düşünme fırsatı verecekti. Belli aralıklarla merceğini bunun gibi bir şeye, bir oyuna, bir gösteriye, bir konuşmaya odaklıyor, böylece takipçiler izleyedururken kendi düşüncelerine dalıp gitmesi mümkün oluyordu. Bilekliğindeki görüntüyü kontrol edince izleyici sayısının -432.028- ortalama düzeylerde seyrettiğini ve acilen ilgilenmesi gereken hiçbir yorumun olmadığını gördü, bunun üzerine akışın kontrolünü yeniden eline alması gerekene kadar kendine üç dakika izin verdi. Yüzünde kocaman bir gülümsemeyle -üç ya da dört DeğişimiGör kamerası tarafından görüntülenmekte olduğu kesindi zira- derin bir nefes aldı. Yeni edindiği bir beceriydi bu: beyninde kaos hüküm sürerken dış dünyaya son derece huzurlu, hatta neşeli görünme becerisi. Annie'yi aramak istiyordu. Ama arayamazdı. Kalden'ı istiyordu. Kalden'la baş başa kalmak istiyordu. Yine o tuvalette ona yaslanmak, onu arkasında hissetmek istiyordu. Ama Kalden normal değildi. O, bir tür casustu. Bir tür anarşist, bir felaket tellalı. Çember'in tamamlanması konusunda onu uyarırken ne demek istemişti? Mae Tamamlanma'nın ne anlama geldiğini bile bilmiyordu. Kimse bilmiyordu bunu. Gerçi Akıllı Adamlar son zamanlarda birtakım ipuçları vermeye başlamıştı. Bir gün yerleşkenin her köşesinde, TAMAMLANMA'YI DÜŞÜN gibi, ÇEMBERİ TAMAMLA gibi, ÇEMBER BÜTÜNLENMELİ gibi şifreli mesajlar içeren yeni seramik karoları belirmiş, bu sloganlar istenen ilgiyi ve merakı uyandırmıştı. Yine de kimse ne anlama geldiğini bilmiyor, Akıllı Adamlar da söylemiyordu.

Mae saate baktı. Doksan saniyedir kroket maçını izlemekteydi. Bu pozu, tuhaf duruma düşmeden, ancak iki-üç dakika daha koruyabilirdi. Deminki aramayı ihbar etmek gibi bir sorumluluğu var mıydı? Kalden'ın dediklerini biri gerçekten dinlemiş olabilir miydi? Ya dinlediyse? Ya şüpheli bir aramayı ihbar edip etmeyeceğini görmek için sınanmış ise? Belki de Tamamlanma'nın bir parçasıydı - Mae'in sadakatini ölçmek, Tamamlanma'ya mâni olmak isteyen herkesin ve her şeyin önüne geçmek için böyle bir teste başvurmuşlardı? *Eyvahlar olsun*, diye düşündü Mae. Annie'yle konuşmak istiyor ama konuşamayacağını biliyordu. Annesiyle babası geldi aklına, ona çok iyi tavsiyeler verebilirlerdi, gel gör ki evleri de şeffaflaşmıştı artık, babasının tedavisi gereği DeğişimiGör kameralarıyla donatılmıştı. Eve gidip tuvalette onlarla buluşsa? Hayır. Aslında birkaç gündür onlardan hiç haber alamamıştı. Teknik bazı zorluklar yaşadıkları konusunda onu uyarmış, yakında tekrar arayacaklarını, onu çok sevdiklerini söylemiş, sonraki kırk sekiz saatte de Mae'in hiçbir mesajına yanıt vermemişlerdi. Bu süre içinde Mae evlerindeki kameraların görüntülerine hiç bakmamıştı. O işi bir ara yapması gerekiyordu. Aklının bir köşesine yazdı bunu. Acaba onları arayabilir miydi? İyi olduklarından emin olduktan sonra çok rahatsız edici ve kişisel bir mesele hakkında onlarla konuşmak istediğini üstü kapalı bir şekilde söyleyebilirdi belki?

Hayır, olmazdı. Tam anlamıyla delilikti bu. Akli dengesinin bozukluğundan artık hiç şüphe etmediği bir adam tarafından rastgele aranmıştı yalnızca. Kafasının içindeki karmaşayı kimsenin tahmin edemeyeceğini umarak, *Eyvahlar olsun*, diye düşündü. Burada bulunmaktan, böyle görülebilir olmaktan, böyle aracı olmaktan, izleyicilerine rehberlik etmekten keyif alıyordu ama bu sorumluluk, bu hiç lüzumsuz dalavere elini kolunu bağlamıştı şimdi. Felce uğradığı, çok fazla olasılık ve bilinmezlik arasında boğulup kaldığı bu gibi zamanlarda iyi hissettiği bir tek yer vardı.

Mae 1.44'te Rönesans'tan içeri girdi ve tepede ağır ağır dönmekte olan Calder heykeli tarafından karşılandığını duyumsayıp asansörle dördüncü kata çıktı. Binanın içinde yükselmek onu sakinleştirdi. Asma köprüde yürürken aşağıda atriyumu görmek ona büyük huzur verdi. Burası, yani Müşteri Deneyimi, onun sığınağıydı ve burada hiçbir bilinmeyene yer yoktu.

Haftada hiç olmazsa birkaç saat MD'de çalışmaya devam etmesi istendiğinde ilkin şaşırmıştı. Bir zamanlar orada çalışmaktan keyif aldığı doğruydu ama şeffaflaştıktan sonra o günleri geride bırakacağını sanmıştı. "İşte tam da bu yüzden devam etmeni istiyoruz," diye açıklamıştı Bailey. "Birincisi, en alt kademedeki bu görevinle bağlantın kesilmemiş olacak. İkincisi, sanırım takipçi ve izleyicilerin senin esas işini yapmaya devam etmeni takdir edecektir. Çok dokunaklı bir tevazu gösterisi, sence de öyle değil mi?"

Mae elindeki gücün -bir anda en göz önündeki üç Çemberliden biri olup çıktığının- çabucak farkına varmıştı ve bu gücü doğru kullanmakta kararlıydı. Bu nedenle her hafta eski bölmesinde onun için boş bırakılan masasına dönmek üzere vakit ayırıyordu. Bazı değişiklikler olmuştu gerçi -ekran sayısı dokuza çıkmıştı ve MD çalışanları müşterilerle çok daha derin, çok daha etkili, karşılıklı ilişkiler kurma hususunda teşvik ediliyordu- ama iş, esas itibariyle aynıydı. Mae bu çalışma temposunu sevdiğini, avucunun içi gibi bildiği bir iş yapmanın neredeyse meditasyon kadar rahatlatıcı olduğunu fark edeli beri stresli zamanlarda ayakları onu MD'ye götürür olmuştu.

Şeffaflaşmasını izleyen üçüncü haftanın bu güneşli çarşamba gününde de yine, programının geri kalan akışına kendini kaptırmadan önce MD'de doksan dakika çalışmayı planlamıştı. Saat üçte, reel paranın dolanımdan kalkışının -internet parasının izi kolayca sürülebilir olduğundan pek çok suç ortadan kalkacaktı- örneklerle anlatıldığı Napolyon Devri'ni gezdirmesi, saat dörtte de yeni müzisyenlerin yerleşkedeki konutlarını -müzisyenlerin, özellikle de müzikten ekmeğini kazanamayanların Çemberliler için düzenli olarak müzik yaparak bedavaya oturabilecekleri dayalı döşeli yirmi iki daireyi- tanıtması gerekiyordu. Bunlar zaten bütün öğleden sonrasını dolduracaktı. Saat beşte, yeni şeffaflaşacak bir politikacının basın toplantısında hazır bulunacaktı. Bu beyanatların -artık Berraklaşma deniyordu bunlara- neden hâlâ bunca tantana kopardığı hem Mae hem de birçok izleyicisi için muammaydı. Ülkenin ve dünyanın her yerinde on binlerce seçilmiş devlet adamı şeffaflığa geçince bu hareket artık yenilik olmaktan çıkmış, kaçınılmazlığa dönüşmüştü; çoğu gözlemci, en azından demokrasilerde -ki yakında DeğişimiGör sayesinde başka yönetim şekli kalmayacaktı- hükümetlerin on sekiz ay içinde tamamen şeffaflaşacağını tahmin ediyordu. Berraklaşma'dan sonra yerleşkede doğaçlama bir komedi gösterisi, Pakistan'daki bir köy okulu için düzenlenen bir bağış toplama programı, bir şarap tadım etkinliği ve nihayet, Perulu bir koronun eşlik edeceği bir barbekü partisi vardı.

Mae eski bölmesine girdi; kendi sözleri -SIR YANILTIR, SEVEN İNSAN PAYLAŞIR, MAHREMİYET HIRSIZLIKTIR- çelik bir levha üzerine yazılarak duvarlardan birine boydan boya monte edilmişti. Burası çaylak kaynıyordu, hepsi de işlerinden başlarını kaldırdıklarında onu aralarında gördüklerine heyecanlanıp sevinmişti. Mae yapmacık bir reveransla onlara el salladıktan sonra kendi ofisinin kapısında dikilmekte olan Jared'ı görüp ona da eliyle selam verdi. Sonra ortalığı velveleye vermeden, işini yapmaya kararlı bir tavırla yerine oturup sisteme girdi ve akışı başlattı. Üç soruyu peş peşe, süratle yanıtlayarak ortalamasını 99'a çıkardı. Dördüncü müşteri, sorusuyla ilgilenenin Mae olduğunu, yani Şeffaf Mae olduğunu fark eden ilk kişiydi.

Seni izliyorum! diye yazdı, New Jersey'deki bir spor malzemeleri ithalatçısı için medya satın alması yapmakta olan müşteri. Adı Janice'ti ve sorusunun Mae tarafından yanıtlanış ânını gerçek zamanda kendi ekranından, Mae'in yanıtını yazılı olarak görmekte olduğu yerin yanı başından canlı olarak izleyebildiğine inanamıyordu. *Ayna içinde ayna!!* diye yazdı sonra.

Mae, Janice'ten sonra, sorularına yanıt verenin kendisi olduğunu bilmeyen bir dizi müşteriyle ilgilendi ve bunun canını sıktığını fark etti. Bu müşterilerden biri olan Nanci adındaki Orlandolu tişört dağıtımcısı, ondan profesyonel ağına katılmasını isteyince hiç düşünmeden kabul etti. Jared ona MD personelinin benimsemesi teşvik edilen yeni bir karşılıklı ilişki düzeyinden bahsetmişti: Birilerine anket gönderiyorsan sen de onlardan geleni yanıtlamaya hazır olmalıydın. Nitekim Mae, Orlondolu tişört dağıtımcısının profesyonel ağına katılmasından hemen sonra ondan bir mesaj daha aldı. Nanci, günlük kıyafet tercihlerine ilişkin sorular içeren kısa bir ankete katılmasını rica ediyordu,

Mae kabul etti. Soruları cevaplayıp gönderdiğinde anketin hiç de kısa olmadığını, tam 120 soru içerdiğini anlamıştı. Ama onları yanıtladığına memnundu, bu görüşlerinin önemsendiğini, onlara kulak verildiğini hissettirmişti, üstelik böyle karşılıklı bir ilişki Nanci'nin ve Nanci'yle bağlantısı olan herkesin sadakatini beraberinde getirirdi. Anket sorularını yanıtladıktan sonra Nanci ona son derece nazik bir teşekkür mesajı yolladı ve istediği tişörtü seçebileceğini belirterek onu tüketici sitesine yönlendirdi. Mae seçimini daha sonra yapacağını söyleyince Nanci hemen geri dönüp Mae'in hangi tişörtü seçeceğini görmek için sabırsızlandığını bildirdi. Mae saatine baktı; sekiz dakikadır Orlondolunun sorusuna takılıp kalmış ve soru başına harcanması istenen süreyi, yani 2.5 dakikayı çoktan aşmıştı.

Makul bir ortalamaya yeniden ulaşabilmek için sıradaki on kadar soruyu bir solukta halletmesi gerekeceğini biliyordu. Siteye girip üzerinde süper kahraman kostümlü köpek karikatürü olan bir tişört seçti ve Nanci ona bunun harika bir seçim olduğunu söyledi. Mae sıradaki soruyla ilgilenmeye başladı, kolayından bir standart cevap süreci ilerletmekte olduğu sırada Nanci'den bir mesaj daha geldi: *Alınganlık yapıyorsam özür dilerim ama ben seni profesyonel ağıma davet ettikten sonra sen benden kendi profesyonel ağına katılmamı istemedin, her ne kadar sıradan bir Orlando sakini olduğumu bilsem de bunun kendimi değersiz hissetmeme yol açtığını sana söylemeden geçemeyeceğim.* Mae onu değersiz hissettirmek gibi bir maksadının olmadığını, Çember'de işlerin çok yoğunlaştığını, buna rağmen az önce karşılıklı ilişkilerini diğerlerinden ayrı tutup ona zaman ayırdığını söyleyince Nanci'nin keyfi yerine geldi. Mae bir sonraki soruyu halledip 98 puanını aldı, tam takip mesajı göndermek üzereydi ki Nanci'den bir mesaj daha geldi. *Profesyonel ağdaki mesajımı gördün mü?* Mae akışlarına baktı ama Nanci'den gelen bir mesaj göremedi. *Onu senin profesyonel ağının mesaj panosuna eklemiştim!* dedi Nancy. Bunun üzerine Mae pek sık ziyaret etmediği o sayfaya gitti ve Nanci'nin panoya *Merhaba yabancı!* yazmış olduğunu gördü. *Sana da merhaba! Ama sen yabancı değilsin!!* diye yazdı ve bir an için bunun ilişkilerinin sonu olacağını düşündü ama Nanci'nin lafını tam olarak bitirmediğini sezdiğinden sayfada biraz oyalandı. Nanci sahiden de lafını bitirmemişti. *Cevap yazdığına öyle sevindim ki! Sana 'yabancı' dediğim için gücenebileceğini düşünmüştüm. Alınmadığına eminsin, değil mi?* Mae alınmadığına emin olduğunu söyleyip XOXO* yazarak cevap verdi, sonra peş peşe on gülen yüz sıraladı ve böylece Nanci'nin artık hoşnut ve mutlu olduğunu, aralarının düzeldiğini umarak sorularına geri döndü. Üç soru daha yanıtladıktan sonra anketleri de gönderip takibi tamamladığında ortalamasının 99'a çıkmasını izledi. Bunun üzerine ekranına bir süre tebrik zing'leri yağdı; Mae'in Çember'de üstlendiği, dünyanın işleyişi için elzem olan günlük görevlerini aksatmadığını görmek izleyicilerini mutlu etmişti. Aralarından birçok kişi, kendilerinin de masa başı işlerde çalıştığını hatırlattı ona, Mae eski işine kendi isteğiyle ve belli ki zevk alarak devam ettiği için onu bir rol model, bir ilham kaynağı olarak görüyorlardı. İşte bu Mae'e iyi geliyordu. Son derece değerli buluyordu bunu. Müşteriler onu daha iyi bir insan haline sokuyordu. Hele ki böyle şeffafken onlara hizmet veriyor olması onu çok daha iyi biri yapıyordu. Beklediği bir şeydi bu. İnsanın binlerce, hatta milyonlarca kişi tarafından izlenmekteyken en iyi halini ortaya koyduğunu Stewart söylemişti ona. Daha neşeli, daha olumlu, daha kibar, daha cömert, öğrenmeye daha bir meraklı oluyordun. Ama Stewart bunun davranışlarda yarattığı daha küçük, olumlu değişikliklerden bahsetmemişti.

Kamerası ancak yiyecek bir şeyler bulmak için mutfağa gittiği zaman yön değiştirdi. Atıştıracak bir şeyler arandığı sırada bilekliğindeki görüntü buzdolabının içini gösterdi. Normalde soğuk bir brownie kapıp giderdi ama herkesin göreceği şey, yani elinin brownie'ye uzanışı bilekliğine yansıyınca hemen geri çekildi.

* İnternet dilinde kucak dolusu öpücükler, sevgiler. (Ç.N.)

Buzdolabını kapattı ve tezgâhtaki kâseden bir paket badem alıp mutfaktan çıktı. O gün ilerleyen saatlerde başına bir ağrı girdi - bunu her zamankinden az çikolata yemesine bağladı. Her zaman birkaç tekli aspirin paketi bulundurduğu çantasına uzandı ama bir kez daha, herkesin gördüğü şeyi gördü ekranında. Çantasını didikleyen, adeta tırmalayan bir el; kendini anında çaresiz ve zavallı hissetti, bir bağımlı gibi.

Bıraktı. Arzulamayı istemediği şeyleri günbegün bırakıyordu. İhtiyacı olmayan şeyleri. Gazlı içecekleri, enerji içeceklerini, işlenmiş gıdaları bırakmıştı. Çember'in sosyal etkinliklerinde bir tanecik içki alıp gıdım gıdım tüketiyor, her defasında bitirmeden bırakmaya çalışıyordu. Aşırıya kaçan her hareketi izleyicilerinden kaygı dolu zing'ler yağmasına sebep oluyordu, bu nedenle itidal sınırları içinde kalmaya çalışıyordu. Ve bunu özgürleştirici buluyordu. Kötü huylarından kurtulmuştu. Yapmak istemediklerini yapmaktan, ona hiçbir faydası dokunmayan şeyler yiyip içmekten kurtulmuştu. Şeffaflaşalı beri daha asil biri olup çıkmıştı. Herkes onu rol modeli olarak görüyordu. Anneler kızlarının onu örnek aldığını söylüyordu ve bu durum Mae'in -Çemberlilere karşı, onların müşteri ve ortaklarına karşı, ondan ilham alan gençlere karşı- sorumlu hissetmesine neden oluyor, bu sorumluluk duygusu algılarını açık tutuyor, şevkini artırıyordu.

Çember'in kendi anket soruları hatırlatılınca anket kulaklığını takıp cevaplamaya koyuldu. İzleyicilerinin gözünde Mae durmaksızın görüş bildiriyordu şimdi, evet, eskisinden daha etkili hissetmeye başlamıştı kendini ama anketlerin düzenli ritminden ve âşık atışmasını andıran doğasından bir şeyler eksilmiş gibiydi. Bir müşteri sorusu daha aldıktan sonra başıyla onay verdi. Uzaktan gelen bir zil sesi duydu. Başıyla onay verdi yine.

"Teşekkür ederim. Havalimanlarındaki güvenlik işlemlerinin mevcut durumundan memnun musun?"

"Gülümse," dedi Mae.

"Teşekkür ederim. Havalimanlarındaki güvenlik işlemlerinde değişiklik yapılmasını hoş karşılar mısın?"

"Evet."

"Teşekkür ederim."

"Havalimanlarındaki güvenlik işlemlerinin hali seni daha sık uçmaktan alıkoyuyor mu?"

"Evet."

"Teşekkür ederim."

Sorular devam etti; Mae doksan dört tanesini cevapladıktan sonra dinlenmek için biraz ara verdi. Az sonra o sesi duydu, hiç değişmemişti.

"Mae."

Mae kasıtlı olarak duymazdan geldi.

"Mae."

Adının kendi sesi tarafından söylenişi, üzerindeki güçlü etkisinden hiçbir şey yitirmemişti. Mae bunun sebebini hâlâ anlayabilmiş değildi.

"Mae."

Bu defa Mae'in daha saf bir versiyonu gibiydi ses.

"Mae."

Mae bilekliğine baktığında iyi misin diye soran bir sürü zing gördü. Karşılık vermesi gerektiğini biliyordu, yoksa izleyicileri aklını kaçırdığına hükmedecekti. Artık alışmış olduğu küçük değişikliklerden biriydi bu - şimdi dışarıda onun gördüğünü gören, sağlık bilgilerine erişimi olan, sesini duyan, yüzünü izleyen binlerce kişi vardı. Monitöründekine ek olarak, yerleşkedeki DeğişimiGör kameralarından biri olmazsa diğeri tarafından her an görüntülenebiliyordu; dolayısıyla ne zaman bir şey gidişatından sapsa fark ediliyordu.

"Mae."

Tekrar duymak istediğinden hiçbir şey demedi.

"Mae."

Genç bir kadının sesiydi bu, pırıl pırıl, ateşli, güç sahibi bir genç kadının.

"Mae."

Mae'in daha iyi, daha yılmaz bir versiyonuydu.

"Mae."

Her duyduğunda sese karşı daha güçlü hisler uyanıyordu içinde.

Beşe kadar MD'de kaldıktan sonra takipçilerine en son Berraklaşma vakasını, Arizona valisininkini izletti; valiyle birlikte tüm personelinin de şeffaflaşması hoş bir sürpriz olmuştu - karanlıkta, şeffaf liderin ışığından uzakta gizli pazarlıklar yapılmadığını seçmenlerine temin etmek isteyen birçok devlet adamı aynı yoldan gidiyordu. Mae, Berraklaşma etkinliği sırasında Renata, Denise ve Josiah ile -bir zamanlar üzerinde bir miktar yetkesi olan ama şimdi yalnızca takipçileri arasında yer alan Çemberlilerle- buluştu, sonrasında da Sırça Lokanta'da hep birlikte akşam yemeği yediler. Bailey Çemberliler arasında daha fazla tartışma, fikir paylaşımı ve sosyalleşmeyi teşvik edeceği umuduyla yeni bir uygulama başlatalı beri yemek yemek için yerleşke dışına çıkmalarına pek gerek kalmıyordu. Artık tüm öğünler her zamanki gibi bedavaya verildiği gibi her gün başka bir ünlü şef tarafından hazırlanıyordu. Şefler de -gülen yüzler, zing'ler gönderen, fotoğraflar ekleyen binlerce Çemberli sayesinde- isimlerinin duyuluyor olmasından memnundu. Program başlar başlamaz çok büyük beğeni toplayınca kafeteryalar insanlarla ve herhalde fikirlerle de dolup taşar olmuştu.

Mae gecenin keşmekeşi içinde yemeğini yerken kendini titrek ve huzursuz hissediyordu, Kalden'ın sözleri ve şifreli mesajları hâlâ kulaklarındaydı. O geceki etkinlikler neyse ki biraz kafa dağıtmasına yaradı. Doğaçlama komedi gösterisi, komedyenlerin had safhadaki beceriksizliğine rağmen berbat olduğu kadar komikti de; Pakistan'daki okul için düzenlenen bağış etkinliği ise son derece etkileyiciydi -okul için 2,3 milyon gülen yüz toplamayı başarmıştı- ve nihayet barbekü partisine geldi sıra, Mae de yatakhanedeki odasına çekilmeden önce kendine bir bardak daha şarap içme hakkı tanıdı.

Odaya yerleşeli altı hafta olmuştu. Araba kullanarak dairesine dönmek anlamsız geliyordu artık; pahalıya patlıyordu, üstelik oraya son gidişinde, yani sekiz gün hiç uğramadıktan sonraki ilk gidişinde içerde fare görmüştü. O da bu sevdadan vazgeçmiş, yerleşkeye temelli taşınan Çemberliler kervanına katılarak yüz Yerleşimciden biri olmuştu. Avantajlar ortadaydı, bekleme listesi 1,209 kişiyi bulmuştu şimdilerde. Yerleşkede şu anda 288 Çemberliye yetecek kadar oda mevcuttu; şirket geçenlerde civardan eski bir fabrika binası satın almıştı ve onu da yatakhaneye çevirerek 500 oda daha yaratmayı planlıyordu. Bu arada Mae'in odasının standardı yükselmişti; merkezi olarak kumanda edilen akıllı ev aletleri, duvar ekranları, jaluzileri vardı artık. Odası her gün temizleniyor, buzdolabı hem -stokları Evcimen sayesinde takip edilen- rutin ihtiyaçlarıyla, hem de beta aşamasındaki ürünlerle dolu tutuluyordu. İmalatçılara geribildirim sunduğu sürece istediği her şeye sahip olabiliyordu.

Yüzünü yıkadı, dişlerini fırçaladı ve karbeyaz yatağının içine yerleşti. Şeffaflık saat ondan sonra isteğe tabiydi, Mae de çoğu zaman dişlerini fırçaladıktan sonra -bunun insanlara genellikle ilginç geldiğini keşfetmişti, ayrıca genç izleyicilerini dişlerine iyi bakmaları için özendirebileceğine inanıyordu- ekranını karartırdı. 10.11'de izleyicilerine veda etti -o saatte yalnızca 98.027 kişi kalmıştı ve bunların birkaç bini Mae'in iyi geceler dileğine aynı şekilde karşılık verdi- ve merceğini boynundan çıkarıp kutusuna koydu. Odadaki DeğişimiGör kameralarını kapatmasına izin vardı ama Mae bunu nadiren yapıyordu artık. Toplayabileceği görüntülerin kendisi için, mesela uyku esnasındaki hareketlerini göstermesi bakımından bir gün değerli olabileceğini biliyor, kameraları açık tutuyordu. Bilek monitörleriyle uyumaya alışması birkaç haftasını almıştı -bir gece bilekliğiyle yüzünü çizmiş, bir başka gece sağ bilekliğinin ekranını çatlatmıştı- ama sonradan Çember mühendisleri katı ekranları daha esnek ve kırılmaz olanlarla değiştirerek tasarımı geliştirmişti ve Mae şimdi kendini onlarsız eksik hissediyordu.

Genellikle bir saatten önce uykuya dalamadığını bildiğinden yatakta doğrulup oturdu. Annesiyle babasına bakmak niyetiyle duvar ekranını açtı. Gelgelelim evdeki DeğişimiGör kameralarının hepsi karanlıktı. Onlara bir zing yolladı, cevap beklemiyordu, gelmedi de zaten. Annie'ye bir mesaj gönderdi, karşılık alamadı. Zing akışına göz gezdirdi, komik olanlardan birkaçını okudu, sonra da şeffaflaşalı beri üç kilo verdiği için yirmi dakikasını kendine yeni bir etek ve tişört bulmaya harcadı; ziyaret ettiği sekizinci sitenin bir yerinde, içindeki yırtığın yeniden açılmaya başladığını hissetti. Ortada hiçbir makul sebep yokken, Mercer'ın sitesinin hâlâ erişilemez durumda olup olmadığına baktı ve öyle olduğunu gördü. İnternette ona dair herhangi bir şey, nerelerde olduğuna dair yakın tarihli bir haber aradı ama bir şey bulamadı. İçindeki yırtık giderek büyüyor, süratle açılıp altına dipsiz bir karanlık yayıyordu. Buzdolabında Francis'in tattırdığı sake'den vardı biraz, kalkıp kendine bolca doldurdu ve bir dikişte içti. DeğişimiGör portalına gidip Sri Lanka ve Brezilya plajlarının canlı görüntülerini seyretti; sakinleştiğini, içinin ısındığını hissetti. Kendilerine DeğişimiGörcüler diyen birkaç bin üniversiteli çocuğun gezegenin dört bir yanına dağılarak kuş uçmaz kervan geçmez bölgelere kameralar yerleştirdiklerini hatırladı sonra. Bir müddet Namibya'daki bir çöl kasabasından yayın yapan bir kameranın görüntülerini izledi, iki kadın yemek pişirirlerken arka planda çocukları oyun oynuyordu; fakat birkaç dakika izledikten sonra Mae içindeki yırtığın daha da açıldığını hissetti. Sualtından gelirmiş gibi duyulan çığlıklar yükseliyor, katlanılmaz bir tıslamaya dönüşüyordu. Kalden'ın adının yeni ve mantıksız yazımlarını deneyerek, şirket rehberindeki yüzleri kırk beş dakika boyunca tarayarak bir kez daha onu aradı ama tek bir benzerini bulamadı. DeğişimiGör kameralarını kapattı, kendine biraz daha sake doldurdu, bir dikişte bitirdi, sonra da Kalden'ı, onun ellerini, ince bacaklarını, uzun parmaklarını düşünerek yatağa girip sol eliyle meme uçlarının etrafında daireler çizerken sağ eliyle çamaşırını yana kaydırarak bir dilin, Kalden'ın dilinin hareketlerini taklit etti. Hiçbir etkisi olmadı. Ama sake zihnini endişeden arındırıyordu; nihayet on ikiden hemen önce, uykuya benzer bir şeyle buluştu.

"Evet millet," dedi Mae. Pırıl pırıl bir sabahtı ve Mae, Çember çapında, hatta ötesinde beğeni toplayacağını umut ettiği bir özlü söz kullanmayı deneyecek kadar neşeliydi bugün. "Bütün diğer günler gibi bir gün bu, çünkü bütün diğer günlerden farklı!" dedikten sonra bilekliğine baktı ama birilerini can evinden vurduğuna ilişkin pek bir işaret göremedi. Neşesi bir anlığına kaçar gibi olduysa da günün kendisi, sunduğu sınırsız vaatlerle keyfini yerine getirdi. Saat 9.34'tü, güneş yine parlak ve sıcak, yerleşke işlek, uğultuluydu. Çemberliler dünyada önemi olan her şeyin onların çevresinde döndüğüne dair teminata ihtiyaç duyuyorduysa şayet, gün bu onayı çoktan vermişti. 8.31'den itibaren ortalığı yerinden oynatan bir dizi helikopter, tüm önemli sağlık sigortası şirketlerinin, dünya sağlığı kurumlarının, hastalık kontrol merkezlerinin ve belli başlı ilaç şirketlerinin liderlerini buraya getirmişti. Söylentilere bakılırsa önceden birbiriyle bağlantısı olmayan, hatta birbirini düşman belleyen tüm bu kuruluşlar arasında nihayet tam bir bilgi paylaşımı gerçekleşecekti; kuruluşlar koordine edilip toplamış oldukları sağlık verileri paylaşılınca -ki bu işin büyük bölümü Çember vasıtasıyla, daha da önemlisi GerçekSen sayesinde mümkün olacaktı- virüsler ortaya çıktıkları an durdurulabilecek, hastalıkların izi sürülüp kaynakları saptanabilecekti. Sabahtan beri Mae bu üst düzey yöneticilerin, doktorların ve devlet memurlarının neşe içinde yürüyerek yeni inşa edilen Hipokampüs'e gidişlerini izlemişti. Orada gün boyu görüşmeler yapacaklardı - bu defalık kapalıydı toplantılar, ileride açık oturumlar düzenleneceği vaat ediliyordu. Sonra da yalnızca Bailey'nin önemsediği, önceki akşam Akıllı Adamlar'la yemek yemeye gelmiş yaşlı bir ozan-şarkıcının konseri olacaktı.

Gerçi Mae için en önemli gelişme, sabahki helikopterlerden birinin nihayet eve dönmekte olan Annie'yi getirecek olmasıydı. Annie neredeyse bir aydır ortalıkta yoktu; Avrupa, Çin ve Japonya'da mevzuatla ilgili bazı pürüzleri gidermekle meşguldü. Oralarda şeffaflaşmış liderlerden bazılarıyla toplantılar yapmış, seyahatin bitiminde zing'lemiş olduğu gülen yüzlerin çokluğuna bakılırsa iyi de sonuçlar almıştı. Fakat Mae ile Annie'nin bundan daha anlamlı bir sohbet sürdürmeleri zorlaşmıştı artık. Annie onu şeffaflaşmasından, kendi tabiriyle *yükselişinden* dolayı tebrik etmiş, sonra birden işleri yoğunlaşmıştı. Sonuç raporları yazamayacak, göğsünü kabartacak telefon konuşmaları yapamayacak kadar yoğundu dediğine göre. Her gün birbirlerine kısa mesajlar gönderiyorlardı ama Annie'nin programı ne zamandır, kendi tabiriyle *deli işiydi* ve aralarındaki saat farkı, denk getirip de iki çift laf edebilmelerini nadiren mümkün kılıyordu.

Annie sabahleyin Pekin'den yola çıkıp doğruca oraya geleceğine söz vermişti. Mae onu beklerken işine yoğunlaşmakta zorlandı. Ne zamandır gözlerini kısıp çatıların yukarısına dikerek inişe geçen helikopterleri izlemekte, etrafta Annie'nin sarı kafasını aranmaktaydı ama nafile. Şimdi de Protagoras Pavyonu'nda bir saat geçirmesi gerekiyordu; önemli olduğunu bildiği ve normalde kanını kaynatacak bir görevdi bu, ne ki bugün kendisi ile en yakın arkadaşı arasına aşılmaz bir duvar örüyordu.

Protagoras Pavyonu'nun dış cephesindeki granit panele, binaya ismini veren kişinin sözleri yazılmıştı: *İnsan her şeyin ölçüsüdür.* "Bizim amaçlarımız açısından bakacak olursak," dedi Mae, kapıyı açarken, "elimizdeki araçlar sayesinde artık insanın *her şeyi ölçebilmesi* daha önemli. Haksız mıyım Terry?"

Karşısında uzun boylu bir Koreli-Amerikalı olan Terry Min duruyordu. "Merhaba Mae, size de merhaba Mae'in izleyici ve takipçileri."

"Saç modelini değiştirmişsin," dedi Mae.

Annie o gün geri döneceğinden Mae biraz gevşek, biraz da dalgındı ve bu yorumu üzerine Terry'nin eli ayağına dolaşır gibi oldu. Doğaçlama sohbetlere hazır değildi belli ki. "Hı, evet," dedi, parmaklarını saçlarının arasından geçirirken.

"Sert bir kesim," dedi Mae.

"Doğru. Daha sert. İçeri girsek mi artık?"

"Girelim."

Binayı tasarlayanlar, mühendislerin her zamanki katı matematiğini yumuşatmak için organik şekiller kullanmaya özen göstermişti. Atriyum gümüşle kaplıydı ve dalgalandığı izlenimini veriyordu, öyle ki Mae ile Terry muazzam bir oluklu borunun dibinde dikilir gibiydi.

"Bugün neler göreceğiz Terry?"

"Önce binayı dolaşır, sonra biraz daha detaya inip eğitim sektörü için yapmakta olduğumuz işlerden bazılarını gösteririz diye düşünmüştüm."

Mae, Terry'nin peşi sıra bütün binayı dolaştı, burası girip çıkmaya alışkın olduğu yerleşke binalarından ziyade bir mühendisin inini andırıyordu. İzleyicilerini ekrana bağlamanın püf noktası, Çember'in sıradan yanlarını daha gösterişli şeylerle dengelemekti; ikisinin de ifşa edilmesi zorunluydu, binlerce izleyicinin kazan dairelerini lüks çatı katlarından daha ilginç bulduğuna şüphe olmasa da dengenin çok iyi tutturulması gerekiyordu.

Diş tedavisine ihtiyacı olan Josef'in yanından geçtiler, sonra çeşitli geliştirici ve mühendislere selam verdiler, onlar da tek tek karşılık verip yaptıkları işi dilleri döndüğünce açıklamaya çalıştı.

Mae saate baktığında Dr. Villalobos'tan yeni bir uyarı geldiğini gördü. Mae'in mümkün olan en kısa zamanda yanına uğramasını istiyordu. *Acil bir durum yok,* demişti. *Ama bugün gelmen lazım.* Binada yürüdükleri sırada Mae doktora cevap yazarak otuz dakika içinde yanında olacağını bildirdi. "Artık eğitim projesini görsek mi?"

"Bence harika fikir," dedi Terry.

Dönemeçli bir koridordan yürüyüp en az yüz Çemberlinin bölmesiz bir ortamda çalıştıkları çok büyük bir açık alana çıktılar. Yüzyılın ortalarından kalma bir menkul kıymetler borsası manzarasını andırıyordu burası.

"İzleyicilerinin de muhtemelen bildiği gibi," dedi Terry, "Eğitim Bakanlığı bize yüklüce bir ödenek..."

"Üç milyar dolardı, değil mi?" diye sordu Mae.

"Bilmem ki, sayan kim?" dedi Terry; hem meblağdan hem de işaret ettiği gerçekten fazlasıyla hoşnut olduğu belliydi. Bu meblağ, Çember'in öğrenci başarısı dahil her şeyi umulandan çok daha iyi bir şekilde ölçebileceğini Washington'ın da bildiğinin kanıtıydı çünkü. "Önemli olan, bizden ülkemizdeki öğrenciler için daha verimli bir genel veri değerlendirme sistemi tasarlayıp uygulamaya koymamızı istemeleri. Dur hele, bakın kimler varmış burada," dedi Terry.

Bir kadın ile küçük bir çocuğun karşısında durdu. Çocuk üç ya da dört yaşındaydı ve bileğindeki pasparlak, gümüşi saati kurcalamakla meşguldü.

"Selam Marie," dedi Terry, kadına. "Bu Mae, herhalde sen de tanırsın onu."

"Tanıyorum *tabii,*" dedi Marie, hafif bir Fransız aksanıyla, "Michel de tanıyor. Merhaba desene Michel."

Michel el sallamayı seçti.

"Michel'e bir şey söyle Mae," dedi Terry.

"Kaç yaşındasın Michel?" diye sordu Mae.

"Pekâlâ, göster bakalım ona," dedi Terry, Michel'i omzundan hafifçe dürterek.

Michel'in bilekliğindeki saat, minnacık ekranına Mae'in az önce söylediği üç kelimeyi kaydetmişti. Bu kelimelerin altında 29.266 sayısını gösteren bir sayaç vardı.

"Araştırmalar çocukların günde en az 30.000 kelime işitmesi gerektiğini gösteriyor," diye açıkladı Marie. "Saat çok basit bir şey yapıyor: bu kelimeleri tanıyor, kategorize ediyor ve en önemlisi, sayıyor. Bu gördüğün, okul çağına henüz gelmemiş, günlerini evde geçiren çocuklar için. Okul çağına geldikleri an her şeyin sınıf ortamında takip edileceğini varsayıyoruz."

"Yumuşak bir geçiş," dedi Terry. Marie ile Michel'e teşekkür ettikten sonra koridorda ilerleyerek dershane gibi dekore edilmiş ve onlarca ekranla, ergonomik koltuklarla, ortak çalışma alanlarıyla donatılmış geniş bir odaya girdiler.

"Hah, işte Jackie," dedi Terry.

Otuzlarının ortalarında bakımlı bir kadın olan Jackie öne çıkıp Mae'in elini sıktı. Geniş omuzlarıyla mankenlerinki kadar biçimli kollarını gösteren kolsuz bir elbise giymişti. Bileğine küçük bir atel takılıydı.

"Selam Mae, bugün uğrayabildiğine çok sevindim." Sesi kibar ve profesyoneldi ama cilveli bir tınısı da vardı. Ellerini önünde kenetlemiş, kameranın karşısında dikiliyordu.

"Evet Jackie," dedi Terry, onun yakınında olmaktan hoşlandığı anlaşılıyordu. "Burada ne yaptığınızdan bahsedebilir misin bize biraz?"

Mae bilekliğinde bir uyarı fark edip araya girdi. "Belki önce bize geçmişinden söz etsen daha iyi olur. Bu projenin başına geçmeden evvel neler yaptığından yani. İlginç bir hikâyen var çünkü."

"Şey, böyle düşündüğün için teşekkür ederim Mae. Ne kadar ilginçtir bilemiyorum ama Çember'e katılmadan evvel özel sektördeydim, ondan önce ise..."

"Yüzücüydün," diye atıldı Mae. "Olimpiyatlara katıldın!"

"Ha, o mu?" dedi Jackie, yüzünde beliren gülümsemeyi eliyle kapatarak.

"2000'de bronz madalya kazandığın doğru mu?"

"Doğru." Jackie'nin bu beklenmedik çekingenliği çok şekerdi. Mae fikrini doğrulamak için bilekliğine bakınca birkaç bin gülen yüzün birikmiş olduğunu gördü.

"Şirket-içi mesajlarında, dünya çapında bir yüzücü olarak edindiğin deneyimin buradaki yolunu çizdiğini söylemiştin, öyle değil mi?"

"Evet, öyle söylemiştim Mae," dedi Jackie, lafı nereye getirmeye çalıştığını şimdi anlamış gibi. "Burada, Protagoras Pavyonu'nda, hakkında konuşabileceğimiz çok fazla şey var fakat izleyicilerinin ilginç bulacağı konulardan biri bizim GençSıra diye adlandırdığımız olay. Şu tarafa gelir misin biraz? Büyük ekrana bir bakalım." Mae'i yaklaşık iki metre boyundaki bir duvar ekranına götürdü. "Son birkaç aydır Iowa'da bir sistem deniyoruz, hazır sen de buradayken bu sistemi tanıtmanın tam zamanı. Belki seni izleyenlerden bazıları, şayet şu anda Iowa'da bir liseye gidiyorlarsa adlarını ve okullarını göndermek isteyebilir."

"Duydunuz," dedi Mae. "Aranızda bizi Iowa'dan izleyen ve şu anda liseye giden kimse var mı?"

Mae bilekliğine bakınca on bir tane zing geldiğini gördü. Onları Jackie'ye gösterdi, Jackie de başıyla onayladı.

"Pekâlâ," dedi Mae. "Yalnızca isme mi ihtiyacın var?"

"İsim ve okul," dedi Jackie.

Mae zing'lerden birini okudu. "Burada Jennifer Batsuuri var, Cedar Rapids'deki Achievement Academy'ye gittiğini söylüyor."

"Tamam," dedi Jackie, duvar ekranına dönerek. "Şimdi Achievement Academy'den Jennifer Batsuuri'ye bakalım."

İsim, bir okul fotoğrafı eşliğinde ekranda belirdi. Fotoğraf kızı dişleri telli, yeşilli bejli bir okul forması giymiş, on altı yaşlarında bir Amerika yerlisi olarak gösteriyordu. Fotoğrafın yanında iki sayaç dönmekteydi, sayaçlardaki sayılar giderek yükseldikten sonra yavaşlayıp durdu ve üstteki 1.396'da, alttaki ise 179.827'de kaldı.

"Vay vay! Tebrikler Jennifer!" dedi Jackie, gözlerini ekrandan ayırmadan. Sonra Mae'e döndü. "Görünüşe bakılırsa Achievement Academy'nin fazlasıyla başarılı bir öğrencisiyle karşı karşıyayız. Iowa'daki 179.827 lise öğrencisi arasında 1.396. sırada kendisi."

Mae saate baktı. Jackie'nin gösterisini hızlandırması gerekiyordu. "Ve sistem bu hesaplamayı..."

"Jennifer'ın puanı, tüm sınav sonuçlarının, sınıf sıralamasının, okulunun göreceli akademik gücünün ve birkaç faktörün daha karşılaştırılması sonucu belirlendi."

"Sen nasıl buldun bunu Jennifer?" diye sordu Mae. Bilekliğine baktı ama Jennifer'dan ses soluk çıkmıyordu.

Mae ile Jackie, onun geri dönüp mutluluğunu ifade etmesini beklerken Jennifer geri gelmeyince bir an için ne yapacaklarını bilemedi. Mae devam etmesi gerektiğini anlamıştı.

"Peki ülkedeki hatta belki dünyadaki tüm diğer öğrencilerle de karşılaştırması yapılabilir mi bu puanın?" diye sordu.

"Amaç da bu zaten," dedi Jackie. "Tıpkı bizim Çember dahilindeki Katılım Seviyemizi bildiğimiz gibi örneğin, yakında çocuklarımızın önce diğer Amerikalı öğrencilere, sonra da dünyadaki tüm öğrencilere kıyasla ne durumda olduğunu dilediğimiz anda öğrenebileceğiz."

"Bu çok faydalı göründü bana," dedi Mae. "Şüpheyi, kuruntuyu da büyük ölçüde ortadan kaldırır."

"Bunun, çocuğunun üniversiteye kabul edilme şansını görecek bir ebeveyn için ne anlama geleceğini düşün bir de. Sarmaşık Ligi üniversitelerinin birinci sınıflarında her yıl on iki bin kontenjan açılıyor. Şayet çocuğun ülke genelinde ilk on iki bindeyse bu okullardan birini kapma şansının yüksek olacağını düşünebilirsin demektir."

"Peki sıralama hangi sıklıkla güncellenecek?"

"Günlük olarak tabii ki. Tüm okul ve ilçelerin tam katılımını sağladığımız an, her sınav sonucunu, her habersiz yoklama sonucunu anında hesaba katarak günlük sıralamalar çıkarabilecek hale geleceğiz. Tabii ki bunlar genele, özele, bölgesele ayrılabilecek ve sosyoekonomi, ırk, etnik köken gibi pek çok diğer faktörün etkisiyle biçimlenen eğilimlerin görülebilmesi için birleştirilmeleri, sınıflandırılmaları, incelenmeleri mümkün olacak."

YR'nin sesi Mae'in kulağında çınladı. "GerçekGenç ile nasıl örtüştüğünü sor."

"Jackie, anladığım kadarıyla bu proje önceden ÇocukTakip adıyla bilinen GerçekGenç'le de enteresan bir şekilde örtüşüyor." Bu sözlerin dudaklarından dökülmesinden hemen önce, Mae'in ansızın midesi bulanmaya başladı, sırtından terler boşandı. Francis'le karşılaşmak istemiyordu. Yetkili kişi Francis olmayabilir miydi acaba? Projede başka Çemberliler de vardı. Francis'i ÇemberArama ile çabucak bulabileceğini düşünerek bilekliğine baktı. Ama Francis çoktan karşıda görünmüş, ona doğru yürümekteydi.

"İşte Francis Garaventa," dedi Jackie, Mae'in sıkıntısından habersiz, "GençSıra ile GerçekGenç'in nasıl örtüştüğü konusunda bilgi verebilecek kişi o. Bu projenin hem devrim niteliğinde hem de elzem olduğunu belirtmeden geçemeyeceğim bu arada."

Francis ellerini ürkekçe arkasında kavuşturarak onlara doğru yürürken Mae de Jackie gibi durmuş, onu izlemekteydi. Mae bir yandan koltukaltlarından ter boşandığını hissederken bir yandan da Jackie'nin Francis'e karşı profesyonellik harici duygular beslediğini sezinliyordu. Farklı bir Francis'ti bu. Hâlâ çekingen, hâlâ nazenindi ama daha kendinden emin gülümsüyordu, son zamanlarda yaptıklarıyla övgü toplamış, daha da fazlasını yapması beklenen biri gibi.

"Selam Francis," dedi Jackie, elini sıkarken kendi elini hiç kırmadan, omzunu cilveli cilveli sallayarak. Ne kamera ne de Francis fark etmişti, ama Mae'e kalırsa bir gonk kadar sessiz, bir o kadar derindi.

"Merhaba Jackie, merhaba Mae," dedi Francis, "sizi kendi inime götürebilir miyim?" Gülümsedi ve yanıt beklemeden sırtını dönüp yürüyerek onları bitişikteki odaya yönlendirdi. Mae, Francis'in ofisini görmemişti, şimdi orayı izleyicileriyle paylaşmak çok da içine sinmiyordu aslında. Duvarı düzinelerce ekranla kaplı karanlık bir odaydı burası.

"İzleyicilerinin de malumu olduğu üzere, bir süredir burada çocukları güvende tutacak bir programın öncülüğünü yapıyoruz. Programı denemeye koyulduğumuz eyaletlerde tüm suçlarda yüzde 90'a yakın, çocuk kaçırma vakalarında ise yüzde 100 düşüş kaydedildi. Ülke genelinde topu topu üç çocuk kaçırma vakası yaşandı ki katılan çocukların yerini tespit edebildiğimiz için üçü de dakikalar içinde aydınlatıldı."

"Tek kelimeyle inanılmaz," dedi Jackie, başını iki yana sallayarak. Kısık sesi şehvete benzer bir duyguya bulanmıştı.

Francis bunu fark etmeksizin ya da fark etmemiş gibi yaparak ona gülümsedi. Mae'in bilekliği, binlerce gülen yüz ve yüzlerce yorumla canlanmıştı. ÇocukTakip'in bulunmadığı eyaletlerdeki anne ve babalar bu konuda harekete geçmeyi planlıyordu. Francis, Musa'ya benzetiliyordu.

"Bu arada," dedi Jackie, "burada, Protagoras Pavyonu'nda görev yapan ekip, tüm ödevlerin, okumaların, devamlılığın ve test sonuçlarının tek bir birleşik veritabanında toplanmasını sağlamak için tüm öğrenci değerlendirmelerini eşgüdümlü hale getirmeye çalışıyor bir süredir. Başarmak üzereler. Bir öğrencinin üniversiteye hazır hale gelene kadar öğrendiği her şeyi eksiksiz olarak bileceğimiz ana ramak kaldı. Okudukları her şey, sözlükten baktıkları her kelime, altını çizdikleri her cümle, kurdukları her denklem, verdikleri her cevap, yaptıkları her düzeltme. Öğrencilerin hangi noktada oldukları ve ne bildikleri hakkında tahmin yürütme süreci ortadan kalkacak böylece."

Mae'in bilekliğine hâlâ deliler gibi zing yağmaktaydı. *20 yıl önce neredeydi bu sistem?* diye yazmıştı bir izleyici. *Çocuklarım Yale'den mezun olurdu.*

Şimdi yine Francis almıştı sazı eline. Jackie ile bir süredir bunun provasını yaptıklarını düşünmek Mae'i sinir ediyordu. "İşin heyecan verici ve gözle görülür biçimde basit kısmına gelince," dedi Francis, Jackie'ye profesyonel bir saygıyla gülümseyerek, "bütün bu bilgileri, günümüzde yalnızca güvenlik amaçlı kullanılan neredeyse mikroskobik bir çip içinde saklayabiliyoruz. Peki ya bu çip öğrencinin hem yerini hem de eğitimini takip edebiliyor olsaydı? Ya ikisini birden yapabilseydi?"

"Ondan kolay ne var," dedi Jackie.

"Umarım anne ve babalar da aynı kanaatte olur. Çünkü bu sayede, programa katılan ailelerin her şeye -çocuklarının yerlerine, puanlarına, devamlılıklarına, her şeylerine- sürekli ve gerçek zamanlı erişimleri olacak. Üstelik çocuğun kaybedebileceği türden, elde taşınan bir cihazın içinde değil. Bulutta olacak, bir de çocuğun kendisinde, asla kaybolmamak üzere."

"Kusursuz," dedi Jackie.

Francis yere bakıp Mae'in bir tevazu aldatmacası olduğunu bildiği bir tavrın ardına saklanarak, "Eh, öyledir umarım," dedi. "Ayrıca hepinizin bildiği gibi," dedi sonra, Mae'e dönüp izleyicilerine hitap ederek, "bizler burada, Çember'de, bir süredir Tamamlanma'dan bahsedip duruyoruz, gerçi Tamamlanma'nın tam manasıyla ne demek olduğunu biz de henüz anlamadık ama içimden bir ses onun da buna benzer bir şey olduğunu söylüyor. Aralarında yok denecek kadar az fark olan hizmet ve programların birbirine bağlanması. Çocukları güvenlikleri için ayrı, eğitim verileri için ayrı takip ediyorduk. Şimdi tek yapmamız gereken bu iki zinciri birbirine bağlamak. Bunu yaptığımız zaman nihayet, çocuğu avucumuzun içi gibi biliyor olacağız. Bu gayet basit, hatta diyebilirim ki tamamına ermiş bir gelişme."

Mae batı yerleşkesinin merkezinde, dışarıda dikiliyordu; Annie'yi görme işini ağırdan aldığının farkındaydı. Saat 1.44 olmuştu; Annie'nin bu kadar geçe kalacağını sanmıyordu, artık onu kaçırdığını düşünerek hayıflanmaya başlamıştı. Saat 2.00'de Dr. Villalobos'la randevusu vardı, doktor onunla konuşmak istediği şeyin nispeten ciddi bir mevzu olduğunu söylediğine -ama sağlık meselesi olmadığına açıklık getirmişti- göre görüşme uzun sürebilirdi. Gelgelelim Mae şimdi Annie'ye ve doktora yönelik düşüncelerini geri plana itmiş, ne gariptir ki ona ansızın yeniden çekici görünmeye başlayan Francis'i düşünüyordu.

Mae kendisine ne basit bir oyun oynandığının farkındaydı. Francis zayıftı; kasları gevşek, gözleri fersizdi, üstelik erken boşalma sorunu olduğunu kendi ağzıyla söylemişti, yine de Mae sırf Jackie'nin gözlerindeki şehveti görmüş olduğu için o gece Francis'le yeniden başbaşa kalmak istediğini fark ediyordu. O gece onu kendi odasına götürmek geliyordu içinden. Sapkın bir düşünceydi bu. Kafasından atması gerekiyordu. Yeni heykeli izleyicilerine gösterip bilgi vermek için bunun uygun bir fırsat olabileceğini düşündü.

"Pekâlâ, bunu görmemiz lazım," dedi Mae. "Bu heykel, ülkesinde otoriteyle başı sık sık derde giren ünlü bir Çinli sanatçı tarafından yapıldı." Ama sanatçının adı aklına gelmedi bir türlü. "Sırası gelmişken, oradaki hükümete hem bu sanatçıya zulmettikleri hem de internet özgürlüklerini kısıtladıkları için somurtan yüzler gönderen tüm izleyicilerime teşekkür etmek istiyorum. Sadece ABD'den 180 milyondan fazla somurtan yüz gönderildi, bunun rejim üzerinde etkisi olacağından eminim."

Mae sanatçının adını hâlâ çıkaramıyor, bunun izleyiciler tarafından da fark edileceğini hissediyordu. Derken bilekliğine uyarı geldi. *Adamın adını söyle!* Ve ona ismi gönderdiler.

Mae merceğini heykele odaklayınca heykelle Mae arasında dikilmekte olan birkaç Çemberli kenara çekildi. "Hayır, hayır, öyle iyiydi," dedi Mae. "Boyutlarını göstermeme yardımcı oluyorsunuz. Orada durun." Bunun üzerine Çemberliler gerisingeriye heykele yaklaştı ve yontunun yanında cüce gibi kaldı.

Heykel dört metre yüksekliğindeydi, akrilik camın ince ve kusursuz bir biçimde yarısaydam olan bir türünden yapılmıştı. Sanatçının önceki yapıtlarının çoğu kavramsal olduğu halde bu eseri hiç tartışmasız temsiliydi: Kocaman, araba büyüklüğünde bir el, çoğu kişiye kalırsa bir nevi bilgisayar ekranını çağrıştıran büyük bir dikdörtgenin içinden dışarıya uzanıyordu.

Heykelin adı İnsanlığa Uzanan İyilik Eli'ydi. Açılışın hemen akabinde, sanatçının Çin'in yükselişini ve bundan duyduğu gururu alaycı bir tavırla ele alarak yerdiği alışılagelmiş yapıtlarına istisna teşkil eden ciddiyetiyle ün salmıştı.

"Bu heykel Çemberlileri can evinden vuruyor," dedi Mae. "Önüne geçip ağlayanlar olduğu çalındı kulağıma. Gördüğünüz gibi insanlar fotoğraf çekmeyi seviyor." Dev heykelin önünde, el onlara doğru uzanmaktaymış gibi, onları avucuna alıp yukarıya kaldırmak üzereymiş gibi gösterecek pozlar veren Çemberliler görmüştü Mae. Heykelin iyice açılmış parmaklarının çevresinde dikilmekte olan iki kişiyle röportaj yapmaya karar verdi.

"Adın?"

"Gino. Makine Çağı'nda çalışıyorum."

"Sence bu heykel neyi anlatıyor?"

"Şey, sanattan anladığım söylenemez ama bence gayet açık. Ekrandan birilerine ulaşmanın daha fazla yolunu bulmaya ihtiyacımız var demeye çalışıyor, öyle değil mi?"

Mae başıyla onaylıyordu çünkü yerleşkede herkese göre heykelin açık anlamı buydu ama Mae sanat yorumculuğunda o kadar ehil olmayanlar hatrına bunun kamera önünde de söylenmesinin gerektiğini düşünmüştü. Heykelin şimdiki yerine konulmasından sonra sanatçıya ulaşma çabaları sonuçsuz kalmıştı. Yapıtı sipariş eden Bailey, heykelin ne temasında ne de icrasında "parmağı olduğunu" söylemişti - "ben ve kelime oyunlarım işte, bilirsiniz," demişti sonra. Sonuçtan pek memnun kalınca sanatçının yerleşkeye gelip heykeli hakkında konuşmasını içtenlikle istemiş, ne var ki sanatçı şahsen oraya gelemeyeceğini, telekonferans dahi yapamayacağını bildirmişti. *Heykelin kendi mesajını kendisinin vermesini tercih ederim,* demişti. Mae, Gino'nun yanındaki kadına döndü.

"Seni tanıyalım?"

"Adım Rinku. Ben de Makine Çağı'ndanım."

"Gino'ya katılıyor musun?"

"Katılıyorum. Yani bu, bana çok anlamlı geliyor. İletişim kurmanın yeni yollarını bulmaya ihtiyacımız var. Heykeldeki ekran bir bariyer aslında, el de o bariyeri aşıyor."

Mae başıyla onaylarken kızın artık konuyu toparlaması gerektiğini düşünüyordu ki dev elin yarısaydam bileğinin gerisinde Annie'yi andıran birini gördü. Genç bir kadındı bu, sarışındı, Annie boylarındaydı ve dörtgen şeklindeki avlunun ortasında uzun adımlarla yürüyordu. Rinku iyice açılmış, konuştukça konuşuyordu.

"Demem o ki, Çember bizimle kullanıcılarımız arasındaki bağlantıyı güçlendirmenin yolunu nasıl bulabilir? Bizden o kadar uzakta ve o kadar farklı bir dünyada yaşamakta olan bu sanatçının, burada, Çember'de hepimizin kafasını kurcalayan soruları ifade etmiş olması inanılmaz geliyor bana. Nasıl daha iyisini, daha fazlasını yapabilir, daha uzağa ulaşabiliriz? Dünyaya ve dünya sakinlerine daha yakın olabilmek için ellerimizi ekranın içinden nasıl uzatırız onlara?"

Mae, Annie'ye benzeyen figürün Sanayi Devrimi'ne doğru yürümesini izledi. Kapı açılıp Annie ya da Annie'nin ikizi içeriye adım attığında Mae de Rinku'ya gülümseyip Gino'yla ikisine teşekkür etti ve saate baktı.

1.49 olmuştu. On bir dakika içinde Dr. Villalobos'un yanına varması gerekiyordu.

"Annie!"

Figür yürümeye devam ediyordu. Mae bütün gücüyle bağırarak izleyicilerini telaşa mı versin, yoksa Annie'nin peşinden koşup kameranın şiddetle sarsılmasına mı sebep olsun -ki bu da izleyicileri telaşa verirdi- bilemedi. Sonunda kamerayı göğsüne bastırarak biraz tempolu yürümeye karar verdi. Annie bir köşeyi daha döndükten sonra gözden kayboldu. Mae bir kapının kapandığını işitti, merdiven boşluğuna açılıyordu kapı, telaşla oraya yöneldi. Annie'yi tanımasaydı ondan kaçtığını düşünürdü.

Merdiven boşluğuna ulaşıp yukarıya baktığında Annie'nin başka kimseninkine benzemeyen elini gördü ve bağırdı.

"Annie!"

Figür şimdi durmuştu. Annie'ydi. Döndü, yavaşça basamakları indi ve Mae'i görür görmez yüzünde prova edilmiş, bezgin bir gülümseme belirdi. Sarıldılar, kucaklaşmaların izleyicilerine yarı komik ve bazen -öbür kişinin vücudu kameranın üzerine yumulup sonunda merceği yutuverdiğinde- hafif erotik bir an yaşattığını biliyordu Mae.

Annie geri çekilip kameraya yukarıdan bakarak dil çıkardıktan sonra gözlerini Mae'e çevirdi.

“Hey millet,” dedi Mae, “bu Annie. Adını duymuşsunuzdur - 40’lar Takımı üyesi, dünya gezgini, güzellik abidesi ve de benim çok yakın dostum. Merhaba desene Annie.”

“Merhaba,” dedi Annie.

“Eee, yolculuk nasıldı?”

Annie gülümsedi, gerçi Mae onun bu sorudan hoşlanmadığını bir anlığına da olsa yüzünü ekşitmesinden anlamıştı. Fakat Annie hemen bir mutluluk maskesi yaratıp yüzüne geçirdi. “Müthişti,” dedi.

“Paylaşmak istediğin bir şey var mı? Cenevre’de işler nasıldı?”

Annie’nin gülümsemesi soldu.

“Şey, biliyorsun, o konuları fazla konuşmamalıyız çünkü büyük bölümü...”

Mae başını sallayarak anladığını belirtti Annie’ye. “Özür dilerim. Ben şehir olarak Cenevre’den bahsediyordum. Güzel mi?”

“Elbette,” dedi Annie. “Tek kelimeyle harika. Von Trapp’leri* gördüm, üstlerine yeni giysiler almışlar. Onlar da kloş.”

Mae bilekliğine göz attı. Dokuz dakika sonra Dr. Villalobos’un yanında olması gerekiyordu.

“Anlatmak istediğin başkaca bir şey var mı?” diye sordu.

“Başkaca mı?” dedi Annie. “Dur bir düşüneyim...”

Bu düzmece röportajın hâlâ devam etmesine hem şaşırmış hem de biraz sinirlenmiş gibi yana eğdi başını. Ama sonra birden değişti, başına geleni -kameraya yakalanmış olduğunu ve şirket sözcüsü olarak sorumluluklarını yerine getirmesi gerektiğini- nihayet kabullenmişti sanki.

---

* The von Trapps. 1940’larda Avusturya’dan Amerika’ya göç ettikten sonra ünlü *The Sound of Music* (Neşeli Günler) müzikaliyle adlarını duyuran von Trapp ailesinin son kuşağına mensup dört kardeş tarafından 2000’li yıllarda oluşturulmuş vokal grubu. (Ç.N.)

"Evet, sizlere bir süredir çıtlatmakta olduğumuz çok etkileyici bir program daha var, MişliGeçmiş adını taşıyan bir sistem. Almanya'da bu projenin önündeki son engellerden bazılarını kaldırmakla meşguldüm. Şu sıralar bunu Çember sınırları içinde denemeye gönüllü olacak doğru kişiyi arıyoruz; o doğru kişiyi bulduğumuz zaman Çember ve abartmak gibi olmasın ama insanlık için yepyeni bir devir başlayacak."

"Abarttığın yok!" dedi Mae. "Bu konuda biraz daha konuşabilir misin?"

"Tabii ki Mae. Sorduğun için teşekkürler," dedi Annie ve kısa bir süre yere baktıktan sonra başını kaldırıp profesyonel bir tebessümle gözlerini yeniden Mae'e çevirdi. "Esas amacımızın Çember topluluğunun gücünü arkamıza alarak yalnızca yaşadığımız zamanın değil, geçmişin de haritasını çıkarmak olduğunu söyleyebilirim. Şu sıralar ülkemizde ve Avrupa'daki arşivlerde ne kadar fotoğraf, ne kadar haber görüntüsü, ne kadar amatör video varsa hepsini tek tek dijitale çevirmekle meşgulüz - bunun için elimizden geleni yapıyoruz en azından. Çetin ve zorlu bir iş ama kritik bir kütleye ulaştığımız an, yüz tanıma teknolojisindeki ilerlemelerin de yardımıyla, fotoğraf ve videolarda görüntülenen hemen herkesin kimliğini tespit edebilecek hale geleceğiz. Büyük-büyükanne ve büyük-büyükbabalarınızın bütün resimlerini bulmak mı istiyorsunuz, arşivde arama yapmanızı sağlayabiliriz, böylece siz de onları -beklediğimiz, iddia ettiğimiz üzere- daha iyi tanıyabilirsiniz. Belki 1912'nin Dünya Fuarı'nda toplanmış bir kalabalığın içinde yakalarsınız onları. Belki 1974'te oynanan bir beyzbol karşılaşmasının videosunda annenizle babanızı bulursunuz. İşimiz bittiğinde hem sizin belleğinizdeki hem de tarih kayıtlarındaki boşlukların doldurulmuş olacağını umut ediyoruz. DNA'nın ve çok daha gelişkin soyağacı yazılımlarının da yardımıyla yılsonuna kadar her isteyenin hısım akrabasına dair mevcut tüm bilgilere, tüm resimlere, tüm video ve filmlere tek bir arama komutuyla çabucak erişebileceğine inanıyoruz."

"Ve öyle zannediyorum ki buna herkes, yani Çember katılımcıları dahil olduğu zaman zaman boşluklar çabucak dolacak." Mae gözleriyle Annie'ye çok iyi gittiğini işaret ederek gülümsedi.

"Haklısın Mae," dedi Annie. Sesi aralarındaki boşluğa bıçak gibi saplanmıştı. "Her çevrimiçi projede olduğu gibi bunda da tamamlanmanın büyük bölümü dijitalcilerimiz tarafından gerçekleştirilecek. Kendi çabalarımızla milyonlarca fotoğraf ve video topluyoruz ama dünyanın geri kalanından daha milyarlarcası gelecek. Beklentimiz, kısmi katılımlarla bile çoğu tarihsel boşluğu kolaylıkla doldurabileceğimiz yönünde. Örneğin Polonya'daki belli bir binanın 1913 dolaylarındaki tüm sakinlerini arıyorsak ve aralarından bir tanesi eksikse, bu sonuncu kişiyi toplayacağımız diğer verilerden çapraz-başvurular oluşturarak tespit etmek fazla vaktimizi almayacak."

"Çok heyecanlı."

"Evet, öyle," dedi Annie, sonra da gözlerini belerterek Mae'i lafı bağlamaya çağırdı.

"Lakin kobayınızı bulamadınız daha, öyle mi?" diye sordu Mae.

"Henüz bulamadık. Amerika Birleşik Devletleri'ndeki aile geçmişi oldukça eskilere dayanan birini arıyoruz. Bunun tek sebebi ülkemizde kayıtlara erişim imkânımızın başka ülkelere göre daha geniş olacağını bilmemiz. İşimiz sekiz ay sonra bitecek. Ama belli mi olur? Böyle giderse çok sayıda Çemberlinin de yardımıyla vaktinden önce bitirebiliriz belki."

Mae gülümsedi, başını salladı ve Annie'yle uzun, gergin bir an paylaştı. Annie yine gözleriyle bu yarı göstermelik diyalogu daha ne kadar sürdürmeleri gerektiğini soruyordu.

Dışarıda güneş bulutların arasından sıyrılmış, pencereden içeriye giren ışık Annie'nin yüzüne vurmuştu. Onun ne kadar yaşlı göründüğünü Mae ilk kez o zaman fark etti. Yüzü süzülmüş, rengi solmuştu. Annie daha yirmi yedisinde bile değildi ama gözlerinin altında torbalar oluşmuştu. Bu ışıkta, son iki ayda beş yıl yaşlanmış gibi gözüküyordu.

Annie, Mae'in elini eline alıp tırnaklarını dikkatini çekmeye anca yetecek kadar avucuna batırdı. "Benim tuvalete gitmem lazım. Gelir misin?"

"Tabii. Benim de gitmem gerekiyordu zaten."

Mae'in şeffaflığı mutlak olduğu için görüntü veya ses yayınını her istediğinde durduramıyordu fakat Bailey'nin vurguladığı birkaç istisna vardı. Bunlardan biri, banyoda ya da en azından tuvalette geçirilen vakitlerdi. Bu vakitlerde görüntü yayını açık kalacaktı çünkü Bailey'nin ısrarla belirttiği gibi, kamera kapının arkasına bakacağından açık mı kapalı mı olduğu pek fark etmezdi. Ancak ses yayını kapatılacak, bu da Mae'i ve izleyicilerini duyulabilecek seslerden rahatsız olmaktan kurtaracaktı.

Mae bir kabine girdi, Annie de onun bitişiğindekine. Mae kamerasının sesini kapattı. Kurala göre en fazla üç dakika sessiz kalma hakkı vardı; daha fazlası izleyicileri olduğu kadar Çemberlileri de kaygıya sevk ederdi.

"Söyle bakalım, nasılsın?" diye sordu Mae. Annie'yi göremiyordu ama deforme olmuş gibi duran ve pediküre ihtiyacı olan ayak parmakları bölme duvarının altından görünüyordu.

"Harika. Harika. Ya sen?"

"İyi."

"Eh, başka türlüsü de beklenmezdi zaten," dedi Annie. "Harikalar yaratıyorsun!"

"Sahi mi?"

"Hadi ama. Yalandan tevazu burada işlemez. İçin içine sığmıyor olmalı."

"Tamam. Haklısın."

"Düşünsene, buraya meteor gibi düştün. İnsanın aklı almıyor. Sana ulaşmak için bana gelenler var. Tek kelimeyle... akıl almaz."

Annie'nin sesine, Mae'in imrenme ya da ona benzediğini sandığı bir duygu sinmişti. Mae karşılık olarak söyleyebileceği bir şeyler geçirdi aklından. Hiçbiri uygun değildi. Bunu sensiz başaramazdım demek olmazdı; hem kibirli hem de küçümseyici bir etki bırakırdı. Sonunda konuyu değiştirmeyi seçti.

"Demin aptalca sorular sorduğum için özür dilerim," dedi.

"Sorun değil. Ama beni zor durumda bıraktın."

"Biliyorum. Ben yalnızca... Seni görünce birlikte vakit geçirmek istedim. Sana başka ne sorabileceğimi de bilmiyordum. Eee, iyi misin sahi? Bitkin görünüyorsun."

"Sağ ol, Mae. Senin şu milyonlarca izleyicinin karşısına çıkmamdan saniyeler sonra felaket göründüğümü duymak pek hoşuma gitti doğrusu. Eksik olma. Çok düşüncelisin."

"Endişelendim, o kadar. Uykunu alıyor musun?"

"Bilmem ki. Takvimim şaşmış olabilir. Saat farkının verdiği şapşallık da var."

"Senin için ne yapabilirim? Hadi seni yemeğe çıkarayım."

"Beni yemeğe çıkarmak mı? Üstünde kamera varken ve ben bu kadar berbat görünürken mi? Şahane olurdu ama hayır."

"Senin için bir şey yapmama izin ver."

"Hayır, hayır. Bitirmem gereken işlerim var."

"İlginç şeyler mi?"

"Bilirsin işte, her zamankilerden."

"Mevzuat meseleleri iyi gitti mi? Oralarda sana çok yüklendiler gerçekten. Senin için kaygılandım."

Annie'nin sesine bir ürperti yayıldı. "Kaygılanman için hiçbir sebep yok. Ben bunu uzun süredir yapıyorum zaten."

"O bakımdan kaygılandığımı kastetmemiştim."

"İyi ya, hiçbir bakımdan kaygılanma."

"Altından kalkabileceğini biliyorum."

"Sağ ol be! Bana olan güvenin gözlerimi yaşarttı doğrusu."

Mae bu sözlerdeki alaycılığı kulak ardı etmeyi seçti. "O halde ne zaman görüşebiliriz?"

"Yakında. Ayarlarız bir şeyler."

"Bu geceye ne dersin? Lütfen..."

"Bu gece olmaz. Gidip zıbaracak ve yarına güç toplamaya çalışacağım. Yapmam gereken çok şey var. Tamamlanma'yla ilgili bir sürü yeni iş çıktı ve..."

"Çember'in tamamlanması mı?"

Uzun bir sessizlik oldu; Mae, Annie'nin, bu sessizlik sırasında kendisinin konudan bihaber olmasının tadını çıkardığına emindi.

"Evet. Bailey söylemedi mi sana?" dedi Annie. Sesi, insanı çileden çıkaran bir tını kazanmıştı şimdi.

"Bilmem," dedi Mae, midesi yanarken. "Belki söylemiştir."

"Artık hedefe çok yaklaştıklarını hissediyorlar. Ben de gittiğim yerlerde son engellerden bazılarını ortadan kaldırmakla meşguldüm. Akıllı Adamlar önümüzde son birkaç pürüzden başka engel kalmadığı kanaatinde."

"Ha. Galiba duymuştum," dedi Mae, ağzından çıkanın kulağına ne kadar zavallıca geldiğini sonradan fark ederek. Doğruya *doğru*, kıskanmıştı. Tabii ki kıskanmıştı. Gerçi Annie'nin erişebildiği bir bilgiye onun da erişebilmesi için sebep var mıydı? Buna hakkı olmadığını biliyor ama yine de istiyor, söz konusu bilgiye, üç haftadır geze dolaşa dünyanın bir ucundan bir ucuna gidip gelen Annie'den daha yakın olduğunu düşünüyordu. Gelişmeleri bilmemek onu Çember'deki eski konumuna sürüklüyor, insanları tavlamak için ortaya atılmış bir yeme, yalnızca basit bir sözcüye çeviriyordu.

"Peki senin için hiçbir şey yapamayacağımdan emin misin? Belki gözlerinin altındaki şişkinlikler için bir kil maskesi filan?" Mae bunu söylediği için kendinden nefret etti ama o an çok iyi gelmişti, vücudunda kaşınan bir yeri hatır hatır kaşımıştı adeta.

Annie boğazını temizledi. "Eksik olma," dedi. "Benim artık gitmem lazım."

"Emin misin?"

"Mae. Kabalık etmek istemiyorum ama şu an benim için en doğrusu masama dönüp çalışmaya koyulmak."

"Peki."

"Kabalık etmek istemedim. Yetiştirmem gereken işler var gerçekten."

"Tamam, biliyorum. Anladım. Sorun değil. Nasılsa yarın görüşeceğiz. Kavram Krallığı toplantısında."

"Ne?"

"Yarın bir Kavram Krallığı toplantısı..."

"Tamam. Ne olduğunu biliyorum. Sen de mi gidiyorsun?"

"Evet, gidiyorum. Bailey gitmem gerektiğini düşünüyor."

"Bailey bunu yayınlaman gerektiğini de düşünüyor mu?"

"Elbette. Bir sakıncası mı var?"

"Hayır. Yok," dedi Annie; duyduğu şeyi sindirmek için vakit kazanmaya çalıştığı barizdi. "Şaşırdım yalnızca. Belki toplantının başına filan katılmanı planlıyordur. Başka türlü nasıl..."

Annie'nin kabininden sifon sesi geldi, ardından Mae onun ayağa kalktığını gördü.

"Gidiyor musun?"

"Evet. O kadar geciktim ki kusmak geliyor içimden."

"Tamam. Kusma."

Annie telaşla kapıya yöneldi, sonra çıkıp gitti.

Mae'in Dr. Villalobos'a gitmek için dört dakikası kalmıştı. Ayağa kalktı, kamerasının sesini açtı, tuvaletten çıktı.

Sonra tekrar içeri girdi, kamerayı sessize aldı, aynı kabine girip oturdu ve toparlanmak için kendine bir dakika daha verdi. Varsın herkes kabız olduğunu düşünsün. Umurunda değildi. Annie'nin şu anda her nerede ise orada çoktan ağlamaya başlamış olduğundan emindi. Kendisi de hıçkıra hıçkıra ağlıyor, Annie'ye küfrediyordu; saçının her bir sarı teline, kibrine, ne oldum deliliğine lanet okuyordu. Çember'de ondan daha uzun süredir çalışıyorduysa ne olmuştu yani? Artık aynı seviyedeydiler fakat Annie bunu sindiremiyordu. Mae'in durumun icabına bakması, Annie'ye bunu kabul ettirmesi gerekecekti.

Oraya vardığında saat 2.02'ydi.

"Merhaba Mae," dedi Dr. Villalobos, kliniğin bekleme odasında onu karşılarken. "Bakıyorum da nabzın normal seviyelerde, üstelik buraya kadar koştuğuna bakılırsa öyle sanıyorum ki izleyicilerin de senden ilginç veriler alıyordur. Hadi içeri gir."

Dr. Villalobos'un bir süredir izleyicilerin gözdelerinden biri olması hiç şaşırtıcı değildi. Vücudunun keskin kıvrımlarıyla, şehvet dolu gözleriyle, ezgili sesiyle ekranda cayır cayırdı resmen. Herkesin, özellikle de heteroseksüel erkeklerin hastası olmayı dilediği doktordu. GerçekSen işini veya eşini elinde tutmak isteyenlerin açık saçık yorumlar yapmasını az çok engellese de Dr. Villalobos gayet terbiyeli bir şekilde duygularını ortaya dökmekten geri kalmayan bir hayran kitlesi yaratmıştı kendine. *O müthiş doktoru görmek ne güzel!* diye yazdı bir adam, Mae muayenehaneye girerken. *Muayene başlasın,* dedi bir diğer, daha cesur ruh. Dr. Villalobos profesyonel bir dinamizm ortaya koyarken bu durumdan hoşnutmuş gibi görünüyordu. Bugün geniş dekoltesini biraz açıkta bırakan fermuarlı bir bluz giymişti, yeterince uzaktan bakıldığında gayet usturuplu dursa da Mae'in yakın kamerasından biraz müstehcen algılanan bir dekolteydi bu.

"Evet, yaşamsal bulguların iyi görünüyor," dedi Mae'e.

Mae muayene masasında oturuyor, doktor da önünde dikiliyordu. Mae bilekliğine bakarak izleyicilerine giden görüntüyü kontrol ettiğinde erkeklerin çok memnun kalacaklarını anladı. Dr. Villalobos verdiği görüntünün fazla kışkırtıcı olabileceğini fark etmiş gibi duvar ekranına döndü. Ekranda birkaç yüz veri göstergesi vardı.

"Adım sayın daha iyi olabilirdi," dedi. "10.000'i bulmuş olman gerekirken ortalaman 5.300'de kalmış. Senin yaşında biri için bu sayı 10.000'den bile yüksek olmalı."

"Biliyorum," dedi Mae. "Son zamanlarda işler çok yoğundu da."

"Peki. Ama şu adım sayısını lütfen yükseltelim. Söz vermiş ol bana, tamam mı? Şimdi, hazır bütün izleyicilerin bize kulak veriyorken, senin de verilerinle beslemekte olduğun genel programı tanıtmak istiyorum biraz. Adı Komple Sağlık Verileri programı, kısaca KOSAV diyoruz ona. Kosav aynı zamanda benim eski sevgililerimden birinin adıdır. Kosav, eğer oradaysan, programa senin adını verdiğimi sanma sakın."

Mae'in bilekliğine çılgınlar gibi mesaj yağdı. *Salaklığına doyma Kosav.*

"KOSAV vasıtasıyla Çember'deki herkesten gerçek zamanlı veriler alıyoruz. Yeni bileklikleri ilk takanlar çaylaklarla sensin Mae, fakat o zamandan bu zamana bizler diğer Çemberlileri de onlarla donattık. Bu da buradaki on bir bin kişiden kusursuz, eksiksiz veri toplamamızı mümkün kılıyor. Düşünebiliyor musun? Bunun ilk olumlu etkisini de, geçen haftaki grip salgınının yerleşkemize ulaşmasından sonra virüsü buraya kimin taşıdığını dakikalar içinde öğrenebildiğimiz zaman gördük. Virüsü getiren kişiyi evine yolladık, böylece başka kimseye hastalık bulaşmadı. Keşke insanların yerleşkeye mikrop taşımasına engel olabilseydik, öyle değil mi? Kimse burayı hiç terk etmese, dışarıya çıkıp kirlenmese mesele kalmazdı. Gerçi artık gevezeliği bırakıp seninle ilgilensem daha iyi olacak."

"Haberler iyi olduğu sürece mahzuru yok," dedi Mae, gülümsemeye çalışarak. Ancak huzursuzlanıyor, bu iş bir an önce bitsin istiyordu.

"Eh, bence iyi," dedi doktor. "Bu mesaj mesela, İskoçya'daki bir izleyicinden geliyor. Kendisi bir süredir yaşamsal bulgularını DNA belirleyicilerinle karşılaştırmalı olarak takip etmekteymiş ve yeme alışkanlıklarının, özellikle de nitrat tüketiminin kanser eğilimini artırdığını fark etmiş."

"Tanrım. Gerçekten mi? Buraya çağrılmama sebep olan kötü haber bu mu yoksa?"

"Hayır, hayır! Telaşlanma. Kolaylıkla halledilebilecek bir şey bu. Kanser değilsin ve muhtemelen asla olmayacaksın. Fakat gastrointestinal kanser belirleyicilerinden biri yükselmiş. Yalnızca bir risk artışından söz ediyoruz burada. Bir süredir seni ve yaşamsal bulgularını takip etmekte olan bu Glasgow'lu araştırmacı hücresel mutasyon eğilimine sebep olabilecek türden salam sosis gibi nitratlı et ürünlerini bolca tükettiğini görmüş."

"Beni korkutmaya devam ediyorsun."

"Hay aksi, özür dilerim! Öyle bir maksadım yoktu. İyi ki o araştırmacı seni izliyormuş. Tabii biz de izliyor ve bu işte giderek ustalaşıyoruz. Ama ortamda seninkiler kadar çok sayıda arkadaşımızın olması işte bu yüzden güzel: Gün geliyor, sekiz bin kilometre uzakta yaşayan biri artmakta olan bir riski bertaraf etmemize yardımcı olabiliyor."

"Demek ki nitratlara son."

"Doğru. Bırak eksik kalsınlar. Sana nitrat içeren yiyeceklerin bir listesini zing'ledim, izleyicilerin de görebilir. Bunların aşırıya kaçmadan tüketilmesi gerekir ama kanser geçmişi veya tehdidi olanlar tamamen uzak durmalı. Umarım listeyi annenle babana da iletmeyi unutmazsın, mesaj akışlarını takip etmiyor olabilirler çünkü."

"Yok, eminim ediyorlardır," dedi Mae.

"Pekâlâ, şimdi sıra o kadar iyi olmayan haberlerde. Konu seninle veya sağlığınla alakalı değil. Annenlerle alakalı. Korkma, ikisinin de sağlıkları yerinde ama sana bir şey göstermek istiyorum." Doktor, Mae'in annesiyle babasının evindeki DeğişimiGör kameralarının yayın görüntülerini getirdi ekrana, babasının tedavi görmeye başlamasından bir ay sonra kurulmuştu kameralar. Çember'deki sağlık ekibi babasının durumuyla çok ilgileniyor, olabildiğince fazla veriye ulaşmak istiyordu. "Bir terslik görüyor musun?"

Mae gözleriyle ekranı taradı. Ekrana on altı görüntü sıralanmış olması gerekirken on ikisi karanlıktı. "Yalnızca dört kamera çalışıyor," dedi.

"Doğru," dedi doktor.

Mae çalışan dört yayında annesiyle babasına ait izler aradı. Hiçbir şey bulamadı. "Teknik destek kontrole gitti mi?"

"Gerek yok. Bunu kendi elleriyle yaptıklarını gördük. Kameralara tek tek uzanıp üzerlerine bir şey örttüler. Belki yalnızca bir etiket veya örtü. Senin haberin var mıydı?"

"Yoktu. Çok özür dilerim. Böyle yapmamalıydılar."

Gayriihtiyari, güncel izleyici sayısına baktı: 1.298.001. Dr. Villalobos'a yaptığı ziyaretler sırasında sayı her zaman yükselirdi. O kadar insan şimdi olanları biliyordu. Mae yüzünün pancar gibi kızardığını hissetti.

"Son günlerde annenlerden hiç haber aldın mı?" diye sordu Dr. Villalobos. "Kayıtlarımıza göre almamışsın. Ama belki..."

"Son iki gündür almadım," dedi Mae. Aslında bir haftayı aşkın süredir onlarla teması olmamıştı. Telefonla ulaşmayı denemişti ama nafile. Zing'ler yollamış, yanıt alamamıştı.

"Ziyaretlerine mi gitsen acaba?" diye sordu doktor. "Senin de bildiğin gibi, karanlıkta kalırsak yetkin bir sağlık hizmeti sunmamız zorlaşır."

Mae saat beşte şirketten ayrılıp arabasıyla eve giderken -haftalardır yapmadığı bir şeydi bu- annesiyle babasını düşünüp nasıl bir deliliğin etkisi altında olduklarını merak ediyor, Mercer'ın kendi deliliğini bir şekilde onlara da bulaştırmış olmasından korkuyordu. Kameraların bağlantısını kesmeye nasıl cüret ederlerdi! Kızlarının onlara yardım etmek için yaptığı, Çember'in imdatlarına koşmak için tüm kuralları esneterek yaptığı onca şeyden sonra! Ya Annie ne derdi?

Canı cehenneme, diye düşündü, eve doğru yol alırken. Pasifik'le arasına giren mesafe büyüdükçe hava ısınıyordu. Mae merceğini arabanın ön konsoluna yerleştirmiş, arabada geçireceği vakitler için oluşturulmuş özel yuvaya sokmuştu şimdi. *Onun da takdim edeceği yeniliklerin de canı cehenneme.* Zamanlama kötü olmuştu. Annie'nin olanları tamamen kendi lehine çevirmenin bir yolunu bulması muhtemeldi. Tam da Mae'e duyduğu kıskançlık -aynen buydu, gün gibi ortadaydı öyle olduğu- büyümekteyken, onu geldiği yere geri gönderebilirdi. Mae ve o kıytırık kasabası; ekranlarını çalışır vaziyette, kendilerini sağlıklı tutmaktan âciz, otoparkçı ebeveynleri. Muazzam bir armağanı, ayrıcalıklı bir sağlık hizmetini bedavaya alıp istismar eden ebeveynleri. Annie'nin o küçük, ne oldum delisi, sarışın kafasından hangi düşüncenin geçtiğini biliyordu Mae: *Bazı insanlara iyilik yaramaz.*

Annie'nin aile geçmişi Mayflower'a kadar dayanıyordu, ataları Amerika'ya bu gemiyle gelip yerleşmişti, onların ataları da İngiltere'de geniş topraklara sahipti. Kanları, görünüşe bakılırsa tekerlek icat olalı beri asildi. Hatta tekerleği birinin nesebi icat ettiyse şayet, o nesep mutlaka Annie'ninkiydi. Bu herkese son derece mantıklı gelir, kimseyi şaşırtmazdı.

Mae tüm bunları Annie'nin evinde geçirdiği Şükran Günü'nde keşfetmişti; Annie'nin ince burunlu, pembe tenli, kırk merceğin ardına saklanmış fersiz gözlere sahip yirmi tuhaf akrabası vardı orada o gün. Dikkatleri üzerlerine çekmekten kibarca kaçındıkları bir sohbet esnasında -zira Annie'nin ailesi nesepleri hakkında uzun boylu konuşmak, onu fazla önemser görünmek istemezdi-

Mae tarihteki ilk Şükran Günü yemeğine onların uzak bir akrabalarının da icabet etmiş olduğunu öğrenmişti.

Ayrıntılar için ısrar edince, "Aman sen de, kimin umurunda?" demişti Annie'nin annesi. "Adamın teki kalkmış, bir gemiye binmiş. Memleketinde uçan kuşa borcu vardı muhtemelen."

Ardından yemeğe geçmişlerdi. Sonrasında Annie, Mae'in ısrarı üzerine bazı belgeler göstermişti: aile geçmişlerini detaylandıran çok eski, sararmış kâğıtlar, soyağaçlarıyla dolu güzel, siyah bir dosya, bilimsel makaleler, derme çatma kulübelerin önünde vakur bir tavırla dikilen uzun favorili yaşlı adamların resimleri.

Annie'nin evine yaptığı diğer ziyaretlerde de aile fertleri aynı şekilde cömert, alçakgönüllü ve soyu sopu umursamazmış gibi görünmüştü. Ancak Annie'nin kız kardeşi evlenip hısım akraba tebrik için geldiğinde Mae onların farklı bir yüzünü görmüştü. O gün Mae, çoğu Annie'nin kuzenleri olan bekâr erkek ve kadınlara ayrılmış bir masaya, Annie'nin teyzesinin yanına oturtulmuştu. Kırklı yaşlarında, sırım gibi bir kadındı bu teyze, hatları Annie'ninkilere benzemekle birlikte yüzü Annie'ninki kadar güzel değildi. O sıra kocasından yeni boşanmıştı, "kendisinden aşağı sınıftan" bir adamı terk ettiğini söylemişti kasıla kasıla.

"Peki sen Annie'yi nereden tanıyorsun?" Yemeğin başlamasından tam yirmi dakika sonra ilk kez dönmüştü Mae'e.

"Üniversiteden. Onunla oda arkadaşıyız."

"Annie'nin oda arkadaşı Pakistanlı sanıyordum."

"O ilk seneydi."

"Demek sonra sen gelip vaziyeti kurtardın. Nerelisin?"

"Eyaletin ortasından. Central Valley. Pek bilinmeyen küçük bir kasaba. Fresno'ya yakın sayılır."

Mae arabayı sürerken bunları bir bir hatırlıyor, hatırladıklarının bir kısmı yüreğine tazelenmiş bir acı salıyordu, etkisi hiç geçmemiş bir acı.

"Fresno demek, öyle mi?" demişti teyze, yüzünde sahte bir gülümsemeyle. "Oranın adını ne zamandır duymamıştım, Tanrıya bin şükür." Cin toniğinden bir yudum almış ve gözlerini kısarak düğüne bakmıştı. "Olsun, kurtarmışsın ya kendini, sen ona bak. İyi üniversitelerin senin gibi insanlar aradığını biliyorum. Zamanında istediğim yere giremediysem sebebi muhtemelen budur. Exeter'lı olmanın işe yaradığını söylerlerse sakın inanma. Pakistanlılar ve Fresno'lularla doldurulacak sürüyle kontenjan var ne de olsa, değil mi?"

Eve şeffaf olarak ilk gidişi Mae'in gözünü açmış, insanlığa inancını pekiştirmişti. Ailecek basit bir akşam geçirmişler, yemek hazırlayıp yerken Çember sayesinde sigortalanmalarından önce ve sonra babasının tedavisinde nelerin değiştiğini konuşmuşlardı. İzleyiciler tedavide kazanılan zaferin yanında -babasının gücü yerine gelmişti, evin içinde kolaylıkla hareket edebiliyordu artık- hastalığın vermekte olduğu hasarı da görüyordu. Bir keresinde merdivenleri çıkmaya çalışırken ayağı takılıp düşünce izleyicilerden endişe dolu mesajlar yağmış, akabinde dünyanın dört bir yanından binlerce gülen yüz gönderilmişti. Yeni ilaç kombinasyonlarını, yeni fizik tedavi rejimlerini, yeni doktorları, deneysel tedavileri, Doğu tıbbını, dine sığınmasını önerenler çıkmıştı. Yüzlerce kilise, haftalık dualarında onu da anmıştı. Mae'in annesiyle babasının doktorlarına çok güvendiklerini ve babanın tedavisinin fevkalade iyi gittiğini çoğu izleyici görebiliyordu, dolayısıyla onu ve aileyi neşelendirmeye yönelik yorumlar tıbbi yorumlardan daha değerli, daha fazlaydı. Mae mesajları okurken ağlamıştı; tam bir sevgi seliydi bu. Pek çoğu tıpkı babası gibi MS'le yaşayan hastalar, kendi hikâyelerini paylaşıyordu. Diğerleri şahsi mücadelelerinden -kemik erimesiyle, yüz felciyle, Crohn hastalığıyla yaşamaktan- bahsediyordu. Mae bu mesajları annesiyle babasına iletip duruyordu ama birkaç gün sonra onların kendi e-posta ve posta adreslerini ilan etmeye karar verdi, böylece annesiyle babası kendi adreslerine yağacak mesajları her gün okuyabilecek, onlardan cesaret, ilham alabilecekti.

Eve bu gidişinin, yani ikinci ziyaretinin daha da iyi geçeceğinden emindi. Bir yanlış anlamadan kaynaklanmasını beklediği kamera meselesiyle ilgilendikten sonra, iletişime geçmiş olan herkese annesiyle babasını yeniden görme şansı, annesiyle babasına da kendilerine gülen yüzler göndererek yardımcı olmaya çalışmış herkese teşekkür etme şansı tanımayı planlıyordu.

İkisini mutfakta buldu, sebze doğruyorlardı.

"Nasılsınız bakalım," diyerek üçlü bir kucaklaşmaya zorladı onları. İkisi de soğan kokuyordu.

"Bu akşam ne kadar da şefkatlisin böyle Mae!" dedi babası.

"Ha ha," dedi Mae ve kaş göz ederek her zaman bu kadar şefkatli olmadığını ima etmemeleri konusunda onları uyardı.

Annesiyle babası, kamera karşısında olduklarını ve kızlarının artık daha göz önünde, daha önemli biri olduğunu yeni hatırlamış gibi davranışlarına çekidüzen verdi. Mae'in birkaç malzeme ilavesiyle lazanya pişirdiler - bu malzemeleri oraya getirip izleyicilere göstermesini Yardımcı Rehber istemişti. Yemek hazır olup Mae söz konusu ürünlere yayında yeterince yer verdiği zaman hep birlikte geçip oturdular.

"Kameralarınızdan bazılarının çalışmaması bizim sağlık ekibini biraz kaygılandırmış," dedi Mae, onlara çıkışmaksızın.

"Sahi mi?" dedi babası, gülümseyerek. "Belki pillerini kontrol etmemiz gerekiyordur?" Annesine göz kırptı.

"Siz yok musunuz siz!" dedi Mae. Kendi sağlıkları ve Çember'in sağlık alanında oturtmaya çalıştığı genel veri toplama sistemi için bunun son derece kritik bir an olduğunu biliyordu. "Ne durumda olduğunuzu görmelerine izin vermezseniz size kaliteli bir sağlık hizmeti sunmaları nasıl mümkün olacak? Doktora gidip nabız ölçtürmemekten farkı yok bunun."

"Haklısın kızım," dedi babası. "Hadi yemeğe geçelim artık."

"Derhal tamir ettireceğiz onları," dedi annesi. Böylece Mae'in şeffaflığa dair tüm görüşlerine ikisinin de gönül rızasıyla katıldığı çok acayip bir akşam başlamış oldu. Mae aşıların keşfine giden yolda herkesin desteğine ihtiyaç olduğunu, bunun da ancak tam katılımla mümkün olabileceğini anlatırken ikisi şevkle baş sallayarak onay veriyordu. Mae'in her dediğine içtenlikle katılıyor, ikna gücünü ve mantık kabiliyetini tekrar tekrar methediyorlardı. Bu kadar işbirlikçi davranmaları çok tuhaftı.

Sofraya oturdular ve Mae daha önce hiç yapmadığı bir şey yaparak kadeh kaldırdı. Annesiyle babasının bu hareketini yadırgayarak bir çuval inciri mahvetmeyeceğini ümit ediyordu.

"Kadehimi şerefinize kaldırıyorum," dedi. "Sırası gelmişken, buraya son gelişimin ardından sizlerle iletişime geçen binlerce insan için de kadeh kaldıralım."

Annesiyle babası zoraki bir gülümsemeyle kadeh kaldırdı. Birkaç saniye boyunca hiç konuşmadan yemek yediler. Annesi ilk lokmasını dikkatle çiğneyip yuttuktan sonra gülümseyerek dosdoğru merceğe baktı, halbuki Mae bunu yapmamasını ona defalarca söylemişti.

"Evet, *çok* mesaj aldığımıza şüphe yok," dedi annesi.

Babası da konuşmaya katıldı. "Annen bir süredir aralarından seçip seçip cevap yazıyor, böylece her gün bir arpa boyu da olsa yol almış oluyoruz. Ama az buz iş değil, ne yalan söyleyeyim."

Annesi elini Mae'in koluna koydu. "Değer vermediğimiz zannedilmesin. Elbette değer veriyoruz. Tüm mesajları tek tek yanıtlamaya yetişemediğimiz için herkesten özür dilediğimizi şimdi resmen açıklamak isterim."

"Binlercesi geldi," diye belirtti babası, çatalını salatasına batırırken.

Annesi zoraki gülümsedi. "Tekrar ediyorum, gösterdiğiniz yoğun ilgi için müteşekkiriz. Ama her yanıta bir dakika harcasak bile toplamda bin dakika eder bu. Düşünsenize: Mesajlara basit birer yanıt göndermek için on altı saat! Eyvah, işte şimdi nankörlük etmiş gibi oldum."

Mae annesinin bunu dediğine sevinmişti çünkü söyledikleri gerçekten de nankörce geliyordu kulağa. Onlara değer veren insanlardan yakınıyorlardı. Mae tam annesinin tutum değiştirip iyi dilek mesajlarının devamını isteyeceğini düşündüğü sırada konuşmaya başlayan babası durumu daha da kötüleştirdi. Annesi gibi o da dosdoğru merceğe bakıyordu.

"Fakat sizden gerçekten şunu istiyoruz, bundan böyle iyi dileklerinizi bize lütfen içinizden yollayın. Dua edecekseniz bizim için dua edin yeter. Mesajlar yazıp göndermenize gerek yok. Yalnızca..." -bu noktada gözlerini sımsıkı kapattı- "iyi dileklerinizi, iyi duygularınızı iletin bize. E-postalar, zing'ler göndermenize hiç gerek yok. İyi düşünceleriniz yeter. Havaya salın gitsin. Tek istediğimiz bu."

"Sanırım," dedi Mae, sinirlerine hâkim olmaya çalışarak, "mesajların tümünü yanıtlamanızın biraz vakit alacağını söylemeye çalışıyorsunuz. Ama eninde sonunda hepsine geri döneceksiniz."

Babası hiç tereddüt etmedi. "Şey, emin değilim Mae. Söz vermek istemem. Aslına bakarsan çok sıkıntılı bir iş bu. Bizden belli bir süre zarfında haber alamayan birçok insanı şimdiden kızdırdık bile. Önce bir tane mesaj gönderiyor, sonra aynı gün içinde on tane daha yolluyorlar. 'Yanlış bir şey mi söyledim?' 'Özür dilerim.' 'Sadece yardım etmeye çalışıyordum.' 'Canın cehenneme.' Kendi kendilerine böyle nevrotik sohbetler tutturuyorlar. Senin çoğu arkadaşının ihtiyaç duyduğu türden hızlı mesaj alışverişlerini ima etmek gibi olmasın ama..."

"Baba. Sus. Konuştukça batıyorsun."

Annesi öne eğildi. "Baban yalnızca şunu söylemeye çalışıyor Mae: Hayatımızda zaten yeterince dert var, işimiz başımızdan aşkın, faturaları ödemeye, sağlık işlerini halletmeye anca yetişiyoruz. Fazladan on altı saat daha çalışmamız gerekirse kaldıramayacağımız bir yükün altına gireriz. Anladın mı şimdi kızım? Tekrar ediyorum, bize iyi dileklerini göndermiş olan herkese saygımız, minnetimiz sonsuz."

Yemekten sonra annesiyle babası film seyretmek istedi. Babasının ısrarı üzerine *Temel İçgüdü*'yü seyrettiler. Babası bu filmi başka hiçbir filmi izlemediği kadar çok izlemişti, filmde Hitchcock'a çakılan selamlardan, çok sayıdaki esprili saygı gösterisinden bahsetti durdu - oysa Hitchcock'a olan sevgisini daha önce hiç belli etmemişti. Mae, bitmek bilmeyen cinsel gerilimleriyle bu filmin babasını azdırdığından şüphelenmekteydi ne zamandır.

Annesiyle babası filmi izlerken Mae de filmin LGBT bireylere hakaret içeren sahnelerini tespit edip yorumladığı bir dizi zing yollayarak bu zaman dilimini kendisi için daha ilginç hale getirmeye çalıştı. Aslında çok da iyi karşılıklar gelmeye başlamıştı ama sonra saatin 9.30 olduğunu görünce artık Çember'e geri dönmek üzere yola koyulması gerektiğini düşündü.

"Evet, bana müsaade," dedi.

O an babasının gözünde bir şey yakalar gibi oldu, 'Nihayet,' diye yorumlanabilecek kaçamak bir bakış yollamıştı sanki annesine, fakat Mae belki de yanılıyordu. Ceketini giyip kapıya gittiğinde annesi elinde bir zarfla yanına geldi.

"Mercer bunu sana vermemizi istedi."

Mae zarfı aldı. Dikdörtgen şeklinde basit bir zarftı. Üzerinde hiçbir şey yazmıyordu. Ne isim ne de başka bir şey.

Annesini yanağından öpüp dışarı çıktığında hava hâlâ sıcaktı. Arabasını park yerinden çıkarıp anayola doğru sürdü. Mektup kucağında duruyordu, açmazsa merakından çatlayacaktı. Arabayı kenara çekip zarfı açtı.

Sevgili Mae,

Evet, bunu kameraya karşı okuyabilirsin, okumalısın da. Öyle yapacağını düşündüğüm için bu mektubu yalnızca sana değil, "izleyicilerine" de yazıyorum. Merhaba, izleyiciler.

Mercer'ın önemli bir nutka hazırlanırkenki soluklanışını işitebiliyordu adeta.

Artık seninle görüşemem Mae. Gerçi eskiden de sürekliliği olan kusursuz bir dostluğumuz yoktu ama ben artık ne arkadaşın ne de deneyinin bir parçası olabilirim. Seni kaybetmek üzecek beni, çünkü hayatımda önemli bir yerin var. Ancak sen ve ben hayatta değişip dönüşürken çok farklı yollar izledik, öyle ki pek yakında artık hiç iletişim kuramayacak kadar uzaklaşmış olacağız birbirimizden.

Eğer annenleri gördüysen ve annen sana bu mektubu verdiyse evlerine yerleştirdiğiniz o şeylerin hayatlarını nasıl etkilediğini de görmüşsündür. Bu mektubu, üzerlerine salıverdiğin mesaj tufanı yüzünden zihinleri bulanmış, bitap düşmüş hallerini gördükten sonra yazdım. Bu kadarı çok fazla Mae. Ve hiç doğru değil. Kameralardan bazılarını örtmelerine ben yardımcı oldum. Örtüyü ben götürdüm hatta. Seve seve yaptım. Onlar gülen yüzler, somurtan yüzler, zing'ler falan almak istemiyor, rahat bırakılmak istiyorlar. İzlenmek istemiyorlar. Aldığımız her lanet olası hizmetin bedeli gözaltında yaşamak olmamalı.

Böyle giderse ileride toplum ikiye bölünecek -en azından ben ikinci bir grubun da olacağını umuyorum- biri senin yaratılmasına yardımcı olduğun toplum, biri de onun alternatifi olan. Sen ve senin gibiler, sürekli gözaltında yaşamayı bile isteye, güle oynaya kabul edecek, her daim birbirini izleyecek, yorumlayacak, oylayacak, beğenecek, beğenmekten vazgeçecek, gülen yüzler, somurtan yüzler gönderecek, başkaca da pek bir şey yapmayacaksınız.

Mae'in bilekliğine şimdiden yorum yağmaya başlamıştı. *Mae, sahiden bu kadar genç ve aptal oldun mu bir zamanlar? Nasıl oldu da bunun gibi bir hiçle çıktın sen?* En favori yorum buydu ancak çok geçmeden yerini şuna bıraktı: *Demin bir resmini bulup baktım. Soyunda bir Kocaayak var mıdır acaba?*

Mae okumaya devam etti:

Senin için her şeyin en iyisini diliyorum Mae. Umuyorum ki günün birinde -bu ihtimalin ne kadar zayıf olduğunun farkındayım gerçi- sen ve arkadaşlarının kendi ideolojinizin üstünlüğüne olan inancı -dizginsiz bir Açık Kader* anlayışıyla- fazlaca ileri gidip sonunda kendi kendini çökerttiğinde perspektif duygunu geri kazanırsın, hatta insanlığını da. Yok yahu, ne diyorum ben! Bütün bunlar daha ne kadar ileri gidebilir ki? Şöyle demeliydim: Sesli bir azınlığın nihayet ayağa kalkarak fazla ileri gidildiğini, daha önceki insan icatlarından çok daha sinsi olan bu aracın denetlenmesi, düzene sokulması, bazı şeylerin geriye çevrilmesi gerektiğini ve her şeyden öte, katılmamayı seçme imkânına ihtiyacımız olduğunu söyleyeceği günü bekliyorum. Şu anda zorbalığa maruz kalıyoruz, yapmamıza izin verilmeyen...

Mae kaç sayfa kaldığına baktı. Aynı türden saçmalıklarla dolu olması muhtemel, arkalı önlü dört sayfa daha vardı. Kâğıt tomarını yanındaki yolcu koltuğuna fırlattı. Zavallı Mercer. Hep

* *Manifest Destiny*. Kuzey Amerika kıtasının doğu kıyısından batı kıyısına kadar genişlemeyi Birleşik Devletler'in hakkı ve görevi sayan 19. yüzyıl doktrini. (Ç.N.)

böyle yüksekten atardı, kiminle nasıl konuşulacağını hiç bilmezdi. Annesiyle babasını kendisine karşı kullandığının farkında olduğu halde onu rahatsız eden bir şey vardı yine de. Mercer'ın dediği kadar rahatsız olmuşlar mıydı gerçekten? Yalnızca bir sokak ötedeydi henüz, arabadan inip gerisingeriye eve yürüdü. Annesiyle babası gerçekten rahatsızsa bir çaresini bulur, bulmaya çabalardı.

İçeri girdiğinde onları en muhtemel iki noktada, oturma odasında ve mutfakta göremeyince koridorun köşesinden yemek odasına göz attı. Hiçbir yerde yoktu annesiyle babası. Varlıklarına delalet eden tek şey ocakta kaynamakta olan bir çaydanlık suydu. Mae paniğe kapılmamaya çalıştı ama çaydanlıktaki suyun kaynayışı ve evin bu ses dışındaki tüyler ürpertici sessizliği zihninde mantıksız bağlantılar kurulmasına sebep oldu, derken hırsızlıklar, intihar anlaşmaları, adam kaçırmalar geldi birden aklına.

Koşa koşa, basamakları üçer üçer atlayarak merdivenleri tırmandı, üst kata varınca çabucak sola dönüp annesiyle babasının yatak odasına daldı ve onları gördü - fal taşı gibi açtıkları gözlerini dehşet içinde kendisine çevirmişlerdi. Babası yatakta oturmuş, annesiyse yere diz çökmüştü ve babasının penisi annesinin elindeydi. Küçük bir nemlendirici kutusu babasının bacağına dayalı duruyordu. Üçü de bunun ne gibi sonuçlar doğuracağını bir anda anladı.

Mae başka tarafa dönüp kamerayı konsola çevirdi. Kimse tek kelime etmedi. Mae'in o an akıl edebildiği tek şey, tuvalete girip kamerayı duvarlardan birine çevirmek ve sesi kapatmak oldu. Kameranın nasıl bir görüntü yakaladığını görmek için videoyu geri sardı. Boynunda asılı merceğin bu utanç verici sahneyi bir şekilde ıskaladığını ümit ediyordu.

Ancak öyle olmamıştı. Bilakis kameranın açısı sahneyi Mae'in şahit olduğundan daha net şekilde ifşa etmişti. Kayıttan izlemeyi durdurdu. YR'yi aradı.

"Yapabileceğimiz bir şey var mı?" diye sordu.

Dakikalar sonra telefonda bizzat Bailey'yle görüşüyordu. Ona ulaşabildiğine sevinmişti çünkü bu konuda kendisine hak verebilecek yegâne kişinin o olacağını biliyordu, adamın hiç şaşmayan bir ahlak pusulası vardı. Bunun gibi bir seks sahnesinin dünyanın her yerinde yayınlanmasını istemezdi, ister miydi? Eh, yayınlanacağı kadar yayınlanmıştı zaten ama herhalde birkaç saniyesini silebilirlerdi. Böylece aramalara takılmaz, muhafaza edilmezdi.

"Mae, lütfen," dedi Bailey. "Bunu yapamayacağımızı biliyorsun. Utanç verici bulduğumuz şeyleri silseydik şeffaflığın ne anlamı kalırdı? Biz hiçbir şeyi silmeyiz, biliyorsun." Sesi anlayışlı ve babacandı, onun her sözünün arkasında duracağını biliyordu Mae. En iyisini o bilirdi, Mae'in ya da başka birinin görebileceği mesafelerin fersah fersah ötesini görürdü, olağanüstü sakinliği bunun ispatıydı. "Yaptığımız bu deneyin ve genel olarak Çember'in işleyebilmesi için Mae, şeffaflık mutlak olmak zorunda. Saf ve eksiksiz. Bu olayın sana birkaç gün ıstırap vereceğini biliyorum ama güven bana, çok yakında buna benzer şeyler kimsenin zerre umurunda olmayacak. Her şey bilinir hale geldiğinde kabul edilebilir olan her şey kabul görecek. Yani şimdilik dimdik durmamız gerek. Senin bu konuda örnek olman lazım. Yolundan sapmaman lazım."

Mae arabasıyla Çember'e geri dönerken bundan böyle yerleşkeden asla ayrılmamaya kararlıydı. Ailesinin, Mercer'ın, sefil kasabasının kargaşası canına tak etmişti. Annesiyle babasına DeğişimiGör kameralarını bile sormamıştı, sormuş muydu? Ev tımarhane gibiydi. Halbuki yerleşkede her şey tanıdıktı. Yerleşkede uyuşmazlık yoktu. Çemberlilere kendini ya da dünyanın geleceğini açıklaması gerekmiyordu, onlar Mae'i de, gezegeni de, gezegenin nasıl olması gerektiğini ve yakında nasıl olacağını da içten içe biliyordu.

Yerleşkenin dışındaki hayat giderek daha zor geliyordu ona zaten. Dışarıda evsiz insanlar vardı; hiç dağılmayan, saldırgan kokular vardı; çalışmayan makineler, temizlenmeyen yerler, koltuklar vardı; her tarafta düzensiz bir dünyanın kargaşası hakimdi. Çember'in bu durumun düzelmesine yardımcı olduğunu biliyordu, nitekim birçok sorun halloluyordu da -barınak tahsisi ve sosyal konutların genel dağıtımı oyun teorisi uyarınca yapılandırıldığı anda evsizliğin önüne geçilebilir, hatta bu durum ortadan kaldırılabilirdi, biliyordu; Nara Dönemi'ndekiler bunun üzerinde çalışıyordu- ama şimdilik, Çember'in kapıları dışındaki çılgın dünyanın ortasında kalmak her geçen gün daha tedirgin edici bir hal almaktaydı. San Francisco'nun, Oakland'ın, San Jose'nin, akla gelebilecek her şehrin sokaklarında yürümek, bir Üçüncü Dünya deneyimine dönmüştü giderek; lüzumsuz pislikler, lüzumsuz didişmeler, lüzumsuz yanlışlar, lüzumsuz aksaklıklar vardı ve her sokakta, dijital topluluğun istekli üyeleri tarafından son derece basit algoritmalarla, eldeki teknolojiler uygulanarak düzeltilebilecek bin türlü problem mevcuttu. Mae kamerasını açık bıraktı.

Yolu iki saatten kısa sürede katetti, yerleşkeye vardığında saat daha 12'ydi. Yolculuk onu yay gibi germişti, sinirleri kaç saattir tepesindeydi, gevşeyip rahatlamaya, kafasını dağıtmaya ihtiyacı vardı. MD'ye gitti, orada yararlı olabileceğini, orada çabalarının anında ve gözle görülür şekilde takdir edileceğini biliyordu. Ağır ağır dönen Calder heykeline şöyle bir göz attıktan sonra binaya girdi, asansörle yukarı çıktı, asma köprüden uçarcasına yürüyüp eski bölmesine ulaştı.

Masasında annesiyle babasından gelen bir çift mesaj buldu. Hâlâ uyanıktılar, canları da çok sıkkındı. Fena halde öfkeliydiler. Mae gözüne ilişen olumlu zing'leri, MS gibi zorlu bir hastalıkla başa çıkmaya çalışan yaşlı bir çiftin cinsel açıdan hâlâ aktif olabilmesini takdirle karşılayanların mesajlarını onlara göndermeyi denedi. Ama umurlarında değildi.

Lütfen sus, dediler. *Lütfen, yeter.*

Onlar da Mercer gibi, baş başa kalamadıkları sürece görüşmemelerinde ısrarcıydı. Mae onlara yanlış safta yer aldıklarını izah etmeye çalıştı. Ama dinlemiyorlardı. Mae onları er geç ikna edeceğine, onların -hatta Mercer'ın- da herkes gibi yalnızca biraz zamana ihtiyacı olduğuna emindi. Mercer da, annesiyle babası gibi bilgisayar almakta, cep telefonu almakta geç kalmış, her şeyde geç kalmıştı. Hem komik hem de üzücüydü bu; yadsınamaz bir şimdiyi, kaçınılmaz geleceği geciktirmek hiçbir amaca hizmet etmiyordu.

Demek ki beklemesi gerekiyordu. Bu arada akışı başlattı. O saatte acil cevaba ihtiyaç duyan çok az insan olurdu ama mesai saatlerini bekleyen yanıtlanmamış sorular her zaman bulunurdu, Mae de çaylaklar gelmeden işin ucundan tutabileceğini düşünmüştü. Belki hepsini bitirip herkesi afallatırdı; geldiklerinde tertemiz bir sayfa, boş bir oluk bulsalar hiç fena olmazdı.

Bekleyen 188 talep vardı. Mae elinden geleni yapacaktı. Twin Falls'tan bir müşteri, kendi işletmesini ziyaret etmiş müşterilerin gittiği tüm diğer işletmelerin listesini istiyordu. Mae bu bilgiye kolayca ulaşıp adama gönderdi ve anında sakinleştiğini hissetti. Sonraki iki talep kolay, standart cevaplar gerektiren cinstendi. Anketleri yollayıp iki müşteriden de 100 aldı. Bu ikisinden biri ona kendi anketini yollayarak cevap verince Mae hemen yanıtlamaya koyulup doksan saniyede bitirdi. Sıradaki birkaç soru daha karmaşıktı, yine de Mae ortalamasını 100'den aşağı düşürmedi. Altıncısı adamakıllı zor olduğu halde Mae yanıtı temin ederek müşteriden 98 puan aldı, sonra takip mesajı gönderip puanını 100'e yükseltti. Avustralya'nın Melbourne şehrinde yaşayan ve bir ısıtma/havalandırma sistemi için reklam vermekte olan bu altıncı müşteri Mae'i profesyonel ağına ekleyip ekleyemeyeceğini sordu, Mae de hiç düşünmeden kabul etti. Adam onun Mae olduğunu işte o zaman anladı.

Sen o Mae misin? diye yazdı. Adı Edward'dı.

İnkâr edemeyeceğim, diye cevap verdi Mae.

Şeref duydum, dedi Edward. *Orada saat kaç? Biz burada yeni paydos ettik*. Saatin geç olduğunu söyledi Mae. Adam onu e-posta listesine ekleyip ekleyemeyeceğini sorunca Mae yine hiç düşünmeden kabul etti. Bunu Melbourne'deki sigorta dünyasına dair yoğun bir haber ve bilgi aktarımı izledi. Edward onu MIHİK'e, yani eski adı Melbourne Isıtma ve Havalandırma İmalatçıları Kardeşliği olan Melbourne Isıtma ve Havalandırma İmalatçıları Meslek Birliği'ne onursal üye yapmayı teklif edince Mae gurur duyacağını söyledi. Adam onu kişisel Çember profilinde arkadaşları arasına kattıktan sonra Mae'den aynı şekilde karşılık vermesini istedi. Mae de öyle yaptı.

Artık işimin başına dönmem gerek, dedi sonra, *Melbourne'deki herkese benden selam!* Annesinin, babasının ve Mercer'ın tüm deliliklerinin sis gibi buharlaşıp kaybolduğunu hissediyordu şimdiden. Sıradaki soruya geçti, Atlanta merkezli bir evcil hayvan bakım zincirinden geliyordu bu. 99 puan alıp takip mesajıyla 100'e yükseltti, altı anket daha yolladı, beşi yanıtlanmış olarak geri döndü. Mae bir soru daha aldı, bu seferki Bangalor'dandı, standart cevabı soruya göre uyarlamakta olduğu sırada Edward'dan yeni bir mesaj geldi. *Kızımın isteğini gördün mü?* diye soruyordu. Mae ekranlarına bakıp Edward'ın kızından gelen bir istek aradı. Sonunda kızın soyadının farklı olduğunu ve New Mexico'daki bir okula gittiğini keşfetti. Eyaletteki bizonların içine düştüğü müşkül durum hakkında farkındalık yaratmaya çalışıyor, Mae'den bir dilekçeye imza vermesini ve üyesi olduğu forumlarda kampanyasından söz etmesini istiyordu. Mae elinden geleni yapacağını söyleyip çabucak bu konuda bir zing gönderdi. Edward'ın *Teşekkür ederim!* diye yazmasından birkaç dakika sonra kızı Helena'nın teşekkür mesajı geldi. *Mae Holland'ın dilekçemi imzalamış olduğuna inanamıyorum! Teşekkürler!* diye yazmıştı. Mae üç soru daha yanıtlayınca ortalaması 98'e düştü. Bu üç müşteriye birkaç defa takip mesajı gönderdiği halde bir türlü memnuniyetlerini sağlayamadı. Ortalamayı 98'den 100'e çıkarmak için aşağı yukarı yirmi iki tane 100 alması gerekeceğini biliyordu; saatine baktı: 12.44 olmuştu. Daha çok vakti vardı. Helena'dan, Çember'deki iş olanaklarını soran bir mesaj daha geldi. Mae her zamanki öğüdünü verip ona İK bölümünün e-posta adresini gönderdi. *Hakkımda olumlu referans verebilir misin?* diye sordu Helena. Mae, onunla hiç tanışmadıkları halde elinden geleni yapacağını söyledi. *Ama beni artık gayet iyi tanıyorsun!* dedi Helena, sonra da onu kendi profil sayfasına yönlendirdi. Doğal yaşamın korunmasıyla ilgili makalelerini, bir de üniversiteye başvururken yazdığı, dediğine göre geçerliliğini hâlâ yitirmemiş olan kompozisyonu okumasını rica etti. Mae fırsat bulduğunda okumaya çalışacağını söyledi. Doğal yaşam ve New Mexico aklına Mercer'ı getirmişti, her şeyin en doğrusunu bildiğini zanneden o pisliği. Büyük Kanyon'da, uçurum kıyısında seviştiği o adam nereye gitmişti şimdi? O zamanlar ikisi de ne kadar serseri ruhluydu. O gün Mercer onu üniversiteden almıştı ve hiç plan yapmadan, yanlarına bir seyahat rehberi bile almadan, o gece nerede kalacakları konusunda en ufak bir fikirleri olmadan yola çıkıp arabayla Birleşik Devletler'in güneydoğusunu boydan boya kat etmişlerdi. New Mexico'yu bir kar fırtınasının altında geçmiş, Arizona'ya varıp arabayı park ettikten sonra kanyona tepeden bakan ve koruma parmaklığı bulunmayan bir uçurum kenarında durmuşlardı. Orada, öğle güneşinin altında, arkasında bin iki yüz metre derinliğinde bir uçurum varken Mercer onu soymuştu. Kollarının arasındayken Mae'in ondan yana hiçkuşkusu yoktu çünkü Mercer o zamanlar güçlüydü. O zamanlar gençti, o zamanlar vizyon sahibiydi. Şimdiyse yaşlıydı ve olduğundan daha yaşlıymış gibi davranıyordu. Onun için açtığı profil sayfasına baktığında bomboş durduğunu gördü. Teknik desteğe sorunca ne zamandır sayfayı kapattırmaya çalıştığını öğrendi. Ona bir zing yolladı ama yanıt gelmedi. İş sayfasına baktı, o da kapatılmıştı; artık yalnızca analog çalıştığını söyleyen bir mesaj çıkıyordu sayfada. Helena'dan bir mesaj daha geldi: *Nasıl buldun?* Mae herhangi bir şey okumaya henüz fırsat bulamadığını söyledi, sonraki mesaj da Helena'nın babası Edward'dan geliyordu. *Helena'yı Çember'deki bir pozisyon için tavsiye edebilirsen kesinlikle çok makbule geçer. Sıkboğaz etmek gibi olmasın ama bu konuda sana güveniyoruz!* Mae elinden geleni yapacağını bir kez daha söyledi onlara. İkinci ekranında bir bildirim belirdi, Batı Afrika'da çiçek hastalığının kökünün kurutulmasını amaçlayan bir Çember kampanyası hakkındaydı. İmzasını attı, bir gülen yüz gönderdi, elli dolar bağış yapma sözü verdi ve kampanyayla ilgili bir zing attı. Helena ile Edward'ın bu mesajı anında rezing'lediklerini gördü. *Biz üzerimize düşeni yapıyoruz!* diye yazdı Edward. *Quid pro quo?** İçine kasvet bastığında saat 1.11'di. Ağzında acı bir tat vardı. Gözlerini kapadı ve yırtığı gördü, şimdi ışıkla doluydu. Gözlerini tekrar açtı. Bir yudum su içti ama paniğini artırmaktan başka işe yaramadı. İzleyici sayısına baktı; yalnızca 23.010 kişi vardı, yine de onlara gözlerini göstermek istemiyor, kaygısını gözleriyle ele vermekten korkuyordu. Tekrar yumdu onları, kaç saattir ekran karşısında oturduktan sonra bir dakikalığına bunu yapmasının yeterince doğal karşılanacağına inanıyordu. *Yalnızca gözlerimi dinlendiriyorum,* yazıp yolladı. Ancak gözlerini tekrar kapattığında yırtığı gördü yine, şimdi daha net, daha gürültülüydü. Duymakta olduğu ses neydi? Dipsiz sular tarafından bastırılmış bir çığlıktı, boğulmuş bir milyon kişinin tiz çığlığı. Gözlerini açtı. Annesiyle babasını aradı. Cevap yok. Annie'yi aradı. Cevap yok. Yazdı ona, tık yok. ÇemberArama'da arattı, yerleşkede değildi. Annie'nin profil sayfasına gitti, ekranda birkaç yüz fotoğraf kaydırıp baktı, çoğu Avrupa-Çin seyahatindendi. Gözlerinin yandığını hissedince tekrar yumdu onları. Yine yırtığı gördü, aradan sıyrılıp geçmeye çalışan ışığı, sualtından gelen çığlıkları. Gözlerini açtı. Edward'dan bir mesaj daha geldi. *Mae? Orada mısın? Yardımcı olup olmayacağını bilmek güzel olurdu doğrusu. Yaz lütfen.* Mercer öyle şıp diye ortadan kaybolabilir miydi sahi? Mae onu bulmayı kafaya koymuştu. Adını, başkalarına göndermiş olabileceği mesajları arattı. Hiç-

---

* (Latince) Her şey karşılıklı. (Ç.N.)

bir şey yoktu. Onu aradı ama numarasına bağlanılamıyordu. Amma agresif bir hamleydi bu, numaranı değiştirip yenisini bırakmamak. Geçmişte onda ne bulmuştu Mae? O iğrenç şişko kıçı, omuzlarındaki o korkunç kıl öbekleri. İyi ama neredeydi? Bulmaya çalıştığın birini bulamamanın feci halde yanlış bir yanı vardı. Saat 1.32 olmuştu. *Mae? Benim yine, Edward. Rica etsem Helena'ya ilk fırsatta sitesine bakacağını tekrar söyleyebilir misin? Şu an biraz üzgün de. Herhangi bir teşvik sözü işe yarayacaktır. Senin iyi biri olduğunu, Helena'nın kafasını kasten karıştırmayacağını biliyorum, yardım edeceğine söz verdikten sonra onu görmezden gelmezsin, değil mi? Hoşça kal! Edward.* Mae, Helena'nın sitesine gitti, makalelerinden birini okudu, onu tebrik etti ve makalesinin harikulade olduğunu söyledi, sonra da bir zing göndererek Melbourne/New Mexico'dan Helena'nın dikkate alınması gereken bir ses olduğunu, çalışmalarını elden geldiğince desteklemek gerektiğini herkese duyurdu. Fakat yırtık Mae'in hâlâ içindeydi ve onu kapaması gerekiyordu. Başka ne yapabileceğini bilmediğinden ÇemberAnket'i aktive edip başıyla başlama onayı verdi.

"Düzenli olarak saç kremi kullanır mısın?"

"Evet," dedi Mae.

"Teşekkürler. Organik saç bakım ürünleri hakkındaki düşüncen?" Şimdiden sakinleştiğini hissediyordu.

"Gülümse."

"Teşekkürler. Organik olmayan saç bakım ürünleri için ne düşünüyorsun?"

"Somurt," dedi Mae. Ritim iyi gelmişti.

"Teşekkürler. Tercih ettiğin saç bakım ürünü hep alışveriş yaptığın mağaza ya da çevrimiçi site tarafından temin edilemiyorsa yerine benzer bir markanın ürününü kullanır mıydın?"

"Hayır."

"Teşekkürler."

İşlerin böyle sabit bir hızla tamamlanıyor olması iyi gelmişti. Mae bilekliğine bakınca yüzlerce yeni gülen yüz gördü. Onun gibi ünlü sayılan bir Çemberlinin veri havuzuna bu şekilde katkıda bulunduğunu görmek son derece rahatlatıcıydı, yorumlar bunu dile getiriyordu. MD günlerinde yardımcı olduğu müşterilerden de mesajlar gelmişti. Columbus'tan, Johannesburg'dan, Brisbane'den yazan müşterileri vardı; hepsi de merhaba deyip tebriklerini iletiyordu. Ontario'daki bir pazarlama şirketinin sahibi, sıkı bir örnek teşkil ettiğinden ve iyi niyetinden dolayı ona zing atarak teşekkür etmişti. Mae de kısaca karşılık yazıp oralarda işlerin nasıl gittiğini sordu.

Üç soru daha yanıtladıktan sonra üç müşterinin de genişletilmiş anketlerden doldurmasını sağlayabildi. Yükselmesine şahsen yardımcı olabildiğini umduğu grup ortalaması 95'e gelmişti. Kendini çok iyi ve gerekli hissediyordu.

"Mae."

Adının kendi işlenmiş sesi tarafından zikredildiğini duyunca içi ürperdi. Bu sesi aylardır duymamış gibiydi ama üzerindeki etkisi hâlâ çok güçlüydü. Başıyla onay vermesi gerektiğini bildiği halde onu tekrar duymak istediği için susup bekledi.

"Mae."

Ses, ona kendini evinde hissettiriyordu.

Francis'in odasına gitmesinin tek sebebi, hayatındaki herkesin onu şimdilik terk etmiş olmasıydı, Mae bunu biliyordu. MD'de doksan dakika kaldıktan sonra Francis'in nerede olduğunu öğrenmek için ÇemberArama'yı kullanmış ve yatakhane odalarından birinde olduğunu görmüştü. Sonra da uyanık ve çevrimiçi olduğunu fark etmişti. Dakikalar sonra Francis onu odasına davet etmiş, kendisiyle iletişime geçtiği için minnettar olduğunu, çok sevindiğini söylemişti. *Özür dilerim*, diye yazmıştı ve *yanıma geldiğin zaman tekrar özür dileyeceğim.* Bunun üzerine Mae kamerasını kapatıp ona gitmişti.

Kapı açıldı.

"Özür dilerim," dedi Francis.

"Kes şunu," dedi Mae. İçeri girip kapıyı kapattı.

"Bir şey ister misin?" diye sordu Francis. "Su? Bir de şu yeni votka var, bu akşam döndüğümde burada buldum. Deneyebiliriz."

"Hayır, sağ ol," dedi Mae ve duvara dayalı büfenin üstüne oturdu. Francis taşınabilir cihazlarını oraya yerleştirmişti.

"Hey dur. Oraya oturma," dedi.

Mae ayağa kalktı. "Cihazların üstüne oturmadım ki."

"Hayır, cihazlar değil," dedi. "Büfeyi kastediyordum. Kolay kırılabileceğini söylemişlerdi de," diye gülümsedi. "İçecek bir şey istemediğinden emin misin?"

"Eminim. Çok yorgunum. Sırf yalnız kalmak istemediğim için geldim."

"Dinle," dedi Francis. "Önce senden izin almalıydım, biliyorum. Gerçekten biliyorum. Ama umarım sen de benim neden öyle yaptığımı anlayabiliyorsundur. Seninle beraber olduğuma inanamıyordum. İçimden bir ses bunun tekrarının olmayacağını söylüyordu. Hatırlamak istedim."

Mae onun üzerindeki gücünün farkındaydı ve bu güç ona ayrı bir heyecan veriyordu. Yatağın kenarına oturdu. "Buldun mu peki onları?" diye sordu.

"Ne demek istiyorsun?"

"Seni son gördüğümde fotoğrafları taratmayı planlıyordun, albümündeki fotoğrafları."

"Ha evet. Galiba o zamandan beri konuşmadık seninle. Tarattım. Her şey çok kolay oldu."

"Kim olduklarını öğrendin mi yani?"

"Çoğunun Çember hesabı vardı, dolayısıyla yüz tanıma yaptırmam yetti. Yaklaşık yedi dakika sürdü. Bazıları için FBI'ın veritabanını kullanmak zorunda kaldım. Oraya henüz tam erişimimiz olmasa da Motorlu Taşıtlar Dairesi'nin fotoğraflarını görebiliyoruz. Bu da ülkedeki yetişkinlerin çoğu demek."

"Peki temasa geçtin mi onlarla?"

"Henüz değil."

"Fakat her birinin yerini yurdunu biliyorsun."

"Evet. İsimlerini öğrendiğim an hepsinin adreslerine ulaşabildim. Bazıları birkaç defa yer değiştirmiş ama yanlarında yaşamış olabileceğim yıllarla adresler arasında çapraz başvurular oluşturabildim. Hangisiyle tahminen ne zaman yaşamış olabileceğimi gösteren bir zaman çizelgem var. Ailelerin çoğu Kentucky'deydi. Birkaçı Missouri'de. Bir tanesi de Tennessee'de."

"Hepsi bu mu?"

"Şey, bilemiyorum. Birkaçı ölmüş, dolayısıyla... bilemiyorum. Bir gün yolum düşerse bu evlerden bazılarına uğrarım belki. Sırf bazı boşlukları doldurmak için. Bilemiyorum. Ha..." dedi, neşesi birden yerine gelirken, "Birkaç keşfim de olmadı değil. Fotoğrafların çoğu bu insanlara dair standart hatıralardan ibaretti. Ama ailelerden birinin yaşça benden büyük bir kızı vardı, ben on iki yaşımdayken kız on beşindeydi. Çok iyi hatırlamasam da ilk ciddi cinsel fantezimin o kız olduğundan eminim."

Bu kelimeler, *cinsel fantezi* sözcükleri yani, Mae'in üzerinde derhal etkisini gösterdi. Geçmişte, bir erkekleyken ya da bir erkek tarafından ne zaman bu sözcükler telaffuz edilse söz fantezilerden açılır ve anlatılanların bazısının gerçeğe dönüşmesine bir ölçüde vesile olurdu. Nitekim Mae ile Francis de kısacık dahi olsa böyle yaptı. Francis'in fantezisi önce odadan çıkmak, sonra da güzel bir banliyö evinin kapısını çalan yolunu kaybetmiş bir yeniyetme rolüne bürünerek kapıyı tıklatmaktı. Mae ise evdeki yalnız ev kadınını oynayacak ve yarı çıplak, ilgiye hasret bir halde onu içeriye davet edecekti.

Az sonra Francis kapıyı çaldı, Mae onu kapıda karşıladı. Francis, Mae'e yolunu kaybettiğini, Mae de ona üstündeki eski giysileri çıkarması gerektiğini, kocasınınkilerden alıp giyebileceğini söyledi. Bu Francis'in o kadar hoşuna gitti ki işler çabucak hızlandı. Saniyeler içinde Francis soyunmuş, Mae de onun üstüne çıkmıştı. Francis, Mae'in altında bir-iki dakika yatarak onun dizleri üzerinde yükselip alçalmasına izin verdi; yattığı yerden, küçük bir erkek çocuğunun hayvanat bahçesindeki şaşkınlığıyla izliyordu onu. Derken gözleri kapandı, vücudu seğirmeye başladı ve boğuk homurtularla boşaldığını belli etmeden önce küçük bir çığlık attı.

Şimdi Francis dişlerini fırçalarken, aşktan ziyade tatmine yakın bir duygu içinde olan Mae kalın yorganın altına girmiş, yüzünü duvara dönmüştü. Saat 3.11'i gösteriyordu.

Francis banyodan çıktı.

"İkinci bir fantezim daha var," dedi, yorganı üstüne çekip yüzünü Mae'in boynuna yaklaştırırken.

"Dalmak üzereydim," diye mırıldandı Mae.

"Merak etme, yorucu değil. Fiziksel hareket gerektirmiyor. Yalnızca sözlü."

"Peki."

"Beni puanlamanı istiyorum," dedi.

"Ne?"

"Basit bir puanlama. MD'de yaptığın gibi."

"1'den 100'e kadar puan vermek gibi mi?"

"Aynen öyle."

"Neye puan vereceğim? Performansına mı?"

"Evet."

"Yok artık. İstemiyorum."

"Sırf eğlencesine."

"Francis. Lütfen. İstemiyorum. Keyfim kaçar."

Francis gürültüyle iç çekerek doğruldu. "İyi ama bilmezsem de benim keyfim kaçar."

"Neyi bilmezsen?"

"Nasıl olduğumu."

"Nasıl mı? İyiydin."

Francis yüksek perdeden bir öğürme sesi çıkardı.

Mae ona doğru döndü. "Ne oldu şimdi?"

"İyi?" dedi Francis. "İyiyim, öyle mi?"

"Of ya. Peki, muhteşemsin. Mükemmelsin. İyiydin derken daha iyi olamayacağını kastediyordum."

"Tamam," dedi Francis, ona biraz daha sokulurken. "O zaman neden daha önce öyle demedin?"

"Dediğimi sanıyordum."

"Sence 'iyi' demek 'mükemmel' demekle, 'daha iyi olamazdın' demekle bir mi?"

"Değil. Olmadığını biliyorum. Ama çok yorgunum. Tamam, daha net konuşmalıydım."

Francis'in yüzüne kibirli bir gülümseme yayıldı. "Gördün mü, az önce benim haklı olduğumu kanıtladın."

"Hangi konuda?"

"Kullandığın kelimeleri ve ne anlama geldiklerini tartışıyoruz deminden beri. Anlamlarını aynı şekilde algılamadığımız için hiçbir yere varamadan konuşup duruyoruz. Halbuki sadece bir sayı söylemiş olsaydın hemen anlayacaktım ne düşündüğünü." Onu omzundan öptü.

"Tamam. Anladım," dedi Mae ve gözlerini kapattı.

"Eee?" dedi Francis.

Gözlerini açtığında karşısında Francis'in yalvaran ağzını buldu.

"Ne e'si?"

"Hâlâ bir sayı söylemeyecek misin?"

"Bir sayı söylememi gerçekten istiyor musun?"

"Mae! Tabii ki istiyorum."

"Tamam, yüz."

Tekrar duvara döndü sonra.

"Sayı bu mu?"

"Bu. Yıldızlı 100 aldın benden."

Mae, Francis'in sırıtışını adeta kulaklarıyla işitebiliyordu.

"Teşekkür ederim," dedi Francis, sonra da Mae'i ensesinden öptü. "İyi geceler," dedi.

Viktorya Dönemi'nin en üst katındaki salon, nefis manzarası ve cam tavanıyla muhteşemdi. Mae içeri girince rutin değerlendirme toplantılarında yeni Çember girişimleri hakkında son sözü söyleyen 40'lar Takımı'nın üyeleri tarafından karşılandı.

"Merhaba Mae!" dedi bir ses. Mae sesin geldiği yöne bakınca içeriye yeni girmiş, uzun salonun öteki ucunda yerini almakta olan Eamon Bailey'yi gördü. Bailey fermuarlı bir svetşört giymiş, yenlerini dirseklerinin üstüne kadar kıvırmıştı; Mae onun abartılı bir çalımla adım atıp kendisine el sallarken yayını izlemekte olan onca insana da el salladığını biliyordu. İzleyici sayısının yüksek olmasını bekliyordu çünkü hem kendisi hem de Çember günlerdir bu toplantıya ilişkin zingler gönderip durmuştu. Bilekliğinde an itibariyle 1.982.992 kişi tarafından izlenmekte olduklarını gördü. *İnanılmaz bir sayı*, diye düşündü, daha da yükselecekti üstelik. İzleyicilerin Bailey'yi olduğu kadar takım üyelerinin de çoğunu iyi görebilmesi, yorum ve tepkilerini izleyebilmesi için masanın ortasında bir yere geçti.

Mae, Annie'nin nerede olduğunu bilmediğini ancak masaya oturmuş ve tekrar kalkmak için artık çok geç olmuşken fark etti. Karşısına bakıp masanın öbür tarafına sıralanmış kırk yüzü gözleriyle taradıysa da Annie'yi göremedi. Kamerayı Bailey'ye dönük tutmaya dikkat ederek başını uzatıp bakındı ve Annie'yi nihayet kapının orada buldu: Gerektiğinde dikkat çekmeden çıkabilmek için kapı civarına mevzilenmiş iki sıra Çemberlinin arkasında dikilmekteydi. Mae onun da kendisini gördüğünü ama görmezden geldiğini biliyordu.

"Pekâlâ," dedi Bailey, salona kocaman gülümseyerek, "Hepimiz burada olduğumuza göre artık başlasak iyi olacak sanırım." Konuşmanın burasında gözleri bir anlığına da olsa Mae'e ve boynundaki kameraya takıldı. Mae'e söylendiği üzere, etkinliğin tamamının doğal görünmesi, Mae'in ve izleyicilerin son derece olağan türden bir etkinliğe davet edildikleri izleniminin verilmesi önemliydi.

"Selam takım," dedi Bailey. "Yine kelime oyunu..." Kırk adam ve kadın gülümsedi. "Pekâlâ. Bundan birkaç ay önce, şeffaflığı yeni, hatta denebilir ki en yüksek seviyeye taşıyan son derece cesur ve basiretli bir siyasi figürü, Olivia Santos'u beraberce tanımıştık. Belki sizin de bildiğiniz gibi, bugün itibariyle yirmi bini aşkın lider ve siyasetçi onun izinden giderek kamu görevlisi sıfatıyla yaşamlarını tamamen şeffaflaştırma sözü verdi. Bu bizim için büyük bir şevk kaynağı."

Mae bilekliğindeki görüntüyü kontrol etti. Kamerası Bailey'ye ve arkasındaki ekrana çevrikti. Yorumlar şimdiden yağmaya başlamıştı, izleyiciler bu erişim imkânı için ona ve Çember'e teşekkür ediyordu. Biri bunu Manhattan Projesi'ni seyretmeye benzetmişti. Bir başkası Edison'ın 1879'daki Menlo Park laboratuvarından dem vurmuştu.

Bailey devam etti: "İşte bu yeni şeffaflık çağı benim demokrasiye ilişkin başka bazı fikirlerim ve teknolojinin onu tamamlamakta oynayabileceği rol ile örtüşüyor. *Tamamlamak* kelimesini kasten kullandım çünkü bizim şeffaflık yönündeki çalışmalarımız gerçek manada hesap sorulabilir bir hükümetin yaratılmasını sağlayacak belki de. Gördünüz, Arizona valisi bütün personelini şeffaflaştırdı, ikinci adım işte budur. Birkaç vakada, seçilmiş devlet memurları şeffaflaşmış olsa da perde arkasında birtakım yolsuzlukların yapıldığına tanık olduk. Şeffaflaşan seçilmiş memur paravan olarak kullanılınca perde arkasında olup bitenler gözlerden saklandı. Ancak ben bunun yakında değişeceğine inanıyorum. Devlet memurları, en azından bu ülkede, saklayacak hiçbir şeyleri olmayan bütün personelleriyle birlikte bir yıl içinde şeffaflaşacak. Tom ile ben gereken donanım ve sunucu kapasitesinin temininde onlara büyük bir indirim imkânı sağlamış bulunuyoruz."

40'lar Takımı coşkuyla alkışladı.

"Fakat bu, başarmanın yalnızca yarısı. Bütünün *seçilmiş* olan yarısı. Peki ya diğer yarı ne olacak? Vatandaşlar olarak *bizim* de içinde bulunduğumuz diğer yarı? Katılım göstermesi gereken bizlerden oluşan diğer yarı?"

Bailey'nin arkasında, bir lisenin ıssız spor salonunda bomboş duran bir seçim yerinin resmi belirdi. Resim ağır ağır kaybolarak bir dizi sayıya dönüştü.

"Bunlar son seçimlerdeki katılımcı sayıları. Gördüğünüz gibi, tüm ülkede seçmenlerin yaklaşık yüzde 58'i oy kullanmış. İnanılmaz bir yüzde, öyle değil mi? Eyalet seçimlerine ve yerel seçimlere baktığımızdaysa yüzdelerin tepetaklak olduğunu görüyoruz: Oy kullanma oranları eyalet seçimleri için yüzde 32, ilçe seçimleri için yüzde 22, çoğu yerel idare seçimi içinse yüzde 17. Seçilecek olan idareciler evimize yaklaştıkça biz o seçimi daha umursamaz mı oluyoruz sanki, ne mantıksız... Çok saçma, sizce de öyle değil mi?"

Mae izleyici sayısına baktı; iki milyonu geçmişti. Her geçen saniye biner kişi daha ekleniyordu.

"Evet," diye devam etti Bailey, "büyük bölümü bu şirkette doğmuş olan teknolojilerin oy kullanmanın kolaylaştırılmasına pek çok yönden yardımcı olduğunu biliyoruz. Tarih, erişimi ve kolaylığı artırmaya yönelik çabalarla dolu; biz işte bu çabaların üzerine bir şeyler koymaya çalışıyoruz. Benim zamanımda ulusal seçmen kaydı yasası vardı. İşe de yaradı. Sonra bazı eyaletlerde seçmenlerin internet üzerinden kayıt yaptırmasına ya da kaydını yenilemesine izin verildi. O da pek güzel. Ama seçime katılım oranını ne kadar etkiledi? Yeterince etkilemedi. İşte bu noktada ilginç bir sonuç çıkıyor karşımıza. Bakalım son genel seçimde kaç kişi oy kullanmış."

Arkasındaki ekranda "140 milyon" yazısı belirdi.

"Seçmen sayısı ise şöyle:"

Ekranda "244 milyon" yazısı belirdi.

"Şimdi gelelim bize. İşte Çember'e kayıt yaptırmış Amerikalıların sayısı."

Ekranda "241 milyon" yazısı belirdi.

"Çok çarpıcı, öyle değil mi? Bize kayıt yaptıranların sayısı, başkanlık için oy verenlerden yüz milyon fazla. Bu size ne düşündürüyor?"

Gri atkuyruklu, hırpani kılıklı yaşlıca bir adam, ikinci sıradan, "Muhteşem olduğumuzu!" diye bağırdı. Kahkahalar bütün salona yayıldı.

"O kesin," dedi Bailey, "peki başka? Çember'in insanları katılıma yöneltmeyi gayet güzel becerdiğini de göstermiyor mu? Washington'da da bu fikirde olan pek çok kişi var. DC'de, katılımcı demokrasinin oluşturulması için gereken çözümü bizim bulacağımızı düşünenler var."

Bailey'nin arkasında Sam Amca'nın işaretparmağını izleyiciye doğru uzattığı bildik görsel belirdi. Ardından Sam Amca'nın yanına başka bir görsel, Bailey'nin aynı kılığa bürünmüş, aynı pozu vermiş hali geldi. Salon kahkahalara boğuldu.

"İşte şimdi, bugünkü toplantımızın can alıcı noktasına geldik: Çember profiliniz seçmen kaydınızı *otomatik* olarak yapsaydı nasıl olurdu?"

Bailey salonda göz gezdirirken sıra Mae ile izleyicilerine geldiğinde yine biraz duraladı. Mae bilekliğine baktı. *Tüylerim diken diken oldu,* yazmıştı bir izleyici.

"GerçekSen'de profil oluşturabilmeniz için gerçek bir kişi olmanız ve gerçek bir adres, eksiksiz kişisel bilgiler, gerçek bir sosyal güvenlik numarası, gerçek ve doğrulanabilir bir doğum tarihi verebilmeniz gerekiyor. Başka bir deyişle, seçmen kaydı yaptırdığınızda devletin sizden geleneksel olarak talep ettiği tüm bilgileri biz de istiyoruz. Hatta hepinizin bildiği gibi, bizde çok daha fazla bilgi var. Öyleyse kayıt yaptırmanız için bu neden yeterli olmasın? Daha doğrusu, devlet -ha bizimkinin ha başka bir devletin- kişiyi GerçekSen'de profil oluşturduğu anda neden *kaydolmuş saymasın*?"

Salondaki kırk kişinin kırkı da -kimi bu fikri mantıklı bulduğunu, kimiyse bunun daha önce de düşünülmüş, nicedir tartışılan bir mefhum olduğunu belirtmek istercesine- baş salladı.

Mae bilekliğine baktı. İzleyici sayıları daha da hızlı tırmanmaya başlamıştı, her geçen saniye on biner kişi ekleniyordu ve sayı şu anda 2.400.000'i geçmişti. Mae'in 1.248 mesajı vardı ve çoğu son doksan saniyede gelmişti. Bailey de kendi tabletine göz attı, Mae'in gördüğü sayıları şüphesiz o da görüyordu. Gülümseyerek devam etti: "Böyle olmaması için hiçbir sebep yok. Pek çok siyasetçi de benimle aynı kanaatte. Mesela Kongre Üyesi Santos. Ayrıca 181 kongre üyesi daha ve 32 senatör bana sözlü taahhütlerde bulundu. GerçekSen profilinin otomatik bir kayıt yolu haline gelmesi için yasama organlarına baskı yapmaya hep birlikte karar verdiler. Hiç fena değil, ne dersiniz?"

Kısa bir alkış faslı oldu.

"Düşünsenize," dedi Bailey, sesi umut ve hayret dolu bir fısıltıya dönüşürken, "tüm seçimlere neredeyse tam katılım sağlayabilseydik neler olurdu? Seçimlere seyirci kalan, oy kullanmayı ihmal eden insanlardan homurtular yükselmezdi. Adayların marjinal gruplar tarafından seçildiği olmazdı. Bizim burada,

Çember'de bildiğimiz gibi, tam katılım beraberinde tam bilgiyi getirir. Biz Çemberlilerin ne istediğini biliyoruz çünkü onlara sorular soruyoruz ve onlar da Çember topluluğunun arzularının tam ve doğru biçimde saptanması için cevap vermelerinin gerekli olduğunu biliyor. O halde aynı modeli seçimler bağlamında ülke geneline uygularsak yüzde 100 katılıma çok yaklaşabiliriz. Yüzde 100 demokrasiye."

Salon alkışlarla inledi. Bailey kocaman gülümsedi, Stenton ayağa kalktı. Sunum en azından onun gözünde son bulmuştu. Ancak deminden beri Mae'in aklında bir fikir şekillenmekteydi, çekinerek elini kaldırdı.

"Evet Mae?" dedi, yüzü hâlâ yayvan bir zafer sırıtışına kilitlenmiş olan Bailey.

"Düşünüyordum da bunu bir adım daha ileriye götüremez miyiz acaba? Yani... Şey, aslında ben bunu yeterince..."

"Hayır, hayır. Devam et Mae. Gayet iyi başladın. *Bir adım daha ileriye* götürmekten bahsetmen hoşuma gitti. Şirketimiz bu anlayışla kurulmuştur."

Mae salona göz gezdirdi, yüzlere şevk ve kaygı karışımı bir duygu yansımıştı. Sonra Annie'nin yüzü ilişti gözüne, çuvallayıp kendini rezil etmesini bekler ya da diler gibi sert ve memnuniyetsiz bir ifadeyle baktığını görünce hemen toparlandı, derin bir nefes alıp konuşmaya başladı.

"Peki o zaman, az önce yüzde 100 katılıma yaklaşabileceğimizi söylüyordun. Düşündüm de, özetlediğin adımları kullanarak bunu amaçlayıp geriye doğru çalışmamız neden mümkün olmasın? Tüm gerekli araçlar zaten elimizde."

Mae odaya göz gezdirdi, karşılaşacağı ilk şüpheci bakışta vazgeçmeye hazırdı ama gördüğü yüzlerde yalnızca merak vardı. Onay verme işinde ustalaşmış bir grup insan hep birlikte ağır ağır baş sallıyordu.

"Devam et," dedi Bailey.

"Yalnızca bazı noktaları birleştireceğim," dedi Mae. "Birincisi, yüzde 100 katılım amaçladığımızda ve bu ideale kimsenin itirazı olmayacağı konusunda hemfikiriz."

"Evet," dedi Bailey. "İdealistin ülküsü budur."

"Ve halihazırda oy kullanma yaşındaki Amerikalıların yüzde 83'ü Çember'e kayıtlı öyle mi?"

"Evet."

"Görünen o ki seçmenlerin Çember üzerinden seçmen kaydı yaptırabileceği, hatta belki bilfiil oy kullanabileceği bir noktaya doğru ilerlemekteyiz."

Bailey'nin başını hafifçe bir o yana bir bu yana yatırması hafif bir şüpheye işaret etse de yüzü gülüyor, gözleri cesaret veriyordu. "Küçük bir sıçrama yaptın ama mahzuru yok. Devam et."

"O halde oy kullanma yaşına gelmiş her vatandaşın bir Çember hesabının olması neden *mecburi* kılınmasın?"

Salonda bir kaynaşma oldu, çoğu yaşça büyük Çemberlilerden derin bir iç çekiş duyuldu.

"Bırakın sözünü bitirsin," dedi yeni bir ses. Mae etrafına baktığında kapının yanında duran Stenton'ı gördü. Kollarını kavuşturmuş, gözlerini yere dikmişti. Bir anlığına başını kaldırıp Mae'e baktı ve sertçe başını salladı. Mae tekrar Bailey'ye döndü.

"Pekâlâ, ilk tepkinin direniş olacağını biliyordum. Doğru, insanları hizmetlerimizi kullanmaya *mecbur bırakmak* da ne demek! Ama şunu unutmamak gerekiyor ki bu ülke vatandaşlarının yapmaya mecbur kılındığı bin türlü şey var - ve bunlar çoğu endüstrileşmiş ülkede mecburi. Çocuklarınızı okula göndermek zorunda mısınız? Evet. Çünkü mecburi. Kanun böyle. Çocukların okula gitmeleri şart, aksi takdirde evde öğretim görmelerini sağlamak zorundasınız. Eğitim mecburi. Askere gitmek de mecburi, öyle değil mi? Çöplerinizden kabul edilebilir yollarla kurtulmak zorundasınız, onları sokağa atamazsınız. Araba kullanmak istiyorsanız ehliyet almak zorundasınız, aldınız mı da emniyet kemeri takmak zorundasınız."

Stenton tekrar lafa karıştı. "İnsanları vergi ödemeye mecbur kılıyoruz. Sosyal Güvenlik'e ödeme yapmaya... Jürilerde görev almaya..."

"Doğru," dedi Mae, "ve idrarlarını sokaklara değil, tuvaletlere yapmaya. Demem o ki, on bin tane yasamız var. Amerikan vatandaşlarını yasalar gereği o kadar çok şeye mecbur kılıyoruz ki. O halde neden oy kullanmaya da mecbur kılmayalım? Onlarca ülkede yapılıyor."

"Burada da önerilmişti," dedi yaşlı Çemberlilerden biri.

"Bizim tarafımızdan değil," diye karşılık verdi Stenton.

"Anlatmaya çalıştığım da bu," dedi Mae. "Gereken teknolojiye daha önce hiç sahip olmadık. Yani herkesi tespit edip seçmen kaydını yapmak, sonra da gerçekten oy verdiklerine emin olmak tarihin bundan başka her devrinde göze alınamayacak kadar pahalıya patlayacak bir işti. Kapı kapı dolaşmanız gerekirdi. İnsanları oy kullanmaya götürmeniz gerekirdi. Uygulamada imkânsız bir sürü iş... Oy kullanmanın mecburi olduğu ülkelerde dahi yasa tam anlamıyla uygulanamıyor. Oysa şimdi çözüm elimizin altında. Seçmen kütükleri ile GerçekSen veritabanımızdaki isimler arasında çapraz başvurular oluşturduğunuzda kaydı bulunmayan seçmenlerin yarısını anında saptarsınız. Otomatikman kayıtlarını yapar, seçim günü geldiğinde de oy verdiklerine emin olursunuz."

"Nasıl yapacağız bunu?" dedi bir kadın sesi. Mae bu sesin Annie'den geldiğini anlamıştı. Doğrudan meydan okumasa da sıcak bir tonlamayla konuştuğu söylenemezdi.

"Amma yaptın ha," dedi Bailey, "yüzlerce yolu var. Orası kolay. Seçim günü on defa hatırlatırsın. Hesapları o gün oy verene kadar çalışmayabilir belki. Ben öylesini tercih ederim zaten. 'Merhaba Annie!' diyebilir. 'Oy vermek için beş dakikanı ayır,' diyebilir. Her neyse işte. Kendi anketlerimiz için yapmıyor muyuz bunu sanki? Sen de biliyorsun." Ona hitap ederken adını hayal kırıklığı ve ikazla gölgelemiş, onu bir daha ağzını açmaktan yıldırmıştı. Sonra mutlu bir ifadeyle tekrar Mae'e döndü. "Ya hesabı olmayanlar?" diye sordu.

Mae ona gülümsedi. Buna bir cevabı vardı. Bilekliğine baktı. Şu anda 7.202.821 kişi onları izlemekteydi. Hangi ara olmuştu bu?

"Şöyle ki, herkes vergi ödemek zorunda, değil mi? Kaç kişi çevrimiçi sitelerden yapıyor bunu? Geçen sene bu oran belki yüzde 80'di. Peki hizmetleri çoklu biçimde sunmayı bırakıp hepsini tek bir birleşik sisteme dahil etseydik nasıl olurdu? Vergi ödemek için, seçmen kaydı yaptırmak için, park cezalarını ödemek için, her şey için Çember hesabı kullanılsaydı? Her bir kullanıcıyı yüzlerce saatlik külfetten kurtarır, ülkeye toplamda milyarlar kazandırırdık."

"*Yüz* milyarlar," diye düzeltti Stenton.

"Doğru," dedi Mae. "Bizim arayüzlerimizin kullanımı, ülkenin dört bir yanındaki motorlu taşıtlar dairesi sitelerinin entipüften sistemine göre örneğin, çok, çok daha kolay. Peki ya ehliyetler bizim kanalımızla yenilenebilseydi nasıl olurdu? Ya devletin her hizmeti bizim ağımız yoluyla verilebilseydi? İnsanlar bu fırsatın üstüne atlardı. Yüz farklı devlet hizmeti için yüz farklı siteye gireceklerine her işlerini Çember üzerinden halledebilirlerdi."

Annie tekrar ağzını açtı. Mae bunun hata olacağını biliyordu. "Ama devlet böyle kapsayıcı bir sistemi neden kendisi kurmasın?" diye sordu Annie. "Bize niye ihtiyaç duysun?"

Mae onun sırf sormuş olmak için mi soru sorduğuna, yoksa can alıcı bir noktaya parmak bastığı kanısında mı olduğuna karar veremedi. Öyle ya da böyle, salondakilerin çoğu kıs kıs gülmekteydi şimdi. Devlet sıfırdan sistem kurup Çember'e rakip çıkacakmış, öyle mi? Mae, Bailey ile Stenton'a baktı. Stenton gülümsedi, çenesini kaldırdı ve bu soruyu kendisi cevaplamaya karar verdi.

"Şöyle söyleyeyim Annie, bir devletin benzer bir platformu sil baştan kurması aptallık olur, pahalıya patlar, ayrıca olanaksızdır da. Biz gerekli altyapıya ve seçmen kitlesinin yüzde 83'üne zaten sahibiz. Anlıyor musun?"

Annie başını salladı; gözlerinden korku, pişmanlık, hatta belki gelip geçici bir isyan okunuyordu. Stenton son sözlerini aşağılayıcı bir tonla söylemişti. Mae, sözlerinin devamında üslubunu yumuşatacağını ümit ediyordu.

"Washington, artık eskisinden de yoğun bir şekilde," dedi, bilakis daha da sertleştirdiği bir tonla, "tasarrufa gitmeye çalışıyor, dolayısıyla sıfırdan, yeni bürokrasiler oluşturmaktan kaçınıyor. Halihazırda sadece tek bir oyun verilmesini sağlamak bile devletin yaklaşık on dolarına mal oluyor. İki yüz milyon insan oy kullanıyor, dört senede bir başkanlık seçimi düzenlenebilmesi için yirmi milyar dolar harcanması gerekiyor. Tek bir seçimde oy sayımı yapmaya, tek bir güne onca para... Eyalet seçimlerini, yerel seçimleri de kat hesaba, her sene basit oy sayımlarıyla alakalı lüzumsuz harcamaya giden yüz milyarlarca dolar söz konusu. Hatta bazı eyaletlerde bu iş hâlâ kâğıt üstünde yapılıyor. Biz bu hizmetleri bedavaya sağladığımız takdirde devlete milyarlarca dolar kazandırırız, daha da önemlisi, sonuçlar her yerde aynı anda açıklanır. Bunun ne kadar doğru olduğunu görebiliyor musun?"

Annie somurtarak baş sallarken Stenton onu yeni bir gözle değerlendirircesine süzdü. Sonra Mae'e dönüp sözüne devam etmesi için teşvik etti.

"Vergi ödemeleri ve kamu hizmetleri için herkesin bir GerçekSen hesabının olması zorunlu hale gelirse," dedi Mae, "vatandaşların yüzde 100'üne ulaşma hedefine iyice yaklaşmış oluruz. Böylece herkesin nabzını dilediğimiz an yoklayabiliriz. Küçük bir kasabada yerel bir yönetmeliğin oya sunulması mı isteniyor?

GerçekSen herkesin adresini bildiği için bu oylamada yalnızca o kasaba sakinlerinin oy kullanmasını sağlayabilir. Oylama bitince de sonuçlar dakikalar içinde açıklanabilir. Bir eyalet yeni bir vergi uygulaması hakkındaki fikirleri mi merak ediyor? Aynı şekilde - kati ve doğrulanabilir verilere şipşak ulaşılır."

"Tahmin yürütmeye son," dedi, şimdi masanın başında dikilmekte olan Stenton. "Lobiciliğe son. Seçimlere son. Kongreyi bile ortadan kaldırabilir bu. Milletin iradesini her gerektiğinde doğrudan, yanlış yorumlara, çarpıtmalara meydan vermeksizin ölçebilirsek Washington'ın büyük bölümü saf dışı kalmaz mı?"

Gece soğuk, rüzgâr yırtıcıydı ama Mae farkında bile değildi. Her şey iyi, temiz, doğru görünüyordu gözüne. Akıllı Adamlardan tam not almış, belki bütün şirkete yeni bir yön vermiş, hatta belki, *belki de*, yeni bir katılımcı demokrasi düzeyinin oluşmasına önayak olmuştu - Çember onun bu yeni fikri sayesinde demokrasiyi *kusursuzlaştırabilir* miydi gerçekten? Mae bin yıllık bir soruna çare bulmuş olabilir miydi?

Toplantının hemen sonrasında oy verme gibi fazlasıyla kamusal bir etkinliğin özel bir şirket tarafından koordinesi hakkında bazı kaygılar dile getirilmişti. Mantıklıydı yine de, tasarruf sağlayacaktı, öyle ya da böyle, kazançlıydı. Okulların harcayacak iki yüz milyonu olsaydı mesela? Sağlık sisteminin elinde iki yüz milyon olsaydı? Ülkenin her derdi, her sıkıntısı bu gibi bir meblağ ile çözülebilir, ele alınabilirdi - dört yılda bir değil, her yıl artacak bir meblağlar toplamı ile. Bunca paraya mal olan seçimlerin ortadan kaldırılıp yerlerine hemen hemen sıfır maliyetli, anında sonuç veren uygulamalar konması mümkün müydü?

Çember'in vaadi buydu. Çember'in eşsiz konumunda bu mümkündü. İnsanların hakkında zing'ler yazıp durduğu şey buydu. Francis'le körfezin altından geçen bir trende, ağızları kulaklarında, akılları başından gitmiş bir halde yol alırlarken Mae bu zing'leri okuyordu. İnsanlar onları tanıyordu. İnsanlar Mae'in canlı yayınına çıkabilmek için önüne atıyorlardı kendilerini ama Mae onlara aldırış etmiyor, dönüp bakmıyordu bile, çünkü sağ kolundaki bilekliğe gelen haberler gözlerini ekrandan alamayacağı kadar iyiydi.

Sol koluna şöyle bir göz attı; nabzı hızlanmış, kalp atımları 130'a çıkmıştı. Fakat buna bayılıyordu Mae. Şehir merkezine vardıklarında basamakları üçer üçer tırmanıp yerüstüne, Körfez Köprüsü'nün uzaklardan göz kırptığı Market Sokağı'na çıktılar ve çıkar çıkmaz caddenin altın rengi ışığına boğuldular.

"Hay gözünü sevdiğim, bu Mae!" Kim demişti bunu? Sırtlarına kapüşonlu svetşörtler geçirmiş, başlarına kulaklıklar takmış bir çift gencin telaşla onlara doğru seğirttiğini gördü Mae. "Aynen devam, Mae," dedi öteki. Şöhret budalası gençler, karşılarında durup hayran hayran onlara baktıktan sonra, fazla sırnaşık görünmek istemediklerinden olacak, apar topar basamaklara yönelip aşağıya inmeye koyuldu.

"Çok eğlenceli," dedi Francis, gençlerin merdivenden inişlerini izlerken.

Mae kıyıya doğru yürüdü. Mercer'ı aklından geçirdi, onu çabucak ortadan kaybolan bir gölge gibi canlandırdı gözünde. Ondan ne zamandır haber alamamıştı, ne ondan ne de malum konuşmalarından beri Annie'den; umurunda da değildi gerçi. Annesiyle babasından da ses seda çıkmamıştı, performansını görmemiş bile olabilirlerdi. Mae bunları umursamazmış gibiydi. Onun için önemli olan tek şey bu andı, bu gece, bulutsuz ve yıldızsız gökyüzü.

"Kendinden bu denli emin konuştuğuna inanamıyorum," dedi Francis, sonra da onu öptü - dudaklara kondurulan kuru, profesyonel bir öpücük.

"İyi miydim?" diye sordu Mae; böyle bariz bir başarının ardından kuşkunun ne denli komik kaçtığını bildiği halde iyi iş çıkardığını bir kez daha işitmek istiyordu.

"Mükemmeldin," dedi Francis. "Yüz üzerinden yüz."

Kıyıya doğru hızlı adımlarla yürürlerken Mae son yorumların en popülerlerine göz attı. Zing'lerin özellikle etkileyici olan bir tanesinde, bütün bunların totalitarizme yol açabileceği, hatta mutlaka açacağı babında bir şeyler geveleniyordu. Bu sözler Mae'in içine oturdu.

"Boş ver gitsin. Öyle delilere ne kulak asıyorsun!" dedi Francis. "O ne bilirmiş? Kafasına alüminyum folyodan şapka* takan kaçıklardan biridir kesin." Mae onun alüminyum folyodan şapka göndermesiyle neyi kastettiğini anlamasa da aynı lafı babasından da duyduğunu hatırlayarak gülümsedi; babasının ağzından böyle bir şeyin çıktığını düşünmek, onu gülümsetiyordu şimdi.

"Hadi kafaları çekelim," dedi Francis. Körfez kenarında ışıltılı bir birahane seçtiler; geniş, üstü açık bir terası vardı. Dışarıda oturmuş içki içen genç ve güzel insanların takdir dolu bakışlarını, oraya daha gelmeden, yaklaşırken fark etti Mae.

"Bak, Mae!" dedi biri.

İçki içmek için fazla genç görünen bir delikanlı, yüzünü Mae'in kamerasına doğrulttu. "Hey anne, ben evde ders çalışıyorum." Bu küçük delikanlıyla birlikte olup olmadığı şüpheli, otuz yaşlarında bir kadın, "Hey tatlım, ben kızlarla kitap kulübündeyim. Çocuklara selam söyle!" deyip uzaklaştı.

Gece baş döndürücü ve parlaktı, çabucak ilerleyiverdi. Mae körfez kenarındaki barda oturduğu yerden neredeyse hiç kalkmadı - etrafı insanlarla kuşatılıyor, içki ikram edenler, sırtını sı-

---

* Elektromanyetik alanlardan, zihin kontrolü, telepati gibi etkilerden beyni koruduğuna inanılarak başa takılan, alüminyum folyodan yapılmış şapkalar. İlkin 1927'de Julian Huxley'nin bilimkurgu türündeki kısa bir öyküsünde kullanılmış olan alüminyum folyodan şapka (*tin-foil hat*) terimi zamanla paranoya ve komplo teoriciliğiyle ilişkilendirilmiştir. (Ç.N.)

vazlayanlar, omzuna dokunanlar oluyordu. Bütün gece iyi dileklerini iletmek üzere yanına gelenlere tek tek selam vermek için bozuk saat gibi kendi ekseni etrafında birkaç derece sağa, birkaç derece sola döndü durdu. Herkes onunla resim çektirmek ve o gün söylediklerinin ne zaman gerçekleşeceğini sormak istedi. *Bütün bu lüzumsuz zorluklardan ne zaman kurtulacağız,* diye soruyorlardı. Çözüm artık açık ve uygulanması kolay göründüğünden kimse beklemek niyetinde değildi. Kelimeleri ağzında yuvarlaya yuvarlaya, elinde Manhattan kokteyliyle konuşan, yaşça Mae'den biraz daha büyük bir kadın, bilmeden de olsa bunu en iyi şekilde ifade eden kişi oldu: "Nasıl," diye sordu içkisini döküp saçmasına rağmen cin gibi bakan gözleriyle, "kaçınılmaz olan bu şeye daha çabuk nasıl ulaşırız?"

Mae ile Francis, kendilerini deniz kıyısındaki daha sessiz bir mekânda buldu; birer içki daha söylemişlerdi ki elli yaşlarında bir adam onlara katıldı. Adam her iki elinde koca birer içki bardağıyla davetsizce gelip masalarına oturmuştu. Bir zamanlar ilahiyat okuduğunu, Ohio'da yaşadığını ve rahip olma yolunda ilerlerken bilgisayarları keşfettiğini saniyeler içinde onlara anlatıverdi. Bir anda her şeyi bırakıp Palo Alto'ya taşınmıştı ve yirmi yıldır spiritüalizme uzak hissediyordu kendini. Ta ki o güne kadar.

"Bugün senin konuşmanı izledim," dedi. "Ve senin sayende her şey yerli yerine oturdu. Ruhları kurtarmanın bir yolunu bulmuşsun. Bizim eskiden kilisede yapmakta olduğumuz şey de buydu: Tüm ruhlara ulaşmaya çalışırdık. Hepsini birden nasıl kurtarırız? Bin yıldır misyonerlerin derdi günü bu olmuştur." Sarhoşluktan dili dolandığı halde içkisinden koca bir yudum daha aldı. "Sen ve senin şu Çember'dekiler" -lafının burasında havaya yatay bir çember çizdi ama Mae onu bir hare gibi algıladı- "sizler tüm ruhları kurtaracaksınız. Herkesi tek bir yerde toplayacak, hepsine aynı şeyleri öğreteceksiniz. Tek bir ahlak, tek bir nizam mümkün olacak. Düşünsenize!" Sonra avucunu açıp demir masaya indirerek bardağını zangırdattı. "Artık tüm insanlar dünyaya Tanrı'nın gözlerinden bakacak. Şu pasajı bilir misiniz? 'Tanrı'nın gözleri önünde tüm varlıklar çıplak ve açıktır.' Onun gibi bir şey işte. Kutsal Kitap'ı okumuşsunuzdur herhalde?" Mae ile Francis'in boş boş baktığını görünce dudak bükerek içkisinden koca bir yudum aldı. "Artık hepimiz tanrıyız. Yakında herkes birbirini görebilir, birbirini yargılayabilir hale gelecek. Tanrı ne görüyorsa bizler de onu göreceğiz. Onun yargısını telaffuz edeceğiz. Onun gazabına, onun bağışlayıcılığına aracı olacağız. Sürekliliği olan, küresel bir düzeyde hem de. Tüm dinler nicedir bunu bekliyordu, her insanın takdiri ilahinin dolaysız ve aracısız bir elçisi olacağı günü. Beni anlıyor musunuz?" Mae, gülmemek için kendini zor tutan Francis'e baktı. Önce Francis patladı, arkasından da Mae; adamdan özür dilemeye çalışarak, onları affetmesi için ellerini kaldırıp yalvarır gibi ona uzatarak kıkırdadılar. Fakat adamın hiç gülesi yoktu. Masadan kalkıp uzaklaştı, sonra içkisini almak için geri döndü, o iş de bitince sahil boyunca yalpalaya yalpalaya yürümeye koyuldu.

Mae, Francis'in yanında uyandı. Saat sabahın 7'siydi, geceleyin, saat ikiyi biraz geçerken Mae'in yatakhanedeki odasında sızmışlardı. Mae telefonuna baktığında 322 yeni mesaj buldu. Derken uykulu gözlerle elinde tuttuğu telefon birden çalmaya başladı. Numara çıkmıyordu ama Mae arayanın ancak Kalden olabileceğini anladı. Telefonun aramayı sesli mesaja yönlendirmesini bekledi. Kalden sabah saatleri boyunca tekrar tekrar aradı. Francis kalkıp Mae'i öptükten sonra kendi odasına giderken, Mae duştayken, giyinirken aradı. Saçlarını fırçalayıp bilekliklerini ayarladığı, merceğini boynundan geçirdiği sırada tekrar aradı. Mae telefonun sesini duymazdan gelerek mesajlarına baktı.

Çember'in içinden ve dışından bir sürü tebrik mesajı gelmişti, en ilginci ise bizzat Bailey'nin yazdığıydı. Bailey, Çember'deki geliştiricilerin Mae'in fikirlerini uygulama hazırlıklarına şimdiden başlamış olduklarını bildiriyordu. Büyük bir ilham ateşiyle bütün gece çalışmışlardı ve bir hafta içinde onun görüşleri doğrultusunda şekillendirilmiş bir modelin prototipini üretebileceklerini ümit ediyorlardı. Model ilkin şirket içinde denenip kusursuzlaştırıldıktan sonra Çember'e üyeliğin uygulamayı mümkün kılacak derecede güçlü olduğu her ülkede kullanıma sunulacaktı.

Adını Demoksiyatif koyuyoruz, diye yazmıştı Bailey. *Senin sesin ve senin inisiyatifinle yürüyen demokrasi. Çok yakında.*

O sabah Mae geliştiricilerin ofisine davetliydi ve oraya gittiğinde Demoksiyatif'in bir beta versiyonunun yirmi kadar bitkin ama heyecanlı mühendis ve tasarımcı tarafından şimdiden hazırlanmış olduğunu gördü. İçeri girince onu sevinçle karşıladılar, ışıklar kısıldı ve coşkusunu zor zapt ettiği yüzünden okunan uzun siyah saçlı bir kadının üzerinde tek bir ışık parladı.

"Merhaba Mae, merhaba Mae'in izleyicileri," dedi kadın, hafifçe başını eğerek selam verirken. "Benim adım Sharma, bugün sizinle bir araya geldiğimiz için çok mutlu, çok gururluyum. Bugün Demoksiyatif'in ilk halini tanıtacağız sizlere. Normalde bu kadar çabuk, bu kadar... nasıl desem, şeffafça hareket etmezdik ama Çember'in Demoksiyatif'e olan coşkun inancı ve bizim bu modelin tüm dünyada süratle benimseneceğine olan güvenimiz ortada olduğundan ertelemek için sebep görmedik."

Duvar ekranı canlandı. Demoksiyatif kelimesi belirdi, mavi ve beyaz çizgili bir bayrağın içine dinamik bir fontla yazılmıştı.

"Amaç, Çember'de çalışan herkesin -daha çok yerleşke dahilinde fakat dış dünyada da- hayatını etkileyen meseleler hakkında görüş bildirebildiğine emin olmak. Bunun için her gün, herhangi bir konuda nabız ölçmeye ihtiyaç duyduğumuz zamanlarda, Çemberlilere bir açılır-pencere bildirimi yollanacak ve bildirimdeki soruyu ya da soruları yanıtlamaları istenecek. Öncelikli ve hızlı bir şekilde yanıt verilmesi beklenecek. Her birinizin girdisi bizim için çok değerli olduğundan siz yanıt verene kadar diğer mesajlaşma sistemleri geçici olarak dondurulacak. Gelin göstereyim."

Ekrandaki Demoksiyatif logosunun altında, "Öğle yemeğinde daha fazla sebze seçeneğimiz olmalı mı?" sorusu, iki yanında Evet ve Hayır butonlarıyla belirdi.

Mae başını salladı. "Çok etkilendim çocuklar!"

"Teşekkürler," dedi Sharma. "Şimdi de eğer bizi kırmazsan... yanıtlaman gerekiyor." Mae'i ekrandaki Evet ve Hayır butonlarından birine dokunmaya davet etti.

"Ha," dedi Mae. Ekrana doğru yürüyüp Evet'e bastı. Mühendisler bağrıştı, geliştiriciler onlara katıldı. Ekranda *Sesini duyduk!* diyen bir gülen yüz belirdi. Soru gözden kayboldu ve yerini şu kelimeler aldı: *Demoksiyatif sonucu: Yanıt verenlerin % 75'i daha fazla sebze seçeneği istiyor. Daha fazla sebze seçeneği temin edilecektir.*

Sharma'nın yüzünde güller açmıştı. "Gördün mü? Bu tabii ki bir simülasyon sonucu. Henüz herkesi Demoksiyatif'e dahil etmiş değiliz ama nasıl işleyeceğini anlamışsındır sanırım. Soru ekranda beliriyor, herkes yapmakta olduğu işe ara verip soruyu yanıtlıyor, Çember de böylece insanların ne istediğini kesinkes öğrenerek derhal harekete geçip gerekeni yapıyor. İnanılmaz, öyle değil mi?"

"Öyle," dedi Mae.

"Bunun bütün ülkeye yayıldığını düşün. Bütün dünyaya!"

"Düşünemiyorum."

"Ama fikir senden çıktı!" dedi Sharma.

Mae ne diyeceğini şaşırmıştı. Bunu kendisi mi icat etmişti? Emin değildi. Birkaç noktayı birleştirdiği doğruydu: ÇemberAnket'in etkinliği ve amaca uygunluğu, Çember'in herkese erişme yönündeki kati amacı, tüm dünyanın gerçek ve doğrudan -en önemlisi tam- demokrasiye ulaşma umudu. Şimdi top geliştiricilerdeydi, Çember'de çalışan ve dünya çapında bu alandaki en iyilerin arasında anılan yüzlerce geliştiricide. Mae onlara bu düşüncesini aktardı, kendisinin yalnızca birbirinden kopuk birkaç fikri birleştirdiğini söyledi, bunun üzerine Sharma ile ekibinin gözleri parladı. Elini sıktılar - şimdiye kadar yapılmış olanların Çember'i ve muhtemelen tüm insanlığı yepyeni bir yola sokmakta olduğu fikrine herkes katılıyordu.

Mae Rönesans'tan ayrılırken kapının hemen dışında bir grup genç Çemberli onu bekliyordu. Daha önce hiç oy kullanmamış, siyasetle hiç mi hiç ilgilenmemiş olduklarını, çünkü gerçek seslerini kimseye duyuramayacaklarına inandıklarını söylediler ona. Kullandıkları oylar, dilekçelere verdikleri imzalar önce yerel makamlardan, sonra eyalet makamlarından geçip nihayet Washington'daki temsilcilere ulaşana kadar, engin ve çalkantılı bir denize şişe içinde bir mesaj atmış gibi hissediyorlardı. *Oysa şimdi,* diyordu genç Çemberliler, *sürece dahil olacağız. Demoksiyatif işe yararsa,* dedikten sonra duralayıp gülüyorlardı *-Demoksiyatif hayata geçtiğinde elbette işe yarayacak,* diyorlardı- işte o zaman nihayet bir şeylere müdahil olabilen bir kitle oluşacak, böylece hem ülkemizde hem de dünyada gençlerin sesi duyulacak, onların yaratılıştan gelen idealizmleri ve ilericilikleri gezegenin dengelerini değiştirecekti. Mae o gün yerleşkede dolaşırken hep benzer şeyler duydu. Birileri tarafından yolu kesilmeden bir binadan diğerine geçemedi neredeyse. *Gerçek bir değişimin eşiğindeyiz,* diyordu Çemberliler. *Gönlümüzün istediğince süratli bir değişimin.*

Ne ki şu gizli numaradan gelen aramalar sabah saatleri boyunca devam etti. Mae arayanın Kalden olduğunu biliyordu ve onunla görüşmek istemediğinden emindi. Onu görmek şöyle dursun, konuşmak dahi önemli bir geri adım sayılırdı artık. Öğle olduğunda Sharma ve ekibi, yerleşke çapındaki ilk gerçek Demoksiyatif denemesi için hazır olduklarını bildirdi. 12.45'te herkese beş soru gönderilecek ve sonuçlar, derhal tasnif edildiği gibi Çemberlilerin takdiri -Akıllı Adamlar tarafından vaat edildiği üzere- gün içinde yürürlüğe konulacaktı.

Mae, yerleşke merkezinde, yaklaşmakta olan Demoksiyatif denemesi hakkında fısır fısır konuşarak yemek yiyen birkaç yüz Çemberlinin ortasında dikilirken, Anayasa Kongresi'nin şu meşhur tablosunda resmedilen, pudralı peruklar takmış, yelekler giymiş, dimdik ayakta duran adamlar geldi aklına, insan kardeşlerinin temsiliyle ancak bir yere kadar ilgilenen servet sahibi beyaz adamlar. Yalnızca zenginlerin seçildiği, en çok onların seslerinin duyulduğu, kongredeki koltuklarını kendi uygun buldukları kendileri gibi seçkin kişilere bıraktıkları doğuştan kusurlu bir demokrasinin kurucularıydı onlar. O zamandan bu yana sistem peyderpey iyileştirilmişti belki ama Demoksiyatif her şeyi altüst edecekti. Demoksiyatif daha saftı; bu, dünyanın görüp görebileceği yegâne dolaysız demokrasi fırsatıydı.

Saat 12.30 olmuştu. Mae kendini güçlü hissettiği, kendine çok güvendiği bir anda nihayet pes edip arayanın Kalden olacağını bile bile açtı telefonunu.

"Alo?" dedi.

"Mae," dedi Kalden sert bir sesle, "benim, Kalden. Adımı söyleme. Sesimi duyamazlar, iletimi bozdum."

"Hayır."

"Mae. Lütfen. Ölüm kalım meselesi."

Kalden'a olan zaafı Mae'i utandırıyordu. Onun karşısında kendini güçsüz, uysal hissediyordu. Yaşamının hiçbir cephesinde kontrolünü kaybetmezken Kalden'ın sesi bile onu dağıtmaya yetiyor, bir dizi kötü karara itiyordu. Bir dakika sonra tuvalete girmiş, kamerasının sesini kapatmıştı ki telefonu tekrar çaldı.

"Biri bu aramayı mutlaka takip ediyordur," dedi.

"Kimse takip etmiyor. Bize biraz vakit kazandırdım."

"Kalden ne istiyorsun?"

"Mae, bunu yapamazsın. Senin şu mecburi katılım fikrin ve topladığı olumlu tepkiler... Çember'in kapanmasına giden yolun son adımı bu ve asla gerçekleşmemeli."

"Neden bahsediyorsun? Amaç da bu değil mi zaten? Eğer dediğin kadar uzun zamandır buradaysan Çember'in amacının başından beri bu olduğunu herkesten iyi bilmen gerekir. Yani o bir çember sonuçta, anlayamadın mı? Kapanmak zorunda. Tamamlanmak zorunda."

"Mae, başından beri, en azından benim için korkulan sonuçtu bu, amaç değil. Herkesin bir hesabının olması zorunlu hale geldiği ve tüm devlet hizmetleri Çember üzerinden verilmeye başlandığı an dünyanın ilk zorba tekelinin yaratılmasına yardım etmiş olacaksın. Bütün bilgi akışının kontrolüne özel bir şirketin sahip olması sence iyi bir fikir mi? Katılımın hem onların kontrolünde hem de zorunlu olması yani?"

"Ty ne der biliyorsun, değil mi?"

Mae onun derin derin iç çektiğini duydu. "Biliyorum herhalde. Ne der?"

"Çember ruhunun demokrat olduğunu söyler. *Herkes eşit erişime kavuşana ve erişim serbest olana kadar kimse özgür değildir*. Yerleşkede bu sözlerin yazılı olduğu en az birkaç karo var."

"Mae. Tamam. Çember iyidir. GerçekSen'i icat eden kişi de her kimse müthiş bir dâhidir. Fakat artık dizginlenmesi gerekiyor. Ya da yok edilmesi."

"Sana ne oluyor? Beğenmiyorsan neden çekip gitmiyorsun? Biliyorum, başka bir şirketin ya da Williamson'ın casususun. Keçileri kaçırmış anarşist bir politikacıya çalışıyorsun."

"Bıçak kemiğe dayandı Mae. Bunun ucu herkese dokunuyor, sen de biliyorsun. Annenlerle en son ne zaman doğru dürüst görüşebildin? Belli ki çivisi çıktı dünyanın ve sen burada son derece hayati olaylara yön verebileceğin eşsiz bir konumdasın. Bıçak kemiğe dayandı. Tarihin dönüm noktalarından biri bu. Hitler şansölye olmadan önce orada olabildiğini düşün. Ya da Stalin Doğu Avrupa'yı ilhak etmeden önce. Çok aç, çok kötücül bir imparatorluğu daha kucağımızda bulmak üzereyiz Mae. Anlıyor musun?"

"Bu dediklerinin kulağa ne kadar saçma geldiğinin farkında mısın?"

"Mae, birkaç gün sonra şu büyük plankton toplantısından yayın yapacağını biliyorum. Ufaklıkların Çember'e fikirlerini beğendirip satmaya çalışacakları toplantıdan."

"Eee?"

"Çok büyük bir izleyici kitlen olacak. Bizim gençlere ulaşmamız lazım, bu plankton satışı esnasında senin izleyici kitlen genç ve kalabalık olacak. Akıllı Adamlar da orada bulunacak. Bu fırsatı herkesi uyarmak için kullanmanı istiyorum senden. Şöyle demeni istiyorum. 'Gelin Çember'in kapanmasının neler getireceğini düşünelim.'"

"Tamamlanmasının mı demek istedin?"

"Ha o, ha bu. Kişisel özgürlükler bakımından, seyahat özgürlüğü bakımından, kişinin istediğini yapabilmesi, özgür olması bakımından neler getireceğini..."

"Aklını oynatmışsın sen. İnanamıyorum, ben seninle..." Mae bu cümleyi "nasıl yattım" diye bitirmek niyetindeydi ama şimdi, bunun düşüncesi bile hastalıklı görünüyordu.

"Mae, o adamların sahip olduğu güce hiçbir varlık sahip olmamalı."

"Kapatıyorum."

"Mae. Düşün bunu. Adına şarkılar bestelenecek."

Mae kapattı.

Büyük Salon'a vardığında içerisi birkaç bin Çemberlinin gürültüsüyle dolmuştu. Demoksiyatif'in şirket genelinde nasıl işleyeceğinin dünyaya gösterilmesi için geri kalan çalışanlara masalarından ayrılmamaları söylenmişti. Çemberliler tabletlerinden, telefonlarından, hatta retinal ekranlarından oy verecekti. DeğişimiGör kameralarının Büyük Salon'daki ekrana kutu kutu sıralanmış görüntüleri, her bir binanın her bir köşesinde hazır bekleyen Çemberlileri gösteriyordu. Sharma'nın art arda yazdığı zing'lerden birinde açıkladığı gibi, Demoksiyatif soruları gönderilir gönderilmez Çemberlilerin başkaca bir şey yapma -zing yollama, tuşlara basma- hakkı oylar verilene kadar askıya alınacaktı. Sharma, *Burada demokrasi mecburidir!* demiş ve Mae'i sevince boğarak eklemişti: *Seven insan paylaşır.* Mae oyunu bilekliğinden kullanmayı planlıyordu ve yeterince çabuk davrandıkları takdirde görüşlerini dikkate alacağına dair izleyicilerine söz vermişti. Sharma'ya göre oylamanın altmış saniyeden uzun sürmemesi gerekiyordu.

Derken ekrana Demoksiyatif logosu geldi, ardından ilk soru logonun altında belirdi.

1) *Çember öğle menüsünde daha fazla sebze seçeneği sunsun mu?*

Büyük Salon'u dolduran kalabalık güldü. Sharma'nın ekibi, önceki testlerde kullanmış oldukları soruyla başlamayı tercih etmişti. Mae bilekliğine baktığında birkaç yüz izleyiciden gülen yüzler geldiğini gördü, bunun üzerine Evet'i seçip "gönder" butonuna bastı. Sonra gözlerini ekrana çevirerek Çemberlilerin oy kullanmasını izledi; on bir saniye içinde bütün şirket oy kullanmış, sonuçlar tasnif edilmişti. Yerleşkedekilerin yüzde 88'i öğle yemeğinde daha fazla sebze seçeneği istiyordu.

Bailey'den bir zing geldi: *Gereği yapılacak.*

Büyük Salon alkışlarla sarsıldı.

Ekranda ikinci soru belirdi:

2) *Kızını da İşe Getir Günü yılda yalnızca bir kere değil, iki kere yapılsın mı?*

Cevap 12 saniye içinde belli oldu. Yüzde 45 evet demişti. Bailey'den zing geldi: *Görünüşe bakılırsa yılda bir kere şimdilik yeterli.*

Gösteri buraya kadar net bir başarı elde etmişti; Mae salon ve yerleşkedeki Çemberlilerden, dünyanın dört bir yanındaki izleyicilerden gelen tebriklerin tadını çıkarıyordu. Üçüncü soru belirdiğinde salon kahkahalara boğuldu.

3) *John mı, Paul mü yoksa... Ringo mu?**

16 saniyede belli olan cevap, seyirciler arasından bazılarının şaşkınlık nidalarıyla isyan etmelerine yol açtı. Ringo oyların yüzde 64'ünü toplayarak birinci olmuştu. John ile Paul ise neredeyse eşit oranda oy almıştı, yüzde 20 ve 16.

Dördüncü sorudan önce ekranda ciddi bir açıklama belirdi: *Beyaz Saray'ın belli bir konuda seçmenlerinin nabzını yoklamak istediğini farz edin. Birleşik Devletler'in dış politikasını etkileme kabiliyetine dolaysız ve aracısız bir şekilde sahip olduğunuzu da farz edin. Bu soruyu aceleye getirmeden yanıtlayın. Benzer konularda tüm Amerikalıların görüşlerine kulak verileceği günler gelebilir – ve gelmelidir.*

Açıklama silindi, soru belirdi:

4) İstihbarat servisleri Pakistan kırsalının seyrek nüfuslu bir bölgesinde terörist elebaşı Muhammed Halil el-Hamid'in yerini tespit etti. Orta düzeyde sivil zayiat ihtimalini de göz önünde bulunduracak olursak, onu öldürmek üzere insansız hava araçlarıyla bir saldırı düzenlemeli miyiz?

Mae nefesini tuttu. Bunun yalnızca bir gösteri olduğunu biliyordu ama gerçek algısı yaratacak kadar etkiliydi. Doğru da geliyordu. Üç yüz milyon Amerikalının tamamını etkileyecek bir karar verilirken onların düşüncelerinin dikkate alınmaması için sebep var mıydı? Mae durdu düşündü, artıları eksileri tartıp biçti. Salondaki Çemberliler de bu sorumluluğu Mae kadar ciddiye almışa benziyordu. El-Hamid'in öldürülmesiyle kaç can kurtulacaktı? Belki binlerce; üstelik dünya kötü bir adamdan temizlenmiş olacaktı. Riski göze almaya değerdi. Evet demeyi seçti Mae. Bir dakika on bir saniye sonra sonuç belli oldu: Çember'lilerin

---

* The Beatles grubunun üyeleri John Lennon, Paul McCartney ve Ringo Starr kastediliyor. (Ç.N.)

yüzde 71'i insansız hava aracı saldırısına onay vermişti. Salonu büyük bir sessizlik kapladı.

Ve son soru ekranda belirdi:

5) Mae Holland müthiş midir nedir?

Mae salonla birlikte güldü ve bu kadarının biraz fazla olduğunu düşünerek kızardı. Buna oy veremeyeceğine kanaat getirdi; evet de dese, hayır da dese saçma olacaktı, bilekliğini izleyerek beklemeye koyuldu ama az sonra tüm sistemlerinin donduğunu fark etti. Derken bilekliğinin ekranında beliren bir ileti acil ilgisini talep ederek yanıp sönmeye başladı. *Tüm Çemberliler oy vermek zorundadır*, yazıyordu ekranda. Her bir Çemberlinin görüşü alınmadan anketin tamamlanamayacağını Mae de hatırlamıştı şimdi. Kendi kendine müthiş demenin aptalca olacağını düşündüğü için "somurtan yüz" butonuna bastı; bu yönde verilmiş tek oyun kendininki olacağını ve kahkahalarla karşılanacağını tahmin ediyordu.

Gelgelelim oylar saniyeler sonra tasnif edildiğinde somurtan yüz gönderenin tek kişinin kendisi olmadığını gördü. Yüzde 97'si gülen yüz'e, yüzde 3'ü somurtan yüz'e gitmiş olan oylar, Çember çalışanlarının ezici bir çoğunlukla onu müthiş bulduğuna işaret ediyordu. Sayılar ekranda belirdiğinde Büyük Salon'da çığlıklar koptu. Herkes tek sıra halinde dışarı çıkarken Mae'in sırtını sıvazlayanlar oldu; ortak kanı, deneyin muazzam bir başarıyla sonuçlandığı yönündeydi. Mae de böyle düşünüyordu. Demoksiyatif'in işe yaradığını, potansiyelinin sınırsız olduğunu biliyordu. Şirketin yüzde 97'si onu müthiş bulduğu için sevinmesi gerektiğini de biliyordu. Ama salonu terk edip yerleşkenin öbür ucuna doğru ilerlerken tek düşünebildiği, onu müthiş bulmayan şu yüzde 3'tü. Hesapladı. Şu anda 12.318 Çember'li varsa -ucuza konut edindirme sisteminin oyunlaştırılmasında uzmanlaşmakta olan Philadelphia'lı bir girişimi bünyelerine daha yeni katmışlardı- ve her biri oy kullandıysa, demek oluyordu ki 369 kişi Mae'i müthiş bulmayarak ona somurtan yüz göndermişti.

Hayır, 368. Kendi de tek gönderenin kendisi olacağını varsayarak somurtan yüz yollamıştı.

Üzerine bir uyuşukluk çöktü. Çıplak hissediyordu. Makinelerde egzersiz yapıp ter atan vücutlara bakarak spor salonunun içinden geçerken aralarından hangilerinin ona somurtan yüz göndermiş olduğunu merak etti. Ondan nefret eden 368 kişi vardı. Yıkılmıştı. Spor salonundan çıkıp kafasını toplayabileceği sessiz bir yer aradı kendine. Eski ofis binasının terasına, Dan'in ona Çember'in topluluğa olan bağlığından ilk bahsettiği yere doğru yola koyuldu. Bulunduğu yerden oraya gidebilmesi için yarım kilometre yürümesi gerekecekti ama bunu yapabileceğinden emin değildi. Sırtından vuruyorlardı onu. Kimdi bu insanlar? Ne yapmıştı ki onlara? Onu tanımıyorlardı. Tanıyorlar mıydı yoksa? Onlarla birlikte, onlar için çalışıp didinen, hayatını tam görünürlük içinde yaşayan Mae gibi birine nasıl bir topluluk üyesi somurtan yüz gönderirdi?

Metanetini kaybetmemeye çalıştı. Çember çalışanlarının yanından geçerken gülümsedi. Tebrik ve teşekkürleri kabul ederken hangilerinin riyakar olduğunu, o somurtan yüz butonuna hangilerinin basmış olduğunu merak etti ister istemez. O butonun her basılışı bir tetiğin çekilişi gibiydi. *Evet, işte bu,* diye düşündü. Delik deşik hissediyordu kendini, sanki tetik her çekildiğinde sırtından vurulmuş ve korkaklar tarafından delik deşik edilmişti. Ayakta güç bela duruyordu.

Derken, eski binasına ulaşmak üzereydi ki Annie'yi gördü. Aylardır hiçbir etkileşimde bulunmamışlardı ama onu görür görmez Annie'nin yüzü ışıkla, mutlulukla doldu. "Hey!" dedi, Mae'i kucaklamak üzere öne atılırken.

Mae'in gözleri yaşardı birden, kendini hem aptal hem sevinçli hem de şaşkın hissederek eliyle yaşları sildi. Annie için beslediği tüm çelişik duygular bir anda uçup gitmişti.

"N'aber, nasılsın?" diye sordu.

"İyiyim. İyiyim. Çok iyi şeyler oluyor," dedi Annie. "MişliGeçmiş projesinden bahsedildiğini duymuş muydun?"

Mae o zaman Annie'nin sesinde bir şey hissetti, öncelikle boynundaki kameranın izleyicilerine hitap etmekte olduğunu düşündüren bir şey. Bozuntuya vermedi.

"Daha önce şöyle bir özetlemiştin. MişliGeçmiş'le ilgili yeni gelişmeler mi var Annie?"

Annie'ye bakıp anlattıklarıyla ilgilenirmiş gibi davranırken aklı başka yerdeydi: Annie de ona somurtan yüz gönderenlerden biri miydi acaba? Belki sırf haddini bildirmek için? Peki onun hakkında bir Demoksiyatif oylaması yapılsa Annie nasıl bir sonuç alırdı? Yüzde 97'nin üzerine çıkabilir miydi? Çıkabilecek biri var mıydı?

"Ah, sorma, öyle çok şey oldu ki Mae. MişliGeçmiş kaç yıldır hazırlık aşamasında. Bu projenin Eamon Bailey'nin hayali olduğu söylenebilir. İnternetin, Çember'in ve milyarlarca Çember üyesinin gücünü kişisel geçmişlerimizdeki, genel tarihimizdeki boşlukları doldurmak için kullansak nasıl olur, diye düşünmüş Bailey."

Arkadaşının ne kadar çabaladığını görünce onun kabına sığmayan heyecanına ayak uydurmaya çalışmaktan başka çaresi kalmadı.

"Ah, bu müthiş bir fikir. Seninle son konuştuğumuzda soyağacını çıkartmaya gönüllü olacak bir öncü aranıyordu. Bulundu mu o kişi?"

"Evet, bulundu Mae. Ne iyi oldu sorduğun. Bulundu ve o kişi benim."

"Ha anladım. Yani kimin seçileceği belli değil mi henüz?"

Annie sesini alçaltıp biraz daha kendisi gibi konuşarak, "Yok, belli," dedi. Sonra yüzü yeniden aydınlanırken bir oktav yükseltti sesini. "Ben seçildim!"

Mae bir şey söylemeden önce durup düşünmekte tecrübe kazanmıştı artık; şeffaflık ona her kelimesini tartıp biçmeyi öğretmişti. İşte şimdi de, "Ben bir çaylağı seçmelerini bekliyordum, feleğin çemberinden geçmiş birini değil. Hiç değilse KatSev'de basamak atlamaya ya da Akıllı Adamlar'a yaranmaya uğraşan biri seçilir diyordum. Halbuki sen..." diyecekken vazgeçip sustu. Annie'nin atılım yapmaya, avantaj yakalamaya ihtiyaç duyduğu bir noktada olduğunu ya da öyle olduğuna inandığını fark etti. Bu işe bu nedenle gönüllü olmuştu Annie.

"Gönüllü mü oldun?"

Mae'e bakarak ama onu hiç görmeden, "Oldum, evet," dedi Annie. "Projenin ayrıntılarını öğrendikçe ilk denek olmayı daha çok istedim. Senin bildiğin ama izleyicilerinin bilmiyor olabileceği gibi, benim ailem buraya Mayflower gemisiyle gelmiş" -sözünün burasında kibirle gözlerini devirdi- "ve aile geçmişimiz hayli şatafatlı gerçi ama hakkında bilmediğim çok şey var."

Mae'in nutku tutulmuştu. Annie sıyırmış olmalıydı. "Herkes bu fikri destekliyor mu? Annenler?"

"Çok heyecanlılar. Sanırım köklerimizle her zaman gurur duydular, dolayısıyla bunu insanlarla paylaşabilme ve bu arada ülke tarihinde keşifler yapma fikri onları da cezbetti. Ailelerden söz açılmışken, seninkilerden ne haber?"

Tanrım, işte bu çok tuhaf, diye düşündü Mae. Durumun çok fazla katmanı vardı ve Mae'in aklı söz konusu katmanları sayar, haritalar, adlandırırken, yüzü ve ağzı bu konuşmayı sürdürmek zorundaydı.

Haftalardır onlarla görüşemediğini Annie de tıpkı onun gibi bildiği halde, "İyiler," dedi. Annesiyle babası sağlıklarının yerinde olduğunu ama evlerini terk ettiklerini -kısacık mesajlarında kullandıkları yegâne ifade "kaçmak" olmuştu oysa- bir kuzen vasıtasıyla ona bildirmiş, hiçbir şey için endişelenmemesini söylemişti.

Mae konuyu toparlayıp Annie'yle sohbetini bitirdikten sonra kafası bulanık halde ağır ağır yürümeye koyuldu; Annie'nin tek bir karşılaşmada hem haberini ilettiği hem de kozunu oynayıp Mae'i derin bir şaşkınlığa gark ettiği için son derece memnun olduğunu biliyordu. Annie MişliGeçmiş'in merkezi tayin edilmiş ve bu durum Mae'e bildirilmemiş, Mae aptal durumuna düşürülmüştü. Annie'nin amacının da bu olduğu kesindi. Hem neden Annie? Annie'yi seçmeleri hiç mantıklı değildi, bu işi Mae'e yaptırmak daha kolay olurdu, zira o, çoktan şeffaflaşmıştı.

Mae işi Annie'nin talep ettiğini anlamıştı. Akıllı Adamlar'a yalvarmış olmalıydı. Aralarındaki yakınlığı kullanmıştı. Demek Mae, sandığı kadar yakın değildi onlara, Annie gözlerinde hâlâ farklı bir yerdeydi. Nesebi, bir sıfır önde başlamışlığı, faydasını gördüğü o muhtelif, kadim avantajlar sayesinde birinciliği Mae'e kaptırmıyordu. Mae, hep birinci gelen ablasının yerini alma şansı olmayan küçük bir kız kardeş gibi her zaman ikinciliğe oynamaya mahkumdu. Sakinliğini korumaya çalışıyordu ama hayal kırıklığının, kafa karışıklığının izleyiciler tarafından da anlaşıldığını belirten mesajlar geliyordu bilekliğine.

Nefes alması gerekiyordu. Düşünmesi gerekiyordu. Gelgelelim kafasında çok şey vardı. Annie'nin şu saçma sapan hükmen galibiyetleri vardı. Aslında Mae'e verilmesi gereken şu gülünç MişliGeçmiş işi vardı. Mae'in annesiyle babası yoldan çıktı diye mi olmuştu bu? *Neredeydi* sahi onlar? Neden onun uğraşıp didindiği her şeyi sabote ediyorlardı? Gerçi Çember'de onu beğenmeyen 368 kişi varken ne demeye uğraşıyordu ki? 368 kişi, belli ki -hislerinden Mae'in derhal haberdar olacağını bilerek, tiksintilerini doğrudan kendisine göndermeyi seçerek- bir butona basacak kadar nefret ediyordu ondan. Ya şu İskoç bilim adamını endişeye sevk eden hücresel mutasyona ne demeli? Mae'in beslenme düzenindeki yanlışların yol açtığı, kansere dönüşebilecek şu mutasyona? Ya gerçekten kanser oluyorsa? *Eyvahlar olsun,* diye düşündü Mae, boğazı düğümlenerek, Guatemala'daki ağır silahlı bir grup milise somurtan yüz göndermiş miydi gerçekten? *Ya burada adamları varsa?* Kaliforniya'da çok sayıda Guatemalalının yaşadığına şüphe yoktu, Mae gibi bir ganimete erişmeye, onu hakareti yüzünden cezalandırmaya can atarlardı kesin. *Lanet olsun,* diye geçirdi aklından. *Lanet olsun.* İçinde bir acı, kara kanatlarını açıp üzerine çullanmakta olan bir acı vardı. Özellikle de ondan yok olmasını isteyecek kadar nefret ettiği aşikâr olan o 368 kişi acıtıyordu içini. Orta Amerika'ya somurtan yüz göndermek bir yere kadar anlaşılabilirdi ama yerleşkenin öbür tarafına? Kim yapardı bunu? Dünyada neden bunca garez vardı? Derken kısa ve ani bir kavrayışla, kutsala hakaret sayılabilecek bir fikir düştü aklına: Onların ne hissettiklerini bilmek istemiyordu. Bu ani kavrayış, daha vahim bir fikri doğurdu, beyninin çok fazla şey barındırdığı yolunda, çok daha hakaretamiz bir düşünceyi. Bilgilerin, verilerin, yargıların, ölçümlerin hacmi çok fazlaydı; çok fazla insan, çok fazla insanın çok fazla arzusu, çok fazla insanın çok fazla görüşü, çok fazla insanın çok fazla acısı vardı; bütün bunlar durmaksızın harmanlanıyor, derlenip toplanıyor, böylece sanki daha düzenli, daha idare edilebilir hale getirilmiş gibi kendisine sunuluyordu - ama çok fazlaydı bu. *Hayır. Hayır, öyle değil,* diye düzeltti onu daha sağduyulu tarafı. *O 368 kişi seni yaraladı.* Doğruydu. Onu öldürmeyi amaçlayan 368 oy tarafından yaralanmıştı. Her biri onun ölüsünü dirisine tercih ederdi. Keşke bilmeseydi. Keşke o yüzde 3'ün gözleri önünde hayata geri dönebilseydi; el sallayarak, gülümseyerek, havadan sudan konuşarak, atıştırarak, insanlarla iletişim kurarak o yüzde 3'ün kalplerinin derinliklerinde neyin saklı olduğunu bilmeden yürüyebilseydi yerleşkede. Ona somurtan yüz göndermek, parmaklarını o butona basmak, onu bu yolla vurmak bir tür cinayetti. Mae'in bilekliğinde kaygı dolu mesajlar yanıp söndü. İzleyiciler Mae'in put gibi durduğunu, yüzünün giderek hiddetlenen, kahırlanan bir maskeye dönüştüğünü yerleşkedeki DeğişimiGör kameraları sayesinde fark edebiliyordu.

Bir şey yapması gerekiyordu. MD'ye geri döndü, Jared ile diğerlerine el salladı ve sisteme girip oluğu açtı.

Dakikalar geçmeden Praglı küçük bir kuyumcunun sorusuyla ilgilenmiş, adamın internet sitesine girip bakmış, yaptığı mücevherleri büyüleyici ve şahane bulmuş, sonra bunu bir zing'de dile getirmiş, böylece on dakika içinde astronomik bir Yönlendirme Oranı ile 52.098 avro değerinde bir Perakende Brüt toplamına ulaşmıştı. Kuzey Carolina'da sürdürülebilir kaynaklara dayalı mobilya toptancılığı yapan Yaşam için Tasarla'ya yardımcı olup sorusunu yanıtlamasının ardından toptancı da ondan bir müşteri anketi doldurmasını istedi, yaşı ve temsil ettiği gelir grubu itibariyle özellikle önemli buluyordu bunu - Mae'yle aynı demografik özelliklere sahip müşterilerin tercihleri hakkında daha fazla bilgiye ihtiyaçları vardı. Mae anketi doldurduğu gibi, Yaşam için Tasarla'daki bağlantısı Sherilee Fronteau'nun ona gönderdiği, oğlunun ilk T-ball idmanındaki hallerini gösteren bir dizi fotoğrafa yorumlar da ekledi. Mae bu fotoğraflar hakkında yorum yapınca Sherilee'den bir mesaj aldı; Mae'e teşekkür ediyor, bir gün mutlaka Chapel Hill'e gelip Tyler'la bizzat tanışması ve gerçek barbekünün tadına varması gerektiğini söylüyordu. Mae uzaklarda yeni bir arkadaş edindiği için çok keyiflenerek geleceğini söyledikten sonra ikinci mesajına geçti. Bu seferki, Michigan'ın Grand Rapids şehrinde yaşayan ve bir soğutmalı kamyon şirketi işleten Jerry Ulrich adlı müşterisinden geliyordu. Adam ondan, şirketinin hizmetleriyle ilgili bir mesajı listesindeki herkese iletmesini istiyor, Kaliforiya'daki bağlantılarını artırmak için çok uğraştıklarını, her türlü yardımın makbule geçeceğini söylüyordu. Mae 14.611.002 takipçisinden başlayarak tanıdığı herkese bundan bahsedeceğini zing'ledi ona, o da insanlara bu şekilde tanıtılacak olmasının kendisini çok sevindirdiğini, 14.611.002 kişinin her biriyle çalışmaktan ve yorumlarını okumaktan memnuniyet duyacağını belirtti - takipçilerin 1.556'sı hiç vakit kaybetmeden Jerry'ye merhaba deyip kendilerinin de haberi yayacaklarını söyledi. Sonra Jerry, bir yandan mesaj yağmurunun tadını çıkarırken bir yandan da Mae'e, baharda Doğu Michigan Üniversitesi'nden mezun olacak olan yeğeninin Çember'de işe girme şansı bulunup bulunmadığını sordu; orada çalışmak hayaliydi kızın, Çember'e yaklaşmak için daha batıda bir yere mi taşınmalıydı yoksa yalnızca özgeçmişini yollayıp görüşmeye çağrılmayı mı beklemeliydi? Mae onu İK bölümüne yönlendirip bazı tüyolar verdi. Yeğeni de bağlantı listesine ekledikten sonra Çember'e iş başvurusunda bulunması halinde başvurunun gidişatını takip etmesi için kendine bir not yazdı. Hector Casilla adında, Florida'nın Orlando kentinden bir müşterisi, ona kuş gözlemciliğine olan ilgisinden bahsederek çektiği fotoğraflardan bazılarını göndermişti, Mae fotoğrafları övüp kendi fotoğraf bulutuna ekledi. Bunun üzerine Hector onlara puan vermesini istedi, zira katılmaya çalıştığı fotoğraf grubunda fark edilmesini sağlayabilirdi. Mae bu isteği yerine getirince adam havalara uçtu. Dediğine göre çalışmalarından gerçek bir Çemberlinin haberdar olması söz konusu fotoğraf grubundan birini şimdiden çok etkilemişti, Hector bunun için Mae'e bir kez daha teşekkür ediyordu. O kış Miami Beach'te gerçekleşecek olan, kendisinin de fotoğraflarıyla katılacağı karma serginin davetiyesini yolladı sonra, Mae ocak ayında yolu o taraflara düştüğü takdirde mutlaka geleceğini söyleyince de, belki Mae'in ilgi düzeyini yanlış yorumlayarak, onu kuzeni Natalia'yla irtibata geçirdi. Natalia'nın Miami'ye yalnızca kırk dakika mesafede bir pansiyonu vardı ve gelmeye karar verirse Mae'e mutlaka kolaylık sağlardı - Mae'in arkadaşlarının da başlarının üstünde yeri vardı. Natalia ona bir mesajla pansiyonun fiyatlarını gönderdi, bir hafta kalmak istediği takdirde bu fiyatlarda esneklik yapabileceğini de ayrıca belirtti. Natalia bunun biraz sonrasında uzun bir takip mesajıyla geri döndü; mesaj kışın Miami bölgesinde mümkün olan -balıkçılık, jet-ski, dans gibi- çok sayıda etkinliğe ilişkin yazı ve resim bağlantılarıyla doluydu. Mae içinde o tanıdık yırtılmayı, giderek büyüyen karanlığı hissetse de yırtığın üstüne giderek, onu öldürerek, nihayet saatin 10.32 olduğunu fark edene kadar çalışmaya devam etti.

Dört saati aşkındır MD'deydi. Çok daha iyi, çok daha sakin hissederek yatakhaneye yürüdü ve Francis'i yatakta, tabletiyle çalışır vaziyette buldu. Francis kendi yüzünü en sevdiği filmlere yapıştırmakla meşguldü. "Baksana şuna," diyerek bir aksiyon filminden kısa bir sahne gösterdi ona, görünüşe bakılırsa filmde başrolü Bruce Willis yerine Francis Garaventa oynuyordu. Francis'in dediğine göre yazılım mükemmele yakındı ve her çocuk kullanabilirdi. Çember bunu Kopenhag merkezli üç kişilik bir girişimden daha yeni satın almıştı.

"Sanırım yarın başka yenilikler de göreceksin," dedi Francis; o zaman Mae plankton satıcılarıyla yapılacak toplantıyı hatırladı. "Eğlenceli olacak. Sunulan fikirler bazen iyi bile çıkabiliyor. Söz iyi fikirlerden açılmışken..." Aynı anda Mae'i yatağa, kendine doğru çekip öptü, sonra da kalçalarından tutup üstüne yatırdı; Mae bir an için gerçek cinsel deneyime benzer bir şey yaşayacaklarını sandı ama tam gömleğini çıkaracakken Francis'in gözlerini sıkı sıkı yumup öne doğru fırladığını görünce işini çoktan bitirmiş olduğunu anladı. Francis üstünü değiştirip dişlerini fırçaladıktan sonra Mae'den kendisine puan vermesini istedi ve Mae ona 100 verdi.

Mae gözlerini açtı. Sabah saat 4.17'ydi. Francis sırtını dönmüş, sessizce uyuyordu. Mae gözlerini tekrar kapattıysa da tek düşünebildiği, kendisinin dünyaya hiç gelmemiş olmasını tercih eden -artık gün gibi ortadaydı Mae'e göre bu- o 368 kişiydi. MD akışına geri dönmesi gerekiyordu. Doğrulup oturdu.

"Ne var?" dedi Francis.

Mae dönünce Francis'in gözlerini kendisine diktiğini gördü.

"Yok bir şey. Şu Demoksiyatif oylamasına taktım kafayı."

"Dert etmen çok saçma. Birkaç yüz kişi alt tarafı."

Elini Mae'in sırtına doğru uzattı ama yatağın öbür tarafından onu teselli edeyim derken ancak eliyle belini ovalar gibi bir hareket yapmayı başarabildi.

"İyi de kim onlar?" dedi Mae. "Kimlerin ölmemi istediğini bilmeden ortalıkta dolanmak zorundayım şimdi."

Francis doğruldu. "O halde niye bakmıyorsun?"

"Neye bakmıyorum?"

"Kimlerin sana somurtan yüz yolladığına. Burası Çember. Kimlerin somurtan yüz yolladığını öğrenebilirsin."

"Oylar şeffaf mı yani?"

Bunu sormak bile aptalca geldi birden.

"Bakmamı ister misin?" dedi Francis; saniyeler içinde tabletini açmış, parmağıyla ekranı kaydırıyordu. "İşte liste burada. Herkese açık - Demoksiyatif bunun için var zaten." Listeyi okurken gözleri kısıldı. "Eh, bu hiç şaşırtıcı değil tabii."

"Ne?" dedi Mae, yüreği ağzına gelerek. "Kim?"

"Bay Portekiz."

"Alistair mi?"

Mae'in başından aşağı kaynar sular döküldü.

"Pislik herif," dedi Francis. "Her neyse. Boş ver sen onu. Listenin tamamını görmek ister misin?" Tableti ona çevirdi ama Mae daha Francis onun ne yaptığını anlayamadan gözlerini sımsıkı yumup gerilemeye başlamıştı. Odanın köşesine gidip dikildi ve kollarıyla yüzünü kapattı.

"Hey," dedi Francis. "Merak etme, ısırmaz. Yalnızca bir isim listesi."

"Yeter," dedi Mae.

"Bu insanların çoğu muhtemelen öyle demek bile istememiştir. Aralarından bazılarının aslında seni sevdiğinden *eminim* hatta."

"Yeter. Yeter."

"Tamam, tamam. Ekranı temizlememi ister misin?"

"Lütfen."

Francis ekranı temizledi.

Mae banyoya girip kapıyı kapattı.

"Mae?" Francis kapının öbür tarafından sesleniyordu.

Mae duşu açıp giysilerini çıkardı.

"Gelebilir miyim?"

Mae tazyikli suyun altında sakinleştiğini hissetti. Duvara uzanıp ışığı açtı. Listeye verdiği tepkinin aptalca olduğunu düşünerek gülümsedi. Oylar *elbette ki* herkese açıktı. Gerçek demokrasilerde, demokrasinin bu daha saf formunda insanlar oy vermekten, daha da önemlisi, verdikleri oylardan sorumlu tutulmaktan korkmazdı. Ona somurtan yüz yollayanların kimler olduğunu öğrenip öğrenmeyeceği, onların dostluğunu kazanmaya çalışıp çalışmayacağı kendi bileceği işti şimdi. Belki hemen yapmazdı. Hazır olmak için zamana ihtiyacı vardı ama öğrenecekti -bilmesi gerekiyordu, bilmek boynunun borcuydu- ve öğrenir öğrenmez o 368'i düzeltmek için basit ve dürüst yollarla uğraş verecekti. Başını sallıyordu, duşta yalnız başına baş sallamakta olduğunu fark edince gülümsedi. Ama elinde değildi. Bütün bu durumun güzelliği, Çember'in, gerçek şeffaflığın ideolojik saflığı ona huzur veriyor, içinde sıcacık bir mantık ve düzen duygusu uyandırıyordu.

Grup, rastalısından çillisine, mavi ve yeşil gözlüsünden kahverengi gözlüsüne farklı farklı gençlerden oluşan muhteşem bir gökkuşağı koalisyonuydu. Hepsi de aydınlık yüzlerle, dimdik oturuyordu. Çember'in Bailey ile Stenton'ı da içeren danışmanlar kuruluna fikirlerini sunmak için dörder dakikaları vardı. Bailey ile Stenton salondaydı, bütün dikkatlerini 40'lar Takımı'nın diğer üyeleri ve toplantıya canlı video bağlantısıyla katılmakta olan Ty ile sürdürdükleri konuşmaya vermişlerdi. Ty başka bir yerde, bomboş, beyaz bir odada oturuyordu; üzerine ona bol gelen kapüşonlu svetşörtünü giymiş, sıkkın değilse de ilgili de görünmeyen bakışlarını kameraya ve salonun içine dikmişti. Sunumcuların etkilemek istediği kişi, diğer Akıllı Adamlar ya da kıdemli Çemberlilerden ziyade esasında Ty'dı. Onlar bir bakıma Ty'ın çocuklarıydı: Onun başarısı, gençliği, kişiliğinden ödün vermeden, mükemmelen mesafeli durup hararetle üretken kalarak fikirleri hayata geçirme kabiliyeti onları motive ediyordu. Bunu arzuluyordu onlar da, bu rolü ve beraberinde getireceğini bildikleri parayı.

Kalden'ın bahsettiği toplantı buydu, azami izleyici sayısına ulaşılacağından emin olduğu ve Mae'in tüm izleyicilerine Çember'in tamamlanmasına izin verilemeyeceğini, Tamamlanma'nın bir tür kıyamete yol açacağını anlatması gerektiğine inandığı toplantı. Tuvaletteki o telefon konuşmasından beri Kalden onunla iletişime geçmemişti, zaten Mae'in de canına minnetti. Kalden'ın bir tür casus-hacker, Çember'e rakip çıkma hevesinde bir şirketin adamı olduğundan, Çember'i içeriden çökertmek için Mae'i ve kim bilir daha kimleri şirkete düşman etmeye çalıştığından adı gibi emindi artık.

Onunla ilgili tüm düşünceleri kafasından attı. Bu forum iyi geçecekti, biliyordu. Onlarca Çemberli bu yolla işe alınmıştı: Hevesli adaylar olarak şirkete gelip fikirlerini sunmuş, fikirleri hemen oracıkta satın alınmış, kendileri de derhal istihdam edilmişlerdi. Jared işe böyle girmişti, Mae biliyordu, Gina da öyle. Şirkete girmenin fiyakalı yollarından biriydi: bir fikir sunup satın alınmasını sağlamak, istihdam ve hisse senedi opsiyonlarıyla ödüllendirilmek, sonra da o fikrin tez elden hayata geçirilmesine şahit olmak.

Salondakiler yerlerini alırken Mae bütün bunları izleyicilerine anlattı. Salonda yaklaşık elli Çemberli, Akıllı Adamlar, 40'lar Takımı ve birkaç asistan vardı; yan yana oturmuş sırasını bekleyen, birkaçı hâlâ ergenliğini süren adayları karşılarına alacak şekilde konumlanmışlardı.

"Çok heyecanlı," dedi Mae izleyicilerine. "Bildiğiniz gibi, bu bir Aday oturumunu ilk yayınlayışımız." Az kalsın "plankton" diyecekti, bu aşağılayıcı lafı ağzından kaçırmadığına sevindi. Bilekliğine bir göz attı. 2,1 milyon kişi tarafından izleniyordu ve bu sayının çabucak yükselmesini bekliyordu.

Adı Faisal olan ilk öğrenci, yirmi yaşından büyük göstermiyordu. Teni cilalı tahta gibi parlaktı ve aşırı derecede basit bir önerisi vardı: İnsanların harcama hareketlerinin gözlemlenip gözlemlenemeyeceği konusunda bitmek tükenmek bilmeyen tartışmalara tutuşmak yerine, neden onlarla anlaşma yoluna gidilmiyordu? Aranan özelliklere sahip tüketiciler, tüm alımlarında ÇemberPara'yı kullanmaya razı geldiği, harcama alışkanlıkları ve tercihlerini ÇemberOrtaklar'ın erişimine açmayı kabul ettiği takdirde Çember onlara her ayın sonunda indirimler sağlar, puanlar verirdi. Hep aynı kredi kartını kullanmanın karşılığında uçuş mili kazanmaya benzeyecekti bu.

Mae şahsen böyle bir plana katılmak isteyeceğini biliyor, dolayısıyla başka milyonlarca insanın da kendi gibi düşüneceğini tahmin ediyordu.

"Çok ilginç," dedi Stenton. Onun bir fikre "çok ilginç" demesinin o fikri satın alacağı ve sahibine Çember'de iş vereceği anlamına geldiğini Mae sonradan öğrenecekti.

İkinci öneri, yirmi iki yaşlarında bir Afro-Amerikan kadından geldi. Adı Belinda'ydı. İddiasına göre, sunacağı fikir, polisin ve havalimanı güvenliğinin ırkçı fişleme uygulamalarına son verecekti. Mae baş sallayarak desteklemeye başladı onu; kendi neslinin en sevdiği yanıydı bu - sosyal adaletin Çember'deki uygulama alanlarını görme ve şaşmaz bir doğrulukla ele alma yeteneği. Belinda işlek bir caddeden yapılan bir video yayınını ekrana getirdi, izlenmekte olduklarını bilmeden kameraya doğru gidip gelen birkaç yüz insan vardı görüntüde.

"Polis her gün, 'siyahken araç kullanma' ya da 'koyu tenliyken araç kullanma' suçunu işledikleri gerekçesiyle kimi insanların araçlarını kenara çektiriyor," dedi Belinda sakin bir tavırla, "ve her gün, genç Afro-Amerikan erkekler, sokakta durdurulup duvara yaslanarak aranıyor, hakları ve onurları ayaklar altına alınıyor."

Mae bir an için Mercer'ı düşündü, Mercer keşke bunu duyabilseydi. Evet, internetin bazı uygulamaları kimi zaman biraz densizce ve ticari olabilirdi ama her ticari uygulamaya karşılık, teknolojinin gücünü insancıl amaçlar için kullanan buna benzer en az üç ilerici uygulama bulunuyordu.

Belinda devam etti: "Bu uygulamalar polislerle siyahlar arasındaki husumeti artırmaktan başka hiçbir işe yaramıyor. Şu kalabalığı görüyor musunuz? Büyük bölümü genç, siyah erkeklerden oluşuyor, öyle değil mi? Böyle bir yerden bir polis arabası geçse hepsini şüpheli sayar, haksız mıyım? Adamlar tek tek durdurulup üstleri aranır, onurları çiğnenir. Halbuki böyle olması gerekmiyor."

Şimdi ekranda, kalabalığın arasındaki üç adam turuncuya ve kırmızıya boyanmaktaydı. Yürümeye, normal davranmaya devam etseler de üzerlerine renk filtreli birer projektör ışığı tutulmuş gibiydi.

"Turuncu ve kırmızıya boyalı gördüğünüz o üç adamın sabıka kayıtları geniş. Turuncu, adi suçlulara işaret ediyor - basit hırsızlıklardan, uyuşturucu bulundurmaktan, şiddet içermeyen, çoğunlukla kimseyi mağdur etmeyen suçlardan hüküm giymiş insanlar." Görüntüde turuncu renkte iki adam vardı. Ama kameraya giderek yaklaşmakta olan, gayet zararsız görünümlü, elli yaşlarındaki üçüncü adam tepeden tırnağa kırmızıya boyanmaktaydı. "Halbuki şu kırmızıyla mimlenen adam şiddet içerikli suçlardan hüküm giymiş. Bu adam silahlı soygun, tecavüze teşebbüs ve mükerrer saldırılardan suçlu bulunmuş."

Mae dönüp baktığında Stenton'ın zevkten dört köşe olarak dudaklarının hafifçe aralandığını gördü.

Belinda devam etti. "Şu anda bir polis memurunun SeniGörüyorum'la donatıldığı zaman göreceği şeyi görüyoruz. Her retinal ekranla kullanılabilen gayet basit bir uygulama bu. Polisin hiçbir şey yapması gerekmiyor. Herhangi bir kalabalığı gözleriyle taradığı anda bütün sabıkalıları görüyor. New York'ta bir polis memuru olduğunuzu düşünün. Enerjinizi nereye odaklayacağınızı bilirseniz sekiz milyonluk şehir ansızın çok daha baş edilebilir hale gelir."

Stenton konuştu. "Nasıl bilecekler peki? Çiple filan mı?"

"Olabilir," dedi Belinda. "Bir çip olabilir, yapabiliyorsak eğer. Veyahut daha da kolayı, sabıkalılara birer bileklik takılabilir. Ayak bileklikleri onlarca yıldır kullanılıyor. Bileklik retinal ekranlar tarafından algılanabilecek şekilde tasarlandığı takdirde iz sürmek mümkün hale gelir." Mae'e sıcak bir tebessümle bakarak ekledi. "Tabii onu Francis'in teknolojisiyle çip haline getirmemiz de mümkün. Fakat bunun için bazı yasal işlemler gerekir sanırım."

Stenton arkasına yaslandı. "Belki ama belki de gerekmez."

"Eh, ideali tabii ki bu," dedi Belinda. "Çip böylece kalıcı da olur. Kimin sabıkalı olduğu her zaman bilinir, halbuki bilekliğin kurcalanma ve çıkarılma riski hep var. Bir de belli bir süre sonunda çıkarılması gerektiğini söyleyenler olabilir. Sicillerin temizlenmesi gerektiğini."

"Bu bakış açısından nefret ediyorum," dedi Stenton. "Toplumun kimin suç işlemiş olduğunu bilmeye hakkı var. Bence gayet mantıklı. Cinsel suçlular on yıllardır böyle bir muameleye tabi tutuluyor. Cinsel suç işlediysen ismin bir sicile kaydedilir. Adresin kamuoyunun bilgisine açılır, bütün mahalleyi dolaşıp kendini tanıtman gerekir çünkü insanların, kiminle aynı yerde yaşadıklarını bilmeye hakları vardır."

Belinda başıyla onay veriyordu. "Doğru, doğru. Elbette. İşte onun için, hükümlüleri... nasıl desem, etiketliyorsunuz ve o noktadan itibaren, eğer bir polis memuruysanız, arabanızla caddede ilerleyip gördüğünüz her siyah tenli ya da bol pantolonlu adamı didik didik aramak yerine, profesyonel suçluları farklı farklı renklerde -adi suçluları sarı, şiddet içermese de biraz daha tehlikeli suçlar işleyenleri turuncu, azılı suçluları ise kırmızı- gösteren retinal bir uygulama kullanıyorsunuz."

Stenton şimdi öne doğru eğilmeye başlamıştı. "Bunu bir adım daha ileri götürelim. İstihbarat servisleri bir şüphelinin tüm bağlantılar ağını, tüm işbirlikçiler ağını bir çırpıda kurabilir. Saniyeler alır. Bir suçluya *ortaklık* etmiş olabileceği düşünülen kişiler, henüz şahsen tutuklanmış ya da hüküm giymiş olmasa da hesaba katılarak bu renk şemasının çeşitlemeleri yapılabilir mi dersin? Bildiğin gibi, hayatı boyunca hiçbir suçtan hüküm giymemiş bir sürü çete lideri var."

Belinda var gücüyle baş sallamaktaydı. "Evet. Kesinlikle," dedi. "Böyle vakalarda, söz konusu kişinin çip ya da bileklik taşımasını zorunlu kılacak bir mahkûmiyeti olmayacağından onu etiketlemek için mobil bir cihaz kullanılabilir."

"Doğru. Doğru," dedi Stenton. "Başka olasılıklar da var. Kafa yorması zevkli şeyler. Çok ilgimi çekti doğrusu."

Belinda'nın yanakları kızarmıştı, yerine oturdu ve sıradaki sunumcu olan Gareth'a gülümseyerek umursamazı oynadı. Gareth asabi bir tavırla, gözlerini kırpıştırarak ayağa kalktı. Uzun boylu bir adamdı, kavun sarısı saçları vardı, salondakilerin dikkati üzerinde toplanınca çekingen bir tavırla beceriksizce gülümsedi.

"Evet, öyle ya da böyle, benim de Belinda'nınkine benzer bir fikrim vardı. Benzer düşünceler üzerinde çalışmakta olduğumuzu fark edince onunla biraz işbirliği yaptık. Temel ortak noktamız, ikimizin de güvenlik olgusuyla ilgileniyor olmamız. Benimkisi öyle sanıyorum ki suçu sokak sokak, mahalle mahalle ortadan kaldıracak bir plan."

Ekranın önünde dikilip yirmi beş evden oluşan dört sokaklık küçük bir mahalle şeması gösterdi. Parlak yeşil çizgiler binaları temsil ediyor ve izleyiciler bunların içlerini görebiliyordu. Şema Mae'e termal kameraları hatırlatmıştı.

"Bu plan, komşu topluluklarının birbirlerini kolladıkları ve gözlerine çarpan aykırı davranışları ihbar ettikleri mahalle izleme modelini temel alıyor. Komşuİzleme'de -bu adı ona ben koydum ama tabii ki değiştirilebilir- spesifik olarak DeğişimiGör'ün, genel olarak ise Çember'in gücünü kullanarak tam katılımlı bir komşuluk ortamında herhangi bir suçun işlenmesini aşırı derecede zorlaştırıyoruz."

Bir düğmeye bastı, şimdi evler figürlerle dolmuştu; her binada, hepsi de maviyle renklendirilmiş iki, üç ya da dört figür vardı. Figürler dijital mutfaklarda, yatak odalarında, arka bahçelerde dolaşıp duruyordu.

"Evet, görüldüğü gibi, mahallenin sakinleri bunlar, herkes işinde gücünde. Burada maviyle gösteriliyorlar çünkü hepsi de Komşuİzleme'ye kayıtlı. Parmak izleri, retinaları, telefonları, hatta vücut profilleri bile sisteme girilmiş."

"Bu görüntüyü her mahalle sakini görebiliyor mu?"

"Kesinlikle. Bu onların ev görüntüsü."

"Etkileyici," dedi Stenton. "Şimdiden ilgimi çekti."

"Gördüğünüz gibi mahallede asayiş berkemal. Orada bulunan herkes orada olması beklenen kişiler. Ama şimdi, bilinmeyen biri çıkageldiği zaman neler oluyor görelim."

Kırmızıya boyalı bir figür ortaya çıkıp evlerden birinin kapısına doğru yürüdü. Gareth salondakilere dönüp kaşlarını kaldırdı.

"Sistem bu adamı tanımıyor, adam o yüzden kırmızı. Mahalleye giren her yeni kişi bilgisayarı otomatikman harekete geçiriyor. Tüm komşuların ev ve cep telefonlarına mahallelerine bir ziyaretçinin girdiği bilgisi geliyor. Sonunda genellikle bir şey çıkmıyor muhtemelen. Birinin arkadaşı ya da amcası. Ama her halükârda, mahallede yeni birinin olduğunu ve konumunu görebiliyorsunuz."

Stenton hikâyenin bundan sonrasını biliyormuş ve hızlanmasına yardımcı olmak istiyormuş gibi arkasına dayandı. "O halde sanıyorum ki ziyaretçiyi etkisiz hale getirmenin bir yolu olmalı."

"Evet. Ziyaretine geldiği kişiler sisteme bir mesaj göndererek onu tanıdıklarını bildirebilir, kim olduğunu açıklayıp ona kefil olabilirler: 'George Amcamız o bizim.' Misafir gelmeden de yapabilirler bunu. O zaman ziyaretçinin rengi maviye döner."

Şimdi, George Amca, ekrandaki figür yani, kırmızıdan maviye dönmüş, eve giriyordu.

"Evet, mahallede asayiş yeniden berkemal."

"Ziyaretçi gerçek bir davetsiz misafir olmadığı sürece tabii," diye ekledi Stenton.

"Doğru. Ziyaretçinin kötü niyetli olduğu ender vakalara gelince..." Şimdi ekranda, evin etrafında sinsice dolanarak pencerelerden içeriyi dikizleyen kırmızı bir figür belirmişti. "İşte o zaman bütün mahallenin bundan haberi oluyor. O kişinin konumunu da bilecekleri için ya ondan uzak durup polisi arayabilir ya da karşısına çıkıp konuşabilirler, canları nasıl isterse artık."

"Çok güzel. Çok güzel," dedi Stenton.

Gareth'ın gözlerinin içi güldü. "Teşekkür ederim. Ayrıca Belinda bana şu fikri de verdi: Mahalleli arasında eski hükümlüler varsa şayet, görüntülerde kırmızı veya turuncuyla etiketlenirler. Başka bir renkle de etiketlenebilirler, böylece onların mahallede yaşadıklarını bildiğiniz gibi, sabıka kayıtları olduğunu da öğrenirsiniz."

Stenton başını salladı. "Bilmek hakkınızdır."

"Kesinlikle," dedi Gareth.

"Galiba DeğişimiGör'ün problemlerinden birini çözüyor bu," dedi Stenton, "o da şu ki her yerde kameralar varken dahi herkes her şeyi izleyemez. Suç sabahın üçünde işleniyorsa o saatte kamera 982'yi mesela kim izler, öyle değil mi?"

"Doğru," dedi Gareth. "Gördüğünüz gibi kameralar bu planın yalnızca bir parçası. Renk etiketleri size kimin beklenmedik olduğunu söylüyor, böylece tek yapmanız gereken o kişiye dikkat etmek. Tabii herhangi bir mahremiyet yasasına aykırı olup olmadığı meselesi var çözülmesi gereken."

"Eh, onun sorun olacağını sanmam," dedi Stenton. "Mahallemizde kimin yaşadığını bilmeye hakkımız var. Sokakta herkese kendini tanıtmaktan ne farkı var ki bunun? 'Kapılar sağlam olursa komşuluk da sağlam olur,' anlayışının daha gelişmiş, daha isabetli bir hali. Öyle sanıyorum ki topluluk harici kişiler tarafından işlenen suçların hemen hemen tümünü ortadan kaldıracaktır."

Mae bilekliğine göz attı. Hepsini sayamıyordu ama şu anda yüzlerce izleyici ısrarla Belinda ve Gareth'ın ürünlerinden talep etmekteydi. *Nerede, ne zaman, ne kadar,* diye soruyorlardı.

Birden Bailey'nin sesi duyuldu. "Cevapsız kalan bir soru var gerçi, o da şu: Suç mahalleden biri tarafından işleniyorsa ne olacak? Ya da evden?"

Belinda ile Gareth, iyi giyimli, kısacık siyah saçlı, şık gözlüklü bir kadına baktı. "Bu noktada sözü ben devralıyorum sanırım," dedi kadın ve ayağa kalkıp siyah eteğini düzeltti.

"Adım Finnegan, benim sunumum çocuklara aile içinde uygulanan şiddet hakkında. Ben de küçükken aile içi şiddete maruz kaldım," dedikten sonra sözlerinin sindirilmesine izin vermek için kısacık bekledi. "Bu suç diğer suçlara kıyasla galiba önlenmesi en zor olanı, zira failler aile bireyleri arasından çıkıyor, öyle değil mi? Öte yandan fark ettim ki bu iş için gereken tüm araçlar zaten mevcut. Birincisi, çoğu kişinin üzerinde, öfkesinin ne zaman tehlikeli düzeylere yükseldiğini algılayabilecek monitörlerden var. Bu aracı standart hareket sensörleriyle birleştirecek olursak kötü bir şey olmaya başladığında ya da olmak üzereyken durumdan derhal haberdar olabiliriz. Gelin size bir örnek vereyim. İşte mutfağa yerleştirilmiş bir hareket sensörü. Bunlar ekseriyetle fabrikalarda hatta restoran mutfaklarında, şefin ya da işçinin belli bir işi usulüne uygun yapıp yapmadığının tespiti için kullanılıyor. Anladığım kadarıyla Çember de bunları pek çok departmanında düzenin korunması amacıyla kullanmakta."

"Kullanıyoruz, doğru," dedi Bailey. Bunun üzerine salonun uzak köşelerinden gülüşmeler yükseldi.

Stenton açıkladı: "O teknolojinin patenti bize aittir. Biliyor muydun?"

Finnegan pancar gibi kızardı, yalan söyleyip söylemeyeceğine karar vermeye çalışır gibiydi. *Bildiğini* söyleyebilir miydi?

"Haberim yoktu," dedi, "ama öğrendiğime çok memnun oldum."

Stenton, kadının soğukkanlılığından etkilenmişe benziyordu.

"Bildiğiniz gibi," diye devam etti Finnegan, "işyerlerinde hareketlerde veya faaliyette herhangi bir düzensizlik algılandığında bilgisayar ya neyi unutmuş olabileceğinizi size hatırlatır ya da hatayı sonradan ilgilenilmek üzere kaydeder. İşte ben de, aynı hareket sensörü teknolojisini evlerde, özellikle de yüksek riskli evlerde, normalin dışındaki her türlü davranışın kaydedilmesi için neden kullanmayalım diye düşündüm."

"İnsanlar için yapılmış bir yangın dedektörü gibi," dedi Stenton.

"Doğru. Karbondioksit düzeyinde en ufak bir artış kaydedildiğinde yangın dedektörünün alarmı çalmaya başlar. Prensip aynı yani. Buraya, salonun içine de bir sensör yerleştirmiştim, nasıl algıladığını göstermek istiyorum şimdi size."

Arkasındaki ekranda, kendi boyut ve şeklinde, fakat yüzü olmayan bir figür belirdi - Finnegan'ın mavi, gölge benzeri bir versiyonuydu ve onun hareketlerini yansılıyordu.

"Evet, bu benim. Şimdi hareketlerimi izleyin. Odada dolaştığımda sensörler bunu normal olarak algılıyor."

Arkasındaki ekranda sureti mavi kaldı.

Elleriyle hayali domatesler doğrar gibi yaparak, "Domates doğrarken," dedi, "aynı şekilde. Bu da normal."

Arkasındaki figür, yani mavi gölgesi onu taklit etti.

"Ama şimdi saldırganca bir hareket yapayım, bakın ne olacak."

Finnegan kollarını çabucak yukarıya kaldırıp önünde dikilmekte olan bir çocuğa vurur gibi aşağı indirdi. Aynı anda ekrandaki sureti turuncuya döndü ve bir alarm acı acı çalmaya başladı.

Alarm hızlı ritimli bir cırlamaydı. Bir demonstrasyon için fazla gürültülü olduğunu düşündü Mae. Stenton'a baktığında gözlerinin fal taşı gibi açılmış olduğunu gördü.

"Sustur şunu," dedi Stenton, hiddetini zor zapt ederek.

Finnegan onu duymamıştı, cırlama sunumun bir parçasıymış, hem de kabul edilebilir bir parçasıymış gibi konuşmaya devam etti. "Bu çalan, alarm elbette ve..."

"Sustur şunu!" diye bağırdı Stenton. Finnegan bu kez onu duydu. Tabletine fiskeler vurarak doğru butonu aramaya başladı.

Stenton gözlerini tavana dikmişti. "Nereden geliyor ses? Neden bu kadar yüksek?"

Cırlama devam ediyordu. Salondaki kalabalığın yarısı elleriyle kulaklarını kapatmıştı.

Stenton ayağa kalkıp dudaklarını öfkeyle büzerek, "Ya sustur ya da biz burayı terk edelim," dedi.

Finnegan nihayet doğru butonu bulmuştu, alarm sustu.

"Bu bir hataydı," dedi Stenton. "Fikir pazarlamaya çalıştığın kişileri cezalandıramazsın. Anladın mı?"

Finnegan'ın gözleri dehşet içinde titreşiyor, yaşlarla doluyordu. "Evet, anladım."

"Alarm çalmaya başlar dersin, olur biter. Gerçekten çaldırmana hiç gerek yoktu. Bu da benden sana bugünün tavsiyesi."

"Teşekkür ederim efendim," dedi Finnegan. Ellerini önünde kavuşturmuş, birbirine geçirdiği parmaklarının eklem yerleri beyaza kesmişti. "Devam edeyim mi?"

Stenton, hâlâ öfkeli bir sesle, "Bilmiyorum," dedi.

"Devam et Finnegan," dedi Bailey. "Ama çabuk ol."

"Peki," dedi kadın, titrek bir sesle, "özetle sensörler her odaya takılacak ve neyin normal sınırlar içinde, neyin anormal olduğunu anlayacak şekilde programlanacak. Anormal bir şey olursa alarm çalmaya başlayacak; prensipte, odada olan şey her ne ise durdurulması veya yavaşlatılması için bu yeterli olacak. Bu arada yetkililere haber verilecek. Sistemin komşuları uyaracak şekilde ayarlanması mümkün, ne de olsa olay yerine en yakın, çabucak yardıma koşması en muhtemel insanlar onlar."

"Tamam. Anladım," dedi Stenton. "Geçelim." Stenton sıradaki sunuma geçelim demek istemişti aslında fakat Finnegan takdire şayan bir kararlılık göstererek devam etti.

"Elbette tüm bu teknolojileri birleştirecek olursak normal davranışları her bağlamda sağlayabiliriz. Hapishaneleri, okulları düşünün. Ben mesela, dört bin öğrencisi olan bir liseye gitmiştim, öğrencilerin arasında sorun çıkaran yalnızca yirmi çocuk vardı. Düşünüyorum da öğretmenler retinal ekranlar takıyor olsaydı ve kırmızı kodlu öğrencileri bir kilometre uzaktan fark edebilseydi... evet, sorunların çoğu ortadan kalkardı. Sensörler de her türlü antisosyal davranışı tespit etmeye yarardı."

Şimdi Stenton başparmaklarını pantolonunun kemer köprülerine geçirmiş, koltuğunun arkasına yaslanmıştı. Siniri dinmişti. "Düşünüyorum da bu kadar çok sayıda suç ve sorun, takip edecek çok şeyimiz olduğu için ortaya çıkıyor, öyle değil mi? Çok fazla mekân, çok fazla insan. Aykırı davranışlar gösterenleri izole etmeye daha fazla yoğunlaşabilirsek, onları daha iyi etiketleyip daha iyi takip edebilirsek muazzam oranda zaman ve emek tasarrufu sağlamış oluruz."

"Kesinlikle efendim," dedi Finnegan.

Stenton yumuşamıştı; başını eğmiş tabletine bakarken Mae'in bilekliğinde görmekte olduğu şeyi onun da gördüğü anlaşılıyordu: Finnegan ve programı müthiş beğeni toplamıştı. Mesajlar ekseriyetle muhtelif suçların kurbanlarından geliyor, malumu ilam ediyordu: *Ah keşke on sene önce, on beş sene önce mümkün olsaydı bu teknoloji. Ama en azından,* diyordu hepsi de farklı ifadelerle, *böyle şeyler bir daha asla yaşanmayacak.*

Mae masasına döndüğünde Annie'den kâğıda yazılı bir not buldu. "Görüşebilir miyiz? Müsait olduğunda bana 'şimdi' diye mesaj at, tuvalette buluşalım."

On dakika sonra Mae her zamanki kabininde oturuyordu. Annie'nin de bitişikteki kabine girdiğini duydu. Annie'nin onunla iletişime geçmiş olması içini rahatlatmıştı, tekrar bu kadar yakınlaştıkları için çok seviniyordu. Mae artık tüm yanlışları düzeltebilirdi, düzeltmeye kararlıydı.

"Yalnız mıyız?" diye sordu Annie.

"Ses üç dakikalığına kapalı kalacak. Ne oldu?"

"Yok bir şey. Şu MişliGeçmiş işine canım sıkıldı biraz. Sonuçları çıtlatmaya başladılar, şimdiden oldukça rahatsız edici. Yarın kamuoyuna açıklandığında durumun daha da kötüleşeceğini zannediyorum."

"Dur hele. Ne buldular ki? Ortaçağ'dan başlayacaklar sanıyordum."

"Öyle de yaptılar. Ona rağmen görünüşe bakılırsa anne tarafında da baba tarafında da taş kalpli atalarım varmış benim. İngilizlerin İrlandalı köleleri *olduğundan* haberim bile yoktu, sen biliyor muydun?"

"Hayır. Sanmıyorum. Yani beyaz İrlandalı köleler mi?"

"Binlercesi. Atalarım köle tacirinin önde gideniymiş anlaşılan. İrlanda'ya saldırıp kölelerle dönmüş, sonra da onları dünyanın dört bir yanına satmışlar. Rezil oldum."

"Annie..."

"Her yol denenerek çapraz başvurular oluşturuluyor, dolayısıyla vardıkları sonuçtan emin olduklarını biliyorum ama köle tacirlerinin soyundan geliyormuş gibi bir halim var mı benim?"

"Annie, boş yere üzüyorsun kendini. Altı yüz yıl önce olmuş bir şeyin seninle ne alakası var? Herkesin şeceresinde çürük elmalar vardır, eminim. Üstüne alınmasana."

"Haklısın ama her şey bir yana utanç verici, öyle değil mi? Bunun benim bir parçam olduğu anlamına geliyor, en azından tanıdığım herkes için. Bundan sonra tanıyacaklarım da bunu benim bir parçam olarak görecek. Bana bakıp benimle konuşacaklar ama bende bu da olacak. Bu yeni katman üstüme yapıştı kaldı artık ve hiç adil gelmiyor bu bana. Benim senin babanın Ku Klux Klan üyesi olduğunu bilmem gibi aynı..."

"Çok fazla kafa yoruyorsun. Hiç kimse, emin ol hiç kimse atalarından birinin İrlandalı köleleri varmış diye sana yan bakmaz. Bu öyle akıl almaz, öyle uzak bir şey ki muhtemelen kimse seninle ilişkilendirmeyecektir. İnsanlar nasıldır bilirsin. Bu olayı hatırlayabilecek biri de olamayacağına göre... Neden sen sorumlu tutulasın!"

"O kölelerin bir kısmını öldürmüşler üstelik. Bir de isyan rivayeti var, akrabalarımdan biri binlerce kadını ve erkeği topluca katletmiş. Mide bulandırıcı... Öyle..."

"Annie. Annie. Sakinleşmen lazım. Birincisi, vaktimiz doldu. Ses birazdan açılır yine. İkincisi, bunu kendine dert etmen çok saçma. O insanlar neredeyse mağara adamlarıymış. Herkesin mağara adamı ataları vardı ve hepsi de aşağılık heriflerdi."

Annie burnundan soluyarak güldü.

"Üzülmeyeceğine söz verir misin?"

"Tamam."

"Annie. Dert etme bunu kendine. Söz ver bana."

"Peki."

"Söz mü?"

"Söz. Dert etmemeye çalışırım."

"Tamam. Zaman doldu."

Annie'nin atalarının haberi ertesi gün duyulduğu zaman Mae kısmen de olsa haklı çıktığını hissetti. Bazı boş yorumlar yapılmıştı tabii ama genel tepki toplu bir umursamazlığa işaret ediyordu. İşin Annie'ye dokunan tarafı kimsenin pek umurunda değildi ancak tarihin çoktandır unutulmuş olan, İngilizlerin İrlanda'ya gidip insan tüccarlığına soyunduğu bu dönemine yeniden, muhtemel fayda sağlayacak şekilde dikkat çekilmişti böylece.

Annie sonucu sakince karşılar gibiydi. Yolladığı zing'ler olumluydu; video yayını için kaydettiği kısa bir duyuruda, soyunun uzak bir parçasının tarihin o tatsız döneminde oynadığı talihsiz rolü öğrendiği zaman yaşadığı şaşkınlıktan bahsediyordu. Fakat sonradan buna biraz perspektif ve espri eklemeye, ortaya çıkan bu gerçeğin başkalarını MişliGeçmiş vasıtasıyla kendi kişisel geçmişlerini keşfetmekten alıkoymamasını sağlamaya çalışmıştı. "Hepimizin ataları aşağılık heriflerdi," demişti ve Mae, yayını bilekliğinden izlerken gülmüştü.

Ama Mercer, tam da ondan bekleneceği üzere gülmüyordu. Mae bir aydan uzun zamandır ondan haber almamıştı, derken cuma postasıyla (postane artık yalnızca cumaları çalışıyordu) bir mektup geldi. Onu okumak istemiyordu çünkü kaba, suçlayıcı, yargılayıcı olacağını biliyordu. Gerçi Mercer öyle bir mektubu daha önce zaten yazmıştı, değil mi? Mae öncekinden daha kötü olamayacağını tahmin ederek mektubu açtı.

Yanılmıştı. Bu defa Mae'in adının önüne sevgili yazmaya bile eli varmamıştı Mercer'ın.

Mae,

Sana bir daha yazmayacağımı söylemiştim, biliyorum. Ancak şimdi Annie yıkılışın eşiğine gelmişken, bunun seni bir an için durup düşünmeye sevk edeceğini umuyorum. Annie'ye o deneye katılmaktan vazgeçmesi gerektiğini söyle lütfen, çünkü seni de onu da temin ederim ki bunun sonu kötü olacak. Her şeyi bilmemiz gerekmiyor. Zihinlerimizin belki de bilinen ile bilinmeyen arasındaki hassas bir dengeye göre ayarlanmış olduğunu düşünmüş müydün hiç? Ruhlarımızın gecenin gizemlerine de, gündüzün netliğine de ihtiyaç duyduğunu? Sizler günışığının hiç çekilmeyeceği bir dünya yaratıyorsunuz ve sanırım bu, hepimizi diri diri yakacak. Düşünmeye, uyumaya, sakinleşmeye vakit kalmayacak. Kafalarımızın ancak bu kadar bilgi barındırabileceği siz Çember tayfasının aklına geldi mi hiç? Baksana halimize. Ufacığız. Kafalarımız ufacık, kavun kadar. Bu küçük kafalarımız dünyanın şimdiye kadar görmüş olduğu her şeyi barındırsın mı istiyorsunuz? Olmaz o iş.

Mae'in bilekliğinden mesaj sesleri geliyordu.

Ne diye zahmet edip okuyorsun ki Mae?

Ben şimdiden sıkıldım.

Kocaayak bundan beslenir. Kocaayak'ı besleme!

Mae'in kalbi küt küt atmaya başlamıştı çoktan, mektubun geri kalanını okumaması gerektiğini biliyordu. Ama duramıyordu.

Sen Dijital Kahverengi Gömleklilerle o küçük fikir toplantını yaptığın gün ben annemle babamın evindeydim. Israrla seyretmek istediler; toplantı ne kadar dehşet verici de olsa seninle gurur duyuyorlar. Yine de o gösteriyi izlediğime memnunum (tıpkı İradenin Zaferi'ni* izlediğime memnun olduğum gibi). Bir süredir zaten planlamakta olduğum adımı atmak için ihtiyacım olan, bardağı taşıran son damla o oldu.

Ben şimdi kuzeye gidiyorum, bulabileceğim en sık ve en sıkıcı ormana, oraya yerleşeceğim. Biliyorum, kameralarınız Amazon'a, Antarktika'ya, Sahra'ya ulaştığı gibi oralara da ulaşıyor. Ama en azından bir sıfır önde başlamış olacağım. Kameralar geldiğinde daha kuzeye gitmeye devam edeceğim.

Mae, itiraf etmeliyim ki sen ve senin gibiler kazandınız. İş işten geçti artık, anladım. Fakat o fikir satma toplantısından önce bu deliliğin sizin şirketle, orada çalışan beyni yıkanmış binlerce kişiyle ve Çember adındaki o altın buzağıya tapınmakta olan milyonlarca insanla sınırlı kaldığı konusunda hâlâ biraz umudum vardı. Size karşı ayaklanacak insanlar çıkacağından ümidimi kesmiyordum. Yahut yeni bir nesil belki bütün bu durumun ne kadar aptalca, baskıcı ve kontrolden çıkmış olduğunu görür diye umuyordum.

Mae bilekliğine baktı. Çevrimiçi ortamda şimdiden dört tane Mercer'dan-Nefret-Edenler-Kulübü vardı. Biri Mercer'ın banka hesabını silmeyi öneriyordu. *Sen iste yeter*, diyordu mesaj.

Ama şimdi biliyorum ki biri çıkıp sizi devirse ya da Çember yarın ortadan kalksa bile muhtemelen daha da kötü bir

* *Triumph des Willens.* Nasyonal Sosyalist Alman İşçi Partisi'nin 1934'te Nürnberg şehrinde gerçekleştirdiği 6. kongresini belgeleyen, Leni Riefenstahl imzalı Nazi propaganda filmi. (Ç.N.)

şey onun yerini alacak. Dünyada başka yüzlerce Akıllı Adam var, mahremiyetin suça eğilimi artırdığı yönünde çok daha radikal fikirlere sahip insanlar. Ne zaman durumun bundan kötü olamayacağını düşünsem, Çember'i masum bir ütopya gibi gösterecek fikirlere sahip on dokuz yaşında bir gençle *karşılaşıyorum*. Sizin gibileri (ki sizin gibilerin çoğunlukta olduğunu artık anladım) korkutmak da mümkün değil. Gözaltının dozu ne kadar artarsa artsın sizde en ufak bir kaygı yaratmıyor, tepki uyandırmıyor.

Kendinizi ölçümlere tabi tutma isteğinizi anlayabilirim Mae - siz ve şu bileklikleriniz. Sen ve senin gibilerin kendi hareketlerinizi takibe almanızı, her yaptığınızı kaydetmenizi, kendiniz hakkında veri toplamanızı kabul edebilirim, şey için... ne yapmaya çalışıyorsanız onun için işte. Ama bu yetmiyor, öyle değil mi? Yalnızca *kendi* verilerinizi istemiyorsunuz, *benimkilere* de ihtiyacınız var. Benimkiler olmazsa tamamlanamayacaksınız. Bu bir hastalık.

Onun için ben artık yokum. Sen bu mektubu okuduğunda ben medeniyetten uzaklaşmış olacağım ve umarım başkaları da bana katılacak. Aslına bakarsan başkalarının da bunu yapacağını *biliyorum*. Yaşamlarımızı yeraltında, çöllerde, ormanlarda sürdüreceğiz. Mülteciler gibi, keşişler gibi, bu ikisinin talihsiz ama lüzumlu bir bileşimi olarak yaşayacağız. Çünkü biz buyuz.

Umarım büyük bir bölünmenin vesilesi olacak bu, yeryüzünde iki insanlık yaşayacak, ayrı ama paralel. Bir yanda sizlerin yaratılmasına yardımcı olduğunuz gözaltı kubbesi altında yaşayanlar, diğer yanda onlardan ayrı yaşayan ya da yaşamaya çalışanlar. Hepimiz adına ölesiye korkuyorum.

Mercer

* * *

Mae mektubu kameranın önünde okumuştu ve izleyicilerinin de kendisi gibi, onu garip ve gülünç bulduğunu biliyordu. Yorumlar birbiri ardına gelmekteydi, aralarında komik olanlar da vardı. *Kocaayak doğal habitatına geri dönecekmiş,* gibi. *Hele şükür Kocaayak,* gibi. Yorumlar Mae'i o kadar eğlendirmişti ki dayanamayıp Francis'i aradı, gerçi onlar buluşana kadar mektubun metni yarım düzine alt sitede yayınlanmış, Francis de çoktan görmüştü. Missoula'dan bir takipçi, başında pudralı bir peruk, fonda numaradan bir yurtseverlik şarkısıyla kamera karşısına geçip yüksek sesle okumuştu mektubu ve bu video üç milyon defa izlenmişti. Mae de iki defa izleyip güldü, gerçi bir yandan da Mercer için üzüldüğünü fark etti. İnatçıydı ama aptal değildi Mercer. Umutsuz vaka değildi. İknası imkânsız değildi.

Ertesi gün Annie ona yine kâğıda yazılı bir not bıraktı ve yine tuvalette, bitişik kabinlerde buluşmayı kararlaştırdılar. Mae'in bütün umudu, aile geçmişine dair yeni bazı gerçeklerin ortaya çıkmasından bu yana Annie'nin bunları kendi bağlamları içinde değerlendirme yolunu bulmuş olmasıydı. Mae yandaki kabinin altından Annie'nin ayakkabısının ucunu gördü. Kamerasının sesini kapattı.

Annie'nin sesi sıkıntılıydı.

"Duydun, değil mi, işler daha da beter oldu."

"Duydum bir şeyler. Ağladın mı sen? Annie..."

"Mae, bu defa kaldırabileceğimi sanmıyorum. Fi tarihinde yaşamış atalarım hakkında öğrendiklerim yeterince kötüydü. Yine de bir tarafım, olsun, zararı yok, onlar Kuzey Amerika'ya gelip yeni bir hayat kurmuşlar, o meseleyi mazide bırakmışlar, diyordu. Fakat lanet olsun Mae, *buradayken* de köleleri olmuş meğer. Rezaletin daniskası bu! Nasıl bir soydan geliyorum ben böyle? Bu hastalık bana da biraz sirayet etmiştir muhakkak."

"Annie. Düşünüp durmayı kes artık."

"Düşünürüm tabii. Başka bir şey düşünemiyorum ki..."

"Tamam. Peki. Ama önce sakinleş. Sonra da üstüne alınmaman gerektiğini anla. Kendini onlardan ayrı tutmak zorundasın. Olaya kendini biraz soyutlayarak bakmalısın."

"Ayrıca bir süredir çok acayip nefret mesajları alıyorum. Daha bu sabah bana Annie Efendi diye hitap eden insanlardan altı mesaj geldi. Yıllardır işe aldığım siyahların yarısı şimdi bana kuşkuyla bakıyor. Sanki ben, bizzat köle sahibiymişim gibi. Vickie'nin emrimde çalışmasını kabul edemem artık. Yarın yollayacağım onu."

"Annie, ne kadar abuk sabuk konuştuğunun farkında mısın? Ayrıca siyah köleleri olan atalarının buradakiler olduğundan emin misin? Buradaki köleleri de İrlandalı değil miymiş?"

Annie derin bir soluk verdi.

"Hayır. Hayır. Atalarım İrlandalılardan vazgeçip Afrikalı kölelere yönelmiş. Buna ne demeli? Yani atalarım kölesiz yapamıyormuş. İç savaşta da Konfederasyon ile saf tutmuşlar, onu da gördün mü?"

"Gördüm ama ataları Güney için savaşmış milyonlarca insan var. Ülke savaştaymış sonuçta, yarısı o tarafta, yarısı bu tarafta."

"Benim yarım o yarı olmamalıydı. Bunun ailemi nasıl bir çalkantıya sürüklediğini anlayabiliyor musun?"

"Fakat onlar soy sop meselesini hiç ciddiye almazdı, öyle değil mi?"

"*Asilzade* olduklarını zannettikleri sıralar evet, almazlardı Mae! Nesebi sorgulanamayacak Mayflower göçmenleri olduğumuzu düşündükleri sıralar almazlardı! Ama şimdi *fena halde* ciddiye alıyorlar. Annem iki gündür evden çıkmadı. Sıradaki ifşaatı duymak bile istemiyorum."

Sıradaki, yani iki gün sonraki ifşaat işleri çok daha beter hale getirdi. Mae bunun tam olarak ne olduğundan habersizdi ve açıklama yapılmadan bilemeyecekti ama Annie'nin bir şeyler öğrendiğini ve çok tuhaf bir zing gönderdiğini biliyordu. Şöyleydi mesajı: *İşin doğrusu, her şeyi bilmeli miyiz emin değilim.* Tuvalette buluştukları zaman Mae bu cümlenin gerçekten Annie'nin klavyesinden çıkmış olabileceğine inanamadı. Çember cümleyi silemezdi elbette ama biri -Mae'in Annie olmasını umut ettiği biri- onu değiştirmişti: *Uygun depolama sistemi hazır olmadan her şeyi bilmemeliyiz. Çünkü veri kaybetmek istemeyiz!*

"Tabii ki ben gönderdim," dedi Annie. "Birincisini yani."

Halbuki Mae bunun korkunç bir gaf olduğunu umut etmişti.

"Öyle bir mesajı nasıl gönderirsin?"

"Çünkü öyle inanıyorum Mae. Hiçbir şeyin farkında değilsin sen."

"Değilim, biliyorum. Peki sen neyin farkındasın? Nasıl bir belaya bulaştığının farkında mısın? Senin konumunda biri böyle bir fikri nasıl savunur? Sen ki "geçmişe açık erişim" olayının simgesisin, şimdi kalkmış neler söylüyorsun... Neyse, ne diyordun?"

"Of, hiç bilmiyorum. Benden bu kadar, yalnızca bunu biliyorum. Bitirmem gerekiyor."

"Neyi bitirecekmişsin?"

"MişliGeçmiş'i. Onun gibi her şeyi."

"Yapamayacağını biliyorsun."

"Denemek niyetindeyim."

"Başın *çoktan* belada galiba senin."

"Öyle. Ama Akıllı Adamlar bu iyiliği bana borçlu. Artık dayanamıyorum. Bazı görevlerimi, tabiri caizse, elimden aldılar bile. Neyse. Umurumda değil. Bu işi bitirmezlerse bir tür komaya gireceğim. Şimdiden zor ayakta durduğumu, zar zor nefes aldığımı hissediyorum."

Bir süre sessizce oturdular. Mae oradan ayrılması gerekip gerekmediğini düşündü. Annie hayatının ekseni üzerindeki hâkimiyetini yitiriyordu; dengesizleşmiş, geri dönüşsüz işlere pervasızca atılabilecek hale gelmişti. Mae'in onunla konuşması bile tehlikeliydi.

Annie'nin kesik kesik solumaya başladığını işitti.

"Annie. Nefes al."

"Alamadığımı söylemiştim. İki gündür gözüme uyku girmedi."

"Ne oldu peki, söylesene," dedi Mae.

"Sorma, ne olmadı ki. Annemle babam hakkında tuhaf şeyler buldular. Daha doğrusu, bir sürü tuhaf şey."

"Ne zaman açıklanacak?"

"Yarın."

"Tamam. Belki sandığın kadar kötü değildir."

"Tahmin edebileceğinden çok daha kötü."

"Anlat bana. Eminim kabul edilebilir bir şeydir."

"*Değil* Mae, hiç *değil*. Kabul edilebilir hiçbir yanı yok. Birincisi, annemle babamın açık evlilik türünden bir ilişkileri olduğunu öğrendim. Bunu onlara sormadım bile daha. Ama ikisinin de başka başka insanlarla fotoğrafları, videoları çıktı. Yani karşılıklı seri zina yapmışlar gibi görünüyor. *Kabul edilebilir* mi sence bu?"

"O insanlarla ilişkileri olduğu ne malum? Birileriyle yan yana yürümüş olamazlar mı? Seksenlerden söz etmiyor muyuz sonuçta?"

"Doksanlardan söz ediyoruz daha ziyade. Ama güven bana. Şüpheye lüzum kalmıyor."

"Seks fotoğrafları gibi mi?"

"Hayır. Fakat öpüşme fotoğrafları var. Birinde babamın bir eli bir kadının belinde, diğeri memesinde. İğrenç yani. Başka resimlerde annem sakallı bir adamla görülüyor, bir dizi çıplak fotoğraf. Anlaşılan, adam ölmeden önce bu fotoğrafları bir yerlere saklamış, derken bir gün biri onları bitpazarında bulup satın almış, sonra da tarayıp buluta koymuş. Derken buluttaki tüm fotoğraflara yüz tanıma uygulanınca bir de bakmışlar, annem motosikletçinin tekiyle anadan doğma. Görsen, ikisinin öyle dımdızlak dikildiği fotoğraflar var, mezuniyet balosunda poz verir gibi."

"Off!"

"İyi de fotoğrafları kim *çekmiş*? Yanlarında üçüncü bir adam daha mı varmış? Kimin *nesiymiş*? Yardımsever bir komşu mu?"

"Onlara sordun mu?"

"Hayır. Ama dur, daha bitmedi. Tam onlarla yüzleşmek üzereydim ki bir foyaları daha meydana çıktı. Bu yenisi öyle kötüydü ki aşna fişnelerini filan gözüm görmez oldu. Bulunan videonun yanında resimler önemsiz kalıyor."

"Videoda ne var?"

"Dinle. İkisinin -en azından gecesini- birlikte geçirdikleri nadir günlerden birinde yaşanıyor olay. Görüntüler bir rıhtımda çekilmiş. Orada bir güvenlik kamerası varmış, rıhtımdaki ambarlarda bir şeyler depolandığı için sanırım. İşte o kameradan geceleyin rıhtımda takılan annemle babamın görüntüleri çıkmış."

"Seks kaseti gibi bir şey mi?"

"Hayır. Çok daha beteri. Bildiğin gibi değil, feci. Çok büyük ahlaksızlık Mae. Annemlerin arada bir yaptıkları bir şey vardır - birkaç çift buluşup dışarıda kafa çekerler. Bana anlatmışlardı. Zilzurna sarhoş olur, dans etmeye gider, bütün geceyi dışarıda geçirirlermiş. Her sene evlilik yıldönümlerinde yaparlarmış bunu. Bazen şehirde eğlenir, bazen de bir yerlere, Meksika'ya filan atarlarmış kapağı. Kendilerini genç, evliliklerini taze tutmanın formülüymüş bu gece âlemleri."

"Evet."

"Dolayısıyla olayın evlilik yıldönümlerinde olduğunu biliyorum. Altı yaşındaydım."

"Ee?"

"Ben doğmadan önce olsaydı yine bir derece... Of, lanet olsun. Her neyse işte. Öncesinde ne yapmışlardır bilmiyorum ama gece saat bir sularında bu güvenlik kamerasının kayıtlarında beliriveriyorlar. Bir şişe şarabı paylaşıp ayaklarını suya doğru sallıyor, bir süre gayet masum ve sıkıcı bir görüntü sergiliyorlar. Derken kareye bir adam giriyor. Sendeleyerek yürüyen evsiz bir garibana benziyor. Annemle babam ona bakıp ortalıkta dolanmasını izliyorlar. Adam sanki onlara bir şey söylüyor, onlar da gülüp geçerek şaraplarını içmeye devam ediyor. Sonra bir süre hiçbir şey olmuyor, evsiz adam görüntüden çıkıyor. On dakika kadar sonra tekrar görüntüye giriyor ve rıhtımdan aşağıya, suya düşüyor."

Mae kısa bir nefes aldı. Bunun durumu kötüleştireceğini biliyordu. "Annenler adamın düştüğünü görüyor mu?"

Annie içini çeke çeke ağlamaya başladı. "Sorun da o ya. Çok net görüyorlar. Bir metre ötelerinde oluyor. Videoda ayağa kalktıkları, aşağıya eğildikleri, suya seslendikleri görülüyor. Panikledikleri her hallerinden belli. Sonra biraz etraflarına bakınıp telefon filan arıyorlar."

"Var mı peki?"

"Bilmiyorum. Varmış gibi görünmüyor. Annemler görüntünün dışına hiç çıkmıyor. İşin en berbat yanı da bu. Adamın suya düştüğünü gördükleri halde orada öylece dikiliyorlar. Koşup yardım çağırmaya, polisi aramaya gitmiyorlar. Adamı kurtarmak için suya atlamıyorlar. Birkaç dakika panikledikten sonra tekrar oturuyorlar, annem başını babamın omzuna dayıyor ve ikisi on dakika kadar daha orada kaldıktan sonra kalkıp gidiyorlar."

"Belki şoka girmişlerdir."

"Mae, sakin sakin kalkıp gitmişler. Acil durum bildirmemişler. Öyle bir kayıt yok. Polise de bildirmemişler. Ama ceset ertesi gün bulunmuş. Adam evsiz bile değilmiş. Zihinsel engelliymiş ama ebeveynleriyle yaşıyor, bir şarküteride bulaşıkçılık yapıyormuş. Annemler öylece durup onun boğulmasını izlemiş."

Annie hıçkırmaya başlamıştı.

"Onlara bundan bahsettin mi?"

"Hayır. Onlarla konuşamam. Şu anda gözüme iğrenç görünüyorlar."

"Fakat bu daha açıklanmadı, değil mi?"

Annie saatine baktı. "Yakında açıklanacak. On iki saatten az kaldı."

"Peki Bailey ne dedi?"

"Elinden bir şey gelmez. Bilirsin."

"Belki benim yapabileceğim bir şey vardır," dedi Mae, ne yapabileceğine dair hiçbir fikri olmadan. Annie, kendisine doğru yaklaşmakta olan fırtınayı yavaşlatmaya ya da durdurmaya onun gücünün yeteceğine inandığına dair hiçbir işaret vermemişti.

"İşe bak. Lanet olsun," dedi Annie, kafasına yeni dank etmiş gibi. "Annem babam yok artık benim."

Zamanları dolduğunda Annie ofisine geri döndü, dediğine göre belirsiz bir süre boyunca uzanmayı planlıyordu; Mae de eski bölmesine gitti. Düşünmeye ihtiyacı vardı. Kalden'ın kendisini izlediği kapı girişinde dikilip MD çaylaklarına baktı; başlarını sallaya sallaya, dürüstçe çalışmalarında huzur buluyordu. Kabul ve ret bildiren mırıltıları ona bir düzen ve doğruluk duygusu aşılıyordu. Arada bir Çemberlilerden birinin başını kaldırıp ona gülümsedikten, kamerasına ve izleyicilerine saflıkla el salladıktan sonra işine geri döndüğü oluyordu. Mae onları, Çember'i, buranın hep böyle saf ruhları çektiğini düşündükçe içinin kıvançla dolduğunu hissetti. Onlar açıktı. Onlar dürüsttü. Saklı gizli hiçbir şeyleri yoktu.

Mae'in önünde bir çaylak oturuyordu; yaşı yirmi ikiden büyük olmayan, kabarık saçları kafasından duman gibi yükselen bir adamdı bu; yaptığı işe o kadar yoğunlaşmıştı ki arkasında Mae'in durduğunu fark etmemişti bile. Parmakları süratle, kayarcasına, neredeyse hiç ses çıkarmadan klavyeyi tuşluyor, müşteri taleplerini ve anket sorularını yanıtlıyordu. "Hayır, hayır, gülümse, somurt," diyordu, zorlanmadan, hızlı hızlı baş sallarken. "Evet, evet, hayır, Cancun, derin su dalgıçlığı, lüks tatil beldesi, hafta sonu kaçamağı, Ocak, Ocak, kayıtsız, üç, iki, gülümse, gülümse, kayıtsız, evet, Prada, Converse, hayır, somurt, somurt, gülümse, Paris."

Onu seyrederken, Annie'nin sorununun çözümü Mae'e yavaş yavaş yüzünü göstermeye başladı. Yalnız olmadığını bilmeye ihtiyacı vardı Annie'nin. Sonra birden tüm taşlar yerine oturdu. Çözüm tabii ki bizzat Çember'de saklıydı. Annie'nin arkasında duracağına, desteğini beklenmedik yollarla, içtenlikle göstereceğine şüphe olmayan milyonlarca insan vardı bu ortamda. Acı ancak sessizce, yalnız başına çekildiği zaman acı olurdu. Herkesin gözü önünde, müşfik milyonlar karşısında yaşandığında acı olmaktan çıkardı. Paylaşılırdı çünkü.

Mae arkasını dönüp kapı girişinden uzaklaştı ve çatı terasına yöneldi. Yalnızca Annie'ye, arkadaşına karşı değil, izleyicilerine karşı da bir sorumluluğu vardı. Çaylakların, o kabarık saçlı genç adamın dürüstlüğüne ve açıklığına tanık olmak Mae'in kendini iki yüzlü hissetmesine yol açmıştı. Merdivenleri tırmanırken seçeneklerini ve kendini değerlendirdi. Daha demin, gerçeği bile bile karartmıştı. Açıklığa, dürüstlüğe aykırıydı bu davranışı, bunların tam zıddıydı. Yaptıkları konuşmayı dünyadan saklamıştı ve bu, dünyaya yalan söylemekle birdi, onun daima dürüst, daima şeffaf olduğunu zanneden milyonlarca insana yalan söylemekle aynı şeydi.

Aşağıda uzanan yerleşkeye baktı. İzleyicileri onun neye baktığını, neden sessiz kaldığını merak ediyordu.

"Benim gördüğümü hepinizin görmesini istiyorum," dedi.

Annie acısını saklamak, ona yalnız başına katlanmak, onu gizlemek istiyordu. Mae de buna saygı göstermek, arkadaşına sadık kalmak istiyordu. Fakat tek bir kişiye sadık kalmak, milyonlarca kişiye sadık kalmaya yeğ tutulabilir miydi? Tarihte pek çok korkunç olaya bu zihniyet, kişisel ve geçici kazancı daha büyük kazançlara yeğ tutma düşüncesi yol açmamış mıydı? Çözüm bir kez daha karşısında, dört bir yanında hissettiriyordu kendini. Mae'in hem Annie'ye yardım etmesi hem de kendi şeffaflığını yeniden sağlaması gerekiyordu, tek bir cesur hamleyle ikisini birden başarabilirdi. Saate baktı. RuhArama sunumuna kadar iki saati vardı. Terasta durup düşüncelerine çekidüzen verdi. Az sonra tuvalete, deyim yerindeyse suç mahalline doğru yola koyuldu; oraya varıp aynada kendini gördüğünde artık ne söylemesi gerektiğini biliyordu. Derin bir nefes aldı.

"Merhaba sevgili izleyiciler. Yapmam gereken bir duyuru var, üzücü bir duyuru. Ama ben doğrusunun bu olduğuna inanıyorum. Yalnızca bir saat önce, pek çoğunuzun bildiği gibi bu tuvalete geldim ve ihtiyaç giderme bahanesiyle şurada gördüğünüz ikinci kabine girdim." Sıra sıra dizilmiş kabinlere döndü. "Ama içeri girince, oturup kameranın sesini kapattıktan sonra bir arkadaşımla, Annie Allerton'la özel bir konuşma yaptım."

Daha şimdiden birkaç yüz mesaj yağmıştı bilekliğine; şimdilik en beğenileni, Mae'i çoktan bağışlayan bir mesajdı: *Mae, tuvalet sohbetlerine izin var! Korkma. Sana inanıyoruz.*

"Bana güzel sözlerini yollayan herkese buradan teşekkür etmek istiyorum," dedi Mae. "Ama burada Annie'yle konuştuğumuz şey, benim kendi itirafımdan daha önemli. Annie'nin bir süredir Çember'de sürdürülmekte olan bir deneye, tarihte teknolojinin elverdiği ölçüde gerilere inerek soyağacının izini süren bir programa katıldığını pek çoğunuz biliyorsunuz. Annie kendi tarihinin derin kuytularında bazı talihsiz gerçeklerle karşılaştı. Atalarından bazıları ciddi kötülükler yapmış meğer, bunları duymak Annie'yi kahretti. Yetmezmiş gibi yarın talihsiz bir gerçek daha açıklanacak, bu defaki daha yakın bir tarihten ve bu nedenle belki daha da üzücü."

Mae bilekliğine göz atınca aktif izleyici sayısının son bir dakika içinde ikiye katlanarak 3.202.984'e yükselmiş olduğunu gördü. Birçok kişinin bilgisayarlarında çalışırken onun yayınını ekranlarında açık tuttuğunu ama nadiren aktif olarak izlediğini biliyordu. Şimdiyse, beklenen duyurunun milyonlarca insanın dikkatini çekmiş olduğu çok açıktı. Yarınki darbenin etkisini azaltmak için Annie'nin bu milyonlarca insanın şefkatine ihtiyacı vardı. O, bunu hak ediyordu.

"Evet arkadaşlar, bence bu noktada Çember'in gücünden yararlanmamız gerekiyor. Ortamdaki şefkatten, Annie'yi çoktandır tanıyıp sevenlerin ya da onun duygularını anlayıp paylaşabilenlerin şefkatinden yararlanmamız gerekiyor. Ona iyi dileklerinizi, kendi aile geçmişinizin karanlık yönlerini öğrenme hikâyelerinizi göndererek yalnız hissetmemesini sağlayacağınızı ümit ediyorum. Yanında olduğunuzu söyleyin ona. Ona olan sevginizin hiç azalmadığını söyleyin, uzak bir akrabası tarafından işlenmiş suçların onu bağlamayacağını, hakkındaki düşüncelerinizi değiştirmeyeceğini söyleyin."

Mae, Annie'nin e-posta adresini, Zing hesabını, profil sayfasını vererek bitirdi sözlerini. Tepki anında geldi. Annie'nin takipçi sayısı 88.198'den 243.087'ye yükseldi, üstelik Mae'in duyurusu yayıldıkça gün sonuna kadar bir milyonu geçeceğe benziyordu. Mesajlar yağmur gibi yağıyordu, en popüleri, *Geçmiş geçmiştir, Annie Annie'dir* idi. Tam yerini bulmuş olmasa da Mae mesajın duyarlığını takdir etmişti. İlgi görmekte olan bir diğer mesajda ise şöyle deniyordu: *Oyunbozanlık gibi olacak ama mayasında şer olduğunu düşünüyorum ve ben olsam bu nedenle Annie için endişelenirdim. Benim gibi köle torunu bir Afro-Amerikan'a eşitlikçi olduğunu kanıtlayabilmesi için Annie'nin iki misli çaba sarf etmesi gerek.*

Bu yoruma 98.201 gülen yüz ve neredeyse aynı sayıda, 80.198 somurtan yüz gönderilmişti. Fakat genelde, Mae'in hızlıca göz gezdirerek anladığı kadarıyla mesajlarda sevgi vardı, anlayış vardı, geçmişi geçmişte bırakma arzusu vardı.

Mae sunumuna yalnızca bir saat kaldığını bildiğinden, tepkileri takip ederken bir yandan da saati gözledi; Aydınlanma'nın

Büyük Salon'undaki ilk sunumu olacaktı bu. Gerçi hazır hissediyordu, bu Annie meselesi onu cesaretlendirmiş, arkasında büyük kalabalıklar olduğunu her zamankinden güçlü bir şekilde hissetmesini sağlamıştı. Gösterinin başarısını teknolojinin kendisinin ve Çember topluluğunun belirleyeceğini de biliyordu. Hazırlanırken bir yandan da bilekliğinde Annie'den bir işaret aradı. Onun şimdiye kadar mutlaka tepki vermesini, teşekkür mahiyetinde bir şeyler yazmasını beklerdi, tam bir iyi dilek seline boğulduğuna kuşku olmadığına göre öyle olmalıydı.

Gelgelelim ses seda yoktu.

Mae ona üst üste birkaç zing gönderdi ama yanıt alamadı. Sonra ÇemberArama'dan nerede olduğuna bakınca yanıp sönen kırmızı bir nokta halinde onu ofisinde buldu. Mae bir an için oraya gitmeyi düşündü - ama sonra vazgeçti. Annie'nin kafasını toplaması gerekiyordu, ayrıca belki bütün bu olanları yalnız başına sindirmesi daha iyiydi. Ona değer veren milyonların sıcaklığını öğleden sonraya kadar kesin sindirip içselleştirir, böylece Mae'e doğru dürüst teşekkür etmeye, bu yeni bakış açısı sayesinde akrabalarının suçlarını kendi bağlamlarında değerlendirebildiğini ve artık önüne bakabileceğini, yüzünü tamiri mümkün olmayan geçmişin keşmekeşine değil, çözümlerle dolu geleceğe dönebileceğini söylemeye hazır olurdu.

"Bugün çok cesurca bir iş yaptın," dedi Bailey. "Cesurca ve doğru bir iş."

Büyük Salon'un kulisindeydiler. Mae'in üzerinde siyah bir etek ve kırmızı bir ipekli bluz vardı; ikisi de yeniydi. Bir makyöz etrafında dört dönüyor, burnuna ve alnına pudra, dudaklarına vazelin sürüyordu. Mae'in ilk büyük sunumuna birkaç dakika kalmıştı.

"Normalde, o konuşmayı izleyicilerden neden gizlediğini konuşmak isterdim seninle," dedi Bailey, "ama dürüstlüğün samimiydi ve sana verebileceğim her dersi çoktan almış olduğuna eminim. Burada olman bizi mutlu ediyor Mae."

"Teşekkür ederim Eamon."

"Hazır mısın?"

"Sanırım."

"Hadi, bizi gururlandır."

Mae sahneye çıkıp parlak spot ışığının altına yürürken kendine güveniyor, yapabileceğine inanıyordu. Gelgelelim daha lusit kürsüye varamadan öyle ani bir alkış patlaması oldu ki ayakları neredeyse yerden kesildi. Sahnede kendisi için hazırlanmış noktaya doğru ilerlediği sırada alkışların gümbürtüsü dineceğine daha da yükseldi. Derken önce ön sıralarda oturan seyirciler, ardından salondaki herkes ayağa kalktı. Mae onların gürültüsünü bastırıp konuşmaya başlamakta epey zorlandı.

"Merhaba millet, ben Mae Holland," demesiyle birlikte alkış yeniden başladı. Mae gülmekten kendini alamadı, bunun üzerine salon daha da büyük bir gürültüye boğuldu. Bu sevgi gerçek ve yoğundu. *Ne varsa açıklıkta var,* diye geçirdi aklından. *Doğruluk başlı başına bir ödül.* Bundan iyi bir karo mesajı çıkar, diye düşünerek cümlenin lazerle taşa kazındığını hayal etti. *Bu çok güzel*, diye düşündü, *her şey çok güzel.* Alkışları durdurmaya çalışmadan Çemberlilere baktı ve taze bir kudretle dolduğunu hissetti. Vermekle çoğalan bir kudretti bu. Mae onlara her şeyi, tüm çıplaklığıyla gerçeği veriyor, tam bir şeffaflık sağlıyor, onlar da ona güvenlerini, sevgilerini akıtıyordu.

Ellerini havaya kaldırıp seyircilerden oturmalarını isteyerek, "Pekâlâ, pekâlâ," dedi nihayet. "Bugün sizlere en gelişmiş arama aracımızı tanıtacağız. RuhArama'dan haberiniz vardır, sağda solda konuşulduğunu duymuşsunuzdur en azından, işte, şimdi bu aracımızı tüm Çember topluluğu önünde küresel bir denemeye tabi tutacağız. Hazır mısınız?"

Kalabalık sevinç çığlıklarıyla cevap verdi.

"Görmek üzere olduğunuz şey tamamen doğaçlamadır ve hiç prova edilmemiştir. Bugün kimi aratacağımızı ben bile bilmiyorum. Bu kişi, dünya çapında tanınmış kanun kaçaklarının bilgilerini içeren bir veri tabanından gelişigüzel seçilecek."

Ekranda devasa bir dijital küre dönmeye başladı.

"Bildiğiniz gibi, bizim Çember'de yaptığımız işin büyük bölümü, sosyal medyadan faydalanarak daha emniyetli, daha aklı başında bir dünya yaratma amacına hizmet eder. Bu şimdiden pek çok açıdan başarıldı tabii. Yakın zaman önce çalışmaya başlayan SilahSensör programımız örneğin, bir binadan içeri silah sokulduğunda derhal devreye girerek bina sakinlerini ve polisi alarma geçiriyor. Program son beş haftadır Cleveland'ın iki mahallesinde beta testine tabi tutulmaktaydı, sonuçta silahlı suçlarda yüzde 57 düşüş kaydedildi. Fena sayılmaz, öyle değil mi?"

Mae burada duralayıp alkışların kesilmesini bekledi. Son derece rahat hissediyordu, sunmak üzere olduğu şeyin dünyayı hızlı ve kalıcı bir şekilde değiştireceğinden emindi.

"Buraya kadar iyi iş çıkardın," dedi kulağındaki ses. Stenton'dı konuşan. Yardımcı Rehber'in bugünlük kendisi olacağını önceden haber vermişti Mae'e. RuhArama'ya özel bir ilgi duyduğu için tanıtımına bizzat rehberlik etmek istemişti.

Mae bir nefes aldı.

"Öte yandan dünyamızın en büyük tuhaflıklarından biri de kanun kaçaklarının, içinde bulunduğumuz bağlantı çağında bile hâlâ saklanabiliyor olması. Usame bin Ladin'i bulmak on yılımızı aldı. Bir bavul dolusu parayla uçaktan atlayan meşhur hırsız D. B. Cooper kaçışının üzerinden onlarca yıl geçmiş olmasına rağmen hâlâ kayıplarda. Buna dur deme vakti şimdi geldi. Buna inanıyorum, hemen şimdi."

Arkasında bir siluet belirdi. Baş ve gövdeden ibaret bir insan suretiydi bu, arka planda sabıka resimlerinde görülen türden sayılar vardı.

"Saniyeler içinde bilgisayar rastgele bir kanun kaçağı seçecek. Bu kim bilmiyorum. Kimse bilmiyor. Tüm dünya için tehdit sayılan biri olacak ve iddia ediyoruz ki bu kişi her kim olursa olsun, RuhArama onun yerini yirmi dakika içinde tespit edecek. Hazır mıyız?"

Salon mırıltılarla doldu, ardından bölük pörçük alkışlar duyuldu.

"Güzel," dedi Mae. "Hadi seçelim şu kaçağı."

Ekrandaki siluet ağır ağır, piksel piksel değişerek gerçek bir kişiye dönüştü; seçim tamamlanıp ortaya bir yüz çıktığında Mae bunun bir kadın olduğunu görerek çok şaşırdı. Polis objektifine gözlerini kısarak, sertçe bakan bir yüz. Bu kadında, bu kadının kısık gözlerinde ve ip gibi dudaklarında Dorothea Lange'ın fotoğraflarını -Dust Bowl* döneminin güneş yanığı yüzlerini- akla getiren bir şeyler vardı. Ne ki profil bilgileri fotoğrafın altında belirince Mae kadının İngiliz olduğunu ve halen yaşadığını öğrendi. Ekrandaki bilgilerin üstünden geçerek seyircilerin dikkatini temel kimlik bilgilerine odakladı.

"Pekâlâ. Bu Fiona Highbridge. Kırk dört yaşında. İngiltere'nin Manchester kentinde doğmuş. 2002'de üçlü cinayetten hüküm giymiş. Üç çocuğunu bir dolaba kapatıp bir aylığına İspanya'ya gitmiş. Çocukların üçü de açlıktan ölmüş. Üç çocuk da beş yaşından küçükmüş. Fiona İngiltere'de hapse atılmış ama görünüşe bakılırsa baştan çıkardığı bir gardiyanın yardımıyla firar etmiş. On yıldır gören olmamış, polis onu bulmaktan neredeyse umudunu kesmiş. Fakat elimizdeki araçlar ve Çember kullanıcılarının katılımı sayesinde onu bulacağız, eminim."

"Güzel," dedi Stenton, Mae'in kulağına. "Şimdi İngiltere'ye odaklanalım."

"Bildiğiniz gibi dün üç milyar Çember kullanıcısına bugün dünyayı değiştirecek bir duyuru yapacağımızı haber vermiştik. Dolayısıyla şu anda canlı yayınımızı işte şu kadar insan iz-

* 30'lu yılların ikinci yarısında ABD'nin orta bölgelerinde yaşanan ve şiddetli toz fırtınaları sonucu toprakları erozyona uğramış çiftçilerin batıya göç etmelerine sebep olan kuraklık dönemine verilen ad. (Ç.N.)

liyor." Mae başını ekrana çevirerek sayaçta dönen sayıların 1.109.001.887'ye kadar yükselip durmasını izledi. "Evet, bir milyardan fazla sayıda insan bizi izliyor. Şimdi İngiltere'de kaç izleyicimiz olduğuna bakalım." İkinci bir sayaç dönmeye başlayıp 14.028.981'de durdu. "Pekâlâ. Elimizdeki bilgiler Fiona'nın pasaportunun yıllar önce hükümsüz kılındığını gösteriyor, demek ki Fiona büyük olasılıkla hâlâ İngiltere'de. On dört milyon İngilizin ve dünyanın dört bir yanındaki bir milyar katılımcının Fiona Highbridge'i yirmi dakika içinde bulabileceğine herkes inanıyor mu?"

Seyirci gürledi ama Mae bunun işe yarayacağından şüpheliydi aslında. İşe yaramasa -ya da bulması otuz dakika, bir saat alsahiç şaşırmazdı hatta. Gerçi Çember kullanıcılarının gücü tam gaz devreye girdiği zaman en beklenmedik, mucizevi şeylerin mutlaka olduğunu unutmamak gerekirdi. Mae bu işin öğle tatilinin sonuna kadar biteceğinden emindi.

"Evet, herkes hazır mı? Süreyi başlatalım." Saatleri, dakikaları ve saniyeleri gösteren devasa, altı haneli bir kronometre ekranın köşesinde belirdi.

"Gelin bu konuda işbirliği yapmakta olan gruplarımızdan bazılarını size göstereyim. East Anglia Üniversitesi'ni görelim." Büyük bir konferans salonunda toplanmış yüzlerce öğrencinin görüntüsü ekranda belirdi. Öğrenciler neşeyle bağrıştı. "Leeds kentini görelim." Bu defa, soğuk ve rüzgârlı olduğu anlaşılan bir havada, üşümemek için sarınıp sarmalanmış insanlarla dolu bir kent meydanı geldi ekrana. "Ağın birleşik gücüne ek olarak, ülkenin her yanında toplanmakta olan onca grubumuz var. Herkes hazır mı?" Manchester'daki kalabalık ellerini havaya kaldırıp neşeyle bağrıştı, East Anglia öğrencileri de aynısını yaptı.

"Güzel," dedi Mae. "Şimdi yerlerinize... hazır... başla!"

Mae eliyle Fiona Highbridge'in resminin yanında beliren bir dizi sütunu işaret etti, sütunlarda en beğenileni en üstte yer alan yorumlar sıralanıyordu. Şimdiye kadarki en popüler yorum

Brighton'da yaşayan Simon Hensley adında bir adamdan gelmişti: *Bu cadıyı bulmak istediğimize emin miyiz? Oz Büyücüsü'ndeki Bostan Korkuluğu'na benziyor.*

Salonun her yanından gülüşmeler yükseldi.

"Pekâlâ. Ciddiyet zamanı," dedi Mae.

Ekrandaki bir diğer sütun, kullanıcıların arama kıstaslarına uygunluklarına göre sıralanmış fotoğraflarını gösteriyordu. Üç dakika içinde, çoğunu yüzü Fiona Highbridge'in yüzüne en benzeyenlerin oluşturduğu 201 fotoğraf alt alta dizilmişti. Ekranda devam eden oy sayımı, fotoğraflardan hangilerinin yüksek ihtimalle Fiona olabileceğinin sinyallerini veriyordu. Dört dakika içinde en muhtemel adayların sayısı beşe inmişti. Adaylardan biri Oregon'ın Bend kentindendi. Diğeri Kanada'nın Banff kasabasındandı. Bir diğeri Glasgow'dandı. Derken büyülü bir şey oldu - ancak Çember'in var gücüyle tek bir amaca yöneldiği zamanlarda mümkün olan bir şey: Kalabalık, fotoğraflardan ikisinin aynı kasabada, Galler bölgesindeki Carmarthen'da çekilmiş olduğunu fark etti. İkisi de aynı kadına, ikisi de tıpkı Fiona Highbridge'e benziyordu.

Doksan saniye içinde, biri bu kadının kimliğini tespit etti. Kadın çevresinde Fatima Hilensky adıyla tanınıyordu ki kalabalığın oylarına bakılırsa bu gayet umut verici bir göstergeydi. Gözlerden uzak kalmaya çalışan biri, adını tamamen değiştirmeyi mi seçerdi, yoksa eski adıyla soyadının baş harflerini koruyabildiği böyle bir isimle -peşine düşenleri püskürtecek kadar farklı, eski imzasını azıcık değiştirerek kullanmasına elverişli bir isimle- daha güvende mi hissederdi?

Yetmiş dokuz izleyici Carmarthen ve civarında yaşıyordu, aralarından üçü, söz konusu kadını hemen her gün gördüklerini iddia eden mesajlar gönderdi. Bu yeterince umut verici bir gelişmeydi ama sonra, Gretchen Karapcek adında bir kadın, cep telefonundan yolladığı ve yüz binlerce oyla çabucak zirveye fırlayan bir yorumunda, Swansea civarındaki bir çamaşırhanede fotoğraftaki kadınla birlikte çalıştığını söyledi. Kalabalık, kadını bulup sıcağı sıcağına fotoğraflamaya ya da görüntülemeye teşvik etti Gretchen'ı. O da bunun üzerine hemen telefonunun video fonksiyonunu çalıştırdı. İzleyicilerin çoğu -başka ipuçlarını takip eden milyonlarca insan hâlâ olduğu halde- Gretchen'ın doğru kişinin peşinde olduğuna kanaat getirmişti. Mae ve çoğu izleyici, Gretchen'ın kamerasının buharlar püskürten devasa makineler arasında mekik dokuyuşunu izlemeye kilitlendi; Gretchen mağara gibi mekânlardan süratle geçerek uzaktaki bir kadına, bir yatak çarşafını iki koca tekerleğin arasından geçirmekte olan zayıf, beli bükük bir kadına gitgide yaklaşırken mesai arkadaşları meraklı gözlerle onu izliyordu.

Mae süreye göz attı. Altı dakika, 33 saniye. Bunun Fiona Highbridge olduğundan emindi. Kadının kafasının şeklinde, halinde tavrında o olduğunu düşündüren bir şey vardı ve şimdi, gözlerini kaldırıp Gretchen'ın havada süzülerek ona doğru yaklaşan kamerasını fark ettiğinde vahim bir olayın gerçekleşmekte olduğunu kesinkes kavramışa benziyordu. Büyük bir şaşkınlık ya da hayret bakışı değildi bu. Çöpü eşelerken yakalanmış bir hayvanın bakışıydı. Vahşi bir suçluluk ve itiraf bakışı.

Mae bir an için nefesini tuttu; kadının pes edecekmiş gibi bir hali vardı, kameraya konuşarak suçlarını itiraf, yakalandığını kabul ediverecekti sanki.

Fakat o, tam tersine, koşmaya başladı.

Uzunca bir an için kameranın sahibi yerinde kaldı, kamera yalnızca Fiona Highbridge'i -bu kadının o olduğuna artık şüphe kalmamıştı- ve onun süratle odadan çıkıp üst kata kaçışını gösterdi.

Mae'in nihayet, "Takip et!" diye bağırmasıyla birlikte, Gretchen Karapcek ile kamerası kadının peşine düştü. Mae bir an için, her şeyi yüzlerine gözlerine bulaştıracaklarından, kaçağın beceriksiz bir mesai arkadaşı tarafından önce bulunup sonra çabucak kaybedileceğinden endişe etti. Kamera çılgınlar gibi çalkalanarak beton merdivenleri çıktı, cüruf briketinden yapılmış bir koridoru geçti ve sonunda, kare şeklindeki küçük penceresinden beyaz gökyüzünün gözüktüğü bir kapıya yaklaştı.

Kapı sertçe açıldığında Fiona Highbridge'in kapana kısıldığını görerek rahat bir nefes aldı Mae. Kadının sırtı duvara dayanmış, etrafı telefonlarını ona doğru nişan alır gibi tutmakta olan bir düzine insanla kuşatılmıştı. Kaçma şansı kalmamıştı. Yüzünde vahşi bir ifade vardı, hem korkulu hem de cüretkâr bir ifade. Çevresini kuşatan insan duvarında bir gedik, içinden geçebileceği bir delik arar gibiydi. "Yakaladık seni, çocuk katili," dedi kalabalıktan biri ve Fiona Highbridge yere çökerek elleriyle yüzünü kapattı.

Saniyeler içinde, kalabalığın telefonlardan yaptıkları video yayınlarının çoğu Büyük Salon ekranına yansımıştı; seyirciler ekranda kadının o soğuk, sert yüzünün on farklı açıdan çekilen ve hepsi de suçluluğunu doğrulayan görüntülerini bir Fiona Highbridge mozaiği halinde izleyebiliyordu.

Çamaşırhanenin dışından gelen bir ses, "Linç edin onu!" diye bağırdı.

"Zarar görmemeli," diye fısıldadı Stenton, Mae'in kulağına.

Kalabalığa, "Koruyun onu," diye yalvardı Mae. "Polisi arayan oldu mu - güvenlik güçlerini?"

Birkaç saniye sonra siren sesleri duyuldu, Mae iki arabanın süratle otoparka daldığını görünce süreye tekrar baktı. Dört polis memuru Fiona Highbridge'e ulaşıp bileklerine kelepçe taktıklarında Büyük Salon ekranındaki kronometre 10 dakika 26 saniyeyi gösteriyordu.

"Sanırım bitti," dedi Mae ve süreyi durdurdu.

Salon büyük bir tezahürat patlamasıyla sarsıldı; Fiona Highbridge'i kapana kıstırmış olan katılımcılar saniyeler içinde dünyanın her yerinden tebrik mesajları aldı.

Stenton, "Video yayınlarını keselim," dedi Mae'e, "insan haysiyetine saygı adına."

Mae bu direktifi teknik ekibe iletti. Highbridge'i göstermekte olan yayınlar kesildi, ekran yeniden karanlığa gömüldü.

"Ne diyeyim," dedi Mae, seyircilere. "Aslına bakarsanız benim bile beklediğimden daha kolaydı bu. Üstelik halihazırda tüm dünyada kullanımda olan araçların yalnızca birkaçına başvurmamız gerekti."

"Bir tane daha yapalım!" diye bağırdı biri.

Mae gülümsedi. "Şey, yapabiliriz aslında," deyip kuliste dikilmekte olan Bailey'ye baktı. Bailey omuz silkti.

"Yine bir kanun kaçağı olmasa daha iyi," dedi Stenton, Mae'in kulaklığına. "Bu sefer normal bir vatandaşı deneyelim."

Mae'in yüzüne bir tebessüm yayıldı.

"Pekâlâ millet," dedi, tabletinde çabucak bulduğu bir resmi arkasındaki ekrana aktarırken. Mercer'ın üç sene önce, yani ayrılmalarından hemen sonra, henüz yakın oldukları sıralar çekilmiş, ikisini yürüyüş yapmaya geldikleri sahil parkurunun girişinde gösteren şipşak fotoğraftı bu.

Mercer'ı bulmak için Çember'i kullanmayı daha önce bir kez olsun aklından geçirmemişti ama şimdi son derece mantıklı geliyordu. Ağın ve ağ üzerindeki insanların menzilini ve gücünü ona kanıtlamanın bundan daha iyi bir yolu olabilir miydi? Şüpheciliği azar azar kaybolacaktı.

"Tamam," dedi Mae seyircilere. "Bugünkü ikinci hedefimiz adaletten kaçmıyor ama onun da bir nevi... dostluk kaçağı olduğu söylenebilir."

Salondaki gülüşmelere hak verircesine gülümsedi.

"Bu Mercer Medeiros. Onu birkaç aydır görmüyorum, tekrar görebilmeyi çok isterim. Gelgelelim Fiona Highbridge gibi o da izini kaybettirmeye çalışıyor. Bakalım bir önceki rekorumuzu kırabilecek miyiz? Herkes hazır mı? Süreyi başlatalım hadi." Ve süre başladı.

Doksan saniye içinde Mercer'ı -ilkokuldan, liseden, üniversiteden, iş çevresinden- tanıyan insanlardan yüzlerce gönderi geldi. İçlerinde Mae'in de yer aldığı birkaç resim bile vardı, bu da herkesi çok eğlendirdi. Gerçi sonra, Mercer'ın şu anda nerede olduğu konusunda kimseden kayda değer bir bilginin gelmediği, dolayısıyla Mae'i bir hayli korkutan dört-beş dakikalık bir durgunluk yaşandı. Yalnızca Mercer'ın eski bir kız arkadaşı, onun nerede olduğunu kendisinin de merak ettiğini, skuba dalış takımının onda kalmış olduğunu söyledi. Bir süre için konuyla en alakalı mesaj bu oldu; derken Oregon'ın Jasper bölgesinden bir zing geldi ve gelir gelmez aldığı oylarla listenin en tepesine yerleşti.

Bu çocuğu mahalle bakkalımızda görmüştüm. Hemen soruşturacağım.

Gönderinin sahibi Adam Frankenthaler komşularıyla iletişime geçince hepsinin de Mercer'ı -içki dükkânında, bakkalda, kütüphanede- gördüğü ortaya çıktı. Ama sonra Mercer'ın şu an nerede olduğunu kimsenin tahmin edemediği, iki dakika kadar süren rahatsız edici bir duraklama daha yaşandı. Kronometre 7.31'i gösteriyordu.

"Evet," dedi Mae. "Daha etkili araçları devreye sokmanın vakti geldi. Bölge emlakçılarının kiralık kayıtlarına bakalım. Kredi kartı kayıtlarını, telefon kayıtlarını, kütüphane üyeliklerini, Mercer'ın kayıt yaptırmış olabileceği her şeyi kontrol edelim. Durun bir dakika." Mae başını kaldırıp ekrana bakınca iki adres bulunmuş olduğunu gördü, üstelik ikisi de aynı küçük Oregon kasabasındaydı. "Bu adreslere nasıl ulaşıldı, biliyor muyuz?" diye sordu ama bunun pek bir önemi yok gibiydi. Artık her şey çok hızlı ilerliyordu.

Sonraki birkaç dakika içinde farklı yönlerden yola çıkan arabalar bu iki adreste buluştu, arabaların içindekiler varışlarını videoya çekiyordu. Adreslerden biri, kasabadaki homeopatik ilaç satış mağazasının üstündeydi, binanın arkasında muhteşem bir kızılağaç ormanı uzanıyordu. Bir kamera, kapıyı çalan eli gösterdikten sonra pencereden içerisini dikizledi. Önce cevap veren olmadıysa da sonunda kapı açıldı ve kamera aşağıya doğru dönünce beş yaşlarında bir oğlan çocuğuyla karşılaştı. Evinin kapısında böyle bir kalabalıkla karşılaşmak çocuğu çok ürkütmüşe benziyordu.

Bir ses, "Mercer Medeiros burada mı?" diye sordu.

Oğlan arkasını dönüp evin karanlığında kayboldu. "Baba!"

Mae çocuğun Mercer'ın oğlu olduğunu düşünerek bir an için panikledi - kendi hayatında her şey o kadar hızlı gelişiyordu ki Mercer'la görüşmeyeli ne kadar olduğunu doğru dürüst hesaplayamayacak hale gelmişti. Yoksa şimdiden bir oğlu mu olmuştu? Olamayacağını anladı sonra, bu onun biyolojik oğlu olamazdı. Belki çocuklu bir kadınla beraber yaşamaya başlamıştı.

İçeriden gelen siluet kapı girişinin ışığına çıkınca onun Mercer olmadığı anlaşıldı. Kırk yaşlarında, keçisakallı bir adamdı, flanel bir gömlek ve eşofman altı giymişti. Boş çıkmıştı. Sekiz dakikadan biraz fazla zaman geçmişti şimdi.

İkinci adres bulundu. Ormanın içinde, bir dağ yamacının yükseklerindeydi. Mae'in arkasındaki ana video yayını bu görüntüye geçerken dönemeçli yolda hızla ilerleyen bir araba büyük, gri bir kulübenin önünde durdu.

Bu sefer kamera çekimleri daha profesyonel ve netti. Sırıtkan bir genç kadın olan katılımcıyı, hınzırca kaş göz oynatarak kulübenin kapısını çalmakta olduğu sırada videoya çeken biri vardı.

"Mercer?" diye seslendi kadın. "Mercer, orada mısın?" Kadının sesi tanıdık gelince Mae bir an için tedirgin oldu. "İçeride avize mi yapıyorsun yoksa?"

Mae'in midesi bulandı. İçinden bir ses, Mercer'ın ne bu sorudan ne de bu sorudaki umursamaz tondan hoşlanacağını söylüyordu. Mae, Mercer'la doğrudan konuşabilmek için onun bir an evvel çıkıp yüzünü göstermesini diledi. Ama kapıyı açan yoktu.

"Mercer!" dedi genç kadın. "Orada olduğunu biliyorum. Arabanı görüyoruz." Kamera evin önündeki park yerine doğru dönünce Mercer'ın pikabının gerçekten de orada durduğunu gördü Mae. Kamera eski görüş açısına çevrilirken, aralarından çoğu bölge yerlisine benzeyen, beyzbol şapkalı ve en az biri kamuflaj giysili on-on iki kişilik bir kalabalığın toplandığı görüldü. Kamera evin ön kapısına geri döndüğünde kalabalık çoktan tezahürata başlamıştı. "Mercer! Mercer! Mercer!"

Mae süreye baktı. Dokuz dakika, 24 saniye. Fiona Highbridge'i yakalama rekorunu en az bir dakikayla kıracaklardı. Fakat önce Mercer'ın kapıya gelmesi gerekiyordu.

Genç kadının, "Evin etrafını dolan," demesi üzerine, verandadan ve pencerelerden içerisini dikizleyen ikinci bir kameranın görüntüleri ekrana yansımaya başladı. İçeride olta kamışları, bir yığın boynuz, tozlu kanepe ve koltukların yanına istiflenmiş kitaplar, kâğıtlar vardı. Şömine rafının üstünde tanıdık bir fotoğraf görebildiğine emindi Mae: Mercer'ın Yosemite'ye yaptıkları bir seyahat sırasında erkek kardeşleri, annesi ve babasıyla çekilmiş bir resmi. Fotoğrafı hatırlıyordu, figürlerin kimliklerinden de emindi çünkü o zamanlar on altı yaşında olan Mercer'ın evlat sevgisinin o sakınmasız ifadesiyle başını annesinin omzuna dayamış olmasını her zaman çarpıcı derecede tuhaf ve güzel bulmuştu.

"Mercer! Mercer! Mercer!" sesleri duyuluyordu.

Oysa Mae'in de fark ettiği gibi, Mercer'ın yürüyüşe çıkmış ya da bir mağara adamı gibi odun toplamaya gitmiş ve saatlerce dönmeyecek olması gayet mümkündü. Tam seyircilere dönüp aramanın başarıya ulaştığını söyleyerek gösteriyi kısa kesmek üzereydi ki -onu bulduklarına zerre kadar şüphe kalmamıştı nasıl olsa- tiz bir çığlık duydu.

"İşte orada! Park yerinde!"

İki kameranın ikisi birden harekete geçerek sarsıla sarsıla verandadan inip Toyota'ya doğru koşmaya başladı. Kamyonete binmekte olan bir figür vardı, kameralar o tarafa doğru hücum ederken Mae onun Mercer olduğunu anladı. Ne var ki iyice yaklaştıkları -Mae'in ona sesini duyurabileceği kadar yaklaştıkları- sırada Mercer kamyonetini çoktan geri geri çıkarmaya başlamıştı bile.

Biri kamyonetin yanı sıra koşmaktaydı, genç bir adamdı bu, yolcu penceresine bir şey takmaya çalıştığı görülebiliyordu. Mercer geri geri yola çıktıktan sonra gazlayıp gitti. Mercer'ın evinde toplanmış olan tüm katılımcılar onu takip etmek üzere arabalarına binerlerken tam bir koşturmaca ve gülüşme keşmekeşi yaşandı.

Takipçilerden biri, yolladığı mesajda Mercer'ın yolcu koltuğunun camına bir DeğişimiGör kamerası yerleştirdiğini belirtti; kamera anında devreye girmiş, Mercer'ın direksiyon başındaki net görüntüsü ekranda belirmişti.

Mae kameradaki ses iletiminin tek yönlü olduğunu biliyordu, dolayısıyla Mercer'la konuşması mümkün değildi. Fakat onunla mutlaka konuşması gerekiyordu. Bu işin arkasında Mae'in olduğundan henüz haberi yoktu Mercer'ın. Bunun tüyler ürpertici bir sürek avından ibaret olmadığına onu ikna etmesi gerekiyordu. Ona ulaşmaya çalışan kişinin kendisi, RuhArama programını tanıtmakta olan arkadaşı Mae olduğunu ve onunla sadece biraz konuşmak, bu hadiseye beraberce gülmek istediğini söylemek istiyordu.

Gelgelelim, orman bulanık bir kahverengi-beyaz-yeşil silsilesi halinde kamyonetin camından süratle geriye akarken Mercer'ın dudakları korkunç bir öfke ve korku ifadesiyle kenetlenmişti. Direksiyonu seri hareketlerle, pervasızca çevirip duruyor, görünüşe bakılırsa dağ yollarında giderek daha yükseklere tırmanıyordu. Katılımcıların ona yetişme ihtimali Mae'i endişelendirmekteydi ama ellerinde bir DeğişimiGör kamerası olduğunu da biliyordu, kamera o kadar net ve sinematik bir görüntü sunuyordu ki takip çılgınca eğlenceli bir hal almıştı. Mercer görüntüde kahramanı Steve McQueen'i andırıyor, kamyonetini yollarda bata çıka ilerletirken hiddetli olmakla birlikte kontrollü de gözüküyordu. Mae insanların araçlarıyla ilginç coğrafyalardan yüksek hızla geçerken kendilerini çekip yayınladıkları bir tür canlı yayın şovu yaratabileceklerini düşündü bir an. Sür Bakalım olurdu adı. Mae'in hayalleri Mercer'ın garez dolu sesiyle bölündü: "Canınız cehenneme!" diye bağırmıştı Mercer: "Canınız cehenneme!"

Kameraya bakıyordu. Fark etmişti onu. Derken kameranın görüşü alçalmaya başladı. Mercer camı indiriyordu. Mae kameranın buna dayanıp dayanmayacağını, yapıştırıcısının otomatik camın gücüne karşı koyup koyamayacağını merak etti ama cevap saniyeler içinde geldi, kamera tıraşlanarak camdan koptu ve alçalıp düşerken vahşice çalkalanan gözü önce ormanları, sonra yeri, sonra da, yolda hareketsiz kaldığı zaman, gökyüzünü gösterdi.

Süre 11.51 olmuştu.

Birkaç uzun dakika boyunca Mercer'ın hiçbir görüntüsüne ulaşılamadı. Mae takipteki arabalardan birinin onu bulmasının an meselesi olduğunu düşündü, ama dört arabadan gelen görüntülerin dördünde de Mercer'dan eser yoktu. Arabalar farklı farklı yollarda ilerlemekteydi ve Mercer'ın nerede olduğunu kestiremedikleri ses iletimlerinden açıkça anlaşılıyordu.

İzleyicileri galeyana getirmek üzere olduğunu bile bile, "Öyle olsun," dedi Mae. Sesini esrarengiz bir kötü adamı çağrıştıracak şekilde değiştirerek, "Hava araçlarını salın!" diye kükredi sonra.

Katlanılmaz derecede uzun sürdü bekleyiş -üç dakika kadar- ama az sonra civarda mevcut özel İHA'ların hepsi, yani her biri kendi sahibi tarafından çalıştırılmakta olan on bir İHA'nın on biri birden havalanarak Mercer'ın kamyonetiyle ilerlediği tahmin edilen dağa ulaşmıştı. GPS sistemleri onları çarpışmaktan alıkoyuyordu; uydu görüntüsüyle eşgüdümlenince Mercer'ın açık mavi kamyonetini altmış yedi saniyede buldular. Kronometre 15.04'ü gösteriyordu.

İHA'ların kamera görüntüleri şimdi ekrana yansımış, seyircilere inanılmaz bir görüntü bolluğu sunmaktaydı; güvenli mesafelerde uçan araçların tümü, dağ yolunda sık çamlar arasından süratle tırmanmakta olan kamyonete kaleydoskopik bir bakış temin ediyordu. Daha küçük araçlardan birkaçı iyice alçalarak yere yaklaşma kabiliyetine sahipken ağaçlar arasında makas yapamayacak büyüklükte olanlar, onları yukarıdan takip ediyordu. Adı Kâşif10 olan küçük araçlardan biri, ağaçların dalları altına inmeyi başarmış, görünüşe bakılırsa kendini Mercer'ın kamyonetinin sürücü tarafındaki cama yapıştırmaya çalışıyordu. Görüntü sabit ve netti. Mercer ona dönüp varlığını ve kararlılığını fark edince yüzünde tam bir dehşet ifadesi belirdi. Mae onun böyle baktığını daha önce hiç görmemişti.

"Biri sesimi Kâşif10 adlı İHA'ya iletebilir mi?" diye sordu Mae. Mercer'ın camının hâlâ açık olduğunu biliyordu. İHA'nın hoparlöründen sesini duyurabilirse Mercer onu işitir, peşindekinin o olduğunu anlardı. Ses bağlantısının sağlandığı sinyalini aldı.

"Mercer! Benim, Mae! Beni duyabiliyor musun?"

Mercer'ın yüzü hafif bir tanıma belirtisi gösterdi. Gözlerini kısarak İHA'ya doğru bir kez daha, kuşkuyla baktı.

"Mercer. Durdur şu arabayı. Benim, yabancı değil. Mae." Sonra da, gülmesini zor bastırarak şöyle dedi: "Sadece merhaba demek istemiştim."

Seyirciler gürültüyle bağrıştı.

Salondan yükselen kahkahalar Mae'in içini ısıtmıştı; Mercer'dan da önce gülmesini, sonra arabasını durdurup Mae'in emri altındaki araçların harikulade gücüne duyduğu hayranlıkla başını iki yana sallamasını bekliyordu. Söylemesini istediği şey, "Tamam, yakaladın beni. Teslim oluyorum. Sen kazandın"dı.

Fakat Mercer ne gülüyor ne de duruyordu. Artık hava aracına bile bakmıyordu. Sanki yeni bir rota izlemeye karar vermiş, ona kilitlenmişti.

"Mercer!" dedi Mae, ona emir verirmiş gibi yaparak. "Mercer, arabayı durdur ve teslim ol. Etrafın sarıldı." Sonra tekrar gülümsemesine sebep olan bir fikir geldi aklına. Sesini alçaltarak, "Etrafın sarıldı..." dedikten sonra şen şakrak bir cıvıltıyla ekledi: "Dostlarla!" Aynen beklediği gibi, büyük bir kahkaha ve tezahürat patlaması konferans salonunu inletti.

Ama Mercer yine de durmuyordu. Araca dakikalardır hiç bakmamıştı. Mae süreyi kontrol etti: 19 dakika, 57 saniye. Mercer'ın arabayı durdurmasının ya da kameraların gücünü kabul etmesinin bir şey değiştirip değiştirmeyeceğine karar veremiyordu. Bulunmuştu neticede, öyle değil mi? Onu arabasına doğru koşarken yakaladıkları an Fiona Highbridge'in yerini saptama rekorunu muhtemelen kırmışlardı. Maddi kimliğini doğruladıkları an o an olmuştu. Mae, İHA'ları geri çekmeleri, kameraları da kapatmaları gerektiğini düşündü çünkü Mercer'ın inadı tutmuştu bir kere, işbirliğine yanaşmayacaktı - hem zaten Mae de kanıtlamak istediği şeyi çoktan kanıtlamıştı.

Ama ah şu Mercer'ın boyun eğmezliği, yenilgiyi kabul etmezliği, Mae'in emrindeki teknolojinin akıl almaz gücünü dahi onaylamamaya yönelik inadı yok muydu... Mae onda ufak da olsa bir kabul belirtisi görene kadar vazgeçemeyeceğini biliyordu. İyi de o belirti ne olabilirdi? Bilmiyordu ama görünce anlayacağından emindi.

Derken arabanın penceresinden geriye doğru akan manzara iyiden iyiye açılıp derinleşti. Süratle hareket eden sık orman görüntüsü yok olmuştu. Engin bir mavilik, ağaç tepeleri, parlak beyaz bulutlar vardı şimdi.

Mae başka bir kamera görüntüsüne bakınca manzarayı yukarılarda uçan bir İHA'nın gözünden gördü: Mercer bir köprüden geçmekteydi, dağı başka bir dağa bağlayan, bir vadinin onlarca metre yukarısında uzanan dar bir köprüden.

"Mikrofonun sesini açamaz mıyız biraz?" diye sordu Mae.

Ekranda beliren bir ikon, sesin o ana kadar yarı açık olduğunu, şimdiyse tam açık hale geldiğini gösterdi.

Mae sesini elinden geldiğince tekinsizleştirerek, "Mercer!" diye seslendi. Sesin yüksekliğinden irkilen Mercer'ın başı hızla İHA'ya döndü. İlk seslenişinde Mae'i duymamış olabilir miydi?

Tüm bu olanların arkasında kendisinin olduğunu Mercer'ın o ana kadar anlamamış olabileceği umuduna tutunarak, "Mercer! Benim, Mae!" dedi. Ama Mercer gülümsemedi. En derininden bir hayal kırıklığına uğramış gibi, başını ağır ağır iki yana sallamakla yetindi.

Mae şimdi yolcu penceresinde iki İHA daha görebiliyordu. Yeni bir ses, bir erkek sesi, bu iki aracın birinden haykırdı: "Mercer, seni orospu çocuğu! Durdur şu arabayı göt herif!"

Mercer'ın başı bu sese döndü, tekrar yola baktığında yüzünde tam bir panik ifadesi vardı.

Mae arkasındaki ekranda köprüye yerleştirilmiş iki DeğişimiGör kamerasından gelen görüntülerin diğer kamera görüntülerinin arasına eklendiğini gördü. Saniyeler sonra bir üçüncüsü devreye girerek köprünün aşağıdaki nehir kenarından çekilen görüntüsünü sundu.

Şimdi de bir diğer ses, bu kez gülen bir kadının sesi, üçüncü İHA'dan gürlemeye başlamıştı: "Mercer, teslim ol! Boyun eğ bize! Arkadaşımız ol!"

Mercer araca çarpmak ister gibi direksiyonu bir an için o tarafa kırdı ama İHA yörüngesini otomatikman ayarlayarak Mercer'ın hareketini taklit edince bu hamleden hiç etkilenmedi. "Kaçamazsın Mercer!" diye bağırdı kadın sesi. "Asla, asla, asla.

Oyun bitti. Pes et artık. Arkadaşımız ol!" Bu son temenni bir çocuğun mızırdanışı gibi çıkmıştı, sesini elektronik hoparlörden ileten kadın bile güldü tuhaflığına; siyah, ruhsuz bir İHA'dan yükselen bir geniz sesi.

Seyirciler tezahürattaydı, yorumların ardı arkası kesilmiyordu. Kimi izleyiciler bunun hayatlarının en müthiş seyir deneyimi olduğunu söylüyordu.

Tezahüratın gürültüsü giderek büyürken Mercer'ın yüzüne belli bir ifadenin yerleştiğini gördü Mae, kararlılık gibi, dinginlik gibi bir şey. Sağ kolu direksiyonu çevirirken Mercer en azından geçici bir süre için İHA'ların görüş alanından çıktı. İHA'lar onun görüntüsünü geri kazandığında kamyonet yolun ortasından beton bariyere doğru hızlanmaktaydı, o kadar süratliydi ki bariyerin onu tutabilmesi mümkün değildi. Kamyonet bariyeri yıkıp geçerek vadiye atladı ve kısa bir an için, kilometrelerce ötelere uzanan dağ manzarasına karşı uçar gibi göründü. Sonra gözden kayboldu.

Mae'in gözleri içgüdüsel olarak nehir yatağındaki kameraya döndü ve yukarıdaki köprüden düşen ufacık bir nesnenin tenekeden bir oyuncak gibi aşağıdaki kayalara konduğunu saptadı. Bu nesnenin Mercer'ın kamyoneti olduğunu bildiği, böyle bir düşüşten kimsenin sağ kurtulamayacağı bilgisi de aklının bir köşesinde bulunduğu halde, Mercer'ı köprünün üstünde durmuş aşağıdaki kamyonete bakarken görmeyi bekleyerek diğer kameraların, yukarıda hâlâ dolanmakta olan hava araçlarının görüntülerine çevirdi bakışlarını. Ama köprüde kimsecikler yoktu.

"Bugün nasılsın bakalım?" diye sordu Bailey.

Bailey'nin kütüphanesindeydiler, Mae'in izleyicileri dışında kimse yoktu yanlarında. Mercer'ın ölümünden beri -artık tam bir hafta olmuştu- izleyici sayısı yaklaşık yirmi sekiz milyonda sabitlenmişti.

Kelimelerini özenle seçerek, ham duygularını her koşulda sessiz bir vakarla, çalışılmış bir itidalle dengelemek zorunda olan bir başkan edasıyla, "İyiyim, teşekkürler," dedi Mae. Bir süredir kendini bir başkan gibi görüyordu. İzleyicileriyle çok şey paylaşıyordu; çok sayıda insana karşı sorumluluğu, küresel olayları etkileme gücü vardı. Bulunduğu konum yeni krizleri, başkanlık düzeyinde krizleri beraberinde getirmişti. Mercer'ın ölümü gibi. Annie'nin çöküşü gibi. Kennedy'leri geçirdi aklından. "Algılayabilmiş olduğumdan emin değilim henüz," dedi.

"Algılayamayabilirsin de, bir süre için," dedi Bailey. "Keder ateşinin yüreğe ne zaman düşeceği belli olmaz, keşke olsaydı. Fakat kendini suçlamanı istemiyorum. Suçlamıyorsundur umarım."

"Eh, suçlamamak elde değil tabii," dedi Mae, sonra hemen irkildi. Bunlar bir başkana yaraşır sözler değildi. Bailey fırsatı kaçırmadı.

"Akli dengesi son derece bozuk, antisosyal bir genç adama yardımcı olmaya çalışıyordun Mae. Sen ve diğer katılımcılar ona yardım eli uzatıyor, onu insanlığın kucağına çekmeye çalışıyordunuz ama o bunu reddetti. Bence tersine, sen onun tek umuduydun, gün gibi ortada bu."

"Güzel sözlerin için teşekkür ederim," dedi Mae.

"Sen hastasının yardımına koşan doktor gibiydin, lakin hasta doktorunu görünce kendini pencereden aşağıya attı. Kabahati sende bulmak güç."

"Sağ ol," dedi Mae.

"Ya annenle baban? İyiler mi?"

"İyiler. Sağ ol."

"Cenazede onları görmek sana iyi gelmiştir."

"Geldi," dedi Mae, gerçi cenazede hemen hiç konuşmamış, sonrasında da hiç görüşmemişlerdi.

"Aranızda hâlâ biraz mesafe olduğunu biliyorum, zamanla o da aşılır. Mesafeler her zaman aşılır."

Mae gücü ve sakinliği için Bailey'ye müteşekkirdi. O an Bailey onun en iyi arkadaşıydı, babası gibiydi aynı zamanda. Mae, öz anne ve babasını çok severdi ama onlar Bailey gibi bilge, Bailey gibi güçlü değildi. Bailey'ye, Stenton'a, özellikle de olaydan beri ona destek olan Francis'e minnettardı.

"Böyle bir şeyin yaşanmasına şahit olmak canımı sıkıyor," diye devam etti Bailey. "Çok rahatsız edici. Münferit bir olay olduğunu biliyorum, bu konuya özel bir hassasiyetim var, onu da biliyorum fakat şu da bir gerçek ki Mercer kendi kendine giden akıllı bir taşıt kullansaydı böyle bir şey katiyen yaşanmazdı. Taşıtın programlaması buna engel olurdu. Mercer'ın o gün kullandığına benzer taşıtların yasaklanması lazım bana sorarsan."

"Doğru," dedi Mae. "Aptal kamyonet."

"Ayrıca, parasına baktığımdan değil ama o köprüyü onarmak kaça mal olacak biliyor musun? Ya aşağıdaki enkazı temizlemek ne kadara patlamıştır! Halbuki akıllı bir araç kullansaydı, kendine zarar vermeyi başaramazdı. Araba kendi kendini kapatırdı çünkü. Özür dilerim. Acınla bu kadar alakasız bir konuda böyle ahkâm kesmemeliyim."

"Önemli değil."

"Neticede orada bir kulübede yalnız başına yaşıyordu. Tabii ki bunalıma girecek, tabii ki aklını oynatacak, paranoyaya sürüklenecek. Katılımcılar yanına vardığında onun için çok geçti artık. Bir dağ başında, isteseydi ona ellerinden geldiğince yardımcı olabilecek binlerce, hatta milyonlarca insanın ulaşamayacağı bir yerde yapayalnızdı."

Mae başını kaldırıp Bailey'nin vitray tavanına -tavandaki bütün o meleklere- bakarken Mercer'ın şehit düşmüş sayılmayı ne çok isteyeceğini düşündü. "Çok fazla seveni vardı," dedi. "Çok fazla. Yorumları, övgüleri gördün mü? İnsanlar yardım etmek istiyordu. Yardım etmeye çalıştılar da. Sen de öyle yaptın. İzin verseydi mutlaka binlerce kişi daha koşardı yardımına. İnsanlığı reddedecek olursan, kullanımına sunulan bütün o araçları reddedecek olursan başın derde girer. Arabaların uçurumlardan uçmasını engelleyen teknolojiyi reddedecek olursan uçurumun dibini bedenen boylarsın. Dünyadaki milyarlarca şefkatli insanın yardımını ve sevgisini reddedecek olursan uçurumun dibini ruhen boylarsın. Haksız mıyım?" Az önce zekice uydurduğu cuk oturan metaforun izleyiciler tarafından kavranmasına fırsat vermek ister gibi duraladı. "Dış dünyada seninle bağlantı kurmak, duygularını anlamak, seni bağrına basmak isteyen grupları, insanları, dinleyicileri reddediyorsan, kendi felaketine yürüyorsun demektir. Mae, onun böylesi bir dünyada, yüzünü birliğe ve beraberliğe dönmüş bir dünyada hayatını sürdürmeyi beceremeyen, bunalıma, yalnızlığa sürüklenmiş bir genç olduğu gün gibi ortada. Keşke onu tanıyabilseydim. Gerçi o gün olanları izledikten sonra az da olsa tanımış sayılırım ya neyse."

Bailey derin bir sıkıntıyı ifade eden boğuk bir hırıltı çıkardı.

"Biliyor musun, bundan birkaç yıl önce, ömrüm vefa ettiği sürece yeryüzündeki tüm insanları tanımaya çabalamam gerektiği hissine kapılmıştım. Her birini azıcık da olsa tanıyacaktım. Ellerini sıkacak, onlara merhaba diyecektim. Bu fikir aklıma düşünce bunu gerçekten yapabileceğimi sandım. Sence de cazip bir düşünce, değil mi?"

"Kesinlikle," dedi Mae.

"Gelgelelim, gezegenimizde yedi küsur milyar insan var! Oturdum hesapladım. Varabildiğim en iyi sonuç şuydu: Her bir kişiye üç saniyemi ayırsam, dakikada yirmi kişi eder. Saatte bin iki yüz! Oldukça iyi, değil mi? Ama bu hızla devam etsem bile bir yılın sonunda yalnızca 10.512.000 kişiyi tanımış olacaktım. Yani aynı hızla herkesi tanımak 665 yılımı alacaktı! Üzücü, öyle değil mi?"

"Öyle," dedi Mae. O da benzer bir hesap yapmıştı. Bu insanların bir kısmı tarafından görülmek yetmez mi, diye düşündü. O da bir şeydi.

"Demek ki halihazırda tanıdığımız ve tanıyabileceğimiz insanlarla yetinmek zorundayız," dedi Bailey, yine yüksek sesle göğüs geçirerek. "Bir de onların tamı tamına kaç kişi olduklarını bildiğimize şükredeceğiz. Çok insan var, aralarından seçebileceklerimiz de çok fazla. Senin sorunlu arkadaşın Mercer'ın ölümüyle dünyadaki çok ama pek çok insandan birini kaybetmiş olduk, bu da bize yaşamın hem kıymetini hem de bereketini hatırlatıyor. Haksız mıyım?"

"Haklısın."

Mae'in düşünceleri de aynı yolu izlemişti. Mercer'ın ölümünden ve Annie'nin çöküşünden sonra kendini çok yalnız hissettiği zamanlarda yırtığın içinde yeniden, eskisinden daha büyük, daha derinlemesine açılmaya başladığını fark ediyordu. Ama sonra, izleyiciler dünyanın dört bir yanından ellerini uzatıp ona desteklerini, gülen yüzlerini gönderince -milyonlarcası gelmişti Mae'e, on milyonlarcası- yırtığın doğasını ve nasıl dikilip kapatılabileceğini anlamıştı. Yırtık, bilmemekti. Kendisini kimin ne kadar süreyle seveceğini bilmemekti. Yırtık, bilmemenin -Kalden'ın kim olduğunu bilmemenin, Mercer'ın düşüncelerini, Annie'nin düşüncelerini, planlarını bilmemenin- sebep olduğu delilikti. Mercer ola ki düşüncelerini herkesin bilgisine sunmuş, Mae'e ve dünyanın geri kalanına kapılarını açmış olsaydı kurtarılabilirdi, kurtarılırdı. Bilmemek deliliği, yalnızlığı, şüpheyi, korkuyu besliyordu. Fakat bütün bu durumu çözmenin yolları vardı. Şeffaflık Mae'in dünyaca tanınabilmesini ve daha iyi biri olmasını sağlamış, onu mükemmeliyete -öyle umuyordu- yaklaştırmıştı. Şimdi dünya peşi sıra gelecekti. Tam şeffaflık tam erişimi getirecek, bilmemenin kökü kazınacaktı. Her şeyin ne kadar basit, ne kadar saf olduğunu düşünerek gülümsedi Mae. Bailey de onun gibi gülümsüyordu.

"Evet," dedi Bailey, "önem verdiğimiz ve kaybetmek istemediğimiz insanlardan söz açılmışken, dün Annie'yi ziyaret ettiğini biliyorum. Nasıl şimdi? Durumu aynı mı?"

"Aynı. Annie'yi bilirsin. Güçlüdür."

"Güçlüdür tabii. Ve bizim için çok önemlidir. Tıpkı senin gibi. Biz her zaman senin de Annie'nin de yanında olacağız. Bunu ikinizin de bildiğini biliyorum ama yine de tekrarlamak istiyorum. Siz hiç Çembersiz kalmayacaksınız. Tamam mı?"

Mae ağlamamak için kendini zor tutuyordu. "Tamam."

"Tamam o zaman." Bailey gülümsedi. "Artık gitsek iyi olacak. Stenton bizi bekliyor, ayrıca öyle sanıyorum ki hepimizin..." -bunu söylerken Mae ile izleyicilerini işaret etti- "biraz kafa dağıtmaya ihtiyacı var. Hazır mısın?"

Capcanlı, mavi bir ışık saçan yeni akvaryuma doğru karanlık koridor boyunca yürüdükleri sırada Mae yeni bakıcının bir merdivene tırmandığını görebiliyordu. Stenton, Georgia ile anlaşmazlığa düşmesinin ardından başka bir deniz biyologunu almıştı işe. Georgia, Stenton'ın hayvanlara farklı yemler denetmesine karşı çıkmış ve yerine gelen biyologun yapmak üzere olduğu şeyi yapmayı reddetmişti. Kafası tıraşlanmış uzun boylu bir adam olan yeni biyolog, Stenton'ın Mariana'dan getirdiği tüm yaratıkları aynı tankta buluşturarak Stenton'ın onları içinde bulmuş olduğu gerçek ortama daha yakın bir ortam yaratacaktı. Bu o kadar mantıklı bir fikir gibi görünmüştü ki Georgia'ya yol verilip yerine başka birinin getirilmiş olması Mae'i memnun etmişti. Tüm hayvanların doğal yaşam alanlarına benzeyen ortamlarda yaşamalarını kim istemezdi ki? Georgia cesaretten ve vizyondan yoksun bir tavır sergilemişti, böyle birinin ne o tanklar civarında ne Stenton'ın yanında ne de Çember'de yeri vardı.

Tanka yaklaştıkları sırada, "İşte orada," dedi Bailey. Stenton görüntüye girince Bailey onun elini sıktı, sonra Stenton, Mae'e döndü.

Onun iki elini birden elleri arasına alırken, "Seni tekrar görmek ne güzel Mae," dedi. Heyecandan içi içine sığmıyordu aslında ama Mae'in taze acısına hürmeten, bir an için somurttu. Mae çekinerek gülümsedikten sonra onun gözlerinin içine baktı. Stenton iyi olduğunu, hazır olduğunu bilsin istiyordu. Stenton başını sallayarak geri çekildi ve tanka döndü. O günkü deneme için çok daha büyük bir tank yaptırmış, akvaryumun parlak ışığı altında tam bir renk senfonisi oluşturan muhteşem bir canlı mercan ve yosun aranjmanıyla onu donatmıştı. Aralarında eflatun denizşakayıkları, yeşilli sarılı balon mercanları, acayip beyaz küreler şeklinde deniz süngerleri vardı. Su, petek mercanların kıyısına köşesine iliştirilmiş menekşe rengi bitkileri salındıran hafif bir akıntı dışında sakindi.

"Güzel. Tek kelimeyle güzel," dedi Bailey.

Bailey, Stenton ve Mae yan yana dikilmişti ve Mae izleyicilerinin bu zengin sualtı tablosunu uzun uzun inceleyebilmesi için kamerasını akvaryuma çevirmişti.

"Ve birazdan tamamlanmış olacak," dedi Stenton.

O an Mae, arkasında birinin varlığını hissetti, soldan sağa doğru geçerken ensesine dokunan sıcak bir nefes.

"Hah, işte geldi," dedi Bailey. "Ty ile henüz tanışmamıştın sanırım, değil mi Mae?"

Mae arkasını dönünce karşısında Kalden'ı buldu; Bailey ile Stenton'ın arasında dikilmiş ona gülümsüyor, elini uzatıyordu. Yünlü bir kasket takmış, üzerine bol gelen kapüşonlu bir svetşört giymişti. Şüphe götürmez bir şekilde Kalden'dı bu. Kendini tutmasına fırsat kalmadan, Mae'in ağzından bir "Hiii!" çıkmıştı bile.

Ty gülümsedi ve Mae o an, Ty'ın karşısında şaşkınlık geçirmiş olmasını hem izleyicilerinin hem de Akıllı Adamlar'ın doğal karşılayacağını hemen anladı. Gözlerini yere indirdiğinde onun elini sıkmakta olduğunu fark etti. Soluğu kesilmişti.

Başını kaldırınca Bailey ile Stenton'ın sırıttığını gördü. Buradaki her şeyin yaratıcısının, Çember'in arkasındaki bu esrarengiz genç adamın tesiri altına girdiğini varsayıyorlardı. Mae tekrar Kalden'a dönüp yüzünde bir açıklama aradı ama onun gülümseyişi değişmedi. Gözleri kusursuzca donuktu.

"Tanıştığımıza çok sevindim Mae," dedi. Çekinerek söylemişti bunu, neredeyse mırıldanarak, ama ne yaptığını biliyordu. İzleyicilerin Ty'dan ne beklediğini biliyordu.

"Ben de çok sevindim," dedi Mae.

Şimdi iyice karışmıştı kafası. Neler dönüyordu burada? Gözlerini tekrar Ty'ın yüzünde gezdirince yünlü kasketinin altında kırlaşmış saçlarından birkaç tel gördü. O saçların varlığından bir tek Mae haberdardı. Acaba Bailey ile Stenton onun bu kadar çarpıcı biçimde yaşlanmış olduğunu biliyor muydu? Kendini başka biri olarak, Kalden adında, var olmayan biri olarak tanıttığını? Bilmeleri gerektiğini düşündü sonra. Tabii ki biliyorlardı. Ty'ın hep video yayınlarında, belki de önceden kaydedilmiş videolarda görünmesinin sebebi buydu. Bailey ile Stenton bu durumun sürekliliğini sağlıyor, onun gözlerden uzak kalmasına yardımcı oluyordu.

Mae hâlâ onunla tokalaşıyordu. Elini geri çekti.

"Daha önce olmalıydı bu," dedi Ty. "Gecikme için özür dilerim." Şimdiyse Mae'in merceğine bakarak konuşuyor, izleyicilere son derece doğal bir performans sunuyordu. "Bazı yeni projeler üzerinde çalışmaktaydım ve bir sürü ilginç konu vardı, dolayısıyla sosyal hayata gerektiği ölçüde katılamadım ne zamandır."

Mae'in izleyici sayısı anında yükselmiş, otuz milyonun biraz üstünden otuz iki milyona çıkmıştı ve hızla yükselmeye devam ediyordu.

"Üçümüz bir araya gelmeyeli epey oldu!" dedi Bailey. Mae'in kalbi çılgınlar gibi çarpıyordu. Kaçtır beraber olduğu adam Ty çıkmıştı. Ne demek oluyordu bu? Yani onu Tamamlanma hakkında uyaran Kalden değil, Ty mıydı? Bu nasıl mümkün olabilirdi? Asıl bu ne demek oluyordu?

Kalden başıyla suyu işaret ederek, "Birazdan ne göreceğiz?" diye sordu. "Galiba biliyorum ama yine de izlemek için sabırsızlanıyorum."

Bailey ellerini önce çırpıp sonra heyecanla ovuşturarak, "Pekâlâ," dedi. Mae'e döndü sonra, Mae de merceğini ona çevirdi. "Çok fazla teknik ayrıntıya girmekten çekinen arkadaşım Stenton bu açıklamayı benim yapmamı istedi. Hepinizin bildiği gibi, kendisi Mariana Çukuru'nun keşfedilmemiş derinliklerinden birtakım inanılmaz yaratıklar getirdi. Aralarından bazılarını hepiniz gördünüz, özellikle de ahtapotu, denizatı ile yavrularını ve de en etkileyicisi olan köpekbalığını."

Üç Akıllı Adam'ın bir araya geldiği ve kamera önüne çıktığı haberi yayıldıkça Mae'in izleyici sayısı kırk milyona ulaşmıştı. Mae üç adama doğru dönüp bilekliğine baktığında üçünün profilden çarpıcı bir görüntüsünü yakaladığını fark etti; hep birlikte akvaryuma bakarlarken yüzleri mavi ışıkla yıkanıyor, gözleri tankın içindeki akıl almaz yaşamı yansıtıyordu. Mae izleyici sayısının elli bir milyonu bulduğunu okudu. Sonra Stenton'ın gözlerini yakaladı, Stenton neredeyse hiç fark edilemeyecek bir baş hareketiyle Mae'in merceğini akvaryuma geri çevirmesi gerektiğini bildirdi. Mae bunu yaptı ama gözleri hâlâ Kalden'ın yüzünde bir itiraf belirtisi yakalamaya çalışıyordu. Oysa Kalden gözlerini suya dikmiş, hiçbir ipucu vermiyordu. Bailey devam etti:

"Bu üç yıldızımız şimdiye kadar ayrı tanklarda tutuldu, Çember'deki yeni hayatlarına alışmaları sağlandı. Ama bu doğal olmayan bir ayrılıktı elbette. Onlar birlikte yaşamak için yaratılmış, bulundukları deniz ortamında yaşadıkları gibi. İşte şimdi, birlikte var olabilmeleri ve derinlerdeki yaşamın daha doğal bir resmini oluşturabilmeleri için üçünün tekrar bir araya getirilişine şahit olmak üzereyiz."

Tankın öbür tarafında bakıcının su ve minik yolcularla dolu büyük bir plastik torbayı elinde taşıyarak kırmızı merdivene tırmandığını görebiliyordu Mae. Soluk alıp verişini yavaşlatmaya çalışıyor ama başaramıyordu. Kusacakmış gibi hissetti. Kaçıp gitmeyi geçirdi aklından, çok uzaklarda bir yere. Annie'yle birlikte kaçıp gitmeyi. Fakat Annie neredeydi?

Stenton'ın kendisine dik dik baktığını gördü; gözleri kaygılı ama aynı zamanda sertti de, toparlanmasını söyler gibiydi. Nefes almaya ve aklını birazdan olacaklara vermeye çalıştı. *Bu iş bitince Kalden ile Ty karmaşasını çözmeye vaktim olacak,* dedi kendi kendine. Vakti olacaktı. Kalbi yavaşladı.

"Victor şu an," dedi Bailey, "belki sizlerin de gördüğü gibi, en narin kargomuz olan denizatını ve tabii ki onun çok sayıdaki yavrusunu taşıyor. Fark etmişsinizdir, denizatları yeni tanka bir torbanın içinde getiriliyorlar, fuardan aldığınız bir japon balığını eve nasıl getirirseniz öyle yani. Bu yöntem narin yaratıkları bir yerden bir yere taşımanın en iyi yolu olarak kabul ediliyor. Çünkü torbada çarpabilecekleri sert yüzeyler yok, ayrıca plastik, lusit veya diğer sert malzemelerden çok daha hafif."

Bakıcı merdivenin tepesine ulaşmıştı artık; Stenton'dan gözleriyle hızlıca onay aldıktan sonra torbayı dikkatle suya indirip yüzer durumda kalmasını sağladı. Denizatları her zamanki edilgen hallerindeydi; torbanın dibine yakın bir yere toplaşmış, herhangi bir şey -bir torbanın içinde olduklarını, bir yerden bir yere taşınmakta olduklarını, hayatta olduklarını- bildiklerine dair hiçbir belirti göstermeden öylece duruyorlardı. Neredeyse hiç kıpırdamıyor, hiç karşı koymuyorlardı.

Mae sayacına baktı. İzleyici sayısı altmış iki milyona ulaşmıştı. Bailey torbanın ve tankın su sıcaklıkları eşitlenene kadar birkaç dakika bekleyeceklerini söyleyince Mae tekrar Kalden'a dönmek için bunu fırsat bildi. Onun gözlerini yakalamaya çalıştı fakat Kalden bakışlarını akvaryumdan ayırmamayı seçmişti. Gözlerini suya dikmiş, denizatlarına sanki kendi çocuklarına bakar gibi, şefkatle gülümsüyordu.

Tankın arkasında Victor tekrar kırmızı merdivene tırmanmaktaydı. "Vay be, ne heyecan," dedi Bailey. "Yukarıya şimdi de ahtapotun taşındığını görüyoruz. Onun daha büyük bir konteynere ihtiyacı var ama kendi boyutuyla orantılı olması gerekmiyor. İstese kendini bir beslenme çantasına bile sığdırabilir, ne omurgası ne de kemikleri var çünkü. Uysal ve son derece uyumlu bir hayvan."

Az sonra, ahtapotu ve denizatlarını barındıran iki konteynerin ikisi de suyun ışıltılı yüzeyinde tatlı tatlı sallanıyordu. Ahtapot, altında çok daha büyük bir ortamın olduğunu bir nebze fark etmiş gibi, kendini geçici evinin tabanına bastırıp durdu.

Mae, Victor'ın denizatlarını göstererek başıyla Bailey ile Stenton'a hızlıca işaret verdiğini gördü. "Tamam," dedi Bailey. "Galiba denizatı dostlarımızı yeni habitatlarına salma vakti geldi. Ortaya çıkacak manzaranın harika olmasını bekliyorum. Haydi Victor, hazırsan başla." Victor onları suya saldığında gerçekten çok güzel bir manzara çıktı ortaya. Yarısaydam olmakla birlikte hafiften renkli, belli belirsiz yaldızlı gibi görünen denizatları, ağır ağır yağan, altın soru işaretleri gibi süzülerek tankın içine düştü.

"Vay," dedi Bailey. "Şuraya bak."

Ve nihayet, hepsinin babası olan denizatı, sanki biraz duraksayarak torbadan çıkıp suya daldı. Başıboşça ortalığa dağılan çocuklarının aksine, kendini kararlılıkla tankın dibine yönlendirdikten sonra mercanların ve bitkilerin arasına girip çabucak saklandı. Saniyeler içinde gözden kaybolmuştu.

"Bak sen," dedi Bailey. "Amma çekingen bir canlıymış."

Bebeklerse aşağıya doğru süzülerek tankın ortasında yüzmeye devam etti, çoğunun belli bir yere gitmeye can atar gibi bir hali yoktu.

"Hazır mıyız?" diye sordu Bailey, başını kaldırıp Victor'a bakarak. "Bayağı hızlı gidiyoruz doğrusu! Galiba ahtapotu yollamaya hazırız." Victor'ın torbayı altından yırtmasıyla birlikte ahtapot kucak açar gibi uzattı kollarını. Yalnızken yaptığı gibi camın konturlarını izlemeye, her şeyi bilme, her şeye dokunma isteğiyle mercanları, yosunları nazik nazik yoklamaya başladı.

"Baksana şuna. Büyüleyici," dedi Bailey. "Nefes kesen bir yaratık. O devasa balonunun içinde beyne benzer bir şey olsa gerek, haksız mıyım?" Bailey lafının burasında Stenton'a dönüp bir cevap bekledi ama Stenton soruyu belagatten saymayı yeğledi. Dudaklarında belli belirsiz, ince bir tebessüm belirse de gözlerini önündeki manzaradan ayırmadı.

Ahtapot giderek serpilip büyüdü; denizatlarına ya da diğer canlılardan herhangi birine hemen hiç dokunmadan, yalnızca bakarak, tanımaya çalışarak tankın bir tarafından öbür tarafına uçarcasına gidip gelmeye koyuldu. Ahtapot tankın içindeki her şeye dokunup her şeyi incelerken Mae kırmızı merdivende yeni bir hareketlenme fark etti.

"İşte şimdi Victor ile yardımcısı asıl eğlenceyi getiriyor," dedi Bailey, bu kez ikinci bir bakıcı eşliğinde gelen ilk bakıcıyı izlerken. İkinci bakıcı da beyazlar giymiş, bir çeşit yük kaldırma aracını kumanda etmekteydi. Kargo büyük, lusit bir tanktı ve köpekbalığı, bu geçici yuvasında kuyruğunu sağa sola kırbaç gibi şaklatarak birkaç defa çırpınmakla birlikte Mae'in onu gördüğü diğer zamanlardaki hallerine kıyasla çok daha sakindi.

Victor tankı merdivenin tepesinden su yüzeyine indirdi. Mae bunun üzerine ahtapotla denizatlarının kaçıp saklanmalarını beklerken köpekbalığı kıpırtısız kalakaldı.

"Bak sen şu işe," dedi Bailey, hayretle.

İzleyici sayısı yine hızlı bir tırmanışa geçmiş, an itibariyle yetmiş beş milyonu bulmuştu ve her birkaç saniyede yarım milyon artarak çılgınca yükseliyordu.

Ahtapot tankın aşağısında, köpekbalığının varlığına da aralarına katılma ihtimaline de kayıtsız kalır gibiydi. Köpekbalığı ise olduğu yerde tam anlamıyla donakalmış, belki de tankın diğer sakinlerinin onu algılayabildiği kanısını çürütmeye çalışıyordu. Bu arada Victor ile yardımcısı merdivenden inmişti ve şimdi Victor elinde büyük bir kovayla geri gelmekteydi.

"Gördüğünüz gibi," dedi Bailey, "Victor ilk iş olarak tanka köpekbalığımızın en sevdiği yiyeceklerden atıyor. Bu onu hem oyalayacak hem de tok kalmasını sağlayacak, böylece yeni komşularının ortamlarına alışmalarına fırsat tanıyacak. Victor köpekbalığını bütün gün durmadan besledi, dolayısıyla şimdiden tıka basa doymuş olmalı. Yine de halen aç olması ihtimaline karşı bu orkinoslar onun için kahvaltı, öğle yemeği ve akşam yemeği yerine geçecek."

Bunun üzerine Victor her biri beş-altı kilo ağırlığındaki altı iri orkinosu tanka attı ve orkinoslar çabucak dağılıp keşif seferine çıktı. "Bu arkadaşları tanka yavaş yavaş alıştırmamıza pek lüzum yok," dedi Bailey. "Zaten çok yakında yem olacaklar, dolayısıyla onların mutluluğu köpekbalığının mutluluğu kadar önemli değil. Bakın nasıl yüzüyorlar." Orkinoslar tankın içinde fır dönüyor, oradan oraya seğirtip duruyordu; ortama ani katılışlarıyla ahtapotu ve denizatlarını akvaryumun dibindeki mercanların, eğreltiotlarının aralarına kovalamışlardı. Gerçi az sonra biraz sakinleştiler ve tankın içinde aheste aheste gezinmeye koyuldular. Dipte, baba denizatı hâlâ kayıplardaydı ama çocuklarının birçoğunu ortalıkta görmek mümkündü; kuyruklarını eğreltiotlarına, denizşakayıklarının dokunaçlarına dolamışlardı. İnsana huzur veren bir sahneydi bu, Mae de kısa bir süre için manzaraya dalıp gitti.

"Evet, tek kelimeyle muhteşem," dedi Bailey, sarılı, mavili, bordolu mercanları ve su bitkilerini incelerken. "Şu mutlu yaratıklara baksanıza. Nasıl da barışçıl bir âlem. Bunun hiçbir unsurunu değiştirmeye kıyamaz insan." Mae gözünün ucuyla

Bailey'ye baktı, en son ağzından çıkan sözü kendi de yadırgamışa benziyordu, bu sözler ânın ruhuyla hiç uyuşmuyordu çünkü. Stenton'la ikisi çabucak bakıştı ve Bailey lafı çevirmeye çalıştı.

"Öte yandan biz, şu anda bu dünyaya gerçekçi ve bütünsel bir perspektiften bakmaya gayret ediyoruz," dedi. "Bu da ekosistemin bütün sakinlerine yer vermeyi gerektiriyor. Onun için şimdi Victor'dan, köpekbalığını akvaryuma davet etme vaktinin geldiğine dair bir işaret alıyorum."

Mae başını kaldırınca Victor'ın konteynerin alt kapağını açmaya uğraştığını gördü. Köpekbalığı içeride hâlâ tam bir otokontrol abidesi gibi kıpırtısız durmaktaydı. Derken lusit rampadan aşağıya doğru kaymaya başladı. O bunu yaparken Mae bir an için çelişkiye düştü. Köpekbalığının doğada aynı ortamı paylaştığı yaratıklar arasına katılmasının gayet doğal olduğunu biliyordu. Bunun doğru ve kaçınılmaz olduğunu biliyordu. Ama bir an için, bir uçağın gökyüzünden yere düştüğünü görmek ne kadar doğalsa bu da o kadar doğalmış gibi göründü gözüne. Dehşete daha vardı.

"Şimdi sıra bu sualtı ailesinin son ferdinde," dedi Bailey. "Köpekbalığı suya salındığında çukurun dibinde sürmekte olan yaşamın gerçek bir resmine tarihte ilk kez olarak ulaşacak, yaratıkların bu ortak yaşamdan ne derece hoşnut olduklarını göreceğiz. Hazır mıyız?" Bailey yanında sessizce dikilen Stenton'a baktı. Stenton devam komutu için kendisine bakılmasını gereksiz bulmuş gibi kayıtsızca omuz silkti.

Victor köpekbalığını saldı ve köpekbalığı, sanki plastiğin arkasından avlarını gözetlermiş, zihninde sofrasını kurar, her bir porsiyonu tam olarak nerede bulacağını gayet iyi bilirmiş gibi hızla atılıp suya dalarak orkinosların en irisini çabucak kapıp iki ısırışta mideye indirdi. Orkinos köpekbalığının sindirim sisteminden gözle görülür bir şekilde geçerken köpekbalığı süratle iki orkinos daha yedi. İlk orkinosun artıkları akvaryumun dibine kar gibi yağdığında köpekbalığının çeneleri arasında hâlâ dördüncü bir orkinos vardı.

Mae işte o zaman tankın dibine baktı ve ahtapot ile denizatı yavrularının ortadan kaybolduğunu fark etti. Mercanlardaki deliklerde küçük bir kıpırtı gördü ve dokunaç olduğunu düşündüğü bir şey ilişti gözüne. Mae köpekbalığının onları avlamayacağından neredeyse emin de olsa -neticede Stenton yaratıkların hepsini birbirine çok yakın yerlerde bulmuştu- onlar köpekbalığını da, planlarını da gayet iyi bilirmiş gibi saklanıyordu. Köpekbalığının artık boşalmış olan tankta daireler çizerek dolandığını gördü Mae. O aşağıda ahtapot ile denizatlarını ararken köpekbalığı, sayılı saniye içinde kalan iki balığı da tüketmişti. Onların artıkları da toz olup dibe yağdı.

Bailey sinirli sinirli güldü. "Doğrusu şimdi merak ediyorum..." diye başlayacak oldu ama cümlesi yarım kaldı. Mae başını kaldırıp baktığında Stenton'ın kısılmış gözleri başka seçenek sunmuyordu. Akvaryumda olup bitenlere müdahale edilmeyecekti. Mae Kalden'a, daha doğrusu Ty'a baktı; o da gözlerini tanktan ayırmıyordu. Olanları sakin sakin seyrediyordu; bunu daha önce de görmüş gibi, neye varacağını bilir gibiydi.

"Evet," dedi Bailey. "Köpekbalığımız çok aç bir arkadaş ve işin aslını bilmiyor olsaydım küçük dünyamızın diğer sakinleri için endişelenirdim. Ama biliyorum. Müthiş bir sualtı araştırmacısının yanında dikiliyorum şu an, ne yaptığını bilen bir adamın." O konuşurken Mae de onu izledi. Bailey Stenton'a bakıyor, gözlerinde bir yumuşama, denemeyi durduracağını ya da bir açıklama yaparak yüreklere su serpeceğini gösteren bir işaret arıyordu. Lakin Stenton hayranlıkla köpekbalığını izlemekteydi.

Atik ve vahşi bir hareketlenme Mae'in bakışlarını yeniden tanka yöneltti. Köpekbalığı burnunu mercanların diplerine sokmuştu şimdi ve acımasızca saldırıyordu.

"Yo, hayır," dedi Bailey.

Mercanlar çok geçmeden iki yana dağılıp yol verince köpekbalığının burnunu daldırmasıyla ahtapotu kapıp çıkarması bir oldu, sonra da herkese -Mae'e, Mae'in izleyicilerine ve de Akıllı Adamlar'a- daha iyi bir görüntü vermek istercesine, hayvanı paramparça etmeden önce tankın açık alanına sürükledi.

"Aman tanrım," dedi Bailey, boğuk bir sesle.

Mahsustan mıdır bilinmez, ahtapot kaderine meydan okur gibi bir hal sergiliyordu. Köpekbalığı, ahtapotun kollarından birini kopardıktan ve kafasından koca bir ısırık aldıktan saniyeler sonra onu hâlâ diri ve neredeyse tek parça halinde arkasında bulmuştu. Ama bu uzun sürmedi.

"Hayır, olamaz. Olamaz," diye fısıldadı Bailey.

Köpekbalığı dönüp büyük bir telaşla avının dokunaçlarını teker teker koparmaya koyuldu, ta ki ahtapot sonunda ölene ve lime lime olmuş sütbeyaz bir et topağına dönene kadar. Köpekbalığı o topağı da iki ısırıkta tüketince ahtapottan geriye hiçbir şey kalmadı.

Bailey'den iniltiye benzer bir ses çıktı; Mae omuzlarını çevirmeden baktığında başını indirdiğini, elleriyle gözlerini kapattığını gördü. Stenton ise, çocuğunun son derece etkileyici bir şeyi ilk kez yapışını, yapmasını ümitle beklediği bir şeyi ne mutlu ki beklediğinden önce yapışını seyretmekte olan bir baba gibi, hayranlık ve gurur karışımı bir ifadeyle köpekbalığına bakıyordu.

Tankın tepesinde beklemekte olan Victor tereddütlü görünüyor, Stenton'ın bakışlarını yakalamaya çalışıyordu. O da Mae'le aynı şeyi merak ediyordu muhtemelen: Denizatı da tüketilmeden köpekbalığını oradan almanın bir yolunu bulmaları gerekmez miydi? Gelgelelim Mae Stenton'a döndüğünde onu hâlâ akvaryumu izler vaziyette buldu. İfadesi hiç mi hiç değişmemişti.

Yalnızca birkaç saniye sonra, köpekbalığı bir mercan kayalığını daha yıkıp geçerek denizatını saklandığı yerden çıkarmıştı ve hiçbir savunması olmayan hayvan önce o narin kafasından, sonra da kâğıt hamuru kadar kırılgan, kıvrık gövde ve kuyruğundan ısırılarak iki lokmada yenilip yutulmuştu.

Sonra köpekbalığı, sudaki yüzlerce bebeğin, suyosunlarının, mercanların, denizşakayıklarının hepsini silip süpürene kadar, işe koyulmuş bir makine gibi daireler çize çize akvaryumda dolandı. Her şeyi yiyip bitirince de artıklarını çabucak suya bırakıp bomboş akvaryumun dibine beyaz bir kül tabakası döşedi.

"Evet," dedi Ty, "ben de aşağı yukarı böyle olacağını tahmin etmiştim." Önce Stenton'ın, sonra Bailey'nin elini sıkar, sonra sağ elinde hâlâ Bailey'nin eli varken üçü birazdan dans etmeye başlayacaklarmış gibi sol eline de Mae'inkini alırken hiç sarsılmamış gibi, hatta neşeli gözüküyordu. Mae avucunda bir şey hissederek hemen parmaklarını kapattı. Ty geri çekilip yanlarından ayrıldı.

"Ben de gitsem iyi olacak," dedi Bailey fısıltıyla. Afallamış bir halde arkasını dönüp karanlık koridorda ilerlemeye koyuldu.

Sonrasında, tankın içinde yapayalnız kalan köpekbalığı hâlâ aç kurt gibi dolanıp dururken, Mae izleyicilerin bunu izleyebilmeleri için orada daha ne kadar kalması gerektiğine kafa yordu. Stenton kaldığı müddetçe kendisinin de kalması gerektiğine karar verdi. Stenton uzunca bir süre oradan ayrılmadı. Köpekbalığını ve o huzursuz dolanışını seyretmeye doyamıyor gibiydi.

"Bir dahaki sefere kadar hoşça kalın," dedi nihayet. Önce Mae'e, ardından izleyicilerine başıyla selam verdi. İzleyici sayısı artık yüz milyona ulaşmıştı; aralarından bazıları dehşet içinde kalsa da pek çoğu huşuya kapılmış, seyretmeye doyamamıştı.

Tuvalet kabininde Mae, merceğini kapıya çevirerek oturmuş, Ty'ın notunu izleyicilerin göremeyeceği biçimde yüzüne yaklaştırmıştı. Ty ısrarla onu görmek istiyordu, tek başına. Buluşmaları gereken yer konusunda ayrıntılı direktifler vermişti. Ty'ın notta yazdığına göre, hazır olduğunda tek yapması gereken tuvaletten çıkmak, sonra da canlı yayında, "Geri dönüyorum," demek olacaktı. Açıklayamayacağı hijyenik bir acil durum sebebiyle tuvalete geri dönmesi gerektiğini ima edecekti. İşte o an Ty onun ve onu görebilecek tüm DeğişimiGör kameralarının yayınını otuz dakikalığına kesecekti. Ufak bir velvele kopartacaktı bu ama yapılması gerekiyordu. Mae'in hayatı tehlikedeydi Ty'ın dediğine göre, Annie'nin, annesinin ve babasının hayatları da öyle. "Herkes ve her şey," diye yazmıştı, "uçurumun kenarında."

Bu Mae'in son hatası olacaktı. Onunla buluşmanın, özellikle de kameralar kapalıyken buluşmanın hata olduğunu biliyordu. Gelgelelim şu köpekbalığı hadisesi ruhunu altüst ediyor, onu kötü kararlar almaya itiyordu. Keşke bu kararları biri onun adına verebilse, şüpheyi, başarısızlık ihtimalini bir şekilde ortadan kaldırabilseydi. Öte yandan Ty'ın bu yaptıklarını nasıl becerdiğini öğrenmeye de mecburdu, öyle değil mi? Belki de bunlar hep bir testti? Bir açıdan mantıklı geliyordu öylesi. Mae büyük işler için palazlandırılıyorsa şayet, onu denemezler miydi? Denerlerdi, biliyordu Mae.

Ty'ın komutlarını takip etti. Tuvaletten çıktı, izleyicilerine geri döneceğini söyledi, yayını kesilince de Ty'ın dediklerini bir bir yerine getirdi. Kalden'la o tuhaf gecede izledikleri yoldan giderek onun yeraltı odasına, Stewart'ın gördüklerinin depolanıp soğuk sularla serinletildiği bodruma doğru indi. Mae oraya vardığında Kalden'ı, daha doğrusu Ty'ı sırtını kırmızı kutuya dayamış, kendisini bekler vaziyette buldu. Yünlü şapkasını başından çıkarmış, gri-beyaz saçları ortaya çıkmıştı ama kapüşonlu svetşörtü hâlâ üzerindeydi; bu iki adamın, yani Ty ile Kalden'ın birleşimini aynı vücutta görmek Mae'i rahatsız etti. Ty ona doğru yürümeye kalkınca, "Hayır!" diye bağırdı.

Ty durdu.

"Yaklaşma," dedi Mae.

"Tehlikeli değilim Mae."

"Hakkında hiçbir şey bilmiyorum."

"Sana kim olduğumu söylemediğim için özür dilerim. Ama yalan da söylemedim."

"Bana adının Kalden olduğunu söyledin! Yalan değil mi?"

"Onun dışında hiç yalan söylemedim."

"Onun dışında mı? Kimliğin hakkında yalan söylemek dışında mı?"

"O konuda başka şansım olmadığını anlıyorsundur sanırım."

"Bu Kalden nasıl bir isim sahi? Bebeğinize isimler sitesinden filan mı buldun yoksa?"

"Öyle yaptım. Beğendin mi?"

Asap bozucu bir gülümseme belirmişti yüzünde. Mae orada olmaması gerektiği, orayı derhal terk etmesi gerektiği duygusuna kapıldı.

"Gitmeliyim sanırım," deyip merdivenlere yöneldi. "Bunun korkunç bir oyun olduğunu düşünüyorum."

"Mae, dur bir dakika. Al, ehliyetim." Ona sürücü ehliyetini uzattı. Ehliyette sinekkaydı tıraşlı, koyu renk saçlı, gözlüklü bir adamın resmi vardı; Mae'in video yayınlarından, eski fotoğraflardan, Bailey'nin kütüphanesine giden koridordaki yağlıboya portreden hatırladığı Ty'a benziyordu az çok. İsmi Tyson Matthew Gospodinov olarak yazılmıştı. "Bana bak. Hiç benzerlik yok mu?" Mae ile paylaşmış oldukları mağara-içinde-mağaraya girip gözünde bir gözlükle çıktı. "Gördün mü?" dedi. "Artık çok bariz, öyle değil mi?" Mae'in sıradaki sorusunu yanıtlarcasına şöyle dedi sonra: "Ben her zaman çok vasat görünen bir adam oldum. Sen de biliyorsun. Fakat sonra gözlükten ve kapüşonlu svetşörtten kurtuldum. Görünüşümü, tavrımı değiştirdim. En önemlisi saçlarım ağardı. Sence neden oldu bu?"

"Hiçbir fikrim yok," dedi Mae.

Ty kollarını iki yana açarak etraflarındaki her şeyi, yukarıdaki uçsuz bucaksız yerleşkeyi içine alan geniş bir daire çizdi havada. "Bütün bu olanlar. Dünyayı yiyen o lanet olası köpekbalığı."

"Başka bir isimle ortalıkta dolaştığından Bailey ile Stenton'ın haberi var mı?" diye sordu Mae.

"Elbette. Var. Onlar da burada olmamı istiyor. Yerleşkeden dışarı çıkmam yasak sayılır. Burada olduğum sürece onlar da mutlu."

"Annie biliyor mu?"

"Hayır."

"Yani ben..."

"Sen üçüncü kişisin."

"Peki neden söylüyorsun bana?"

"Çünkü sen burada çok etkilisin ve yardımın gerekiyor. Bu şeyi yavaşlatabilecek tek kişi sensin."

"Neyi yavaşlatmaktan bahsediyorsun? Yarattığın şirketi mi?"

"Mae, ben bu olanların hiçbirini istemedim. Çok hızlı ilerliyor. Şu Tamamlanma fikri, bu işi başlattığım zaman aklımda olanın çok ötesinde bir şey, doğru olanın da çok ötesinde."

"Birincisi, aynı fikirde değilim. İkincisi, yardım edemem."

"Çember'in kapanmasına izin veremeyiz."

"Neden bahsediyorsun? Bunu şimdi nasıl söylersin? Sen Ty isen bu büyük ölçüde senin fikrin zaten."

"Hayır. Hayır. Ben interneti daha medeni hale getirmeye çalışıyordum. Onu güzelleştirmeye çalışıyordum. Anonimliği ortadan kaldırdım. Birbirinden ayrı yüzlerce unsuru tek bir birleşik sistemde bir araya getirdim. Fakat Çember üyeliğinin zorunlu olduğu, tüm devlet işlerinin, tüm hayatın tek bir ağdan yönlendirildiği bir dünya hayal etmedim."

Mae, "Gidiyorum ben," deyip arkasını döndü. "Senin de gitmemen için sebep göremiyorum. Bırak her şeyi. Madem bu fikre hiç inanmıyorsun, çek git o zaman. Ormana git."

"Bunu yapmak Mercer'ın işine yaramadı, öyle değil mi?"

"Cehennem ol!"

"Pardon. Özür dilerim. Ama seninle temasa geçmemin sebebi de Mercer zaten. Mercer'ın başına gelenlerin bu gidişin sonuçlarından yalnızca biri olduğunu görmüyor musun? Başka Mercer'lar olacak. Daha pek çokları. Bulunmak istemeyen ancak bulanacak olan pek çok insan. Bu sürecin parçası olmak istemeyen pek çok insan. Yeni olan bu işte. Eskiden katılmama seçeneği vardı. Ama şimdi o devir kapandı. Tamamlanma her şeyin sonu olacak. Herkesi içine alacak biçimde kapatıyoruz çemberi - totaliter bir kâbus bu."

"Ve benim suçum mu?"

"Hayır, hayır. Katiyen. Ama sen şimdi elçi sayılırsın. Sen bunun yüzüsün. Onun iyi yüzü, dost yüzüsün. Çember kapatılıyor... sen ve arkadaşın Francis'in sayesinde. Senin şu zorunlu Çember hesabı fikrin ve onun çipi sayesinde. GerçekGenç miydi adı? Hastalıklı bir fikir bu Mae. Göremiyor musun? Bütün çocukların vücutlarına birer çip yerleştirilecek, güvenlikleri için, henüz bebek yaşta. Doğru, o çip hayatlar kurtaracak. Peki sonra ne olacak, çocuklar on sekizlerine gelir gelmez çipleri çıkaracak mı sanıyorsun? Hayır. Her yaptıkları eğitim ve güvenlik namına kaydedilecek, takibe alınacak, sicillere işlenecek, analiz edilecek - çipler yerlerinde kalacak. Sonra da oy kullanabilecekleri, katılımda bulunabilecekleri yaşa geldiklerinde Çember'e üye olmaya zorunlu tutulacaklar. Çember işte o noktada kapanacak. Herkes beşikten mezara takip edilebilir hale gelecek, kaçarı olmaksızın."

"Şimdi sahiden Mercer gibi konuşmaya başladın. Bu türden bir paranoya..."

"Ama ben Mercer'ın bildiğinden fazlasını biliyorum. Düşünsene, benim gibi biri, bu illetin büyük bölümünü icat etmiş biri bile korkuyorsa senin de korkman gerekmez mi?"

"Hayır, bence atladığın bir şey var."

"Mae, buluşlarımdan pek çoğunu, ne yalan söyleyeyim, zevk için yaptım, hınzırca bir oyun oynarcasına, işe yarar mı acaba, kullanan birileri çıkar mı diye merak duyarak. Kent meydanına giyotin kurmakla birdi bu. Binlerce insanın boynunu giyotine uzatmak için sıraya gireceğini beklemezsin."

"Sen böyle mi görüyorsun bunu?"

"Hayır, özür dilerim. Kötü bir karşılaştırma oldu. Fakat yaptığım şeylerden bazılarını sadece... birinin onu kullanmak isteyip istemeyeceğini, kabul edip etmeyeceğini görmek için yaptım. Ciddi ciddi benimsendiklerinde bazen inanamadım. Derken iş işten geçti. Artık Bailey vardı, Stenton vardı, ilk halka arz gerçekleşmişti. Sonra her şey çok hızlı gelişmeye başladı, bütün aptalca fikirlerin gerçeğe dönüştürülmesine yetecek kadar para da vardı. Mae, bu işin sonunun nereye varacağını hayal etmeni istiyorum senden."

"Nereye varacağını biliyorum ben."

"Gözlerini yum."

"Hayır."

"Lütfen. Gözlerini yum."

Mae gözlerini yumdu.

"Senden noktaları birleştirmeni istiyorum, bakalım benim gördüğümü görebilecek misin? Hayal et şimdi. Çember kaç zamandır rakiplerini bir bir ortadan kaldırıyor, öyle değil mi? Bu onu daha da güçlendirmeye yaradı. Dünyada şimdiden aramaların yüzde 96'sı Çember üzerinden yapılıyor. Rakiplerin yokluğunda bu oran daha da yükselecek. Yakında yüzde 100'e yaklaşacak. Bilgi akışını kontrol edebildiğin takdirde her şeyi kontrol edebileceğini ikimiz de biliyoruz. İnsanların gördüklerini ve bildiklerini büyük ölçüde kontrol edebilirsin. Bir parça bilgiyi hiç ortaya çıkmayacak biçimde gömmek istiyorsan bu iş iki saniyeni alır. Herhangi birinin mahvına yol açmak istiyorsan o da beş dakikalık iştir. Bilginin ve bilgiye erişimin kontrolü bütünüyle

Çember'in elindeyken ona kim kafa tutabilir? Herkesin bir Çember hesabı olsun istiyorlar, hesap açtırmamanın yasa dışı sayılması için harekete geçtiler bile. O zaman ne olacak? Tüm aramaları kontrolleri altına alıp herkesin tüm verilerine erişebildikleri zaman ne olacak? Herkesin her yaptığından haberdar olduklarında? Tüm parasal işlemler, tüm sağlık ve DNA verileri, kişisel hayatın iyi kötü her parçası, söylenen her sözcük tek bir kanaldan aktığında?"

"Ama bütün bu dediklerini engellemenin yüzlerce yolu var. Olmaması mümkün değil. Yani hükümetler mutlaka..."

"Şeffaflaşmış hükümetler mi? İtibarlarını Çember'e borçlu olan politikacılar mı? Muhalefet ettikleri an hayatları karartılabilecek insanlar? Williamson'a ne oldu dersin? Onu hatırlıyor musun? Çember'in tekelini tehdit ediyordu, sonra ne olsa beğenirsin, federal ajanlar bilgisayarında suç teşkil eden belgeler buldu. Tesadüf mü sence? Stenton'ın belki yüzüncü kurbanıdır o. Mae, Çember tamamlandığı an her şey bitmiş olacak. Ve sen onun tamamlanmasına yardımcı oldun. Ya şu demokrasi nanesi, Demoksiyatif midir nedir, ya ona ne demeli? Herkesin sesini duyurabileceği iddiasıyla tam bir linç kültürü yaratılıyor, sır saklamanın suç sayıldığı filtresiz bir toplum. Müthiş bir plan bu, Mae. Sen de müthişsin. Stenton ile Bailey'nin en başından beri umutla beklemekte oldukları şeysin."

"Ama Bailey..."

"Bailey herkesin herkese ve bilinen her şeye kısıtsız erişimi sağlandığında hayatın daha güzel olacağına, mükemmel olacağına inanıyor. Hayata dair her sorunun cevabını diğer insanların arasında bulacağına gönülden inanıyor. Açıklığın, tüm insanların birbirlerine tam ve kesintisiz erişiminin dünyaya faydası dokunacağına ciddi ciddi inanıyor. Dünyanın nicedir bunu beklediğine, tüm ruhların birbirine bağlanacağına inanıyor. Bu onun tutkusu, Mae! Bu görüşün ne kadar aşırı olduğunu anlamıyor musun? Radikal bir fikir. Başka bir çağda yaşasaydık üniversitenin birinde, eksantrik bir profesör tarafından savunulan marjinal bir görüşten ibaret kalırdı: tüm bilgilerin, kişisel olsun ya da olmasın, herkesçe bilinmesi gerektiği fikri. Bilgi emtiadır ve kimse onun sahibi olamaz. Bilgi komünizmi... Bailey'nin böyle düşünmeye hakkı var gerçi. Ama acımasız bir kapitalist ihtirasla birleşince..."

"Stenton'la mı yani?"

"Stenton bizim idealizmimizi mesleğe, ütopyamızı paraya çevirdi. Yaptığımız işle politika arasındaki, politika ile kontrol arasındaki bağlantıyı gören odur. Kamu-özel ortaklığı özel-özelin yolunu açar ve bir de bakarsın devlet hizmetlerinin çoğunu, hatta hepsini, inanılmaz bir özel sektör verimliliği ve doymak bilmeyen bir iştahla Çember yürütmeye başlamış. Herkes Çember'in vatandaşı olmuş."

"Eee, kötü mü olur? Hizmetlere, bilgiye herkesin eşit erişimi olsa, eşitliğe kavuşma şansını nihayet buluruz belki. Hiçbir bilginin hiçbir bedeli olmamalı. Her şeyi bilmenin, her şeye erişmenin önünde hiçbir engel..."

"Ve herkes takip edilirse..."

"Hiç suç işlenmez. Cinayetler, adam kaçırmalar, tecavüzler yaşanmaz. Bir daha hiçbir çocuk bir suça kurban gitmez. Kimse ortadan kaybolmaz. Yani sırf bu bile..."

"İyi de arkadaşın Mercer'ın başına geleni görmüyor musun? Dünyanın öbür ucuna kadar kovalandı ve artık hayatta değil."

"Ama tarih bu eksende döner. Bailey'yle konuştun mu hiç bunu? İnsanlığın her önemli dönüm noktasında ayaklanmalar çıkar. Kimileri geride bırakılır, kimileri geride kalmayı kendi seçer."

"Demek sence herkesin takip edilmesi, izlenmesi lazım?"

"Bence her şeyin ve herkesin görülmesi lazım. Görülebilmek için de izlenmemiz gerek."

"Ama her daim izlenmeyi kim ister?"

"Ben istiyorum. Görülmek istiyorum. Varlığıma kanıt istiyorum."

"Mae."

"Çoğu kişi ister bunu. Görülmüş, tanınmış, hatta belki hatırlanacak olduğunu bilmeyi, bildiği her şeye, tanıdığı herkese yeğler. Hepimiz öleceğimizi biliyoruz. Dünyanın önemli biri olmamıza imkân vermeyecek kadar büyük olduğunu da biliyoruz. Dolayısıyla bir anlığına da olsa görülmek, duyulmak bizim tek umudumuz."

"Ama Mae. O akvaryumun içinde her türlü yaratığı gördük biz, öyle değil mi? Onların bir canavar tarafından yenilip yutulmasını, küle çevrilmesini izledik. O tankın içine giren her şeyin, o canavarın ve bu canavarın yanına giden her şeyin aynı kaderi paylaşacağını anlamıyor musun?"

"Benden tam olarak ne istiyorsun, onu söyle."

"Maksimum izleyici sayısına ulaştığın zaman bu beyanatı okumanı istiyorum senden." Mae'e bir kâğıt uzattı; "Dijital Çağda İnsan Hakları" başlığı altında, tamamı büyük harflerle, kargacık burgacık yazılmış maddeler sıralanmıştı. Mae kâğıda göz gezdirince şunlara benzer cümleler yakaladı: "Hepimiz, gerçek adımızı saklama hakkına sahip olmalıyız." "Her etkinlik ölçümlenemez." "Herhangi bir girişimin değerini ölçmek için aralıksız sürdürülen veri arayışı gerçek anlayışın iflasını getirir." "Kamu ile özel arasındaki engel, çiğnenmezliğini korumalıdır." Kâğıdın sonunda kırmızıyla yazılmış bir satır buldu: "Hepimizin ortadan kaybolma hakkı olmalı."

"Bunları izleyicilere okumamı mı istiyorsun?"

"Evet," dedi Kalden, vahşi bakışlarla.

"Sonra ne olacak?"

"Birlikte atabileceğimiz, süreci çökertmeye yarayabilecek bir dizi adım var aklımda. Burada olup biten her şeyi biliyorum Mae; gözler ne kadar körleşmiş olursa olsun, herkesi Çember'in lağvedilmesi gerektiğine ikna edecek çok şey oldu burada. Yapabileceğimi biliyorum. Bunu yapabilecek tek kişi benim ama yardımın gerek."

"Sonra ne olacak?"

"Sonra sen ve ben bir yere gideriz. Bir sürü şey var aklımda. Kayıplara karışırız. Tibet'i yürüyerek gezebiliriz. Moğol steplerinde bisikletle dolaşabiliriz. Kendi inşa ettiğimiz bir tekneyle dünya seyahatine çıkabiliriz."

Mae bunları bir bir canlandırdı gözünde. Çember'in çökertildiğini, patlayan skandalın ortasında tasfiye edildiğini, on üç bin kişinin işsiz kaldığını, yerleşkenin devredilip parçalandığını ve bir üniversiteye, alışveriş merkezine, belki daha kötü bir şeye dönüştürüldüğünü hayal etti. Son olarak bu adamla birlikte bir teknede dolu dizgin yaşayarak dünyayı dolaştığını hayal etti ama bunu canlandırmaya çalışırken körfezde aylar önce tanıştığı, filikada yaşayan çift gözlerinin önüne geldi. Açıklarda yapayalnız, kâğıt bardaklardan şarap içip foklara isimler takarak, mazide kalmış ada yangınlarını yâd ederek bir muşambanın altında yaşayan o çift.

O an ne yapması gerektiğini anladı.

"Kalden, şu anda bizi duymadıklarından emin misin?"

"Elbette değilim."

"Peki o zaman, güzel. Güzel. Şimdi her şeyi çok net görüyorum."

ÜÇÜNCÜ BÖLÜM

KIYAMETE BU KADAR yaklaşmış olmak... düşündükçe hâlâ içi ürperiyordu. Evet, tehlikeyi bertaraf etmiş, kendinden beklemeyeceği kadar cesur davranmıştı ama sinirleri bunca ay sonra bile hâlâ haraptı. Ya Kalden o gün onunla iletişime geçmeseydi? Ya ona güvenmeseydi? Ya kendi göbeğini kendi kesmeye kalksaydı ya da daha kötüsü, sırrını başka birine açsaydı? Mae kadar sağlam olmayan birine? Onun kadar güçlü, azimli, sadık olmayan birine?

Mae, kliniğin sessizliğinde, Annie'nin yanı başında otururken düşüncelere daldı. Burada, suni solunum aygıtının ritmik uğultusunda, arada bir açılıp kapanan kapıların seslerinde, Annie'yi hayatta tutan makinelerin vınlamasında huzur vardı. Annie masasında çalışırken yığılıp kalmış, yerde katatonik halde bulunmuş, bakım kalitesiyle başka hiçbir yerin yarışamayacağı bu kliniğe yetiştirilmişti. O zamandan beri durumu stabil, iyileşme beklentisi güçlüydü. Komaya giriş sebebi, Dr. Villalobos'un dediğine göre hâlâ tartışmaya açıktı ama büyük ihtimalle yaşadığı stresin, şokun ya da sadece tükenmişliğin sonucuydu. Çember doktorları, tıpkı dünyanın dört bir yanından yaşamsal fonksiyonlarını izleyen yüzlerce doktor gibi, kirpiklerinin sık sık kırpışıyor, parmağının arada bir seğiriyor olmasına dayanarak onun komadan çıkacağına kanaat getirmişti. EKG makinesinin yanındaki ekranda, dünyanın her köşesinden yazan ve -Mae'in hüzünlenerek aklından geçirdiği gibi- Annie'nin çoğunu, belki hiçbirini asla tanıyamayacağı dost insanların geçmiş olsun mesajları sıralanıyor, aralarına her an yenileri katılıyordu.

Mae arkadaşına baktı, pırıl pırıl cildine, ağzından çıkan kanatlı tüpe. Harikulade huzurlu görünüyor, mışıl mışıl uyuyordu, öyle ki bir an için Mae ona imrenir gibi oldu. Annie'nin o an ne düşündüğünü merak etti. Doktorlar muhtemelen rüya görmekte olduğunu söylemişti, koma esnasında düzenli beyin aktivitesi gözleniyordu ama zihninde neler olup bittiğini kimse kesinkes bilemezdi. Mae bundan rahatsızlık duymaktan alamadı kendini. Oturduğu yerden görebildiği monitör, Annie'nin zihninin gerçek zamanlı bir resmini gösteriyor, periyodik olarak ortaya çıkan renk patlamaları orada olağandışı şeyler olduğuna işaret ediyordu. İyi de, ne düşünüyordu Annie?

Kapı tıklanınca yerinden sıçradı. Yatağında yüzükoyun yatmakta olan arkadaşının üzerinden dış izleme penceresine bakınca camın ardında Francis'i gördü. Francis çekinerek elini kaldırdı, Mae ona el salladı. İlerleyen saatlerde, kilometre taşı oluşturan son Berraklaşma'nın kutlanacağı ve tüm yerleşke çalışanlarının katılacağı bir etkinlikte görüşeceklerdi. Dünya genelinde on milyon insan şeffaftı artık, hareketin geri dönüşü yoktu.

Annie'nin bunun gerçekleşmesindeki rolü kelimelerle anlatılamayacak kadar büyüktü, bu nedenle Mae, onun buna tanık olabilmesini çok isterdi. Annie'ye anlatmak istediği çok şey vardı. Adeta kutsal bir görevi yerine getirdiği duygusuyla, dünyaya Kalden'ın Ty olduğunu açıklamış, onun o tuhaf iddialarından, Çember'in tamamlanışını akılsızca sabote etme girişimlerinden bahsetmişti. İzleyicileriyle ve dünyanın geri kalanıyla bağlantısı kesilmiş bir halde o deli adamla yerin metrelerce altında buluştuğunu bir kâbusu hatırlar gibi hatırlıyordu şimdi. Ty'ı işbirliği yapacağına inandırıp oradan kaçmış, hemen Bailey ile Stenton'a gidip her şeyi anlatmıştı. Onlar da her zamanki şefkat ve vizyonlarıyla, Ty'ın gözlerden uzak bir ofiste tanımlı hiçbir görev üstlenmeksizin danışman sıfatıyla kalmasına izin vermişti. Mae yeraltı buluşmalarından beri görmemişti onu, görmek de istemiyordu.

Annesi ve babasıyla iletişime geçmeyeli birkaç ay olmuştu ama bu artık yalnızca an meselesiydi. Çok yakında, herkesin birbirini avucunun içi gibi bildiği, gizlinin saklının, utancın olmadığı, görmek ya da öğrenmek için izin gerekmeyen, o bencil deneyim istifçiliğine yer olmayan -hayatın hiçbir köşesinin, hiçbir anının gizli kalmadığı- bir dünyada, bulurlardı nasıl olsa birbirlerini. Bütün bunlar yerlerini çok yakında yeni ve gösterişli bir açıklığa, ışığı hiç sönmeyen bir dünyaya bırakacaktı. Tamamlanma'nın gerçekleşmesine ramak kalmıştı; Tamamlanma dünyaya barış getirecek, birlik getirecekti ve insanlığın şimdiye kadarki tüm karmaşası, Çember'den önce dünyaya eşlik etmiş olan tüm belirsizlikler mazide kalacaktı.

Annie'nin zihninde olup bitenleri gösteren ekranda bir renk patlaması daha oldu. Mae onun alnına dokunmak üzere elini uzatırken bu et tabakasının aralarına bu kadar mesafe koymasına hayret etti. O kafanın içinde neler dönüyordu? Bilmemenin insanı gerçekten çileden çıkardığını düşündü. Bilmemek, kendisine ve dünyaya yönelik bir hakaret, bir mahrumiyetti. Bu konuyu ilk fırsatta Stenton ile Bailey'ye ve 40'lar Takımı'na açmalıydı. Annie hakkında, Annie'nin aklından geçen düşünceler hakkında konuşmaları gerekiyordu. Ne düşündüğünü bilmemeleri için sebep var mıydı? Dünya bilgiden mahrum edilmemeli, dünya bekletilmemeliydi.